LABYRINTHES

Né en 1824, William Wilkie Collins entame sa brillante carrière littéraire en 1850 avec un imposant roman, *Antonina*. En 1856, il rédige une série de textes policiers pour une revue, en s'inspirant d'un recueil d'affaires judiciaires. Auteur de *La Dame en blanc* et d'un certain nombre d'autres chefs-d'œuvre, Wilkie Collins est considéré aujourd'hui comme le père du roman policier anglais. Il a su dès ses premières intrigues semer des indices pour le lecteur et choisir le coupable parmi les personnages les moins suspects. Il est mort en 1889.

Du même auteur,
dans la même collection :

La Dame en blanc

Le Secret

La Femme rêvée

Le Journal d'Anne Rodway
et autres nouvelles

La Robe noire

La Pierre de lune

WILKIE COLLINS

MARI ET FEMME

Traduit de l'anglais par Charles Bernard-Derosne

Édition revue et corrigée

LIBRAIRIE DES CHAMPS-ÉLYSÉES
17, rue Jacob 75006 PARIS

Titre de l'édition originale
MAN AND WIFE

À Sully Prudhomme,
Son très affectionné,

Ch. Bernard Derosne
Avril 1872

PRÉFACE

Le récit que je soumets aujourd'hui au lecteur diffère en un point de mes précédents ouvrages. La fiction, cette fois, repose sur des faits et aspire à apporter un appui quelconque à la réforme de certains abus trop longtemps tolérés parmi nous sans aucune répression.

Il ne peut y avoir aucune discussion sur l'état scandaleux de la législation régissant actuellement le mariage dans le Royaume-Uni. Le rapport de la Commission royale, nommée pour étudier le fonctionnement de ces diverses lois, a fourni les bases fondamentales sur lesquelles j'ai écrit ce livre. Les renseignements donnés par une autorité aussi élevée, pouvant être nécessaires pour convaincre le lecteur que je ne le trompe pas, sont réunis dans l'Appendice. J'ajouterai seulement que tandis que j'écris ces lignes le Parlement songe à remédier aux abus criants qui sont exposés dans le récit d'Hester Dethridge. Il y a donc enfin une espérance de voir établir légalement, en Angleterre, les droits d'une femme mariée, de façon qu'elle possède ses biens et soit maîtresse du produit de son travail. En dehors de cela, aucune tentative n'a été faite par les Chambres, que je sache, pour remédier aux vices qui existent dans les lois du mariage de la Grande-Bretagne et de l'Irlande. Les membres de la Commission royale ont demandé avec une grande fermeté que l'État intervînt, mais jusqu'à présent ils n'ont pu obtenir aucune réponse du Parlement.

Quant à l'autre question morale que j'ai traitée dans ces pages, l'engouement actuel pour les exercices musculaires et son influence sur la santé et le moral de la génération qui s'élève en Angleterre, je ne me dissimule pas qu'en cela j'ai marché sur un terrain délicat et que certaines personnes m'en voudront beaucoup de ce que j'ai écrit à ce sujet.

Bien que je ne puisse pas m'appuyer sur une Commission royale, je déclare néanmoins que je puis produire des preuves. Quant aux résultats physiques de la manie du développement musculaire qui s'est emparée de nous ces dernières années, l'opinion émise dans ce livre est celle du corps médical en général, ayant à sa tête l'autorité de Mr Skey. Et – si la preuve médicale était mise en discussion comme reposant simplement sur la théorie – il est certain que l'opinion émise par les médecins peut être confirmée par les pères de toutes les parties de l'Angleterre, en montrant leurs fils à l'appui. Cette nouvelle forme de notre « excentricité nationale » a ses victimes pour attester son existence – victimes brisées et infirmes pour le restant de leurs jours.

Quant aux résultats moraux, je puis avoir raison ou je puis avoir tort, en voyant un rapprochement entre le récent développement effréné des exercices physiques en Angleterre et le récent développement de la grossièreté et de la brutalité parmi certaines classes de la population anglaise. Mais peut-on nier que la grossièreté et la brutalité existent et, bien plus, qu'elles aient pris des développements formidables parmi nous, ces dernières années? Nous sommes devenus si honteusement familiers avec la violence et l'injure que nous les reconnaissons comme un ingrédient nécessaire dans notre système social, et que nous classons nos sauvages, comme une partie représentative de notre population, sous la dénomination nouvellement inventée de *Roughs*. Des centaines d'écrivains se sont intéressés au *Rough* malpropre et en haillons. Si l'auteur de ce livre s'était renfermé dans ces limites, il aurait entraîné tous les lecteurs avec lui. Mais il est assez courageux pour attirer l'attention sur le *Rough* débarbouillé et en habit décent, et il doit se tenir sur la défensive vis-à-vis des lecteurs qui n'auraient pas remarqué cette variété ou qui, l'ayant remarquée, préfèrent l'ignorer.

Le *Rough*, avec les mains propres et un habit convenable sur le dos, se rencontre aisément à travers les nombreux échelons de la société anglaise, dans les classes moyennes et élevées. Je n'en citerai que quelques exemples. La classe médicale s'est divertie, il n'y a pas longtemps, à son retour d'une fête publique ; elle a enfoncé des portes, éteint des réverbères et terrifié les honnêtes habitants d'un faubourg de Londres. La classe militaire, il n'y a pas longtemps non plus, a commis, dans certains régiments, des atrocités telles qu'elles ont obligé les autorités supérieures à intervenir. La classe commerciale, l'autre jour, s'est ruée sur un banquier étranger, l'a sifflé, violenté, alors qu'il était entré pour visiter la Bourse, avec l'un des membres les plus âgés et les plus estimés de notre haute finance. La classe universitaire – à Oxford – a chahuté le vice-chancelier et les chefs des collèges, et mis les spectateurs dehors à la Fête de la Commémoration, en 1869 ; depuis, elle a saccagé la bibliothèque de Christchurch et brûlé les bustes et les sculptures qu'elle contenait. Il est avéré que ces crimes ont été commis. Il est avéré que leurs auteurs figurent en grand nombre parmi les protecteurs et parfois parmi les héros des sports athlétiques. N'y avait-il point là matière à tracer un caractère comme celui de Geoffroy Delamayn ? Ai-je donc tiré de ma seule imagination la scène qui se passe à la réunion athlétique de la taverne *Cock and Bottle*, à Putney ? N'est-il pas besoin de protester, dans l'intérêt de la civilisation, contre le retour parmi nous de la sauvagerie, qui prétend régénérer les vertus mâles et qui trouve la stupidité humaine actuellement assez épaisse pour écouter ces prétentions ?

Avant de terminer ces quelques lignes d'introduction, et pour revenir à la question d'art, j'espère que le lecteur trouvera que le but du récit fait toujours partie intégrante du récit lui-même. La première condition de succès pour un ouvrage de ce genre, c'est que la vérité et la fiction ne se séparent jamais l'une de l'autre. J'ai sérieusement travaillé pour atteindre ce but ; et j'espère n'avoir pas travaillé vainement.

W. C. Juin 1871.

PROLOGUE

Le mariage irlandais

PREMIÈRE PARTIE

La villa de Hampstead

1

Un matin d'été, sur les flots... il y a quarante ans... dans la cabine d'un paquebot de la Compagnie des Indes orientales prêt à partir de Gravesend pour Bombay, deux jeunes filles pleuraient ensemble.

Elles avaient le même âge, 18 ans. Toutes deux, élevées dans la même pension, étaient restées unies par les liens de la plus tendre et de la plus intime amitié. Elles se séparaient alors pour la première fois, et peut-être pour toute la vie.

L'une se nommait Blanche, l'autre Anne.

Toutes deux étaient nées de parents pauvres ; toutes deux avaient été surveillantes dans la même maison ; toutes deux étaient destinées à gagner leur vie par leur travail. La pauvreté, d'ailleurs, était le seul point de ressemblance entre elles.

Blanche était passablement attrayante, passablement intelligente, mais rien de plus.

Anne était d'une beauté rare, et riche de tous les dons.

Les parents de Blanche étaient de braves et dignes

gens, qui n'avaient en vue que d'assurer, au prix de tous les sacrifices, le bonheur futur de leur enfant.

Les parents d'Anne étaient des êtres dépravés et sans cœur, ne songeant qu'à spéculer sur la beauté de leur fille, et s'étaient arrangés pour exploiter ses talents à leur profit.

Les deux jeunes filles commençaient donc la vie dans des conditions bien différentes.

Blanche s'en allait en Inde pour y être gouvernante dans la maison d'un juge, sous la tutelle de la femme de ce magistrat.

Anne devait attendre, chez ses parents, l'occasion de partir, à peu de frais, pour le conservatoire de Milan. Là, toute seule, abandonnée en pays étranger, elle devait apprendre l'art de la comédie et du chant, puis revenir à Londres, où elle ferait la fortune de ses parents sur les scènes lyriques.

Et toutes deux, assises dans la cabine de ce navire en partance pour l'Inde, elles se tenaient étroitement embrassées, pleurant amèrement. Les adieux qu'elles échangeaient, empreints de l'exagération passionnée propre aux jeunes filles, étaient pourtant bien sincères et émanaient de deux cœurs tendres et honnêtes.

– Blanche, il se peut que vous vous mariiez en Inde. Alors, vous ferez en sorte que votre mari vous ramène en Angleterre.

– Anne, il se peut que la carrière théâtrale ne vous rende point heureuse. Alors, vous la quitterez et vous viendrez me rejoindre en Inde.

– En Angleterre, hors de l'Angleterre, mariées ou non, nous nous retrouverons, ma chère Blanche, fût-ce dans des années. Nous aurons toujours au fond du cœur la même vieille affection l'une pour l'autre, comme des sœurs dévouées, et ce sera pour toute la vie ! Jurez-le, Blanche !

– Je le jure, Anne !

– De tout votre cœur et de toute votre âme !

– De tout mon cœur et de toute mon âme !

Les voiles se gonflèrent sous le vent et le navire se

mettait en mouvement. Il fut nécessaire d'en appeler à l'autorité du capitaine pour séparer les deux jeunes filles.

Le capitaine intervint avec douceur et fermeté.

– Venez, ma chère, dit-il en passant son bras autour de la taille d'Anne ; je sais ce que sont les gros chagrins. Et moi aussi, j'ai une fille.

Anne laissa tomber sa tête sur l'épaule du marin, qui souleva la jeune fille et la déposa lui-même dans la barque rangée contre le flanc du paquebot.

Cinq minutes plus tard, le navire était en marche, la barque abordait au quai ; les deux jeunes filles échangèrent des signes d'adieu avec leurs mouchoirs et se virent de loin une dernière fois, pour bien des années.

Cela se passait en 1831.

2

Vingt-quatre ans plus tard, au cours de l'été de 1855, on pouvait remarquer sur les murs de Hampstead l'affiche suivante : VILLA MEUBLÉE À LOUER.

La maison était encore occupée par les personnes qui désiraient la louer.

Le soir où commence ce récit, une dame et deux messieurs étaient à table.

La dame avait atteint l'âge mûr, 42 ans environ ; elle était encore d'une rare beauté.

Son mari, de quelques années plus jeune, était assis en face d'elle et gardait un silence contraint ; jamais il n'arrivait que son regard s'arrêtât sur sa femme.

Le troisième convive était un ami.

Le mari se nommait Vanborough, et son hôte, Kendrew.

On touchait à la fin du dîner, les fruits et le vin étaient sur la table. Mr Vanborough poussa les bouteilles devant Mr Kendrew. La maîtresse de maison jeta un coup d'œil au domestique qui servait et dit :

– Faites entrer les enfants.

La porte s'ouvrit et l'on vit paraître une fillette de

12 ans qui tenait par la main une autre petite fille de 5 ans environ ; toutes deux étaient habillées de blanc et parées d'une gracieuse écharpe bleu clair.

Elles ne se ressemblaient pas et n'avaient même entre elles aucun air de famille.

La plus âgée était mince et délicate ; son visage pâle dénotait une sensibilité exquise.

La plus jeune, au contraire, était mignonne et fraîche, avec des joues vivement colorées, des yeux brillants et mutins, une charmante petite image du bonheur et de la santé.

C'est cette dernière que Mr Kendrew regarda d'un air surpris.

– Voilà une jeune demoiselle qui est une étrangère pour moi.

– Si vous n'étiez pas devenu vous-même un étranger pour nous pendant l'année passée, répondit Mrs Vanborough, vous ne diriez pas cela. Je vous présente la petite Blanche, l'unique enfant de ma plus chère amie. Quand la mère de Blanche et moi nous sommes vues pour la dernière fois, nous étions deux pauvres pensionnaires faisant leur entrée dans le monde. Mon amie est partie pour l'Inde et s'y est mariée assez tard. Vous pouvez avoir entendu parler de son mari, ce fameux officier de l'armée des Indes, sir Thomas Lundie, le riche sir Thomas, comme on l'appelle. Lady Lundie est maintenant en route pour revenir en Angleterre, qu'elle n'a pas vue depuis que nous nous sommes quittées. Je suis effrayée quand je pense au nombre d'années qui ont passé depuis ce temps-là ! Je l'attendais hier, je l'attends aujourd'hui… Elle peut arriver à tout moment. Nous avions échangé la promesse de nous revoir, et c'est sur le navire qui l'emportait vers l'Inde que nous nous sommes engagées par serment à nous aimer toute la vie. Imaginez comme nous allons nous trouver changées toutes deux !

– Mais, reprit Mr Kendrew, votre amie paraît vous avoir envoyé sa petite fille en éclaireuse pour se faire attendre. C'est un bien long voyage pour une si jeune voyageuse.

– Un voyage ordonné par les médecins de l'Inde, répliqua Mrs Vanborough. Blanche avait besoin de l'air de l'Angleterre. Sir Thomas était malade à cette époque, et sa femme ne pouvait le quitter. Elle a envoyé ici son enfant. À quelle autre personne que moi pouvait-elle l'envoyer ! Regardez-la, et dites-moi si l'air de l'Angleterre ne lui a pas parfaitement réussi. Les deux mères, Mr Kendrew, semblent revivre dans leurs enfants. Nous n'avons toutes deux qu'une fille : la mienne est la petite Anne, comme moi ; la fille de mon amie est la petite Blanche, comme elle. Les deux enfants se sont prises l'une pour l'autre de la même affection qui avait uni les mères au temps lointain du pensionnat. On a souvent parlé des haines héréditaires. N'y a-t-il pas aussi des amitiés héréditaires ?

L'hôte ne put répondre, car le maître de la maison lui adressa la parole :

– Kendrew, quand vous serez las de cette sentimentalité domestique, je pense que vous prendrez bien un verre de vin ?

Cela avait été prononcé d'un ton dédaigneux, qui ne prenait nullement la peine de se déguiser.

Mrs Vanborough sentit le rouge lui monter au visage ; elle se contint pourtant et se tourna vers son mari avec le désir évident de le ramener à une humeur un peu moins rude.

– J'ai peur, mon cher, que vous ne soyez pas bien ce soir, lui dit-elle.

– Je serai mieux quand ces enfants auront fini le tapage qu'elles font avec leurs fourchettes et leurs couteaux.

Les enfants étaient en train de peler des fruits.

La plus jeune continua. La plus âgée s'arrêta court et regarda sa mère.

Mrs Vanborough fit signe à Blanche de venir près d'elle et, en montrant la porte-fenêtre ouvrant sur le jardin :

– Voudriez-vous aller manger votre fruit dans le jardin, Blanche ?

– Oui, acquiesça Blanche, si Anne vient avec moi.

Anne se leva sur-le-champ, et les deux enfants sortirent en se donnant la main.

Mr Kendrew engagea prudemment la conversation sur un autre sujet : il fit allusion à la location de la maison.

– Ce sera bien triste pour ces jeunes enfants d'être privées du jardin. Je trouve vraiment que c'est une pitié que de renoncer à une si jolie habitation.

– Quitter la maison n'est pas ce qu'il y a de pire, répondit Mrs Vanborough. Si John pense que Hampstead est trop loin de Londres pour sa commodité, naturellement il faut nous transporter ailleurs. Ce que je trouve pénible, et ce dont je me plains, c'est d'avoir à m'occuper de louer la maison.

Mr Vanborough jeta à sa femme le coup d'œil le plus disgracieux possible, de l'autre côté de la table.

– En quoi avez-vous à vous en occuper? demanda-t-il.

Mrs Vanborough essaya encore une fois d'éclaircir l'horizon conjugal par un sourire.

– Mon cher John, dit-elle avec douceur, vous oubliez que, pendant que vous êtes à vos affaires, je suis ici toute la journée. Je ne peux pas ne pas voir les personnes qui viennent pour visiter la maison. Et quelles gens! ajouta-t-elle en se tournant du côté de Mr Kendrew. Ils se méfient de toute chose, depuis le décrottoir de la porte jusqu'aux cheminées sur le toit. Ils m'imposent leur présence à toutes les heures. Ils posent toutes sortes de questions indiscrètes, et ils me donnent clairement à entendre qu'ils ne sont pas disposés à croire à mes réponses, avant même que j'aie eu le temps de les prononcer. Un jour, c'est une femme qui s'écrie : « L'écoulement des eaux ménagères se fait-il bien? » Elle ricane d'un air soupçonneux avant qu'on lui ait répondu oui. Un autre jour, c'est un homme grognon qui demande : « Êtes-vous bien sûre que la maison est solidement bâtie? », et il saute en l'air et retombe de tout son poids sur le plancher pour en éprouver la force. Aucun de ces visiteurs ne veut convenir que nos allées sont bien sablées et que notre jardin est exposé au midi. Personne ne se soucie des améliorations que nous y avons apportées. Quand ils entendent parler du puits artésien de John, ils ont l'air de gens qui n'ont jamais bu d'eau. S'il leur arrive de passer par ma basse-cour, ils prennent des airs dédaigneux quand on leur montre les poules et qu'on leur dit qu'il y a des œufs frais !

Mr Kendrew éclata de rire.

– J'ai passé par toutes ces épreuves. Les gens qui ont à prendre une maison en location sont les ennemis-nés de ceux qui en ont une à louer. Étrange, n'est-ce pas, Vanborough ?

L'humeur maussade de Vanborough résista aussi obstinément à son ami qu'elle avait résisté à sa femme.

– Je ne sais, répondit-il, je n'ai pas écouté.

Cette fois, sa voix et son air avaient quelque chose de presque brutal.

Mrs Vanborough regarda son mari avec une expression non déguisée de surprise et d'inquiétude.

– John ! qu'avez-vous ?... êtes-vous souffrant ?

– Un homme peut être inquiet et ennuyé, je suppose, sans être réellement souffrant.

– Je suis fâchée d'apprendre que vous êtes ennuyé... Sont-ce des ennuis d'affaires ?

– Oui... les affaires.

– Consultez Mr Kendrew.

– J'attends pour le consulter...

Mrs Vanborough se leva.

– Sonnez, cher, dit-elle, quand vous voudrez le café.

En passant près de son mari, elle posa tendrement la main sur son front.

– Je voudrais pouvoir éclaircir ce front soucieux ! murmura-t-elle.

Mr Vanborough secoua la tête avec impatience.

Mrs Vanborough soupira ; elle allait sortir, mais son mari la rappela avant qu'elle eût quitté la salle à manger :

– Veillez à ce que nous ne soyons pas interrompus !

– Je ferai de mon mieux, John.

Elle regarda Mr Kendrew qui tenait la porte ouverte devant elle et, s'efforçant de reprendre un ton léger :

– Mais n'oubliez pas nos ennemis-nés ! dit-elle. Quelqu'un peut venir, même à cette heure de la soirée, qui voudra voir la maison.

Les deux hommes restèrent seuls.

Il y avait entre eux un contraste frappant.

Mr Vanborough était beau, fort grand, très brun, avec des manières décidées, beaucoup d'énergie sur le visage, et cette énergie était visible pour tout le monde, tandis qu'un observateur attentif seul pouvait pénétrer la fausseté native de sa physionomie et de son regard.

Mr Kendrew était petit et chétif, ses manières étaient lentes et embarrassées, excepté quand une émotion subite l'arrachait à cet engourdissement ordinaire. Le monde ne voyait en lui qu'un homme laid et peu démonstratif. L'observateur pénétrait au-delà de son visage et devinait une belle nature solidement assise sur de vrais principes d'honneur et de loyauté.

Ce fut Mr Vanborough qui entama la conversation :

– Si vous vous mariez jamais, ne soyez pas aussi sot que je l'ai été, Kendrew, ne prenez pas une femme au théâtre.

– Si je trouvais une femme comme la vôtre, répliqua Mr Kendrew, je la prendrais même au théâtre. Une femme belle, une femme de talent, d'une réputation sans tache, et qui vous aime sincèrement. Homme insatiable ! Que vous faut-il de plus ?

– Il me faudrait beaucoup plus, Kendrew ; il me faudrait une femme apparentée et de haute naissance, une femme qui puisse recevoir la meilleure société de l'Angleterre, et ouvrir à son mari le chemin d'une position dans le monde.

– Une position dans le monde ! s'écria Mr Kendrew. Voici un homme auquel son père a laissé un demi-million de livres sterling en argent, à la seule condition de prendre sa place à la tête d'une des plus grandes maisons de commerce de l'Angleterre. Et il parle d'une position, comme s'il était petit commis dans sa propre maison ! Qu'est votre ambition sur cette terre, pour voir au-delà de ce que vous avez déjà obtenu ?

Mr Vanborough vida son verre et dévisagea son ami.

– Mon ambition voit une carrière parlementaire avec la pairie comme couronnement… et cela sans autre obstacle sur ma route que ma très estimable femme.

Mr Kendrew fit un signe désapprobateur.

– Ne parlez pas ainsi. Si vous plaisantez, c'est une plaisanterie que je ne comprends pas. Si vous parlez sérieusement, vous me forcez à concevoir un soupçon, auquel je préfère ne pas m'arrêter. Changeons de sujet.

– Non, arrivons au fait, et à l'instant même ! Que soupçonnez-vous ?…

– Je soupçonne que vous êtes las de votre femme.

– Elle a 42 ans, j'en ai 35, et il y a treize ans que nous sommes mariés. Vous savez tout cela et vous soupçonnez seulement que je suis las d'elle. Dieu bénisse votre innocence ! N'avez-vous rien de plus à ajouter ?

– Si vous m'y forcez, j'userai de la liberté que peut prendre un vieil ami, et je vous dirai que vous n'agissez pas bien avec elle. Il y a près de deux ans que vous êtes revenu de l'étranger pour vous établir en Angleterre, après la mort de votre père. Votre fortune vous a ouvert l'accès des meilleures sociétés. Jamais vous n'y avez présenté votre femme. Vous allez dans le monde comme si vous étiez garçon, j'ai des raisons de croire que vous vous faites même passer pour célibataire parmi vos nouvelles connaissances. Pardonnez-moi si j'exprime ma pensée un peu vertement, mais je ne peux la retenir. Il est indigne de vous d'enterrer ici votre femme, comme si vous aviez honte d'elle !…

– J'en ai honte, en effet.

– Vanborough !

– Attendez, vous n'aurez pas si facilement raison de moi, cher ami. Résumons le passé. Il y a treize ans, je tombe amoureux d'une chanteuse de théâtre et je l'épouse. Mon père est furieux contre moi et me voilà forcé de m'en aller vivre à l'étranger. À l'étranger on ignorait qui était ma femme. Mon père m'a pardonné sur son lit de mort et j'ai dû la ramener dans mon pays. Voilà le commencement de mes regrets. Je trouve à cette heure la carrière ouverte devant moi, mais je suis lié à une personne dont la famille, vous le savez, appartient à ce qu'il y a de plus bas dans la basse classe. Une femme qui n'a pas la moindre distinction dans les manières, pas la plus légère aspiration en dehors de son enfant, de sa cuisine, de son piano et de ses livres. Est-ce la compagne qui peut m'aider à me faire une grande place dans le monde, qui peut m'aplanir le chemin menant à travers les obstacles sociaux et politiques, jusqu'à la Chambre des lords ? Et puis, est-ce qu'elle n'a pas la maudite manie de lier des connaissances partout où elle va ? Elle aura bien vite un cercle autour d'elle, si je la laisse plus longtemps dans ce voisinage. Et ces amis se rappelleront qu'avant d'être Mrs Vanborough, elle était une chanteuse réputée. Et ces amis verront son vieil escroc de père venir, quand j'aurai le dos tourné et quand il sera ivre, frapper à la porte, pour lui emprunter de l'argent ! Je vous le dis, mon mariage est la ruine de tous mes projets d'avenir. Inutile de me parler des vertus de ma femme : avec toutes ses vertus, elle n'en est pas moins une pierre attachée à mon cou. Ah ! si je n'avais pas été fou, j'aurais attendu pour me marier et j'aurais épousé une femme qui aurait pu m'être utile, une femme ayant de grandes relations…

Mr Kendrew toucha le bras de son hôte et l'interrompit brusquement :

– Venons au fait, une femme comme lady Jane Parnell…

Mr Vanborough tressaillit et, pour la première fois, il baissa les yeux sous le regard de son ami.

– Que savez-vous au sujet de lady Jane ? demanda-t-il.

– Rien. Je ne fréquente pas le monde dans lequel vit lady Jane… mais je vais quelquefois à l'Opéra. Je vous ai vu avec elle, hier soir, dans sa loge. On parlait publiquement de vous, comme du mortel favorisé qui avait été distingué par lady Jane. Imaginez-vous ce qui arriverait si votre femme apprenait cela ! Vous avez tort, Vanborough, et vous m'affligez. Je n'avais jamais recherché cette explication, mais maintenant qu'elle est venue, je ne reculerai pas. Réfléchissez à votre conduite, ou ne me comptez pas plus longtemps au nombre de vos amis. Non, je ne veux plus parler de ce sujet à présent. Nous nous échauffons tous les deux... nous finirions par prononcer des paroles qu'il vaut mieux taire. Je vous le dis encore, changeons de conversation. Vous m'avez écrit que vous aviez besoin de moi aujourd'hui, et que vous vouliez me demander mon avis sur une chose importante. De quoi s'agit-il ?

Il y eut un silence.

La physionomie de Mr Vanborough trahissait beaucoup d'embarras. Il se versa un verre de vin qu'il vida d'un seul trait avant de répondre :

– Il n'est pas aisé pour moi de m'expliquer, après le ton que vous avez pris avec moi au sujet de ma femme.

Mr Kendrew parut surpris.

– Mrs Vanborough serait-elle impliquée dans la question ?

– Oui.

– Sait-elle de quoi il s'agit ?

– Non.

– Lui avez-vous caché, par considération pour elle ?

– Oui.

– Ai-je quelque droit de donner mon avis ?

– Vous avez les droits d'un vieil ami.

– Alors, pourquoi ne me parlez-vous pas franchement ?

Mr Vanborough hésita de nouveau.

– Tout cela vous sera mieux expliqué, répondit-il, par une tierce personne que j'attends. Cette personne a connaissance de tous les faits, et elle est plus apte que moi à les exposer.

– Quelle est cette tierce personne ?

– Mon ami Delamayn.

– Votre homme de loi ?

– Oui, le plus jeune associé de la maison Delamayn, Hawke et Delamayn. Vous le connaissez ?

– Je le connais. La famille de sa femme était liée avec la mienne, avant son mariage. Il ne me plaît pas.

– Il est assez difficile de vous plaire aujourd'hui !

Delamayn est un homme en train de s'élever, s'il en fut jamais. Celui-là aussi a la carrière ouverte et assez de courage pour la parcourir. Il va quitter son étude et tenter sa chance au barreau. Tout le monde prétend qu'il y accomplira de grandes choses. Quelles préventions avez-vous contre lui ?

– Je n'en ai aucune. Les circonstances vous font souvent rencontrer des gens qui vous déplaisent, sans que vous sachiez trop pourquoi. La vérité, je ne saurais dire pourquoi, est que Mr Delamayn ne me plaît pas.

– Quoi que vous en pensiez, vous le rencontrerez ce soir. Il sera ici dans un instant.

Le domestique ouvrit la porte et annonça :

– Mr Delamayn.

3

L'avocat en pleine ascension avait bien l'air d'un homme qui doit réussir. Son visage dur et soigneusement rasé, ses yeux gris scrutateurs, ses lèvres minces et résolues disaient clairement : « Je veux tracer mon chemin dans le monde, et si vous y mettez obstacle, je me le frayerai bien à vos dépens. »

Mr Delamayn était habituellement poli envers tout le monde ; mais il n'avait jamais su dire un mot obligeant à son plus cher ami.

D'une rare habileté, d'un honneur sans tache, selon les lois du monde, ce n'était pas un homme à prendre familièrement par la main.

Cependant, il était honnête. Vous ne lui auriez jamais emprunté de l'argent, mais vous lui auriez confié n'importe quelle somme avec la plus entière sécurité. Dans des embarras privés et personnels, vous auriez hésité à lui demander de vous venir en aide ; mais, dans d'autres circonstances difficiles, vous vous seriez dit : voilà mon homme !

– Kendrew, un vieil ami à moi, dit Mr Vanborough en s'adressant à l'homme de loi. Quoi que vous ayez à me dire, vous pouvez parler devant lui. Voulez-vous prendre quelque chose ?

– Non, je vous remercie.

– Apportez-vous quelques nouvelles ?

– Oui.

– Avez-vous l'opinion écrite des deux avocats ?

– Non.

– Pourquoi ?

– Parce que cela n'est pas nécessaire. Si les événements sont avérés, il n'y a pas le moindre doute sur l'interprétation de la loi.

Sur cette réponse, Mr Delamayn tira un papier écrit de sa poche et le déplia devant lui sur la table.

– Qu'est-ce que cela ? demanda Mr Vanborough.

– L'énoncé des faits relatifs à votre mariage.

Mr Kendrew tressaillit et manifesta les premiers signes d'intérêt pour ce qui se déroulait en sa présence.

Mr Delamayn le regarda un moment et continua :

– Les événements, tels qu'ils ont été originairement exposés par vous, ont été ensuite rédigés par notre clerc.

Le caractère de Vanborough se trahit de nouveau.

– Qu'avons-nous besoin de tout cela ? s'écria-t-il. Vous avez mené une enquête pour vous assurer de l'exactitude de mes déclarations, n'est-ce pas ?

– Oui.

– Et vous avez reconnu que j'avais le droit pour moi ?

– J'ai reconnu que vous aviez le droit pour vous… si les faits sont exacts. Je désire m'assurer qu'il n'y a pas eu de malentendu entre vous et le clerc. Cela est un point important. Je suis au moment de prendre la responsabilité de donner une opinion qui peut avoir les plus sérieuses conséquences, et je tiens à m'assurer que cette opinion repose sur une base solide. J'ai quelques questions à vous adresser. Ne soyez pas impatient, je vous prie. Cela ne demandera pas beaucoup de temps.

Il consulta le manuscrit.

– Vous vous êtes marié à Inchmallock, en Irlande, reprit-il, il y a de cela treize ans ?

– Oui.

– Votre femme… alors miss Anne Silvester, était catholique romaine ?

– Oui.

– Son père et sa mère étaient catholiques romains ?

– En effet.

– Votre père et votre mère étaient protestants et vous avez été baptisé et élevé dans la foi de l'Église protestante d'Angleterre ?

– C'est exact.

– Miss Anne Silvester éprouva et exprima une forte répugnance à vous épouser, parce que vous apparteniez à des communautés religieuses différentes ?

– En effet.

– Et vous avez alors consenti à vous faire catholique romain, comme elle ?

– C'était le plus court parti à prendre, et la religion m'importait peu.

– Vous avez été formellement reçu dans le sein de l'Église catholique romaine ?

– Oui… oui… j'ai subi toute la cérémonie.

– À l'étranger ou en Angleterre ?

– À l'étranger.

– Combien de temps avant votre mariage ?

– Six mois.

Mr Delamayn s'en référait sans cesse au papier qu'il tenait à la main, comparait soigneusement chaque réponse qu'il recevait avec celles qui avaient été données au maître clerc.

– Parfaitement exact, dit-il.

Et il reprit le cours de ses questions :

– Le prêtre qui vous a mariés se nommait Ambrose Redman… un jeune homme récemment promu à ses fonctions sacerdotales ?

– Oui.

– Vous a-t-il demandé si vous étiez tous deux catholiques romains ?

– Oui.

– Ne vous a-t-il rien demandé de plus ?

– Non.

– Êtes-vous sûr qu'il ne s'est jamais enquis si vous étiez catholique « depuis plus d'une année avant de vous présenter devant lui pour qu'il vous mariât » ?

– J'en suis sûr.

– Il peut avoir oublié cette partie de ses devoirs… ou bien, en sa qualité de débutant, il pouvait l'ignorer. Ni vous ni la dame n'avez eu la pensée de le renseigner sur ce point ?

– Ni moi ni la dame ne savions qu'il y eût la moindre nécessité de le faire.

Mr Delamayn replia le manuscrit et le remit dans sa poche.

– Parfaitement exact, conclut-il, en tous points.

Le visage bistré de Mr Vanborough pâlit légèrement ; il jeta un regard furtif sur Mr Kendrew, puis détourna la tête.

– Eh bien, Mr Delamayn. Voyons maintenant quelle est votre opinion… Que dit la loi ?

– La loi, répondit Mr Delamayn, ne laisse pas de place au doute ni même à la discussion. Votre mariage avec miss Anne Silvester n'en est pas un.

Mr Kendrew se trouva brusquement debout.

– Que voulez-vous dire ? demanda-t-il d'une voix forte.

Le jeune avocat releva les sourcils avec une expression de surprise polie. Si Mr Kendrew avait besoin de plus d'informations, pourquoi les demandait-il sur ce ton ?

– Désirez-vous que je vous donne connaissance des termes de la loi en cette matière ? répondit-il.

– Je le désire.

Mr Delamayn exposa la loi, telle qu'elle existe encore, à la honte de la législation et de la nation anglaises.

– D'après le Statut irlandais de George II, expliqua-t-il, tout mariage célébré par un prêtre papiste entre deux protestants, ou entre un papiste ou toute autre personne ayant été protestante moins de douze mois avant la date du mariage, est déclaré nul et non avenu. D'après deux autres dispositions législatives du même règne, la célébration d'un tel mariage est un crime de la part du prêtre. Cette loi est abrogée à l'égard des ministres des autres sectes, mais elle a gardé toute sa force contre les prêtres catholiques.

– De telles dispositions sont-elles possibles dans le siècle où nous vivons ! s'écria Mr Kendrew.

Mr Delamayn sourit ; il n'en était plus aux illusions que se font les hommes moins expérimentés sur le temps où ils vivent.

– Il y a bien d'autres exemples des anomalies curieuses qu'offre la loi sur les mariages en Irlande, continua-t-il. C'est un crime, comme je vous l'ai dit, pour un prêtre catholique romain de célébrer un mariage qui peut être légalement célébré par un ecclésiastique de la paroisse, un ministre presbytérien ou tout autre ministre non conformiste. En revanche, c'est aussi et toujours un crime, en vertu d'une autre loi, pour un ministre presbytérien ou non conformiste de célébrer un mariage qui peut être légalement célébré par les membres du clergé de l'Église établie. Cet état de choses est ancien. Les étrangers peuvent trouver qu'il est scandaleux ; en Angleterre, nous ne paraissons guère nous préoccuper de cela. Pour en revenir à la question qui nous occupe, voici les effets légaux. Mr Vanborough est célibataire, Mrs Vanborough est également libre de tout engagement matrimonial, leur enfant est illégitime, et le prêtre Ambrose Redman est en situation de passer en jugement et d'être puni comme criminel pour les avoir mariés.

– L'infâme loi ! s'écria Mr Kendrew.

– C'est la loi, répliqua Mr Delamayn.

Et pour lui, la réponse était suffisante.

Pas un seul mot jusqu'alors n'était sorti des lèvres du maître de maison ; il demeurait assis, les lèvres serrées, les yeux fixés sur la table, enfermé dans ses pensées.

Mr Kendrew se tourna de son côté et rompit le silence :

– Dois-je comprendre que l'avis que vous attendiez de moi a trait à cela ?

– Oui.

– Vouliez-vous me dire que, connaissant le sujet de cette entrevue et les résultats qu'elle pouvait amener, vous éprouviez quelque doute sur le parti qu'il vous restait à prendre ?... Dois-je réellement penser que vous hésitez à réparer cette terrible erreur légale et à faire de la femme qui est votre épouse devant Dieu votre épouse aux yeux de la loi ?

– S'il vous plaît d'envisager les choses sous ce jour, dit Mr Vanborough, si vous ne voulez pas considérer...

– Ce que je veux, c'est une réponse nette à ma question... Oui ou non !

– Laissez-moi parler, je vous prie ! On a toujours le droit de s'expliquer, je suppose.

Mr Kendrew l'arrêta d'un geste de dégoût.

– Je vous épargnerai cette peine, je préfère quitter la maison. Vous m'avez donné une leçon que je n'oublierai pas. Vous m'avez appris qu'on peut connaître un homme depuis l'enfance, et n'avoir jamais vu de lui que la surface. Je suis honteux d'avoir été votre ami. Vous êtes un étranger pour moi, à partir de ce moment.

Sur ces mots, il sortit de la pièce.

– Voilà un homme qui a la tête singulièrement chaude, dit Mr Delamayn. Si vous me le permettez, j'ai changé d'idée. J'accepterai maintenant un verre de vin.

Mr Vanborough se leva sans répondre et fit avec impatience le tour de la pièce.

Tout criminel qu'il fût d'intention, il ne l'était pas encore de fait ; la perte du plus vieil ami qu'il eût au monde l'ébranla pour un moment.

– Tout cela est triste, Delamayn, dit-il. Que me conseillez-vous ?

Mr Delamayn secoua la tête et but une gorgée de bordeaux.

– Je me refuse à vous donner un conseil. Je n'accepte pas d'autre responsabilité que celle de vous apprendre ce que prévoit la loi, dans le cas où vous êtes placé.

Mr Vanborough reprit sa place à table.

Il réfléchissait encore : devait-il, oui ou non, revendiquer son affranchissement des liens du mariage ? Le temps jusqu'alors lui avait manqué pour agiter cette grande question dans son esprit. Durant son séjour sur le continent, elle ne s'était pas posée à lui, elle n'avait pris naissance que dans les hasards d'une conversation avec Mr Delamayn, pendant l'été même de cette année.

Durant quelques minutes, l'homme de loi et le mari demeurèrent face à face, assis en silence, l'un dégustant son vin, l'autre tout à ses pensées.

Cette scène muette fut interrompue par l'apparition d'un domestique dans la salle à manger.

Mr Vanborough leva les yeux sur cet homme avec un soudain emportement de colère.

– Que venez-vous faire ici ?

L'homme était un domestique anglais bien dressé ; en d'autres termes, une machine humaine, accomplissant imperturbablement ses devoirs.

Il avait quelque chose à dire et il le dit :

– Une dame est à la porte, monsieur, qui désire voir la maison.

– On ne visite pas la maison à cette heure de la soirée.

La machine avait un message à transmettre et elle le transmit :

– La dame m'a chargé de vous présenter ses excuses. Elle est très pressée par le temps. Cette maison est la dernière de celles qui se trouvent sur la liste de l'agent de locations, et son cocher, qui est stupide, ne sait pas trouver son chemin dans les quartiers qu'il ne connaît pas.

– Retenez votre langue, et dites à cette dame d'aller au diable !

Mr Delamayn intervint, un peu dans l'intérêt de son client, beaucoup dans l'intérêt des convenances :

– Vous attachez quelque importance, je crois, à louer cette maison le plus tôt possible ?

– Comme de raison.

– Est-il sage, pour un désagrément momentané, de perdre l'occasion de mettre la main sur un locataire ?

– Sage ou non, c'est un infernal ennui que d'être dérangé par la première folle venue.

– Comme il vous plaira. Cela ne me regarde pas. Tout

ce que je veux dire, c'est que si vous pensez à nos convenances personnelles, puisque je suis votre hôte, cette visite ne m'importune en rien.

Le domestique attendait d'un air impassible.

Mr Vanborough s'écria :

– Eh bien, faites entrer ! Mais que cette dame y songe ! Si elle entre ici, ce n'est que pour voir les appartements et s'en aller aussitôt. Si elle a des questions à adresser, qu'elle aille chez l'agent.

Mr Delamayn intervint de nouveau – cette fois dans l'intérêt de la maîtresse de la maison.

– Ne serait-il pas désirable, suggéra-t-il, de consulter Mrs Vanborough avant de prendre une décision ?

– Où est votre maîtresse ?

– Dans le jardin ou dans le parc, je ne suis pas bien sûr, monsieur.

– Nous ne pouvons envoyer à sa recherche par toute la propriété... Envoyez pourtant la femme de chambre la prévenir, et introduisez la visiteuse.

Le domestique sortit.

Mr Delamayn se servit un second verre de vin.

– Excellent claret. Le faites-vous venir directement de Bordeaux ?

Il ne reçut pas de réponse.

Mr Vanborough était retombé dans ses réflexions sur l'alternative qui s'offrait à lui de rompre ou de ne pas rompre son mariage ; le coude appuyé sur la table, il se mordait les ongles avec fureur et murmurait entre ses dents :

– Que dois-je faire ?

Le froufrou d'une robe de soie se fit entendre dans le corridor.

La porte s'ouvrit... et la dame venue pour visiter la maison pénétra dans la salle à manger.

4

Elle était grande et élégante; sa toilette, du meilleur goût, offrait une heureuse combinaison de richesse et de simplicité; un léger voile couvrait son visage. Elle le releva et s'excusa de déranger les deux amis, tandis qu'ils dégustaient leur vin, et cela avec l'aisance et la grâce sans affectation d'une femme du meilleur monde.

– Acceptez, je vous prie, mes excuses pour mon indiscrétion; je suis honteuse de venir ainsi vous importuner. Un regard jeté sur cette pièce me suffira.

Jusqu'alors elle s'était adressée à Mr Delamayn, qui se trouvait placé plus près d'elle; elle promenait son regard autour de la chambre.

Tout à coup ses yeux tombèrent sur Mr Vanborough. Elle tressaillit et poussa une exclamation de surprise.

– Vous! s'écria-t-elle. Juste ciel! Qui aurait pu penser vous rencontrer ici!

Mr Vanborough, de son côté, était resté comme pétrifié.

– Lady Jane! s'écria-t-il. Est-ce bien possible?

C'est à peine s'il osa la regarder en parlant. Ses yeux erraient, comme ceux d'un coupable, en direction du jardin.

La situation était terrible.

Également terrible, si sa femme voyait lady Jane, et si lady Jane découvrait sa femme.

Personne ne se montrait sur la pelouse, et si le hasard était favorable, Vanborough avait encore le temps d'éconduire la visiteuse.

Celle-ci, qui n'avait aucun soupçon de la vérité, lui tendit gaiement la main.

– Je crois au mesmérisme pour la première fois de ma vie, dit-elle; cela est un exemple de sympathie magnétique, Mr Vanborough. Une amie malade désire une villa toute meublée à Hampstead; j'entreprends de lui en trouver une, et le jour que je choisis pour aller à la découverte est celui que vous choisissez, vous, pour aller dîner chez un ami. J'ai vu dix maisons, il n'en reste plus qu'une sur ma liste, et je vous y rencontre. C'est étonnant!

Puis, se tournant vers Mr Delamayn, elle ajouta :

– C'est, je présume, au propriétaire de la maison que j'ai l'honneur de parler?

Avant que l'un ou l'autre des deux hommes eût eu le temps de répondre un mot, elle s'était tournée vers le jardin.

– Quelle jolie pelouse! Je vois là-bas une dame. J'espère que ce n'est pas moi qui l'ai fait fuir.

Son regard interrogeait Mr Vanborough.

– La femme de votre ami? demanda-t-elle.

Cette fois, elle attendit une réponse.

Dans la situation épouvantable où se trouvait Vanborough, quelle explication pouvait-il offrir?

Non seulement Mrs Vanborough était visible dans le jardin, mais on l'entendait distinctement donner des ordres aux domestiques, d'un ton qui désignait la maîtresse du logis.

Si Vanborough répondait que ce n'était pas la femme de son ami, la curiosité féminine allait amener nécessairement cette autre question : « Qui est-elle? » S'il inventait une explication, son épouse aurait le temps de découvrir la présence de lady Jane.

Après avoir envisagé toutes ces difficultés, durant l'espace d'un moment, Mr Vanborough, respirant à peine, prit le moyen le plus court et le plus hardi de se tirer d'embarras : il répondit par un signe de tête affirmatif, qui faisait de Mrs Vanborough Mrs Delamayn.

Mais les yeux de l'homme de loi, toujours vigilants, surprirent ce signe.

Il s'arrêta peu au sentiment naturel d'étonnement que devait lui causer une si grande liberté prise vis-à-vis de lui; mais il en tira l'inévitable conclusion qu'il se passait quelque chose d'étrange et qu'il y avait là une intrigue dont il ne devait pas se rendre complice.

Il s'avança donc, bien résolu à démentir son client.

Heureusement, avec sa volubilité ordinaire, lady Jane l'interrompit, pour ainsi dire, avant qu'il eût ouvert la bouche :

– Puis-je vous adresser une question? L'exposition est-elle au midi?... C'est évident... j'aurais dû voir au soleil que c'est le midi. Cette pièce et les deux autres sont les seules du rez-de-chaussée?... Et la maison est tranquille?...C'est encore évident... Charmante propriété! Selon toutes les probabilités, elle plaira à mon amie beaucoup plus que toutes celles que j'ai vues jusqu'à présent. Voulez-vous m'accorder jusqu'à demain le droit de préférence?

Ici elle s'arrêta pour reprendre haleine, et pour la première fois elle donna à Mr Delamayn l'occasion de répondre :

– J'en demande pardon à Votre Seigneurie, je ne puis réellement pas...

Mr Vanborough passa vivement derrière lui et, murmurant quelques mots à son oreille, l'arrêta avant qu'il eût pu en dire davantage :

– Pour l'amour du ciel, ne me démentez pas. Ma femme vient ici!

Au même instant, et supposant toujours que Delamayn était le maître de maison, lady Jane revint à la charge :

– Vous semblez éprouver quelque hésitation, avez-vous besoin de références?

Elle sourit d'un air moqueur et appela son ami à son aide.

– Mr Vanborough!

Mr Vanborough, qui se glissait pas à pas pour se rapprocher de la porte-fenêtre, résolu, quoi qu'il arrivât, à empêcher sa femme d'entrer, ne l'avait pas entendue.

Lady Jane le suivit et lui donna sur l'épaule un grand coup de son ombrelle.

À cet instant, Mrs Vanborough apparut sur le seuil de la porte-fenêtre qui s'ouvrait sur le jardin.

– Suis-je importune? demanda-t-elle en s'adressant à son mari, après avoir arrêté son regard sur lady Jane. Cette dame paraît être pour vous une ancienne amie.

Cela était prononcé avec un ton de sarcasme nécessairement provoqué par le coup d'ombrelle. La voix de Mrs Vanborough s'était soudain haussée au ton de la jalousie.

Lady Jane ne fut pas le moins du monde déconcertée. Elle avait pour elle un triple privilège : celui d'une gracieuse familiarité envers un homme qui la courtisait, son privilège de femme de haut rang et celui de jeune veuve.

Elle salua Mrs Vanborough avec toute la hautaine politesse de la classe à laquelle elle appartenait.

– La maîtresse de maison, je présume? fit-elle avec un sourire.

Mrs Vanborough lui rendit froidement ce salut, entra dans la pièce et répondit :

– Oui.

Lady Jane se tourna vers Mr Vanborough.

– Présentez-moi, dit-elle en se soumettant avec résignation aux façons formalistes de la bourgeoisie.

– Lady Jane Parnell, dit-il, passant aussi rapidement que possible sur cette présentation. Permettez-moi de vous conduire à votre voiture, milady, ajouta-t-il en offrant son bras à la jeune veuve. Je me charge de vous faire obtenir le droit de préférence pour la location de la maison.

Mais non! Lady Jane aimait trop à laisser une impression favorable derrière elle, où qu'elle allât. Il entrait dans ses habitudes de se montrer charmante, à l'aide de procédés bien différents pour les personnes des deux sexes. La politique de la haute société, en Angleterre, ne consiste-t-elle pas à savoir être appréciée partout?

Lady Jane refusa donc de quitter la place avant d'avoir triomphé de la glaciale réception de la dame du logis.

– Je dois renouveler mes excuses, dit-elle, pour m'être présentée à une heure aussi mal choisie. Mon indiscrète arrivée semble avoir d'abord dérangé ces messieurs, et Mr Vanborough a bien l'air d'un homme qui voudrait me voir à cent miles d'ici. Quant à votre mari…

Elle s'arrêta et regarda du côté de Mr Delamayn.

– Pardonnez-moi de m'exprimer d'une manière aussi familière. Je ne connais pas le nom de monsieur votre mari.

Les yeux de Mrs Vanborough, muette d'étonnement, suivirent la direction de ceux de lady Jane et s'arrêtèrent sur l'homme de loi, qui lui était tout à fait étranger.

Et Mr Delamayn, qui attendait résolument l'occasion de parler, la saisit à l'instant même… Il se garda de la laisser échapper, cette fois.

– Je vous demande pardon. Il y a ici quelque malentendu, dont je ne suis en aucune façon responsable. Je ne suis pas le mari de madame.

Ce fut au tour de lady Jane d'être étonnée.

Elle dévisagea l'homme de loi.

Inutilement ! Mr Delamayn avait rétabli sa position et se refusait à intervenir davantage ; il alla s'asseoir en silence à l'autre bout de la pièce.

Lady Jane s'adressa donc à Mr Vanborough :

– Quelque malentendu puisse-t-il y avoir, dit-elle, vous, du moins, en êtes responsable. Vous m'avez bien certainement indiqué que madame était la femme de votre ami.

– Comment !… s'écria Mrs Vanborough en élevant la voix d'un ton incrédule et véhément.

L'orgueil inné de la grande dame allait se montrer sous le voile de la politesse. Lady Jane riposta :

– Je parlerai plus haut, si vous le désirez. Mr Vanborough m'a affirmé que vous étiez la femme de monsieur.

Mr Vanborough murmura à voix basse entre ses dents serrées, en s'adressant à sa femme :

– Tout cela est un malentendu. Retournez au jardin.

L'indignation de Mrs Vanborough se changea un moment en une crainte mortelle, car elle voyait la colère et la terreur se livrer sur le visage de son mari un terrible combat.

– Comme vous me regardez !… dit-elle. Comme vous me parlez !…

Il se contenta de répéter :

– Retournez au jardin !

Lady Jane commençait à voir clairement ce que l'homme de loi avait deviné quelques minutes auparavant : quelque chose n'allait pas dans la villa de Hampstead.

La maîtresse du logis devait être dans une position irrégulière ; et comme la maison, selon toutes les apparences, appartenait à l'ami de Mr Vanborough, cet ami, en dépit de sa récente protestation, devait avoir dans tout cela sa part de responsabilité.

Lady Jane étant arrivée assez naturellement à cette conclusion, ses yeux se posèrent sur Mrs Vanborough et la toisèrent avec une expression méprisante qui aurait suffi pour éveiller la colère chez la femme la plus douce.

L'insulte qui se lisait dans ce regard ne manqua point de blesser au vif la juste susceptibilité de l'épouse.

Mrs Vanborough se tourna de nouveau vers son mari, mais cette fois sans frayeur.

– Qui est cette femme ? demanda-t-elle.

Lady Jane se montra à cet instant à la hauteur de la situation. Il faudrait voir la manière dont elle se drapa dans sa vertu, sans forfanterie comme sans fausse complaisance.

– Mr Vanborough, dit-elle, vous m'avez offert tout à l'heure de me conduire à ma voiture. Je commence à comprendre que j'aurais été mieux inspirée d'accepter cette offre à l'instant. Donnez-moi votre bras.

– Arrêtez ! lança Mrs Vanborough. Les regards de Votre Seigneurie sont des regards de mépris ; les paroles de Votre Seigneurie ne comportent qu'une seule interprétation. Je suis ici victime de quelque lâche tromperie que je ne comprends pas. Mais ce que je sais… c'est que je ne me laisserai pas insulter dans ma propre maison. Après ce que vous venez de proférer, je défends à mon mari de vous offrir son bras.

– Son mari !

Lady Jane regarda Mr Vanborough… Mr Vanborough qu'elle aimait… qu'elle croyait libre… qu'elle avait tout au plus soupçonné, jusqu'alors, de chercher à cacher les torts de son ami.

Elle baissa le ton ; elle perdit tout à coup ses manières hautaines.

Le sentiment de l'injustice, si ce qu'elle apprenait était vrai, le tourment de la jalousie, si cette femme avait réellement droit au titre d'épouse, tout cela changea la rougeur dont ses joues s'étaient colorées en une pâleur subite.

– Si vous êtes capable de dire la vérité, monsieur, lança-t-elle avec hauteur, soyez assez bon pour le faire. Vous êtes-vous faussement présenté au monde et à moi comme un homme libre de sa personne et de sa main. Cette dame est-elle votre femme ?

– Vous l'entendez !… vous le voyez ! s'écria Mrs Vanborough, s'adressant à son tour à son mari.

Puis elle s'éloigna soudainement de lui en frissonnant de la tête aux pieds.

– Il hésite, dit-elle d'une voix défaillante ; grand Dieu, il hésite !

Lady Jane répéta sévèrement sa question :

– Cette dame est-elle votre femme ?

Il fit appel à son infâme courage et prononça le mot fatal :

– Non !

Mrs Vanborough chancela et s'accrocha, pour ne pas tomber, au rideau de la fenêtre qu'elle déchira.

Le regard attaché sur son mari, serrant dans sa main ce lambeau d'étoffe, elle se disait : suis-je folle ?… est-ce lui qui a perdu la raison ?…

Lady Jane poussa un long soupir de soulagement.

– Il n'est pas marié !

Ce n'était donc qu'un mauvais sujet. Un mauvais sujet, c'est affreux !… mais il peut s'amender. On doit lui adresser des reproches cruels et insister, dans les termes les plus absolus, pour qu'il réforme sa conduite. On peut aussi lui pardonner et l'épouser.

Lady Jane prit, avec un tact parfait, la position commandée par les circonstances. Elle condamnait sévèrement le présent, sans interdire l'espoir dans l'avenir.

– J'ai fait une très pénible découverte, dit-elle à Mr Vanborough. C'est à vous de me la faire oublier. Bonsoir !

Elle accompagna ces derniers mots d'un regard d'adieu qui exaspéra Mrs Vanborough jusqu'à la frénésie.

La pauvre femme s'élança en avant pour barrer le passage à sa rivale.

– Non ! vous ne sortirez pas encore !

Mr Vanborough fit un pas pour se jeter entre elles ; mais sa femme lui lança un regard terrible.

– Cet homme a menti, jeta-t-elle. Par esprit de justice, pour moi-même, je dois insister pour le prouver.

Elle frappa sur le timbre posé sur une table près d'elle.

Le domestique entra.

– Apportez-moi mon pupitre qui est dans la pièce à côté.

Elle attendit, tournant le dos à son mari, les yeux fixés sur lady Jane.

Seule, sans défense, elle était debout sur les ruines de sa vie, supérieure à la trahison de Vanborough, à l'indifférence de l'homme de loi et au mépris de sa rivale.

En cet effroyable moment, sa beauté retrouvait une lueur de son ancien éclat.

C'était la grande artiste, qui naguère, au temps de sa gloire, tenait des milliers de spectateurs suspendus à ses regards et à ses lèvres, le cœur oppressé par les malheurs imaginaires que subissait la reine du théâtre.

Le domestique revint avec le pupitre.

Elle y prit un papier et le tendit à lady Jane.

– J'étais cantatrice, dit-elle, quand Mr Vanborough m'a épousée. Les calomnies auxquelles sont exposées les femmes de théâtre rendaient mon mariage douteux. Je m'armai de ce papier qui est entre vos mains. Madame, les gens, même de la plus haute société, respectent *cela* !

Lady Jane examina le papier : c'était un certificat de mariage.

Elle devint affreusement pâle et, s'adressant du regard à Mr Vanborough :

– M'auriez-vous trompée ? demanda-t-elle.

Mr Vanborough se tourna vers l'homme de loi qui s'était assis dans le coin le plus reculé de la pièce, attendant les événements d'un air impassible.

– Ayez l'obligeance de venir un moment, dit-il.

Mr Delamayn se leva.

Mr Vanborough se retourna vers lady Jane.

– Veuillez, dit-il, en référer à mon homme d'affaires, madame. Il n'est pas intéressé à vous tromper.

– Suis-je simplement invité à m'expliquer sur la loi ? demanda Mr Delamayn. Car je refuse de me prononcer davantage.

– On ne vous demande rien de plus.

Après avoir écouté attentivement cet échange singulier de demandes et de réponses, Mrs Vanborough avança d'un pas.

Le fier courage qui l'avait soutenue contre l'outrage faiblissait sous l'influence d'un pressentiment fatal. Elle comprenait qu'il allait arriver quelque chose qu'elle n'avait pas prévu. L'épouvante la faisait frissonner de la tête aux pieds.

Lady Jane remit le certificat à l'homme de loi.

– En deux mots, monsieur, dit-elle avec impatience, qu'est-ce que cela ?

– En deux mots, madame, répondit Mr Delamayn, du papier gâché.

– Il n'est pas marié ?

– Il n'est pas marié.

Après un moment d'hésitation, lady Jane se retourna du côté de Mrs Vanborough ; debout et muette auprès d'elle, celle-ci la regardait.

Lady Jane recula de terreur.

– Emmenez-moi ! s'écria-t-elle, terrifiée par ce visage livide et ces grands yeux brillants qui la regardaient avec la fixité du désespoir. Emmenez-moi d'ici !... cette femme me tuera.

Mr Vanborough lui offrit le bras.

Un silence de mort s'établit dans la pièce.

Les yeux de l'épouse les suivaient tous deux avec la même effroyable fixité, jusqu'à ce que la porte se fût refermée sur eux.

L'homme de loi, demeuré seul avec la femme reniée et délaissée, remit en silence le certificat sur la table.

Les yeux de Mrs Vanborough allaient de ce personnage à ce chiffon inutile ; puis, sans un cri, sans un geste, elle tomba évanouie.

Mr Delamayn la releva, la plaça sur un sofa et attendit Mr Vanborough qui allait sans doute revenir.

En contemplant ce beau visage, qui gardait sa beauté même dans l'évanouissement, semblable à la mort, il s'avoua qu'il avait été cruel pour cette pauvre femme… Oui ! tout impassible qu'il était, l'homme de loi pensait qu'il avait été cruel.

Mais la loi le justifiait. Il n'y avait pas de doute à avoir en l'espèce. La loi le justifiait !

Le piétinement des chevaux et le bruit des roues retentirent au-dehors. L'équipage de lady Jane s'éloignait.

Le mari allait-il revenir ?

Curieuse chose que l'habitude ! Mr Delamayn donnait encore à Vanborough la qualité du mari… en présence de la loi ! en présence des faits !

Les minutes passèrent… Vanborough ne revenait pas.

Il n'était pas prudent de provoquer un scandale dans la maison. De sa seule responsabilité, l'homme de loi ne pouvait laisser deviner aux domestiques ce qui s'était produit.

Mrs Vanborough était toujours là, privée de sentiment. L'air frais du soir pénétrait par la fenêtre ouverte, soulevait les rubans de son bonnet de dentelle et ses cheveux dénoués qui retombaient sur son cou. Là, gisait, toujours immobile, la femme que Vanborough avait aimée… la mère de son enfant.

Delamayn allait sonner et appeler du secours. Mais, au même instant, le calme de cette soirée d'été fut de nouveau troublé.

L'homme de loi resta la main tendue au-dessus du timbre.

On entendait de nouveau le pas d'un cheval et le bruit des roues d'une voiture qui s'avançait rapidement et s'arrêta devant la porte.

Était-ce lady Jane qui revenait ? Était-ce le mari ?

La cloche retentit, la porte s'ouvrit, le frôlement

d'une autre robe de soie se fit entendre dans le corridor, et une dame parut.

Ce n'était pas lady Jane, mais une étrangère, beaucoup plus âgée que la jeune lady, une femme fort ordinaire peut-être, en tout autre temps, mais maintenant presque belle, grâce à la vive expression de bonheur qui rayonnait sur son visage.

Elle vit Mrs Vanborough étendue sur le sofa et se précipita vers elle en poussant un grand cri, un cri d'affection et de terreur tout à la fois.

Elle s'agenouilla, attira sur sa poitrine cette tête insensible et couvrit de baisers ces joues glacées.

– Oh ! ma chérie, est-ce ainsi que nous devions nous retrouver ?

Oui ! après tant d'années depuis leur séparation dans la cabine du navire, c'était ainsi que les deux amies devaient se retrouver.

DEUXIÈME PARTIE

La marche du temps

5

Laissons le temps passé pour le temps présent. À partir de l'été de 1855, franchissons douze années.

Nous allons savoir qui est vivant et qui est mort, qui a connu une fortune favorable ou contraire, parmi les personnes que nous avons vues figurer dans la tragédie de la villa de Hampstead… Cela su, nous conduirons le lecteur au seuil d'un nouveau drame, au printemps de 1868.

La simple relation des événements commence par un mariage : celui de Mr Vanborough avec lady Jane Parnell.

Trois mois après le jour mémorable où son avocat lui avait démontré qu'il était libre, Mr Vanborough possédait la femme qu'il désirait pour faire les honneurs de sa table et pour aider à sa fortune ; la législature de la Grande-Bretagne se faisait l'humble servante de sa trahison et l'honorable complice de son crime.

Il entra au Parlement. Il donna – grâce à sa femme – six des plus grands dîners et deux des plus fameux bals de la saison. Il fit avec succès son premier discours à la Chambre des communes. Il dota une église dans un quartier pauvre. Il écrivit un article qui attira l'attention dans une revue trimestrielle. Il découvrit, dénonça et fit effacer un abus criant dans l'administration de la charité publique. Il reçut – toujours grâce à sa femme – un membre de la famille royale parmi les hôtes de sa maison de campagne à la fin de l'automne.

Tels furent ses triomphes, et telle est l'histoire de ses progrès vers la pairie, pendant la première année de son mariage avec lady Jane Parnell.

Ce fils gâté de la fortune n'attendait plus d'elle qu'une faveur; elle la lui accorda. Il restait une tache sur la vie passée de Mr Vanborough, tant que vivait la femme qu'il avait reniée et abandonnée. Un an plus tard, la pauvre créature mourut et la tache fut effacée.

Elle avait supporté, avec une rare patience et un admirable courage, l'impitoyable injure qui lui avait été infligée.

Il faut rendre justice à Mr Vanborough et reconnaître qu'il lui avait brisé le cœur avec le plus strict respect des convenances.

Il avait offert, par l'entremise de son homme de loi, de lui assurer une belle provision, ainsi qu'à sa fille. Cette offre avait été rejetée, sans un instant d'hésitation.

Anne répudia son argent, comme elle avait répudié son nom; elle n'en porta plus d'autre que celui qu'elle avait quand elle était jeune fille, et qui l'avait rendue illustre pendant sa carrière artistique. La mère et la fille ne furent plus appelées que de ce nom par ceux qui daignèrent s'enquérir d'elles après leur désastre.

Il n'y avait point de faux orgueil dans l'attitude que Mrs Silvester adopta et garda après que son mari l'eut délaissée.

Elle accepta avec reconnaissance, pour elle et pour son enfant, l'assistance de la chère et vieille amie qu'elle avait retrouvée au temps de l'affliction et qui lui resta fidèle jusqu'à la fin.

Mrs Silvester vécut avec lady Lundie jusqu'au moment où elle se sentit assez forte pour mettre à exécution le plan qu'elle s'était tracé et pour gagner sa vie en donnant des leçons de chant.

À en juger par toutes les apparences, elle était désormais rétablie; elle était redevenue elle-même.

Elle faisait son chemin, se conciliant partout la sympathie, la confiance et le respect, quand elle retomba tout à coup malade.

Nul n'aurait pu expliquer son mal ; les médecins eux-mêmes étaient divisés à ce sujet, et, scientifiquement parlant, il n'y avait pas de raison pour qu'elle mourût.

Ce n'était pas une simple figure de langage que de dire, comme lady Lundie, qu'Anne avait reçu le coup de grâce le jour où son mari l'avait abandonnée.

En dépit de la science qui était peu de chose, en dépit de son courage qui était grand, la malheureuse femme tomba à son poste et mourut.

Dans la dernière période de sa maladie, son esprit s'égara.

L'amie des anciens jours du pensionnat, assise auprès de son lit, l'entendit parler et vit bien que la moribonde se croyait revenue au jour où elles s'étaient dit adieu naguère dans la cabine du navire.

La pauvre âme retrouvait les mots et jusqu'à l'accent qu'elle avait alors, tant d'années auparavant, l'accent du temps passé, quand les deux jeunes filles s'étaient séparées pour suivre chacune son chemin en ce monde.

Elle disait :

– Nous nous retrouverons, ma chérie, avec toute notre ancienne affection.

Et elle prononça ces mots comme elle les avait prononcés autrefois, avant que la raison ne lui revînt.

Elle surprit le médecin et la garde-malade en les priant doucement de quitter sa chambre. Quand ils furent sortis, elle regarda lady Lundie et parut revenir à elle et s'arracher à un rêve.

– Blanche ! dit-elle, vous prendrez soin de mon enfant ?

– Elle sera ma fille, Anne, quand vous ne serez plus.

La mourante s'arrêta et réfléchit un moment.

Un tremblement soudain la saisit.

– Gardez comme un secret ce que je vais vous dire, reprit-elle. J'ai peur pour mon enfant.

– Peur ?… Après ce que je vous ai promis ?

Elle répéta d'un ton solennel les mêmes paroles :

– J'ai peur pour mon enfant !

– Pourquoi ?

– Ma chère Anne est une seconde moi-même... n'est-ce pas ? Elle est idolâtre de votre fille, comme je l'étais de vous. Elle ne porte pas le nom de son père... elle porte le mien. Elle est Anne Silvester, comme je l'étais moi-même. *Finira-t-elle comme moi ?*

Cette question fut prononcée avec cette respiration courte et cette voix pâteuse et embarrassée qui annoncent la mort prochaine.

Celle qui l'écoutait se sentit glacée jusque dans la moelle des os.

– Ne pensez point cela ! s'écria-t-elle avec horreur. Pour l'amour du ciel, ne pensez point cela !

L'égarement reparut dans les yeux d'Anne Silvester.

Elle fit de faibles gestes d'impatience avec ses mains amaigries. Lady Lundie se pencha sur elle et l'entendit murmurer :

– Soulevez-moi.

Soutenue dans les bras de son amie, elle la regardait jusque dans l'âme ; ses terreurs à propos de son enfant l'agitèrent de nouveau.

– Ne l'élevez pas comme moi ! Il faut qu'elle soit préceptrice... Il faut qu'elle gagne son pain... Ne la laissez pas jouer l'opéra... ne la laissez pas chanter... ne la laissez pas monter sur une scène.

Elle s'arrêta, sa voix redevint très douce, elle sourit faiblement et dit sur le ton enfantin des anciens jours :

– Jurez-le, Blanche !

Lady Lundie l'embrassa et répondit comme elle avait répondu lors de leur séparation sur le navire :

– Je le jure !

La tête de la malade s'affaissa pour ne plus se relever. La dernière lueur de la vie brilla dans ses yeux voilés. Pendant un moment encore ses lèvres s'agitèrent.

Lady Lundie approcha son oreille du visage de la mourante et entendit encore ces mêmes paroles :

– Elle est Anne Silvester... comme je l'étais moi-même. *Finira-t-elle comme moi ?*

6

Cinq années se sont écoulées, et l'existence des trois hommes qui étaient assis naguère à la même table, dans la salle à manger de la villa de Hampstead, a suivi un cours bien différent.

Mr Kendrew. Mr Delamayn. Mr Vanborough.

Que l'ordre dans lequel nous les citons soit le même que celui dans lequel nous allons passer en revue les événements de leur vie.

Comment l'ami du mari manifesta-t-il son sentiment à l'égard de sa trahison envers sa femme, nous le savons déjà.

Quelle impression reçut-il de la mort de la pauvre abandonnée, voilà ce qu'il nous reste à conter.

La rumeur publique, qui voit dans le fond du cœur des hommes et prend plaisir à publier ses découvertes malignes, avait toujours prétendu qu'il y avait un secret dans la vie de Mr Kendrew, et que ce secret était une passion sans espoir pour la femme de son ami. Jamais il n'en avait soufflé mot à âme qui vive, ni à Mrs Silvester elle-même.

Quand elle mourut, la rumeur publique se réveilla pourtant, plus forte que jamais, et rechercha, dans la conduite de Mr Kendrew, la preuve de ses sentiments cachés.

Il suivit le convoi funéraire, quoiqu'il ne fût pas le parent de la morte. Il arracha une petite poignée du gazon qui recouvrait la fosse, quand il pensa que personne ne le voyait. Il disparut de son club ; il voyagea. Il revint à Londres et avoua qu'il était las de l'Angleterre. Il fit des démarches et obtint un poste dans une de nos colonies.

Quelles conclusions fallait-il tirer de tout cela ?

N'était-il pas évident que la vie qu'il menait auparavant avait perdu tout charme pour lui, depuis que l'objet de sa passion avait cessé d'exister ?

C'était possible. Des suppositions moins probables ont souvent touché juste. Une chose est sûre, cependant, c'est qu'il quitta l'Angleterre pour n'y plus revenir.

Et Mr Delamayn ?

L'homme de loi promis à un brillant avenir fut rayé du tableau, à sa requête, et entra, comme étudiant, dans une école de droit. Pendant trois ans, on n'entendit rien dire de lui, si ce n'est qu'il travaillait avec ardeur.

Puis il fut admis au barreau. Ses anciens associés savaient qu'ils pouvaient se fier à lui et lui confièrent des affaires. En deux ans, il se fit une position à la Cour.

À l'expiration de ces deux années, sa réputation se répandit au-dehors de la Cour. Il parut comme jeune avocat dans une cause célèbre, où l'honneur d'une grande famille et le droit à une grande fortune étaient en jeu.

Son doyen était tombé malade la veille des débats ; il soutint le procès pour son défendeur et le gagna.

Le défendeur lui dit : « Que puis-je faire pour vous ? » Mr Delamayn répondit : « Faites-moi entrer au Parlement. »

Étant propriétaire terrien, le défendeur n'eut qu'à donner des ordres, et Mr Delamayn eut son siège au Parlement.

À la Chambre des communes, le nouveau membre et Mr Vanborough se retrouvèrent. Ils siégeaient sur le même banc et appartenaient au même parti.

Mr Delamayn remarqua que Mr Vanborough avait l'air bien vieux et bien las, et que ses cheveux avaient grisonné.

Il interrogea au sujet de son ancien client une personne bien informée qui secoua la tête. Mr Vanborough était riche ; Mr Vanborough avait de grandes relations – par sa femme ; Mr Vanborough était un homme honorable dans toute l'acception du terme, selon le monde ; mais personne ne l'aimait.

Il s'était très bien posé la première année, mais il en était resté là. Incontestablement, il était habile ; mais il produisait une désagréable impression sur la Chambre. Il donnait des fêtes splendides, mais il n'était pas sympathique à la société. Son parti le respectait ; mais quand il y avait quelque chose à donner, on l'oubliait.

Il avait un caractère à part et, n'ayant rien contre lui – au contraire, tout plaidait en sa faveur –, il ne se faisait pas d'amis.

C'était un homme aigri, et chez lui, comme dans le monde, cette aigreur était trop visible.

7

Cinq autres années ont passé depuis le jour où la femme abandonnée a été couchée dans sa tombe.

Nous sommes en 1866.

Un certain jour de cette année, les journaux donnèrent deux nouvelles qui firent grand bruit : la nouvelle d'une élévation à la pairie, la nouvelle d'un suicide.

Après avoir suivi son chemin au barreau, Mr Delamayn réussissait encore mieux au Parlement. Il devint l'un des hommes les plus éminents de la Chambre : il parlait clairement, il avait du bon sens, de la modestie ; il n'était jamais trop bavard ; il tenait la Chambre attentive, quand des hommes d'une plus haute valeur la fatiguaient.

Les chefs de son parti disaient ouvertement : « Nous devons faire quelque chose pour Delamayn. »

L'occasion s'offrit, et ils tinrent parole. Leur avocat général avança d'un pas dans la hiérarchie gouvernementale ; ils mirent Delamayn à sa place.

Ce fut un tollé général parmi les membres plus anciens du barreau. Le ministre répondit : « Nous avions besoin d'un homme qui eût l'oreille de la Chambre. » Les journaux appuyèrent la nomination de Mr Delamayn. Un grand débat survint, et le nouvel avocat général justifia le choix du ministère et la bonne opinion des journaux.

Ses ennemis disaient, avec une intention ironique : « Il sera Lord Chancelier. » Ses amis lançaient, dans le cercle intime, des plaisanteries sans malice qui tendaient à la même conclusion ; ils avertissaient ses deux fils, Julius et Geoffroy – alors à l'Université –, de surveiller leurs relations, attendu que d'un jour à l'autre ils pouvaient se trouver les fils d'un lord.

Les choses commençaient réellement à prendre cette tournure.

S'élevant toujours, Mr Delamayn fut bientôt fait Attorney général. Vers la même époque, tant il est vrai que rien ne réussit comme le succès, un de ses parents sans enfants mourut et lui laissa une belle fortune.

Dans le cours de l'été de 1866, un poste de grand juge devint vacant. Le ministère avait fait antérieurement un choix très impopulaire. Il chercha les moyens de remplacer son Attorney général et offrit le poste de grand juge à Mr Delamayn.

Celui-ci préférait rester à la Chambre et refusa. Les ministres ne voulurent point considérer le refus comme définitif; on lui proposa de prendre le poste avec la pairie.

Mr Delamayn consulta sa femme et accepta. La *Gazette de Londres* annonça au monde son élévation au titre de baron Holchester de Holchester; et les amis de la famille se frottèrent les mains en disant : « Qu'est-ce que nous vous avions dit? Voilà nos deux jeunes amis Julius et Geoffroy fils d'un lord! »

Où en était pendant ce temps Mr Vanborough?

Exactement au point où nous l'avons laissé cinq années auparavant.

Il était riche et même plus riche que jamais. Il avait d'aussi belles relations de famille que jamais. Il était aussi ambitieux que jamais; mais c'était tout.

Il était toujours à la Chambre; il tenait toujours son rang dans la société; personne ne l'aimait; il ne s'était toujours pas fait d'amis.

Toujours la vieille histoire, avec cette différence que l'homme aigri l'était chaque jour davantage, que ses cheveux étaient devenus plus gris, que son caractère était devenu plus irritable et moins patient que jamais.

Sa femme avait son appartement dans la maison, lui le sien; et leurs domestiques de confiance prenaient soin qu'ils ne se rencontrassent pas même dans l'escalier.

Ils n'avaient pas d'enfants. Ils ne se voyaient que lors de leurs grandes réceptions et de leurs bals. Les gens mangeaient leurs dîners, dansaient dans leurs salons, et quand ils se communiquaient leurs impressions au sortir de la fête, ils remarquaient combien c'était ennuyeux !

Ainsi, celui qui avait été autrefois l'homme de loi de Mr Vanborough s'était élevé jusqu'à la pairie – il ne pouvait aller plus haut ! – tandis que, du bas de l'échelle, Mr Vanborough le regardait ; tout riche et bien apparenté qu'il était, il n'avait pas plus de chance de parvenir à la Chambre des lords que vous ou moi. C'est peu dire.

Sa carrière était terminée ; le jour où fut annoncée la nomination du nouveau pair, il prit la résolution d'en finir.

Il jeta de côté le journal sans dire un mot et sortit.

Sa voiture le conduisit vers les parages où l'on voit encore quelques champs verdoyants, au nord-ouest de Londres, non loin du chemin qui mène à Hampstead.

Il se dirigea seul et à pied vers la villa où il avait autrefois vécu près de la femme envers laquelle il avait eu des torts si cruels.

Des maisons neuves s'étaient bâties à l'entour. Une partie du vieux jardin avait été vendue.

Après un moment d'hésitation, il s'arrêta devant la porte et sonna. Il donna sa carte au domestique.

Le maître de maison connaissait ce nom, comme celui d'un homme qui jouissait d'une grande fortune et qui était membre du Parlement ; il demanda poliment à quelle heureuse circonstance il devait l'honneur de cette visite.

Mr Vanborough répondit brièvement et simplement :

– J'ai autrefois habité cette maison. J'ai de grands souvenirs qui s'y rattachent et dont il n'est pas nécessaire que je vous importune. Voudrez-vous bien excuser ce qui peut paraître étrange dans ma requête. Je désirerais revoir la salle à manger, si vous n'y voyez pas d'empêchement et si je ne dérange personne.

On se soumet volontiers aux demandes étranges des hommes riches, pour l'excellente raison qu'on est certain qu'elles ne sont pas faites dans un but intéressé.

On conduisit Mr Vanborough dans la salle à manger.

Le maître de maison, secrètement intrigué, l'observait.

Le visiteur alla droit au seuil de la porte-fenêtre qui conduisait au jardin. Là, il demeura debout, la tête penchée sur sa poitrine et absorbé dans ses pensées.

Était-ce dans ces lieux qu'il l'avait vue pour la dernière fois, le jour où il l'avait quittée à jamais ? Oui, c'était là.

Après une minute ou deux il revint à lui, mais avec l'air égaré d'un homme qui sort d'un rêve.

– C'est une jolie habitation, dit-il.

Il balbutia quelques remerciements, jeta encore un regard en arrière, avant que la porte se refermât, et revint même sur ses pas.

Il sortit enfin et se fit conduire à la résidence du nouveau lord Holchester, où il laissa une carte.

Puis il rentra chez lui.

Son secrétaire lui rappela qu'il avait un rendez-vous dix minutes plus tard.

Mr Vanborough le remercia du même air distrait et égaré qu'avait remarqué le propriétaire de la villa de Hampstead, et il passa dans son cabinet de toilette.

La personne avec laquelle il avait pris un rendez-vous se présenta, et le domestique vint frapper à la porte.

Elle était fermée au verrou.

Il fallut la briser, et on trouva Mr Vanborough étendu sur le sol.

On reconnut qu'il s'était donné la mort de sa propre main.

8

Maintenant, le prologue de ce récit nous ramène aux deux jeunes filles et doit nous apprendre comment les années se sont passées pour Anne et Blanche.

Lady Lundie fit plus qu'accomplir la promesse solennelle qu'elle avait faite à son amie. Mise à l'abri de toute tentation qui aurait pu l'engager à suivre la carrière de sa mère, préparée à la profession de préceptrice par la culture de tous les arts et avec tous les avantages que l'argent peut procurer, le premier et le seul essai par Anne de ses talents eut lieu sous le toit de lady Lundie et sur Blanche elle-même.

La différence d'âge qui existait entre les deux jeunes filles, sept années, et leur affection mutuelle qui semblait grandir avec les années favorisaient l'expérience.

Préceptrice de Blanche, en même temps que son amie, Anne Silvester vit sa première jeunesse se passer tranquille, heureuse, sans événement, dans le modeste sanctuaire du foyer domestique.

Quel contraste plus frappant pourrait-on imaginer entre cette première partie de son existence et celle de sa mère ?

Qui aurait pu voir autre chose que les fantômes qui environnent la mort dans les alarmes qui avaient torturé Mrs Silvester à ses derniers moments ?

Mais deux événements graves survinrent dans le cercle paisible du foyer.

En 1858, la maison fut mise en joie par l'arrivée de sir Thomas Lundie ; en 1865, cette douce vie de famille fut brisée par le nouveau départ pour l'Inde de sir Thomas, accompagné cette fois de sa femme.

Depuis quelque temps, la santé de lady Lundie déclinait. Les médecins, consultés sur son état, tombèrent d'accord pour dire qu'un voyage sur mer lui rendrait des forces.

Par affection pour sa femme, sir Thomas consentit à différer son départ, afin d'entreprendre le voyage avec elle. La seule difficulté à surmonter était de partir en laissant Blanche et Anne en Angleterre. Les docteurs avaient en effet déclaré que, à l'âge critique que Blanche avait à franchir, ils ne pouvaient approuver son départ pour l'Inde avec sa mère.

De proches et chers parents offrirent de prendre chez eux Blanche et sa préceptrice.

Sir Thomas, de son côté, s'engageait à ramener sa femme dans un an et demi ou deux ans au plus.

Assaillie de toutes parts, lady Lundie vainquit enfin sa répugnance à se séparer des deux jeunes filles. Elle consentit à cette épreuve avec un grand abattement d'esprit et une secrète appréhension de l'avenir.

Au dernier moment, elle prit Anne à part.

Anne était alors une jeune femme de 22 ans, et Blanche en avait 15.

– Ma chère, fit-elle, je dois vous confier ce que je ne puis pas dire à sir Thomas et ce que je n'ai pas le courage d'avouer à Blanche. Je m'en vais, l'esprit assailli de mauvais pressentiments. Je suis persuadée que je ne vivrai pas assez longtemps pour revenir en Angleterre et, quand je serai morte, je crois que sir Thomas se remariera. Il y a bien des années, votre mère, à son lit de mort, était inquiète de votre avenir. C'est à mon tour d'être inquiète de l'avenir de Blanche. J'ai promis à ma chère et tendre amie que vous seriez une fille pour moi, et cette promesse lui a rendu la paix de l'esprit. Rendez la paix à mon pauvre cœur, Anne, avant que je parte, et, quoi qu'il puisse arriver dans l'avenir, promettez-moi d'être toujours ce que vous êtes maintenant, une sœur pour Blanche.

Elle lui tendit sa main pour la dernière fois.

Le cœur plein de reconnaissance, Anne baisa cette main et fit le serment demandé.

9

Deux mois après, l'un des pressentiments qui pesaient sur l'esprit de lady Lundie se réalisa. Elle mourut pendant le voyage et eut la mer pour tombe.

Une année plus tard, son autre pressentiment se confirmait. Sir Thomas Lundie se remaria.

Il ramena sa seconde femme en Angleterre, vers la fin de l'année 1866.

Il se rappela et respecta la confiance que sa première femme avait en Anne.

La seconde lady Lundie, conformant prudemment sa conduite à celle de son mari, laissa d'ailleurs les choses comme elle les avait trouvées dans sa nouvelle demeure.

Au commencement de l'année 1867, l'amitié entre Anne et Blanche était vraiment de l'amour fraternel.

L'avenir était beau pour les deux jeunes filles.

À cette époque, des personnes qui avaient joué un rôle dans la tragédie de la villa de Hampstead, douze années auparavant, trois étaient mortes, une vivait exilée volontaire sur une terre étrangère.

Il ne restait de survivants qu'Anne et Blanche, et l'avocat qui avait découvert la nullité du mariage irlandais, autrefois Mr Delamayn, devenu lord Holchester.

Première scène

La serre

1

Les hiboux

Au printemps de l'année 1868, vivaient, dans un comté du nord de l'Angleterre, deux vénérables hiboux.

Ces hiboux habitaient une serre en ruine et abandonnée, qui dépendait d'une résidence de campagne dans le comté de Perth. Cette résidence était connue sous le nom de Windygates.

La situation de Windygates avait été savamment choisie dans cette partie du comté où des champs fertiles commencent à tapisser les versants de la région montagneuse qui, au-delà, est stérile.

La maison d'habitation était intelligemment construite, meublée avec luxe ; les écuries offraient un modèle de ventilation et de proportions spacieuses ; les jardins et le parc étaient princiers ; mais Windygates, malgré tous ces avantages, avait, avec le temps, marché vers la ruine.

La malédiction des procès était tombée sur le château et les terres qui en dépendaient. Pendant plus de dix ans, un interminable litige avait enfermé le domaine dans un cercle de sentences judiciaires qui empêchaient qu'on y vive et même en interdisaient l'approche.

Le château était fermé, les jardins incultes livrés à l'envahissement des mauvaises herbes, la serre était couverte jusqu'au faîte par les plantes grimpantes dont le développement avait amené à sa suite les oiseaux de nuit.

Pendant des années, les deux hiboux avaient vécu tranquillement dans la propriété qu'ils avaient acquise en vertu du plus ancien des droits, le droit de l'occupant.

Le jour, ils restaient graves et paisibles au milieu de l'obscurité répandue autour d'eux par les lierres ; à la tombée de la nuit, ils s'éveillaient à la vie.

Tous deux volaient sans bruit au milieu des terres tranquilles en quête de leur proie. Parfois, ils battaient un champ comme un chien d'arrêt et fondaient sur une souris imprudente. D'autres fois, planant au-dessus de la surface noire des eaux, ils cherchaient dans le lac le moyen de varier leurs plaisirs et leurs repas, et ils enlevaient une perche.

Leurs estomacs robustes s'arrangeaient tout aussi bien d'un rat que d'un insecte. Parfois même, et cet exploit les rendait fiers et marquait leur existence, ils étaient assez habiles pour saisir un petit oiseau perché sur les hautes branches. Dans ces occasions, le sentiment qu'ont partout les gros oiseaux de leur supériorité sur les petits échauffait leur sang habituellement si froid ; ils poussaient des cris joyeux dans le silence de la nuit.

C'est ainsi que, pendant des années, les hiboux avaient dormi d'un sommeil tranquille, et que chaque soir ils avaient trouvé une nourriture abondante quand arrivait l'obscurité de la nuit.

Ils avaient pris, avec les plantes grimpantes, possession de la serre. Conséquemment, les plantes grimpantes étaient constitutives de la serre, et conséquemment aussi, les hiboux étaient les gardiens de cette Constitution.

Il y a des hiboux humains qui raisonnent comme ceux-ci ; et qui savent également faire leur proie des petits oiseaux.

La Constitution de la serre dura jusqu'au printemps de l'année 1868, quand les pas profanes des innovateurs vinrent troubler les hiboux dans leur royaume, et leur disputer leurs vénérables privilèges.

Deux êtres sans plumes apparurent, sans y avoir été

invités, à la porte de cette serre ; ils examinèrent les lierres constitutionnels et dirent : « Il faut les jeter bas. » Ils regardèrent l'horrible lumière du jour et ajoutèrent : « Il faut qu'elle pénètre là-dedans. » Puis ils s'en allèrent et on les entendit qui disaient encore en s'éloignant : « Demain, ce sera fait. »

Et les hiboux ululaient de leur côté : « Nous avons pourtant honoré cette serre en l'occupant pendant tant d'années… l'horrible lumière du jour doit-elle pénétrer jusqu'à nous ? Milords et Messieurs, la Constitution est détruite ? »

Ils arrêtèrent une résolution à cet effet, dans les formes adoptées par les créatures de leur espèce, puis ils refermèrent leurs yeux, ayant conscience d'avoir accompli leur devoir.

La nuit suivante, tandis qu'ils volaient à travers les champs, ils remarquèrent avec déplaisir de la lumière à l'une des fenêtres du château.

Que signifiait cette lumière impie ?

Elle signifiait, en premier lieu, que le procès était fini ; elle signifiait, en deuxième lieu, que le propriétaire de Windygates, ayant besoin d'argent, s'était décidé à louer sa propriété ; elle signifiait, en troisième lieu, que la propriété avait trouvé un locataire et allait être rénovée.

Les hiboux poussèrent de grands cris en battant les plaines dans l'obscurité, et cette nuit-là, ayant fondu sur une souris, ils la manquèrent.

Le lendemain matin, profondément endormis sous la foi de la Constitution, ils furent éveillés par les voix de beaucoup d'êtres sans plumes rassemblés tout autour d'eux.

Ils ouvrirent les yeux et protestèrent en reconnaissant des instruments de destruction qui attaquaient les plantes grimpantes.

Tantôt ici, tantôt là, ces instruments faisaient pénétrer l'horrible lumière du jour dans la serre.

Mais les hiboux se montrèrent à la hauteur de la situation ; ils hérissèrent leurs plumes et crièrent : « Non, nous ne nous rendrons pas ! »

Les êtres sans plumes continuèrent joyeusement leur œuvre et répondirent : « Réforme!... »

Les plantes grimpantes tombaient; l'horrible lumière du jour pénétrait, de plus en plus brillante.

Les hiboux avaient à peine eu le temps de prendre une nouvelle décision et de se dire : nous défendrons la Constitution..., quand un rayon de soleil vint les frapper aux yeux et les forcer à s'envoler pour chercher l'ombre au lieu le plus proche.

Là, ils se perchèrent, clignant des yeux, tandis que la serre était débarrassée des plantes qui l'avaient enveloppée, que les boiseries poudreuses étaient rénovées, et que l'air et le soleil purifiaient ce lieu obscur.

Les hiboux, au loin, fermaient les yeux et reprenaient : « Milords et Messieurs, la Constitution est détruite! »

2

Les hôtes

À qui incombait la responsabilité de la réforme accomplie dans la serre? Au nouveau locataire, sans doute. Et qui était ce nouveau locataire?

Cette serre, qui avait été, au printemps de 1868, la triste habitation d'un couple de hiboux, était, à l'automne de la même année, le lieu de réunion vivant et animé d'une foule de dames et de gentlemen assemblés pour une partie de plaisir dans le parc. C'étaient les hôtes du locataire de Windygates.

La scène, au début de cette partie de plaisir, était charmante.

À l'intérieur de la serre, les femmes se montraient brillantes comme des papillons, sous leurs vêtements d'été qui tranchaient avec éclat sur le sombre costume adopté par les hommes de la société moderne.

Au-dehors de la serre, on pouvait voir, par trois grandes baies en forme d'arcades, une vaste pelouse conduisant à des parterres en fleurs et à des massifs d'arbustes.

Plus loin encore, à travers une percée faite au milieu des grands arbres, on apercevait la maison devant laquelle jaillissait une fontaine avec un beau jet d'eau qui chatoyait au soleil.

On riait, on jasait, mais au milieu de ce bourdonnement joyeux une voix domina toutes les autres et réclama impérieusement le silence.

Une jeune femme s'avança sur le gazon devant la serre et inspecta la foule des hôtes, comme un général passant en revue ses régiments.

Elle était jeune, elle était jolie ; elle n'était en rien embarrassée par les regards de tout ce monde. Elle était habillée dans le plus pur style de la *fashion*.

Un chapeau qui rappelait une assiette à dessert était placé sur son front ; un ballon de cheveux d'un brun très clair bien bouffants partait du sommet de sa tête ; une cataracte de perles se répandait sur sa poitrine ; une paire de hannetons en émail, offrant une effrayante ressemblance avec les originaux vivants, pendait à ses oreilles ; sa robe fort courte était d'un bleu céleste ; ses fines chevilles se dessinaient à travers ses bas à raies ; ses souliers étaient de ceux qu'on nomme « à la Watteau » et dont les hauts talons font frémir les hommes, qui se demandent comment une charmante personne peut se tenir sur ces petits morceaux de bois.

Cette jeune femme était miss Blanche Lundie, la petite Blanche si fraîche et si rosée présentée au lecteur dans le prologue.

Elle avait alors 18 ans ; position excellente, fortune certaine, caractère vif, dispositions variables. En un mot, une enfant du siècle actuel, avec les mérites et les défauts de son temps, et sous tout cela un grand fonds de sincérité, de loyauté et de chaleur de sentiment.

– Maintenant, mes bons amis ! cria miss Blanche, silence, s'il vous plaît ! Nous allons choisir nos camps pour la partie de croquet. Aux affaires… aux affaires… aux affaires !…

Sur cette interpellation, une autre dame, parmi la compagnie, prit un maintien grave et répondit, en dirigeant sur Blanche un regard de doux reproche et sur le ton d'une bienveillante protestation.

Cette autre dame était grande, forte, âgée de 35 ans. Elle présentait à l'observateur un nez cruellement aquilin, un menton droit qui indiquait un caractère obstiné, des cheveux et des yeux noirs magnifiques, une riche toilette, mais sobre de couleur, et une gracieuse nonchalance de mouvement qui séduisait au premier abord, mais devenait promptement monotone et fatigante.

Cette dame était la seconde lady Lundie, devenue veuve, après quatre mois seulement de mariage, de feu sir Thomas Lundie. En d'autres termes, c'était la belle-mère de Blanche et l'enviable locataire du château et des terres de Windygates.

– Ma chère, dit lady Lundie, les mots ont leur signification, même quand ils sortent des lèvres d'une très jeune personne. Pourquoi rangez-vous le croquet parmi les affaires ?

– Assurément, vous ne le rangez pas parmi les plaisirs, lança une voix ironique du fond de la serre.

Les rangs des visiteurs s'ouvrirent devant celui qui venait de parler, et l'on vit paraître, au milieu de cette réunion toute moderne, un gentleman du siècle précédent.

Ses manières se distinguaient par une grâce sans raideur et une politesse inconnues à la nouvelle génération. Son costume était composé d'une cravate blanche plusieurs fois enroulée autour de son cou, d'un habit bleu boutonné jusqu'au menton, d'un pantalon nankin et de guêtres assorties – costume fort ridicule pour l'époque.

Sa parole était facile et révélait une indépendance d'esprit contenue dans les bornes d'une grande politesse. Ses ripostes, toujours satiriques, étaient fort redoutées, car l'esprit est peu du goût de la génération présente.

De sa personne, il était mince, élancé, avait une belle tête blanche, des yeux noirs pleins de feu, et une sorte de contraction imprimée aux coins des lèvres par son humeur sardonique. Il était affligé d'une infirmité connue sous le nom de pied-bot ; il la supportait comme ses années, c'est-à-dire gaiement.

Il était célèbre dans la société pour sa canne d'ivoire dans la pomme de laquelle une tabatière était artistement enchâssée, mais on le craignait à cause de son antipathie pour les institutions modernes, qu'il exprimait à propos et hors de propos, avec une sagacité qui le conduisait toujours à frapper sur le point le plus faible.

Tel était sir Patrick Lundie, frère du feu baronnet, sir Thomas Lundie, et héritier à sa mort du titre et des biens patrimoniaux.

Miss Blanche, sans se préoccuper de l'observation de sa belle-mère et du commentaire de son oncle, montra une table sur laquelle les maillets et les boules du jeu de croquet étaient déposés.

– Je me mets à la tête de l'un des camps, mesdames et messieurs, et lady Lundie se met à la tête de l'autre ! s'écria-t-elle. Nous choisirons nos joueurs à tour de rôle. Maman a sur moi l'avantage des années, aussi est-ce elle qui choisira la première.

Après un regard jeté à sa belle-fille, qui, bien interprété, signifiait : « Je vous renverrais en nourrice, mademoiselle, si je le pouvais ! », lady Lundie se retourna et promena ses regards sur ses hôtes. Elle avait évidemment arrêté d'avance dans son esprit quel joueur elle choisirait le premier.

– Je choisis miss Silvester, dit-elle, en appuyant avec une certaine emphase sur le nom de la personne désignée.

À ces mots, les groupes s'ouvrirent de nouveau. Nous connaissons celle qui parut alors : c'était Anne. Les étrangers, qui la rencontraient pour la première fois, virent une jeune femme dans la première fleur de la vie, simplement vêtue d'une robe blanche sans ornements, qui s'avançait lentement devant la maîtresse de maison.

Un certain nombre des personnes réunies pour cette partie de plaisir avaient été amenées par des amis qui avaient le privilège de pouvoir les introduire.

Dès qu'Anne parut, chacun des hommes présents se sentit soudain intéressé par cette charmante personne.

– C'est une délicieuse femme, dit un des étrangers à l'un des amis de la maison. Qui est-elle?

L'ami répondit :

– La préceptrice de miss Lundie... voilà tout.

Lady Lundie et miss Silvester étaient arrivées en face l'une de l'autre.

L'étranger regarda les deux femmes et murmura :

– Il y a quelque chose qui ne va pas bien entre lady Lundie et la préceptrice.

L'ami de la maison les regarda et renchérit :

– Évidemment!

Il y a certaines femmes dont l'influence sur les hommes est un mystère insondable pour les personnes de leur sexe. La préceptrice était l'une de ces femmes.

Elle avait hérité du charme, mais non de la beauté, de sa malheureuse mère. Jugée sur un simple portrait illustrant un livre d'étrennes exposé à la vitrine d'un libraire, l'arrêt prononcé sur elle aurait été inévitablement celui-ci : elle n'a pas un seul beau trait dans le visage. Il n'y avait, en effet, rien de particulièrement remarquable dans la personne de miss Silvester.

Elle était de taille moyenne, et aussi bien faite que beaucoup de femmes; de cheveux et de teint elle n'était ni brune ni blonde, mais plutôt d'une neutralité agaçante entre les deux couleurs. Ce qui était pis, c'est que son visage avait réellement des défauts marqués qu'il était impossible de nier.

Ainsi, une contraction nerveuse du coin de la bouche rompait la ligne de ses lèvres quand elle parlait; on pouvait observer dans l'un de ses yeux une certaine incertitude, si bien que c'est à peine si elle échappait au reproche de loucher.

Et pourtant, en dépit de ces indiscutables défauts, elle était l'une de ces femmes, du formidable petit nombre de ces femmes, qui tiennent les cœurs des hommes et la tranquillité des familles à leur merci. Si elle se levait, on apercevait dans tous ses mouvements un charme subtil qui vous forçait à vous retourner, à suspendre votre conversation, à l'observer en silence tandis qu'elle marchait.

Elle s'asseyait auprès de vous ; elle vous parlait, et voilà qu'il se passait un je-ne-sais-quoi dans cette petite contraction du coin de ses lèvres, dans l'incertitude nerveuse de ses yeux gris et doux, qui changeait ces défauts en beautés, qui exerçait son empire sur vos sens, qui vous faisait tressaillir si, par hasard, sa robe vous effleurait, qui faisait battre votre cœur si vous regardiez avec elle le même livre et si vous sentiez son souffle sur votre visage.

Tout cela, bien entendu, n'arrivait que si vous étiez un homme.

Si vous la voyiez avec les yeux d'une femme, les effets étaient tout autres. Les belles ladies se retournaient simplement vers leur voisine et disaient avec un accent de profonde pitié pour l'autre sexe : « Qu'est-ce que les hommes peuvent voir d'intéressant chez cette fille ? »

Les yeux de la maîtresse de maison et ceux de la préceptrice se rencontrèrent avec une défiance marquée de part et d'autre. Tout le monde put voir ce que l'étranger et l'ami de la maison avaient observé : il y avait quelque animosité entre les deux dames.

Miss Silvester parla la première :

– Je vous remercie, lady Lundie. J'aurais préféré ne pas jouer.

Lady Lundie manifesta une surprise extrême, dépassant les bornes qu'impose le savoir-vivre.

– Oh ! en vérité ? répliqua-t-elle aigrement. Quand nous sommes tous réunis ici pour jouer, cela semble assez extraordinaire. Vous serait-il arrivé quelque chose de fâcheux, miss Silvester ?

Le pâle visage de la préceptrice se couvrit d'une rougeur passagère ; mais elle fit son devoir comme femme et comme préceptrice : elle se soumit, et ainsi les apparences furent sauvées.

– Il ne m'est rien arrivé, répondit-elle ; seulement je ne suis pas très bien ce matin ; néanmoins, je jouerai si vous le désirez.

– Je le désire, répondit lady Lundie.

Miss Silvester se dirigea vers l'une des entrées de la serre. Elle attendait les événements, regardant devant elle, au-delà de la pelouse, avec un trouble intérieur fort visible et que trahissaient les mouvements de son corsage.

C'était au tour de Blanche de choisir un joueur.

Elle paraissait bien incertaine sur le choix qui s'offrait à elle ; elle porta ses regards sur ses hôtes et aperçut un gentleman qui se trouvait placé sur les premiers rangs, en face d'elle. Il était à côté de sir Patrick, et c'était un aussi remarquable représentant de l'école moderne que sir Patrick de celle du temps passé.

Le gentleman moderne était jeune, brillant de santé, grand et fort. La raie qui séparait sa chevelure frisant naturellement – signe caractéristique de la race saxonne – partait du milieu du front, montait jusqu'au sommet de la tête et venait se terminer au milieu de sa large nuque. Ses traits étaient aussi parfaitement réguliers et aussi parfaitement intelligents que peuvent l'être ceux d'une créature humaine.

Sa physionomie gardait une immobilité merveilleuse à voir. Les muscles de ses bras vigoureux se dessinaient en saillie sur les manches de son léger vêtement d'été. Il avait la poitrine large, la taille mince, et à le voir si solidement campé sur ses jambes, on reconnaissait un magnifique animal humain, arrivé au plus haut point du développement physique.

C'était sir Geoffrey Delamayn, communément appelé l'Honorable, et méritant cette distinction à plus d'un titre.

Il était Honorable, en premier lieu, comme étant le fils – le second – de l'avocat, autrefois en pleine ascension, devenu lord Holchester. Il était honorable, en second lieu, comme s'étant acquis la plus haute distinction populaire que l'éducation anglaise moderne peut accorder, par le maniement des avirons dans les courses de canots à l'Université.

Ajoutez que personne ne l'avait jamais vu lire autre chose qu'un journal, que personne ne l'avait vu en retard pour lancer un pari ; et le portrait de ce jeune Anglais sera complet pour le moment présent.

Les yeux de Blanche s'arrêtèrent sur lui, et elle le

désigna comme le premier joueur à mettre dans son camp.

– Je choisis Mr Delamayn, dit-elle.

Lorsque ce nom sortit des lèvres de Blanche, la rougeur qui avait coloré le visage de miss Silvester disparut et fit place à une mortelle pâleur. Elle esquissa même un mouvement pour quitter la serre, mais elle s'arrêta brusquement et sa main s'appuya sur le dossier du siège rustique qui se trouvait à sa portée.

Un gentleman qui était derrière elle la vit saisir le dossier de ce siège par un geste si soudain et si énergique que le gant se déchira. Il consigna aussitôt dans son mémorandum mental cette note sur miss Silvester : un caractère du diable !

Pendant ce temps, Mr Delamayn, par une étrange coïncidence, prit exactement le même parti que miss Silvester. Lui aussi essaya de se faire dispenser de prendre part au jeu :

– Je vous remercie beaucoup. Pourriez-vous me faire un nouvel honneur en choisissant quelque autre que moi ? Ce n'est pas dans ma ligne.

Cinquante années auparavant, une pareille réponse adressée à une dame eût été considérée comme une impertinence inexcusable. Le code social du temps présent n'est pas le même, et cette réponse parut à tout le monde franchement amusante.

La société se mit à rire.

Blanche perdit son empire sur elle-même.

– Ne pouvez-vous vous intéresser à autre chose qu'au sérieux emploi de la force musculaire, Mr Delamayn ? répliqua-t-elle aigrement. Faut-il toujours que vous teniez l'aviron dans une course de canots, ou que vous franchissiez une barrière ? Si vous aviez un esprit, vous éprouveriez le besoin de le détendre. Mais vous avez au moins des muscles ; n'auraient-ils pas aussi besoin d'être détendus ?

Ces traits cruels échappés de l'esprit caustique de miss Lundie glissèrent sur Mr Geoffrey Delamayn, comme l'eau sur le dos d'un canard.

– Qu'il en soit comme il vous plaira, dit-il avec une stupide bonne humeur. Ne soyez pas offensée. Je suis venu ici avec des dames, et elles n'ont pas voulu me laisser fumer. Mon cigare me manque, je pensais pouvoir m'échapper un instant… C'est très bien !… Je jouerai.

L'honorable jeune gentleman ne paraissait nullement mécontent. La pétulante jeune fille lui tourna le dos et regarda de nouveau vers l'autre extrémité de la serre.

Qui vais-je choisir ? se disait-elle.

Un jeune homme brun, au visage brûlé par le soleil, dont l'air et les manières semblaient indiquer une vie d'aventures et peut-être une connaissance familière de l'océan, s'avança timidement et dit :

– Choisissez-moi !

Un charmant sourire éclaira tout à coup le joli visage de Blanche.

À en juger par les apparences, le jeune homme brun tenait une place toute particulière dans son estime.

– Vous ! dit-elle avec coquetterie, vous allez nous quitter dans une heure.

Il osa se rapprocher d'un pas.

– Je reviendrai, dit-il, je reviendrai après-demain.

– Vous jouez très mal !

– Je pourrais progresser, si vous me donniez des leçons.

– Le pourriez-vous ? Alors, je vous donnerai des leçons.

Elle tourna son visage frais et rose du côté de sa belle-mère

– Je choisis Mr Arnold Brinkworth, lança-t-elle.

Sûrement, il y avait quelque chose dans ce nom inconnu qui produisit quelque effet, non, cette fois, sur miss Silvester, mais sur sir Patrick.

Il regarda Mr Brinkworth avec un soudain intérêt de curiosité. Si la maîtresse de maison n'avait pas réclamé son attention à cet instant, il aurait évidemment parlé à ce jeune homme.

Mais c'était au tour de lady Lundie de choisir un second joueur.

Son beau-frère était un personnage d'une certaine importance, et elle avait ses motifs pour tenir aux bonnes grâces du chef de famille. Elle surprit toute la compagnie en choisissant sir Patrick.

– Maman ! s'écria Blanche, à quoi pensez-vous ? Sir Patrick ne peut pas jouer. Le croquet n'était pas inventé de son temps.

Sir Patrick ne souffrait jamais que « son temps » fût l'objet d'une remarque désobligeante de la jeune génération sans répondre à la jeune génération par une réplique marquée à son coin d'ironie ordinaire.

– Dans *mon* temps, ma chère, dit-il à sa nièce, on attendait des gens invités aux réunions de société du genre de celle-ci qu'ils y apportassent quelques qualités agréables. Dans *votre* temps, on en est dispensé.

Cela dit, le vieux gentleman prit un des maillets sur la table qui était près de lui.

– Voilà un élément de succès dans la société moderne. Et ceci, ajouta-t-il en prenant une boule, en est un autre. Très bien. Je jouerai !... je jouerai !...

Lady Lundie, étrangère par nature à tout sentiment d'ironie, sourit gracieusement et répondit :

– Je savais bien que sir Patrick jouerait, pour me plaire.

Sir Patrick s'inclina avec une politesse sardonique.

– Lady Lundie, vous lisez dans ma pensée comme dans un livre.

Au grand étonnement des personnes de moins de quarante ans, il accentua ces mots en plaçant la main sur son cœur et cita les vers de Dryden, en nommant le poète :

Étranger à l'amour et quoique je sois vieux,
Je me souviens encor du charme de leurs yeux.

Lady Lundie, qui pensait que son beau-frère se moquait d'elle, laissa voir combien elle était choquée. Mr Delamayn fit un pas en avant. Il intervint avec l'air d'un homme qui se sent impérieusement appelé à remplir un devoir public.

– Dryden n'a jamais dit cela, déclara-t-il. J'en réponds.

Sir Patrick tourna sur lui-même, avec l'aide de sa canne d'ivoire, et regarda Mr Delamayn bien en face.

– Vous connaissez Dryden mieux que moi, monsieur? demanda-t-il.

L'Honorable Geoffrey répondit modestement :

– Je puis l'affirmer. J'ai ramé dans trois courses avec lui, et nous nous sommes entraînés ensemble.

Sir Patrick jeta sur toute la compagnie un aigre sourire de triomphe.

– Alors, permettez-moi de vous dire, monsieur, répliqua-t-il, que vous vous êtes entraîné avec un homme qui est mort depuis deux cents ans.

Mr Delamayn ouvrit des yeux effarés.

– Que veut dire ce gentleman? demanda-t-il. Je parle de Tom Dryden, du Christchurch College. Tout le monde, à l'Université, le connaît.

– Je parle, riposta sir Patrick, de John Dryden, le poète; apparemment tout le monde à l'Université ne le connaît pas.

Mr Delamayn répondit avec un sérieux véritablement plaisant :

– Je vous donne ma parole d'honneur que jamais je n'avais entendu parler de ma vie de cet autre Dryden. Ne soyez pas irrité contre moi, monsieur, je ne me tiens nullement comme offensé par vous.

Il sourit et tira de sa poche une pipe en bruyère.

– Donnez-moi du feu, demanda-t-il de la façon la plus amicale à sir Patrick.

– Je ne fume pas, monsieur.

Mr Delamayn regarda le vieux gentleman.

– Vous ne fumez pas, répéta-t-il, je voudrais bien savoir comment vous passez le temps.

– Monsieur, dit sir Patrick en lui adressant un grand salut, vous pouvez vous le demander.

Pendant cette petite escarmouche, lady Lundie et sa belle-fille avaient organisé le jeu, et la compagnie, joueurs et spectateurs, se dirigeait vers la pelouse. Sir Patrick arrêta sa nièce qui se préparait à sortir, suivie de près par le jeune homme brun.

– Laissez Mr Brinkworth avec moi, dit-il, j'ai à lui parler.

Blanche donna ses ordres.

Mr Brinkworth fut condamné à rester auprès de sir Patrick, jusqu'à ce qu'on eût besoin de lui pour le jeu.

Pendant ce temps, il se passait quelque chose de singulier à l'autre bout de la serre.

Profitant de la confusion produite par le mouvement général effectué vers la pelouse, miss Silvester s'était rapprochée de Mr Delamayn.

– Dans dix minutes, murmura-t-elle, la serre sera déserte, venez m'y trouver.

L'Honorable Geoffrey tressaillit et lança un regard furtif autour de lui.

– Croyez-vous que cela soit prudent? balbutia-t-il à son tour.

Les lèvres de la préceptrice tremblèrent – de peur ou de colère, c'était difficile à dire.

– J'insiste pour que vous veniez! répondit-elle.

Mr Delamayn fronça ses beaux sourcils en la regardant s'éloigner, et il quitta la serre à son tour.

Le jardin des roses était solitaire pour le moment. Il prit sa pipe et se cacha parmi les rosiers.

La fumée sortait de ses lèvres par bouffées chaudes et précipitées. Il était habituellement le plus doux des maîtres pour sa pipe; quand il malmenait cette servante de confiance, c'était chez lui un signe certain de trouble intérieur.

3

Les découvertes

Il n'y avait plus dans la serre que deux personnes : Arnold Brinkworth et sir Patrick Lundie.

– Mr Brinkworth, dit le vieux gentleman, je n'ai pas eu l'occasion de vous parler jusqu'alors, et comme j'ai appris que vous nous quittiez aujourd'hui, j'ai pris le parti de me présenter moi-même. Votre père était l'un de mes plus chers amis; je veux me faire un ami de son fils.

Il tendit la main et se nomma.

– Oh ! Sir Patrick ! dit Arnold avec chaleur, si mon pauvre père avait suivi vos conseils !...

– Il aurait réfléchi à deux fois avant de dissiper sa fortune sur les courses, et il serait peut-être vivant au milieu de nous, au lieu de mourir exilé sur une terre étrangère, enchaîna sir Patrick, finissant la phrase que le jeune homme avait commencée. Plus un mot sur ces malheurs ; parlons d'autre chose. Lady Lundie m'a écrit l'autre jour à votre sujet. Elle m'a appris que votre tante était morte et vous avait laissé ses propriétés en Écosse. Est-ce vrai ?... Oui... Je vous en félicite de tout mon cœur. Pourquoi êtes-vous ici, au lieu d'aller visiter votre maison et vos terres ? Elles ne sont pas à plus de vingt-trois miles, et vous partez aujourd'hui, par le premier train, pour vous y rendre. Très bien. Et que dit-on ?... que dit-on ?... Que vous devez revenir après-demain ? Pourquoi reviendriez-vous ? Quelque attrait toute particulier vous rappelle ici, je suppose ? Je pense que c'est un attrait légitime. Vous êtes très jeune... Vous êtes exposé à toutes sortes de tentations. Avez-vous dans le cœur un fonds solide de bon sens ? Vous n'en avez pas hérité de votre pauvre père, si vous le possédez. Vous ne deviez être qu'un tout petit garçon quand votre père a ruiné l'avenir de ses enfants. Comment avez-vous vécu depuis ce temps ?... Que faisiez-vous quand le testament de votre tante est venu vous permettre de n'être plus qu'un oisif pour le reste de vos jours ?

La question était inquisitoriale.

Arnold y répondit sans la moindre hésitation, avec une modestie et une simplicité naturelles qui lui gagnèrent à l'instant le cœur de sir Patrick :

– J'étais écolier à Eton, monsieur, quand les pertes de mon père le ruinèrent. Il me fallut quitter l'école et gagner ma vie, et je l'ai gagnée, dans un rude métier. En bon Anglais, j'ai suivi la carrière maritime... dans la marine marchande.

– En meilleur Anglais encore, vous avez accepté l'adversité en brave garçon, et vous avez bien gagné la bonne chance qui vous est échue, reprit sir Patrick. Donnez-moi votre main, je me suis pris d'affection pour vous. Vous n'êtes pas comme les autres jeunes gens du temps présent. Je vous appellerai Arnold ; vous ne pouvez pas me rendre la pareille et m'appeler Patrick, je suis trop âgé pour être traité avec cette familiarité. Bon, et comment êtes-vous venu ici ? Quelle sorte de femme est ma belle-sœur ? et quel genre de maison est celle où nous sommes ?

Arnold partit d'un grand éclat de rire.

– Ce sont de singulières questions de votre part, et s'adressant à moi ; vous parlez, monsieur, comme si vous étiez ici un étranger.

Sir Patrick toucha le ressort de la pomme de sa canne. Un petit couvercle d'or se leva et découvrit la tabatière cachée à l'intérieur. Il aspira une prise, ricana d'un air sardonique à quelque pensée qui lui traversait l'esprit et qu'il ne jugea pas nécessaire de communiquer à son jeune ami.

– Je parle comme si j'étais un étranger ici, n'est-il pas vrai ? reprit-il ; c'est exactement ce que je suis. Lady Lundie et moi nous correspondons dans d'excellents termes ; mais nos façons de vivre sont différentes, et nous nous voyons aussi rarement que possible. Mon histoire, continua l'aimable vieillard, avec une charmante franchise qui effaçait toute différence d'âge et de rang entre Arnold et lui, n'est pas si différente de la vôtre. Je gagnais ma vie à ma manière, en vieil encroûté d'homme de loi écossais, quand mon frère se remaria. Sa mort, survenue sans qu'il eût laissé un fils de l'une ou de l'autre de ses deux femmes, me donna, comme à vous, une entrée dans le monde.

» Me voilà donc, à mon très sincère regret, porteur actuel du titre de baronnet. Oui, à mon très sincère regret ! Toutes sortes de responsabilités que je n'ai jamais cherchées retombent sur mes épaules. Je suis le chef de famille, je suis le tuteur de ma nièce. Je suis obligé de me mêler à cette partie de plaisir et, entre nous, je me trouve hors de mon élément. Pas une figure qui me soit familière dans tout ce beau monde. Connaissez-vous quelqu'un dans cette réunion ?

– J'ai un ami à Windygates, dit Arnold. Il y est arrivé ce matin comme vous. C'est Geoffrey Delamayn.

Comme il donnait cette réponse, miss Silvester apparut à l'entrée de la serre.

Une ombre de contrariété obscurcit son visage quand elle vit que la place était occupée ; elle disparut sans avoir été remarquée et retourna au jeu.

Sir Patrick regarda le fils de son ancien ami, pour la première fois, avec un air désappointé.

– Le choix d'un tel ami a quelque lieu de me surprendre de votre part.

Arnold accepta ces paroles tout naturellement, comme une invitation à fournir des explications rapides.

– Je vous demande pardon, monsieur, il n'y a rien de surprenant à cela, répliqua-t-il. Nous étions camarades de collège à Eton, dans l'ancien temps ; depuis j'ai rencontré Geoffrey Delamayn faisant des excursions en yacht pendant que j'étais sur mon navire. Geoffrey m'a sauvé la vie, sir Patrick, ajouta-t-il en élevant la voix et les yeux brillant d'une honnête admiration. Sans lui, je me noyais dans un accident de canot. N'est-ce pas là une bonne raison pour qu'il soit mon ami ?

– Cela dépend entièrement du prix auquel vous estimez votre vie, dit sir Patrick.

– Du prix auquel j'estime ma vie ?... répéta Arnold. Mais je l'estime à un haut prix, comme de raison !

– En ce cas, Mr Delamayn vous tient sous le coup d'une obligation.

– Que je puis ne jamais acquitter.

– Que vous acquitterez un de ces jours et avec intérêts. Vous ne l'ignoreriez pas, si vous connaissiez quelque chose à la nature humaine.

Il n'avait pas achevé, que Mr Geoffrey Delamayn apparut, exactement comme était apparue miss Silvester, à l'entrée de la serre.

Lui aussi s'évanouit sans avoir été remarqué, toujours comme miss Silvester. Mais là s'arrête le parallèle. L'expression du visage de l'Honorable Geoffrey, en découvrant que la place était occupée, fut celle du soulagement.

Arnold prit vivement la défense de son ami.

– Vous vous exprimez avec une certaine amertume, monsieur, répliqua-t-il au baronnet. Qu'a fait Geoffrey pour vous offenser ?

– Il se figure qu'il existe… voilà tout, reprit sir Patrick. Ne me regardez pas avec cet air surpris. Je parle en général. Votre ami est le type même de l'Anglais du temps présent. Je n'aime pas ce modèle. Je ne m'explique pas qu'on l'exalte comme un superbe produit national, parce qu'il est gros et fort, qu'il boit impunément de la bière et prend des douches d'eau froide pendant toute l'année. C'est trop glorifier, dans l'Angleterre actuelle, des qualités purement physiques que l'Anglais possède en commun avec le sauvage et la brute. Les mauvais résultats de cette mode-là commencent à se faire sentir. Nous sommes plus empressés que jamais à mettre en pratique tout ce qu'il y a de grossier dans nos coutumes et à excuser tout ce qui est violent et brutal dans nos actes. Lisez les livres et suivez les amusements populaires, vous trouverez au fond de tous un mépris croissant pour les grâces les plus aimables de la vie civilisée et une admiration ridicule des mérites de nos ancêtres bretons.

Arnold l'écoutait avec un profond étonnement. Il avait offert innocemment une occasion à sir Patrick de se décharger le cœur d'une vieille réserve d'aigreur et de protestations contre la société ; le flot n'avait pas trouvé d'issue depuis quelque temps.

– Avec quelle chaleur vous vous emportez ! s'écria-t-il, incapable de dissimuler sa surprise.

Sir Patrick recouvra immédiatement son calme ordinaire. L'expression d'étonnement si naturellement peinte sur le visage du jeune homme était irrésistible.

– Avec presque autant de chaleur, dit le baronnet, que si je poussais des hourras à une course de canots ou si je m'égosillais au-dessus d'un livre de paris, n'est-ce pas ? Ah ! nous nous échauffions tout aussi facilement lorsque nous étions jeunes ! Mais changeons de sujet. Je ne sais rien de particulièrement défavorable contre votre ami, Mr Delamayn. C'est la mode du jour de considérer ces hommes sains physiquement comme moralement sains par-dessus le marché. Le temps fera voir si cette idée est exacte. Ainsi donc, vous revenez chez lady Lundie après une visite en coup de vent à vos propriétés? Je le répète, c'est une extraordinaire façon d'agir pour un gentleman possédant, comme vous, une propriété terrienne. Quelle est l'attrait qui vous ramène ici… hein?

Avant qu'Arnold eût pu répondre, Blanche l'appela du bout de la pelouse. Le jeune homme rougit et s'élança vivement pour sortir. Sir Patrick inclina la tête comme un homme qui a obtenu la réponse qu'il souhaitait.

– Oh! fit-il, c'est là l'attrait, n'est-ce pas?

La vie de marin, menée par Arnold, l'avait laissé singulièrement ignorant des usages du monde sur la terre ferme. Au lieu d'accepter cette plaisanterie, il sembla confus. Des couleurs plus vives empourprèrent ses joues.

– Je n'ai pas dit cela! s'écria-t-il avec un peu d'impatience.

Sir Patrick tendit vers lui deux de ses doigts blancs et ridés, et caressa la joue du jeune marin.

– Si vraiment! dit-il, et en lettres rouges, encore!

Le petit couvercle d'or se souleva sur la pomme de la canne d'ivoire, et le vieillard se gratifia lui-même pour cette jolie réponse d'une nouvelle prise de tabac.

Au même instant, Blanche entrait en scène.

– Mr Brinkworth, je vais avoir besoin de vous; mon oncle, c'est à votre tour de jouer.

– Miséricorde! s'écria sir Patrick. J'avais oublié le jeu.

Il regarda autour de lui et vit le maillet et la boule qu'il avait laissés sur la table.

– Où sont les modernes substituts de la conversation? dit-il. Oh! les voici!

Il fit rouler la boule jusque sur la pelouse et plaça le maillet sous son bras, comme si c'eût été un parapluie.

– Quel est celui qui a prétendu le premier, grommelait-il, que la vie humaine était une chose sérieuse! Me voici, moi, ayant déjà un pied dans la tombe, et la plus sérieuse question qui se présente à mon esprit pour le moment est celle-ci : réussirai-je à faire passer ma boule dans les cercles de fer?

Arnold et Blanche étaient restés seuls.

Parmi les privilèges que la nature a accordés aux femmes, il n'en est certainement pas de plus enviable que celui qui les rend plus belles lorsqu'elles regardent l'homme qu'elles aiment.

Les yeux de Blanche se tournèrent vers Arnold, après le départ de son oncle, et ni la hideuse mode du chignon renflé ni le chapeau en forme de tuile sur sa tête n'empêchèrent que le triple charme de la jeunesse, de la beauté et de la tendresse ne rayonnât sur son visage.

Arnold la contempla à son tour et se rappela qu'il allait partir par le premier train et qu'il la laisserait au milieu de nombreux admirateurs, jeunes comme lui.

L'expérience de toute une quinzaine passée avec elle, sous le même toit, lui avait montré Blanche comme la plus charmante fille du monde. Il était possible qu'elle ne se considérât pas comme mortellement offensée s'il le lui avouait. Il résolut de profiter de ce moment favorable.

Mais peut-on jamais mesurer l'abîme qui sépare l'intention de l'exécution?

La résolution prise par Arnold de parler était aussi fermement arrêtée qu'une résolution peut l'être. Qu'en advint-il? Hélas! pauvre faiblesse humaine! Il n'en advint rien, que le silence.

– Vous n'avez pas l'air à votre aise, Mr Brinkworth, dit Blanche. Que vous a raconté sir Patrick? Mon oncle exerce son esprit malin sur tout le monde. L'aurait-il exercé contre vous?

Arnold commençait à voir la route de l'audace se rouvrir devant lui – à une incommensurable distance, il est vrai; mais enfin il la voyait.

– Sir Patrick est un terrible vieillard, répondit-il. Juste au moment où vous êtes arrivée, il venait de découvrir un de mes secrets, rien qu'à me regarder dans les yeux.

Il s'arrêta, fit appel à son courage, et poussa de l'avant comme un bon marin.

– Je me demande, dit-il timidement, si vous tenez de votre oncle.

Blanche le comprit à l'instant. Si elle avait eu du temps devant elle, elle l'aurait pris légèrement par la main – moralement, s'entend –, et l'aurait amené, par de douces pentes, au but qu'il voulait atteindre. Mais, dans deux minutes, ce serait au tour d'Arnold de jouer au croquet.

Il est au moment de me faire une confidence, pensa Blanche, et il a une minute environ pour me la faire. Il me parlera…

– Quoi ! s'écria-t-elle, croyez-vous que le don de divination soit un don de famille ?

Arnold baissa la tête.

– Je l'aurais désiré, dit-il.

Blanche le regarda.

– Pourquoi ?

– Si vous pouviez lire sur mon visage ce qu'y a lu sir Patrick…

Il n'avait qu'à finir sa phrase et c'était chose dite, mais l'amour se fait un plaisir pervers de placer des obstacles sur son propre chemin. Une soudaine timidité saisit de nouveau le pauvre garçon. Il resta court de la façon la plus maladroite.

Blanche entendit de la pelouse le bruit du maillet sur le bois et les rires des spectateurs à quelque maladresse de sir Patrick.

Les précieuses secondes s'écoulaient.

Blanche aurait bien souffleté Arnold sur les deux joues pour la peur sans raison qu'elle lui inspirait.

– Eh bien, dit-elle avec impatience, si je vous regardais dans les yeux, qu'est-ce que je verrais ?

Arnold baissa de nouveau la tête et répondit :

– Vous verriez que j'ai besoin d'un peu d'encouragement.

– D'encouragement de ma part ?

– Oui, de votre part.

Blanche jeta un regard en arrière par-dessus son épaule.

La serre était sur une éminence; on y arrivait en montant quelques marches. De l'endroit où la jeune fille était placée, on pouvait entendre les joueurs réunis sur la pelouse, mais non les apercevoir. L'un d'entre eux pouvait donc apparaître, à tout moment, sans qu'on le vît arriver.

Blanche écouta. Elle n'entendit aucun bruit, mais seulement celui d'un nouveau coup de maillet sur la boule, suivi de battements de mains.

Sir Patrick était un personnage privilégié. Il lui avait été probablement permis de faire un nouvel essai, et il avait réussi, sans doute.

Blanche se retourna du côté d'Arnold et murmura :

– Considérez-vous comme encouragé.

Et aussitôt, avec cet admirable instinct des femmes pour se mettre sur la défensive, elle ajouta :

– Dans de certaines limites !

Arnold fit un dernier effort, mais décisif cette fois.

– Considérez-vous comme aimée, s'écria-t-il, et cela sans bornes !

C'en était fait, le grand mot était prononcé; Arnold avait pris la main de Blanche.

La perversité de l'amour se trahit ici de nouveau.

L'aveu que Blanche brûlait d'entendre s'était à peine échappé des lèvres d'Arnold qu'elle protesta. Elle se battit pour retirer sa main; elle ordonna à Arnold de la laisser partir.

Il ne fit que la retenir d'une main plus ferme.

– Essayez de m'aimer un peu, disait-il d'un air suppliant. Je vous aime tant !

Qui aurait résisté à de telles supplications ? Le lecteur se le rappellera s'il a aimé.

Blanche cessa de se défendre et leva les yeux, en souriant, sur le jeune marin.

– Est-ce au service de la marine marchande que vous avez appris cette méthode de faire votre cour ? lui demanda-t-elle.

Arnold persistait à prendre les choses au sérieux.

– Je retournerais immédiatement reprendre du service dans la marine marchande, dit-il, si j'avais le malheur de vous avoir mise en colère.

Blanche crut devoir lui administrer une nouvelle dose d'encouragement.

– La colère, Mr Brinkworth, est une mauvaise passion, répondit-elle, une jeune personne bien élevée n'a pas de mauvaises passions.

Les joueurs de la pelouse appelèrent Mr Brinkworth. Blanche essaya de le pousser dehors, mais il restait immobile.

– Dites-moi un mot avant que je ne parte, répéta-t-il, un seul mot suffira. Dites oui.

Blanche secoua la tête. Maintenant qu'elle le tenait dans ses petites mains blanches, elle éprouvait une irrésistible tentation de le tourmenter.

– Tout à fait impossible, répondit-elle ; si vous avez besoin de plus d'encouragement, il faut vous adresser à mon oncle.

– Je lui parlerai avant de quitter cette maison.

Un nouveau cri appela Mr Brinkworth. Blanche fit un nouvel effort pour le pousser hors de la serre.

– Partez, songez qu'il faut que votre boule franchisse les portes de fer.

Elle avait posé ses deux mains sur les épaules du jeune homme ; son visage était tout près du sien. Arnold la prit par la taille et lui donna un baiser. Inutile de lui recommander désormais de franchir les portes de fer, sûrement il les avait franchies !

Blanche resta muette. Ce dernier effort d'Arnold pour la courtiser lui avait coupé la respiration.

Avant qu'elle ne fût revenue à elle, des pas se firent entendre.

Arnold lui donna un second baiser et sortit en courant.

Elle se laissa tomber sur le siège le plus proche et ferma les yeux, en proie à une confusion délicieuse.

Les pas qui montaient les marches de la serre se rapprochant, Blanche ouvrit les yeux et vit Anne Silvester seule debout devant elle, la regardant.

Elle se leva vivement et ses bras se nouèrent autour du cou de son amie.

– Vous savez ce qui est arrivé, murmura-t-elle. Souhaitez-moi du bonheur, ma chère. Il m'a dit ces mots : « À vous pour toujours ! »

Tout l'amour, toute la confiance fraternelle qu'elles ressentaient l'une pour l'autre depuis tant d'années s'exprima dans cet embrassement. Les cœurs des deux mères, au temps passé, n'avaient jamais été plus près l'un de l'autre.

Et pourtant, si Blanche avait bien regardé Anne droit dans les yeux en cet instant, elle aurait vu que l'esprit de miss Silvester était bien loin de son petit roman d'amour.

– Vous savez qui c'est ? se prit-elle à dire après avoir attendu vainement une réponse.

– Mr Brinkworth ?

– Oui. Et quel autre pourrait-ce donc être ?

– Vous êtes réellement heureuse, mon amour ?

– Heureuse !... Ce que je vais vous dire est absolument entre nous. Je crois que mon cœur va éclater. Je l'aime !... je l'aime !... je l'aime !... s'écria-t-elle en prenant un plaisir d'enfant à répéter ces trois mots.

Ils eurent pour écho un profond soupir. Blanche, à l'instant, leva les yeux sur le visage d'Anne.

– Qu'avez-vous ? demanda-t-elle avec un changement soudain dans sa voix et ses manières.

– Rien.

Blanche n'était pas fille à se laisser tromper.

– Vous avez quelque chose. Est-ce une question d'argent ?... reprit-elle après un moment de réflexion. Des factures à payer ?... J'ai de l'argent à profusion... Je vous prêterai tout ce que vous voudrez.

– Non... non... ma chère !

Blanche se recula, un peu blessée.

Anne la tenait à distance, et cela pour la première fois depuis qu'elles se connaissaient.

– Je vous confie tous mes secrets, fit-elle. Et vous en avez pour moi ! Savez-vous que vous paraissez tourmentée et que vous avez l'esprit tout troublé depuis quelque temps ! Peut-être Mr Brinkworth ne vous plaît-il pas ?... Non... il vous plaît, j'en suis sûre. C'est mon mariage alors ?... Oui... je crois que c'est cela ! Vous vous imaginez que nous allons être séparées, folle que vous êtes ! Comme si je pouvais vivre sans vous ! Naturellement, quand je serai mariée avec Arnold, vous viendrez dans notre maison. C'est bien entendu, n'est-ce pas ?

Anne s'éloigna brusquement de Blanche en montrant l'entrée de la serre.

– Quelqu'un vient, dit-elle, regardez.

C'était encore Arnold. Le tour de Blanche au croquet étant venu, il s'était offert pour aller la chercher.

L'attention de miss Lundie, si facilement distraite d'ordinaire, restait fixée sur Anne.

– Vous n'êtes pas dans votre état normal, dit-elle, et il faut que j'en sache la raison. J'attendrai jusqu'à la nuit... et vous me le direz quand vous viendrez dans ma chambre. Ne me regardez pas ainsi. Il faudra me le dire, et voici un baiser pour vous, en attendant.

Elle rejoignit Arnold et recouvra toute sa gaieté dès qu'elle le regarda.

– Eh bien, avez-vous franchi les portes de fer ?

– Ne songez pas aux portes de fer. J'ai rompu la glace avec sir Patrick.

– Comment !... devant tout le monde ?

– Naturellement, non. J'ai pris rendez-vous avec lui pour lui parler ici.

Ils descendirent les marches en riant et allèrent prendre part au jeu.

Restée seule, Anne Silvester marcha lentement vers le fond de la serre. Un miroir, dans un cadre de bois sculpté, était fixé contre la muraille. Elle s'arrêta, regarda dans ce miroir, et frissonna en y voyant son image pâle.

– Le temps approche, dit-elle, où Blanche elle-même lira ce que je suis sur ce visage.

Soudain, elle poussa un cri sourd de désespoir, leva les bras au ciel et s'appuya contre la muraille, la tête dans les mains, le dos tourné à la lumière.

À cet instant, un homme apparut au milieu d'un flot de soleil.

Cet homme était Geoffrey Delamayn.

4

Tous les deux

Il avança de quelques pas et s'arrêta.

Anne ne l'avait pas entendu. Elle ne bougeait pas.

– Je suis venu ainsi que vous l'avez exigé, dit-il. Mais, songez-y, ce n'est pas prudent.

Au son de cette voix, Anne se retourna ; son visage changea d'expression tandis qu'elle quittait lentement le fond de la serre pour s'avancer vers Geoffrey, et ce changement révélait une ressemblance avec sa mère, ressemblance fatale qui n'était pas perceptible en d'autres moments.

Telle la mère avait regardé, au temps passé, l'homme qui l'avait reniée, telle la fille regardait Geoffrey Delamayn, avec le même calme terrible, avec le même terrible mépris.

– Eh bien ! demanda-t-il, qu'avez-vous à me dire ?

– Monsieur, répondit-elle, vous êtes un des heureux de ce monde ; vous êtes le fils d'un noble ; vous êtes beau ; vous avez été populaire à votre collège ; vous êtes bien accueilli dans les meilleures maisons d'Angleterre ; êtes-vous encore autre chose que tout cela ? Êtes vous aussi un lâche ?

Il tressaillit, agita les lèvres comme pour parler, puis s'arrêta et fit un effort pour éclater de rire.

– Allons ! dit-il, gardez votre calme.

La passion qu'Anne contenait avec tant de peine allait déborder.

– Que je reste calme ? répéta-t-elle. Vous, entre tous les hommes, pouvez-vous vous attendre à ce que je conserve mon empire sur moi-même ? Quelle pauvre mémoire est donc la vôtre ! Avez-vous oublié le temps où j'étais assez folle pour penser que vous m'aimiez ?... assez folle pour croire que vous tiendriez votre promesse ?

Il persistait à prendre les choses en riant.

– Folle est un mot bien fort, miss Silvester.

– Folle est le mot approprié ! Quand je me reporte en arrière et que je songe à ma folie... je ne puis me l'expliquer. Je ne me comprends pas. Qu'y avait-il en vous, demanda-t-elle avec une surprenante explosion de mépris, pour captiver une femme telle que moi ?

L'inépuisable bonne humeur de Geoffrey devait résister même à l'épreuve de cette cruelle sortie. Il mit les mains dans ses poches et dit :

– Il est certain que je n'en sais rien.

Elle se détourna.

La franche brutalité de cette réponse ne l'avait pas offensée, mais accablée. Geoffrey, par ces mots stupides, venait de lui rappeler qu'elle n'avait personne à blâmer qu'elle-même. Elle ne pouvait accuser qu'elle de la position épouvantable dans laquelle elle se trouvait en ce moment.

C'est une triste, bien triste histoire ; il faut la conter.

Du vivant de sa mère, Anne avait été la plus douce et la plus aimable des enfants. Plus tard, confiée aux soins de la première lady Lundie, sa jeunesse s'était passée de façon si paisible qu'il semblait que le sommeil des passions devait toujours durer dans son cœur.

Elle avait ainsi vécu jusqu'au moment où elle était devenue femme. Et alors, quand le trésor de sa vie était si riche, dans un moment fatal, elle l'avait sacrifié à cet homme !...

Était-elle sans excuse ? Non. Elle l'avait vu sous un autre aspect, qu'il n'avait plus.

Elle l'avait vu héros de la course sur la rivière, proclamé le premier entre tous, dans une épreuve de force et d'habileté qui soulevait l'enthousiasme de toute l'Angleterre. Elle l'avait vu l'objet de l'intérêt de toute une nation, l'idole consacrée par le culte et les applaudissements populaires. Les journaux avaient célébré la force de ses muscles. Des cris sortis de dix mille poitrines l'avaient acclamé comme l'orgueil de la Grande-Bretagne.

Une femme, au milieu d'une atmosphère échauffée par le délire des foules, assiste à l'apothéose de la force physique. Est-il raisonnable, est-il juste d'attendre d'elle qu'elle se demande, de sang-froid, ce que vaut tout cela, moralement et intellectuellement ?

Et quand cet homme, ce héros, la remarque, lui est présenté, la trouve belle et la distingue entre toutes… Non, tant que l'humanité sera l'humanité, cette femme ne sera pas entièrement sans excuse.

Mais Anne avait-elle échappé à la souffrance qui suit de telles fautes ?

Regardez-la, torturée par la conscience de son secret… ce hideux secret qu'elle cache à l'innocente fille qu'elle aime comme une sœur. Regardez-la, courbée sous une humiliation que les mots sont impuissants à rendre.

Elle avait lu dans l'âme de son héros, mais il était trop tard ; elle l'estimait maintenant à sa juste valeur, mais sa réputation était à sa merci.

Interrogez-la, demandez-lui : « Que trouvez-vous à aimer dans un homme qui a pu vous parler comme celui-ci vient de vous parler, qui a pu vous traiter comme cet homme vous a traitée ? Vous, intelligente, instruite, raffinée… au nom du ciel, que pouvez-vous voir en lui qui soit aimable ? »

Demandez-lui cela, elle restera sans réponse. Elle ne vous rappellera même pas qu'il fut un jour le type de la beauté masculine, que tous les mouchoirs s'agitaient sur son passage, que tous les cœurs battaient à rompre de blanches poitrines quand il sauta la dernière barrière dans la course à pied et qu'il gagna d'une tête le prix.

Dans l'amertume de ses remords, elle ne voudra même pas invoquer cette misérable excuse.

Mais n'y aurait-il pas, dans la situation où vous la voyez, une expiation qui vous touche ? Lui refuserez-vous toute sympathie ? Celle qui a péché et s'en repent si durement est une créature purifiée et ennoblie. C'est une joie parmi les anges du ciel.

Il y eut un moment de silence dans la serre. Les joyeuses clameurs de la partie de croquet sur la pelouse retentissaient encore. Au-dehors, le bourdonnement des voix, les éclats de rire des jeunes filles, le bruit des coups de maillet sur les boules. Au-dedans, rien qu'une femme s'efforçant de retenir des larmes de honte et un homme rassasié de sa victime.

Anne se redressa.

Elle était la fille de sa mère, elle eut une lueur du courage maternel.

Sa vie dépendait de l'issue de cet entretien ; sans un père, sans un frère pour prendre sa défense, elle ne pouvait perdre cette dernière chance d'en appeler à celui-là même qui l'avait perdue. Elle refoula ses larmes. Le temps de pleurer revient souvent dans l'existence d'une femme.

Elle ravala donc ses pleurs et lui adressa de nouveau la parole, mais sur un ton plus doux :

– Geoffrey, vous avez passé trois semaines à la demeure de votre frère Julius, et pas une seule fois vous n'êtes monté à cheval pour venir me voir. Vous ne seriez pas venu aujourd'hui, si je ne vous avais pas écrit pour vous en prier avec insistance. Est-ce là le traitement que j'ai mérité !

Elle s'arrêta. Elle n'obtenait pas de réponse.

– M'entendez-vous ? dit-elle s'avançant d'un pas et parlant plus haut.

Il garda encore le silence.

Supporter le mépris de Geoffrey, cela dépassait les bornes de la patience humaine ! Des signes d'orage apparurent sur le visage d'Anne Silvester.

Geoffrey attendait l'explosion d'un front impénétrable. Il avait appréhendé cet entretien, tandis qu'il était au jardin des roses ; maintenant que la crise était arrivée, il était en pleine possession de lui-même, assez calme pour se rappeler qu'il n'avait pas remis sa pipe dans l'étui, et pour réparer cet oubli avant que les choses n'allassent plus loin.

– Continuez, dit-il tranquillement ; je vous écoute.

D'un coup frappé sur la pipe, elle la lui fit tomber des mains. Si elle en avait eu la force, elle l'aurait renversé lui-même et foulé sous ses pieds avec délices.

– Comment osez-vous agir ainsi avec moi ? s'écria-t-elle avec véhémence. Votre conduite est infâme !

Il n'essaya pas de se défendre. Il regardait avec un vrai chagrin la pipe à terre. Elle avait un superbe bout d'ambre qui lui avait coûté dix shillings.

– Permettez d'abord que je la ramasse, dit-il.

Elle n'était pas brisée ; son visage rayonna de plaisir, et jamais il n'avait été plus beau.

Tout va bien, pensa-t-il, elle n'a pas souffert.

Aussi son attitude, lorsque ses regards se reportèrent sur Anne Silvester, était-elle empreinte d'une grâce parfaite ; la grâce est la compagne habituelle de la force au repos.

– Je m'en remets à votre bon sens, dit-il de l'air le plus raisonnable. Qu'espérez-vous en me malmenant ainsi ? Vous n'avez pas intérêt à être entendue de ceux qui sont sur la pelouse. Vous autres, femmes, vous êtes toutes les mêmes. Il n'y a pas moyen de vous faire entrer un peu de prudence dans la tête.

Il attendit un moment ; mais, à son tour, elle demeurait muette, car elle voulait le forcer à continuer.

– Écoutez-moi, reprit-il, il est bien inutile de nous quereller ! Je n'ai pas l'intention de manquer à ma promesse ; mais qu'y puis-je ? Je ne suis pas le fils aîné. Je suis sous la dépendance de mon père, et je n'ai pas un denier qui ne vienne de lui. Déjà, nous ne sommes pas en bons termes. Ne pouvez-vous comprendre cela ? Vous êtes une lady, vous en avez toutes les distinctions, je le sais ; mais vous n'êtes qu'une préceptrice. Il est de votre intérêt, aussi bien que du mien, d'attendre que mon père ait assuré mon sort. La question se réduit à ceci : si je me marie maintenant, je suis un homme ruiné.

La réponse arriva cette fois.

– Misérable ! Si je ne me marie pas, moi, je suis une femme perdue !

– Que voulez-vous dire ?

– Vous le savez bien ; ne me regardez pas ainsi.

– Comment voulez-vous que je regarde une femme qui m'appelle misérable ?

Elle changea de ton tout à coup. L'élément sauvage qui est dans toute nature humaine – ah ! laissez les modernes optimistes douter de son existence –, qui se trahit à chaque instant dans tout homme non cultivé, dans toute femme quelque belle qu'elle soit, et surtout chez les enfants, cet élément sauvage apparaissait dans les yeux et dans l'accent de Geoffrey.

Méritait-il donc de tels reproches pour la manière dont il regardait cette femme et dont il lui parlait ?

Non, le blâme ne devait pas retomber sur lui. Qu'avait-on fait en le préparant à la vie, à l'école et au collège, pour adoucir et dompter cette sauvagerie qui était en lui ?

L'un de ces deux êtres désarmés devait céder.

La femme était la plus faible, la femme donna l'exemple de la soumission.

– Ne soyez pas si dur pour moi, dit-elle. Je n'ai pas l'intention d'être dure pour vous. Je n'ai pas pu rester maîtresse de mon émotion tout à l'heure ; vous connaissez mon caractère. Je regrette de m'être oubliée. Geoffrey, tout mon avenir est entre vos mains. Voulez-vous me rendre justice ?

Elle se rapprocha de lui et posa sa main sur le bras du jeune homme.

– N'avez-vous pas un mot à me dire ?… Pas même un regard ?… Pas une réponse ?…

Elle attendit un moment encore, puis un nouveau changement se fit sur son visage, et elle se dirigea lentement vers la porte de la serre.

– Je regrette de vous avoir dérangé, Mr Delamayn, je ne vous retiendrai pas plus longtemps.

Il y avait dans le son de sa voix quelque accent qu'il n'avait jamais entendu ; un feu dans ses yeux qu'il n'avait jamais vu.

Il étendit la main d'un mouvement brusque et l'arrêta.

– Où allez-vous ? lui cria-t-il.

Elle répondit en le regardant en face.

– Où beaucoup de misérables femmes sont allées avant moi. Hors de ce monde.

– Voulez-vous dire que vous allez vous… ?

– Je veux dire que je suis résolue à ne plus vivre.

– Par Jupiter ! s'écria-t-il, elle le ferait comme elle le dit !…

Il fit avancer une chaise qu'il faillit briser tant ses mouvements étaient violents.

– Asseyez-vous, ordonna-t-il.

Elle lui avait fait peur ; la peur vient rarement aux hommes qui lui ressemblent, et quand elle vient, ils la ressentent avec une méfiance mêlée de colère ; ils deviennent brutaux ; c'est leur instinct qui proteste.

– Asseyez-vous, répéta-t-il.

Elle lui obéit.

– N'avez-vous pas un mot à me dire ? demanda-t-il en accompagnant cette question d'un effroyable juron.

– Non !

Elle restait là, immobile sur sa chaise, indifférente, maintenant, à la manière dont cette scène cruelle devait finir. Cette impassibilité ne se voit chez la femme que lorsqu'elle a pris un parti désespéré.

Geoffrey fit un tour dans la serre, revint près de la jeune femme, et frappant avec colère sur le dossier de sa chaise :

– Que voulez-vous de moi ? fit-il.

– Vous le savez.

Il n'avait pas d'autre alternative que de céder ou de s'aventurer en terrain inconnu, peut-être vers un scandale qui viendrait aux oreilles de son père.

– Écoutez-moi, Anne, reprit-il d'une voix sourde. J'ai quelque chose à vous proposer.

Elle leva les yeux sur lui.

– Que dites-vous d'un mariage secret ?

Elle ne fit pas une seule objection, elle répondit avec la même brusquerie, de la même voix étouffée :

– Je consens à un mariage secret.

Alors, il chercha du moins à gagner du temps.

– J'avoue que je ne sais pas comment nous devrions nous y prendre…

– Je le sais, moi.

– Comment, dit-il d'un air soupçonneux, vous y aviez pensé?

– Oui.

– Vous aviez arrêté un plan.

– J'avais arrêté un plan.

– Pourquoi ne l'aviez-vous pas dit tout d'abord?

Elle lui répondit avec fierté; elle lui rappela le respect qu'on doit aux femmes, respect qui lui était doublement dû à elle, dans sa lamentable position.

– Parce que c'était votre rôle, monsieur, de parler le premier.

– Voulez-vous attendre?

– Pas un jour!

La voix était brève. Il n'y avait pas à s'y tromper : sa résolution était prise.

– Où est la nécessité de se tant presser? lui dit-il.

– Avez-vous des yeux? répliqua-t-elle avec véhémence. Avez-vous des oreilles? Ne voyez-vous pas comment lady Lundie me regarde, comment lady Lundie me parle? Je suis soupçonnée par cette femme. Mon expulsion honteuse de sa maison n'est peut-être qu'une question d'heures.

Sa tête retomba sur sa poitrine, ses mains se joignirent.

– Et Blanche! murmura-t-elle, comme se parlant à elle-même, tandis que de nouvelles larmes lui remplissaient les yeux, et sans qu'elle fît cette fois un effort pour les retenir. Blanche qui me regarde aussi! Blanche qui m'aime! Blanche qui me disait, à cette même place, que je vivrais avec elle quand elle serait mariée…

Elle se leva, ses pleurs se séchèrent tout à coup. L'expression du plus violent désespoir reparut de nouveau sur son visage pâle et défait.

– Laissez-moi partir, reprit-elle. Qu'est-ce que la mort, comparée à la vie qui m'attend?

Elle toisa Geoffrey d'un air dédaigneux, sa voix s'éleva jusqu'au diapason le plus ferme et le plus élevé.

– Vous, oui, même *vous*, dit-elle, vous auriez le courage de mourir si vous étiez à ma place !

Geoffrey jeta un regard du côté de la pelouse.

– Taisez-vous, on va vous entendre.

– Qu'ils m'entendent !... Quand je touche au moment de n'avoir plus à les entendre, moi, que m'importe !

Il la saisit par la main et la força à se rasseoir.

– Dites votre volonté, reprit-il ; je la ferai. Mais je ne puis pourtant vous épouser aujourd'hui.

– Vous le pouvez !

– Quelle absurdité, ma chère. La maison et les jardins regorgent de monde. Est-ce possible ?

– C'est possible. J'ai pensé à tout cela, et sans cesse, depuis notre arrivée dans cette maison. J'ai une proposition à vous faire. Voulez-vous l'entendre, oui ou non ?

– Parlez plus bas.

– Voulez-vous m'écouter ?

– Quelqu'un vient.

– Voulez-vous m'écouter ? répéta-t-elle.

– Le diable soit de votre obstination ! Oui !

Cette soumission lui était bien arrachée ; mais c'était la réponse que voulait Anne ; cette réponse ouvrait une porte à l'espérance.

Du moment qu'il avait consenti à l'écouter, il devenait urgent qu'on ne les découvrît point dans cette serre où quelque désœuvré pouvait venir. Elle leva la main pour réclamer de Geoffrey un moment de silence et écouter ce qui se passait sur la pelouse.

Le bruit monotone du maillet frappant sur la boule avait cessé. Le jeu s'était arrêté.

Un moment après, elle entendit son nom. On l'appelait, et une voix qu'elle reconnut disait : « Je sais où elle est. Je vais la chercher. »

Elle se retourna vers Geoffrey et lui montra le fond de la serre.

– C'est à mon tour de jouer, dit-elle ; et Blanche vient me chercher. Attendez ici. Je l'arrêterai sur les marches.

Elle sortit aussitôt. Le moment était critique. La découverte de cette intrigue était la ruine morale de cette femme, la ruine pécuniaire de cet homme. Geoffrey n'avait pas exagéré les difficultés de la situation vis-à-vis de son père.

Lord Holchester avait deux fois payé ses dettes, et depuis il refusait de le voir. Un outrage de plus aux sentiments rigides du vertueux lord en matière de convenances sociales, et Geoffrey se voyait écarté du testament comme il avait été chassé de la maison.

Il pensait à tout cela dans la serre et cherchait un moyen de retraite, car il ne pouvait s'échapper par l'entrée principale sans être vu.

Une porte à l'usage des domestiques quand on servait des dîners ou des collations dans la serre était là, au fond, pratiquée dans le mur. À la vérité, elle était fermée, mais c'était un obstacle qu'avec sa force il lui était facile de vaincre.

Il appuya son épaule contre la porte.

Au moment où elle cédait sous son effort, il sentit une main qui se posait sur son bras.

Anne était derrière lui, elle était seule.

– Vous pourrez avoir besoin de cette issue tout à l'heure, dit-elle. Vous n'en avez pas besoin à présent. Une autre personne jouera pour moi, j'ai dit à Blanche que je n'étais pas bien. Asseyez-vous. J'ai gagné cinq minutes, il faut les mettre à profit. Les soupçons de lady Lundie peuvent l'amener ici sous prétexte de voir comment je me trouve. Pour le moment, refermez cette porte !

– Arrivez au fait, dit-il avec impatience. De quoi s'agit-il ?

– Vous pouvez m'épouser aujourd'hui, répondit-elle ; écoutez-moi, et je vous dirai comment.

5

Le plan

Elle lui prit la main ; elle avait un grand art de persuasion quand elle le voulait.

– Un mot, Geoffrey, avant que je n'en vienne aux choses sérieuses. Lady Lundie vous a invité à rester à Windygates. Acceptez-vous son invitation ou retournez-vous ce soir chez votre frère ?

– Je ne puis retourner ce soir chez mon frère. Ils ont mis un visiteur dans ma chambre, et me voilà obligé de rester ici. Mon frère l'a fait exprès. Julius me vient en aide, quand je suis dans un trop grand embarras, mais il me malmène après. Il m'a envoyé ici pour y remplir un devoir de famille. Quelqu'un devait se montrer poli envers lady Lundie, et c'est moi qui ai été sacrifié.

Elle releva ce dernier mot.

– Ne vous sacrifiez pas. Excusez-vous et dites que vous êtes obligé de retourner chez votre frère.

– Pourquoi ?

– Parce que nous devons quitter tous deux cette maison aujourd'hui même.

Il avait à soulever une double objection : s'il ne restait pas chez lady Lundie, il échouerait dans la demande d'argent qu'il comptait présenter à son frère ; s'il partait avec Anne, cette double fuite n'échapperait pas aux yeux du monde, et de méchants propos pourraient parvenir aux oreilles de son père.

– Si nous partons ensemble, dit-il, adieu à mes espérances d'avenir et aux vôtres.

Je n'entends pas que nous partions ensemble, répliqua-t-elle, nous partirons au contraire séparément… et c'est moi qui m'en irai la première.

– Bon ! ce sera un joli haro sur vous, quand on s'apercevra de votre disparition.

– On doit danser une fois la partie de croquet terminée. Je ne danse pas, on ne s'apercevra donc pas de mon absence. J'aurai tout le temps et toutes les facilités pour regagner ma chambre. Je laisserai une lettre pour lady Lundie et une lettre… (sa voix devint tremblante) et une lettre pour Blanche. Ne m'interrompez pas. J'ai pensé à tout. L'aveu que je ferai sera la vérité dans quelques heures si ce n'est pas la vérité dès à présent. Mes lettres diront que je suis secrètement mariée et appelée à l'improviste à aller rejoindre mon mari. Il y aura un grand scandale dans la maison, je le sais, mais pas le moindre prétexte pour courir après moi, puisque je serai sous la protection de mon mari. Pour vous, rien à craindre. Votre secret ne peut être découvert et rien n'est plus facile que de détourner tout soupçon. Restez ici une heure seulement après mon départ, vous sauverez les apparences, et puis vous viendrez me rejoindre.

– Vous rejoindre ! fit Geoffrey. Où ?...

Elle rapprocha sa chaise et murmura à son oreille :

– Dans une petite auberge de la montagne, à quatre miles d'ici.

– Une auberge !

– Pourquoi non ?

– Une auberge est un lieu public.

Un mouvement d'impatience échappa encore à miss Silvester. Mais elle se contint.

– Le lieu dont je veux parler est le plus solitaire de tout le voisinage. Vous n'avez pas à y craindre les regards curieux. Je l'ai choisi précisément pour cette raison. Il est loin du chemin de fer, il est loin de la grande route, la maison est tenue par une honnête et respectable Écossaise.

– Les honnêtes et respectables Écossaises qui tiennent des auberges, fit observer Geoffrey, ne s'accommodent pas des jeunes dames voyageant seules... Elle ne vous recevra pas.

L'objection était bien trouvée, mais manqua son but. Une femme qui travaille pour arriver à un tel mariage est préparée à toutes les objections ; son désir suffit à les réfuter toutes.

– Puisque j'ai tout prévu, dit-elle, j'ai aussi prévu cela. Je dirai à la maîtresse de l'auberge que je suis en voyage de noces, que mon mari est en excursion dans les montagnes voisines et vient à pied.

– Et est-il sûr qu'elle le croie ? dit Geoffrey.

– Elle le croira, si vous le voulez. Ne vous inquiétez pas de ce détail. Vous n'avez qu'à arriver et à demander votre épouse : la vérité de mon histoire sera confirmée !

Elle peut se montrer la femme la plus soupçonneuse du monde, mais dès l'instant où l'on vous verra, vous ferez évanouir tous ses soupçons. Laissez-moi jouer mon rôle, qui est le plus difficile. Consentirez-vous à jouer le vôtre?

Il était impossible de dire non. Anne avait réponse à tout, et Geoffrey cherchait vainement un point de résistance.

– Je suppose que vous savez comment nous pourrons être mariés? demanda-t-il; quant à moi, je n'en sais rien.

– Vous le savez à merveille! répliqua-t-elle. Vous savez que nous sommes en Écosse, et qu'il n'y a ici ni formalités, ni cérémonies, ni délais pour les mariages. Le plan que je vous ai proposé assure ma réception à l'auberge et rend facile et tout naturel que vous veniez m'y rejoindre quelque temps après. Le reste dépend de vous. Un homme et une femme qui désirent être mariés en Écosse n'ont qu'à déclarer d'abord qu'ils le sont. S'il plaît à la maîtresse de l'auberge de se fâcher après avoir été trompée, qu'est-ce que cela nous fait? Nous aurons atteint notre but et, de plus, nous l'aurons atteint sans risques pour vous.

– Le but... répliqua Geoffrey, vous autres femmes, vous y foncez tête baissée. Ne laissez pas un trop lourd fardeau sur mes épaules... Mais quand nous serons mariés, il faudra nous séparer, sans cela, comment notre mariage serait-il secret?

– Vous partirez, vous retournerez chez votre frère, comme s'il n'était rien arrivé.

– Que deviendrez-vous?

– J'irai à Londres.

– Et que ferez-vous à Londres?

– Ne vous ai-je pas dit déjà que j'avais songé à tout? Quand je serai à Londres, j'irai trouver une des vieilles amies de ma mère... une amie du temps où elle était artiste. Tout le monde prétend que j'ai une voix qui n'a besoin que de travail, j'étudierai! Je puis vivre et vivre honorablement, comme chanteuse de concert. J'ai économisé assez d'argent pour pourvoir à mes besoins pendant mes études, et l'amie de ma mère me viendra en aide.

Ainsi, Anne s'engageait inconsciemment dans cette vie que sa mère avait menée avant elle. Elle choisissait la carrière de chanteuse, en dépit des recommandations de la défunte ! Ainsi, et sous l'empire d'autres circonstances, le mariage irrégulier de la mère en Irlande allait être suivi du mariage irrégulier de la fille en Écosse !

Et, chose plus étrange encore, l'homme qu'elle épousait était le fils de celui qui avait découvert la nullité du mariage irlandais, le même qui avait fourni le moyen légal par lequel la mère avait perdu sa position dans le monde.

« Ma chère Anne est une seconde moi-même, avait dit la mourante, elle ne porte pas le nom de son père, elle porte le mien. Elle est Anne Silvester comme je l'étais moi-même ; finira-t-elle comme moi ? »

La réponse à ces cruelles paroles, les dernières échappées des lèvres glacées de la première Anne Silvester, la réponse était apportée par le destin.

– Eh bien ! reprit Anne, avez-vous fini vos objections ?

Non, Geoffrey en avait encore une.

– Supposez que des gens qui me connaissent se trouvent à l'auberge ? Supposez que, par eux, tout cela vienne aux oreilles de mon père ?

– Supposez que vous me poussiez à me donner la mort ! répliqua-t-elle. Votre père connaîtra la vérité dans ce cas, je vous le jure.

Il s'éloigna d'elle, mais elle le suivait. Au même instant, de grands applaudissements retentirent sur la pelouse. Quelqu'un avait réussi un coup brillant qui mettait fin à la partie. Blanche allait revenir. Il y avait tout lieu de s'attendre à ce que, le jeu étant terminé, lady Lundie se trouvât libre…

Anne résolut de brusquer le cours des événements.

– Mr Geoffrey Delamayn, vous m'avez offert un mariage secret et j'y ai consenti… Êtes-vous, oui ou non, prêt à m'épouser, dans les conditions proposées par vous-même ?

– Accordez-moi un instant pour réfléchir.

– Pas un moment. Dites oui ou non.

Il ne put se décider à dire ce oui; il eut recours à un équivalent. Ruse et faiblesse!

– Où est l'auberge? demanda-t-il.

Elle passa son bras sous le sien et murmura :

– Prenez la route qui conduit au chemin de fer, puis le sentier qui traverse le marécage; suivez le chemin tracé par les pas des moutons, jusqu'en haut de la montagne, la première maison que vous rencontrerez alors est l'auberge. Vous avez compris?

Il inclina la tête d'un air sombre et tira de nouveau sa pipe de sa poche.

– N'y touchez pas, cette fois, dit-il, j'ai l'esprit préoccupé. Quand un homme est préoccupé, il faut qu'il fume… Le nom de l'endroit?

– Craig Fernie.

– Qui dois-je demander en me présentant?

– Demandez votre femme.

– Supposez qu'on vous demande votre nom à votre arrivée.

– Si je suis obligée de me nommer, je dirai « Mrs » au lieu de « miss » Silvester, mais je ferai tout mon possible pour éviter de donner un nom. Quant à vous, vous éviterez toute erreur en vous contentant de demander votre femme. Y a-t-il encore quelque chose que vous ayez besoin de savoir?

– Oui.

– Vite, alors. Qu'est-ce?

– Comment saurai-je que vous êtes partie d'ici?

– Si vous n'entendez pas parler de moi dans la demi-heure qui suivra ce moment où nous allons nous quitter, vous pourrez être sûr que je suis partie. Chut!

Un bruit de voix se faisait entendre au pied des marches; ces voix étaient celles de lady Lundie et de sir Patrick.

Anne montra la porte pratiquée dans le mur.

Elle venait de la refermer sur Geoffrey, quand lady Lundie et sir Patrick parurent à l'entrée de la serre.

6

Le prétendant

Lady Lundie montra la porte d'un geste et s'adressa à sir Patrick de façon à n'être entendue que de lui :

– Voyez! miss Silvester vient de faire partir quelqu'un.

Sir Patrick regarda exprès du mauvais côté, et naturellement il ne vit rien.

Lady Lundie s'avança. Une haine soupçonneuse envers la préceptrice se lisait dans chaque trait de son visage, et ses soupçons incrédules sur le prétendu malaise de celle-ci se trahissaient dans chaque inflexion de sa voix.

– Puis-je vous demander, miss Silvester, si vos maux sont soulagés?

– Je ne suis pas mieux, lady Lundie.

– Je vous demande pardon?

– J'ai dit que je n'étais pas mieux.

– Vous paraissez en état de rester debout. Quand je suis malade, je ne suis pas si heureuse. Je suis obligée de me mettre au lit.

– J'imiterai votre exemple, lady Lundie. Si vous voulez bien être assez bonne pour m'excuser, je vous quitterai et je monterai à ma chambre pour me mettre au lit, comme vous.

Elle n'en put dire davantage. Ce long et cruel entretien avec Geoffrey l'avait brisée; il ne lui restait plus le courage de résister aux petites méchancetés de cette femme, après avoir supporté la brutale indifférence de cet homme. Un moment de plus, et la souffrance nerveuse qu'elle contenait aurait surgi à travers une explosion de larmes.

Anne n'attendit point la réponse de lady Lundie et, sans savoir si ses excuses étaient agréées, elle quitta la serre.

Les magnifiques yeux noirs de lady Lundie s'agrandirent et brillèrent de leur feu le plus vif. Elle en appela à sir

Patrick, qui, commodément appuyé sur sa canne d'ivoire, regardait au-dehors les personnes réunies sur la pelouse et conservait l'attitude de la plus parfaite innocence.

– Après ce que je vous ai déjà dit, sir Patrick, de la conduite de miss Silvester, puis-je vous demander si vous ne trouvez pas ce procédé tout à fait extraordinaire?

Le vieux gentleman fit encore une fois jouer le ressort de sa canne et répondit sur le ton galant de la vieille école :

– Je ne connais pas de procédé extraordinaire, lady Lundie, de la part de votre aimable sexe.

Il salua, huma sa prise, puis d'un geste gracieux il secoua les grains de tabac qui s'étaient attachés à son index et à son pouce, retourna son regard vers la pelouse et s'absorba plus que jamais dans la contemplation des ébats joyeux de ses jeunes amis.

Lady Lundie, au contraire, tenait ferme sur le terrain qu'elle avait choisi, bien déterminée à forcer son beau-frère à exprimer son opinion. Avant qu'elle eût pu reprendre la parole, Blanche et Arnold apparurent ensemble au pied des marches de la serre.

– Et quand la danse commence-t-elle? demanda sir Patrick, en s'avançant à leur rencontre, comme s'il prenait le plus vif intérêt à cette nouvelle réjouissance.

– C'est précisément ce que je venais demander à maman, dit Blanche. Est-elle ici avec Anne, et Anne va-t-elle mieux?

Lady Lundie s'avança, se chargeant de répondre elle-même à ces questions :

– Miss Silvester s'est retirée dans sa chambre. Miss Silvester persiste à se prétendre malade. Avez-vous remarqué, sir Patrick, que ces sortes de personnes, à demi bien élevées, sont presque invariablement impolies quand elles sont malades.

Le joli visage de Blanche se colora vivement.

– Si vous pensez qu'Anne est une personne à demi bien élevée, lady Lundie, vous serez seule de votre avis. Mon oncle ne se rangera pas à votre opinion, j'en suis bien sûre.

L'intérêt que prenait sir Patrick au premier quadrille devint presque pénible à voir.

– Dites-moi, ma chère, je vous prie, quand la danse va-t-elle commencer ?

– Le plus tôt sera le mieux, dit lady Lundie. Il faut danser avant que Blanche n'ait trouvé l'occasion d'une nouvelle querelle avec moi, au sujet de miss Silvester.

Blanche regarda son oncle.

– Commencez !... commencez !... ne perdez pas de temps ! s'écria l'ardent sir Patrick, en montrant du bout de sa canne le chemin de la maison.

– Certainement, cher oncle ! Tout pour *vous* être agréable.

Après ce trait lancé à sa belle-mère, Blanche s'éloigna. Arnold, qui avait attendu à distance, en bas des marches, implora sir Patrick du regard.

Le train qu'il devait prendre pour se rendre à la propriété dont il venait d'hériter partait dans moins d'une heure, et il ne s'était pas encore présenté au tuteur de Blanche dans son nouveau caractère de prétendant à la main de sa pupille ! Mais l'indifférence de sir Patrick pour ses devoirs de famille, qu'il s'agît de ceux qu'il aimait ou de ceux qu'il n'aimait pas, restait parfaitement indomptable.

Le baronnet restait là debout, appuyé sur sa canne, chantonnant tout bas un vieil air écossais, et, près de lui, restait également lady Lundie, résolue à ne pas le quitter avant d'avoir réussi à lui faire voir la préceptrice comme ses yeux à elle la voyaient, à la lui faire juger comme sa droite raison la jugeait.

Elle revint donc à la charge, en dépit de l'affectation de sir Patrick à continuer sa petite chanson, en dépit de la présence d'Arnold et de son impatience.

Les ennemis de Milady disaient : « Il n'y a pas à s'étonner que le pauvre sir Thomas soit mort si vite après son mariage ! » Malheureusement, nos ennemis ont quelquefois raison.

– Je dois vous rappeler encore une fois, sir Patrick, que j'ai de fortes raisons de douter que miss Silvester soit une compagne convenable pour Blanche. Notre préceptrice a quelque chose en tête. Ce sont des accès de larmes quand elle est seule ; elle reste debout et se promène dans sa chambre aux heures où elle devrait être couchée et dormir ; elle met elle-même ses lettres à la poste et, tout récemment, elle a été excessivement insolente avec moi. Tout cela n'est pas naturel. Il faut que je prenne un parti à son égard… et les plus simples convenances veulent que je n'agisse qu'avec votre assentiment, puisque vous êtes le chef de famille.

– Lady Lundie, j'abdique mes droits en votre faveur.

– Sir Patrick, permettez-moi de vous faire observer que je parle sérieusement… J'attends une réponse sérieuse.

– Ma chère dame, demandez-moi tout ce que vous voudrez, et je suis entièrement à votre service ; mais pour une réponse sérieuse, je n'en ai pas fait depuis que j'ai dit adieu aux affaires et quitté le barreau écossais. À mon âge, rien n'est sérieux que l'indigestion. Je dis avec le philosophe : « La vie est une comédie pour celui qui pense. »

Il prit en même temps la main de sa belle-sœur et la baisa.

– Chère lady Lundie, vous êtes trop sensible !

Lady Lundie, qui de sa vie n'avait été sensible, et qui le savait bien, pensa que son beau-frère se moquait d'elle. Elle était offensée et le fit voir clairement.

– Quand je vous ai appelé, sir Patrick, à juger la conduite de miss Silvester, reprit-elle, je me serai bien mal exprimée sans doute, sans quoi vous auriez bien compris que vous deviez considérer mes inquiétudes comme bien éloignées de la plaisanterie.

Sur ces mots, elle sortit de la serre et favorisa ainsi les intérêts d'Arnold, en rendant enfin la liberté au tuteur de Blanche.

L'occasion était excellente. Les hôtes étaient rentrés dans la maison, il n'y avait pas à craindre d'être interrompu. Arnold entra. Sir Patrick, qui n'avait en aucune façon troublé la sortie de lady Lundie, prit un siège sans remarquer son jeune ami, tout en s'adressant à lui-même une question reposant sur une longue étude du sexe féminin : y a-t-il jamais eu une femme en querelle avec une autre femme, pensa le vieux gentleman, qui n'ait senti le besoin d'y mêler un homme ?

Arnold avança d'un pas.

– J'espère n'être pas importun, sir Patrick ?

– Importun ! certainement non ! Miséricorde, comme ce garçon a l'air sérieux ! Êtes-vous aussi sur le point d'en appeler à moi comme au chef de famille ?

C'était justement ce qu'Arnold souhaitait. Mais il comprit que s'il se pressait trop, sir Patrick, sous quelque prétexte, se refuserait à l'écouter. Il répondit prudemment :

– Je vous ai demandé la permission de vous consulter sur mon avenir, et vous m'avez répondu que vous m'en donneriez l'occasion avant mon départ de Windygates.

– Oui ! oui ! c'est vrai ; je me le rappelle. Nous étions tous deux engagés dans la sérieuse affaire du croquet, et il y avait doute sur lequel de nous deux s'en tirerait le plus maladroitement. Eh bien ! voici l'occasion trouvée. Je suis là ; et toute mon expérience du monde est à votre service. J'ai seulement un avertissement à vous donner. N'en appelez pas à moi en qualité de chef de famille ; j'ai abdiqué entre les mains de lady Lundie.

Il parlait comme d'habitude, moitié sur le ton plaisant, moitié sur le ton sérieux. Le rictus creusé par son humeur sarcastique grimaçait au coin de ses lèvres. Arnold était fort embarrassé pour savoir comment aborder, avec sir Patrick, ce qui regardait sa nièce, sans lui rappeler ses responsabilités domestiques, et surtout sans attirer sur lui les traits railleurs du baronnet. Dans cette position difficile, il commit une maladresse dès le début : il hésita.

– Ne vous pressez pas, dit sir Patrick, rassemblez vos idées… Je puis attendre !

Arnold, en effet, rassemblait ses idées et commit une seconde maladresse ! Il se détermina à tâter prudemment le terrain avant de commencer. Dans les circonstances présentes, et avec un homme comme celui auquel il avait affaire, c'était peut-être le plus mauvais parti qu'il pût prendre. La souris essayait de jouer avec le chat.

– Vous avez été très bon, monsieur, en m'offrant de profiter de votre expérience, dit-il. J'éprouve le besoin de vous demander un conseil…

– Ne pouvez-vous pas passer cet entretien assis près de moi ? l'interrompit sir Patrick. Prenez une chaise.

L'œil vif de sir Patrick suivait Arnold avec une expression de joie malicieuse.

Il n'a pas besoin de mon avis ! se disait-il. Il ne veut point de mes conseils. Le jeune menteur, ce qu'il veut c'est ma nièce.

Arnold s'assit sous le regard menaçant de sir Patrick, avec la conscience qu'il ne quitterait pas cette chaise sans avoir eu à souffrir des sarcasmes du baronnet.

– Je ne suis qu'un jeune homme, balbutia-t-il, et je commence une vie nouvelle…

– Votre chaise a-t-elle un défaut ? demanda sir Patrick, prenez-en une autre, ne fût-ce que pour commencer confortablement cette vie nouvelle dont vous me parlez.

– Monsieur, voudriez-vous…

– Si je voulais ?…

– Voudriez-vous me donner ce conseil ?…

– Mon bon ami, j'attends le moment de vous le donner. Mais je suis sûr que vous êtes mal sur cette chaise. Pourquoi vous obstiner à la garder ?

– Je vous en prie, sir Patrick… vous brouillez le fil de mes idées. Je voudrais, en somme… peut-être est-ce une question bien délicate.

– Je ne puis en juger avant de la connaître, fit observer sir Patrick. Néanmoins, admettons, pour vous plaire, qu'elle soit délicate. Disons que c'est une question difficile, la plus difficile que, depuis le commencement du monde, un être humain ait jamais posée à l'un de ses semblables.

– Voilà ce que c'est ! s'écria Arnold en désespoir de cause, je veux me marier !

– Ce n'est pas là une question, objecta sir Patrick,

c'est une assertion. Vous dites : « Je veux me marier. » Je réponds : « C'est parfait ! » Et la discussion est close !

Arnold commençait à éprouver le vertige.

– Me conseilleriez-vous de me marier, monsieur ? dit-il d'un ton lamentable. Voilà ce que je veux dire.

– Bon ! c'est là l'objet du présent entretien, n'est-ce pas ? Vous me demandez si je vous conseille de vous marier ?

Maintenant que la souris était prise, le chat levait un peu la patte pour laisser respirer la malheureuse bête.

Sir Patrick ne donna plus aucun signe d'impatience. Ses manières devinrent aussi aimables et aussi confidentielles que possible.

– Si je vous conseille de vous marier, me demandez-vous ? répéta-t-il. Deux voies s'offrent à nous, Arnold, pour traiter cette question. Nous pouvons la traiter brièvement, ou nous pouvons entrer dans de grands développements. Pour moi, j'aimerais mieux la brièveté : quel est votre avis ?

– Mon avis est le vôtre, sir Patrick.

– Très bien. Puis-je m'enquérir de votre vie passée ?

– Certainement !

– Encore mieux ! Quand vous étiez au service de la marine marchande, avez-vous eu l'occasion d'acquérir quelque expérience dans l'achat des marchandises à terre ?

Arnold ouvrit de grands yeux. S'il existait un rapport quelconque entre cette question et le sujet qu'il avait mis sur le tapis, ce rapport lui échappait. Il répondit avec un étonnement mal dissimulé :

– J'ai eu l'occasion d'acquérir cette expérience.

– J'arrive au fait, poursuivit sir Patrick ; cessez de paraître étonné ! Que pensiez-vous de votre sucre en poudre quand vous l'avez acheté chez l'épicier ?

– Ce que je pensais ? répéta Arnold, mais je pensais que c'était du sucre en poudre !

– Mariez-vous donc sans hésiter ! s'écria sir Patrick. Vous êtes du petit nombre des hommes qui peuvent tenter cette expérience avec une pleine chance de succès.

L'étrangeté de cette réponse terrassa le jeune marin et lui coupa la respiration. Il y avait quelque ressemblance avec une machine électrique dans les façons de parler de son vénérable ami.

– Me comprenez-vous ? reprit sir Patrick.

– Non, monsieur ; je ne comprends pas ce que le sucre en poudre vient faire ici.

– Je vais vous l'expliquer, dit sir Patrick en croisant ses jambes et en s'installant commodément pour pouvoir parler plus à son aise. Vous entrez dans la boutique de l'épicier, vous y achetez du sucre en poudre, vous l'emportez, bien convaincu que c'en est, et il se trouve que c'est une autre sorte de marchandise, un composé de matières frelatées, mélangées ensemble pour imiter le sucre. Vous fermez les yeux sur cette maladresse, vous avalez votre sucre falsifié, et vous vous arrangez enfin comme vous pouvez. Me suivez-vous ?

Arnold le suivait et le croyait bien un peu fou.

– De même, poursuivit sir Patrick, vous allez à la boutique des mariages et vous y prenez une femme. Vous la prenez, parce qu'elle a de beaux cheveux d'un blond doré, un teint exquis, des formes parfaites, et la taille faite pour supporter ces formes. Vous l'emmenez chez vous, et vous découvrez que c'est encore une fois la vieille histoire de votre sucre. Votre femme est un article falsifié. Ses beaux cheveux d'un blond doré sont teints, sa blancheur exquise est due à la poudre de riz, ses formes sont du coton, et trois pouces de sa taille sont dans les talons des bottines de son cordonnier. Fermez les yeux. Alors, avalez votre femme falsifiée comme vous avez avalé votre sucre. Mon cher ami, vous êtes du petit nombre des hommes qui peuvent tâter l'expérience du mariage avec une chance de succès.

Sur ce, il décroisa ses jambes et regarda Arnold bien en face. Arnold commençait à saisir le sens de cette leçon bouffonne. Il vit bien qu'il n'arriverait pas à circonvenir sir Patrick, et il se décida, quoi qu'il pût arriver, à aborder son sujet en face.

– Tout cela peut être parfaitement vrai de certaines

jeunes femmes, monsieur, dit-il; mais j'en connais une que vous connaissez aussi bien que moi, puisqu'elle est de votre famille, et qui ne mérite pas ce que vous dites des autres personnes de son sexe.

C'était arriver au fait. À la bonne heure! Sir Patrick montra bien qu'il ne désapprouvait pas la franchise d'Arnold, en répondant cette fois sans ambages :

– Cette femme-phénomène est ma nièce?

– Oui, sir Patrick.

– Puis-je vous demander comment vous savez que ma nièce n'est pas un article falsifié, au même titre que les autres?

L'indignation d'Arnold rompit les derniers liens qui enchaînaient sa timidité, et cette indignation généreuse fit explosion en trois mots qui en disaient autant que trois volumes des cabinets de lecture du royaume.

– Je l'aime!

Sir Patrick se renversa sur le dossier de sa chaise, étendant ses jambes de toute leur longueur.

– C'est la réponse la plus sincère que j'aie entendue de ma vie, dit-il.

– Je parle sérieusement, dit Arnold, indifférent à toute autre considération que le but unique qu'il poursuivait. Mettez-moi à l'épreuve!…

– Oh! très bien! L'épreuve est facile à tenter.

Sir Patrick regardait Arnold, et le feu de son indomptable malice brillait encore dans ses yeux et dans le pli railleur de ses lèvres.

– Ma nièce a un beau teint… Croyez-vous à ce teint-là?

– Il y a un beau ciel au-dessus de nos têtes, répondit Arnold, je crois au ciel.

– Bon!… répliqua sir Patrick. On dirait que vous n'avez jamais été surpris par une averse. Ma nièce a une quantité de cheveux. Êtes-vous convaincu qu'ils ont tous poussé sur sa tête?

– Je défie toute autre femme d'en montrer de semblables.

– Mon cher Arnold, vous vous trompez grandement.

Vous ne connaissez point les ressources de ce commerce des cheveux. À votre premier voyage à Londres, regardez les vitrines des boutiques. Mais que pensez-vous de l'ensemble de la personne de ma nièce?

– Monsieur, tout homme ayant des yeux peut voir que sa personne est la plus gracieuse qui soit au monde.

– C'est bien parler, mon brave garçon! Mais les personnes à tournure gracieuse sont la chose la plus commune. On peut estimer qu'il y a ici une quarantaine de dames. Chacune d'elles a une charmante tournure – à différents degrés sans doute. Quand vous rencontrerez des séductions particulières, vous pourrez être sûr que cette diablerie vient tout droit de Paris. Mais de quel air étonné vous me regardez! Quand je vous demandais ce que vous pensiez de l'ensemble de la personne de ma nièce, je voulais dire ceci : qu'est-ce qui vient de la nature? qu'est-ce qui vient de la boutique du marchand? Je n'en sais rien, remarquez-le... et vous?

– Je jurerais que tout jusqu'à la plus petite parcelle...

– Vient de chez le marchand?

– Eh! non, monsieur, de la nature!

Sir Patrick se leva. Son humeur railleuse était finalement réduite au silence.

Si j'ai jamais un fils, pensa-t-il, ce fils ira à la mer.

Il prit le bras d'Arnold, un geste destiné à mettre un terme à l'état d'incertitude cruelle où il le voyait.

– Si je puis être sérieux en quelque chose, reprit-il, je vais essayer de l'être avec vous. Je suis convaincu de la sincérité de votre attachement pour Blanche, et tout ce que je sais de vous est en votre faveur. Votre naissance, votre position sont en dehors de toute discussion. Si vous avez le consentement de ma nièce, vous avez le mien.

Arnold essaya d'exprimer sa gratitude; sir Patrick, sans vouloir l'entendre, continua :

– Mais rappelez-vous ceci pour l'avenir. Quand vous aurez quelque demande importante à m'adresser, exprimez-vous franchement; n'essayez pas de m'envelopper, et je vous promets de ne pas m'amuser à vous échapper à mon tour. Voilà qui est bien entendu. Maintenant, parlons de votre voyage dans vos propriétés. La propriété a ses devoirs, maître Arnold, aussi bien que ses droits. Le temps approche à grands pas où ces droits seront discutés si ces devoirs ne sont pas accomplis. J'ai un motif nouveau pour prendre intérêt à vous, et j'entends que vous accomplissiez votre devoir. Il est arrêté que vous quittiez Windygates aujourd'hui ; tout est-il arrangé pour votre départ ?

– Oui, sir Patrick. Lady Lundie a eu la bonté d'ordonner qu'un phaéton me conduise à la gare pour le premier train.

– Quand devez-vous être prêt ?

Arnold regarda sa montre.

– Dans un quart d'heure.

– Très bien. Soyez là. Attendez un instant. Vous aurez tout le temps de parler à Blanche quand j'en aurai fini avec vous. Vous ne me paraissez pas suffisamment impatient de voir votre propriété.

– Je ne suis nullement impatient de quitter Blanche, monsieur, voilà la vérité.

– Ne songez pas à Blanche. Blanche n'a rien de commun avec les affaires. J'ai entendu dire qu'il vous était échu en partage l'une des plus belles résidences de cette partie de l'Écosse. Combien de temps allez-vous y rester ?

– Il est entendu, comme je vous l'ai déjà dit, que je dois être de retour à Windygates après-demain.

– Comment ! voilà un homme qu'un palais attend pour le recevoir, et il n'y restera qu'un jour !

– Je n'y vais pas pour y séjourner, sir Patrick... C'est l'intendant surtout que je veux voir. Je suis attendu demain pour un dîner donné à mes fermiers ; quand ce dîner aura eu lieu, rien au monde ne pourra m'empêcher de revenir. L'intendant m'a écrit lui-même, dans sa dernière lettre, que rien ne m'en empêcherait.

– Oh ! si l'intendant vous l'a écrit, il n'y a plus un mot à dire.

– Ne vous opposez pas à mon retour, je vous en prie, sir Patrick ! Je vous promets de vivre dans ma nouvelle demeure quand je pourrai y conduire Blanche avec moi. Si vous le permettez, j'irai à l'instant lui dire que tout ce qui m'appartient est à elle aussi bien qu'à moi-même.

– Doucement!... doucement!... vous parlez comme si, déjà, vous étiez marié.

– C'est comme si c'était fait, monsieur...

Arnold fut interrompu par l'ombre d'une tierce personne qui se projeta sur un espace éclairé par le soleil, au sommet de l'escalier. Un moment après, l'ombre fut suivie par un corps, sous la forme d'un groom revêtu de sa livrée de cheval. Cet homme était complètement étranger à la maison. Il porta la main à son chapeau en voyant les deux gentlemen dans la serre.

– Qui demandez-vous? dit sir Patrick.

– Pardon, monsieur, j'étais envoyé par mon maître...

– Qui est votre maître?

– L'Honorable Mr Delamayn, monsieur.

– Voulez-vous parler de Mr Geoffrey Delamayn? demanda Arnold.

– Non, monsieur. Du frère de Mr Geoffrey, Mr Julius. Je suis parti à cheval de la maison avec un message de mon maître pour Mr Geoffrey.

– N'avez-vous pas pu le trouver?

– On m'a affirmé qu'il était dans ces environs; mais je suis étranger ici et je me suis égaré.

Il s'arrêta et tira une carte de sa poche.

– Mon maître m'a dit qu'il était très important de lui remettre cette carte immédiatement. Seriez-vous assez bon, messieurs, pour me dire si vous savez où est Mr Geoffrey?

Arnold se retourna du côté de sir Patrick.

– Je ne l'ai pas vu... Et vous?

– Je l'ai senti, répondit sir Patrick, depuis le moment où je suis entré dans cette serre. Il y a ici une détestable odeur de tabac dans l'air qui rappelle désagréablement à mon esprit le voisinage de votre ami Mr Delamayn.

– Si vous êtes dans le vrai, sir Patrick, dit Arnold en riant, nous allons le trouver à l'instant même.

Il regarda tout autour de lui et cria :

– Geoffrey !

Une voix partant du jardin des roses répondit.

Geoffrey s'avança, l'air de mauvaise humeur, sa pipe à la bouche et les mains dans les poches.

– Qui me demande ?

– Un domestique de votre frère.

Cette réponse parut secouer la torpeur de l'athlète. Geoffrey se dirigea d'un pas plus vif vers la serre, et s'adressant au groom, l'inquiétude peinte sur le visage, il s'écria :

– Par Jupiter ! Ratcatcher a eu une rechute.

Sir Patrick et Arnold se regardèrent avec étonnement.

– Le meilleur cheval des écuries de mon frère ! reprit Geoffrey, leur donnant ses explications tout d'un trait. J'ai laissé des instructions écrites au cocher. J'ai mesuré ses médicaments pour trois jours. Je l'ai saigné, ajouta-t-il d'une voix brisée par l'émotion, je l'ai saigné moi-même hier au soir.

– Je vous demande pardon, monsieur, murmura le groom.

– À quoi bon me demander pardon ? Vous êtes un tas d'imbéciles. Où est votre cheval ? Je vais le monter, retourner à la maison, et rompre les os au cocher ! Où est votre cheval ?

– Je vous en prie, monsieur, il ne s'agit pas de Ratcatcher… Ratcatcher est très bien.

– Ratcatcher est très bien ? De quoi s'agit-il, alors ?

– C'est un message, monsieur.

– Au sujet de quoi et de qui ?

– Au sujet de Mylord.

– Oh ! mon père ?

Il tira son mouchoir et le passa sur son front de l'air d'un homme soulagé d'une cruelle angoisse.

– Je pensais qu'il s'agissait de Ratcatcher, reprit-il en regardant Arnold avec un sourire.

Il remit sa pipe à sa bouche, et même la ralluma.

– Eh bien, continua-t-il, quand la pipe fonctionna régulièrement – et cette fois sa voix était parfaitement calme –, qu'y a-t-il au sujet de mon père ?

– Un télégramme arrivé de Londres ; de mauvaises nouvelles de Mylord.

Le groom tendit la carte de son maître.

Geoffrey y lut ces mots de la main de son frère :

Je n'ai que le temps de vous écrire ces quelques mots sur cette carte. Notre père est gravement malade. Son homme de loi a été appelé auprès de lui. Venez avec moi à Londres par le premier train. Nous nous rencontrerons au point de jonction des deux lignes.

Sans un mot adressé à l'une des trois personnes qui l'observaient en silence, Geoffrey regarda sa montre. Anne lui avait demandé d'attendre une demi-heure et de la considérer comme partie s'il n'avait pas entendu parler d'elle. Le temps était passé, et aucune nouvelle d'Anne, de quelque sorte que ce fût, ne lui était arrivée.

Sa fuite de la maison s'était donc accomplie sans obstacle. Anne Silvester était, en ce moment, en route pour l'auberge de la montagne.

7

La dette

Arnold fut le premier à rompre le silence.

– Votre père est-il sérieusement malade ? demanda-t-il.

Geoffrey lui répondit en lui tendant la carte.

Sir Patrick, qui s'était tenu à l'écart pendant que la question de la rechute de Ratcatcher était sur le tapis, étudiant les mœurs et les manières de la jeunesse anglaise, s'avança et prit part à la conversation. Lady Lundie elle-même aurait été obligée de convenir qu'il parla et qu'il agit en cette occasion comme il convenait au chef de famille.

– Ai-je lieu de supposer que le père de Mr Delamayn est malade ? demanda-t-il en s'adressant à Arnold.

– Gravement malade, à Londres, répondit Arnold.

Geoffrey est dans l'obligation de quitter Windygates avec moi. Le train que je prends rencontre celui qu'a pris son frère, au point de jonction des deux lignes. Je le quitterai à la dernière station.

– Ne m'avez-vous pas dit que lady Lundie devait vous faire conduire à la gare dans un phaéton ?

– Oui.

– Si le domestique conduit, vous serez trois, et vous n'aurez pas assez de place : nous pouvons demander qu'on attelle une autre voiture.

Sir Patrick consulta sa montre. Le temps allait manquer. Il se tourna vers Geoffrey :

– Vous convient-il de conduire, Mr Delamayn ?

Toujours renfermé dans son impénétrable silence, Geoffrey fit de la tête un signe affirmatif.

Sans prendre garde à la forme incivile de cette réponse, sir Patrick continua :

– En ce cas, vous pourrez laisser le phaéton à la garde du chef de gare. Je vais informer le domestique.

– Permettez-moi de vous épargner cette peine, sir Patrick, dit Arnold.

Sir Patrick déclina du geste l'offre qui lui était faite et, se tournant encore du côté de Geoffrey, il ajouta, toujours avec la même politesse :

– C'est un devoir de l'hospitalité, Mr Delamayn, que de hâter votre départ dans cette triste circonstance. Lady Lundie est retenue auprès de ses hôtes ; je vais veiller moi-même à ce qu'on ne perde pas de temps pour vous fournir les moyens de vous rendre au chemin de fer.

Il salua et sortit de la serre d'un pas très vif.

– Je suis chagriné de ce qui vous arrive, Geoffrey, dit Arnold, j'espère que vous gagnerez Londres assez tôt.

Il s'arrêta, car il lisait sur le visage de Geoffrey un mélange d'humeur et d'hésitation, qui ne trouvait pas son explication naturelle dans les mauvaises nouvelles que le jeune homme avait reçues. Son visage pâlissait et se colorait ; il rongeait ses ongles, regardait Arnold comme s'il voulait lui parler, puis détournait les yeux et gardait le silence.

– Quelque chose vous inquiète-t-il, Geoffrey, outre ces mauvaises nouvelles de votre père ?

– Je suis dans un embarras diabolique…

– Puis-je vous être utile ?

Geoffrey leva sa main vigoureuse et assena sur l'épaule d'Arnold un coup qui fit trembler celui-ci de la tête aux pieds ; cependant, Arnold se raffermit sur ses jambes et attendit, avec étonnement, ce qui allait suivre.

– Nous sommes de vieux camarades ? s'enquit Geoffrey.

– Oui !

– Vous rappelez-vous que le canot tourna la quille en l'air dans le port de Lisbonne ?

Arnold tressaillit et se rappela la prédiction de sir Patrick, que tôt ou tard il aurait à payer, avec les intérêts, la dette qu'il avait contractée envers Geoffrey Delamayn. Mais ce n'est pas cela qui l'agitait. Dans la droiture de son cœur, il lui semblait que les paroles de Geoffrey étaient comme un reproche qu'il ne méritait pas.

– Pensez-vous que je puisse jamais oublier, s'écria-t-il avec chaleur, que vous m'avez ramené à bord en nageant et que vous m'avez sauvé la vie !

– Un bon office en mérite un autre, dit Geoffrey.

Arnold lui prit la main.

– Vous n'avez qu'à parler, répliqua-t-il. Dites ce que je dois faire pour vous.

– Vous partez aujourd'hui pour aller visiter votre domaine, n'est-ce pas ?

– Oui.

– Pouvez-vous retarder votre visite jusqu'à demain ?

– S'il s'agit de quelque chose de sérieux, sans doute.

Geoffrey parcourut la serre des yeux et s'assura qu'ils étaient bien seuls.

– Vous connaissez la préceptrice d'ici, n'est-ce pas ? dit-il à voix basse.

– Miss Silvester ?

– Oui. Je me suis mis dans un petit embarras à son égard, et il n'est âme qui vive, si ce n'est vous, à qui je puisse demander de l'aide.

– Vous savez que je suis tout à vous. De quoi s'agit-il ?

– Ce n'est pas facile à avouer. Mais vous n'êtes pas non plus un saint, n'est-ce pas ? Vous me garderez le secret ? Écoutez, j'ai agi comme un infernal imbécile ; j'ai fait le galant et j'ai mis cette fille dans une fâcheuse position…

Arnold recula d'un pas ; il venait de comprendre.

– Grand Dieu ! Geoffrey !… vous ne voulez pas dire…

– Si fait ! Mais attendez un peu, ce n'est pas encore là le pire. Elle a quitté la maison.

– Quitté la maison !

– Pour de bon ; elle n'y pourra plus revenir.

– Pourquoi ?

– Parce qu'elle a écrit à sa maîtresse. Les femmes, que le diable les emporte, ne font jamais les choses à moitié. Elle a laissé une lettre annonçant qu'elle est mariée secrètement et qu'elle est partie rejoindre son mari. Son mari, c'est moi. Non pas que je l'aie encore épousée, vous comprenez ? J'ai seulement promis. Elle est partie la première, à la dérobée, pour un endroit à quatre miles d'ici. Et il est convenu entre nous que je dois la suivre et l'épouser secrètement dans l'après-midi. Ce n'est plus possible à présent. Tandis qu'elle m'attendra à l'auberge, je roulerai vers Londres. Il faut que quelqu'un lui dise ce qui m'est arrivé, ou elle fera le diable et tout se découvrira. Je ne puis me fier à personne ici. C'en est fait de moi, mon vieux camarade, si vous ne venez pas à mon secours.

Arnold leva les bras en l'air.

– C'est la plus effroyable situation que j'aie connue de ma vie ! murmura-t-il.

Geoffrey ne fit pas difficulté pour en convenir.

– C'est assez pour abattre un homme, n'est-ce pas ? Je donnerais tout pour avoir un verre de bière.

Il reprit sa pipe, par habitude.

– Avez-vous une allumette ?

L'esprit d'Arnold était trop préoccupé pour se soucier de cette demande.

– Geoffrey, dit-il, je ne prends pas à la légère la maladie de votre père. Vous ne penserez pas cela. Cependant, il me semble que la pauvre fille a les premiers droits sur vous.

Geoffrey le regarda avec une profonde surprise.

– Les premiers droits sur moi? Croyez-vous que je vais risquer d'être écarté du testament de mon père? Non, diable! quand ce serait pour la plus belle femme qui ait jamais porté un jupon!

L'admiration d'Arnold pour son ami était solidement établie depuis de longues années : c'était un hommage rendu à l'homme qui se montrait le premier de l'Angleterre pour boxer, lutter, sauter et nager. Mais cette réponse ébranla quelque peu la foi qu'il avait dans le caractère de son héros. Malheureusement pour lui, cette impression défavorable que venaient de lui causer les sentiments d'Arnold ne dura point.

– Vous êtes meilleur juge que moi de cette affaire, répliqua-t-il un peu froidement. En quoi puis-je vous servir?

Geoffrey lui prit le bras, toujours brutalement, mais pourtant d'un air amical et confidentiel.

– Partez, comme un brave garçon que vous êtes, et dites-lui ce qui est arrivé. Nous nous en irons d'ici comme si nous nous rendions ensemble à la station du chemin de fer, et je vous mènerai avec le phaéton jusqu'au bas du sentier que vous aurez à suivre. Vous pourrez vous remettre en route pour votre propriété par le train du soir. Tout cela ne vous expose à aucun inconvénient, et c'est le plus grand service que vous puissiez rendre à un ancien ami. Il n'y a pas de danger qu'on le sache. C'est moi qui dois conduire. Nous n'aurons pas de domestique avec nous pour nous épier et faire des histoires.

Arnold le voyait bien, il allait devoir payer la fameuse dette.

– Que dois-je lui dire? demanda-t-il. Je suis obligé de vous rendre service et je le souhaite. Mais que lui dirai-je?

La question était toute naturelle; mais il n'était pas

facile à Geoffrey d'y répondre. Ce qu'un homme doit faire de sa force musculaire, nul ne le savait mieux que Geoffrey Delamayn, mais comment le même homme doit agir à l'égard de la société, nul ne le savait moins que lui.

– Ce qu'il faudra dire?... répétait-il. Dites-lui que je suis à moitié fou; dites-lui tout ce que vous voudrez. Bon : attendez un instant... dites-lui surtout de rester où elle est... Je lui écrirai.

Arnold hésita. La délicatesse innée de son esprit lui révélait ce qu'il ne savait point. Il entrevoyait les difficultés de la position que son ami lui demandait de prendre, aussi clairement que s'il l'avait envisagée avec une longue expérience, péniblement acquise.

– Ne pouvez-vous lui écrire immédiatement, Geoffrey? demanda-t-il.

– À quoi bon?

– Réfléchissez un moment et vous le comprendrez. Vous m'avez confié un triste secret. Je puis avoir tort car je ne me suis jamais mêlé à pareille affaire, mais il me semble que me présenter à elle comme votre messager, c'est l'exposer à une terrible humiliation. Dois-je l'aborder et lui dire en face : « Je sais ce que vous cachez aux yeux du monde entier »? Et si je lui tiens ce langage, êtes-vous sûr qu'elle le souffrira?

– Bah! fit Geoffrey. Elles peuvent en endurer bien davantage! Je voudrais que vous eussiez entendu la manière dont celle-ci m'a traité, ici même. Mon brave garçon, vous ne connaissez pas les femmes. Le grand secret pour se tirer d'affaire avec une femme, c'est de la prendre, comme vous prenez un chat, par la peau du cou...

– Je ne puis me présenter devant elle si vous ne me rendez pas la tâche plus facile; il faut que ce soit vous qui lui expliquiez ce qui se passe. Je ne reculerai devant aucun sacrifice pour vous servir; mais pour Dieu! Geoffrey, tenez compte de la situation dans laquelle vous me mettez! Comment miss Silvester va-t-elle me recevoir, avant même que j'aie pu ouvrir la bouche?

Ces dernières paroles touchaient au côté pratique.

C'était le seul que Geoffrey pouvait reconnaître et comprendre à l'instant même.

– Elle a un caractère endiablé, dit-il, c'est bien vrai. Peut-être vaudrait-il mieux écrire. Avons-nous le temps d'aller à la maison ?

– Non ; elle est pleine de monde et nous n'avons pas une minute à perdre. Écrivez à l'instant... écrivez ici, j'ai un crayon.

– Sur quoi écrire ?

– Sur n'importe quoi, sur la carte de votre frère.

Geoffrey prit le crayon et regarda la carte ; les lignes qu'y avait tracées son frère la remplissaient entièrement. Il chercha dans sa poche et en tira une lettre, la lettre à laquelle Anne Silvester avait fait allusion, dans l'entretien qu'ils avaient eu ensemble, la lettre par laquelle elle insistait pour qu'il se rendît à la fête organisée à Windygates.

– Ceci fera l'affaire, dit-il, c'est une des lettres qui m'ont été écrites par Anne Silvester. Il y a du blanc à la quatrième page. Mais si j'écris, ajouta-t-il en se tournant du côté d'Arnold, promettez-moi de lui porter ma lettre. Votre main en signe de marché conclu.

Arnold mit sa main dans celle qui lui avait sauvé la vie à Lisbonne et fit la promesse qu'on lui demandait.

– Très bien, mon vieux camarade, reprit Geoffrey, je vous dirai comment trouver le lieu où vous devez vous rendre, quand nous serons en route dans le phaéton. À propos, il y a encore un détail assez important, pendant que j'y pense.

– De quoi s'agit-il ?

– Il ne faut pas vous présenter à l'auberge sous votre nom, ni demander miss Silvester sous le sien.

– Qui dois-je demander ?

– C'est un peu embarrassant. Elle s'est présentée là comme étant mariée ; sans quoi on aurait pu faire des difficultés pour la recevoir...

– Je comprends, continuez.

– Elle a dû dire, pour rendre les choses plus faciles, qu'elle attendait son mari, qui viendrait la rejoindre. Si j'avais pu me rendre moi-même à cette auberge, je m'y serais présenté en demandant ma femme. Vous y allez à ma place.

– Et je dois me présenter en demandant ma femme… ou j'expose miss Silvester à de désagréables conséquences.

– Vous n'avez pas d'objection à soulever?

– Non, je ne me soucie guère de ce que j'aurai à dire aux gens de l'auberge ; c'est l'entrevue avec miss Silvester qui m'effraye.

– Je vais tout arranger, ne craignez rien!

Il s'approcha de la table et griffonna rapidement quelques lignes, puis s'arrêta et se mit à réfléchir.

Cela suffira-t-il? se demandait-il à lui-même. Non. Il faut lui dire quelques bonnes paroles pour la tranquilliser.

Il réfléchit encore, ajouta une ligne, et posa sa main sur la table en faisant claquer sa langue d'un air satisfait.

– Voilà l'affaire conclue! Lisez, Arnold… Ce n'est pas si mal tourné.

Arnold lut la lettre sans paraître partager la bonne opinion qu'en avait son ami.

– C'est un peu bref, remarqua-t-il.

– Ai-je le temps d'en écrire plus long!

– Peut-être avez-vous raison. Mais mettez miss Silvester à même de juger que vous n'aviez pas le temps de vous étendre davantage. Le train part dans moins d'une demi-heure. Indiquez l'heure à laquelle vous écrivez.

– Oh! très bien, et la date aussi, si vous voulez.

Il venait d'ajouter les indications demandées par Arnold et lui avait remis la lettre ainsi achevée, quand sir Patrick reparut.

Le phaéton les attendait.

– Allons, dit le vieil homme, vous n'avez pas un moment à perdre.

Geoffrey se leva vivement, Arnold hésita.

– Il faut que je voie Blanche, dit-il. Je ne puis quitter Blanche sans lui dire adieu. Où est-elle?

Sir Patrick montra les marches en souriant. Blanche

l'avait suivi lorsqu'il avait quitté la maison. Arnold courut près d'elle.

– Vous partez ? s'enquit-elle un peu tristement.

– Je serai de retour dans deux jours, murmura Arnold. Tout va bien… Sir Patrick consent !…

Elle prit vivement son bras. Ces adieux précipités devant témoins ne semblaient pas de son goût.

– Vous manquerez le train, dit sir Patrick.

Geoffrey saisit le bras par lequel Blanche tenait Arnold et l'arracha littéralement à l'étreinte de la jeune fille. Les deux jeunes hommes avaient déjà disparu derrière les arbustes avant que l'indignation de Blanche eût pu éclater.

– Pourquoi ce brutal s'en va-t-il avec Mr Brinkworth ? demanda-t-elle.

– Mr Delamayn est appelé à Londres par la maladie de son père, répondit sir Patrick. Vous ne l'aimez pas.

– Je le hais.

Sir Patrick réfléchit un instant.

Blanche est une jeune fille de 18 ans, se disait-il, et moi, un vieillard de 70. Il est assez curieux que nous puissions être du même avis ; et, ce qui est plus curieux encore, c'est que nous puissions nous trouver d'accord tous deux pour ne pas aimer Mr Delamayn.

Il sortit de sa méditation pour regarder Blanche. Elle était assise devant la table, la tête appuyée sur sa main. Rêveuse, l'esprit perdu dans le vague, elle pensait à Arnold. L'avenir s'ouvrait devant elle, et pourtant ses pensées ne semblaient pas la rendre heureuse.

– Eh bien ! Blanche ! Blanche ! s'écria sir Patrick, on croirait qu'il est parti pour un voyage autour du monde. Folle enfant ! il sera de retour après-demain.

– J'aurais désiré qu'il ne partît pas avec cet homme ! dit Blanche, j'aurais désiré qu'il n'eût pas cet homme pour ami.

– Dame ! dame ! cet homme-là est assez brutal, j'en conviens. Mais rassurez-vous, il doit le quitter à la deuxième station. Retournons à la salle de bal. Dansez, ma chère, dansez pour chasser les idées sombres.

– Non, répliqua Blanche, je ne suis pas d'humeur à danser, je veux causer avec Anne.

– C'est ce que vous ne ferez pas, dit la voix d'une troisième personne, prenant soudainement part à la conversation.

L'oncle et la nièce relevèrent tous deux la tête et virent lady Lundie en haut des marches de la serre.

– Je vous défends de prononcer encore le nom de cette femme devant moi, poursuivit Sa Seigneurie. Sir Patrick, je vous avais averti, si vous voulez bien vous le rappeler, que mes réflexions sur la préceptrice n'étaient pas matière à plaisanterie. Mes plus mauvais soupçons sont réalisés, miss Silvester a quitté la maison !

8

Le scandale

Il était encore de bonne heure dans l'après-midi, quand les hôtes de lady Lundie commencèrent à chuchoter dans les coins. La conviction générale était que quelque chose allait mal.

Blanche avait mystérieusement disparu, laissant en souffrance ses engagements envers ses danseurs. Lady Lundie avait non moins mystérieusement abandonné ses hôtes.

Blanche n'était pas revenue. Lady Lundie, au contraire avait reparu avec un sourire contraint sur les lèvres. Elle avoua qu'elle ne se portait pas bien. La même excuse avait été donnée pour Blanche, la même que pour expliquer la retraite de miss Silvester de la partie de croquet. Un homme d'esprit parmi les hôtes déclara que décidément, c'était une épidémie.

Et sir Patrick ? Le sociable sir Patrick se tenait à l'écart et se promenait de long en large dans la partie la plus solitaire du jardin.

Et les domestiques, tout comme leurs maîtres, se permettaient de tenir des conciliabules. Les femmes de chambre apparaissaient brusquement dans des lieux où elles n'avaient que faire. Les portes battaient; on entendait des bruits de voix aux étages supérieurs.

« Quelque chose va mal, soyez-en certain, quelque chose va mal! disait-on parmi les hôtes. Ce que nous avons de mieux à faire est de nous en aller. Ma chère, demandez la voiture. Louisa, mon amour, cessez de danser, votre papa veut partir. Adieu, lady Lundie. Oh! mille remerciements. Je suis bien peinée pour cette chère Blanche. Oh! elle est si charmante! »

C'est ainsi que la société avait recours à son pauvre petit jargon, si vide de sens, pour s'esquiver poliment, avant que l'orage n'éclatât.

C'est précisément ce qu'attendait sir Patrick, en se tenant à l'écart dans le jardin.

Il n'y avait plus moyen pour lui d'échapper à la responsabilité qui lui incombait. Lady Lundie avait annoncé comme une résolution bien arrêtée de sa part de se mettre à la recherche du lieu où Anne Silvester avait trouvé refuge et de découvrir – purement dans l'intérêt de la vertu – si elle était bien mariée, oui ou non.

Blanche, déjà surexcitée par les émotions de la journée, était en proie à une crise nerveuse qui se manifesta par un torrent de larmes. Quand elle fut plus calme, elle se fit une opinion à elle sur la fuite d'Anne.

Son amie ne lui aurait jamais caché son mariage; elle ne lui aurait jamais écrit une lettre contenant un adieu aussi formel, si tout était aussi naturel qu'elle essayait de le faire croire.

Quel terrible malheur était tombé sur Anne? Blanche était déterminée – tout comme lady Lundie – à découvrir le lieu où son amie se cachait, à la suivre et à lui venir en aide.

Il était clair pour sir Patrick, auquel chacune des deux dames avait ouvert son cœur, dans des entretiens séparés, que sa belle-sœur d'un côté et sa nièce de l'autre allaient très probablement, si elles n'étaient pas retenues, se plonger tête baissée dans des actes d'indiscrétion qui ne pouvaient aboutir qu'à des résultats déplorables.

L'autorité d'un homme devenait impérieusement nécessaire à Windygates cet après-midi, et sir Patrick reconnaissait avec désespoir que cet homme, dont on devait attendre la fermeté et la sagesse, c'était lui. Et il avait recours plus fréquemment que d'habitude à la tabatière renfermée dans la pomme d'ivoire de sa canne.

Beaucoup de choses peuvent être dites pour et contre le célibat, pensait le vieux gentleman, tout en se promenant dans une allée solitaire du jardin. C'est une vérité certaine qu'on peut demeurer garçon ; mais les amis mariés d'un homme, qui ne l'empêchent pas de vivre célibataire si cela lui plaît, ne manquent pas de s'arranger avec un soin diabolique pour qu'il ne puisse jouir des avantages du célibat.

Les méditations de sir Patrick furent interrompues par l'arrivée de son domestique, qu'il avait chargé de le tenir au courant des événements.

– Ils sont tous partis, sir Patrick, dit le serviteur.

– C'est un soulagement, Duncan. Nous n'avons plus affaire maintenant qu'aux amis qui résident dans la maison. Ce sont tous des gentlemen ?... Point de dames ?

– Non, sir Patrick.

– Encore un soulagement, Duncan. Très bien. C'est lady Lundie que je verrai la première.

Existe-t-il une résolution humaine comparable à celle d'une femme qui s'est mis en tête de découvrir les preuves de la fragilité d'une autre femme, qu'elle hait ? C'est pourtant un être délicat qui crie si une araignée lui tombe sur le cou, qui frissonne à l'approche d'une personne du peuple qui a mangé des oignons. Eh bien ! quand la haine s'en mêle, essayez de contenir cette faible créature !

Sir Patrick trouva Sa Seigneurie dirigeant son enquête. Elle avait imaginé d'instinct le système d'investigation qu'emploie la police en pareil cas.

Quel était le dernier témoin qui avait vu la personne absente ? Quel était le dernier domestique qui avait aperçu Anne Silvester ? Lady Lundie commença par les domestiques mâles, depuis l'intendant, au sommet de la hiérarchie, jusqu'au garçon d'écurie, qui en occupe le dernier échelon; elle continua par les servantes, depuis la cuisinière dans toute sa gloire jusqu'à la petite fille chargée d'arracher les mauvaises herbes dans le jardin. Lady Lundie en était à interroger le page, quand sir Patrick se présenta.

– Ma chère dame, dit-il, pardonnez-moi de vous rappeler encore que ce pays est un pays libre, et que vous n'avez aucun droit de vous livrer à aucune recherche sur miss Silvester, après qu'elle a quitté votre maison.

Lady Lundie leva dévotement les yeux au plafond. C'était une martyre du devoir. Oui, si vous eussiez vu Sa Seigneurie à ce moment, vous auriez certainement pensé : voilà une martyre!

– Sir Patrick! comme chrétienne, ce n'est pas ma manière de considérer les choses. Cette malheureuse personne a vécu sous mon toit. Cette malheureuse personne a été la compagne de Blanche. Je suis responsable… Je suis moralement responsable… Ah! je donnerais tout au monde pour pouvoir, comme vous, écarter cette idée. Mais non, il faut que j'aie la preuve que cette fille est mariée, et cela dans l'intérêt des convenances, pour le repos de ma conscience inquiète, avant de placer ma tête sur l'oreiller cette nuit, sir Patrick; oui, avant de placer cette nuit ma tête sur l'oreiller.

– Un mot, lady Lundie…

– Non!… fit Sa Seigneurie du ton le plus doucereusement pathétique. Vous avez raison, je l'avoue, au point de vue mondain; mais je ne puis envisager les choses de ce point de vue, qui me choque.

Elle se tourna en même temps avec une noble gravité du côté du page.

– Vous savez où vous irez, Jonathan, si vous dites un mensonge?

Jonathan était paresseux, Jonathan était malsain, Jonathan était précocement obèse… mais Jonathan était orthodoxe. Il répondit qu'il le savait; il fit plus, il nomma le lieu terrible où les mensonges conduisent les menteurs.

Sir Patrick comprit que toute opposition de sa part en ce moment serait plus qu'inutile. Il résolut sagement d'attendre, avant d'intervenir de nouveau, que lady Lundie eût épuisé son enquête.

De plus, comme il était impossible, dans les dispositions d'esprit où se trouvait Sa Seigneurie, de prévoir ce qui pourrait arriver si malheureusement l'enquête à laquelle elle se livrait était couronnée de succès, il se décida à prendre des mesures pour que, dans l'intérêt de toutes les parties, les hôtes qui résidaient dans la maison l'eussent quittée dans les vingt-quatre heures.

– Il ne me reste qu'une question à vous adresser, lady Lundie, reprit-il. La position des gentlemen qui résident ici n'est pas agréable. Si vous vous étiez contentée de laisser passer les événements sans avoir l'air d'y prêter attention, vous auriez été bien inspirée. Mais ne pensez-vous pas que, par convenance envers tout le monde, je doive vous décharger du soin de vos hôtes ?

– Comme chef de famille ? stipula lady Lundie.

– Comme chef de famille, acquiesça sir Patrick.

– J'accepte la proposition avec reconnaissance.

– Ne parlez pas de reconnaissance, je vous prie, répliqua sir Patrick.

Il sortit, laissant Jonathan à son interrogatoire.

Sir Patrick et son frère, le défunt sir Thomas, avaient suivi un genre de vie bien différent, et ils s'étaient peu vus depuis leur enfance. Les souvenirs de sir Patrick, en quittant lady Lundie, semblaient l'avoir reporté à cette époque et lui avoir inspiré une certaine tendresse pour la mémoire de son frère ; il secoua la tête et exhala un petit soupir de tristesse.

Pauvre Tom ! se dit-il quand il eut fermé la porte de la pièce où il laissait la veuve de son frère. Pauvre Tom !…

En traversant l'antichambre, il arrêta le premier domestique qu'il rencontra pour s'enquérir de Blanche. Miss Blanche était à l'étage supérieur, enfermée tranquillement dans sa chambre avec sa caméiste.

Tranquillement, c'est mauvais signe, pensa sir Patrick ; il faudra que j'en sache plus long au sujet de ma nièce !

La première chose que le pauvre baronnet avait maintenant à faire, c'était de trouver les hôtes. L'instinct dirigea ses pas vers la salle de billard. C'est là qu'ils étaient réunis en conclave, se consultant sur la conduite à tenir. Sir Patrick les tira d'embarras en deux minutes.

– Que diriez-vous d'une journée de chasse pour demain ? proposa-t-il.

Tous les hommes présents, chasseurs ou non, répondirent à cette proposition par un assentiment unanime.

– Vous pouvez partir soit de cette maison, poursuivit sir Patrick, soit d'un pavillon de chasse qui dépend de la propriété de Windygates et qui est situé au milieu des bois, de l'autre côté du marécage. Le temps est assez beau pour l'Écosse, et les chevaux ne manquent pas dans les écuries. Il est inutile de vous cacher, messieurs, que les événements ont pris un tour inattendu, dans le cercle de famille de ma belle-sœur. Vous serez toujours les hôtes de lady Lundie, que vous choisissiez de rester ici ou de vous rendre au pavillon de chasse. J'ajoute que le déplacement ne doit être qu'une question de vingt-quatre heures… Que décidez-vous ?

Chacun, qu'il fût ou non affligé de rhumatismes, opta pour le pavillon de chasse.

– Très bien, poursuivit sir Patrick. Il est convenu que nous nous rendrons à cheval au pavillon ce soir et que demain matin nous commencerons par explorer les marécages. Si les événements me le permettent, je serai heureux de vous accompagner et de vous faire les honneurs du domaine. Si j'en suis empêché, je suis sûr que vous m'excuserez pour ce soir et que vous permettrez que l'intendant de lady Lundie prenne ma place et veille à votre bien-être.

Cela accepté, toujours à l'unanimité, sir Patrick laissa les hôtes continuer leurs parties de billard et alla donner les ordres nécessaires aux écuries.

Pendant ce temps, Blanche était restée dans son inquiétante tranquillité au premier étage, et lady Lundie poursuivait son enquête au rez-de-chaussée. Elle était passée de Jonathan, le dernier domestique mâle attaché au service intérieur, au cocher, le premier de ceux chargés du service extérieur, et en descendant l'échelle hiérarchique homme par homme, elle était arrivée au garçon d'écurie. N'ayant pu recueillir le plus mince renseignement de la bouche des hommes, lady Lundie se rejeta sur les femmes. Elle sonna et fit appeler la cuisinière, Hester Dethridge.

Une personne d'un aspect peu ordinaire entra dans la salle. Vieille, calme, d'une propreté scrupuleuse, l'air éminemment respectable, ses cheveux gris disposés en bandeaux bien lissés sous son modeste bonnet blanc, ses yeux profondément enfoncés dans leurs orbites, regardant bien en face la personne qui lui parlait, telle était Hester Dethridge. À première vue, on se disait : voilà une femme honnête et digne d'inspirer de la confiance. Mais, en l'examinant de plus près, on en arrivait à penser que cette femme portait le sceau de quelque terrible souffrance passée.

C'est ce que l'on sentait, plus qu'on ne le voyait, dans l'air d'immuable résignation empreint sur le visage d'Hester et dans le calme de mort qui ne la quittait jamais. Son histoire était bien triste, autant qu'on pouvait la connaître.

Elle était entrée au service de lady Lundie à l'époque du mariage de celle-ci avec sir Thomas. Les renseignements donnés sur elle par le pasteur de la paroisse la présentaient comme ayant été mariée à un incorrigible ivrogne, et comme ayant eu à endurer des souffrances inouïes pendant toute la vie de son mari.

Il y avait bien des raisons pour y regarder à deux fois avant de la prendre à son service, bien que maintenant elle fût veuve. Dans l'une des nombreuses occasions où son mari l'avait maltraitée, elle avait reçu un coup terrible ayant provoqué des conséquences bien singulières. Elle était restée dans un état complet d'insensibilité pendant plusieurs jours, et quand elle était revenue à elle, on s'était aperçu qu'elle avait totalement perdu la parole.

En outre, il y avait quelque chose d'égaré dans son air et ses manières, et elle mettait pour condition, avant d'accepter une place, d'avoir le privilège de prendre son repos de la nuit dans une chambre exclusivement affectée à son usage.

Mais elle était sobre, d'une probité rigide dans tous les marchés, et l'une des meilleures cuisinières d'Angleterre. En considération de ce dernier mérite, le défunt sir Thomas avait décidé qu'elle serait mise à l'épreuve, et l'épreuve avait réussi, car personne n'avait jamais mieux fait dîner sir Thomas que Hester Dethridge.

Hester était demeurée, après sa mort, au service de sa veuve. Lady Lundie était loin de l'aimer. Un soupçon déplaisant s'attachait à cette femme, soupçon auquel sir Thomas ne s'était pas arrêté, mais qui, pour une personne moins sensible au plaisir de bien manger, devait avoir de l'importance. Des médecins pensaient que Hester feignait le mutisme, pour des raisons connues d'elle seule.

Elle avait refusé obstinément d'apprendre l'alphabet des sourds-muets, se fondant sur ce que, dans son cas, la surdité n'était pas associée au mutisme. On imagina stratagèmes sur stratagèmes pour arriver à la sortir de son mutisme, mais sans succès ; on fit toutes sortes d'efforts pour l'amener à parler de sa vie passée : elle refusa catégoriquement et définitivement de répondre à aucune question de ce genre.

Quelquefois, une subite envie la prenait d'obtenir un jour de congé à passer hors de la maison ; si sa demande n'était pas accueillie, elle se refusait passivement à faire son ouvrage. Si on menaçait de la renvoyer, elle inclinait la tête d'un air impénétrable, qui semblait dire : « Renvoyez-moi, je m'en vais. »

Bien des fois, lady Lundie avait résolu, ce qui était assez naturel, de ne pas garder une si étrange servante, mais jusqu'alors elle n'avait pas mis ses projets à exécution. Une cuisinière en parfaite possession de son art, qu'il n'est pas besoin de surveiller, qui ne souffre pas le gaspillage, qui ne se querelle jamais avec les autres domestiques, qui ne prend jamais de boisson plus forte que le thé, et à laquelle on peut confier de l'argent sans compter, ne peut être remplacée aisément.

Dans la vie de ce monde, on s'accommode de certaines personnes et de certaines choses, comme le faisait lady Lundie à l'égard d'Hester. Cette femme était donc toujours à la veille d'être congédiée, mais jusque-là elle avait gardé sa place, obtenant ce fameux jour de congé quand elle le demandait – ce qui, pour être juste, n'était pas fréquent – et reposant toujours la nuit dans une chambre fermée à clef, exclusivement occupée par elle, en quelque lieu qu'allât la famille.

Hester Dethridge s'avança lentement vers la table devant laquelle lady Lundie était assise. Une ardoise et un crayon pendaient à son côté, dont elle se servait quand elle avait à produire une réponse qui ne pouvait être exprimée par un geste.

Elle attendit avec soumission que sa maîtresse commençât l'interrogatoire.

Lady Lundie procéda en suivant la même formule d'enquête employée avec les autres domestiques.

– Savez-vous que miss Silvester a quitté la maison ?

La cuisinière hocha la tête d'un signe affirmatif.

– Savez-vous à quelle heure elle l'a quittée ?

Nouvelle réponse affirmative. La première que lady Lundie eût encore obtenue à ce sujet. Aussi Milady s'empressa de passer à la question suivante.

– L'avez-vous vue depuis qu'elle a quitté la maison ?

Troisième réponse affirmative.

– Où l'avez-vous vue ?

Hester Dethridge écrivit lentement sur une ardoise, d'une écriture ferme et singulièrement bien formée pour une femme de sa condition, les mots suivants :

Sur la route qui conduit au chemin de fer. Près de la ferme de Mrs Chew.

– Qu'aviez-vous à faire à la ferme ?

J'avais besoin d'œufs pour la cuisine, et j'avais envie de respirer le grand air.

– Miss Silvester vous a-t-elle vue ?

Signe de tête négatif.

– A-t-elle pris le chemin qui conduit à la gare ?

Autre signe de tête négatif.

– Elle a continué sa route vers le marécage ?

Réponse affirmative.

– Et, après avoir atteint le marécage ?

Hester Dethridge écrivit :

Elle a pris le sentier qui conduit à Craig Fernie.

Lady Lundie se leva de son siège en proie à une vive agitation. Il n'y avait qu'un seul endroit où l'on pouvait aller, à Craig Fernie.

– L'auberge !... Quoi !... s'écria Sa Seigneurie, elle est allée à l'auberge !

Hester Dethridge attendait, immobile. Lady Lundie lui adressa une dernière question en quelques mots :

– Avez-vous dit à quelqu'un ce que vous avez vu ?

Réponse affirmative. Lady Lundie ne s'y attendait pas. Hester Dethridge, pensa-t-elle, doit m'avoir mal comprise.

– Écoutez bien, reprit-elle, avez-vous réellement dit à quelqu'un ce que vous venez de m'apprendre ?

Autre signe de tête affirmatif.

– À une personne qui vous a questionnée, comme moi-même ?

Troisième signe affirmatif.

– Quelle est cette personne ?

Hester Dethridge écrivit sur son ardoise :

Miss Blanche.

Lady Lundie recula d'un pas, effrayée par cette découverte. Selon toutes les apparences, la résolution de Blanche de suivre miss Silvester là où elle s'était réfugiée était aussi fermement arrêtée que la sienne. Et sa belle-fille, qui ne voulait prendre conseil que d'elle-même, pouvait contrarier ses desseins.

La manière dont Anne avait quitté la maison avait mortellement offensé lady Lundie. En femme vindicative qu'elle était, elle était résolue à découvrir ce qu'il pouvait y avoir de compromettant dans les secrets de la préceptrice et à rendre public ce qu'elle allait apprendre, par amour du devoir accompli. Mais si Blanche agissait, comme il était facile de le prévoir, dans un sens directement opposé, en épousant ouvertement les intérêts d'Anne Silvester, il pouvait en résulter des conséquences domestiques que lady Lundie n'était pas préparée à affronter.

La première chose à faire était de prévenir Blanche que ses desseins étaient découverts, et de lui défendre de se mêler en rien de cette affaire scandaleuse.

Lady Lundie sonna deux fois, ce qui signifiait pour les gens de sa maison que Sa Seigneurie requérait les services de sa femme de chambre; puis elle se tourna vers la cuisinière qui attendait toujours son bon plaisir, calme et immobile comme une statue, son ardoise à la main.

– Vous avez mal agi, dit Sa Seigneurie sévèrement. Je suis votre maîtresse. Vous êtes tenue de répondre à votre maîtresse…

Hester Dethridge inclina la tête, en signe de froide approbation du principe posé.

Ce mouvement de tête était une interruption, lady Lundie s'en offensa.

– Mais miss Blanche n'est pas votre maîtresse, continua-t-elle avec force. Vous êtes fort blâmable d'avoir répondu aux questions de miss Blanche sur miss Silvester.

Hester Dethridge, sans se troubler, écrivit sur son ardoise sa justification, en deux phrases bien sèches :

Je n'avais pas d'ordre pour ne pas répondre. Je ne garde les secrets de personne, si ce n'est les miens.

Cette réponse trancha la question du renvoi de la cuisinière, question pendante depuis plusieurs mois.

– Vous êtes une insolente! Je vous ai supportée assez longtemps, je ne vous supporterai pas davantage. Quand votre mois sera fini, vous quitterez la maison.

Aucun signe ne trahit le plus léger trouble dans la sinistre tranquillité de la cuisinière; elle inclina la tête, elle acceptait la sentence prononcée; puis elle laissa retomber l'ardoise à son coté, tourna sur elle-même et quitta la chambre.

Cette femme vivait et travaillait en ce monde, et pourtant, en ce qui touche tous les intérêts humains, elle semblait aussi loin du monde que si elle était couchée dans son tombeau.

La femme de chambre arriva juste au moment où Hester Dethridge sortait.

– Montez chez miss Blanche, ordonna sa maîtresse, et dites-lui que j'ai besoin d'elle ici… Attendez une minute !

Elle réfléchit. Blanche pouvait refuser de se soumettre aux ordres de sa belle-mère. Il pourrait être nécessaire d'avoir recours à l'autorité supérieure de son tuteur.

– Savez-vous où est sir Patrick ? demanda lady Lundie.

– J'ai entendu Simpson dire que sir Patrick était aux écuries, Milady.

– Envoyez Simpson porter mes compliments à sir Patrick et l'informer que je désire le voir immédiatement.

Les préparatifs de départ pour le rendez-vous de chasse venaient d'être terminés. Restait une question à trancher : sir Patrick accompagnerait-il les hôtes de lady Lundie ?

Le domestique parut, chargé du message de sa maîtresse.

– Voulez-vous m'accorder un quart d'heure, messieurs ? demanda sir Patrick. À l'expiration de ce temps, je saurai d'une façon certaine si je puis ou non partir avec vous.

Naturellement, les hôtes consentirent à attendre. Les plus jeunes parmi eux, en leur qualité d'Anglais, occupèrent le loisir qui leur était laissé à lancer des paris. Sir Patrick sortirait-il vainqueur de la crise domestique, ou la crise domestique serait-elle plus forte que lui ? On pariait deux contre un pour la défaite du baronnet.

Ponctuellement, à l'expiration du quart d'heure, sir Patrick reparut. La crise domestique n'avait pas été la plus forte. Sir Patrick avait gagné la partie.

– Les choses sont arrangées pour le mieux, messieurs ; et je puis vous accompagner, dit le baronnet. Il y a deux routes pour se rendre au pavillon de chasse : l'une, la plus longue, passe par Craig Fernie. Je suis obligé de vous prier de prendre avec moi ce chemin. Pendant que vous continuerez votre route vers le cottage, il faudra que je reste en arrière pour dire un mot à une personne qui réside à l'auberge.

Il avait tranquillisé lady Lundie, il avait même tranquillisé Blanche. Mais, évidemment, c'était à la condition de se rendre à leur place à Craig Fernie et de voir lui-même Anne Silvester. Sans un mot d'explication de plus, il monta à cheval et prit la tête de la cavalcade. Les chasseurs s'éloignèrent de Windygates.

Deuxième scène

L'auberge

9

Anne

– Vous me permettrez de vous rappeler encore, ma jeune dame, que l'hôtel est complet... à l'exception de ce salon et de la chambre à coucher qui en dépend.

Ainsi parlait Mrs Inchbare, la propriétaire de l'auberge de Craig Fernie, à Anne Silvester, debout dans le hall, sa bourse à la main, et offrant de payer le prix des deux chambres qu'elle demandait à occuper.

Cela se passait dans l'après-midi.

À la même heure, Geoffrey Delamayn sautait dans le train qui devait le conduire à Londres ; à la même heure, Arnold Brinkworth, après avoir traversé le marécage, gravissait la première montée qui conduisait à l'auberge.

Mrs Inchbare était grande, maigre, convenable et sèche. Sa très gracieuse chevelure voletait autour de sa tête en petits tire-bouchons d'un blond jaune. Les os de Mrs Inchbare saillaient partout sous son corsage, comme ses rudes principes presbytériens dans son langage. En résumé, c'était une femme farouchement respectable, qui se montrait sans détour et telle que la nature l'avait créée, dans l'administration de sa respectable auberge.

Il n'y avait pas à discuter avec Mrs Inchbare. Elle fixait elle-même ses prix et dictait ses conditions. Si vous éleviez une objection contre les unes, si vous vous révoltiez contre les autres, vous étiez libre de vous en aller, ou, en d'autres termes, d'errer sans gîte à la recherche des maigres abris naturels qu'offre un désert écossais.

Le village de Craig Fernie était un assemblage de cahutes. Ce petit coin de pays, borné d'un côté par la montagne et de l'autre par le marécage, ne possédait pas d'autre maison ouverte au public dans un rayon de plusieurs miles.

Il n'y avait que les touristes enragés de la Grande-Bretagne qui eussent l'idée de venir chercher là le lit et le repos, et nul autre que Mrs Inchbare n'avait à offrir à prix d'argent un repas et un lit.

Or, il n'était pas dans le monde entier d'hôtelière plus indépendante que la maîtresse de l'auberge de Craig Fernie. La crainte la plus forte qui se puisse éprouver dans les pays civilisés, la crainte d'être citée défavorablement dans les journaux, était inconnue à l'autocrate de Craig Fernie. Vous pouviez vous emporter, la menacer de publier sa facture dans les gazettes les plus répandues : « Eh ! monsieur, répliquait-elle, envoyez ma note où il vous plaira, pourvu que vous commenciez par la payer. Jamais un journal n'a franchi le seuil de ma porte. Vous avez l'Ancien et le Nouveau Testament dans votre chambre, l'*Histoire naturelle du comté de Perth* est à votre disposition sur la table du café, si cela ne suffit pas pour vos lectures, vous n'avez qu'à retourner dans le Sud. »

Telle était l'auberge où Anne Silvester venait de se présenter seule, un petit sac de nuit à la main. Telle était la femme dont elle espérait vaincre la résistance à la recevoir en lui montrant sa bourse.

– Dites le prix que vous voulez pour ces deux chambres, fit-elle, je suis prête à vous payer d'avance.

Sa Majesté Mrs Inchbare n'eut même pas un regard pour la pauvre petite bourse de sa sujette.

– La question se réduit à ceci, madame, répondit-elle, je ne puis pas prendre votre argent, si je ne puis pas vous louer les deux seules chambres qui restent libres dans ma maison. L'hôtel de Craig Fernie est un hôtel de famille et il a sa bonne renommée à garder. Vous êtes beaucoup trop jolie pour voyager seule.

Il fut un temps où Anne Silvester aurait vertement répondu, mais les nécessités de sa position la rendaient maintenant patiente.

– Je vous ai déjà dit, répliqua-t-elle, que mon mari va venir me rejoindre.

Elle soupira douloureusement, en répétant l'histoire qu'elle avait préparée à l'avance, et se laissa tomber sur le siège le plus proche, comme si elle était incapable de se tenir debout plus longtemps.

Mrs Inchbare la regarda avec autant de compassion qu'elle aurait pu montrer pour un chien errant qui serait tombé de fatigue à sa porte.

– Bien ! bien ! à votre aise. Attendez un moment et reposez-vous. Vous ne perdrez rien pour cela et nous verrons si votre mari arrive. Je préfère louer mes chambres à lui qu'à vous et, sur ce, je vous souhaite le bonjour.

Après avoir ainsi affiché son bon plaisir, l'autocrate de l'auberge de Craig Fernie se retira.

Anne ne répondit rien. Elle regarda l'hôtesse sortir du hall et ne put se retenir plus longtemps. Dans sa situation cruelle, ces soupçons étaient doublement insultants. Des larmes de honte remplirent ses yeux ; un mal de tête la torturait sans merci.

Un léger bruit qui se produisit dans l'entrée la fit tressaillir ; elle releva la tête et découvrit, dans un coin, un homme qui époussetait les meubles. Selon toutes les apparences, c'était un domestique de la maison. C'est lui qui l'avait introduite dans le hall à son arrivée, mais depuis il s'était tenu si tranquille qu'elle n'avait pas remarqué sa présence.

C'était un vieillard ; il avait un œil éteint et fermé, l'autre vif et joyeux. Sa tête était chauve et ses pieds goutteux ; son nez était justement célèbre, comme le plus grand et le plus rouge qui existât dans cette partie de l'Écosse.

L'indulgente sagesse que donnent les années s'exprimait mystérieusement dans son doux sourire, et ses manières révélaient cet heureux mélange de deux extrêmes : la servilité et l'indépendance, mélange qui ne se rencontre que chez les Écossais.

Une énorme impudence native qui amusait sans jamais offenser, un fonds incommensurable de finesse sous son air stupide et jovial, tel était le bonhomme.

Quelque quantité de whisky qu'il absorbât, il n'était jamais ivre ; avec quelque violence qu'on mît les sonnettes en branle, il ne se hâtait jamais davantage.

Ce premier garçon de l'auberge de Craig Fernie était connu dans tout le pays sous le nom de maître Bishopriggs : il était le bras droit de Mrs Inchbare.

– Que faites-vous ici ? demanda vivement Anne Silvester.

Maître Bishopriggs tourna sur ses pieds goutteux, agita son plumeau en l'air, se mit à regarder Anne avec son doux et paternel sourire.

– Eh ! j'étais en train d'épousseter les meubles et de mettre la chambre en ordre pour vous.

– Pour moi ? Avez-vous entendu ce qu'a dit l'hôtesse ?

Maître Bishopriggs s'avança d'un air confidentiel et montra du doigt la bourse qu'Anne tenait encore à la main.

– Ne vous offensez pas des propos de l'hôtesse, dit le vénérable chef des garçons de Craig Fernie. Votre bourse parle pour vous, ma fille… Ôtez cela ! s'écria-t-il en agitant son plumeau comme pour chasser loin de lui la tentation. Mettez-la dans votre poche. Aussi longtemps que durera le monde et tant qu'il lui restera un écu dans sa bourse, il y aura du bon chez la femme.

La patience d'Anne Silvester, qui avait résisté à de rudes épreuves, lui échappa pour cette fois.

– Quelle est votre intention en me parlant sur ce ton familier ? demanda-t-elle.

En même temps elle se levait avec colère.

Maître Bishopriggs glissa son plumeau sous son bras et se mit en devoir de prouver à Anne qu'il partageait la manière de voir de l'hôtesse sur sa position, sans partager la sévérité de ses principes.

– Il n'y a pas d'homme au monde, fit-il observer modestement, qui ait plus d'indulgence pour la fragilité humaine que moi. Je n'ai pas l'intention d'être familier avec vous, moi qui suis assez vieux pour être votre père et qui suis prêt à me montrer un père pour vous, quand nous nous connaîtrons mieux. Eh ! eh ! commandez votre dîner, mon enfant. Que vous ayez un mari ou non, vous avez un estomac, et il faut lui donner de la nourriture. Il y a du poisson et de la volaille. Peut-être restera-t-il du ragoût de mouton, quand on aura desservi la table d'hôte.

Il n'y avait qu'un moyen de se débarrasser de lui.

– Commandez pour moi ce que vous voudrez, dit Anne, et sortez d'ici !

Maître Bishopriggs approuva grandement la première partie de la phrase, mais ne tint aucun compte du second.

– Oui, oui, remettez vos petits intérêts entre mes mains, c'est ce qu'il y a de plus sage à faire. Demandez maître Bishopriggs, c'est moi, quand vous aurez besoin d'un homme capable de vous donner un bon conseil ! Rasseyez-vous, rasseyez-vous et n'arrachez pas les bras du fauteuil. Eh ! eh ! votre mari va venir, vous le savez, et pour sûr il aura besoin de se reposer.

Sur cette agréable plaisanterie, le vénérable Bishopriggs cligna de l'œil et sortit enfin.

Anne consulta sa montre. D'après son calcul, l'heure n'était pas éloignée où elle pourrait espérer voir arriver Geoffrey à l'auberge, en supposant qu'il eût quitté Windygates à l'heure convenue. Encore un peu de patience, et les scrupules de l'hôtesse seraient satisfaits et son supplice aurait pris fin.

N'aurait-elle pu lui donner rendez-vous ailleurs que dans cette odieuse maison et parmi ces odieuses gens ? Non, hors des murs de Windygates, elle n'avait pas un ami dans toute l'Écosse pour lui venir en aide. Elle n'avait pas eu d'autre choix que cette auberge. Et encore devait-elle se trouver heureuse que Craig Fernie fût situé dans un endroit reculé. Là, du moins, il était peu à craindre de voir arriver quelque ami de lady Lundie. Et d'ailleurs, quelques risques qu'elle courût, le but qu'elle visait justifiait de s'y exposer. Tout son avenir dépendait du consentement de Geoffrey à faire d'elle une honnête femme.

Il ne s'agissait pas de la vie qu'elle devait mener avec lui. Sous ce rapport, il n'y avait plus d'espoir à conserver. Sa destinée était perdue. Mais sa situation vis-à-vis de Blanche ! Elle ne songeait plus qu'à cela, qu'à Blanche !

La tristesse la gagnait de plus en plus, et de nouvelles larmes lui vinrent aux yeux. Mais cette tristesse ne pouvait qu'irriter Geoffrey s'il arrivait et s'il la trouvait en pleurs. Elle essaya donc de changer le cours de ses pensées en inspectant cette pièce plus que modeste.

Bonne maison, que l'auberge de Craig Fernie, solidement bâtie, belles pierres, et c'est en quoi elle ne ressemble point aux autres auberges de deuxième ordre de l'Angleterre.

Dans cette pièce, on voyait d'abord le fameux sofa de crin noir, conçu de façon à vous faire glisser par terre quand vous vouliez vous y asseoir. On y voyait les éternels fauteuils bien vernis, fabriqués tout exprès pour mettre à l'épreuve la sensibilité de l'échine humaine.

Les murs étaient, comme c'est l'usage, tendus d'un papier éclatant dont le dessin blessait les yeux et donnait le vertige. Ils étaient décorés des sempiternelles gravures que l'Anglais en voyage ne se lasse jamais de contempler : le portrait de la Souveraine, à la première place d'honneur; celui du plus grand des êtres humains, le duc de Wellington, à la deuxième place d'honneur; celui du plus grand des personnages après le duc, c'est-à-dire monsieur le membre du Parlement du comté, à la troisième place d'honneur; et enfin une scène de chasse reléguée dans l'ombre.

La porte en face de l'entrée donnant sur le couloir s'ouvrait sur une chambre à coucher, la fenêtre offrait une vue sur un grand terrain qui descendait en pentes rapides et se terminait par le marécage au pied de la montagne.

Anne détourna ses regards de la pièce pour contempler ce triste paysage. Depuis une demi-heure, le temps avait bien changé. Les nuages s'étaient amoncelés, le sol avait disparu, un jour gris et triste éclairait la montagne. Anne quitta la fenêtre, aussi peu satisfaite de ce qu'elle voyait au-dehors qu'elle l'avait été de l'entrée. Elle venait de s'asseoir sur le sofa pour essayer de s'y reposer un moment, quand un bruit de voix et des pas, venant du couloir, frappèrent son oreille.

Parmi les voix, distinguait-elle celle de Geoffrey ? Non. Étaient-ce des étrangers qui arrivaient ? L'hôtesse, après tout, avait refusé de lui louer ces deux chambres. Il était donc possible que des étrangers vinssent pour les visiter. Il n'y avait aucun moyen de savoir qui ils étaient. Dans sa frayeur bien naturelle, Anne s'enfuit dans la chambre et s'y enferma.

La porte qui donnait sur le corridor s'ouvrit ; Arnold Brinkworth, introduit par maître Bishopriggs, entra dans le salon.

– Personne ! s'écria-t-il, en promenant son regard autour de la pièce. Où est-elle ?

Maître Bishopriggs montra la porte de la chambre.

– Eh ! votre bonne dame est là, sans aucun doute.

Arnold tressaillit. Il n'avait pas bien vu les difficultés de cette triste affaire quand Geoffrey et lui l'avaient discutée ensemble à Windygates et qu'il avait consenti à se présenter à l'auberge comme le mari d'Anne Silvester. Mais cette tromperie lui causait un immense embarras. Il se trouvait en face du garçon désignant Anne Silvester comme sa bonne dame, et qui laissait tout naturellement, selon les convenances, le soin au mari de frapper à la porte de la chambre à coucher.

Dans son trouble et ne sachant que faire, Arnold s'avisa de demander l'hôtesse, qu'il n'avait pas vue à son arrivée à l'auberge.

– Madame est occupée à mettre à jour les livres de l'hôtel, répondit Bishopriggs. Elle sera ici bientôt, la pauvre femme, pour savoir qui vous êtes et remplir ses devoirs de maîtresse de maison ; ils sont bien lourds pour ses épaules.

Puis il laissa de côté la question de l'hôtesse, pensant qu'il était bien temps de veiller à son intérêt personnel.

– J'ai veillé au confort de Madame, murmura-t-il ; fiez-vous à moi !… fiez-vous à moi.

L'attention d'Arnold était absorbée par la recherche d'un moyen conforme aux bienséances et à la délicatesse pour annoncer son arrivée à Anne.

– Comment la faire sortir ? disait-il en jetant un regard anxieux vers la chambre à coucher.

Il avait parlé assez haut pour que le garçon d'hôtel l'entendît. L'air de perplexité d'Arnold se refléta immédiatement sur le visage de maître Bishopriggs. Le premier garçon de l'auberge de Craig Fernie possédait une expérience considérable des us et coutumes des nouveaux mariés pendant la lune de miel.

Il avait été le second père, avec d'excellents résultats pécuniaires pour lui, d'une innombrable quantité de jeunes époux et de jeunes épouses. Il connaissait toutes les variétés de ce petit monde : les couples qui essayent d'avoir l'air mariés depuis des années ; les couples qui n'ont recours à aucun déguisement et qui prennent conseil des autorités compétentes qu'ils rencontrent autour d'eux ; les couples qui bavardent sans pudeur devant des tiers et ceux qui gardent un timide silence ; les couples qui ne savent que faire ; les couples qui voudraient que ces premiers temps fussent passés ; les couples devant lesquels il ne faut jamais se présenter sans avoir préalablement frappé trois fois à la porte ; les couples enfin qui peuvent boire et manger dans les intervalles de leurs amoureux transports et ceux qui ne le peuvent pas.

Mais le nouveau marié qui reste tout embarrassé d'un côté de la porte, tandis que la jeune épouse reste enfermée de l'autre, c'était une nouvelle variété de l'espèce, même pour les yeux expérimentés de maître Bishopriggs.

– Comment la faire sortir ?… répéta-t-il. Je vais vous en montrer le moyen.

Il avança d'un pas aussi vif que le lui permettaient ses pieds goutteux et frappa.

– Eh ! madame, le voilà en chair et en os. Bénédiction

du ciel ! Allez-vous fermer la porte de la chambre nuptiale à votre mari ?

À cette question, sans réponse possible, on entendit la clef tourner dans la serrure. Maître Bishopriggs cligna de son bon œil en se tournant du côté d'Arnold et plaça d'un air malin son doigt le long de son énorme nez, ce qui signifiait : « Je serai parti avant qu'elle ne tombe dans vos bras, vous pouvez y compter. Et je ne rentrerai pas sans frapper, vous pouvez en être sûr ! »

Il laissa donc Arnold seul dans le salon.

La porte de la chambre s'ouvrait lentement.

Anne, parlant à voix basse, se fit entendre derrière cette porte :

– Est-ce vous, Geoffrey ?

Le cœur d'Arnold commença à battre fort en voyant que tout allait être découvert. Il ne savait que faire et que dire… il garda le silence.

Anne répéta sa question un peu plus haut :

– Est-ce vous ?

Il allait l'alarmer s'il ne parlait pas. D'ailleurs il ne pouvait plus reculer. Quoi qu'il pût en résulter, il répondit donc à voix basse :

– Oui.

La porte s'ouvrit toute grande et Anne parut.

– Mr Brinkworth ! s'écria-t-elle.

Pendant un moment ils demeurèrent muets l'un et l'autre, puis Anne avança d'un pas et posa la terrible question – elle venait de passer de la surprise à la méfiance :

– Que venez-vous faire ici ?

Présenter la lettre de Geoffrey, c'était la seule excuse qu'Arnold pût invoquer pour le moment.

– Je suis porteur d'un message pour vous.

Et il lui tendit la lettre.

Anne était désormais sur ses gardes. Ainsi qu'Arnold l'avait dit à Geoffrey, il était à peu près étranger à miss Silvester. Celle-ci le regardait ; le vague pressentiment d'une trahison de son amant lui glaçait le cœur. Elle refusa de prendre le billet que lui présentait Arnold.

– Je n'attends pas de lettre. Qui vous a dit que j'étais ici ?

Elle posa cette question, non seulement sur le ton du plus amer soupçon, mais en l'accompagnant d'un coup d'œil de mépris. Un pareil regard n'était pas facile à supporter. Arnold prit un moment pour se calmer, de peur de ne point répondre avec les égards qu'Anne méritait.

– Mes actions sont-elles soumises à un espionnage ? continua-t-elle.

Visiblement, elle se laissait gagner par la colère.

– Et vous êtes-vous chargé du rôle de l'espion ?

– Vous ne me connaissez pas depuis longtemps, miss Silvester, répondit tranquillement Arnold ; mais vous devriez me connaître assez cependant pour ne pas parler ainsi. Je suis porteur d'une lettre de Geoffrey.

– Voulez-vous parler de Mr Delamayn ? demanda-t-elle froidement.

– Oui.

– Quels motifs peut avoir Mr Delamayn pour m'écrire une lettre ?

Elle était résolue à ne rien reconnaître ; elle tenait obstinément Arnold à distance. Celui-ci fit, par instinct, ce qu'un homme ayant une plus grande expérience aurait fait par calcul : il engagea l'action.

– Miss Silvester, il est inutile de battre les buissons. Si vous ne voulez pas prendre la lettre, vous me forcerez à parler. Je viens ici chargé d'une désagréable mission. Je commence à regretter de l'avoir acceptée.

Une violente expression de douleur se peignit sur le visage d'Anne ; elle commençait vaguement à comprendre. Arnold hésita. Sa généreuse nature le faisait encore reculer devant la crainte de la blesser.

– Continuez ! dit-elle avec effort.

– Ne vous mettez pas en colère contre moi, miss Silvester. Geoffrey et moi nous sommes de vieux amis ; il sait qu'il peut se fier à Arnold Brinkworth…

– Se fier à vous ? interrompit-elle ; arrêtez !

Arnold attendit. Elle continua, se parlant à elle-même :

– Quand j'étais dans la chambre, j'ai demandé si Geoffrey était là. Et cet homme a répondu pour lui.

Elle bondit en avant avec un cri d'horreur.

– Vous a-t-il dit?...

– Pour l'amour du ciel, lisez sa lettre!

Elle repoussa violemment la main d'Arnold.

– Vous ne me regardez pas? Il vous a tout dit!

– Lisez, répéta-t-il, par justice envers lui, si ce n'est par justice envers moi.

La situation devenant trop cruelle, Arnold avait rassemblé son courage et regardait la jeune femme avec la résolution d'un homme; il lui parlait d'un ton ferme. Elle prit le billet.

– Je vous demande pardon, monsieur, dit-elle avec une soudaine humilité douloureuse à voir, je comprends enfin ma position. Je suis une femme doublement trahie. Je vous en prie, excusez mes paroles de tout à l'heure, quand je supposais encore avoir quelque droit à votre respect. Peut-être consentirez-vous à m'accorder votre pitié. Je ne demande rien de plus.

Arnold gardait le silence. Les paroles étaient inutiles en présence d'un aussi complet abandon de soi-même. Aucun homme, fût-ce Geoffrey, n'aurait pu s'empêcher de se sentir ému.

Pour la première fois, les regards de miss Silvester se portèrent sur la lettre. Elle l'ouvrit du mauvais côté.

Ma lettre! s'étonna-t-elle. Ma lettre entre les mains d'un autre homme!

– Regardez la dernière page, conseilla Arnold.

Elle retourna le pli et lut les quelques lignes au crayon que Geoffrey y avait tracées à la hâte.

– Misérable!... misérable!... misérable!... s'écria-t-elle.

En répétant ce mot pour la troisième fois, elle froissa la lettre dans sa main et la jeta à l'autre bout de la pièce. Un instant après, le feu de sa colère s'éteignit. Sentant ses forces l'abandonner, elle étendit lentement la main vers le dossier de la chaise la plus proche et s'y laissa tomber, tournant le dos à Arnold.

– Il m'a abandonnée !

Ces mots articulés lentement et à voix basse tombèrent de ses lèvres avec une indéfinissable expression de désespoir.

– Vous êtes dans l'erreur ! s'écria Arnold. Vrai... vrai... vous vous trompez ! Ce n'est pas une excuse qu'il vous envoie, c'est la vérité. J'étais là lorsqu'il a reçu le message au sujet de son père.

Elle n'avait pas l'air de l'entendre et ne bougeait pas. Elle répétait tout bas :

– Il m'a abandonnée !

– Ne prenez pas les choses de cette façon, je vous en supplie, c'est affreux de vous entendre parler ainsi. Je suis sûr qu'il ne vous a pas abandonnée.

Pas de réponse. Anne demeurait assise dans une immobilité de statue. Impossible pour Arnold d'appeler l'hôtesse dans un pareil moment. Ne sachant comment sortir sa compagne de cette torpeur, il tira une chaise auprès de la sienne et lui posa timidement la main sur l'épaule.

– Allons, lui dit-il de son air de bon garçon, ranimez-vous un peu !

Elle tourna lentement la tête et le regarda avec une morne surprise.

– Ne m'avez-vous pas dit qu'il vous avait tout appris ? demanda-t-elle.

– Oui.

– Et vous ne méprisez pas une femme telle que moi ?

Le bon cœur d'Arnold, à cette terrible question, lui rappela le souvenir d'une autre femme, souvenir éternellement sacré ; il se rappela celle qui l'avait porté dans son sein et lui avait donné le jour.

– Un homme peut-il penser à sa mère et mépriser une femme ?

Cette réponse fit éclater la douleur qu'Anne cherchait à contenir. Elle lui tendit la main, le remercia d'une voix faible, et les larmes vinrent enfin la soulager.

Arnold se leva, désespéré, et se dirigea vers la fenêtre.

– J'ai pourtant de bonnes intentions, soupira-t-il, et je ne sais qu'augmenter sa peine !

Elle l'entendit et fit un effort pour reprendre de l'empire sur elle-même.

– Non, répondit-elle. Vous me soulagez, au contraire. Ne vous occupez pas de mes larmes.

Elle le regarda avec reconnaissance.

– Je ne veux pas vous affliger, Mr Brinkworth. Je vous dois des remerciements et je vous les exprime. Revenez, ou je croirai que vous êtes fâché contre moi.

Arnold revint auprès d'elle et, de nouveau, elle lui tendit sa main.

– On ne comprend pas les gens tout de suite, dit-elle simplement. Je croyais que vous étiez comme les autres hommes, je ne savais pas combien vous êtes bon. Êtes-vous venu à pied jusqu'ici ? ajouta-t-elle en s'efforçant de changer le sujet de conversation. Êtes-vous fatigué ? Je n'ai pas été fort bien reçue ici, mais je crois pouvoir vous procurer tout ce que la maison peut offrir.

Comment ne pas se sentir touché au fond du cœur ? Comment ne pas s'intéresser à cette pauvre femme ? L'honnête désir d'Arnold de lui venir en aide s'exprima trop ouvertement peut-être.

– Tout ce que je désire, miss Silvester, c'est de vous être de quelque utilité, si c'est possible. Y a-t-il quelque chose que je puisse faire pour rendre votre position plus supportable ? Vous resterez ici, n'est-ce pas ? C'est le désir de Geoffrey…

Elle tressaillit et détourna ses regards.

– Oui !… oui !… répondit-elle vivement.

– Vous aurez des nouvelles de Geoffrey, continua Arnold, demain ou après-demain. Je sais qu'il a l'intention de vous écrire.

– Pour l'amour du ciel, ne me parlez plus de lui ! s'écria-t-elle. Comment voulez-vous que j'ose vous regarder en face ?

Ses joues se colorèrent vivement et son regard s'arrêta encore un moment sur Arnold.

– Songez-y ! je suis sa femme, si sa promesse a quelque valeur. Il a engagé sa parole par tout ce qu'il y a de plus sacré !

Elle s'arrêta avec un mouvement d'impatience.

– Qu'est-ce que je dis? Quel intérêt pouvez-vous prendre à ce misérable débat entre nous?... Ne parlons plus de cela. J'ai un autre mot à vous dire. Revenons aux ennuis que j'ai subis ici. Avez vous vu la patronne de l'auberge à votre arrivée?

– Non, je n'ai vu que le garçon.

– La patronne de l'hôtel a soulevé d'absurdes difficultés pour me louer ces chambres, parce que je venais seule.

– Elle ne fera plus de difficulté maintenant, dit Arnold; j'ai arrangé l'affaire.

– Vous!

Arnold sourit. Après ce qui s'était passé, il éprouvait un agréable soulagement à considérer le côté comique de sa position dans l'auberge.

– Certainement, répondit-il, quand j'ai demandé la dame qui était arrivée seule dans l'après-midi.

– Ah?

– On m'avait dit, dans votre intérêt, de la demander comme ma femme.

Anne le regarda avec un effroi mêlé de surprise.

– Vous m'avez demandée comme votre femme? répéta-t-elle.

– Oui. Je n'ai pas eu tort, n'est-ce pas? Au reste, je ne pouvais agir autrement : Geoffrey m'avait expliqué que vous deviez vous présenter comme une jeune femme que son mari allait rejoindre.

– Je ne pensais qu'à lui en disant cela; je ne pouvais songer à vous.

– C'est assez naturel. Néanmoins, cela revient au même pour les gens de la maison, n'est-il pas vrai? Je vais tâcher de mieux m'expliquer. Geoffrey m'avait dit que votre position ici dépendait de mon consentement à me présenter comme il l'aurait fait si c'était lui qui était venu.

– Il n'avait pas le droit de vous dire cela!

– Il n'en avait pas le droit?... Après ce que vous m'avez dit de la propriétaire, jugez de ce qui serait arrivé si j'avais agi autrement. Je n'ai pas beaucoup d'expérience de toutes ces choses. Mais permettez-moi de vous demander s'il n'aurait pas été au moins imprudent, à mon âge, de vous demander en qualité d'ami ? Ne pensez-vous pas que la patronne aurait fait encore plus de difficultés pour vous louer ces chambres ?

Incontestablement l'hôtesse aurait alors refusé net. Et le mensonge auquel Arnold avait eu recours, Anne l'avait elle-même rendu nécessaire dans son propre intérêt. Elle n'était pas blâmable pour cela, car il lui était évidemment impossible de prévoir le départ de Geoffrey pour Londres.

Néanmoins, elle éprouvait un pénible sentiment de responsabilité, une crainte vague de ce qui pouvait arriver. Elle se rassit brusquement, en froissant son mouchoir sur ses genoux, et ne répondit rien.

– Ne supposez pas que je voie du mal à ce petit stratagème, poursuivit Arnold ; je sers un vieil ami, et je viens en même temps en aide à la femme qui sera bientôt la sienne.

Anne se releva brusquement et le surprit par une question inattendue.

– Mr Brinkworth, pardonnez-moi l'impolitesse apparente de ce que je vais vous dire. Quand comptez-vous vous en aller ?

Arnold partit d'un éclat de rire.

– Quand je serai parfaitement sûr que je ne puis plus rien faire pour vous être utile, répondit-il.

– Je vous en prie, ne vous souciez pas de moi plus longtemps.

– Dans la situation où vous êtes, à qui puis-je penser ?

Anne posa doucement sa main sur le bras d'Arnold et répondit :

– À Blanche !

– Blanche ?... répéta Arnold, tout à fait incapable de la comprendre.

– Oui, Blanche. Elle a trouvé le temps de me dire ce qui s'est passé ce matin, avant que je quitte Windygates. Je sais que vous lui avez offert votre main... Je sais que vous devez l'épouser...

Arnold fut ravi de ce qu'il entendait. Jusqu'alors, il s'était purement et simplement senti peu disposé à quitter Anne ; maintenant, il était complètement déterminé à rester auprès d'elle.

– Ne comptez pas que je parte, après ce que vous venez de me dire. Reprenez votre chaise. Nous allons causer de Blanche.

Anne refusa avec un geste d'impatience. Mais Arnold prenait un vif, trop vif, intérêt à ce sujet de conversation pour y prendre garde.

– Vous connaissez les goûts, les habitudes de Blanche, reprit-il, ce qu'elle aime et ce qu'elle n'aime pas. Il est de la plus haute importance que j'aie avec vous une conversation à ce propos. Quand nous serons mariés, Blanche fera sa volonté en toutes choses. C'est mon idée sur les devoirs d'un mari. Bon, vous êtes encore debout ; laissez-moi vous donner un fauteuil.

Il aurait été cruel, dans d'autres circonstances, voire impossible de ne pas céder à son désir, mais une crainte vague s'était emparée de l'esprit d'Anne ; elle se disait que les conséquences de la démarche d'Arnold pouvaient être trop sérieuses. Elle n'avait pas une bien claire conception des risques courus – et, pour être juste envers Geoffrey, nous devons ajouter qu'il n'en avait pas lui-même une plus nette. Ni l'un ni l'autre n'avaient une idée précise des mesures qui font de la loi du mariage en Écosse, même au temps présent, un piège toujours ouvert.

Mais si l'esprit de Geoffrey était incapable de voir au-delà des nécessités du moment, l'intelligence plus fine d'Anne Silvester lui suggérait qu'en un pays qui offre de telles facultés pour les mariages secrets, un homme ne pouvait faire ce qu'Arnold avait fait sans s'exposer à de redoutables conséquences.

C'est remplie de cette pensée qu'elle refusa de prendre le fauteuil et de causer de Blanche, comme il le souhaitait.

– Quoi que vous ayez à dire au sujet de Blanche, Mr Brinkworth, cela peut être dit dans un autre moment mieux choisi. Je vous prie de me laisser seule.

– Vous laisser?

– Oui, abandonnez-moi à la solitude et au chagrin que j'ai mérités. Merci et adieu.

Arnold ne chercha pas à dissimuler son désappointement et sa surprise.

– S'il faut que je parte, je partirai. Mais pourquoi avez-vous tant de hâte de me renvoyer?

– Je ne veux pas que vous vous trouviez dans la nécessité de m'appeler votre femme devant les gens de l'auberge.

– Est-ce là tout ce qui vous préoccupe?... Que craignez-vous?

Elle eût été bien embarrassée de lui exprimer exactement ses appréhensions. Dans son désir bien arrêté de trouver une bonne raison qui pût le décider à partir, elle ramena elle-même la conversation sur Blanche, après avoir refusé de l'accepter un moment auparavant.

– J'ai deux raisons pour être effrayée, dit-elle : l'une que je dois taire et l'autre que je puis dire. Supposez que Blanche apprenne ce que vous avez fait pour moi. Plus longtemps vous resterez ici, plus de personnes vous y verront, et plus il y aura de chances qu'elle puisse en entendre parler.

– Eh bien, quand elle l'apprendrait? demanda Arnold avec sa noble franchise. Pensez-vous qu'elle pourrait se fâcher contre moi, pour avoir cherché à vous servir?

– Si elle était jalouse de moi? rétorqua vivement Anne.

L'admiration sans limites qu'Arnold éprouvait pour Blanche se trahit en deux mots; il s'exprima sans le plus léger déguisement, sans aucun détour :

– C'est impossible!

Certes, Anne Silvester était bien malheureuse; cependant, un demi-sourire éclaira son visage.

– Sir Patrick vous dira, Mr Brinkworth, que rien n'est impossible quand il s'agit des femmes.

Mais elle abandonna ce ton léger et continua plus sérieusement que jamais :

– Vous ne connaissez pas le cœur de Blanche aussi

bien que je le connais moi-même. Une fois encore, je vous supplie de partir. Je n'aime pas votre présence ici, dans les conditions où vous y êtes venu, Mr Brinkworth.

Elle lui tendait la main pour prendre congé de lui quand on frappa bruyamment à la porte.

Anne tomba sur la chaise qui se trouvait près d'elle en étouffant un cri de frayeur. Arnold, complètement incapable de comprendre ce qui se passait en elle, lui demanda de quoi elle avait peur et répondit simplement :

– Entrez !

10

Maître Bishopriggs

On frappa de nouveau, et plus fort que la première fois.

– Êtes-vous sourd ? cria Arnold.

La porte s'ouvrit peu à peu, de quelques centimètres à la fois. Maître Bishopriggs apparut mystérieusement avec une nappe sous le bras, et suivi par son subordonné qui portait sur un plateau le « service de table », comme on disait à Craig Fernie.

– Que diable attendiez-vous donc ? demanda Arnold. Je vous avais demandé d'entrer.

– Et moi je vous avais dit, répondit maître Bishopriggs, que je n'entrerais pas sans avoir préalablement frappé.

Puis il continua, après avoir renvoyé son subordonné, et tout en mettant la nappe de ses propres mains :

– Croyez-vous que j'aie vécu ici dans une aveugle ignorance de la façon dont les jeunes mariés passent leur temps quand ils sont seuls ? Frapper deux coups à la porte et après cela n'ouvrir qu'avec une certaine hésitation, n'est-ce pas le moins qu'on puisse faire pour eux ? Comment croyez-vous maintenant que je vais placer votre couvert et celui de votre dame ?

Anne s'approcha de la fenêtre sans chercher à déguiser le dégoût que lui inspirait cette conversation ; mais Arnold trouvait Bishopriggs fort plaisant et il se prêta maladroitement à ce grossier badinage.

– Un couvert à gauche et l'autre à droite de la table, je suppose.

– Point du tout, riposta Bishopriggs d'un grand air de dédain ; je ne ferai rien de semblable. Je placerai vos chaises aussi rapprochées que possible l'une de l'autre. Eh ! eh ! ne m'est-il pas arrivé, Dieu sait combien de fois, après avoir eu le soin de frapper à la porte, de surprendre la jeune épouse dînant sur les genoux de son mari et le faisant manger avec sa fourchette comme un petit enfant ?... Eh ! ajouta en soupirant le sage de Craig Fernie, elle est courte et joyeuse, cette période de la vie des jeunes mariés. Un mois pour roucouler, et le reste de leurs jours pour s'étonner d'avoir pu être aussi fous et pour désirer que ce temps de folie puisse revenir. Vous prendrez bien une bouteille de sherry, n'est-ce pas ? Et ensuite une goutte de genièvre pour faciliter la digestion ?

Arnold fit un signe d'assentiment, et sur un appel muet d'Anne, la rejoignit à la fenêtre. Bishopriggs les considéra attentivement ; il remarqua qu'ils causaient à voix basse et approuva cette manière de procéder, qui était conforme aux habitudes des jeunes couples en présence d'une tierce personne chargée de les servir.

– Oui !... oui !... dit-il en lançant un coup d'œil au jeune homme par-dessus son épaule ; oui... allez... allez auprès de votre bien-aimée et laissez-moi le soin du côté sérieux de la vie. Vous avez pour vous l'autorité des Saintes Écritures. L'homme doit quitter son père et sa mère – je suis votre père – pour s'attacher à son épouse. Certes ! s'attacher est une expression bien forte.

Il secoua la tête d'un air pensif et se dirigea vers une table de desserte placée dans un coin.

Là, il prenait un couteau pour couper le pain quand son bon œil aperçut un morceau de papier froissé entre la table et le mur. C'était la lettre de Geoffrey qu'Anne Silvester avait jetée loin d'elle, dans le premier mouvement de son indignation. Ni elle ni Arnold n'avaient plus pensé depuis à ce chiffon de papier.

– Qu'est-ce que je vois là-bas ? murmura Bishopriggs entre ses dents. Une malpropreté dans la chambre après que je l'ai nettoyée et époussetée de mes propres mains !

Il ramassa le papier et le déplia en partie.

Eh ! qu'est-ce que cela ? De l'écriture à l'encre ! et de l'écriture au crayon ! À qui ce billet peut-il bien appartenir ?

Il regarda furtivement du côté d'Anne et d'Arnold. Ils continuaient de causer tout bas, lui tournant le dos et regardant par la croisée.

C'est un papier oublié, jeté au rebut, pensa Bishopriggs. Maintenant, que ferait un imbécile qui l'aurait trouvé ! Un imbécile s'en servirait pour allumer sa pipe, sauf à se demander après s'il n'aurait pas dû le lire. Comment doit agir un sage en un cas semblable ?

Il répondit d'une façon pratique à cette question en mettant la lettre dans sa poche.

Cela vaut la peine d'être gardé, ou cela n'en vaut pas la peine ; cinq minutes d'examen dans la solitude suffiront pour trancher la question…

– Je vais apporter le dîner, dit-il à haute voix en s'adressant à Arnold. Songez que je ne pourrai pas frapper quand mes mains seront chargées d'un plateau déjà trop lourd pour mes pauvres pieds affligés de la goutte.

Sur cet avertissement amical, maître Bishopriggs se dirigea vers les cuisines.

– Vous voyez que nous n'y pouvons rien, dit Arnold, le garçon est allé chercher le dîner. Que penserait-on dans la maison si je partais et si je laissais ma femme dîner seule ?

Il était si évidemment nécessaire de sauver les apparences pour le moment qu'il n'y avait rien à répondre. Arnold commettait une imprudence, et pourtant, dans les circonstances présentes, Arnold avait raison.

Le déplaisir qu'en ressentit Anne, forcée d'arriver à cette conclusion, se traduisit par un mouvement d'impatience, le premier qui lui eût échappé. Elle laissa Arnold à la fenêtre et regagna le sofa.

Une malédiction me poursuit ! pensa-t-elle amèrement. Cela finira mal, et ce sera ma faute !

Pendant ce temps, maître Bishopriggs avait trouvé tout prêt le dîner qui l'attendait dans la cuisine ; mais au lieu de prendre le plateau sur lequel il était disposé et de le porter au salon, il le monta dans son office et ferma la porte sur lui.

– Reste là, mon amie, jusqu'au moment favorable où je pourrai t'examiner plus longuement, fit-il en déposant soigneusement la lettre dans le tiroir du buffet. Et maintenant, servons le dîner de nos deux tourtereaux. Il faut que je voie si les cuisiniers ont rempli leur devoir.

Il enleva l'un des couvercles et piqua quelques morceaux l'un après l'autre dans le plat, du bout d'une fourchette.

– Eh ! eh ! cette blanquette de veau n'est pas mauvaise.

Il découvrit un autre plat et secoua la tête d'un air de grave indécision.

– Ce sont les légumes. Je ne trouve pas que les légumes conviennent à l'estomac d'un homme de mon âge.

Il découvrit un troisième plat.

– Le poisson ! Quelle diable d'idée cette femme a-t-elle eue de faire frire la truite ? Une autre fois, vous la ferez cuire au court bouillon, sotte que vous êtes, et vous la servirez avec une pincée de sel et un filet de vinaigre.

Il déboucha une bouteille de sherry et en versa le contenu dans un carafon de cristal.

– Voilà le sherry, dit-il en élevant le carafon à la hauteur de son bon œil. Je sais ce qu'il vaut, mais ne peut-il pas sentir le bouchon ? Il faut le goûter pour s'en assurer. C'est un devoir de conscience et d'honnête homme que de goûter le vin.

Il soulagea copieusement sa conscience. Un vide fort sensible s'était creusé dans la carafe. Maître Bishopriggs le combla sans façon avec de l'eau.

– Eh ! c'est comme si l'on ajoutait dix ans à l'âge du vin. Les tourtereaux ne s'en trouveront pas plus mal, et je me trouverai mieux d'avoir bu un bon verre de sherry. Que la Providence soit bénie pour ses bontés !

S'étant allégé le cœur par cette pieuse action de grâces, il reprit son plateau et se décida enfin à porter le dîner à ses tourtereaux.

La conversation, un moment interrompue dans le salon, avait repris son cours après le départ de maître Bishopriggs. Trop agitée pour rester en place, Anne s'était levée du sofa et était allée rejoindre Arnold à la fenêtre.

– Où vos amis de Windygates croient-ils que vous êtes en ce moment ? demanda-t-elle.

– Ils me croient avec mes fermiers, en train de prendre possession de mon domaine.

– Comment comptez-vous vous y rendre ce soir ?

– Je prendrai le chemin de fer. Mais, à propos, quelle excuse donnerai-je pour partir après dîner ? Nous pouvons être certains d'avoir la visite de l'hôtesse. Que dirai-je pour expliquer que je prends le train et que je laisse ma femme derrière moi.

– Mr Brinkworth, cette plaisanterie, si c'est une plaisanterie, a fait son temps.

– Je vous demande pardon, dit Arnold.

– Vous pouvez me laisser le soin de vous excuser, poursuivit Anne. Prenez-vous le train montant ou le train descendant ?

– Le train montant.

La porte se rouvrit tout à coup, et Bishopriggs parut avec le dîner. Anne s'éloigna brusquement d'Arnold. Le bon œil de Bishopriggs la suivit avec un air de reproche pendant qu'il déposait les plats sur la table.

– Je vous ai averti de l'impossibilité matérielle dans laquelle j'étais de frapper pour cette fois. Ne m'en veuillez pas, ma jeune dame, ne m'en veuillez pas !

– Où vous plaît-il de vous asseoir ? fit Arnold, pour détourner l'attention d'Anne des familiarités de maître Bishopriggs.

– N'importe où, répondit-elle avec impatience, en saisissant une chaise et en la plaçant au bout de la table.

Maître Bishopriggs, poliment, mais avec fermeté, remit la chaise à la place qu'elle occupait.

– Pour l'amour du ciel, que faites-vous ? Il est absolument contraire à toutes les lois et coutumes de la lune de miel de vous asseoir aussi loin de votre mari.

Il fit flotter sa serviette d'un air persuasif vers l'une des deux chaises placées tout près l'une de l'autre. Arnold s'interposa aussitôt pour prévenir un nouveau mouvement d'impatience de la part d'Anne.

– Qu'importe ? dit-il, passez-lui sa fantaisie.

– Expédiez votre dîner le plus vite que vous pourrez, répondit-elle. Je ne peux ni ne veux supporter cela plus longtemps.

Ils prirent leur place à table, maître Bishopriggs se tenant derrière eux en sa double qualité de majordome et d'ange gardien.

– Voici la truite ! s'écria-t-il en enlevant le couvercle du plat avec un geste gracieux. Il y a une demi-heure, elle frétillait dans l'eau. Elle est là maintenant, frite et couchée sur le persil. C'est un emblème de la vie. Quand vous aurez un instant de liberté pour réfléchir, méditez cela.

Anne prit la cuiller pour offrir un peu de truite à Arnold. Bishopriggs remit le couvercle. Une pieuse horreur était peinte sur son visage.

– N'y a-t-il personne pour dire le bénédicité ? demanda-t-il.

– Allons, allons, s'écria Arnold, le poisson refroidit !

Bishopriggs ferma dévotement son bon œil tout en maintenant le couvercle de toute sa force.

– Pour la nourriture que vous allez prendre, dit-il, puissiez-vous être sincèrement reconnaissants envers Dieu !

Il rouvrit de nouveau son œil et ôta de nouveau le couvercle.

– Ma conscience est à l'aise à présent. Vous pouvez manger.

– Renvoyez-le, fit Anne tout bas. Sa familiarité dépasse toutes les bornes de ma patience.

– Nous n'avons plus besoin de vos services, dit Arnold.

– Eh ! mais je suis ici pour vous servir, objecta Bishopriggs. À quoi bon m'en aller, puisque j'aurai à revenir pour changer vos assiettes.

Il réfléchit un moment, fit appel à son expérience et finit par se rendre compte des motifs qui devaient pousser les convives à l'éloigner.

– Prenez-la sur vos genoux quand l'envie vous en prendra, murmura-t-il à l'oreille d'Arnold, donnez-lui la becquée avec votre fourchette quand cela vous plaira, ajouta-t-il à l'oreille d'Anne, je regarderai le paysage.

Il se rapprocha de la croisée.

– Mon Dieu, dit Arnold en s'adressant à Anne, n'y a-t-il pas un côté comique dans ceci ? Tâchez donc de voir les choses comme je les vois moi-même…

Mais Bishopriggs, quittant la fenêtre, vint donner une nouvelle qui devait apporter encore un élément d'embarras dans la situation.

– Sur ma foi, dit-il, vous avez bien fait d'arriver, monsieur ; voici la tempête qui va fondre sur nous.

Anne tressaillit et leva les yeux.

– Un orage ? s'écria-t-elle.

– Oh ! vous êtes à l'abri, vous n'avez pas à vous en préoccuper. Voici les nuages qui se forment dans le bas de la vallée, ajouta-t-il en tendant un doigt vers la fenêtre, ils montent vers l'est, tandis que le vent souffle de l'ouest. C'est un orage qui se forme…

On frappa encore à la porte. Arnold l'avait bien prévu, c'était la patronne de l'hôtel qui entrait en scène.

– Je viens voir, monsieur, dit Mrs Inchbare en s'adressant exclusivement à Arnold, si vous ne manquez de rien.

– Ah ! vous êtes la maîtresse de maison. Nous sommes très bien, madame ; nous sommes très bien.

Mrs Inchbare avait un motif pour se présenter ; elle l'aborda sans préambule.

– Vous m'excuserez, monsieur, continua-t-elle, je n'étais pas là quand vous êtes arrivé, sans cela, j'aurais pris la liberté de vous demander si vous me louez ces chambres pour vous et pour la dame ici présente, qui est votre femme ?

Anne releva la tête et allait parler ; Arnold lui toucha la main sous la table en signe d'avertissement ; elle garda le silence.

– Certainement, dit-il, je prends ces chambres pour moi et pour cette dame qui est ma femme.

Anne fit une seconde tentative pour prendre la parole.

– Ce gentleman… murmura-t-elle.

Arnold l'arrêta pour la seconde fois.

– Ce gentleman !… répéta Mrs Inchbare avec un vif mouvement de surprise. Je ne suis qu'une pauvre femme, mais je n'ai jamais entendu qu'on parlât ainsi de son mari.

Arnold toucha de nouveau la main d'Anne. Les yeux de Mrs Inchbare restaient attachés sur la jeune femme avec une fixité impitoyable.

On peut dire que la vérité tremblait sur les lèvres d'Anne ; mais parler, c'eût été plonger Arnold, après tout ce qu'il avait fait pour elle, dans un scandale qui serait le sujet de toutes les conversations dans le voisinage, et qui ne pourrait manquer de parvenir aux oreilles de Blanche.

Pâle et glacée, sans détacher ses yeux de la table, elle accepta la leçon que lui donnait l'hôtesse et répéta d'une voix faible ces mots :

– Mon mari !

Mrs Inchbare respira et attendit ce qu'Anne allait dire. Arnold vint encore à l'aide de miss Silvester et obtint de l'hôtesse qu'elle se retirât.

– Pour Dieu ! ne craignez rien, dit-il à Anne, je vois bien ce qui vous tourmente. Elle est toujours ainsi, madame, quand il va y avoir de l'orage, continua-t-il en se tournant vers l'hôtesse. Oh ! je sais comment il faut s'y prendre avec elle. Je vous ferai appeler si j'ai besoin de votre assistance.

– Comme il vous plaira, monsieur, répondit Mrs Inchbare.

Puis elle se tourna du côté d'Anne et lui présenta ses

excuses, sous toutes réserves, en lui adressant une froide révérence.

– Il n'y a pas d'offense, madame! Vous devez vous rappeler que vous êtes arrivée seule ici et que cet hôtel a sa renommée à conserver.

Après avoir ainsi sauvegardé la réputation de son hôtel, elle opéra son mouvement de retraite si impatiemment attendu et sortit.

– Je me sens défaillir, murmura Anne. Donnez-moi un peu d'eau.

Il n'y avait pas d'eau sur la table. Arnold donna ses ordres à Bishopriggs qui, plein de discrétion, s'était tenu à l'arrière-plan tant que sa maîtresse était présente.

– Mr Brinkworth! dit Anne quand ils furent seuls, vous avez agi avec une imprudence inconcevable. La question de cette femme était une impertinence. Pourquoi y avez-vous répondu? Pourquoi m'avez-vous contrainte…

Elle s'arrêta, ne pouvant achever. Arnold insista pour qu'elle bût une goutte de vin; puis il se défendit avec la patience pleine d'égards qu'il lui avait montrée dès son arrivée.

– Parce que si j'avais agi autrement, je vous aurais fait fermer les portes de l'auberge, par ce temps orageux. Pas un endroit dans le pays où chercher un refuge. Au surplus, miss Silvester, je ne prends pas la liberté de blâmer vos scrupules : je dis seulement qu'ils sont sans fondement vis-à-vis d'une femme de la condition et du caractère de cette patronne d'hôtel. Je suis responsable de votre sécurité vis-à-vis de Geoffrey, et Geoffrey compte vous trouver ici. Changeons de conversation. L'eau tarde bien à venir, essayez encore de boire un peu de vin. Non… Eh bien, je bois à la santé de Blanche.

Et il se versa un verre de sherry.

Avec le plus pauvre sherry que j'aie bu de ma vie, se dit-il.

Comme il déposait son verre sur la table, Bishopriggs entra, tenant une carafe d'eau. Arnold l'interpella d'un air railleur :

– Eh ! comment avez-vous trouvé de l'eau ? dit-il. Vous n'avez donc pas tout employé pour baptiser le sherry ?

Maître Bishopriggs s'arrêta court au milieu de la chambre, foudroyé par cette attaque inattendue.

– Est-ce ainsi que vous parlez de la meilleure bouteille de sherry qu'on puisse trouver dans toute l'Écosse ? demanda-t-il gravement. Dans quel monde sommes-nous appelés à vivre ? La nouvelle génération dépasse complètement les bornes de mon entendement. Les bontés de la Providence, qui se manifestent à l'homme sous la forme d'un vin choisi parmi les meilleurs de l'Espagne, sont ouvertement méconnues par elle.

– Avez-vous apporté l'eau ?

– J'ai apporté l'eau et quelque chose en plus : des nouvelles du dehors. Il y a une compagnie de gentlemen qui se rendent à cheval au pavillon de chasse situé à un mile d'ici.

– Eh bien, quel rapport avec nous ?

– Attendez un moment. L'un d'eux a arrêté sa monture à la porte de l'hôtel et demandé la dame qui est arrivée seule ici. Eh bien, dit maître Bishopriggs en allant à la fenêtre, croyez-vous toujours que vous n'ayez rien à voir à cela ?

Arnold regarda Anne.

– Attendez-vous quelqu'un ?

– Serait-ce Geoffrey ?

– C'est impossible. Geoffrey est en route pour Londres.

– Le voici là-bas, reprit Mr Bishopriggs. Il saute à bas de son cheval. Il vient de ce côté. Seigneur Dieu ! s'écria-t-il avec un accent de consternation. Que vois-je ! C'est ce diable de sir Patrick en personne !

Arnold fut sur pied en un moment.

– Voulez-vous parler de sir Patrick Lundie ?

Anne s'élança vers la fenêtre.

– C'est bien sir Patrick, cachez-vous avant qu'il n'entre ici.

– Que je me cache ?

– Que pensera-t-il s'il vous trouve avec moi ?

Sir Patrick était le tuteur de Blanche et croyait Arnold occupé en ce moment à visiter ses propriétés. Ce qu'il penserait n'était pas difficile à prévoir. Arnold se tourna vers Bishopriggs pour l'appeler à son aide.

– Où puis-je aller ? demanda-t-il.

– Où vous pouvez aller ? Mais dans la chambre nuptiale !

– Impossible !

Bishopriggs exprima son immense étonnement en émettant un sifflct prolongé sur une seule note.

– Quoi ! est-ce ainsi que vous parlez déjà de la chambre nuptiale ?

– Trouvez-moi une autre place. Vous n'aurez pas à regretter votre peine.

– Eh ! il y a mon office ! Puisqu'il vous faut une autre place... La porte est au bout du couloir.

Arnold s'enfuit, et Bishopriggs naturellement de penser qu'il se trouvait en face de quelque drame domestique dans lequel sir Patrick était mêlé, probablement en sa qualité de tuteur. Aussi s'adressa-t-il amicalement à Anne sur le ton de la confidence.

– Ma foi, madame ! c'est une vilaine besogne que de se jouer de sir Patrick. Tant pis si c'est ce que vous avez fait. Il faut que vous sachiez que j'ai été autrefois attaché comme clerc à son étude, à Édimbourg.

La voix de Mrs Inchbare, appelant son premier garçon, se fit entendre sur un ton vibrant et impérieux. Le son venait du bureau de l'hôtel. Mr Bishopriggs disparut. Anne était restée debout devant la fenêtre, seule et rêvant aux difficultés de sa situation. Il était clair, cette fois, que le lieu de sa retraite était connu à Windygates.

Mais devait-elle recevoir sir Patrick et s'assurer s'il venait à l'auberge en ami ou en ennemi ?

11

Sir Patrick

La question fut matériellement tranchée avant qu'Anne eût le loisir de prendre une résolution. Elle était encore dans la même attitude, debout à la fenêtre, quand la porte du salon s'ouvrit et livra passage à sir Patrick, introduit par l'obséquieux Bishopriggs.

– Vous êtes le bienvenu, sir Patrick, dit celui-ci. Oui, monsieur, on a toujours du plaisir à vous voir.

Sir Patrick se retourna et regarda Bishopriggs comme il aurait regardé quelque insecte importun qui, chassé par la fenêtre, reviendrait à la charge par la porte.

– Quoi ! c'est encore vous, drôle ! Auriez-vous enfin réussi à vous faufiler dans quelque honnête emploi ?

Maître Bishopriggs se frotta joyeusement les mains et régla sa riposte sur l'attaque de son supérieur avec une rare promptitude.

– Vous avez toujours raison, sir Patrick ! Vous êtes dans le vrai en parlant de l'honnête emploi dans lequel je me suis faufilé ! Mon Dieu, comme vous vous portez bien !

Sir Patrick congédia d'un geste Bishopriggs et s'avança vers Anne.

– Je commets une indiscrétion, madame, qui, je le crois bien, devra paraître impardonnable à vos yeux. Puis-je espérer que vous m'excuserez, quand je vous aurai exposé les motifs qui me font agir ?

Il parlait avec une scrupuleuse politesse. La connaissance qu'il avait acquise d'Anne était bien superficielle ; comme les autres hommes, il s'était senti attiré par sa grâce et sa distinction, dans les rares occasions où il avait approché la jeune fille, et c'était tout.

S'il eût appartenu à la génération présente, il n'aurait pas manqué de tomber dans le péché mignon de l'Angleterre contemporaine, c'est-à-dire la manie des allures théâtrales, et il aurait pris une pose de circonstance. On l'aurait vu affecter un respect chevaleresque ; il aurait abordé Anne Silvester avec une effusion de sympathie qu'il eût été bien loin d'éprouver véritablement.

Sir Patrick n'affecta rien de semblable.

Un des péchés mignons de son temps à lui, c'était de dissimuler ses bons sentiments, défaut bien moins dangereux que d'étaler ses belles qualités. Si le baronnet en ce moment affectait quelque chose, c'était plutôt de se tenir sur la réserve et d'observer toutes les convenances. Il montra vis-à-vis d'Anne sa politesse habituelle.

– Je suis dans l'impossibilité absolue de m'expliquer les motifs qui vous amènent ici, monsieur, lui répondit-elle. Le domestique m'a dit que vous faisiez partie d'une compagnie de gentlemen qui viennent de passer devant l'auberge et qui ont continué leur chemin, vous seul excepté.

Elle se tenait sur la réserve à son tour.

Sir Patrick ne témoigna pas le plus léger embarras.

– Le domestique a dit vrai, répliqua-t-il. J'ai prié ces gentlemen de se rendre chez le gardien du rendez-vous de chasse sans moi. Ce point reconnu, puis-je compter recevoir de vous la permission de vous expliquer les motifs de ma visite ?

Dans la suspicion bien naturelle où elle le tenait, puisqu'il venait de Windygates, Anne répondit en quelques mots un peu secs et avec la même froideur :

– Si tel est votre désir, sir Patrick, expliquez-vous aussi brièvement que possible.

Sir Patrick salua. Il n'était pas le moins du monde offensé, et même, on doit l'avouer, au risque de lui ôter une partie de l'estime du lecteur, il était tout particulièrement amusé. Ayant la conscience de s'être honnêtement présenté à l'auberge dans l'intérêt d'Anne Silvester tout autant que dans celui des dames de Windygates, il trouvait extrêmement drôle de se voir tenu à distance par la jeune femme. Il éprouva la forte tentation d'obéir à son humeur originale dans l'accomplissement de sa mission. C'est pourquoi il tira gravement sa montre et s'assura de l'heure à une seconde près avant de reprendre la parole :

– J'ai à vous raconter un événement qui vous intéresse, madame, et, de plus, à vous transmettre deux messages dont, je l'espère, vous me permettrez de m'acquitter. Le récit de l'événement demandera une minute. Quant aux deux messages, je promets de vous les exposer en deux minutes au plus. Total de la durée du temps que je demande : trois minutes.

Il avança une chaise pour Anne et attendit qu'elle l'eût invité, par un signe, à en prendre une lui-même.

– Nous commencerons par l'événement, reprit-il. Votre arrivée en ce lieu n'est pas un secret à Windygates. Vous avez été vue sur le sentier conduisant à Craig Fernie par une des servantes de la maison, et la conclusion naturelle qui en a été tirée, c'est que vous vous rendiez à l'auberge. Il est peut-être important pour vous de savoir cela, et c'est pourquoi j'ai cru nécessaire de vous en donner connaissance.

Il consulta de nouveau sa montre.

– Événement relaté, dit-il; temps employé, une minute.

Il avait excité la curiosité d'Anne.

– Quelle est la femme qui m'a vue? demanda-t-elle vivement.

Sir Patrick, sa montre à la main, se refusa tout net à prolonger l'entretien en répondant à des questions accessoires.

– Pardonnez-moi, j'ai pris l'engagement de ne pas abuser de votre temps pendant plus de trois minutes. Je n'ai pas le loisir de m'occuper de cette femme. Avec votre aimable permission, je procéderai à l'exposé des messages.

Anne garda le silence, sir Patrick continua :

– Premier message : les compliments de lady Lundie à l'ex-préceptrice de sa belle-fille, dont elle ne connaît pas le nom de dame. Lady Lundie regrette d'avoir à dire que sir Patrick, chef de famille, a menacé de retourner à Édimbourg si elle ne consentait pas à se laisser guider par ses avis en ce qui concerne le parti à prendre au sujet de l'ex-préceptrice. En conséquence, lady Lundie renonce à sa première intention qui était de se rendre à l'auberge de Craig Fernie, pour exprimer ses sentiments et enquêter en personne. Elle remet à sir Patrick le soin de dire sa pensée, se réservant toutefois le droit de prendre ses informations à la première occasion convenable qui lui sera fournie. Par l'intermédiaire de son beau-frère, elle informe donc l'ex-préceptrice que toutes relations sont finies entre elles et qu'elle la prie de n'envoyer personne en référence auprès d'elle, si les événements futurs rendaient cette démarche nécessaire à miss Silvester. Message transmis textuellement. Exprimé la manière de voir de lady Lundie concernant votre départ subit de la maison. Temps employé : deux minutes.

Anne rougit, son orgueil se révolta.

– L'impertinence du message de lady Lundie est conforme à ce que je pouvais attendre. Je suis seulement surprise que sir Patrick se soit chargé de me le transmettre.

– Les motifs de sir Patrick se révéleront tout à l'heure, dit l'incorrigible vieux gentleman, je passe au second message : les plus tendres amitiés de Blanche. Elle meurt du désir de connaître le mari d'Anne et d'être informée du nom de dame que porte son amie ; elle éprouve une anxiété et des craintes indescriptibles au sujet d'Anne ; elle est impatiente, comme jamais elle ne l'a été, de faire atteler sa voiture et de se rendre au grand galop à l'auberge ; elle cède pourtant à l'impitoyable autorité de son tuteur et remet aussi le soin d'exprimer ses sentiments à sir Patrick, qui est un tyran bien élevé et ne peut pas avoir la moindre envie de briser le cœur des autres…

» Et, maintenant, sir Patrick va parler pour lui-même : il expose parallèlement la manière de voir de sa belle-sœur et celle de sa nièce à la dame à laquelle il a l'honneur de s'adresser, et dont il s'abstient avec le plus grand soin de chercher à forcer la confiance. Il rappelle à cette dame que son influence à Windygates, avec quelque fermeté qu'il l'exerce, ne doit vraisemblablement pas toujours durer. Il la prie de considérer que l'antagonisme qui existe entre les sentiments de sa belle-sœur et de sa nièce ne peut amener que des résultats peu désirables pour la paix domestique, et il lui laisse apprécier quel parti lui semblera le meilleur à prendre dans les circonstances présentes… Second message transmis textuellement. Temps employé : trois minutes. Un orage se présente. Une course d'un quart d'heure à cheval pour atteindre le pavillon de chasse, madame, je vous souhaite le bonsoir.

Il salua plus bas que jamais, et, sans ajouter un mot, il partit tranquillement.

Le premier mouvement d'Anne – elle était bien excusable, la pauvre créature – fut tout de ressentiment.

– Merci à vous, sir Patrick ! dit-elle en regardant avec amertume la porte qui venait de se fermer. Vous avez beaucoup d'esprit. La sympathie de la société pour une femme malheureuse pouvait difficilement être exprimée d'une façon plus amusante !

Cette irritation passagère s'évanouit tout à coup. L'intelligence et le bon sens d'Anne lui firent voir les choses sous un jour plus vrai.

Elle reconnut dans le brusque départ de sir Patrick une bonne intention ; le gentleman avait voulu lui épargner le désagrément d'entrer dans des détails sur sa position à l'auberge. Il lui avait donné un avertissement amical et, fort délicatement, l'avait laissée libre de décider ce qu'elle pouvait faire pour l'aider lui-même à maintenir la tranquillité domestique à Windygates.

Elle s'approcha d'une table où se trouvait tout ce qu'il faut pour écrire.

Je ne puis rien sur lady Lundie, pensait-elle ; mais j'ai plus d'influence que personne sur Blanche, et je puis prévenir le conflit que sir Patrick redoute si fort.

Elle écrivit :

Ma bien chère Blanche, j'ai vu sir Patrick, et il m'a transmis votre message. Je vous tranquilliserai l'esprit à mon sujet aussitôt que je le pourrai. Mais, avant tout, laissez-moi vous supplier – et c'est la plus grande faveur que vous puissiez accorder à votre sœur et à votre amie – de ne pas engager de querelle à propos de moi avec lady

Lundie. Surtout ne commettez pas l'imprudence, l'inutile imprudence, de venir ici.

Elle s'arrêta. Le papier tremblait devant ses yeux.

Ma chérie, pensa-t-elle, qui aurait pu prévoir que je pourrais jamais frémir et reculer à la pensée de vous voir ?

Elle soupira lentement et continua sa lettre.

Le ciel s'était rapidement obscurci. Le vent soufflait de moins en moins bruyamment en passant sur le marécage ; il régnait dans toute la campagne un morne silence. C'est le signe annonciateur le plus certain de l'orage.

12

Arnold

Pendant ce temps, Arnold était enfermé dans l'office. Il éprouvait un franc dépit de se voir dans cette position ridicule.

Pour la première fois de sa vie, il se cachait de quelqu'un, et ce quelqu'un était un homme. Deux fois, tourmenté par la pensée qu'agir ainsi et rester là, c'était se manquer de respect, il était allé jusqu'à la porte, déterminé à se présenter hardiment devant sir Patrick.

Deux fois il avait abandonné cette idée par pitié pour Anne. Il lui aurait été d'ailleurs impossible de se justifier aux yeux du tuteur de Blanche, sans trahir le secret d'une malheureuse femme, secret que son honneur l'obligeait à garder.

– J'aurais voulu pour tout au monde ne pas être venu ici ! dit-il en allant se rasseoir avec mauvaise humeur sur le buffet.

Et il avait attendu que le départ de sir Patrick lui rendît sa liberté.

Après un temps beaucoup moins long qu'il ne le craignait, il vit arriver un compagnon. Sa solitude allait être égayée par la visite du père Bishopriggs.

– Eh bien ! s'écria Arnold sautant à bas de son buffet, la route est-elle libre ?

Il y avait des moments où l'oreille de Bishopriggs dcvenait tout à coup singulièrement dure.

– Comment trouvez-vous cet officc ? demanda-t-il sans paraître avoir accordé la moindre attention à la question d'Arnold. C'est un réduit solitaire, n'est-ce pas ? une île de Patmos dans le désert…

Son bon œil, qui avait commencé de regarder le visage d'Arnold, descendit et s'arrêta tout droit sur le gilet du jeune homme, à l'endroit de la poche, avec une muette mais éloquente fixité.

– Je comprends, dit Arnold, j'ai promis de vous payer votre Patmos. Eh bien ! vous voilà payé.

Maître Bishopriggs empocha l'argent avec un sourire, mais tout en remuant la tête d'un air de pitié. D'autres garçons à sa place se seraient acquittés par des remerciements.

Le sage de Craig Fernie s'acquitta par quelques courtes observations plus utiles que les actions de grâces. Admirable en beaucoup d'occasions, Bishopriggs l'était surtout pour sa rapidité à tirer des événements une déduction morale. En cette occasion-ci, il tira une moralité de la libéralité même qu'il venait de recevoir.

– Me voilà payé, comme vous dites. Que le ciel nous protège ! Il nous faut toujours avoir l'argent à la main quand nous avons une femme sur nos talons. C'est triste à penser ! Nous ne pouvons jamais avoir de relation avec une personne de l'autre sexe sans que cela soit pour nous un sujet de dépense. Prenons votre jeune dame, par exemple. Je présume qu'elle vous a occasionné de grands frais dès les premiers temps. Quand vous courtisiez, c'était, j'en répondrais, la main ouverte. Les présents, les souvenirs, les fleurs, les bijoux et les petits chiens. Grosse dépense que tout cela !

– Peste soit de vos réflexions ! Sir Patrick a-t-il quitté l'auberge ?

Les réflexions de maître Bishopriggs n'étaient pas disposées à s'arrêter si brusquement ; elles continuèrent à couler de ses lèvres aussi lentement, aussi tranquillement que jamais.

– Maintenant que vous voilà marié, ce sont les chapeaux, les robes, les jupons, les rubans, les dentelles et les falbalas. Grosse dépense encore !

– Et quelle autre dépense mettrait un terme à vos réflexions ?

– Troisièmement, et pour finir. Si, avec le temps, vous vous apercevez que vous ne pouvez pas vous entendre ensemble, s'il y a incompatibilité d'humeur, et si enfin vous en arrivez à désirer une séparation, vous porterez encore la main à votre poche, et vous vous mettrez d'accord moyennant finance. Il se peut aussi qu'elle vous amène devant la justice.

» Montrez-moi une femme, et je vous dirai : il y a un homme qui n'est pas loin et qui a sur le dos plus de charges qu'il n'en croyait jamais pouvoir supporter.

La patience d'Arnold n'y tint pas plus longtemps, il se précipita vers la porte. Maître Bishopriggs, avec une égale vivacité, en revint à la question :

– Oui, monsieur, sir Patrick est parti, votre dame est seule dans sa chambre et elle vous attend.

Un instant après, Arnold était rentré au salon.

– Eh bien, demanda-t-il avec anxiété, qu'y a-t-il ? De mauvaises nouvelles de lady Lundie ?

Anne plia et mit l'adresse à la lettre qu'elle venait de finir.

– Non, répondit-elle. Rien d'intéressant pour vous.

– Que voulait sir Patrick ?

– Seulement me donner un avertissement. On a appris à Windygates que j'étais ici.

– C'est fâcheux.

– Pas le moins du monde. Je puis me tirer d'embarras parfaitement. Je n'ai rien à craindre. Ne pensez pas à moi, ne songez qu'à vous.

– Je ne suis pas soupçonné.

– Dieu merci, non ! mais on ne sait ce qui pourrait arriver si vous restiez là. Sonnez immédiatement et demandez au garçon des renseignements sur l'heure des trains.

Frappé par l'obscurité inaccoutumée du ciel, à cette heure de la soirée, Arnold se mit à la fenêtre. La pluie était venue et tombait abondamment. Le marécage disparaissait au milieu d'une brume épaisse.

– Joli temps pour voyager ! dit-il.

– Le chemin de fer ! fit Anne avec impatience. Il se fait tard, informez-vous du chemin de fer.

Arnold s'approcha de la cheminée pour sonner. L'indicateur des chemins de fer accroché au mur s'offrit à ses regards.

– Là sont les renseignements dont j'ai besoin, dit Arnold, si je suis assez habile pour les y trouver. Montant. Descendant. Matin. Soir. Quelle confusion ! À croire qu'ils le font exprès.

Anne le rejoignit aussitôt.

– Je m'y connais, dit-elle, et je puis vous aider. Ne m'avez-vous pas précisé que c'était le train montant que vous deviez prendre ?

– Oui.

– Quel est le nom de la gare à laquelle vous vous arrêterez ?

Arnold le lui indiqua. Anne suivit l'inextricable réseau de lignes et de chiffres du bout de son doigt, puis s'arrêta de nouveau et s'éloigna de la carte avec une vive expression de dépit.

Le dernier train de la journée était parti depuis une heure. Au milieu du silence qui suivit cette découverte, un premier éclair vint briller à travers la fenêtre ; un sourd roulement de tonnerre annonça que l'orage éclatait.

– Que faire maintenant ? dit Arnold.

Malgré l'orage, Anne répondit sans hésitation :

– Prendre une voiture et partir.

– Partir ! On compte vingt-trois miles par le chemin de fer de la gare à mon domaine, outre la distance qu'il peut y avoir de l'auberge à la gare.

– Qu'importe la distance ! Mr Brinkworth, vous ne pouvez pas rester ici.

Un second éclair brilla, et le bruit du tonnerre se fit entendre, plus fort et plus proche. Le bon caractère d'Arnold ne le défendait plus d'un peu d'irritation contre l'empressement d'Anne à se débarrasser de lui. Il s'assit de l'air d'un homme qui s'est mis en tête de ne plus bouger.

Anne s'en tenait à son opinion, mais un peu moins résolument.

– Après ce que vous avez dit à la patronne de l'auberge, fit-elle, pensez au cruel embarras de notre position si vous restez ici jusqu'à demain matin.

– Est-ce là tout ce qui vous chagrine? répliqua Arnold.

Anne leva vivement ses yeux sur lui avec indignation.

Non. Il n'avait aucune conscience d'avoir rien dit qui pût l'offenser. Dans sa droiture naturelle, il allait tout droit son chemin sans s'arrêter aux subtilités et aux délicatesses féminines de sa compagne, et il considérait la position au point de vue pratique, rien de plus.

– Où est la difficulté? reprit-il en montrant du doigt la chambre à coucher. Voici votre chambre et voilà le sofa, dans cette pièce, tout prêt à me recevoir. Si vous aviez vu l'endroit où je dormais en mer!...

Elle l'interrompit sans façon. L'endroit où Arnold avait dormi en mer lui importait peu. La seule chose à considérer, c'était le lieu où il dormirait cette nuit-là.

– S'il faut que vous restiez, dit-elle, ne pourriez-vous demander une chambre dans une autre partie de la maison?

Il ne restait à Arnold qu'une maladresse à commettre, et l'innocent Arnold la commit.

– Dans une autre partie de la maison? répéta-t-il sur le ton de la plaisanterie. La patronne de l'hôtel en serait scandalisée, et Bishopriggs ne voudrait jamais le permettre.

Elle se leva et frappa du pied avec impatience.

– Ne plaisantez pas, s'écria-t-elle, il n'y a pas de quoi rire!

Elle se mit à marcher de long en large, en proie à une vive agitation.

– Je n'aime pas cela!... je n'aime pas cela!... murmura-t-elle.

Arnold la regardait avec un étonnement d'enfant.

– Qu'est-ce qui vous met ainsi hors de vous? demanda-t-il. Est-ce vraiment l'orage?

Elle se rejeta sur le sofa.

– Oui, jeta-t-elle d'un ton bref, c'est l'orage.

L'inépuisable bonté naturelle d'Arnold se manifesta encore une fois.

– Faut-il demander de la lumière et fermer les volets?

Elle se retourna avec un redoublement d'irritation sur le sofa, sans répondre.

– Je vous promets de partir à la première heure demain matin, continua-t-il. Essayez d'en prendre votre parti et ne soyez pas fâchée contre moi. Allons, miss Silvester, vous ne mettriez pas un chien dehors par une soirée comme celle-ci.

Que lui reprocher? La plus susceptible des femmes n'aurait pu l'accuser de manquer envers elle d'égards et de respect. Seulement, il manquait de tact, le pauvre garçon. Mais comment aurait-il acquis cette qualité, toujours assez superficielle et quelquefois nuisible, dans le cours d'une vie passée en mer? Son honnête visage plaidait en sa faveur. Anne se radoucit.

Elle s'excusa même de son irritabilité nerveuse avec une grâce qui l'enchanta.

– Nous pourrons encore passer une agréable soirée, dit-il avec sa franche cordialité ordinaire.

Il tira le cordon de la sonnette.

La sonnette était placée au-dessus de la porte extérieure de ce « Patmos dans le désert », l'office du premier garçon. Or, Bishopriggs employait en ce moment les courts loisirs que lui laissait son service à se confectionner un mélange d'eau chaude et de cette forte liqueur appelée *toddy* par les gens du nord de l'Angleterre.

Il allait porter le verre à ses lèvres quand le coup de sonnette d'Arnold vint l'inviter à laisser là ce superbe grog.

– Diable soit de ta langue qui écorche le tympan! s'écria Bishopriggs en s'adressant à la sonnette. Quand tu t'y mets, tu es pire qu'une femme!

La sonnette, opiniâtre comme une femme, retentit encore. Maître Bishopriggs, non moins obstiné, continuait de boire son grog.

– Bon ! bon !... vous pouvez sonner de tout votre cœur ; vous ne ferez pas abandonner son verre à un Écossais. C'est peut-être la fin de leur dîner qu'ils veulent. Sir Patrick est arrivé quand ils ne faisaient que le commencer, il est cause que la fricassée est gâtée, le mauvais diable !

La sonnette continuait toujours.

– Oui !... oui !... sonne. Je gagerais que ce jeune gentleman fait un dieu de son ventre. Cette impatience d'assouvir ses appétits matériels est scandaleuse. Cependant, il ne s'y connaît pas en vins, ajouta Bishopriggs, dont l'esprit avait été désagréablement affecté par la découverte d'Arnold sur le sherry baptisé.

Les éclairs se succédaient plus rapidement et illuminaient la chambre de leur flamme livide. Le tonnerre se rapprochait du marécage noir. Arnold levait la main pour sonner une quatrième fois, quand il entendit l'inévitable coup frappé à la porte. Il était inutile d'inviter à entrer. L'immuable loi de Bishopriggs avait décidé qu'un second coup était nécessaire ; aussitôt après ce second coup, mais pas avant, apparut le sage de Craig Fernie, apportant le plat qui n'avait pas été touché.

– Des lumières ! dit Arnold.

Maître Bishopriggs déposa sur la table la fricassée de veau, que les Écossais nomment *collops*, les Anglais *minced meat* et les Français *émincé*, alluma les bougies sur la cheminée et se tint là debout, le nez enflammé par le *toddy* qu'il venait de prendre.

Il attendait de nouveaux ordres, avant d'aller ingurgiter un second verre de grog. Anne refusa de se remettre à table ; Arnold ordonna à maître Bishopriggs de fermer les volets et alla s'asseoir pour dîner.

– Ce plat a eu largement le temps de refroidir, dit-il à Anne en remuant la fricassée avec une cuiller. Je ne serai pas plus de dix minutes à dîner. Voulez-vous un peu de thé ?

Anne refusa.

Arnold revint encore une fois à la charge.

– Qu'allons-nous faire durant toute la soirée ?

– Faites ce que vous voudrez, dit-elle avec résignation.

L'esprit du jeune homme parut frappé d'une illumination subite.

– J'ai trouvé ! s'écria-t-il, nous tuerons le temps comme nous le faisions en mer dans la cabine des passagers.

Et jetant par-dessus son épaule un coup d'œil à maître Bishopriggs :

– Garçon, apportez un jeu de cartes.

– De quoi avez-vous besoin ? demanda Bishopriggs, doutant du témoignage de ses sens.

– D'un jeu de cartes, répéta Arnold.

– Des cartes ! Les allégories du diable, peintes aux couleurs du diable, le noir et le rouge. Je n'exécuterai pas vos ordres. Dans l'intérêt de vos âmes, non, je ne ferai pas cela. Êtes-vous arrivé à votre âge sans avoir le sentiment de l'effroyable corruption des cartes à jouer ?

– Comme il vous plaira, répondit Arnold. Quand je partirai d'ici, vous me trouverez très éclairé sur l'effroyable folie de donner un pourboire au garçon.

– Dois-je entendre par là que vous tenez à vos cartes ? demanda Bishopriggs, qui trahit tout à coup une vive inquiétude pour ses intérêts menacés.

– Cela signifie que je tiens à mes cartes.

– Je proteste contre cette abomination, mais je n'ai pas dit que je ne pouvais pas trouver un jeu. Quel est le dicton de mon pays ? « Celui qui veut aller au diable va au diable !... » Et chez vous : « Il faut bien aller au diable quand le diable y pousse. »

Sur cette excellente raison pour agir contre ses principes, maître Bishopriggs s'empressa de sortir chercher ce qu'on lui demandait.

Le buffet dans l'office contenait une collection d'objets de toute sorte, parmi lesquels il y avait un jeu de cartes. En cherchant les cartes, la main du premier garçon se trouva en contact avec un morceau de papier froissé. Il reconnut la lettre qu'il avait ramassée dans le petit salon quelques heures auparavant.

– Oui, oui, je ferais bien de jeter un regard là-dessus pendant que j'y pense, dit Bishopriggs. Les cartes peuvent arriver au salon portées par d'autres mains que les miennes.

Il les envoya, en effet, par son subordonné, ferma la porte de l'office et déplia avec soin le papier sur lequel étaient écrites les deux lettres.

Cela fait, il moucha sa chandelle et commença sa lecture par la lettre écrite à l'encre, qui occupait les trois premières pages.

Elle contenait ce qui suit :

Windygates, 12 août 1868.

Geoffrey Delamayn,

J'ai attendu avec l'espoir que vous auriez la pensée de vous échapper de la résidence de votre père pour venir me voir, et j'ai attendu en vain. Votre conduite envers moi est de la cruauté et je ne la supporterai pas plus longtemps. Réfléchissez, dans votre propre intérêt, réfléchissez avant de pousser au désespoir la malheureuse femme qui a eu confiance en vous. Vous m'avez promis le mariage sur tout ce qu'il y a de sacré. Je réclame l'accomplissement de votre promesse. Je ne demande rien de moins que d'être ce que vous avez juré que je serais, ce que j'ai attendu d'être pendant tout ce temps si pénible, ce que je suis devant le ciel, votre femme légitime. Lady Lundie donne une fête de jour ici, le 14. Je sais que vous avez reçu une invitation. Je compte que vous l'accepterez. Si je ne vous vois pas, je ne réponds pas de ce qui pourra arriver. Je suis décidée à ne pas endurer cette incertitude plus longtemps. Oh ! Geoffrey, rappelez-vous le passé ! Soyez équitable, soyez juste.

Votre femme qui vous aime,

Anne Silvester

Maître Bishopriggs s'arrêta. Son commentaire sur ce qu'il venait de lire fut des plus simples :

– Chaudes paroles, tracées à l'encre, de la part de la dame à l'adresse du gentleman !

Il parcourut de l'œil les quelques lignes écrites à la quatrième page et ajouta avec cynisme :

– Quelques mots un peu plus froids écrits au crayon de la part du gentleman à l'adresse de la femme ! C'est ainsi que va le monde, messieurs ! Depuis Adam jusqu'à nos jours, cela a toujours été ainsi dans ce monde !

La seconde lettre contenait ces mots :

Chère Anne, appelé à l'instant à Londres près de mon père. Mauvaises nouvelles de lui reçues par le télégraphe. Restez où vous êtes, et je vous écrirai. Fiez-vous au porteur de ce mot. Sur mon âme, je tiendrai ma promesse.

Votre mari qui vous aime,

Geoffrey Delamayn

Windygates, 14 août, 4 heures après midi. Pas un instant à moi : le train part à 4 heures et demie.

C'était tout !

Qui sont les gens du salon ?... L'une est-elle Anne Silvester et l'autre Geoffrey Delamayn ? se demanda maître Bishopriggs en repliant la lettre avec soin. Eh ! Messieurs !... Qu'est-ce que tout cela peut signifier ?

Il se prépara un second mélange d'eau chaude et de *toddy* pour activer ses réflexions, et il s'assit, buvant à petites gorgées, tournant et retournant la lettre entre ses doigts goutteux. Il ne lui était pas facile de découvrir la véritable nature des relations existant entre la dame et le gentleman du salon. Ils pouvaient être ceux-là mêmes qui avaient écrit les lettres ou seulement leurs amis. Que conclure ?

Dans la première hypothèse, le but de la femme semblait atteint ; car tous deux n'avaient-ils pas formellement déclaré être mari et femme, en sa présence et en la présence de la propriétaire de l'hôtel ? Dans la seconde hypothèse, cette correspondance négligemment jetée de côté pouvait servir à un étranger.

Conformant ses actes à cette dernière façon de voir, maître Bishopriggs, que l'expérience passée comme clerc dans l'étude de sir Patrick avait rendu homme d'affaires, prit une plume et de l'encre, et au dos de la lettre même inscrivit une nouvelle date avec un bref exposé des circonstances dans lesquelles il l'avait trouvée.

Je ferai bien de garder ce document, pensa-t-il. Qui sait si on n'offrira pas un de ces jours une récompense pour le récupérer ? Eh ! eh ! cela vaudra peut-être un billet de 5 livres à un pauvre diable comme moi.

Sur cette agréable réflexion, il tira une petite boîte d'étain du fond du tiroir du buffet et y déposa la lettre volée pour qu'elle y restât cachée jusqu'au moment où l'occasion de s'en servir serait venue.

L'orage était de plus en plus violent, à mesure que la soirée avançait.

Dans le salon, Arnold avait fini de dîner et fait desservir. Il avait approché une petite table du sofa sur lequel Anne était couchée ; il battait les cartes et déployait toute son éloquence pour la décider à essayer d'une partie d'écarté comme moyen de distraire son attention du déchaînement de la tempête.

Par pure faiblesse, elle ne fit pas d'objection, et se relevant languissamment sur le sofa, elle répondit qu'elle essayerait de jouer.

Rien ne peut rendre les choses pires qu'elles ne sont, se disait-elle avec désespoir, tandis qu'Arnold battait les cartes pour elle. Rien ne justifierait d'infliger le contrecoup de mes tourments à ce bon et généreux garçon.

Jamais deux joueurs plus malhabiles ne s'étaient assis devant une table de jeu. L'attention d'Anne s'égarait perpétuellement ; et si son compagnon était moins distrait, il n'avait guère plus d'expérience.

Anne retourna comme atout le neuf de carreau, Arnold regarda ses cartes et proposa. Anne refusa. Arnold annonça, sans rien perdre de sa bonne humeur, qu'il voyait clairement maintenant comment perdre la partie. En effet, il joua, comme première carte, la dame d'atout!

Anne la prit avec le roi, qu'elle avait oublié d'annoncer. Elle joua le dix.

Arnold venait de découvrir le huit dans son jeu.

– C'est pitoyable, dit-il en fournissant sa carte. Un instant! Vous n'avez pas annoncé le roi, je vous le marque; cela vous fait deux... non, trois points. Je disais bien que je perdrais; comment gagner avec le jeu que j'avais en main? J'ai tout perdu maintenant, j'ai jeté mes atouts. À vous de jouer.

Anne regarda son jeu. Au même moment un éclair brilla dans la chambre à travers les volets fermés. Le tonnerre éclata au-dessus de la maison et la fit trembler jusqu'en ses fondements. Le cri de frayeur d'une voyageuse et le hurlement d'un chien se firent entendre aux étages supérieurs de l'auberge. Les nerfs d'Anne ne purent en supporter davantage, elle jeta les cartes sur la table et se leva.

– Je ne puis jouer davantage, dit-elle; pardonnez-moi, j'en suis complètement incapable... Ma tête brûle!... J'étouffe!...

Elle se mit à arpenter la pièce; l'effet de l'orage sur ses nerfs était de redoubler ses alarmes; ses appréhensions sur la fausse situation où elle et Arnold étaient engagés se changeaient en une véritable frayeur qu'il n'était plus possible d'endurer. Rien ne justifiait de s'être ainsi exposés à des conséquences si graves. Ils avaient dîné ensemble comme des gens mariés. Et maintenant, ils passaient la soirée ensemble, comme mari et femme.

– Oh! Mr Brinkworth, dit-elle d'un ton suppliant, cherchez, par affection pour Blanche, cherchez. N'y a-t-il pas un moyen de sortir d'ici?

Arnold rassemblait tranquillement les cartes.

– Encore Blanche, répondit-il avec un calme désespérant. Je me demande comment elle se trouve par un orage comme celui-ci.

Dans l'état de surexcitation où se trouvait Anne, cette réponse la rendit folle.

Elle tourna le dos à Arnold.

– Que m'importe? s'écria-t-elle d'un air égaré. Je ne veux pas que ce mensonge dure plus longtemps. Je ferai ce que j'aurais dû faire d'abord. Quoi qu'il puisse en arriver, je dirai la vérité à la maîtresse de cette maison.

Elle avait ouvert la porte, et elle s'avançait déjà dans le corridor, quand elle s'arrêta et tressaillit violemment. Était-il vraiment possible, par ce temps effroyable, qu'elle eût entendu le bruit d'une voiture sur la route pavée qui passait devant l'auberge?

D'autres l'avaient entendu, ce bruit. Bishopriggs passa devant elle, traînant ses pieds goutteux en direction de la porte extérieure. La voix criarde de la patronne fit retentir dans toute la maison ses exclamations de surprise, exprimées en pur écossais. Anne referma la porte du salon et se tourna vers Arnold, que la surprise avait sorti de sa chaise.

– Des voyageurs! s'écria-t-elle, à cette heure!

– Et par un pareil temps! ajouta-t-il. Serait-ce Geoffrey? demanda-t-elle en revenant à sa première illusion.

Arnold secoua la tête.

– Ce n'est pas Geoffrey.

Mrs Inchbare entra soudain dans la pièce. Les rubans de son bonnet volaient au vent, elle avait les yeux hagards, et ses os perçaient plus que jamais son corsage et sa peau.

– Eh! madame, dit-elle à Anne, qui pensez-vous qui vient ici pour vous voir de Windygates et a été surpris par l'orage?

Anne était hors d'état de parler; Arnold posa la question pour elle.

– Qui est-ce? répéta Mrs Inchbare. C'est la charmante jeune lady : miss Blanche en personne.

Un cri d'horreur impossible à retenir échappa à miss Silvester. L'hôtesse, heureusement, attribua ce cri à un éclair qui avait en même temps sillonné la pièce.

– Eh, madame! Miss Blanche est assez brave pour ne pas pousser de tels cris pour un éclair! La voici, l'aimable demoiselle!

Mrs Inchbare recula par déférence jusque dans le corridor.

La voix de Blanche, appelant Anne, arriva jusqu'à eux.

Anne prit Arnold par la main et la lui serra violemment.

– Partez ! murmura-t-elle.

Elle s'élança vers la cheminée et souffla les bougies.

Un nouvel éclair brilla dans l'obscurité, et Blanche en personne apparut sur le seuil.

13

Blanche

Mrs Inchbare fut la première à faire preuve d'initiative dans cette circonstance. Elle appela pour avoir des lumières et réprimanda sévèrement la servante pour n'avoir pas fermé la porte extérieure.

– Négligente que vous êtes, vous ne faites jamais rien de bien, s'écria l'hôtesse, et le vent éteint les bougies !

La femme déclara, d'accord en cela avec la vérité, que la porte était close. Une fâcheuse discussion aurait alors pu s'élever si Blanche n'avait pas détourné l'attention de Mrs Inchbare. La réapparition de la lumière montra la jeune fille mouillée de la tête aux pieds et les bras jetés autour du cou d'Anne.

Mrs Inchbare mit tout à coup sur le tapis la question de l'urgence qu'il y avait pour la jeune dame à changer de vêtements, ce qui fournit enfin à Anne l'occasion de regarder autour d'elle sans être observée. Arnold avait pu s'échapper avant que les bougies eussent été rallumées.

Blanche regardait piteusement sa robe.

– Mon Dieu ! je répands l'eau de toutes parts et, en vous embrassant, je vous ai toute mouillée. Prêtez-moi quelques vêtements secs. Vous ne le pouvez pas ?... Mrs Inchbare, que vous suggère votre expérience ? Qu'ai-je de mieux à faire ? Me mettre au lit pendant que mes vêtements sécheront? ou piocher dans votre garde-robe, quoique vous soyez plus grande que moi d'une tête... ou de deux!

Mrs Inchbare disparut à l'instant pour aller à sa garde-robe. Dès que la porte se fut fermée sur elle, Blanche à son tour regarda la chambre. Les droits de l'affection s'étant déjà exercés, la curiosité demandait maintenant à être satisfaite.

– Quelqu'un a passé près de moi, dans l'obscurité, murmura-t-elle. Était-ce votre mari?... Je meurs du désir de lui être présentée, et à propos, ma chère, quel est votre nom de dame?

Anne répondit froidement :

– Attendez un peu, je ne puis encore vous entretenir à ce sujet.

– Êtes-vous malade? demanda Blanche.

– J'ai les nerfs un peu surexcités.

– Y aurait-il eu quelque mot désagréable entre vous et mon oncle? Vous l'avez vu, n'est-ce pas?

– Oui.

– Vous a-t-il transmis mon message?

– Il m'a transmis votre message... Blanche! Vous lui aviez promis de rester à Windygates. Pourquoi, au nom du ciel, êtes-vous venue ici ce soir?

– Si vous aviez la moitié de la tendresse que j'ai pour vous, Anne, vous ne me poseriez pas cette question. J'ai essayé de tenir ma promesse... mais je ne l'ai pas pu. Tout allait bien tant que mon oncle était là, invoquant l'autorité qu'il tient de la loi... pendant que lady Lundie était en fureur, que les chiens aboyaient, que les portes s'ouvraient et se fermaient avec violence, que toute la maison était en rumeur. Mais quand mon oncle fut parti, quand vinrent les teintes grises et le silence d'une soirée pluvieuse, et quand le calme se fut rétabli dans la maison, ce n'était plus supportable. La maison... sans vous... c'était une tombe. Si j'avais eu Arnold près de moi, tout se serait bien passé, mais j'étais livrée à moi-même. Songez à cela! Pas une âme à qui parler. Il n'y a pas de choses horribles qui puissent vous arriver que mon imagination ne m'ait présentées, ma chère Anne. J'allais dans votre chambre vide, je regardais vos malles prêtes : c'est ce qui a tranché la question. Je descendis précipitamment l'escalier, entraînée, positivement entraînée, par une impulsion plus forte que toute volonté humaine. Comment faire autrement, je le demande à toute personne raisonnable, comment faire autrement ? Je cours aux écuries et je trouve Jacob. Je lui dis : « Attelez le poney à la voiture, il faut que je sorte. Peu importe s'il pleut... vous venez avec moi. » J'ai dit cela tout d'une traite. Jacob s'est conduit comme un ange, je suis parfaitement certaine qu'il mourrait pour moi si je le lui demandais. En ce moment, il boit un grog pour éviter d'attraper un rhume, et cela sur mon ordre. La voiture a été attelée en deux minutes et nous partons. Lady Lundie, ma chère, est tout accablée dans sa chambre... trop de sels volatils ! Je la déteste.

» La pluie était battante. Je n'y pensais pas ; Jacob n'y pensait pas non plus. Le poney n'y pensait pas davantage. Tous deux étaient gagnés par mon impatience... Le tonnerre a retenti, mais alors nous étions aussi près de Craig Fernie que de Windygates, sans compter que vous étiez ici et point là-bas. Les éclairs étaient tout à fait effrayants sur le marais. Si j'avais eu l'un des grands chevaux, il aurait eu peur ; mais le poney secouait sa jolie petite tête et poussait en avant. Il aura de la bière, du son avec de la bière dedans, j'en ai donné l'ordre. Quand il aura fini, nous emprunterons une lanterne, nous irons aux écuries pour l'embrasser. En attendant, ma chère, me voilà ici, toute trempée – détail sans importance –, et décidée à calmer mes inquiétudes à votre sujet. Anne, je n'aurais pas dormi cette nuit.

Elle fit tourner le visage d'Anne, tout en continuant de parler, vers la lumière des bougies. Mais elle changea de ton dès qu'elle vit ce pauvre visage.

– Je savais bien, dit-elle, que jamais vous ne m'auriez caché l'événement le plus intéressant de votre vie ; que jamais vous ne m'auriez écrit une lettre aussi froide et aussi guindée que celle que vous avez laissée dans votre chambre, s'il n'y avait pas quelque chose qui allât mal! J'ai pensé tout cela sur le moment, et je vois que je ne m'étais pas trompée! Pourquoi s'est-il échappé de cette chambre, à la faveur de l'obscurité, comme s'il avait peur d'être vu?... Anne!... Anne!... que vous est-il arrivé? Pourquoi me recevez-vous ainsi?

À ce moment critique, Mrs Inchbare reparut, avec le plus beau choix de vêtements que sa garde-robe pût offrir. Anne saisit avec empressement cette heureuse interruption. Elle prit une bougie et ouvrit la route vers la chambre à coucher.

– Changez d'abord de vêtements, dit-elle, nous causerons après.

La porte de la chambre était à peine refermée depuis une minute qu'un coup discret y fut frappé. Après avoir fait signe à Mrs Inchbare de ne pas interrompre les services qu'elle rendait à Blanche, Anne passa vivement dans le salon dont elle referma la porte derrière elle. À son immense soulagement, elle se trouva seulement en face du discret Bishopriggs.

– Que voulez-vous? demanda-t-elle.

Le clignement du bon œil de Bishopriggs indiqua qu'il était chargé d'un message de nature confidentielle. La main de Bishopriggs tremblait un peu, et son haleine était chargée d'exhalaisons alcooliques. Il sortit lentement de sa poche un petit billet.

– De qui vous savez! dit-il sur le ton plaisant, une petite lettre d'amour de celui qui vous est cher! La demoiselle, là, dans la chambre à coucher, ne doit pas savoir qui est celui qui vous a ensorcelée. Je vois tout. Vous ne pouvez pas me mettre un bandeau sur les yeux. J'ai eu mes faiblesses dans mon temps. Eh! il est sain et sauf, le réprouvé! J'ai veillé à ses petites aises. Je suis un père pour lui, aussi bien que pour vous. Rapportez-vous-en à Bishopriggs. Quand la pauvre humanité éprouve le besoin qu'on lui passe une main caressante sur le dos, rapportez-vous-en à Bishopriggs.

Pendant que le sage de Craig Fernie débitait ces consolantes paroles, Anne lisait ces quelques lignes tracées sur un chiffon de papier. Elles étaient, en effet, signées d'Arnold et contenaient ce qui suit :

Je suis dans le fumoir de l'auberge, c'est à vous de décider si je dois y rester. Je ne crois pas que Blanche pourrait être jalouse. Si je savais comment expliquer ma présence sans trahir la confiance que vous et Geoffrey avez placée en moi, je ne resterais pas un moment de plus loin d'elle. Cela m'est bien pénible ! Mais d'un autre côté je ne veux pas rendre votre situation plus difficile. Pensez à vous d'abord. Je vous laisse toute liberté d'action. Vous n'avez qu'à dire au porteur : « Attendez », et je comprendrai que je dois rester où je suis, jusqu'à ce que je reçoive de vos nouvelles.

Anne leva les yeux sur le messager.

– Priez-le d'attendre, dit-elle, je lui répondrai un mot.

– Avec bien des témoignages d'amour et des baisers, suggéra Bishopriggs, comme complément nécessaire du message. Eh ! c'est aussi simple que le b.a.-ba pour un homme de mon expérience. Vous ne trouverez jamais entre vous un meilleur intermédiaire que votre pauvre serviteur Samuel Bishopriggs. Ah ! je vous comprends tous les deux.

Il frotta de son index le bout de son nez flamboyant et sortit.

Sans hésiter un instant, Anne ouvrit la porte de la chambre avec la résolution d'épargner à Arnold le nouveau sacrifice qu'il s'imposait, en avouant toute la vérité à Blanche.

– Est-ce vous ? demanda Blanche.

Au son de sa voix, Anne recula comme une coupable.

– Je suis à vous dans un moment, répondit-elle en refermant la porte.

Non ! il ne fallait pas risquer cela !

Quelque chose dans la question de Blanche, quelque expression peut-être aussi sur le visage de la jeune fille, avertissait Anne et lui ferma la bouche. La chaîne de fer du destin se fit encore sentir et la réduisit une fois de plus sans miséricorde à l'odieuse et dégradante nécessité du mensonge.

Pouvait-elle avouer à Blanche la vérité sur elle et sur Geoffrey ? et sans cet aveu, pouvait-elle expliquer et justifier la présence d'Arnold, et ce tête-à-tête ? Honteuse confession à faire à une innocente jeune fille ! Et puis, c'était risquer de compromettre fatalement Arnold aux yeux de Blanche, d'éveiller un scandale dans l'auberge… Voici les dangers auxquels elle s'exposait en parlant franchement.

Il n'y avait pas à y songer. Quoi qu'il lui en pût coûter alors et quoi qu'il pût arriver, si tout se découvrait plus tard, Blanche devait être tenue dans l'ignorance de la vérité, Arnold devait rester caché jusqu'à son départ.

Anne rouvrit la porte pour la seconde fois et entra.

Blanche avait suspendu les soins de sa toilette, elle était en communication confidentielle avec Mrs Inchbare. Au moment où Anne revint dans la chambre, Blanche questionnait l'hôtesse au sujet de l'invisible mari de son amie.

– Dites-moi ! quel air a-t-il ?

– Nous ne devons pas vous distraire de vos occupations plus longtemps, dit vivement Anne à Mrs Inchbare. Je rendrai à miss Lundie les petits services dont elle a besoin.

Ainsi arrêtée tout net, la curiosité de Blanche fit volte-face et s'engagea sur une autre voie ; elle s'adressa bravement à Anne :

– Il faut que je sache quelque chose sur lui, dit-elle. Est-il timide devant les étrangers ? Je vous ai entendu causer à voix basse avec lui, de l'autre côté de la porte. Êtes-vous jalouse, Anne ? Avez-vous peur que je le fascine dans le charmant costume où me voici ?

Blanche, dans la plus belle robe de Mrs Inchbare, une robe de soie montante, à l'ancienne mode, de la nuance appelé vert bouteille, rattachée par en haut avec des épingles et traînant en longue queue par-derrière, avec un petit châle orange sur les épaules et un torchon noué autour de sa tête, en façon de turban, pour sécher ses cheveux, était à la fois la plus étrange et la plus jolie caricature qu'on pût voir.

– Pour l'amour du ciel ! s'écria-t-elle gaiement, ne dites pas à votre mari que je suis dans les vêtements de Mrs Inchbare. Je veux lui apparaître soudain, sans qu'un mot l'ait averti du nom de celle qui figure sous cet accoutrement. Ah ! Je n'aurais rien à désirer au monde, si Arnold pouvait me voir !

En regardant dans la glace, elle y aperçut le visage d'Anne qui s'y reflétait derrière le sien, et elle tressaillit.

– Qu'avez-vous ? demanda-t-elle. Votre visage m'effraie.

Il était inutile de prolonger cette situation pénible et ce fatal malentendu. Le seul parti à prendre était de mettre un terme à toutes les questions de Blanche. Quelque fortement convaincue que fût Anne de la nécessité d'agir ainsi, sa longue habitude de sincérité vis-à-vis de Blanche la fit reculer devant l'obligation de lui mentir en face.

Je puis écrire cela, pensa-t-elle, mais je ne puis le dire, quand Arnold est ici, sous le même toit qu'elle !

Écrire !

En revenant sur ce mot, une idée soudaine la frappa. Elle ouvrit la porte de la chambre à coucher et invita Blanche à la suivre dans le salon.

– Encore parti ! s'écria Blanche qui promenait un regard tout autour de la chambre vide. Anne, il y a quelque chose d'étrange dans tout ceci. Il n'est pas juste de me refuser votre confiance, après que nous avons vécu comme deux sœurs toute notre vie.

Anne soupira douloureusement et l'embrassa sur le front.

– Vous connaîtrez tout ce que je ne puis... tout ce que je n'ose vous dire, fit-elle tendrement. Ne m'adressez pas de reproches. J'en souffre plus que vous ne pouvez le penser.

Elle alla vers la table et revint avec une lettre à la main.

– Lisez cela, dit-elle en la tendant à Blanche.

Blanche vit son nom sur l'adresse écrite de la main de son amie.

– Qu'est-ce que cela signifie ? demanda-t-elle.

– Je vous ai écrit après le départ de sir Patrick, répondit Anne. Je voulais faire en sorte que ma lettre vous arrivât demain, à temps pour prévenir les imprudences que votre inquiétude pouvait vous pousser à commettre. Tout ce que je puis vous dire est écrit là. Épargnez-moi le tourment de parler. Lisez, Blanche !

– Une lettre de vous… à moi !… quand nous sommes ensemble… quand nous sommes toutes deux seules dans la même chambre !… C'est plus que de la cérémonie, Anne, c'est comme s'il y avait une querelle entre nous. Pourquoi serait-ce un tourment pour vous que de me parler ?

Les yeux d'Anne s'abaissèrent sur le tapis ; elle étendit le doigt et montra la lettre.

Blanche brisa le cachet.

Elle passa rapidement sur les premières phrases, toute son attention se concentra sur le second paragraphe.

Et maintenant, ma chérie, vous vous attendez à ce que je m'excuse de la surprise et de la peine que je vous ai causées, en vous expliquant quelle est ma situation réelle et en vous disant tous mes plans d'avenir.

Chère Blanche ! Ne me croyez pas infidèle à l'affection que nous nous sommes vouée l'une à l'autre. Ne croyez pas qu'il y ait quoi que ce soit de changé dans mes sentiments pour vous. Croyez seulement que je suis une femme malheureuse, dans une terrible position, qui me force, bien malgré moi, à garder le silence… même vis-à-vis de vous, ma sœur de mon cœur, la personne au monde qui m'est la plus chère ! Un temps peut venir où il me sera possible de tout vous dire. Oh ! que de soulagement pour moi ! À présent, il faut me taire, et nous devons rester séparées. Dieu sait ce qu'il m'en coûte pour écrire ce mot ! Je pense à ces chers anciens jours qui sont passés. Je me rappelle la promesse que j'ai faite à votre mère d'être votre sœur aînée, à votre mère qui a été un ange du ciel pour la mienne. Tout cela me revient à la pensée en ce moment et me brise le cœur. Mais il faut qu'il en soit ainsi, ma chère et bien-aimée Blanche, il le faut. Je vous écrirai souvent. Je penserai à vous, ma chérie, nuit et jour, jusqu'au temps plus heureux où nous pourrons nous retrouver ensemble. Que Dieu vous protège, ma bien-aimée, et qu'il me vienne en aide !

Blanche traversa la pièce en silence, se dirigeant vers le sofa sur lequel Anne était assise, et resta un moment debout à la regarder. Puis elle s'assit et appuya sa tête sur l'épaule de son amie. Tristement et tranquillement, elle mit la lettre dans son corsage, prit la main d'Anne et la baisa.

– Toutes mes questions ont reçu leurs réponses, ma chère. J'attendrai votre moment.

Cela était dit avec douceur et générosité

Anne fondit en larmes.

La pluie tombait toujours, mais l'orage touchait à sa fin.

Blanche quitta le sofa et, allant à la fenêtre, ouvrit les volets pour regarder au-dehors. Elle revint soudain auprès d'Anne.

– Je vois des lumières, dit-elle, les lumières d'une voiture à travers l'obscurité qui couvre le marais. On envoie de Windygates à ma poursuite. Rentrez dans votre chambre. Il n'est pas impossible que lady Lundie se soit décidée à venir elle-même.

L'état ordinaire des relations entre les deux amies était complètement renversé. Anne était comme une enfant entre les mains de Blanche. Elle se leva et sortit.

Restée seule, Blanche retira la lettre de son corsage et la relut, tout en attendant l'arrivée de la voiture.

Cette seconde lecture la confirma dans la résolution qu'elle avait prise mentalement, tandis qu'elle était assise sur le sofa d'Anne, résolution qui aurait dans l'avenir des conséquences qu'elle n'aurait pu imaginer. Sir Patrick était la seule personne qu'elle connût, sur la discrétion et sur l'expérience de laquelle elle pût implicitement se reposer. Elle était donc décidée, dans l'intérêt d'Anne, à mettre son oncle dans la confidence et à lui dire tout ce qui s'était passé à l'auberge.

J'obtiendrai d'abord mon pardon pour avoir désobéi à ses ordres, pensait-elle, et alors je verrai s'il pense comme moi, quand je lui aurai tout dit au sujet d'Anne.

La voiture s'arrêta, et Mrs Inchbare introduisit dans sa maison, non pas lady Lundie, mais la femme de chambre de cette dame.

La relation faite par cette femme de ce qui était arrivé à Windygates fut assez brève. Lady Lundie, comme de raison, ne s'était pas trompée sur la cause du départ de Blanche dans sa voiture.

Elle avait ordonné à l'instant qu'on attelât un autre véhicule avec l'intention de se mettre elle-même à la poursuite de sa belle-fille. Mais les agitations et les tourments de la journée l'avaient trouvée sans force. Elle avait été saisie par une de ces crises de vertiges et d'étourdissements auxquelles elle était toujours sujette après une violente irritation, et toute désireuse qu'elle fût, pour plus d'une raison, de se rendre elle-même à l'auberge, elle avait été forcée, en l'absence de sir Patrick, de charger du soin de se mettre à la poursuite de Blanche sa femme de chambre, dans l'âge et le bon sens de laquelle elle pouvait avoir toute confiance.

Cette femme, voyant l'état du temps, avait eu la judicieuse pensée d'apporter un carton contenant ce qui était nécessaire à Blanche pour changer de vêtements. En présentant le carton à Blanche, elle ajouta, avec tout le respect qui lui était dû, qu'elle avait plein pouvoir de sa maîtresse pour se rendre au pavillon de chasse et remettre l'affaire entre les mains de sir Patrick.

Cela dit, elle laissa à sa jeune maîtresse le soin de décider si elle consentait ou non à retourner à Windygates dans les circonstances présentes.

Blanche prit le carton et rejoignit Anne dans la chambre à coucher, afin de s'habiller.

– Je vais trouver au retour une bonne querelle, dit-elle

à Anne, mais une querelle n'est pas une nouveauté, dans mes relations avec lady Lundie. Cela ne m'inquiète pas, Anne… je ne suis inquiète que de vous. Puis-je être sûre d'une chose, c'est que vous resterez ici pour le moment?

Le pire qui pouvait arriver à l'auberge était arrivé. Il n'y avait rien à gagner, maintenant – et il y avait tout à perdre –, à quitter l'endroit où Geoffrey avait promis de lui écrire. Anne répondit qu'elle se proposait de demeurer à l'auberge.

– Vous promettez aussi de m'écrire?

– Oui.

– S'il y a quelque chose que je puisse faire pour vous…

– Il n'y a rien, ma chérie.

– Il peut survenir quelque événement. Si vous avez besoin de me voir, vous pouvez venir à Windygates, sans crainte d'être découverte. Venez à l'heure du lunch, passez par le potager et entrez par la porte-fenêtre dans la bibliothèque. Vous savez aussi bien que moi qu'il n'y a personne dans la bibliothèque à cette heure. Ne dites pas que c'est impossible. On ne sait pas ce qui peut arriver. J'attendrai dix minutes chaque jour la chance de vous voir. C'est convenu. Il est aussi convenu que vous m'écrirez. Avant que je ne parte, ma chérie, tâchons de songer à l'avenir.

À ces mots, Anne secoua soudain la torpeur qui l'accablait, saisit Blanche dans ses bras et la pressa avec énergie contre son sein.

– Serez-vous toujours dans l'avenir ce que vous êtes aujourd'hui pour moi? demanda-t-elle vivement. Un temps ne viendra-t-il pas où vous arriverez à me haïr?

Elle prévint toute réponse à ces craintes étranges et poussa Blanche vers la porte.

– Nous avons passé d'heureuses années ensemble, ajouta-t-elle en lui envoyant un adieu de la main, remercions-en Dieu et reposons-nous sur Lui pour le reste.

Elle ouvrit la porte de la chambre à coucher et appela la femme de chambre, qui était dans le salon.

– Miss Lundie vous attend, dit-elle.

Blanche lui serra la main et la quitta.

Anne attendit un peu dans la chambre, écoutant le bruit de la voiture qui s'éloignait. Ce bruit alla en diminuant. Quand tout se fut éteint dans le silence de la nuit, elle resta encore quelques instants absorbée dans ses pensées; puis revenant à elle tout à coup, elle se précipita dans le salon et tira le cordon de la sonnette.

– Je deviendrai folle, s'écria-t-elle, si je reste seule ici!

Bishopriggs lui-même sentit la nécessité de garder le silence, lorsqu'il se trouva en face de la jeune femme.

– J'ai besoin de lui parler. Envoyez-le-moi immédiatement.

Bishopriggs comprit et se retira.

Arnold entra.

– Est-elle partie?

– Elle est partie. Elle n'aura pas de soupçons contre vous quand elle vous reverra. Je ne lui ai rien dit. Ne me demandez pas les raisons qui m'y ont décidée.

– Je n'ai pas le désir de vous les demander.

– Fâchez-vous contre moi si vous voulez.

– Je n'ai pas le désir de me fâcher contre vous.

Sa manière de parler, son air étaient ceux d'un autre homme. Après s'être assis tranquillement devant la table, il appuya sa tête sur sa main et garda le silence. Anne demeura muette de surprise.

Elle s'approcha et se mit à l'observer avec curiosité. Dans quelque disposition d'esprit que soit une femme, elle sent toujours l'influence d'un changement inattendu dans les manières d'un homme lorsque cet homme l'intéresse.

Il n'en faut pas chercher la cause dans les variations de son humeur, et il est bien plus probable qu'on en doive trouver l'explication dans cette abnégation noble et tendre qui est une des plus grandes vertus des femmes et leur éternel honneur. Petit à petit, le charme tout féminin du visage d'Anne reparut lentement au milieu même de sa tristesse. La noblesse innée de la nature féminine répondait à cet appel inconscient qu'elle lisait sur les traits d'Arnold. Elle toucha l'épaule du jeune homme.

– Cette épreuve a été bien dure pour vous, dit-elle, et le blâme doit retomber sur moi. Efforcez-vous de me pardonner, Mr Brinkworth. J'en éprouve un chagrin sincère. Je voudrais de tout mon cœur pouvoir vous consoler.

– Merci, miss Silvester. Ce n'était pas bien agréable de me cacher de Blanche, comme si j'avais eu peur d'elle, et cela m'a fait réfléchir peut-être pour la première fois de ma vie. Ne songez plus à cela, c'est fini maintenant. Puis-je vous être utile encore?

– Que comptez-vous faire cette nuit?

– Ce que je me suis toujours proposé : remplir mon devoir envers Geoffrey. Je lui ai promis de venir vous voir au milieu de vos embarras ici et de veiller à votre sécurité jusqu'à son retour. Je ne puis atteindre ce but, avec certitude, qu'en préservant les apparences et en passant la nuit dans ce salon. Lorsque nous nous reverrons, j'espère que ce sera dans de plus agréables circonstances. Je serai toujours heureux de penser que j'ai pu vous être utile. Selon toutes probabilités, je serai parti demain matin bien avant que vous ne soyez levée.

Anne lui tendit la main pour prendre congé de lui. Le temps des avis et des remontrances était passé.

– Vous n'aurez pas obligé une ingrate, dit-elle. Un jour peut venir, Mr Brinkworth, où il me sera possible de le prouver.

– J'espère que non, miss Silvester. Adieu et bonne chance!

Elle se retira dans sa chambre. Arnold ferma la porte du salon et s'étendit sur le sofa pour y passer la nuit.

La matinée était superbe, l'air délicieux après l'orage.

Arnold était parti, comme il l'avait promis, avant qu'Anne fût sortie de sa chambre. On savait dans l'auberge qu'une importante affaire l'appelait à l'improviste dans le Sud. Maître Bishopriggs avait reçu une généreuse rémunération, et Mrs Inchbare avait été informée que l'appartement était loué pour une semaine, au moins.

La marche des événements semblait désormais devoir être plus tranquille. Arnold était en route pour se rendre dans son domaine ; Blanche était en sûreté à Windygates ; le séjour d'Anne à l'auberge était assuré.

Mais que faisait Geoffrey ?

Sa conduite était subordonnée à une question de vie ou de mort dont on attendait la solution à Londres.

Et Anne ne savait rien !...

Si lord Holchester vivait, Geoffrey était libre de revenir en Écosse et de se marier secrètement avec elle. Si lord Holchester mourait, Geoffrey était libre de faire venir Anne et de l'épouser publiquement à Londres. Mais pouvait-elle compter sur Geoffrey ?

Elle se rendit sur la terrasse devant l'auberge. La brise fraîche du matin soufflait avec force. Une longue procession de gros nuages blancs traversait le ciel ; le soleil tantôt s'obscurcissait, tantôt reparaissait dans son éclat radieux.

Une lumière blanche et une ombre bleuâtre se succédaient sur la surface du marécage, comme les alternatives de crainte et d'espoir dans l'esprit d'Anne Silvester, pendant qu'elle méditait sur son destin.

Elle quitta la place, fatiguée d'interroger l'impénétrable avenir, et rentra dans l'auberge.

En traversant la salle, elle consulta la pendule.

L'heure de l'arrivée du train du comté de Perth à Londres était passée.

Geoffrey et son frère étaient à ce moment en route pour se rendre à la demeure de lord Holchester.

TROISIÈME SCÈNE

Londres

14

Écrire ou ne pas écrire

Les domestiques de lord Holchester, le maître d'hôtel à leur tête, veillaient à la porte extérieure, attendant l'arrivée de Mr Julius Delamayn. L'apparition des deux frères sembla les bien surprendre. Julius, seul, interrogea le maître d'hôtel ; Geoffrey, se tenant à l'écart, se contenta d'écouter.

– Mon père est-il vivant ?

– Sa Seigneurie, je suis heureux d'avoir à vous l'annoncer, a étonné les docteurs, monsieur. Il est revenu à lui, la nuit dernière, d'une façon merveilleuse. Si son état se maintient pendant quarante-huit heures, la guérison de Sa Seigneurie est certaine.

– Quelle était sa maladie ?

– Une attaque de paralysie, monsieur. Quand Madame vous a envoyé un télégramme en Écosse, les docteurs l'avaient condamné.

– Ma mère est-elle chez elle ?

– Sa Seigneurie est chez elle *pour vous*, monsieur.

Le maître d'hôtel appuya d'une façon toute spéciale sur ce « pour vous ». Julius se tourna vers son frère. Ce changement favorable qui s'était produit dans l'état de lord Holchester rendait, pour le moment, la position de Geoffrey délicate.

L'entrée de la maison lui était formellement interdite par son père. Sa seule excuse, pour braver cet arrêt prohibitif, reposait sur la croyance que ce dernier était mourant. Or, en l'état actuel des choses, ces ordres reprenaient toute leur force. Les domestiques, exposés à perdre leurs places, regardaient alternativement Mr Geoffrey et le maître d'hôtel. Les regards du maître d'hôtel allaient de Mr Geoffrey à Mr Julius. Geoffrey regardait son frère.

II se fit un silence embarrassant. La position du second fils dans la maison était celle d'un animal sauvage, dont on pouvait se débarrasser, sans aucun risque personnel, à la condition de savoir bien s'y prendre.

Geoffrey résolut fièrement le problème.

– Que l'un de vous ouvre la porte, dit-il à l'un des valets de pied, et je sors.

– Attendez un instant, interrompit son frère, ce serait une triste déception pour notre mère d'apprendre que vous êtes venu ici et que vous êtes parti sans la voir. Nous ne sommes pas dans des circonstances ordinaires, Geoffrey; montons ensemble, je prends tout sur moi.

– Du diable si je prends rien sur moi! répliqua Geoffrey. Ouvrez la porte.

– Attendez ici, en tout cas, insista Julius, jusqu'à ce que je vous envoie un message.

– Envoyez votre messager au *Nagle's Hotel*. Je suis chez moi au *Nagle's Hotel*... Je ne suis pas chez moi ici.

Cette discussion fut interrompue par l'apparition d'un petit terrier qui, voyant des étrangers, se mit à aboyer de toute sa force. Or, un silence absolu avait été recommandé par les docteurs, et tous les domestiques, cherchant à saisir l'animal pour le calmer, ne faisaient que l'encourager à aboyer.

Geoffrey résolut également ce problème à sa façon et d'une manière décisive. Il profita du moment où le petit chien passait devant lui et lui porta un coup de sa lourde botte.

L'animal s'abattit sur place avec un gémissement douloureux.

– Le chien favori de madame ! s'écria le maître d'hôtel. Vous lui avez brisé les côtes, monsieur.

– Je l'ai empêché d'aboyer, vous voulez dire, répliqua Geoffrey. La peste soit de ses côtes !

Il se tourna vers son frère.

– Cela tranche la question, dit-il sur un ton plaisant. Je ferais mieux de remettre le plaisir de voir cette chère maman à la première occasion. Ta, ta... Julius, vous savez où me trouver. Venez dîner... Nous vous donnerons, au *Nagle's Hotel*, un filet qui fera de vous un homme.

Il sortit, le grand valet de pied regarda passer Sa Seigneurie avec un respect qui n'avait rien d'affecté. Il l'avait vu en public, à la fête annuelle de la Société chrétienne des pugilistes, les fameux gants aux mains. Il aurait battu le plus fort d'entre tous ceux de l'antichambre et l'aurait mis à deux doigts de la mort en trois minutes.

Le portier le salua bien bas et ouvrit la porte.

Tout l'intérêt et toute l'attention de cette valetaille étaient maintenant concentrés sur Geoffrey. Julius monta l'escalier pour se rendre chez sa mère, sans qu'on lui prêtât la moindre attention.

On était au mois d'août, les rues étaient désertes, le plus mauvais vent soufflait ce jour-là, un vent chaud venu de l'est. Geoffrey lui-même semblait subir cette influence énervante, tandis que son cab le conduisait de la demeure de son père au *Nagle's Hotel*.

Il ôta son chapeau, déboutonna son gilet, alluma son éternelle pipe ; il grommelait et marmottait entre ses dents dans les courts moments où il cessait de fumer. N'était-ce que l'influence du vent d'est qui arrachait à Geoffrey ces signes de malaise ? N'était-ce pas aussi quelque secrète anxiété venant en aide aux méchantes conditions atmosphériques de cette journée ?

Certes, il éprouvait quelque chose, et ce quelque chose tenait dans un nom... Anne ! Quel parti devait-il prendre vis-à-vis de la malheureuse femme qui attendait de ses nouvelles à l'auberge d'Écosse ? Écrire ou ne pas écrire ? Telle était la question.

Point de difficultés matérielles pour adresser une lettre à Anne à l'auberge de Craig Fernie. Elle avait décidé que s'il était nécessaire de donner son nom avant l'arrivée de Geoffrey, elle déclarerait s'appeler « Mrs » au lieu de « miss » Silvester. Une lettre à l'adresse de Mrs Silvester devait donc lui parvenir sans encombre.

Le doute n'était pas là. Geoffrey hésitait entre deux possibilités : informer Anne ce jour même par la poste qu'un intervalle de quarante-huit heures devait se passer avant que le rétablissement de son père pût être considéré comme certain, ou attendre jusqu'à l'expiration de ces deux jours et se laisser guider par le résultat.

S'étant longuement interrogé pendant sa course en cab, il décida que le plus sage était de temporiser avec Anne, mais de lui faire cependant connaître sa position actuelle.

Arrivé à l'hôtel, il s'assit pour écrire ; le doute le reprit, et il déchira sa lettre. Le doute lui revint, il recommença à écrire, et doutant encore, il déchira sa seconde lettre, se dressa sur ses pieds et proféra une série de jurons qui ne s'impriment pas, s'écriant qu'il ne pourrait, quand il s'agirait de sa vie, décider ce qui était le mieux, d'écrire ou de ne pas écrire !

Dans cet embarras, ses instincts tout physiques lui firent chercher un soulagement dans un remède physique.

Mon esprit est dans un nuage, se dit-il. Je vais prendre un bain.

C'était un bain très compliqué qui se prenait dans plusieurs pièces avec vingt applications et procédés divers. Il nagea, il plongea, il se reposa dans une baignoire d'eau chaude. Il se mit sous un réservoir et fit tomber une cataracte d'eau froide sur sa tête. On l'étendit sur le dos, on l'étendit sur le ventre ; il fut massé, pétri par les mains osseuses de praticiens accomplis. Il sortit de cette épreuve le corps lisse, frais, rose, magnifique.

De retour à son hôtel, il se remit à la table, chargée de tout ce qu'il fallait pour écrire ; mais, chose extraordinaire, l'indécision le reprit encore, le bain ne l'avait pas terrassée ! Cette fois, il rejeta toute la faute sur Anne.

– Cette femme infernale sera ma perte, dit-il en prenant son chapeau. Il faut que j'essaie les haltères.

La recherche de ce nouveau remède pour stimuler son esprit engourdi le conduisit à un établissement tenu par le professeur de gymnastique qui avait l'honneur de l'entraîner quand il devait prendre part à des joutes sportives.

– Un cabinet particulier et les haltères ! s'écria Geoffrey. Les plus lourds que vous ayez !

Il dépouilla de ses vêtements la partie supérieure de son corps et se mit à l'œuvre, tenant deux énormes poids dans chaque main, les levant, les abaissant, les dirigeant en arrière et en avant, avec toutes les variétés de mouvements qu'il était possible d'exécuter, jusqu'au moment où ses muscles magnifiques semblèrent prêts à percer sa peau délicate.

Cependant, ses esprits animaux s'éveillaient. Ce violent exercice enivrait l'homme fort. Dans son excitation, il jurait, invoquait le tonnerre et les éclairs, la mort et le sang pour répondre aux compliments que lui prodiguaient le professeur de gymnastique et son fils.

– Une plume, de l'encre et du papier ! cria-t-il d'une voix tonnante quand il se sentit enfin las. Mon esprit est libéré maintenant, je vais pouvoir écrire.

Il termina sa lettre ; une minute de plus aurait suffi pour qu'il la portât à la poste ; mais, dans le cours de cette minute, la maudite indécision reprit encore possession de son âme. Il rouvrit le pli, relut le billet et le déchira encore.

– Je ne sais pas ce que je dis ! s'écria-t-il en fixant ses gros yeux bleus sur le professeur de gymnastique. Éclairs et tonnerre ! Mort et sang ! Allez me chercher Crouch.

Crouch, connu et respecté partout où la virilité anglaise est connue et respectée, était un boxeur en retraite. Il apparut porteur du troisième et dernier remède que connut l'Honorable Mr Geoffrey Delamayn pour s'éclaircir les idées, c'est-à-dire deux gants de boxe dans un sac.

Le gentleman et le boxeur professionnel mirent les gants et se placèrent face à face, dans la pose classique du pugilat.

– Pas de plaisanterie, songez-y, grommela Geoffrey. Combattez comme si vous étiez sur le ring, avec des paris à gagner.

Nul ne savait mieux que le grand et terrible Crouch ce que signifiait un combat sérieux et quels coups on pouvait donner, même avec ces armes inoffensives en apparence : une paire de gants rembourrés.

Il parut, mais ne fit que paraître, prêt à se conformer au désir de son client. Geoffrey le récompensa de sa gracieuse condescendance en lui portant un coup qui l'étendit par terre.

Le grand et terrible Crouch se releva sans avoir rien perdu de son calme.

– Bien touché, monsieur, essayez maintenant avec l'autre main.

Geoffrey n'était pas aussi maître de lui. Il menaça le boxeur de lui retirer son patronage si celui-ci ne se décidait pas à frapper aussi rudement qu'il le pourrait. Le héros de cent combats céda devant cette terrible perspective.

– J'ai une famille à entretenir, fit-il observer. Puisque vous le voulez absolument, monsieur, voilà !

Ces mots furent suivis de la chute de Geoffrey, chute si lourde qu'elle fit trembler la maison. Le gentleman se remit sur ses pieds en un instant ; il n'en avait pas encore assez.

– Pas au corps ! cria-t-il, frappez à la tête. Éclairs et tonnerre ! Mort et sang ! Frappez à la tête !

L'obéissant Crouch frappa donc à la tête.

Tous les deux reçurent et donnèrent des coups qui auraient étourdi, sinon tué, plus d'un membre du monde civilisé. Les gants du boxeur s'abattirent alternativement comme une masse, avec un bruit horrible, tantôt sur le côté gauche, tantôt sur le côté droit de la tête de son patron, jusqu'au moment où Geoffrey lui-même se déclara satisfait.

– Cela suffit. Je me sens l'esprit décidément libre et dégagé.

Il secoua la tête deux ou trois fois, se fit frictionner comme un cheval par le professeur de gymnastique, but un grand verre de bière et recouvra sa bonne humeur comme par magie.

– Vous voulez la plume et l'encre, maintenant? demanda le gymnaste.

– Non. J'ai chassé les vapeurs qui m'obscurcissaient le cerveau. Au diable la plume et l'encre! Je vais à la recherche de quelque camarade, et nous irons au théâtre.

Il quitta l'établissement dans les plus heureuses dispositions. Sous la stimulante application des gants de Crouch, sa grossière intelligence avait secoué sa torpeur, et son cerveau fonctionnait enfin à merveille.

Écrire à Anne? Il n'y avait qu'un imbécile qui pût songer à écrire à une telle femme sans y être forcé. Au contraire, attendre les chances que les quarante-huit heures pourraient amener, et alors lui écrire ou l'abandonner selon ce que les événements décideraient, c'était bien plus simple.

Grâce à Crouch, Geoffrey voyait clair à présent.

Aussi s'éloigna-t-il pour aller dîner avec ses camarades et passer la soirée au spectacle.

15

À marier

Les quarante-huit heures passèrent, sans qu'il y eût d'entrevues entre les deux frères Delamayn.

Julius, résidant dans la maison de son père, envoyait à Geoffrey, à l'hôtel, des bulletins écrits sur la santé de lord Holchester.

Le premier bulletin portait :

Cela va bien, les docteurs sont satisfaits.

Le deuxième était plus affirmatif :

Cela va parfaitement, les docteurs sont pleins d'espoir.

Le troisième était le plus explicite de tous :

Je dois voir mon père dans une heure. Les docteurs répondent de sa guérison. Comptez que je lui glisserai quelques bonnes paroles pour vous, si je le puis. Attendez-vous à recevoir de mes nouvelles.

Le visage de Geoffrey se rembrunit à la lecture du troisième bulletin. Il demanda de nouveau les odieux objets nécessaires pour écrire : il n'y avait plus de doute, maintenant, sur la nécessité de communiquer avec Anne.

Le rétablissement de lord Holchester le remettait dans la même position critique où il s'était trouvé à Windygates. Empêcher Anne de commettre un acte de désespoir, qui le mêlerait à un scandale public et serait la ruine des espérances qu'il pouvait fonder sur les dispositions de son père à son égard, était une fois encore la seule politique prudente à suivre.

Sa lettre, du commencement à la fin, contenait une vingtaine de mots.

Chère Anne, j'apprends seulement à l'instant que mon père a franchi le torrent. Restez où vous êtes, je vous écrirai.

Après avoir jeté à la poste cette épître laconique, Geoffrey alluma sa pipe et attendit le résultat de la conversation de lord Holchester avec son fils aîné.

Julius trouva son père changé d'une façon alarmante, mais néanmoins en possession de toutes ses facultés.

Incapable de répondre à la pression de la main de son fils, incapable même de se retourner dans son lit sans aide, le vieux légiste avait pourtant l'œil aussi vif, l'esprit aussi ferme et aussi lucide que jamais. Sa grande ambition avait toujours été de voir Julius au Parlement. Or, Julius se présentait à l'élection dans le comté de Perth, par ordre exprès de son pair, en ce moment même. Lord Holchester aborda les questions politiques avant que son fils aîné eût eu le temps de s'asseoir à son chevet :

– Bien obligé, Julius, pour vos vœux de rétablissement. Les gens de ma sorte ne meurent pas facilement. Voyez Brougham et Lindhurst! Vous ne pouvez pas être appelé encore à la Chambre haute. Il faut commencer à la Chambre des communes, comme je le désirais. Quelles sont vos chances dans votre circonscription? Dites-moi exactement où vous en êtes et comment je dois m'employer pour vous.

– Assurément, monsieur, vous n'êtes pas encore suffisamment rétabli pour vous occuper d'affaires.

– Si fait, je suis très suffisamment rétabli. J'ai besoin d'occupations sérieuses. Mes pensées commencent à faire un retour sur le passé et sur des événements qu'il vaut mieux oublier.

Une soudaine contraction passa sur son visage livide. Il arrêta son regard sur son fils et aborda brusquement une nouvelle question :

– Julius, avez-vous jamais entendu parler d'une jeune femme nommée Anne Silvester?

Julius répondit négativement. Sa femme et lui avaient échangé des cartes avec lady Lundie et s'étaient excusés de ne pouvoir accepter son invitation à la fête de jour. Tous deux ignoraient complètement la composition de la maisonnée à Windygates.

– Prenez note de ce nom, continua lord Holchester : Anne Silvester. Son père et sa mère sont morts. J'ai connu son père autrefois. On a mal agi avec sa mère. Cela a été une triste affaire. J'y ai repensé pour la première fois depuis bien des années. Si la fille est vivante et de ce monde, elle doit se rappeler notre nom. Venez-lui en aide, Julius, si jamais elle a besoin d'assistance et si elle s'adresse à vous.

De nouveau, son pâle visage se contracta douloureusement. Comment sa pensée l'avait-elle ramené au souvenir de cette soirée d'été mémorable, à la villa de Hampstead ? Avait-il revu, dans ses rêves de malade, l'épouse abandonnée, s'évanouissant à ses pieds ?

– Revenons à votre élection, dit-il d'un ton impatient. Mon esprit n'est pas habitué à rester inactif. Donnez-lui de quoi se nourrir.

Julius exposa sa situation aussi clairement et aussi brièvement qu'il lui fut possible. Le père ne trouva rien à reprendre à cet exposé. Seulement, il ne pouvait approuver l'absence de son fils du champ de bataille. Il blâma lady Holchester de l'avoir appelé à Londres. Il se fâcha de la présence de son fils à son chevet, au moment où Julius devait agir auprès de ses électeurs.

– C'est inopportun, Julius, dit-il avec vivacité. Ne devriez-vous pas comprendre cela de vous-même ?

Il était convenu entre Julius et sa mère qu'il profiterait de la première occasion favorable pour risquer une allusion à Geoffrey ; cette occasion se présentait, il la saisit sur l'heure.

– Ce n'était pas inopportun pour moi, monsieur, répliqua-t-il, ni pour mon frère non plus. Geoffrey était également inquiet à votre sujet. Il est venu avec moi à Londres.

Lord Holchester regarda son fils aîné avec une expression de surprise quelque peu railleuse.

– Ne vous ai-je pas déjà dit, répliqua-t-il, que mon esprit n'avait été nullement affecté par ma maladie ? Geoffrey, inquiet à mon sujet ! L'inquiétude est une émotion du monde civilisé ; l'homme à l'état sauvage est incapable de la ressentir.

– Mon frère n'est pas un sauvage, monsieur.

– Il a généralement l'estomac bien garni, et sa peau est couverte de linge et de vêtements au lieu d'être tatouée avec de l'ocre rouge et enduite d'huile. En cela, certainement, votre frère est civilisé. Sous tous les autres rapports, votre frère est un sauvage.

– Je comprends ce que vous voulez dire, monsieur. Mais il y a quelque argument en faveur du genre de vie que mène Geoffrey. Il exerce son courage et sa force. Le courage et la force sont de belles qualités dans leur genre.

– Excellentes qualités, quand on les prend pour ce qu'elles valent. Mais prenez la peine de défier Geoffrey d'écrire une seule phrase dans un anglais acceptable, et vous verrez si le courage ne lui manque pas. Mettez-le devant des livres, pour se préparer à ses degrés, et tout fort qu'il est, il tombera malade rien qu'à les voir. Vous désirez que je reçoive votre frère. Rien ne pourra m'y déterminer, jusqu'à ce que son genre de vie, comme vous dites, ait complètement changé. Or, je n'ai pour cela qu'un seul espoir. Il est dans l'ordre des choses que l'influence d'une femme sensée, jouissant des avantages de naissance et de fortune capables de forcer le respect, même d'un sauvage, puisse produire son effet sur Geoffrey. S'il désire retrouver libre le chemin de cette maison, qu'il commence d'abord par se rouvrir l'accès de la bonne société, et amenez-moi pour plaider sa cause une belle fille que votre mère et moi nous puissions respecter et recevoir. Quand cela arrivera, je commencerai à reprendre quelque foi en Geoffrey. Jusque-là, ne mentionnez plus le nom de votre frère dans nos entretiens.

» Revenons à votre élection. J'ai quelques conseils à vous donner avant que vous repartiez, et vous ferez bien de partir ce soir même. Relevez-moi un peu sur mes oreillers : je parlerai avec plus de facilité ayant la tête haute.

Son fils le releva sur ses oreillers et le supplia de nouveau de se ménager. Ce fut inutile. Nulle remontrance ne pouvait ébranler la volonté de fer de l'homme qui s'était frayé un chemin à travers les rangs épais du monde politique jusqu'à la position élevée à laquelle il était parvenu.

Impotent, livide, à peine arraché aux étreintes de la mort, il était là, cloué dans son lit, mais cherchant à glisser dans l'esprit de son fils les leçons de cette expérience dont les distinctions mondaines qu'il avait conquises étaient le fruit.

Pas un conseil ne fut omis, pas une précaution ne fut oubliée, qui pouvait guider Julius dans les sentiers difficiles de la politique, que lord Holchester avait parcourus lui-même d'un pas si habile et si sûr.

Une heure et plus s'était passée avant que l'indomptable vieillard eût senti se clore ses yeux fatigués. Il consentit enfin à prendre quelque nourriture et à se livrer au repos, mais ses dernières paroles, qu'il eut peine à articuler, furent encore la glorification des manœuvres de partis et de la lutte politique.

– C'est une grande carrière, disait-il. Je regrette la Chambre des communes, Julius. Il n'est rien que je regrette autant.

Redevenu libre, Julius alla tout droit du chevet de lord Holchester au boudoir de lady Holchester.

– Votre père a-t-il prononcé quelque parole au sujet de Geoffrey ?

Telle fut la première question de sa mère lorsqu'il entra dans la pièce.

– Mon père laisse à Geoffrey une dernière chance, si Geoffrey veut la saisir.

Le visage de lady Holchester se rembrunit.

– Je sais, fit-elle, avec un air désappointé, sa dernière chance est de travailler pour ses degrés. Rien à espérer, mon cher Julius, absolument rien à espérer !... S'il demandait seulement quelque chose de plus simple... quelque chose qui dépendît de moi...

– Cela dépend de vous, chère mère, interrompit Julius. Le croirez-vous ?... La dernière chance de Geoffrey se résume dans un mot : mariage !

– Oh ! Julius, c'est trop beau pour être vrai !

Julius répéta les propres paroles de son père. Lady Holchester sembla rajeunir de vingt ans en l'écoutant. Quand il eut cessé de parler, elle sonna.

– Qui que ce soit qui vienne, je n'y suis pour personne, annonça-t-elle au domestique.

Puis se tournant du côté de Julius, elle l'embrassa et lui fit une place sur le sofa à coté d'elle.

– Geoffrey saisira cette chance, dit-elle gaiement, j'en

réponds. J'ai déjà dans ma pensée trois femmes parmi lesquelles il y en aura bien une qui pourra lui convenir. Asseyez-vous, mon cher, examinons soigneusement ensemble laquelle des trois pourra le plus probablement avoir quelque attrait pour Geoffrey et répondre le mieux à l'idéal que votre père se fait d'une belle-fille. Quand nous aurons pris une décision, n'écrivez pas, allez vous-même trouver Geoffrey à son hôtel.

La mère et le fils entrèrent en consultation et, innocemment, semèrent les germes des terribles événements qui allaient se produire.

16

Geoffrey en public

L'après-midi était bien avancé, et lady Holchester n'avait pas encore fait de choix pour Geoffrey. Les instructions de Julius n'étaient pas assez complètes pour lui permettre d'ouvrir des négociations matrimoniales, au *Nagle's Hotel*, avec son frère.

– Ne le quittez pas avant que vous n'ayez obtenu sa promesse.

Tels furent les derniers mots de lady Holchester quand Julius partit enfin pour sa mission.

Si Geoffrey ne saute pas sur ce que je vais lui offrir, réfléchit Julius, je conviendrai avec mon père que son cas est désespéré, et je finirai, comme lui, par ne plus m'occuper de ce fou.

C'était un langage bien énergique de sa part. Pourtant il n'avait jamais été aisé de faire sortir de son calme le fils aîné de lord Holchester, au tempérament égal et discipliné.

Jamais deux hommes ne furent plus différents l'un de l'autre que ne l'étaient ces deux frères. Il est triste de reconnaître ces dissemblances entre deux êtres unis si étroitement par les liens du sang.

Julius cultivait son intelligence. Cet Anglais dégénéré

pouvait digérer les livres et ne pouvait digérer la bière. Il pouvait apprendre les langues et n'avait jamais pu apprendre à ramer. Il s'adonnait à un vice exotique, le goût de la musique et des instruments de musique, et il ne pouvait acquérir le talent naturel à tout Anglais de reconnaître un bon cheval à première vue. Jeté dans la vie, Dieu sait comment, sans biceps et sans livre de paris, il avouait publiquement, au sein de la société anglaise, qu'il ne considérait pas les aboiements d'une meute de chiens de chasse comme la plus belle harmonie du monde. Voyageant dans les pays étrangers, il était capable de regarder une montagne dont personne n'avait encore atteint le sommet sans croire un seul instant son honneur d'Anglais engagé à en accomplir l'ascension.

De telles gens peuvent et doivent exister parmi les races inférieures du Continent. Remercions le Ciel de ce que l'Angleterre n'a jamais été et ne sera jamais la patrie de ces vulgaires êtres-là.

Arrivé au *Nagle's Hotel*, et ne trouvant à qui parler dans le hall, Julius s'adressa à la jeune personne qui se tenait derrière le comptoir. Mais cette personne lisait quelque chose de si intéressant dans un journal du soir qu'il ne put se faire entendre d'elle.

Il entra dans le café. Le garçon, dans son coin, était absorbé dans la lecture d'un autre journal. Trois messieurs, à trois tables différentes, étaient plongés dans trois autres gazettes. Tous continuèrent de lire sans prêter attention à la présence d'un étranger. Julius osa enfin déranger le garçon, en lui demandant Mr Geoffrey Delamayn.

À ce nom illustre, le garçon releva la tête en tressaillant.

– Êtes-vous le frère de Mr Delamayn, monsieur ?

– Oui.

Les trois messieurs devant leurs tables relevèrent la tête en tressaillant aussi. Les rayons de la célébrité tombés tout à coup sur le frère de Geoffrey en faisaient un personnage.

– Vous trouverez Mr Geoffrey, dit le garçon avec une

sorte d'exaltation enthousiaste, à la taverne *Cock and Bottle*, dans Putney.

– J'espérais le trouver ici. J'ai rendez-vous avec lui à cet hôtel.

Le garçon ouvrit de grands yeux et regarda Julius d'un air de profond étonnement.

– N'avez-vous pas appris la nouvelle, monsieur ?

– Dieu sauve mon âme ! s'écrièrent en chœur les trois messieurs.

Et ils offrirent leurs trois journaux.

– Qu'y a-t-il ? demanda Julius.

– Ce qu'il y a ! répéta le garçon d'une voix caverneuse. La chose la plus effroyable qui soit arrivée de mon temps : c'en est fait, monsieur, de la course à pied de Fulham, Tinkler est *gone stale.*

Les trois messieurs retombèrent gravement sur leurs sièges et répétèrent :

– Tinkler est *gone stale.*

Un homme qui se trouve en face d'un grand désastre national et qui ne le comprend pas doit retenir sa langue s'il est avisé et s'éclairer tout seul sans demander à d'autres des lumières qui le feraient passer pour ignorant. Julius prit le journal des mains du garçon et s'assit pour faire, si cela était possible, deux découvertes.

Il s'agissait pour lui de déterminer d'abord qui était Tinkler – et si c'était un nom d'homme ; il s'agissait ensuite de savoir ce que signifiait *gone stale.*

Il trouva sans peine la nouvelle. Elle était imprimée en gros caractères et suivie d'une appréciation personnelle de l'auteur de l'article sur les événements, appréciation elle-même suivie d'une seconde appréciation, exprimant une opinion contraire à la première. De plus amples développements et de nouvelles considérations personnelles étaient promis pour une édition suivante.

Le journaliste aurait voulu tirer tous les canons de l'Angleterre pour annoncer le malheur de Tinkler au peuple anglais à genoux devant le livre de paris national. Dépouillés de toute exagération, les faits étaient cependant assez simples. Une fameuse association athlétique du Nord avait défié une fameuse association athlétique du Sud. Les exercices sportifs habituels consistaient à courir, à sauter, à manier des marteaux de forgeron, à lancer des balles de cricket, et autres exploits du même genre. Cet événement-ci devait être couronné par une course à pied d'une longueur considérable et hérissée d'obstacles.

Or, Tinkler était le meilleur coureur du Sud. Tinkler était porté dans une quantité innombrable de livres de paris comme devant gagner toujours. Mais soudain les poumons de Tinkler avaient souffert d'une grave atteinte lors d'un entraînement. La perspective d'assister à une grande course à pied, et, plus important encore, la perspective de perdre ou de gagner de grosses sommes en paris avait été ravie aux yeux de l'Angleterre. Le Sud ne pouvait fournir un second adversaire digne du Nord, avec la seule ressource de l'association. Les associés avaient embrassé d'un coup d'œil le monde athlétique… Il n'existait qu'un homme pouvant remplacer Tinkler ; et il était bien douteux que cet homme consentît à se mettre en avant dans de telles circonstances…

Le nom de cet homme, Julius le lut avec horreur : c'était Geoffrey Delamayn !

Un profond silence continuait de régner dans le café. Julius déposa le journal sur la table et regarda autour de lui.

Le garçon s'était retranché dans un coin, tenant à la main son crayon et un livre de paris. Les trois messieurs étaient penchés à leurs trois tables, sur leurs livres de paris.

– Faites un effort et décidez-le, monsieur ! s'écria le garçon d'un ton lamentable, lorsque le frère de Mr Delamayn se leva pour quitter le café.

– Faites un effort et décidez-le, répétèrent, comme un écho, les trois messieurs.

Julius héla un cab et dit au conducteur affairé, armé, lui aussi, d'un crayon et d'un livre de paris, de le mener à la taverne *Cock and Bottle*, dans Putney.

Le cocher, à ces mots, parut transfiguré. Il n'était plus

besoin de le presser. Le cab partit de toute la vitesse du cheval.

À mesure que Julius avançait, il voyait sur son passage les signes d'une grande agitation nationale. De toutes les bouches, on entendait sortir le nom de Tinkler. Les cœurs populaires, surtout dans les tavernes, étaient en suspens. Y avait-il chance, oui ou non, de remplacer Tinkler ?

La scène devant la taverne était vraiment émouvante ; les vauriens de Londres eux-mêmes semblaient consternés et demeuraient sans voix sous l'influence de cette calamité nationale. L'inévitable homme au tablier, qui vend des noix et des sucreries dans les foules, faisait son commerce en silence et trouvait peu de gens, ceci soit dit à l'honneur de la nation, qui eussent le cœur à croquer des noix dans un tel moment. La police était aussi présente en grand nombre et sympathisait avec le peuple. Cela était touchant à voir.

Julius déclina son nom. Ce fut une ovation soudaine :

– Son frère ! criait-on ! oh ! ciel ! son frère !...

Le peuple l'entoura, le peuple lui donna des poignées de main, le peuple appela les bénédictions du ciel sur sa tête.

Julius était à demi suffoqué, quand la police vint le délivrer et le conduisit sain et sauf dans le havre privilégié de l'autre côté de la porte intérieure de la taverne.

À son entrée, un bruit assourdissant retentit aux étages supérieurs. Une voix cria :

– Attention !

Un homme sans chapeau se frayait un chemin parmi la foule qui encombrait l'escalier, en criant :

– Hourra !... Hourra !... Il a promis !... Il est inscrit pour la course !...

Et ce cri fut répété par des centaines de voix. Un tonnerre d'acclamations éclata parmi le peuple au-dehors. Les reporters des journaux rivalisèrent de vitesse pour sortir de l'auberge, se précipiter dans les cafés et porter la nouvelle à l'impression.

La main du maître de la taverne, qui donnait le bras à Julius le long de l'escalier, tremblait d'émotion.

– Son frère, messieurs, son frère ! dit-il.

À ces mots magiques, un passage s'ouvrit au milieu de la foule. À ces mots magiques, la porte close de la chambre du conseil s'ouvrit toute grande : Julius se trouvait au milieu des athlètes de son pays natal, assemblés en parlement.

Est-il besoin de les décrire ? La description que nous avons faite de Geoffrey s'applique à tous. Il y a à peu près autant de variété dans une réunion d'athlètes anglais que dans un troupeau de moutons anglais. Julius, regardant autour de lui, vit le même homme avec le même costume, la même santé, la même force, le même ton, les mêmes goûts, les mêmes habitudes, la même conversation et les mêmes idées, si ce sont des idées…

Le bruit était étourdissant, l'enthousiasme à la fois ridicule et terrifiant. Geoffrey avait été enlevé à force de bras, lui et sa chaise, et placé sur la table de manière à être vu de toute l'assemblée.

Ils chantaient, ils dansaient, ils criaient, ils juraient autour de lui ; on lui adressait des petits mots de tendresse, et tous ces géants reconnaissants avaient des larmes dans les yeux.

– Cher vieux !… Glorieux !… noble !… splendide !… admirable garçon !

Ils l'étreignaient dans leurs bras, lui passaient la main sur le dos, lui serraient les doigts à les broyer ; ils faisaient saillir et palpaient ses muscles. Ils baisaient les nobles jambes qui devaient courir dans la glorieuse course.

À l'extrémité de la salle, ceux à qui il était matériellement impossible de s'approcher du héros s'occupaient comme ils pouvaient à des exploits de force et se lançaient des défis.

Hercule n° 1 se faisait de la place en jouant des coudes et se courbait par terre ; mais Hercule n° 2 l'enlevait avec ses dents. Hercule n° 3 saisissait le tisonnier et le tordait sur son bras. Hercule n° 4, à son tour, s'emparait des pincettes et les brisait sur son cou. La destruction du mobilier et la démolition de la maison allaient suivre cette fureur sacrée, quand les yeux de Geoffrey tombèrent par hasard sur Julius. Sa voix, appelant vigoureusement son frère, éveilla soudain l'attention de l'assemblée et donna un nouveau cours à ce farouche enthousiasme.

– Hourra pour son frère ! Un, deux, trois !

Le frère fut enlevé sur les épaules des hercules.

Julius s'avança au-dessus des têtes jusqu'à l'autre bout de la salle.

– Doucement, les enfants, doucement ! disait-il.

Et le héros prit Julius par le collet. Le héros le déposa sur la table. Le héros, chauffé à blanc par son triomphe, accueillait joyeusement ce pauvre petit intrus par une volée de jurons.

– Éclairs et tonnerre ! Mort et sang ! Qu'est-ce qui arrive, Julius, qu'est-ce qui arrive ?

Julius recouvra sa respiration et répara le désordre de ses habits. Le tranquille petit homme, qui avait tout juste assez de force musculaire pour prendre un dictionnaire sur les rayons d'une bibliothèque, et qui ne connaissait d'autre entraînement que celui qui résulte de l'étude du violon, loin de paraître décontenancé par la rude réception qui lui était réservée, ne semblait pas en éprouver d'autre sentiment que celui d'un absolu mépris.

– Vous n'êtes pas effrayé, n'est-ce pas ? dit Geoffrey. Nos compagnons sont d'une nature un peu brutale, mais ils ont de bonnes intentions.

– Je ne suis pas effrayé. Je me demande seulement, quand les écoles et les universités produisent une collection de ruffians comme ceux-ci, ce que dureront les écoles et les universités anglaises.

– Songez où vous êtes, Julius ! ils vous jetteraient par la fenêtre s'ils vous entendaient.

– Ils ne feraient alors que confirmer mon opinion sur eux.

L'assemblée qui voyait, mais n'entendait pas, cet entretien entre les deux frères devint inquiète sur le sort de la course future.

Un terrible rugissement somma Geoffrey de déclarer s'il survenait quelque événement nouveau. Après avoir calmé ces enragés, Geoffrey se tourna de nouveau vers son frère et lui demanda d'un ton moins aimable ce que diable il venait faire à la taverne.

– J'ai quelque chose à vous dire avant de retourner en Écosse, répondit Julius. Notre père consent à vous offrir une dernière chance de vous remettre bien avec lui. Si vous ne la saisissez pas, ma porte vous sera fermée comme la sienne.

Rien n'est plus remarquable que le sens pratique et la maîtrise de soi-même que manifeste le jeune homme de nos jours, en toute occasion où ses intérêts sont en jeu. Au lieu de s'irriter du ton que son frère prenait avec lui, Geoffrey descendit à l'instant du piédestal de gloire sur lequel il était perché, et se remit sans combat entre les mains qui tenaient sa destinée, c'est-à-dire sa bourse.

Cinq minutes après, l'assemblée s'était séparée sur les assurances qu'il lui avait renouvelées de prendre part à la hideuse course, et les deux frères étaient enfermés ensemble dans un des cabinets particuliers de l'établissement.

– Expliquez-vous ! dit Geoffrey, et ne soyez pas long.

– Je ne vous demande que peu de temps, répondit Julius. Je pars ce soir même par le train postal, et j'ai beaucoup de choses à faire avant l'heure de mon départ… Notre père consent à vous revoir, si vous consentez à vous marier avec son approbation, et ma mère a découvert une femme pour vous. Naissance, beauté, fortune, tout vous est offert. Prenez cela et vous recouvrez votre position comme fils de lord Holchester. Refusez, et vous consommez votre ruine.

Ces nouvelles n'étaient pas, pour Geoffrey, de la nature la plus rassurante. Au lieu de répondre, il frappa du poing avec fureur sur la table en maudissant de tout cœur une certaine femme qu'il ne nommait pas.

– Je n'ai rien à voir dans les liaisons dégradantes que vous pouvez avoir formées, continua Julius. Je me borne à vous exposer la situation telle qu'elle est et à vous laisser libre de faire votre choix. La dame en question se nommait originairement miss Newenden, elle descend d'une des plus anciennes familles d'Angleterre. Elle est maintenant Mrs Glenarm, la jeune veuve et sans enfants du grand marchand de fer de ce nom. Naissance et fortune, je vous dis qu'elle réunit ces deux conditions. Son revenu annuel, bien clair et bien net, est de 10 000 livres. Mon père peut et voudra le porter à 15 000 livres, si vous êtes assez heureux pour la décider à vous épouser. Ma mère répond de ses qualités et ma femme l'a rencontrée dans notre maison de Londres. Elle est maintenant, à ce que j'ai appris, chez des amis en Écosse, et quand je serai de retour, j'aurai soin de lui envoyer une invitation. Il reste naturellement à voir si vous serez assez heureux pour produire sur elle une impression favorable. Pour le moment, vous ferez tout ce que mon père vous demande, en tentant seulement l'aventure.

Geoffrey écarta impatiemment ce côté de la question comme ne méritant pas d'être pris en considération.

– Si elle ne voit pas d'un bon œil un homme qui va courir dans la course à pied de Fulham, dit l'athlète, il ne manque pas de femmes qui la valent et qui auront meilleur goût. Là n'est pas la difficulté. Ne vous inquiétez pas de cela.

– Je vous le répète encore ; je n'ai rien à voir dans vos embarras, reprit Julius. Prenez le reste de la journée pour réfléchir à ce que je vous ai dit. Si vous vous décidez à accepter ma proposition, j'espère que vous me prouverez que vous avez le sens commun, en venant me trouver ce soir à la gare. Nous repartirons ensemble pour l'Écosse. Vous compléterez votre visite interrompue chez lady Lundie – il importe à mes intérêts de vous voir traiter une dame qui occupe une grande position dans le pays avec le respect qui lui est dû –, et ma femme prendra soin des arrangements nécessaires avec Mrs Glenarm, avant votre retour dans notre maison. Nous n'avons rien de plus à dire, et il n'est pas nécessaire que je reste ici plus longtemps. Si vous venez me rejoindre ce soir à la gare, votre belle-sœur et moi nous ferons tout pour vous aider. Si je repars seul pour l'Écosse, ne prenez pas la peine de me suivre. J'en ai fini avec vous.

Il serra la main de son frère et partit.

Resté seul, Geoffrey alluma sa pipe et fit appeler le maître de la taverne.

– Amenez-moi un bateau, dit-il, je vais me promener sur le fleuve pendant une heure. Mettez dedans quelques serviettes, il se peut que je me baigne.

– Ne vous montrez pas sur le devant de la maison, monsieur ! s'écria le brave homme. Si le peuple vous voit, il est dans une telle agitation que la police ne répond pas de l'ordre.

– Très bien ! je sortirai par-derrière.

Il fit quelques tours dans la pièce. Quelles difficultés n'avait-il pas à surmonter s'il voulait profiter de l'avenir doré que son frère entrouvrait devant lui !

La principale n'était pas le sport. Le comité lui avait promis de reculer le jour de la course, s'il le désirait, et un mois d'entraînement, dans les conditions physiques où il était, serait amplement suffisant. Avait-il personnellement quelque chose à objecter contre l'idée de tenter ses chances auprès de Mrs Glenarm ? Non ! Toutes les femmes lui convenaient, pourvu que son père fût satisfait ; l'argent arrange tout. Le seul obstacle qu'il allait rencontrer sur son chemin, c'était la femme qu'il avait déshonorée : Anne !

La seule difficulté insurmontable était de s'entendre avec Anne.

Nous verrons comment les choses se présenteront, se dit-il à lui-même, quand j'aurai remonté le fleuve !

Le maître de la taverne et l'inspecteur de police le firent sortir par la porte de derrière, inconnue de la populace qui l'attendait sur le devant de la maison. Les deux hommes restèrent sur le bord du fleuve quand il partit, admirant les longs, les puissants, faciles et beaux coups d'aviron qu'il donnait.

– Voilà ce que j'appelle la gloire et la fleur de l'Angleterre, dit l'inspecteur. Les paris sur lui ont-ils commencé ?

– Six contre quatre, dit le maître de la taverne, et il n'y a pas de preneurs.

Julius se rendit de bonne heure à la gare dans la soirée.

– Que Geoffrey ne puisse trouver une excuse dans votre négligence s'il est en retard, lui avait dit sa mère.

La première personne que vit Julius en descendant de voiture fut Geoffrey, son billet pris et son bagage remis aux porteurs.

Quatrième scène

Windygates

17

Tout près

La bibliothèque de Windygates était la plus grande et la plus belle pièce de la maison. Les deux grandes catégories sous lesquelles la littérature est ordinairement classée occupaient leur rang habituel : sur les rayons fixés contre les murs, les livres ayant le respect général de l'humanité, et qu'elle ne lit pas ; sur les tables distribuées dans les différentes parties de la salle, les livres, au contraire, que lit l'humanité et pour lesquels elle n'a pas de respect.

Dans la première catégorie, les livres des doctes anciens, les histoires, les essais des philosophes modernes, autrement dit la littérature sérieuse qui est universellement estimée, mais sans enthousiasme. Dans la seconde classe, les romans du jour, autrement dit la littérature légère, qui est universellement recherchée et hypocritement méprisée.

À Windygates, comme ailleurs, on considérait l'histoire comme de la haute littérature, parce qu'elle est censée rester fidèle à de hautes autorités, que nous connaissons peu, et la fiction comme de la littérature légère, parce qu'elle essaie de rester fidèle à la nature, que nous connaissons encore moins. À Windygates, comme ailleurs, tout le monde était fort satisfait de soi s'il pouvait être surpris à consulter l'histoire, et plus ou moins honteux s'il était pris à dévorer nos fictions.

Une particularité architecturale dans l'arrangement de la bibliothèque favorisait le développement de cette commune et curieuse forme de la stupidité humaine. Tandis qu'une rangée de luxueux fauteuils dans les principales parties de la salle invitait les amateurs de littérature sérieuse à se révéler dans l'accomplissement de leur glorieux labeur, une série de petites retraites abritées par de petits rideaux et des niches ouvertes dans le mur permettaient au gourmet de littérature légère de se cacher pour s'adonner à son bas appétit.

Au reste, les moindres accessoires de cette salle spacieuse et tranquille étaient aussi soignés et aussi bien entendus que l'esprit et les sens le pouvaient désirer. La littérature sérieuse et la littérature légère, grands et petits écrivains étaient admirablement éclairés par la belle et franche lumière du ciel que laissaient pénétrer à flots les grandes portes-fenêtres qui donnaient accès dans la salle.

Quatre jours s'étaient écoulés depuis la fête donnée par lady Lundie dans ses jardins, et il s'en fallait d'une heure que le moment ne fût venu où la cloche sonnerait pour annoncer le lunch.

La plupart des hôtes de Windygates étaient dans le jardin, jouissant d'une belle matinée de soleil, après quelques jours assombris par les brouillards. Deux gentlemen se trouvaient seuls dans la bibliothèque. C'étaient les deux gentlemen du monde qu'on pouvait le moins supposer avoir un motif légitime de se rencontrer dans un lieu de retraite littéraire. L'un était Arnold Brinkworth, et l'autre, Geoffrey Delamayn.

Ils étaient arrivés tous deux à Windygates le matin. Geoffrey avait fait le voyage de Londres avec son frère, par le train du soir précédent. Retenu dans son domaine par des cérémonies et des fêtes qu'il ne pouvait abréger sans offenser de braves et dignes gens, Arnold avait pris le train du matin, à la gare la plus proche de sa propriété.

Il était revenu chez lady Lundie comme il était parti de chez lady Lundie, en compagnie de son ami.

Après une courte entrevue avec Blanche, Arnold avait rejoint Geoffrey dans la sûre retraite de la bibliothèque, pour épuiser ce qu'il leur restait à se dire au sujet d'Anne Silvester. Après avoir complété son récit sur ce qui s'était passé à Craig Fernie, il attendit naturellement ce que Geoffrey allait lui répondre ; mais, au grand étonnement d'Arnold, celui-ci parut se disposer à quitter la bibliothèque sans prononcer un mot.

Arnold l'arrêta brusquement.

– Pas si vite, Geoffrey. Je porte à miss Silvester autant d'intérêt qu'à vous. Maintenant que vous voilà de retour en Écosse, qu'allez-vous faire ?

Si Geoffrey avait avoué la vérité, il aurait établi sa situation à peu près comme suit.

Il était décidé à abandonner Anne, dès le moment où il avait rejoint son frère pour revenir en Écosse avec lui. Mais il n'avait pas été plus loin. Comment il pourrait abandonner la femme qui s'était fiée à son honneur, sans que sa honteuse conduite fût révélée, c'était plus qu'il n'en savait.

Une vague idée de la tranquilliser tout en la trompant par un mariage qui n'en serait pas un lui avait passé par la tête pendant le voyage. Il s'était demandé si une machination de ce genre ne pouvait pas être aisément ourdie dans un pays notoirement connu pour les facilités offertes par ses lois sur le mariage – à la condition de les connaître.

Ce qui lui avait donné à penser que son savant frère, qui habitait l'Écosse, pourrait être induit à lui dire innocemment ce qu'il savait. Il avait donc engagé la conversation sur les mariages écossais en général, afin de tenter l'aventure, mais Julius n'avait pas étudié la question.

En résumé, Geoffrey se trouvait maintenant en Écosse, sans autre moyen pour conquérir sa liberté que le hasard, aidé par sa résolution bien établie d'épouser Mrs Glenarm.

Telle était la situation de son esprit quand il se vit retenu si vivement par Arnold.

– Ce qu'il convient de faire, répondit-il effrontément à l'interrogation de son ami ; sans aucun doute.

– Je suis heureux de vous entendre vous exprimer aussi catégoriquement, répondit Arnold. À votre place, je serais passé à l'étranger avec miss Silvester, ou peut-être aurais-je consulté sir Patrick.

Geoffrey lui lança un rapide coup d'œil.

– Consulter sir Patrick ? répéta-t-il. Pourquoi ?

– Je n'aurais pas su comment me marier ici, répondit Arnold, et me trouvant en Écosse, je me serais adressé à sir Patrick, parce que je le crois très versé dans toutes ces questions.

– En supposant que je ne voie pas aussi clairement que vous le pensez la route que je dois suivre, dit Geoffrey, me conseilleriez-vous de consulter ?...

– Sir Patrick... Assurément ! Il a passé sa vie dans la pratique des lois écossaises. Ne le saviez-vous pas ?

– Non.

– Allons, suivez mon conseil ; adressez-vous à lui. Vous n'avez besoin de nommer personne. Vous pouvez dire que cela intéresse un ami.

L'idée était neuve et elle était bonne. Geoffrey regarda impatiemment vers la porte. Anxieux de faire de sir Patrick son innocent complice, il fit une nouvelle tentative pour quitter la bibliothèque.

Mais ce fut encore en vain. Arnold avait d'autres questions à lui adresser et d'autres avis à lui donner.

– Comment avez-vous arrangé votre rencontre avec miss Silvester ? continua-t-il. Vous ne pouvez vous présenter à l'hôtel comme son mari, puisque c'est moi qu'on connaît comme tel. Où allez-vous la voir ? Elle est seule ; elle doit être fatiguée d'attendre, la pauvre fille. Pouvez-vous arranger les choses de manière à la voir demain ?

Après avoir regardé fixement Arnold, tandis qu'il parlait, Geoffrey partit d'un grand éclat de rire. Une anxiété désintéressée pour les peines d'une autre personne était un de ces sentiments raffinés que l'éducation musculaire ne l'avait pas rendu apte à comprendre.

– Eh ! dites donc, mon cher Arnold, vous semblez prendre un intérêt bien extraordinaire à miss Silvester.

Vous n'en êtes pas vous-même tombé amoureux, n'est-ce pas ?

– Allons ! allons ! dit sérieusement Arnold, ni elle ni moi ne méritons d'être l'objet de semblables plaisanteries. Je me suis sacrifié pour vous obliger, cher Geoffrey, et elle aussi.

Le visage de Geoffrey redevint sérieux. Son secret était entre les mains d'Arnold, et son estime pour le caractère de celui-ci était fondée, sans qu'il en eût conscience, sur l'expérience qu'il avait du sien propre.

– Très bien, dit-il en manière d'excuse et de concession momentanée. Ce n'était de ma part qu'une plaisanterie.

– Plaisantez tant qu'il vous plaira quand vous l'aurez épousée, répliqua Arnold. Jusque-là, la situation me paraît, à moi, assez sérieuse.

Il s'arrêta, réfléchit, et posa la main sur le bras de Geoffrey.

– Souvenez-vous, reprit-il, que vous ne devez souffler mot à âme qui vive de ma visite à l'auberge.

– Je vous ai déjà promis d'être muet. Que vous faut-il de plus ?

– Je suis inquiet, Geoffrey. J'étais à Craig Fernie, vous vous le rappelez, quand Blanche y est venue. Elle m'a raconté tout ce qui était arrivé, la pauvre chère enfant, persuadée que j'étais alors bien loin de là. Je ne pourrais plus la regarder en face, je le jure ! Que penserait-elle de moi si elle connaissait la vérité ? Je vous en prie, prenez bien garde ! prenez bien garde !

Geoffrey s'impatientait.

– Tout cela, vous me l'avez dit, répliqua-t-il, sur le chemin de la gare jusqu'ici. À quoi bon y revenir ?

– Vous avez raison, dit Arnold avec bonne humeur. Le fait est que je me sens bizarre, ce matin. Mon esprit est troublé de mauvais pressentiments, je ne sais pourquoi.

– Votre esprit ! répéta Geoffrey, avec un souverain mépris. C'est la chair et le corps qui ne sont pas en bon état. Vous dépassez d'une façon visible votre poids normal. Peste soit de l'esprit ! Un homme dans de bonnes conditions physiques ne sait pas qu'il a un esprit. Exercez-vous à manier les haltères, à monter une côte en courant, avec un gros pardessus sur vos épaules. Suez-moi cela, Arnold, suez-moi cela !

Sur ce bon conseil, il se retourna pour la troisième fois avec l'intention de quitter la bibliothèque, mais la destinée semblait l'avoir condamné à y rester emprisonné toute la matinée. Cette fois, ce fut un domestique qui se trouva sur son passage, un domestique porteur d'une lettre et d'un message. Cet homme attendit la réponse.

Geoffrey regarda la lettre. Elle était de l'écriture de son frère. Or, il avait laissé son frère à la jonction des deux lignes, il y avait de cela trois heures. Qu'est-ce que Julius pouvait avoir à lui dire ?

Il ouvrit la lettre. Julius lui apprenait que la fortune se prononçait déjà en sa faveur. Il avait reçu des nouvelles de Mrs Glenarm dès son arrivée chez lui. Cette dame était venue rendre visite à sa femme pendant son court séjour à Londres. Celle-ci l'avait invitée à venir passer quelque temps chez elle, et Mrs Glenarm avait accepté l'invitation pour les premiers jours de la semaine.

Les premiers jours de la semaine, écrivait Julius, *cela signifie demain. Présentez vos excuses à lady Lundie et prenez soin de ne pas l'offenser. Dites-lui que des raisons de famille, que vous avez l'espoir de pouvoir lui révéler bientôt, vous obligent à avoir encore recours à son indulgence. Et venez demain nous aider à recevoir Mrs Glenarm.*

Geoffrey lui-même tressaillit en se voyant dans la nécessité de prendre une décision soudaine. Anne connaissait la demeure de son frère. Si, ne sachant où le trouver ailleurs, elle apparaissait dans cette maison et venait le demander en présence de Mrs Glenarm ! Il donna au porteur du message l'ordre d'attendre, disant qu'il voulait envoyer une réponse par écrit.

– De Craig Fernie ? dit Arnold en montrant du doigt la lettre que tenait son ami.

Geoffrey releva la tête avec humeur, et il ouvrait la bouche pour répondre à cette allusion si inopportune à Anne Silvester, quand une voix appelant Arnold se fit entendre de l'intérieur et annonça l'arrivée d'une troisième personne dans la bibliothèque. La conférence secrète des deux jeunes gens était terminée.

18

Plus près encore

Blanche s'avança d'un pas léger.

– Que faites-vous ici ? demanda-t-elle à Arnold.

– Rien. J'allais justement vous chercher dans le jardin.

– Le jardin est insupportable ce matin.

En disant cela, elle s'éventait avec son mouchoir et, remarquant pour la première fois la présence de Geoffrey, elle ne prit pas du tout la peine de cacher l'ennui qu'elle en éprouvait.

Attendez que je sois mariée, pensa-t-elle, et Mr Delamayn sera plus habile que je ne le soupçonne de l'être, s'il jouit encore beaucoup de la société de son ami.

– Un peu trop chaud, hein ? dit Geoffrey en voyant les yeux de la jeune fille fixés sur lui et supposant qu'elle attendait de lui quelque compliment.

Après avoir accompli ce devoir, il s'éloigna sans attendre une réponse, et alla s'asseoir devant un des bureaux de la bibliothèque.

– Sir Patrick est tout à fait dans le vrai à propos des jeunes gens d'aujourd'hui, dit Blanche en se retournant du côté d'Arnold. En voici un qui m'adresse une question et qui n'attend pas que je lui réponde. Il y en a trois autres du même genre dans le jardin, qui n'ont parlé, depuis une heure, que des ancêtres de leurs chevaux et des muscles des hommes. Quand nous serons mariés, Arnold, ne me présentez aucun de vos amis, à moins qu'il n'ait atteint la cinquantaine. Comment nous occuper jusqu'au lunch ? On est tranquille ici, et au frais au milieu des livres. J'ai besoin d'une douce occupation et je n'ai absolument rien à faire. Si nous lisions quelques poésies ?

– Pendant qu'il est ici ? demanda Arnold en désignant l'antithèse personnifiée de la poésie, autrement dit Geoffrey Delamayn, assis, le dos tourné, à l'autre bout de la bibliothèque, écrivant.

– Pouah ! fit Blanche. Mettons qu'il y ait un animal dans la pièce ; nous n'avons pas à nous inquiéter de lui.

– Ah, mais ! s'écria Arnold, vous êtes plus mordante ce matin que sir Patrick lui-même ! Si vous parlez ainsi de mon ami, que sera-ce donc quand nous serons mariés ?

Blanche fit glisser sa main dans celle d'Arnold et lui imprima une douce pression très significative.

– Je serai toujours bonne pour vous, murmura-t-elle avec un regard plein des plus tendres promesses.

Arnold lui rendit ce regard.

Geoffrey devenait gênant. Pourquoi ce grand et stupide maladroit n'allait-il pas écrire ailleurs ?

Avec un petit soupir étouffé, Blanche se laissa tomber sur un fauteuil et demanda de nouveau la lecture de quelques poésies, mais d'une voix mal assurée, son visage étant bien plus coloré que d'habitude.

– Quelle poésie dois-je vous lire ? demanda Arnold.

– N'importe laquelle. C'est encore un de mes caprices. Je meurs du désir d'entendre de la poésie, je ne sais laquelle, et je ne sais pourquoi j'éprouve ce désir.

Arnold alla droit à la plus proche tablette et prit le premier volume qui lui tomba sous la main, un gros livre in-quarto dont la reliure était très simple.

– Eh bien ! demanda Blanche, qu'avez-vous trouvé ?

Arnold ouvrit le volume et lut consciencieusement tel qu'il était imprimé :

– *Le Paradis perdu,* poème, par John Milton.

– Je n'ai jamais lu Milton, dit Blanche, et vous ?

– Moi non plus.

– Autre exemple de sympathie entre nous ! Nulle personne instruite ne doit cependant ignorer Milton. Rangeons-nous parmi les personnes instruites. Commencez, je vous prie.

Arnold prit un tabouret, s'assit aux pieds de Blanche et ouvrit le premier livre du *Paradis perdu.*

Son « système » de lecture était la simplicité même. En poésie, nous sommes quelques-uns – beaucoup de poètes vivants peuvent en témoigner –, qui tenons pour le son, et quelques autres – peu de poètes vivants peuvent en témoigner – s'arrêtent au sens. Arnold était pour le son.

Il s'arrêtait inexorablement après chaque vers comme s'il y avait un point; il lisait aussi vite que le lui permettaient les difficultés qu'il éprouvait à articuler les mots.

La première désobéissance de l'homme et le fruit
De cet arbre formidable dont la saveur mortelle
Amena la mort en ce monde, nous livra au malheur,
Et nous fit perdre le Paradis jusqu'au moment où un homme plus grand
Nous rendit et nous reconquit le séjour des bienheureux.
Chante, muse mortelle...

– C'est beau, dit Blanche. Quelle honte d'avoir depuis si longtemps Milton dans la bibliothèque et de ne pas l'avoir encore lu. Nous passerons des matinées à lire Milton, Arnold. Cela paraît long, mais nous sommes jeunes tous deux, et nous vivrons peut-être assez pour voir la fin du livre... Attendez donc, Arnold, que je vous regarde encore; vous ne me semblez pas être revenu à Windygates dans de bonnes dispositions.

– Vraiment?... je ne pourrais vous expliquer cela.

– Je le puis, moi, c'est par sympathie. Je ne suis pas non plus dans mon état habituel.

– Vous?

– Non; après ce que j'ai vu à Craig Fernie, je deviens de plus en plus inquiète au sujet d'Anne. Vous devez le comprendre, j'en suis sûre; je vous en ai assez dit ce matin.

Arnold cessa brusquement de regarder Blanche, pour se replonger dans le Milton. Cette nouvelle allusion aux événements de Craig Fernie lui semblait un nouveau reproche à propos de sa conduite à l'auberge. Il essaya d'imposer silence à la jeune fille, en montrant Geoffrey.

– N'oubliez pas, murmura-t-il, qu'il y a une autre personne que nous dans cette pièce.

Blanche leva les épaules très dédaigneusement.

– Que lui importe ? demanda Blanche. Que sait-il et que se soucie-t-il de savoir au sujet d'Anne ?

Il n'y avait qu'une seule chance de détourner l'attention de Blanche de ce sujet délicat, c'était de reprendre la lecture ; Arnold sauta deux vers et continua avec plus de son et moins de sens que jamais :

Au commencement, comment le ciel et la terre
Sortirent-ils du chaos ? Comment la montagne de Sion...

– Attendez encore, Arnold. Vous ne pouvez ainsi me donner une indigestion de Milton. Et puis j'ai quelque chose à vous dire. Savez-vous que j'ai consulté mon oncle au sujet d'Anne ? Je l'ai abordé ici, dans cette pièce. Je lui ai dit la même chose qu'à vous-même. Je lui ai montré la lettre d'Anne et lui ai demandé ce qu'il en pensait. Il a pris un peu de temps et beaucoup de tabac avant de me répondre. Il s'est enfin décidé à parler, et m'a confirmé que je pouvais être dans le vrai en soupçonnant le mari d'Anne d'être un homme abominable. Moi, je me rappelle sa manière de se soustraire à ma vue : c'est une circonstance suspecte ! Et puis, ces lumières soudainement éteintes à mon arrivée. J'avais pensé, et Mrs Inchbare avait pensé comme moi, que c'était le vent. Sir Patrick soupçonne cet homme horrible d'avoir soufflé les bougies pour que je ne puisse pas le voir en entrant dans la chambre. Je suis intimement persuadée que sir Patrick a raison... Qu'en pensez-vous ?

– Je pense que nous ferions mieux de poursuivre notre lecture, repartit Arnold, qui avait de nouveau baissé la tête sur le livre. Nous semblons oublier Milton.

– Comme vous êtes énervant avec votre Milton. Ce dernier morceau ne m'a pas paru aussi intéressant que l'autre. Y a-t-il de l'amour dans le *Paradis perdu* ?

– Peut-être en trouverons-nous si nous continuons.

– Très bien, alors, continuez et arrivez-y bien vite.

Arnold fut si prompt qu'il perdit l'endroit où il avait lu. Au lieu de continuer, il recommença et se répéta :

Au commencement, comment le ciel et la terre
Sortirent-ils du chaos ? Comment la montagne de Sion...

– Vous avez déjà lu cela, dit Blanche.

– Je ne le crois pas.

– J'en suis sûre. Quand vous avez dit la montagne de Sion, je me souviens que cela m'a fait penser aux méthodistes. Je n'aurais jamais pensé aux méthodistes si vous n'aviez pas dit la montagne de Sion. Voilà qui tombe sous le sens.

– Je vais essayer la page suivante, dit Arnold. Je ne puis l'avoir déjà lue, car je n'ai pas tourné le feuillet.

Blanche se renversa sur son siège et, résignée, se voila le visage avec son mouchoir.

– Les mouches ! dit-elle. Ne croyez pas que je veuille dormir. Essayez l'autre page, cher Arnold, l'autre page !

Arnold continua :

Disons d'abord, car le Ciel ne cache rien à ta vue,
Pas plus que les profondeurs de l'enfer, disons d'abord quelle cause
Vint troubler nos premiers parents dans cet heureux état...

Blanche retira vivement son mouchoir et se tint assise toute droite sur son fauteuil.

– Fermez ce livre ! cria-t-elle, je ne puis en supporter davantage. Arnold, fermez-le !... Arnold, fermez-le !...

– Qu'avez-vous ?

– Cet heureux état, qu'est-ce que cet heureux état signifie ? Le mariage, sans doute ! Et le mariage me rappelle Anne. Je n'en veux pas entendre davantage. *Le Paradis perdu* est trop pénible. Fermez le livre. Bien. Ma première question à sir Patrick a donc été pour savoir ce qu'il pensait que le mari d'Anne avait pu faire. Le misérable a eu envers elle une conduite infâme ; mais en quoi... de quelle façon ?... Y a-t-il quelque secours à porter à Anne ?... Mon oncle réfléchit encore. Il pensait que tout était possible. « Les mariages secrets sont dangereux, m'a-t-il affirmé, surtout en Écosse. » Je ne pouvais rien lui dire à ce sujet. Je me contentai de lui répondre : « Supposez que cela soit. Qu'arriverait-t-il? – Il est fort possible, dans ce cas, répondit sir Patrick, que miss Silvester puisse concevoir des inquiétudes au sujet de son mariage. Elle peut même avoir raison de penser que ce soit un mariage sérieux. »

Arnold tressaillit et regarda du côté de Geoffrey, toujours assis devant le bureau et qui lui tournait toujours le dos.

Tout en se trompant dans leur appréciation sur la situation d'Anne Silvester, Blanche et sir Patrick avaient néanmoins soulevé la vraie question qui touchait Anne et Geoffrey : celle du mariage en Écosse.

Arnold ne pouvait, en présence de Blanche, dire à Geoffrey d'écouter l'opinion de sir Patrick. Il pensa que ces paroles étaient parvenues jusqu'à l'oreille de l'athlète et que Geoffrey écoutait.

Il écoutait, en effet; les derniers mots de Blanche étaient arrivés jusqu'à lui au moment où il pesait encore les termes de la lettre qu'il devait adresser à son frère.

Blanche continua tout en passant ses doigts dans les cheveux d'Arnold assis à ses pieds :

– L'idée me vint à l'instant que sir Patrick avait touché la vérité. Naturellement, je le lui dis. Il se mit à rire et me répondit qu'il ne fallait pas ainsi se hâter de conclure. Et nous voilà cherchant dans les ténèbres et rassemblant tous les détails inquiétants que j'avais observés à l'auberge; mais chacun d'eux est susceptible d'explications différentes… Sir Patrick aurait épilogué toute la matinée si je ne l'avais arrêté. Moi, je suis logique. Je dis que j'avais vu Anne et qu'il ne l'avait pas vue, ce qui constitue une grande différence. Je lui dis que tout ce qui m'étonnait et m'effrayait pour ma pauvre chérie me semblait expliqué. La loi peut et doit atteindre cet homme, et il faut qu'il soit puni. Je prenais à ce moment les choses tellement à cœur que je crois que je pleurais. Que pensez-vous que fit ce cher vieil oncle? Il me prit sur ses genoux et me dit, de la façon la plus charmante, qu'il adopterait ma manière de voir tout de suite, si je voulais lui promettre de ne plus pleurer, sauf à me présenter les choses sous un nouveau jour, dès que j'aurais repris du calme. Vous pouvez imaginer avec quelle prestesse j'essuyai mes yeux et quel aspect tranquille j'offris en moins d'une demi-minute ! « Admettons, me dit alors mon oncle, que cet homme inconnu a réellement essayé de tromper miss Silvester, ainsi que vous et moi nous le supposons. Je puis vous dire une chose, c'est qu'il y a autant de probabilité pour que contre. En essayant de la précipiter dans le piège, il pourrait bien finir, sans en avoir le moindre soupçon, par s'y prendre lui-même. »

Geoffrey retint sa respiration ; la plume lui tomba des doigts sans qu'il y prît garde. La lumière que son frère n'avait pu jeter sur ce sujet du mariage d'Écosse commençait enfin à poindre.

Blanche reprit :

– J'étais si intéressée par ce que j'entendais, et l'opinion de sir Patrick provoquait une si violente impression sur moi, que je n'ai rien oublié. « Il me faut instruire votre pauvre petite tête des dispositions de la loi écossaise, continua mon oncle. Je vais tâcher de vous les exposer clairement. Il y a des mariages permis en Écosse, qu'on appelle des mariages irréguliers, et c'est abominable. Mais ils ont ce mérite particulier, dans l'espèce qui nous occupe, qu'il est extrêmement difficile pour un homme de feindre d'être marié, mais très aisé de se marier réellement sans en avoir le plus léger soupçon. » Voilà exactement ce que mon oncle m'a dit, Arnold. Quand nous nous marierons, ce ne sera pas en Écosse !

Les vives couleurs de Geoffrey s'effacèrent. Si tout cela était vrai, il pouvait bien lui-même être pris au piège qu'il aurait tendu à Anne ! Blanche continuait son récit. Il écouta plus attentivement encore.

– Mon oncle me demanda si je le comprenais. C'était clair comme le jour en plein midi… naturellement je l'avais compris. « Très bien, alors, passons maintenant à l'application, dit sir Patrick ; supposons encore que nous ayons deviné juste. Miss Silvester peut se rendre malheureuse sans cause réelle. Si cet homme invisible de Craig Fernie a voulu, je ne dirai pas l'épouser, mais feindre de la prendre pour femme, et s'il a essayé de jouer ce jeu abominable en Écosse, il y a neuf chances contre une, quoiqu'il ne le croie pas, ni elle non plus, pour qu'il l'ait réellement épousée. » Ce sont toujours les propres paroles de mon oncle. Inutile d'ajouter qu'une demi-heure après qu'elles étaient tombées de ses lèvres, je les avais envoyées à Craig Fernie dans une lettre adressée à Anne !

Les yeux de Geoffrey brillèrent tout à coup. Une lumière infernale les illumina, une idée inspirée par le démon entrait dans son esprit.

Il regarda furtivement l'homme auquel il avait sauvé la vie, l'homme qui, en retour, s'était dévoué pour le servir. Une hideuse malice contracta sa bouche et passa dans ses yeux.

Arnold s'est donné comme son mari à l'auberge. Par Dieu ! voilà un moyen de me tirer d'affaire auquel je n'avais pas pensé !

Et là-dessus, il revint à la lettre à demi terminée qu'il écrivait à son frère. Pour la première fois de sa vie, il était violemment agité ; pour la première fois aussi, il était dompté par ses propres pensées !

Il avait écrit à Julius sous l'influence de la vive nécessité de gagner du temps, afin de pouvoir amener Anne à quitter l'Écosse avant de s'aventurer à courtiser Mrs Glenarm. Sa lettre contenait une foule d'excuses embarrassées dans le but de retarder son retour à la maison de Julius.

Non ! se dit-il en la relisant, ce n'est plus cela !

Il tourna une seconde fois la tête du côté d'Arnold, et tout en le regardant, il déchira la lettre en petits morceaux.

Blanche n'avait pas fini.

– Non, disait-elle à Arnold qui lui proposait un tour dans le jardin, j'ai encore quelque chose à vous dire et vous y êtes intéressé cette fois.

Arnold se résigna donc à écouter et, qui pis est, à répondre, s'il ne pouvait faire autrement, sur le ton d'un innocent étranger qui, de sa vie, ne se serait approché de l'auberge de Craig Fernie.

– Eh bien ! reprit Blanche, que pensez-vous qu'il soit advenu de ma lettre à Anne ?

– Ce qu'il y a de sûr, c'est que je n'en sais rien.

– Il n'en est rien advenu !

– En vérité ?

– Absolument rien ! Je sais qu'elle a reçu ma lettre hier matin. Je comptais avoir sa réponse ce matin, avant le déjeuner.

– Peut-être a-t-elle pensé qu'elle ne demandait pas de réponse.

– Elle ne peut penser cela, pour des raisons connues de moi seule. En outre, dans ma lettre d'hier, je la suppliais de me faire savoir, ne fût-ce que par une ligne, si dans la supposition que nous avions faite sur la nature de ses inquiétudes, sir Patrick et moi nous avions deviné juste. Voici la journée qui s'avance, et pas de réponse ! Qu'en dois-je conclure ?

– Véritablement, je l'ignore.

– Est-il possible, Arnold, que nous n'ayons pas deviné juste après tout ? La méchanceté de cet homme qui a soufflé la bougie ne peut se jouer de notre perspicacité. Le doute est si affreux que je suis résolue à ne pas demeurer dans cette incertitude plus longtemps. Je compte sur votre sympathie et sur votre assistance pour demain.

Arnold sentit son cœur défaillir. Quelque nouvelle complication se préparait évidemment à l'assaillir. Il attendit le coup en silence.

Blanche se pencha vers lui et lui dit à l'oreille :

– C'est un secret… Si cet être qui est là-bas au bureau a des oreilles pour autre chose que pour le canotage et les courses, il ne doit pas entendre ceci. Anne peut venir me voir secrètement à l'heure du lunch. Si elle ne vient pas et si je ne reçois pas de ses nouvelles, alors le mystère de son silence devra être éclairci, et c'est vous que je chargerai de l'éclaircir.

– Moi ?

– Ne créez pas de nouvelles difficultés ! Si vous ne

pouvez trouver les moyens d'arriver à Craig Fernie, je vous aiderai. Quant à Anne, vous savez qu'elle est bonne et charmante; elle vous recevra parfaitement par amour pour moi. Je dois et je veux avoir de ses nouvelles mais je ne puis pas m'enfuir de la maison une seconde fois. Sir Patrick est sympathique à ma pauvre chérie, mais il ne voudra pas bouger. Lady Lundie est une cruelle ennemie. Les domestiques sont menacés de perdre leurs places, si un seul se rend auprès d'Anne. Il n'y a que vous. Ainsi, demain, vous irez trouver Anne, si je ne la vois pas ou si je ne reçois pas de ses nouvelles aujourd'hui.

Une pareille mission à l'homme qui avait passé à l'auberge pour le mari d'Anne et qui était devenu forcément l'intime confident de son triste secret!

Arnold se leva et remit le Milton en place avec le calme du désespoir.

S'il se fût agi de tout autre secret, il aurait cherché un confident et du secours; mais le secret d'une femme à la garde duquel était attachée la réputation de celle-ci ne devait être confié à personne, sous la pression de quelque circonstance que ce fût.

Si Geoffrey ne me tire pas de là, pensa-t-il, je n'ai pas d'autre solution que de quitter Windygates demain.

Comme il replaçait le livre sur la tablette, lady Lundie entra dans la bibliothèque, venant du jardin.

– Que faites-vous ici? dit-elle à sa belle-fille.

– Je cultive mon esprit, répliqua Blanche. Mr Brinkworth et moi nous avons lu Milton.

– Pouvez-vous pousser la condescendance, après avoir lu Milton toute la matinée, jusqu'à m'aider dans l'envoi des invitations pour mon dîner de la semaine prochaine?

– Poussez-vous vous-même la condescendance jusqu'à vouloir bien y songer après avoir passé toute la matinée à donner du grain à vos poules? Quant à moi, je dois être l'humilité même après la lecture de Milton.

Sur ce petit échange d'acides aménités féminines, la belle-mère et la belle-fille se placèrent à l'écart devant une table.

Arnold rejoignit son ami à l'autre bout de la bibliothèque

Geoffrey était assis, les coudes appuyés sur le pupitre et ses poings fermés enfoncés dans ses joues. De grosses gouttes de sueur perlaient sur son front, et les fragments d'une lettre déchirée étaient épars autour de lui. Il laissa voir des symptômes de nervosité pour la première fois de sa vie. Il tressaillit lorsque Arnold lui adressa la parole.

– Qu'avez-vous, Geoffrey?

– Une réponse à faire à une lettre, et je ne sais que dire.

– Une lettre à miss Silvester? demanda Arnold en baissant la voix pour ne pas être entendu des deux dames, à l'autre extrémité de la salle.

– Non, répondit Geoffrey encore plus bas.

– Avez-vous entendu ce que Blanche a dit au sujet de miss Silvester?

– J'en ai entendu quelques mots.

– Blanche a l'intention de m'envoyer à Craig Fernie demain si elle ne reçoit pas de nouvelles de miss Silvester aujourd'hui.

– Je n'ai pas entendu cela.

– Vous le savez maintenant.

– Eh bien?

– Eh bien! il y a une limite aux services qu'un homme peut attendre de son meilleur ami. J'espère que vous ne me demanderez pas d'être, demain, le messager de Blanche. Je ne pourrais et je ne consentirais pas à retourner à l'auberge, dans l'état actuel des choses.

– Vous en avez assez, hein?

– J'ai assez de tourmenter miss Silvester et plus qu'assez de tromper Blanche.

– Qu'entendez-vous par tourmenter miss Silvester?

– Elle ne doit pas accepter aussi facilement que vous et moi, Geoffrey, la nécessité où elle s'est trouvée de me faire passer pour son mari aux yeux des gens de l'auberge.

Geoffrey prit d'un air distrait un couteau à papier et,

la tête courbée sur la table, il se mit à couper le bout du papier buvard qu'il avait sous la main. Le front toujours baissé, il rompit brusquement le silence en murmurant :

– Dites-moi…

– Quoi ?

– Comment vous y êtes-vous pris pour la faire passer pour votre femme ?

– Je vous l'ai déjà dit, pendant le trajet de la gare à ici.

– Je pensais à autre chose, redites-le-moi encore.

Arnold lui raconta de nouveau ce qui était arrivé à l'auberge. Geoffrey écoutait, sans un mot. Il posa le couteau en équilibre sur l'un de ses doigts, d'un air distrait. Il était étrangement indolent et étrangement silencieux.

– Tout cela est bien fini, dit Arnold en le secouant par l'épaule. C'est à vous maintenant à me tirer de la position difficile dans laquelle je me suis placé vis-à-vis de Blanche. Il faut que tout soit arrangé avec miss Silvester aujourd'hui même.

– Les choses s'arrangeront.

– S'arrangeront ?… Qu'attendez-vous ?

– J'attends, pour faire ce que vous m'avez dit.

– Que vous ai-je dit ?

– Ne m'avez-vous pas conseillé de consulter sir Patrick avant de l'épouser ?

– Certainement !… je vous l'ai conseillé.

– Eh bien ! j'attends l'occasion d'un entretien avec lui.

– Et alors ?

– Et alors… (Il regarda Arnold pour la première fois.) Alors, vous pourrez considérer l'affaire comme arrangée.

– Le mariage ?

Geoffrey ramena vivement ses yeux sur le buvard.

– Oui… le mariage.

Arnold lui tendit la main en signe d'approbation. Geoffrey eut l'air de ne pas le remarquer, ses yeux se portèrent vers la fenêtre.

– N'entendez-vous pas des voix au-dehors ? demanda-t-il.

– Je crois que nos amis sont dans le jardin. Peut-être sir Patrick est-il avec eux. Je vais voir.

Dès qu'il eut le dos tourné, Geoffrey saisit une feuille de papier à lettres.

Avant que je l'oublie ! se dit-il à lui-même.

Puis il écrivit en haut de la page le mot « *mémorandum* » et ajouta ces lignes en dessous :

Il l'a demandée à la porte comme sa femme. Il a dit pendant le dîner, devant la patronne de l'auberge et devant le garçon : « Je prends ces chambres pour ma femme. » Il lui a fait dire, à elle-même, qu'il était son mari. Après cela, il a passé toute la nuit à l'auberge. Comment les hommes de loi appellent-ils cela en Écosse ? Question : EST-CE UN MARIAGE ?

Après avoir plié le papier, il hésita un moment.

Non, pensa-t-il, je ne veux pas m'en rapporter à ce qu'a dit miss Lundie. Je ne puis avoir une certitude qu'après avoir consulté sir Patrick.

Il mit le papier dans sa poche et essuya l'abondante transpiration qui inondait son visage. Il était pâle, extraordinairement pâle, quand Arnold revint.

– Il ne vous est rien arrivé de fâcheux, Geoffrey ? Vous êtes tout défait !

– C'est la chaleur. Où est sir Patrick ?

– Il faut prendre soin de vous.

Arnold montra par la fenêtre sir Patrick qui traversait la pelouse en direction de la bibliothèque, des journaux à la main, et accompagné par les hôtes de Windygates. Sir Patrick souriait et ne disait rien. Les hôtes parlaient avec animation sur le diapason le plus haut. Encore une collision entre l'ancienne école et la nouvelle.

Arnold attira l'attention de Geoffrey sur ce qui se passait là-bas.

– Comment allez-vous consulter sir Patrick avec tout ce monde autour de lui ?

– S'il le faut, dit Geoffrey, je le prendrai par la peau du cou et je le porterai plus loin.

Et il se leva en ponctuant ces paroles d'un gros juron.

Sir Patrick entra dans la bibliothèque avec les hôtes à sa suite.

19

Encore plus près

L'invasion de la bibliothèque par la société venant du jardin semblait avoir un double objet.

Sir Patrick entrait dans cette pièce pour remettre à leur place les journaux qu'il y avait pris. Les hôtes, au nombre de cinq, l'avaient suivi pour faire corps autour de Geoffrey Delamayn. Entre ces deux motifs si dissemblables en apparence, il y avait pourtant une relation qui n'apparaissait pas à première vue.

De ces cinq hôtes, deux étaient des gentlemen d'âge moyen, appartenant à cette grande catégorie de la famille humaine à laquelle la main de la nature a donné une teinte neutre qui n'attire pas les regards. Ils avaient absorbé les idées de leur temps dans la mesure de leur capacité à les contenir ; ils occupaient, dans la société, à peu près la place qu'occupe le chœur dans un opéra. Ils se faisaient l'écho des sentiments en vogue, et leurs répliques donnaient à l'orateur le temps de reprendre sa respiration.

Les trois autres étaient du beau côté de la trentaine. Tous trois versés dans les courses de chevaux, les exercices athlétiques, adonnés à la pipe, à la bière, au billard et aux paris. Tous trois profondément ignorants de toute autre chose sous le soleil. Tous trois gentlemen par leur naissance et tous trois marqués du sceau de l'éducation universitaire, ils étaient comme les reflets affaiblis de Geoffrey. Nous les distinguerons, en l'absence de toute autre distinction, en leur donnant les numéros Un, Deux, Trois.

Sir Patrick déposa les journaux sur la table et s'installa dans un bon fauteuil. Il fut immédiatement attaqué, en sa qualité de chef de famille, par son inexorable belle-sœur. Lady Lundie lui dépêcha Blanche avec la liste des invités pour le dîner,

Tandis que sir Patrick jetait un coup d'œil sur la liste et qu'Arnold se frayait un chemin vers Blanche, derrière le fauteuil de son oncle, les numéros Un, Deux, Trois, et le Chœur à leur suite, descendirent en corps vers Geoffrey à l'autre bout de la pièce, et firent rapidement, l'un après l'autre, appel à son autorité supérieure, dans les termes suivants :

– Delamayn, nous avons besoin de vous. Voici sir Patrick qui nous rabaisse plus bas que terre. Il nous appelle des Bretons aborigènes. Il dit que nous n'avons pas d'instruction. Il doute que nous puissions lire, écrire et calculer, s'il nous mettait à l'épreuve. Il jure qu'il est las de ces jeunes gens qui se montrent leurs bras et leurs jambes pour voir quel est le plus solide, quel est celui qui peut se vanter d'une triple ceinture de muscles autour de son appareil respiratoire, celui qui en est dépourvu, et autres plaisanteries de ce genre. Il profère des paroles infernales au sujet du brave garçon qui aime la vie saine au grand air, qui s'exerce à ramer, à courir et à tout le reste, et qui ne veut pas se dessécher sur des livres. Il nous croit capables de tous les crimes connus, y compris l'assassinat. Il voit votre nom imprimé dans les journaux pour la course à pied, et il répond, quand nous lui demandons s'il a lancé des paris, qu'il tiendrait tous les enjeux contre vous dans une autre course, à l'Université… il veut parler de vos degrés. C'est dégoûtant, cette allusion aux degrés.

Telle était l'opinion du numéro Un.

– Il est de mauvais goût de la part de sir Patrick de mettre sur le tapis une chose que nous ne mentionnons jamais entre nous.

Telle était aussi l'opinion du numéro Deux.

– Il n'est pas digne d'un Anglais de se moquer ainsi d'une personne derrière son dos.

Telle était encore l'opinion du numéro Trois.

– Rappelez-le à l'ordre, Geoffrey.

– Votre nom est dans les journaux.

– Sir Patrick ne peut pas lutter contre vous.

Les deux autres gentlemen se joignirent, sur un ton moins haut, à l'opinion générale.

– La manière de voir de sir Patrick est certainement exagérée, Smith.

– Je pense, Jones, qu'il est désirable d'entendre ce que dira Mr Delamayn.

Geoffrey promenait son regard de l'un à l'autre de ses admirateurs avec une expression tout à fait nouvelle pour eux et quelque chose d'insolite dans ses manières qui les plongeait tous dans l'étonnement.

– Vous ne pouvez donc vous-mêmes soutenir la discussion avec sir Patrick, dit-il, puisque vous désirez que je m'en charge.

Un, Deux, Trois et le Chœur répondirent :

– C'est votre affaire.

– Je ne le ferai pas.

Un, Deux, Trois et le Chœur demandèrent :

– Pourquoi ?

– Parce que vous avez tort et que sir Patrick a raison.

Ce ne fut pas seulement de la surprise, ce fut une véritable stupéfaction qui frappa de mutisme la députation du jardin.

Sans un mot de plus, Geoffrey marcha droit vers le fauteuil de sir Patrick et s'adressa personnellement à lui. Les satellites suivirent et écoutèrent, toujours plongés dans leur muet étonnement.

– Vous tiendriez, quelque enjeu que ce fût, contre moi si je voulais passer mes degrés ? dit-il. Vous avez parfaitement raison ; je ne pourrais pas passer mes degrés. Vous doutez qu'il y ait un de mes camarades qui puisse lire, écrire et calculer correctement si vous le mettiez à l'épreuve ? Vous avez encore raison. Vous dites que vous ne voyez pas pourquoi des hommes comme moi et comme eux ne commenceraient point par ramer, courir et se livrer à tous les exercices de ce genre et ne finiraient point par commettre tous les crimes connus, y compris l'assassinat. Eh bien ! vous pouvez encore avoir raison. Qui sait ce qui peut leur arriver ? Qui sait par quoi ils peuvent finir ?

Puis, se retournant vers la députation, il ajouta :

– Si vous vouliez savoir ce que je pense, vous autres, je l'ai dit.

Il y avait, dans le cynisme de cette déclaration et dans l'espèce de farouche plaisir qu'il avait semblé y prendre, quelque chose qui fit passer dans le cercle de ceux qui l'écoutaient, et sur sir Patrick lui-même, une sorte de frisson.

Au milieu du silence général, un sixième hôte apparut sur la pelouse et entra dans la bibliothèque. C'était un vieillard silencieux, résolu et sans prétentions, bien connu dans Londres et hors de Londres comme le premier chirurgien consultant de son temps.

– Il y avait une discussion engagée ? demanda-t-il. Suis-je de trop ?

– Il n'y a pas de discussion, nous sommes tous d'accord ! cria Geoffrey, répondant impudemment pour tous. C'est là ce qu'il y a de plus drôle, monsieur !

Après un coup d'œil jeté sur Geoffrey, le chirurgien s'arrêta tout à coup au moment où il allait avancer dans la salle, et resta debout près de la fenêtre.

– Je vous demande pardon, dit sir Patrick en s'adressant à Geoffrey, avec une dignité grave qui était toute nouvelle pour Arnold et qu'il n'avait pas eu encore l'occasion d'observer chez lui. Nous ne sommes pas tous d'accord. Je ne puis vous permettre, Mr Delamayn, de me prêter des sentiments à votre égard, semblables à ceux que vous venez d'exprimer. Le langage dont vous vous êtes servi ne me laisse pas d'autre possibilité que de rétablir ma véritable pensée. Ce n'est pas ma faute si la discussion du jardin s'est ravivée ici devant d'autres témoins… c'est la vôtre.

En parlant, il regardait d'un côté Arnold et Blanche, et de l'autre le chirurgien debout près de lui.

Le chirurgien s'était trouvé une occupation qui l'isolait complètement du reste de la compagnie. Tenant son visage dans l'ombre, il étudiait celui de Geoffrey, éclairé en pleine lumière, avec une attention qui aurait été généralement observée, si tous les yeux n'avaient pas été braqués sur sir Patrick.

Pendant que sir Patrick parlait, Geoffrey s'était assis, impassible devant le reproche dont il était l'objet. Si, dans son impatience de consulter la seule autorité compétente pour décider la question de la position d'Arnold vis-à-vis d'Anne, il s'était rangé du côté de sir Patrick, c'était pour se débarrasser de la présence importune de ses amis, et il avait manqué son but parce qu'il était incapable d'observer jamais une juste mesure.

Était-il maintenant découragé par le tour que prenaient les choses, ou simplement résigné à laisser passer le temps, à attendre l'occasion? C'est ce qu'il était difficile de dire, d'après les apparences extérieures. On aurait pu remarquer une contraction imprimée au coin de sa bouche, ce qui n'effaçait pas la stupide indifférence de son regard; il demeurait là comme un homme décidé à se retrancher dans une opiniâtre indolence, et il défiait toute tentation de se laisser engager de nouveau dans la discussion qui menaçait de continuer.

Sir Patrick reprit un des journaux qu'il avait apportés, et regarda si le chirurgien le suivait.

Non! L'attention du chirurgien était plus que jamais absorbée dans l'étude de la physionomie de Geoffrey; il se creusait l'esprit pour s'expliquer quelque chose qui l'intéressait et le surprenait tout à la fois chez le jeune homme.

Cet homme, pensait-il, est arrivé ici ce matin, après avoir passé toute la nuit en chemin de fer. Une fatigue ordinaire peut-elle expliquer ce que je vois sur son visage? non!

– Notre petite discussion dans le jardin, reprit sir Patrick en répondant au regard interrogateur de Blanche posé sur lui, a commencé, ma chère, à propos d'un paragraphe de ce journal, annonçant que Mr Delamayn doit prendre part à la course à pied qui aura lieu dans les environs de Londres. Je professe des opinions fort impopulaires à l'endroit des exploits athlétiques si prisés en Angleterre actuellement. Il se peut que j'aie exprimé ces opinions un peu trop énergiquement dans la chaleur de la discussion avec les gentlemen qui sont, très consciencieusement, je n'en doute pas, d'une opinion contraire à la mienne.

Un second grognement de protestation des numéros Un, Deux, Trois répondit au petit compliment que sir Patrick leur adressait.

– Comment ! Le canotage et les courses doivent finir à Old Bailey et par la potence ? Vous avez dit cela, monsieur, vous l'avez dit !

Les deux gentlemen du Chœur se rangèrent une fois de plus au sentiment général.

– Je crois que c'était là le sens des paroles de sir Patrick, Smith ?

– Oui, Jones, certainement, je le pense.

Les deux seules personnes qui demeuraient encore indifférentes au débat étaient Geoffrey et le chirurgien. Le premier, toujours assis stupidement et aussi peu disposé à l'attaque qu'à la défense ; le second, debout, poursuivant son examen avec l'intérêt croissant d'un homme qui commence à y voir clair.

– Écoutez ma défense, messieurs ! s'écria sir Patrick toujours avec la même courtoisie. Vous appartenez, rappelez-vous-le bien, à une nation qui se targue surtout du respect pour les règles du franc jeu. Je dois prendre la liberté de vous rappeler ce que j'ai dit dans le jardin. J'ai commencé par une concession. J'ai admis, comme toute personne douée de la plus petite dose de bon sens doit l'admettre, qu'un homme, dans la grande majorité des cas, sera plus propre à l'exercice mental s'il le combine avec l'exercice physique. L'équilibre entre les deux est une question de proportion et de degré, et mon reproche contre le temps présent est qu'il ne tient pas compte de cette proportion. L'opinion populaire en Angleterre tend de plus en plus à considérer la culture des muscles comme aussi importante que la culture de l'esprit, et va même plus loin, sinon en théorie, du moins dans la pratique ; elle va jusqu'à donner la première place à l'éducation corporelle. Prenons un exemple. Je ne découvre dans la nation aucun enthousiasme aussi franc, aussi général que celui qu'excitent vos courses en canots de l'Université. De plus, je vois cette éducation athlétique qui est la vôtre faire l'objet d'une fête publique célébrée dans les écoles et les collèges, et je demande à tout témoin non prévenu de me dire ce qui occupe la plus grande place dans les feuilles publiques, de l'exhibition intérieure, le jour des prix, ou de l'exhibition extérieure, le jour des sports ? Vous savez parfaitement bien que les exploits corporels excitent les plus bruyantes acclamations, occupent le premier rang dans les journaux et, conséquence nécessaire, confèrent les plus grands honneurs sociaux aux héros de la journée.

Nouveau murmure de la part des numéros Un, Deux, Trois.

– Nous n'avons rien à dire à cela, monsieur. Jusqu'ici nous sommes d'accord avec vous.

Nouvelle ratification de l'opinion prédominante de la part de Smith et Jones.

– Très bien ! poursuivit sir Patrick, nous sommes tous d'un même avis quant à l'opinion publique. Si c'est un sentiment à respecter et à encourager, montrez-moi quel avantage national en est résulté. Où est l'influence de ces explosions d'enthousiasme sur les intérêts sérieux de la vie ? Et comment ont-elles amélioré le caractère du peuple ? Sommes-nous individuellement plus prêts à sacrifier nos petits intérêts privés au bien public ? Traitons-nous les questions sociales de notre temps d'une manière plus remarquable, plus résolue, plus équitable et plus ferme ? Sommes-nous devenus visiblement et incontestablement un peuple plus pur dans nos mœurs commerciales ? Y a-t-il quelque chose de plus sain et de plus élevé dans ces amusements que dans d'autres amusements qui, dans d'autres pays, retracent fidèlement un autre goût public ? Présentez-moi des réponses affirmatives à toutes ces questions, réponses fondées sur des preuves solides, et j'accepte la manie présente pour les exercices athlétiques comme étant mieux qu'une manifestation de notre présomption et de notre barbarie insulaires…

– À la question ! à la question ! crièrent les numéros Un, Deux et Trois.

– À la question ! à la question ! répétèrent Smith et Jones, comme deux échos affaiblis.

– C'est la question, répondit sir Patrick. Je vous demande quel bien produit cette mode…

– Quel mal fait-elle ? répliquèrent Un, Deux et Trois.

– Écoutez !… écoutez !… firent Smith et Jones.

– C'est un beau défi, reprit sir Patrick. Je me sens obligé d'accepter la lutte sur ce nouveau terrain. Je n'alléguerai pas, comme réponse, la rudesse toujours croissante que je remarque dans nos manières et la vulgarité qui m'apparaît de plus en plus sensible dans nos goûts. Vous pourriez me répondre, avec juste raison, que je suis trop vieux pour être bon juge de vos manières et de vos goûts, qui ne sont plus de mon âge. Je prétends seulement qu'une opinion publique qui place pratiquement l'éducation physique au-dessus de l'éducation morale et intellectuelle est un état positivement mauvais et dangereux en ce sens qu'il encourage la répugnance innée des hommes à se soumettre aux devoirs que leur imposent inévitablement la morale et la culture de l'esprit. Prenez les enfants. À quoi sont-ils plus enclins ? À essayer de voir à quelle hauteur ils pourront sauter, ou combien de pages ils pourront apprendre ? Quelle étude est la plus facile aux jeunes hommes, celle qui leur apprend à manier un aviron, ou celle qui leur apprend à rendre le bien pour le mal et à aimer son prochain comme soi-même ? De ces deux natures d'éducation, quelle est celle que l'Angleterre devrait encourager le plus chaleureusement ?… quelle est celle, en réalité, que l'Angleterre encourage pratiquement ?…

– Qu'avez-vous dit vous-même tout à l'heure ? demandèrent les numéros Un, Deux et Trois.

– Remarquablement répondu ! dirent Smith et Jones.

– J'ai dit, reprit sir Patrick, qu'il serait bon de combiner l'étude des livres avec un sain exercice physique. Je le dis encore, pourvu que cet exercice soit restreint dans de justes limites. Mais quand l'opinion publique intervient dans la question et place les exercices du corps au-dessus des livres, alors je répète que l'opinion publique est on ne peut plus dangereuse. Les exercices du corps, dans ce cas, prennent le premier rang dans les pensées du jeune homme ; ils absorbent son intérêt, ils dévorent tout son temps et finissent, sauf de rares exceptions, par faire de lui sûrement et lentement un homme inculte au point de vue moral et intellectuel, et peut-être un homme dangereux.

Un cri partit du camp de ses adversaires.

– Il y est venu à la fin !… Un homme qui mène une vie en plein air et qui emploie les forces que Dieu lui a données est un homme dangereux. A-t-on jamais entendu rien de pareil !…

Le cri d'indignation fut aussitôt répété avec une variante, par les deux échos humains.

– Non, personne n'a jamais rien entendu de semblable.

– Dépouillez vos esprits de votre jargon, messieurs, répondit sir Patrick. Le laboureur mène une vie en plein air, il emploie la force que Dieu lui a donnée. Le matelot de la marine marchande fait de même. Tous les deux appartiennent à une classe inculte, honteusement inculte, et voyez le résultat ! Consultez les statistiques du crime, et vous trouverez les plus hideux forfaits commis, non dans les villes où l'homme, en moyenne, ne passe pas la vie en plein air, ne fait pas, généralement, usage de sa force, mais est, comparativement, cultivé. Vous trouverez, dis-je, les plus grands crimes commis non dans les villes, mais dans les campagnes. Quant au matelot anglais, excepté quand la Marine royale s'en empare et l'instruit, demandez à Mr Brinkworth le bel échantillon qu'il fournit des bienfaits de la vie en plein air et de l'exercice de la force.

– Dans neuf cas sur dix, dit Arnold, c'est le vaurien le plus paresseux et le plus vicieux qui soit sur terre.

Autre cri dans le camp ennemi :

– Sommes-nous des laboureurs ?… Sommes-nous des matelots ?

Et toujours les échos humains :

– Smith, suis-je un laboureur ?

– Jones, suis-je un matelot?

– Je vous en prie, ne mettons pas en jeu les personnalités, messieurs, dit sir Patrick. Je parle en général et je ne puis répondre à des objections exagérées qu'en poussant mes arguments à l'extrême. Le laboureur et le matelot servaient mon dessein. Si le laboureur et le matelot vous choquent, effaçons-les de la scène. Je reste sur mes positions. Un homme peut être bien né dans de bonnes conditions de fortune, bien vêtu, bien nourri, mais si c'est un homme sans culture, il est, en dépit de tous ces avantages un homme tout particulièrement capable de nuire. Ne vous méprenez pas sur mes paroles. Je suis loin de dire que l'engouement d'à présent pour les qualités exclusivement physiques doive nous conduire inévitablement à la déportation. Heureusement pour la société, toute dépravation est, toujours plus ou moins, le résultat d'une tentation. La majorité d'entre nous, Dieu merci, traverse la vie sans être exposée à des tentations coupables. Des milliers de jeunes gens voués aux goûts favoris de ce temps n'y puiseront qu'une certaine rudesse de ton et de langage, et une lamentable incapacité de sentir ces influences plus hautes et plus nobles qui adoucissent et purifient l'esprit et l'humeur des gens cultivés. Cependant, examinez l'exception et le cas où une tentation extraordinaire et criminelle viendrait à éprouver un jeune homme de ce siècle, appartenant à votre classe et à la mienne. Et permettez-moi de prier Mr Delamayn de prêter attention à ce que je vais dire, parce qu'il s'agit là de l'opinion que j'ai réellement exprimée, opinion bien différente de l'opinion sur laquelle il affecte d'être d'accord avec moi et que je n'ai jamais professée.

Aucun signe ne vint indiquer que Geoffrey fût disposé à se départir de sa torpeur. Il demeura sur sa chaise, regardant devant lui avec des yeux alourdis qui n'observaient rien et n'exprimaient rien.

– Prenons donc, poursuivit sir Patrick, l'exemple d'un jeune homme de notre temps, doué de tous les avantages dont la culture physique peut le gratifier. Que cet homme soit éprouvé par une tentation qui met en jeu les instincts d'égoïsme et de cruauté qui sont au fond de tous les crimes ; que cet homme soit placé, vis-à-vis d'autres personnes, innocentes de toute offense envers lui, dans une position qui demande ou de sacrifier cette personne, ou de sacrifier ses propres intérêts et ses propres désirs : le bonheur, la vie d'un être faible, il les immolera pour atteindre un but auquel cet être faible ferait obstacle. Qu'est-ce qui le retiendra, étant l'homme qu'il est, de marcher droit à un crime ? Est-ce son habileté à manier l'aviron, sa rapidité à la course, son admirable aptitude pour tous les autres exercices du corps ? Sont-ce ces talents physiques qui l'aideront à remporter une victoire purement morale sur son égoïsme et sa cruauté ? Ils ne lui serviront même pas à savoir ce que sont l'égoïsme et la cruauté. Le principe essentiel du canotage et des courses, principe assez innocent si vous êtes sûr de ne l'appliquer qu'au canotage et aux courses, lui a appris à tirer avantage, contre un autre homme, de sa supériorité de force ou de ruse. Rien dans son éducation n'a adouci la dureté de son cœur ou dissipé les ténèbres de son esprit. La tentation trouve cet homme sans défense quand elle se présente sur sa route. Il ne se soucie plus du rang que le hasard lui a assigné dans l'échelle sociale ; en ce qui concerne tous les sentiments moraux, c'est un animal et rien de plus. Si mon bonheur, à moi, est un obstacle sur son chemin, il foulera mon bonheur aux pieds. Si ma vie est le second obstacle qu'il rencontre et s'il peut le faire avec impunité, il m'ôtera la vie. Non pas, Mr Delamayn, comme une victime de l'irrésistible fatalité ou de l'aveugle hasard, mais comme un homme qui a confié sa semence à la terre et qui doit faire sa récolte. Voilà, monsieur, l'exemple que j'ai choisi, mais seulement comme un cas extrême, quand cette discussion a commencé. Comme un cas extrême seulement, entendez-vous bien, mais comme un cas possible, et je le soutiens.

Avant que les avocats de l'autre parti eussent pu ouvrir la bouche pour répondre, Geoffrey sortit tout à coup de son indifférence et se dressa sur ses pieds.

– Taisez-vous ! cria-t-il aux autres d'un ton menaçant.

Dans sa farouche impatience de répondre lui-même, il serrait les poings. Il se tourna vers sir Patrick, en le regardant comme si sir Patrick l'avait personnellement insulté.

– Quel est cet homme anonyme qui marche à son but sans pitié et que rien n'arrête ? demanda-t-il ; donnez-lui un nom !

– J'ai cité un exemple, dit sir Patrick, je n'ai attaqué aucun homme en particulier.

– Quel droit avez-vous, s'écria Geoffrey, oubliant entièrement, dans l'étrange exaspération qui s'était emparée de lui, l'intérêt qu'il avait à se contenir devant sir Patrick, quel droit avez-vous à prendre l'exemple d'un canotier qui serait un infernal coquin, quand il est tout à fait probable que les canotiers sont de bons garçons, oui, et de meilleurs garçons, puisque vous me forcez à vous le dire, qu'il n'y en a jamais eu dans vos souliers !

– Si l'une des deux hypothèses est aussi vraisemblable que l'autre, ce que je prétends, répondit sir Patrick avec calme, j'avais certainement le droit de choisir celle qui me plaisait à l'appui de mon argumentation. Attendez, Mr Delamayn, voici les derniers mots que j'ai à dire, et je tiens à les prononcer. J'ai pris comme exemple, non pas un homme spécialement dépravé, comme vous le supposez à tort, mais un homme dans les conditions ordinaires, avec sa part de l'humaine nature non éduquée – ainsi que nous l'apprennent les enseignements de votre religion, soit dit en passant. Vous pouvez le voir par vous-même, s'il vous plaît d'observer vos semblables sans éducation. Je suppose cet homme éprouvé par une tentation qui le pousse à une perversité subite, et je démontre, du mieux que je le puis, combien la négligence complète de toute culture morale et intellectuelle – négligence que l'opinion publique encourage tacitement en Angleterre – le laisse à la merci des pires instincts de sa nature ; comment, à coup sûr, dans de telles conditions, il doit succomber, tout gentleman qu'il soit, ainsi que le plus abject vagabond des rues, à la tentation qui le pousse de l'ignorance au crime. Si vous me déniez le droit de prendre un tel exemple à l'appui des idées que je défends, vous devez nier aussi qu'une tentation criminelle puisse jamais assaillir un gentleman ; vous devez même aller jusqu'à prétendre que les gentlemen, qui sont naturellement au-dessus de toute tentation, sont les seuls gentlemen qui se vouent au culte des exercices athlétiques. Voici ma défense. En choisissant mon exemple, j'ai parlé sous l'influence du respect sincère que je professe pour la vertu et le savoir, et avec un sentiment de réelle admiration pour les jeunes gens parmi nous qui savent résister à la contagion de la barbarie autour d'eux. En ceux-ci sont l'avenir et l'espoir de l'Angleterre. J'ai terminé.

Dans sa colère, Geoffrey allait lancer une violente réplique, mais il se vit encore arrêté tout court par une autre personne qui avait quelque chose à dire, et la ferme résolution de le dire à l'instant même.

20

À toucher du doigt

Depuis un moment, le chirurgien avait interrompu sa sérieuse investigation du visage de Geoffrey et donné toute son attention à la dispute, de l'air d'un homme qui a terminé la tâche qu'il s'était imposée. Comme les derniers mots tombaient des lèvres de l'orateur, il s'interposa si vivement et si habilement entre Geoffrey et sir Patrick que Geoffrey en demeura muet de surprise :

– Il manque un argument pour rendre complète la démonstration de sir Patrick ; je pense pouvoir y suppléer à l'aide de mon expérience professionnelle. Auparavant, Mr Delamayn voudra peut-être bien m'excuser si je lui donne le conseil de se maîtriser davantage.

– Allez-vous aussi me disséquer ? s'écria Geoffrey.

– Je vous conseille de rester maître de vous, rien de plus. Il y a un grand nombre d'hommes qui peuvent s'abandonner à la colère, sans qu'il en résulte aucun mal pour eux. Vous n'êtes pas de ce nombre.

– Que voulez-vous dire ?

– Je ne pense pas, Mr Delamayn, que votre santé soit aussi satisfaisante que vous êtes disposé à le croire.

Geoffrey se retourna du côté de ses admirateurs et supporters, en poussant un grand éclat de rire. Les admirateurs et supporters lui firent naturellement écho. Arnold et Blanche échangèrent entre eux un sourire. Sir Patrick lui-même parut avoir de la peine à croire au témoignage de ses oreilles.

Ils croyaient tous voir l'Hercule moderne, qui justifiait ses qualités d'Hercule de toutes les façons herculéennes possibles, et un homme qu'il aurait tué d'un coup de poing venait lui dire sérieusement qu'il n'était pas en bonne santé !

– Vous êtes un singulier personnage, dit Geoffrey, moitié en plaisantant, moitié en colère. Quelle est ma maladie ?

– Je me suis permis de vous donner un avis que je crois nécessaire, répondit le chirurgien. Votre santé pourra être examinée dans quelque temps. En attendant, je serais bien aise de contrôler l'impression qui m'est restée sur vous. Consentiriez-vous à répondre à une question, sans importance particulière, qui ne concernerait que vous ?

– Posez d'abord la question.

– J'ai remarqué une étrangeté dans votre comportement pendant que sir Patrick parlait. Vous êtes aussi intéressé qu'aucun des gentlemen qui vous entourent à contester les opinions émises par le baronnet. Je ne comprends pas que vous soyez resté assis en silence, laissant aux autres le soin de soutenir la discussion, jusqu'au moment où sir Patrick a prononcé une parole qui a semblé vous irriter… N'aviez-vous dans l'esprit, jusqu'à ce moment, aucune réponse toute prête ?

– J'avais dans l'esprit d'aussi bonnes raisons que toutes celles qui ont été données contre moi.

– Et pourtant, vous ne les avez pas dites ?

– Non, je ne les ai pas dites.

– Peut-être sentiez-vous, quelque bonnes que fussent les objections que vous aviez à présenter, qu'elles ne valaient pas la peine d'être traduites en langage courant? En résumé, vous avez laissé vos amis répondre pour vous, plutôt que de faire un effort pour répondre vous-même?

Geoffrey regarda son conseiller médical avec une soudaine curiosité et beaucoup de méfiance.

– Dites-moi, demanda-t-il, comment arrivez-vous à connaître ce qui se passe dans mon esprit, sans que j'aie parlé?

– Ma profession m'oblige à découvrir ce qui se passe dans les corps, et, pour y arriver, il est quelquefois nécessaire que je découvre ce qui se passe dans les esprits. Si j'ai bien interprété ce qui s'agitait dans le vôtre, je n'ai plus besoin d'insister. Vous m'avez déjà répondu.

Il se tourna du côté de sir Patrick.

– Je vois un côté du sujet, dit-il, que vous n'avez pas encore abordé. Il y a, contre la rage actuelle pour les exercices de toutes sortes, une objection physique tout aussi forte, dans son genre, que les objections morales. Vous avez pointé les conséquences qu'elle peut avoir sur l'esprit. Je puis établir ses conséquences funestes sur le corps.

– D'après votre propre expérience?

– D'après ma propre expérience, je puis vous dire comme médecin que beaucoup des jeunes gens qui se soumettent à de violents exercices athlétiques pour prouver leur force et leur résistance à la fatigue courent un risque sérieux de ruiner leur santé. Le public qui suit les courses en canot, à pied ne voit que les résultats heureux de l'éducation musculaire. Les pères et les mères ne tardent pas à en voir les inconvénients chez eux. Bien des familles en Angleterre, sir Patrick, ont à maudire les exercices physiques, si populaires de nos jours, et leur doivent de jeunes hommes brisés et des invalides avant l'âge.

– Vous entendez cela? dit sir Patrick à Geoffrey.

Celui-ci remua la tête d'un air insouciant; son irritation avait eu le temps de passer, la stupide indifférence était de nouveau son maître. Il avait repris sa chaise et s'était assis, les jambes allongées, considérant les rosaces du tapis.

Qu'est-ce que cela me fait? se disait-il.

Et l'on voyait bien qu'en effet il ne s'en embarrassait guère. Le chirurgien continua :

– Je ne vois aucun remède à cet état de choses, tant que l'opinion publique restera la même. Un beau jeune homme respirant la santé, pourvu d'un superbe développement musculaire, aspire, et c'est assez naturel, à se distinguer comme les autres. Les professeurs de gymnastique de son collège s'emparent de lui, c'est encore assez naturel. Ont-ils eu tort ou raison? C'est ce qu'ils ne sauraient dire eux-mêmes, jusqu'à ce que l'épreuve ait été faite; mais alors le mal est parfois irréparablement accompli. Combien en existe-t-il parmi eux qui soient instruits de cette importante vérité physiologique, que la puissance musculaire d'un homme n'est pas une bonne garantie de sa vitalité? Combien peu savent que nous avons, comme l'a dit un grand écrivain français, deux vies en nous : la vie à la surface, celle des muscles, et la vie intérieure, celle du cœur, des poumons et du cerveau? Et même s'ils le savaient, s'ils étaient assistés d'un médecin, il est excessivement douteux, dans la plupart des cas, que d'une investigation préalable il résulte une appréciation sûre de la puissance vitale dont un homme a besoin pour supporter de si rudes combats. Adressez-vous à n'importe lequel de mes confrères, et il vous dira, d'après sa propre expérience, que je n'exagère en rien le mal sérieux, les déplorables et dangereux effets d'une si grande dépense d'énergie. J'ai un malade, en ce moment, un jeune homme de 20 ans qui possède une des plus belles musculatures que j'aie vues de ma vie. Si ce jeune homme m'avait consulté avant de suivre l'exemple de ses amis, je ne puis dire honnêtement que j'aurais pu l'avertir. Après avoir passé par une période d'entraînement intensif, après avoir accompli un certain nombre d'exploits de force, on l'a vu s'évanouir soudain, un jour, au grand étonnement de sa famille. Je fus appelé. J'ai observé ce cas étrange. Il vivra probablement, mais il ne recouvrera jamais la santé. Je suis obligé de prendre, avec ce jeune homme de 20 ans, les précautions qu'il me faudrait prendre avec un vieillard de 80. Il est assez fort et assez musculeux pour poser, chez un peintre, comme modèle de Samson, et pas plus tard que la semaine dernière, je l'ai vu encore une fois défaillir comme une jeune fille, dans les bras de sa mère.

– Nommez-le ! s'écrièrent les admirateurs de Geoffrey, qui continuaient à tenir pour la cause adverse, en l'absence de tout encouragement de Geoffrey lui-même.

– Je n'ai pas l'habitude de nommer mes malades, répliqua le chirurgien. Mais si vous insistez pour que je vous produise l'exemple d'un homme brisé par les exercices athlétiques, je puis le faire.

– Faites-le. Quel est-il ?

– Vous le connaissez tous parfaitement bien.

– Est-il entre les mains des docteurs ?

– Pas encore.

– Où est-il ?

– Ici.

Il se fit un silence, les respirations s'arrêtèrent, et tous les yeux des personnes présentes étant fixés sur lui, le chirurgien leva la main et désigna Geoffrey Delamayn.

Mais le premier moment de stupéfaction passé, l'incrédulité se manifesta comme de raison.

Le premier homme qui a dit « Voir, c'est croire » a mis le doigt, qu'il le sût ou non, sur l'une des folies fondamentales de l'humanité. De tous les témoignages, le plus facile à accepter est celui qui ne demande, pour être apprécié, d'autre jugement que celui des yeux. À ce compte, l'humanité ne fera jamais difficulté d'y croire, tant que le monde sera le monde.

Tous les yeux se dirigèrent donc sur Geoffrey, et tous décidèrent que le chirurgien devait avoir tort. Lady Lundie elle-même quitta sa liste d'invitations à dîner.

– Mr Delamayn, en mauvaise santé ? s'écria-t-elle, invitant du regard l'éminent médecin, son hôte, à un retour sur ce qu'il avait dit. Véritablement, docteur, vous ne nous ferez point croire cela.

Poussé à bout, une seconde fois, par la surprenante assertion dont il était l'objet, Geoffrey se leva et regarda le chirurgien longuement et insolemment, bien en face.

– Pensez-vous ce que vous dites ? demanda-t-il.

– Oui.

– Et vous me désignez devant tout le monde…

– Un moment, Mr Delamayn. J'admets que je puis avoir eu tort d'attirer l'attention générale sur vous. Vous avez le droit de vous plaindre si j'ai répondu trop publiquement au défi public qui m'était porté par vos amis. Je vous présente mes excuses. Mais je ne retire pas un seul mot de ce que j'ai affirmé à votre sujet.

– Vous persistez à soutenir que je suis un homme de santé ruinée ?

– Je persiste.

– Je désirerais que vous eussiez vingt ans de moins, monsieur.

– Pourquoi ?

– Je vous prierais de descendre sur la pelouse, et je vous ferais voir si je suis, oui ou non, un homme de santé ruinée.

Lady Lundie regarda son beau-frère. Sir Patrick intervint à l'instant :

– Mr Delamayn, vous avez été invité ici en votre qualité de gentleman. Vous êtes un hôte dans la demeure d'une dame.

– Non, non, dit le chirurgien avec bonne humeur, Mr Delamayn use d'un argument un peu fort, sir Patrick, mais voilà tout. Si j'avais vingt ans de moins, continua-t-il en s'adressant à Geoffrey, et si je me rendais sur la pelouse avec vous, le résultat ne trancherait en rien la question posée. Je ne prétends pas que les violents exercices du corps, dans lesquels vous vous êtes rendu célèbre, aient affecté votre puissance musculaire ; je prétends qu'ils ont affecté votre puissance vitale. De quelle manière particulière l'ont-ils affectée, c'est ce que je ne me considère pas comme obligé de vous dire. Je vous donne simplement un conseil dicté par un sentiment d'humanité. Vous feriez bien de vous contenter des exploits que vous avez déjà accomplis sur les champs de bataille athlétiques et de changer votre manière de vivre pour l'avenir. Je vous renouvelle mes excuses pour avoir dit cela trop publiquement, au lieu de vous parler en particulier, mais je vous engage à ne pas négliger mon conseil.

Il fit un pas pour se diriger vers une autre partie de la salle.

– Attendez un peu, dit Geoffrey. Vous avez parlé avec franchise. À mon tour. Je ne sais pas si bien manier la parole que vous, mais je puis pourtant poser la question. Et, par Dieu ! je vous amènerai bien à me répondre. Dans dix ou quinze jours, je dois commencer mon entraînement pour la course de Fulham. Prétendez-vous que je ne pourrai pas le supporter ?

– Vous supporterez probablement la phase de votre entraînement.

– Pourrai-je accomplir la course ?

– Il est possible que vous le puissiez ; mais si vous le faites…

– Si je le fais ?

– Vous n'en courrez jamais d'autre.

– Et je ne manierai jamais l'aviron dans une autre lutte ?

– Jamais.

– J'ai été demandé pour ramer dans une course en canot, au printemps prochain. J'ai accepté. Dites-vous que je ne serai plus bon à le faire ?

– Oui, je l'affirme.

– Définitivement ?

– Définitivement.

– Soutenez votre dire, alors ! s'écria Geoffrey en tirant brusquement son livre de paris de sa poche. Je vous parie cent livres que je serai en bonne condition pour prendre part aux courses en canot de l'Université, au printemps prochain.

– Je ne parie jamais, Mr Delamayn.

Sur cette réponse définitive, le chirurgien se dirigea vers l'autre bout de la bibliothèque. Lady Lundie, prenant Blanche sous sa garde, s'éloigna également pour retourner à la sempiternelle et sérieuse affaire des invitations à dîner. Geoffrey se tourna d'un air de défi, son livre de paris toujours à la main, vers les amis qui l'entouraient.

Le sang britannique était excité parmi ces jeunes gens ; une proposition de parier, manie toute britannique qui brave avec succès toute décence et toute loi, d'un bout du pays à l'autre, n'est pas chose dont on puisse se jouer.

– Allons ! s'écria Geoffrey, qui de vous soutient le docteur ?

Sir Patrick se leva avec un dégoût mal déguisé et s'en alla rejoindre le docteur. Un, Deux et Trois secouèrent la tête d'un air assuré et répondirent tout d'une voix, par un seul mot plein d'éloquence :

– Plaisanterie !

– Que l'un de vous parie pour lui ! continua Geoffrey, excité comme par un accès de fièvre, en s'adressant aux deux gentlemen du Chœur, au second plan.

Les deux gentlemen du Chœur se consultèrent selon leur habitude.

– Nous ne sommes pas nés d'hier, Smith.

– Non, pas que je sache, Jones.

– Smith !… dit Geoffrey avec une soudaine affectation de politesse d'un mauvais augure pour ce qui allait suivre.

– Plaît-il ? répondit Smith avec un sourire.

– Plaît-il ? répéta Jones.

– Vous êtes deux infernaux courtauds de boutique. Vous n'avez pas cent livres entre vous deux.

– Allons ! allons ! dit Arnold, intervenant pour la première fois ; c'est honteux !

– Pourquoi ces… ne cherchons pas à les qualifier… pourquoi ne tiennent-ils pas le pari ?

– Puisque vous êtes insensé, reprit Arnold, cédant à un léger mouvement d'impatience, et puisqu'il n'y a pas d'autre moyen de vous garder en repos, je prends le pari.

– Cent livres pour le docteur ! cria Geoffrey. Marché conclu !

Ses plus hautes aspirations étaient satisfaites, son humeur s'adoucit aussitôt. Il inscrivit le pari sur son livre et fit ses excuses à Smith et à Jones le plus cordialement du monde.

– Pas d'offense, mes vieux camarades, serrons-nous la main !

Smith et Jones se déclarèrent enchantés de lui.

– L'aristocratie anglaise. Eh ! Smith !

– Sang et race. Ah ! Jones.

À peine Arnold avait-il parlé que sa conscience lui reprocha, non pas d'avoir parié – qui donc aurait honte de cette forme de jeu en Angleterre ? –, mais d'avoir soutenu le docteur.

Avec la meilleure intention du monde, il se trouvait spéculer sur la ruine de la santé de son ami.

Il assura Geoffrey que personne n'était plus intimement convaincu que lui-même que le chirurgien avait tort.

– Je ne reviens pas sur mon pari, dit-il ; mais, mon cher camarade, soyez bien persuadé que je ne l'ai accepté que pour vous plaire.

– Niaiserie que tout cela ! répondit Geoffrey, toujours éveillé pour les affaires, ce qui était un des plus beaux côtés de sa nature. Un pari est un pari. Peste soit de vos questions de sentiment !

Il prit le bras d'Arnold qu'il tira à l'écart, hors de la portée de toutes les oreilles.

– Dites-moi, demanda-t-il avec inquiétude, croyez-vous que j'aie bien mal traité le vieux ?

– Voulez-vous parler de sir Patrick ?

Geoffrey fit de la tête un signe affirmatif et continua :

– Je ne lui ai pas encore posé cette petite question au sujet des mariages en Écosse, vous savez ! Supposez-vous qu'il me recevrait mal si j'essayais à présent ?

Ses yeux, en posant cette question, se dirigeaient vers l'autre bout de la salle. Le docteur examinait un livre de gravures. Les dames étaient encore occupées à leurs lettres. Sir Patrick était seul, debout devant les rayons de la bibliothèque, plongé dans la lecture d'un volume qu'il venait de prendre.

– Présentez vos excuses, dit Arnold. Sir Patrick peut être un peu irritable et quelque peu mordant, mais c'est un homme juste et bon. Dites-lui que vous n'avez eu aucune intention de lui manquer de respect. Cela suffira.

– Très bien !

Sir Patrick, absorbé dans une vieille édition du *Déca-*

méron, se vit tout à coup rappelé de l'Italie du Moyen Âge à la moderne Angleterre, par qui?... par Mr Geoffrey Delamayn en personne.

– Que voulez-vous encore? lui demanda-t-il froidement.

– Je veux vous présenter mes excuses, dit Geoffrey. Que ce qui est passé soit fini. Je n'ai pas eu la moindre intention de vous manquer de respect. Oubli et pardon. Ce n'est pas une mauvaise devise, n'est-ce pas, monsieur?

Ces excuses étaient grossièrement exprimées, mais encore étaient-ce des excuses. Geoffrey même ne pouvait lancer un vain appel à la courtoisie et au savoir-vivre de sir Patrick.

– Pas un mot de plus, Mr Delamayn! dit le vieillard. Acceptez, de votre côté, mes excuses pour ce que je peux vous avoir dit de trop vif, et que tout le reste soit oublié.

Après avoir répondu en ces termes aux avances qui lui étaient faites, il se tut, pensant que Geoffrey allait le laisser libre de retourner à son *Décaméron*. À son grand étonnement, le jeune homme se baissa tout à coup vers lui et murmura à son oreille :

– J'aurais un mot à vous dire en particulier.

Sir Patrick se recula brusquement, comme si Geoffrey avait voulu le mordre.

– Je vous demande pardon, Mr Delamayn; que disiez-vous?

– Pourriez-vous m'accorder un moment d'entretien particulier?

Sir Patrick remit en place le volume du *Décaméron* et salua tout en gardant un silence glacial. Les confidences de l'Honorable Geoffrey Delamayn étaient les dernières auxquelles il désirait être mêlé.

Voilà le secret de ses excuses! pensa-t-il. Que peut-il me vouloir?

– C'est au sujet d'un de mes amis... poursuivit Geoffrey, ouvrant le chemin vers une des portes-fenêtres. Mon ami est dans l'embarras, et je désirerais avoir votre avis. C'est tout à fait confidentiel, vous comprenez.

Il s'arrêta tout court, cherchant à voir quelle impression il avait produite. Mais sir Patrick ne dit pas un mot, ne fit pas un geste qui indiquât le moindre désir d'en entendre davantage.

– Voudriez-vous venir au jardin avec moi? demanda Geoffrey.

Sir Patrick montra son pied boiteux.

– J'ai déjà fait ce matin une longue promenade. Que mon infirmité me serve d'excuse.

Geoffrey regarda tout autour de lui, en quête d'un endroit qui pût remplacer le jardin, et, revenant vers une des retraites pratiquées dans les saillies du mur de la bibliothèque :

– Nous serons là suffisamment tranquilles, dit-il.

Sir Patrick fit un dernier effort pour échapper à l'entretien proposé, et cette fois sans chercher à le déguiser.

– Pardonnez-moi, je vous prie, Mr Delamayn, êtes-vous sûr que vous ne vous trompez pas en vous adressant à *moi*?

– N'êtes-vous pas un légiste écossais?

– Certainement.

– Et vous connaissez la question des mariages écossais, n'est-ce pas?

Les manières de sir Patrick changèrent tout à coup.

– C'est là le sujet sur lequel vous désirez me consulter?

– Ce n'est pas pour moi, c'est pour mon ami.

– Eh bien, votre ami?...

– Oui... Il est dans l'embarras à l'égard d'une femme. Ici, en Écosse. Mon ami ne sait pas s'il est marié ou non.

– Je suis à votre service, Mr Delamayn.

Au grand soulagement de Geoffrey, soulagement qui n'était pas sans surprise, sir Patrick non seulement ne montra plus de répugnance à être consulté, mais ouvrit lui-même la marche vers le lieu de retraite le plus proche.

L'actif cerveau du baronnet avait rapproché l'appel qui lui était fait par Geoffrey de celui qui lui avait été adressé par Blanche, et sur cette base il avait construit son roman. Dois-je voir un lien entre la position actuelle de la préceptrice de Blanche et la position actuelle de l'ami de

Mr Delamayn ? se demandait-il. Des choses plus étranges se sont présentées dans le cours de ma carrière.

Les deux interlocuteurs, si singulièrement assortis, s'assirent de chaque côté d'une petite table. Arnold et les autres hôtes étaient sortis, et on les voyait sur la pelouse. Le docteur était à ses gravures, et les dames à leurs billets d'invitations.

Cet entretien si peu important en apparence et si terrible dans les conséquences qu'il devait avoir non seulement sur la destinée d'Anne, mais sur l'avenir d'Arnold et de Blanche, se déroula donc vraiment à huis clos.

21

Dedans

– Bon ! dit sir Patrick, quelle est la question ?

– La question, dit Geoffrey, est de savoir si mon ami est marié ou ne l'est point.

– A-t-il eu l'intention d'épouser ?

– Non.

– Il était garçon et elle était fille ?... Tous deux étaient en Écosse ?

– Oui.

Très bien. Maintenant, informez-moi des circonstances.

Geoffrey hésita. L'art d'exposer les circonstances implique un don rare qui ne s'acquiert que par la culture, celui d'ordonner ses idées.

Nul ne savait mieux cela que sir Patrick. Il embarrassait sciemment Geoffrey dès le début, dans la ferme conviction où il était que son client avait quelque chose à lui cacher. Le meilleur procédé pour lui arracher la vérité, dans ce cas, c'était l'interrogatoire. Mais si Geoffrey s'y était vu soumis dès le début, il aurait pu se méfier. Le but de sir Patrick était donc de l'amener à demander lui-même à être interrogé...

Geoffrey y fut amené incontinent ; dès qu'il essaya

d'*exposer les circonstances*, il tomba dans l'inévitable confusion habituelle. Sir Patrick attendit qu'il eût complètement perdu le fil de son récit, puis il engagea le jeu, sûr désormais de le gagner.

– Vous serait-il plus facile de répondre à quelques questions ? demanda-t-il innocemment.

– Beaucoup plus facile.

– Je suis tout à votre service. Voulez-vous que nous commencions par reconnaître le terrain ? Avez-vous la liberté de mentionner les noms ?

– Non.

– Les lieux ?

– Non.

– Les dates ?

– Avez-vous besoin à ce sujet d'une réponse précise ?

– Soyez aussi précis que vous le pourrez.

– Vous suffira-t-il que je donne comme date la présente année ?

– Oui. Votre ami et cette dame, à une époque quelconque de cette année, ont-ils voyagé ensemble en Écosse ?

– Non.

– Vécu ensemble en Écosse ?

– Non.

– Qu'ont-ils fait ensemble en Écosse ?

– Eh bien, ils se sont rencontrés l'un et l'autre dans une auberge.

– Oh ! ils se sont rencontrés l'un et l'autre dans une auberge. Qui des deux est arrivé le premier au rendez-vous ?

– La femme est arrivée la première. Attendez un peu.

Geoffrey tira de sa poche le mémorandum des faits et gestes d'Arnold à Craig Fernie, écrit sous la dictée d'Arnold lui-même.

– J'ai ici une note, continua-t-il ; peut-être vous conviendra-t-il d'y jeter un coup d'œil.

Sir Patrick prit la note, la lut rapidement pour lui-même, puis il la relut phrase par phrase à Geoffrey, s'en servant comme d'un guide pour d'autres questions.

– Il l'a demandée à la porte comme sa femme, lut sir Patrick, c'est-à-dire, je présume, à la porte de l'auberge? La dame s'était-elle présentée antérieurement comme une femme mariée, aux gens de l'auberge?

– Oui.

– Combien de temps a-t-elle passé dans l'auberge avant que le gentleman vînt l'y rejoindre?

– Seulement une heure environ.

– A-t-elle donné un nom?

– Je n'en suis pas complètement sûr; mais je pense que non.

– Le gentleman a-t-il donné un nom?

– Oh! je suis sûr qu'il ne s'est pas nommé.

Sir Patrick revint au mémorandum.

– Il a dit, pendant le dîner, devant la patronne de l'auberge et le garçon : « Je prends ces chambres pour ma femme. » Il lui a fait dire à elle-même qu'il était son mari. Mais c'était sur le ton de la plaisanterie, sans doute, Mr Delamayn?

– Non, fort sérieusement.

– Vous voulez dire : dans le but de tromper l'hôtesse et le garçon.

– Oui.

Sir Patrick retourna au mémorandum.

– Après cela il a passé toute la nuit à l'auberge… Dans les chambres qu'il avait prises pour lui et pour sa femme?

– Oui.

– Et le jour suivant?

– Il s'en est allé. Attendez encore un instant. Il a donné pour excuse une affaire.

– C'est-à-dire qu'il a conforté dans leur erreur les gens de l'auberge et qu'il a laissé là cette dame, sous le nom et avec le titre de sa femme.

– C'est cela même.

– Est-il revenu à l'auberge?

– Non.

– Combien de temps la dame y a-t-elle séjourné après son départ?

– Elle y a séjourné… Eh bien ! elle est restée quelques jours.

– Et votre ami ne l'a pas revue depuis ?

– Non.

– Votre ami et la dame sont-ils anglais ou écossais ?

– Tous deux anglais.

– Mais au moment où ils allaient se rencontrer à l'auberge, sont-ils l'un et l'autre partis d'un lieu de l'Écosse où ils avaient résidé antérieurement, pendant une période d'au moins vingt et un jours ?

Geoffrey hésita. Il était aisé de répondre pour Anne. Lady Lundie et sa maisonnée habitaient Windygates depuis plus de trois semaines. Mais la question, en ce qui concernait Arnold, méritait plus de réflexion. Il rechercha dans sa mémoire des détails de conversations qui avaient eu lieu entre eux, quand il avait rencontré Arnold à la fête de jour de Windygates, et il se rappela certaine allusion à une représentation au théâtre d'Édimbourg. Arnold avait été nécessairement retenu à Édimbourg, avant son arrivée à Windygates, par des formalités légales qui se rattachaient à son héritage. Il avait donc certainement résidé en Écosse, avant sa rencontre avec Anne à Craig Fernie, pendant une période de temps plus longue que trois semaines.

En conséquence, Geoffrey informa sir Patrick que tous les deux, la dame et le gentleman, étaient en Écosse depuis plus de vingt et un jours ; puis il ajouta une question bien naturelle :

– Je n'aurais garde de vous presser, monsieur, mais aurez-vous bientôt fini ?

– J'aurai fini, quand je vous aurai adressé deux autres questions encore, répondit sir Patrick. Dois-je comprendre que la dame entend se prévaloir des circonstances que vous m'avez fait connaître pour réclamer le titre d'épouse de votre ami ?

Geoffrey fit une réponse affirmative. Le moyen le plus prompt d'obtenir l'opinion de sir Patrick était, en ce cas, de répondre oui. En d'autres termes, de représenter Anne sous la qualification de *la dame* réclamant le titre d'épouse d'Arnold, et ce dernier sous la qualification de *son ami.*

Après avoir fait cette concession aux circonstances, il eut pourtant la finesse de comprendre qu'il était urgent pour le but qu'il visait secrètement de se borner à cette seule altération de la vérité. Il sentait bien qu'il ne pouvait s'en rapporter entièrement à l'opinion du légiste que si cette opinion était fondée sur l'exacte connaissance des événements, tels qu'ils s'étaient passés à l'auberge.

– Des lettres ont-elles été échangées entre la dame et le gentleman ? poursuivit sir Patrick.

– Aucune, à ma connaissance.

– J'ai fini, Mr Delamayn.

– Eh bien ! quel est votre sentiment ?

– Avant de vous donner mon sentiment, je suis obligé de le faire précéder d'une observation toute personnelle que vous ne devez pas prendre comme l'arrêt de la loi. Vous me demandez de décider si, selon la loi écossaise, votre ami est marié ou s'il ne l'est pas.

Geoffrey approuva d'un signe de tête.

– C'est bien cela, dit-il vivement.

– Mon expérience, Mr Delamayn, m'a appris qu'en Écosse tout homme libre des liens du mariage peut épouser toute femme, dans les mêmes conditions, en tout temps et en toutes circonstances. En somme, après trente années de pratique comme homme de loi, je ne sais pas ce qui n'est pas un mariage en Écosse.

– En bon anglais, dit Geoffrey, vous voulez dire qu'elle est sa femme.

En dépit de sa grossière finesse et de son empire sur lui-même, ses yeux brillèrent quand il prononça ces mots. Le ton sur lequel il parla, quoiqu'il se gardât bien de prendre aucun air de triomphe, était incontestablement, pour une oreille fine, l'indice d'un grand soulagement.

Sir Patrick ne perdit rien de tout cela.

Son premier soupçon, au moment où il entamait l'entretien, avait été que, en parlant de son ami, Geoffrey parlait pour lui-même. Mais, comme tous les hommes de loi, il se défiait des premières impressions, même des siennes. Maintenant, il se sentait porté à croire que cet homme qui le consultait parlait réellement du cas d'une autre personne et qu'il avait un intérêt, dont il était encore impossible de préciser la nature, à s'assurer que son ami, d'après la loi écossaise, était indiscutablement marié.

Ayant pénétré jusqu'à ce point le secret que Geoffrey lui cachait, le baronnet abandonna tout espoir d'aller plus avant dans la présente séance. Il lui restait à éclaircir qui pouvait être la dame anonyme, et si ce n'était point Anne Silvester.

– Ne vous empressez pas trop de courir à la conclusion, Mr Delamayn, dit-il. Je ne vous ai informé jusqu'ici que du résultat de mon expérience personnelle en général. Je ne vous ai pas encore donné mon opinion professionnelle sur le cas de votre ami.

Le visage de Geoffrey se rembrunit. Sir Patrick nota ce nouveau changement.

– La loi d'Écosse, continua-t-il, en ce qui concerne les mariages irréguliers, est un outrage à la décence et au sens commun. Si vous trouvez que je me sers de termes trop forts pour la qualifier, je puis m'en référer au langage d'une autorité judiciaire. Lord Deas a récemment formulé un jugement sur le mariage en Écosse, du haut de son siège, en ces termes : « Le consentement fait le mariage. Ni formalités ou cérémonies religieuses, ni avis préalable, ni publication subséquente, ni cohabitation, ni acte écrit, ni témoins même ne sont essentiels à la constitution de ce contrat, le plus important qui puisse intervenir entre deux chrétiens. » Cela est l'opinion d'un juge écossais sur la loi qu'il est chargé d'appliquer. Remarquez, en même temps, s'il vous plaît, que nous avons, en Écosse, une abondance de dispositions légales réglant les contrats de vente des maisons, des terres, des chevaux et des chiens. Le seul contrat que nous n'ayons entouré d'aucune précaution est celui qui unit un homme et une femme pour la vie. L'innocence même des enfants ne donne ouverture à aucun droit de réclamation, ni dans un cas ni dans l'autre. Une fille de douze ans et un garçon de quatorze n'ont qu'à franchir la frontière pour y être mariés, sans le moindre délai ou restriction quelconque, sans la moindre tentative, de la part de la loi écossaise, pour informer les parents. Quant au mariages des hommes et des femmes, le simple échange de consentement les rend époux légitimes et n'a pas même besoin d'être prouvé formellement ; il peut l'être par déduction. On peut être tenu pour marié en Écosse sans s'en douter ou à peu près. Et maintenant, avez-vous des idées assez confuses, Mr Delamayn, sur la loi des mariages en Écosse ? En ai-je dit suffisamment pour justifier le langage énergique dont je me suis servi en commençant à vous l'expliquer ?

– Quelle est la personne dont vous avez invoqué l'autorité tout à l'heure, demanda Geoffrey, ne pourrais-je la consulter ?

– Vous pourriez trouver son autorité fortement contredite, si vous vous adressiez à ce magistrat, par une autre autorité également savante et également éminente, répondit sir Patrick. Je ne plaisante pas, je me contente d'exposer les lois. Avez-vous entendu parler de la Commission de la Reine ?

– Non.

– Eh bien, écoutez ceci : en mars 1865, la reine nomma une commission pour s'enquérir des lois du mariage dans le Royaume-Uni. Le rapport de cette commission a été publié à Londres, et toute personne disposée à payer deux ou trois shillings peut se le procurer. Un des résultats de l'enquête fut de montrer que de hautes autorités ont été d'opinions entièrement contraires sur une des questions vitales de la loi du mariage en Écosse. Les commissaires, en dénonçant ce fait, ajoutent que la question est toujours controversée et n'a pas encore été tranchée par une décision légale. Le rapport constate que partout se manifeste cette contradiction d'opinions entre les autorités. Un nuage de doute et d'incertitude est suspendu, en Écosse, sur le contrat le plus important de la vie civilisée. S'il n'existait d'autres raisons pour réformer la loi du mariage écossais, celle-ci suffirait.

– Vous pouvez certainement me dire ce que vous pensez du cas de mon ami, n'est-ce pas ? insista opiniâtrement Geoffrey.

– Certainement. Maintenant, je vous ai dûment averti du danger de s'en rapporter à une opinion personnelle, et je puis dès lors vous donner mon opinion en toute tranquillité de conscience. Je dis qu'il n'y a pas eu mariage dans le cas dont vous parlez. Il y a des présomptions en faveur de la possibilité d'établir un mariage, rien de plus.

La distinction était trop délicate pour pouvoir être bien saisie par l'esprit si lent de Geoffrey. Il fit une grimace marquée de surprise et de dépit.

– Pas mariés ! s'écria-t-il. Quand ils ont dit qu'ils étaient mari et femme devant témoins ?

– C'est une erreur commune, reprit sir Patrick. Comme je vous l'ai déjà dit, les témoins ne sont pas nécessaires pour faire un mariage en Écosse. Ils n'ont de valeur dans la circonstance dont il s'agit que pour aider plus tard à prouver un mariage dont la validité serait discutée.

Geoffrey se rattacha avec empressement à ces derniers mots.

– L'hôtesse et le garçon pourraient alors établir qu'il y a mariage, dit-il.

– Oui, et souvenez-vous que s'il vous plaisait de vous adresser à un de mes anciens collègues, il pourrait vous affirmer que ces jeunes gens sont déjà mariés, et cela ne serait point décisif. Une loi du mariage, qui permet de prouver par induction l'échange de consentement entre les parties, ouvre une large porte aux conjectures. Votre ami demande une certaine dame comme sa femme. La dame parle de lui comme étant son mari. Dans les chambres qu'ils ont prises comme mari et femme, ils restent comme mari et femme jusqu'au lendemain matin. Votre ami s'en va, sans détromper personne. La dame reste à l'auberge, pendant quelques jours, toujours en qualité de sa femme. Tous ces événements se passent en présence de témoins compétents. Logiquement, sinon légalement, il n'y a là, en apparence, aucune preuve formelle de consentement matrimonial. Je reste donc dans mon opinion. Il y a là, dis-je, des éléments de preuves d'un mariage… rien de plus.

Tandis que sir Patrick parlait, Geoffrey avait délibéré en lui-même. Par un rude effort de réflexion, il avait enfin trouvé le moyen d'arriver à une solution décisive de la question en ce qui le concernait.

– Écoutez ! dit-il en laissant tomber lourdement son poing sur la table. Supposons que mon ami ait une autre dame en vue ?

– Oui.

– Dans l'état actuel des choses, lui conseilleriez-vous de l'épouser ?

– Dans l'état actuel des choses, certainement non !

Geoffrey se leva brusquement et mit fin à l'entretien.

– Cela suffit, pour lui… et pour moi.

Sur ces mots, il retourna sans cérémonie dans l'autre partie de la salle.

Je ne sais pas qui est votre ami, pensa sir Patrick en le regardant s'éloigner, mais si votre intérêt dans la question est un intérêt honnête et sans mauvaise intention, je ne connais pas plus la nature humaine que l'enfant qui vient de naître.

Immédiatement après avoir quitté sir Patrick, Geoffrey rencontra un domestique qui était à sa recherche.

– Je vous demande pardon, monsieur, dit cet homme, le groom de l'Honorable Mr Delamayn…

– Oui, celui qui m'a apporté le billet de mon frère ce matin ?

– Monsieur, il craint de ne pouvoir demeurer ici plus longtemps…

– Venez, dit Geoffrey, je vais vous donner la réponse qu'il doit emporter.

Il se dirigea vers le bureau et consulta de nouveau la lettre de Julius. Il la parcourut rapidement des yeux jusqu'à ce qu'il fût arrivé à la dernière ligne :

Venez demain, et aidez-nous à recevoir Mrs Glenarm.

Il s'arrêta un instant, les yeux fixés sur cette phrase.

Le bonheur de trois personnes – d'Anne qui l'avait aimé; d'Arnold qui l'avait servi; de Blanche, innocente de toute offense envers lui –, ce bonheur dépendait de la décision qu'il allait prendre.

Après ce qui s'était passé le matin entre Arnold et Blanche, s'il restait chez lady Lundie il n'avait plus qu'à accomplir la promesse qu'il avait faite à Anne; s'il retournait chez son frère, il abandonnait miss Silvester, sous l'infâme prétexte qu'elle était la femme d'Arnold.

Il prit une feuille de papier à lettres.

Va pour Mrs Glenarm! se dit-il.

Et il écrivit à son frère une seule ligne :

Cher Julius, attendez-moi demain. G. D.

L'impassible domestique était resté debout près de lui pendant qu'il écrivait, en admiration devant la magnifique largeur de sa poitrine et pensant aux chances glorieuses que cette robuste constitution offrait à Mr Delamayn pour le parcours du terrible dernier mile de la course annoncée.

– Vous êtes là? dit Geoffrey.

Il tendit le billet au domestique.

– Tout va bien, Geoffrey? demanda derrière lui une voix amicale.

Il se retourna et vit Arnold, impatient de savoir le résultat de l'entretien avec sir Patrick.

– Oui, dit Geoffrey, tout va bien.

22

Épouvanté

Arnold fut un peu surpris de la manière laconique avec laquelle Geoffrey lui répondait.

– Sir Patrick ne vous a rien dit de désagréable? demanda-t-il.

– Sir Patrick n'a dit que ce que j'avais besoin de savoir.

– Pas de difficulté au sujet du mariage ?

– Aucune.

– Pas de crainte que Blanche…

– Elle ne vous demandera pas d'aller à Craig Fernie, je vous en réponds.

Il prononça ces mots en les accentuant fortement, prit la lettre de son frère sur la table, saisit son chapeau et s'éloigna.

Ses amis, qui flânaient sur la pelouse, l'appelèrent ; mais il passa rapidement au milieu d'eux, sans leur répondre, sans même les regarder par-dessus son épaule.

Arrivé à la roseraie, il s'arrêta et prit sa pipe puis, changeant tout à coup d'idée, il revint par une autre allée. Il n'était pas bien sûr, à cette heure de la journée, d'être seul dans la roseraie. Or, il avait un farouche et avide besoin de solitude. Il sentait qu'il aurait pu attenter à la vie de quiconque serait venu là parler en ce moment.

La tête baissée, les sourcils froncés, il suivit une allée qui aboutissait à une petite grille donnant accès à un jardin potager. Là, il était à l'abri des importuns. Il n'y avait rien, dans le jardin potager, qui fût de nature à attirer les visiteurs.

Geoffrey se dirigea vers un noyer au milieu de l'enclos, près duquel était un banc de bois avec une large bande de gazon à l'entour. Après avoir regardé tout autour de lui, il s'assit et alluma sa pipe.

Je voudrais que cela fût fait, se dit-il.

Il était assis, les coudes sur ses genoux, fumant et pensant. Bientôt l'agitation qui s'était emparée de lui le força à se remettre sur ses pieds. Il se leva et tourna autour de la bande de gazon qui entourait le noyer, comme une bête féroce dans sa cage.

Pourquoi ce trouble intérieur, maintenant qu'il était résolu à trahir l'ami qui avait eu confiance en lui et qui l'avait servi avec dévouement ? Était-il donc tourmenté par le remords ?

Lecteur, il n'était pas plus obsédé par le remords que vous ne l'êtes vous-même en lisant ces lignes. Il avait tout simplement un accès de fièvre causé par l'impatience d'arriver au but... Pourquoi eût-il senti le remords ? Le remords est le résultat, plus ou moins direct, de l'action de deux sentiments, qui ne sont ni l'un ni l'autre innés dans la nature de l'homme. Le premier est le fruit du respect que nous apprenons à éprouver pour nous-mêmes ; le second est le fruit du respect que nous apprenons à sentir pour les autres

Dans leurs plus hautes manifestations, ces deux sentiments s'exaltent jusqu'à devenir, premièrement, l'amour de Dieu, et secondement, l'amour du prochain. Je vous ai causé du tort et je m'en repens quand le mal est fait. Pourquoi m'en repentir si j'y ai gagné quelque chose et si vous ne pouvez me causer du tort ? Je m'en repens, parce qu'un sentiment me dit que j'ai péché contre moi et péché contre vous. Un tel sentiment n'existe pas parmi les instincts de l'homme à l'état de nature ; un tel sentiment ne pouvait tourmenter Geoffrey Delamayn, car Geoffrey Delamayn était un homme à l'état de nature.

Quand son plan avait pris naissance dans son esprit, la nouveauté l'en avait étonné ; une si énorme audace l'avait effrayé lui-même. Les signes d'émotion qu'il avait laissé percer devant le bureau, dans la bibliothèque, étaient des signes d'agitation mentale, rien de plus. Cette première impression évanouie, il s'était familiarisé avec cette abominable idée. Il était redevenu assez calme pour bien voir les difficultés et les conséquences de cette infamie. Celles-ci lui avaient causé un moment de trouble, car il les discernait clairement. Quant à la cruauté et à la perfidie de l'acte qu'il méditait, ces considérations étaient hors des limites de son horizon mental.

On peut dire que sa situation vis-à-vis de l'homme auquel il avait sauvé la vie était exactement celle d'un chien de Terre-Neuve. Le noble animal qui nous a sauvés, vous et moi, quand nous allions nous noyer, me sautera à la gorge ou vous étranglera, sous l'empire de certaines circonstances nouvelles, dix minutes après. Ajoutez à l'instinct du chien, lequel instinct n'est pas raisonné, les calculs rusés de l'homme.

Supposez que vous disiez d'une chose insignifiante :

« C'est curieux ! À telle époque, il m'est arrivé de ramasser tel objet, et maintenant il se trouve que cet objet m'est utile ! » Et vous aurez une indication de l'état des sentiments de Geoffrey à l'égard de son ami, quand il se rappelait le passé et qu'il envisageait l'avenir. Lorsque Arnold lui avait parlé tout à l'heure, à un moment critique, Arnold l'avait violemment irrité, voilà tout. La même insensibilité, la même condition de l'être moral à l'état de nature l'empêchait d'être ému de la moindre pitié envers Anne.

Elle n'est plus sur ma route ! Ce fut sa première pensée.

Elle est pourvue sans aucun dommage pour moi. Telle fut la seconde.

Il n'était pas le moins du monde inquiet à son sujet ; pas le plus léger doute dans son esprit depuis qu'il était fixé sur sa propre situation. Il se disait qu'Anne, placée entre deux possibilités, celle de rester en face de son déshonneur ou de réclamer la main d'Arnold, réclamerait la main d'Arnold. Elle le ferait, c'était certain, et il le croyait, parce qu'il eût agi ainsi s'il eût été à sa place.

Mais il aurait bien voulu que tout cela fût accompli. Tout en continuant sa marche fébrile autour du noyer, il se sentait fou d'impatience de provoquer la crise et d'en finir. Avoir la liberté de prendre une autre femme et de s'occuper de son entraînement pour la course, voilà tout ce qu'il voulait.

Quant aux *victimes*… ? Que Dieu les confonde tous les deux ! C'est moi qui suis leur victime, se disait-il. Est-ce qu'ils ne sont pas mes pires ennemis ? Ils sont un obstacle sur ma route !…

Comment se débarrasser d'eux ? Telle était la difficulté. Or, il avait résolu d'en être débarrassé ce jour même. Par qui commencer ?

Chercher une querelle avec Arnold, commencer par lui ! Non, non ! cette manière de procéder, dans la position où était Arnold vis-à-vis de Blanche, provoquerait un scandale qui créerait un obstacle alors qu'il chercherait à faire une bonne impression sur Mrs Glenarm. La *femme*, au contraire, était seule et sans famille ; elle aurait contre elle son sexe et sa position détestable, si elle s'avisait d'essayer d'un scandale.

C'était par la femme qu'il devait commencer. En finir à l'instant et pour toujours avec Anne, et laisser Arnold apprendre cette machination effroyable, tôt ou tard, et se tirer de cette situation comme il le pourrait, voilà tout. Mais comment rompre avec Anne avant la fin de la journée ? En allant à l'auberge, et en s'adressant à elle directement. Comme à Mrs Brinkworth ? Non ! Geoffrey n'avait que trop appris à Windygates qu'il n'était point doux de se trouver face à Anne. Le moyen le plus simple était encore de lui écrire et de lui envoyer la lettre à l'auberge par le premier messager qu'il pourrait se procurer.

À la vérité, elle pourrait revenir à Windygates… le suivre chez son frère. Oh ! cela lui importait peu. Il était armé contre elle. « Vous êtes une femme mariée. » C'était une réponse assez forte. Il combina donc les termes de la lettre qu'il devait lui écrire.

Quelque chose comme ceci fera l'affaire, pensait-il, toujours tournant autour du noyer :

Vous pouvez être surprise de ne m'avoir point vu. Vous n'avez à vous en prendre qu'à vous-même. Je sais ce qui s'est passé entre vous et lui à l'auberge. J'ai pris l'avis d'un homme de loi. Vous êtes la femme d'Arnold Brinkworth. Je vous souhaite toutes les joies possibles et je vous dis adieu.

Adresser ces lignes à Mrs Arnold Brinkworth, donner ses instructions au messager pour qu'il laissât la lettre, sans attendre de réponse, partir par le premier train du matin pour retourner chez son frère, et voilà le travail accompli.

Mais à cela il y avait un obstacle, un obstacle qui l'exaspérait. Anne n'était connue à l'auberge sous aucun nom, si ce n'était celui de Mrs Silvester. Une lettre portant le nom de Mrs Arnold Brinkworth serait probablement refusée à la porte. Ou si elle était prise et qu'elle fût présentée à Anne, celle-ci pouvait ne point la recevoir, comme ne lui étant pas adressée.

Un homme ayant plus de ressources d'esprit aurait compris que le nom porté sur l'adresse signifiait peu de chose, du moment que le contenu de la lettre était lu par la personne à laquelle elle était destinée. Mais Geoffrey était de ceux qui se troublent, parce qu'ils attachent de l'importance à des misères.

Et il attachait une absurde importance à la forme extérieure de sa lettre. S'il déclarait qu'Anne était la femme d'Arnold Brinkworth, ne devait-il pas adresser cette lettre à Mrs Brinkworth? Autrement, il ne savait pas ce que pouvait dire la loi et dans quelle mauvaise passe pourrait l'engager cette erreur de sa plume!

Plus il y réfléchissait, plus il se sentait persuadé de l'habileté de son raisonnement, et plus son irritation et sa colère grandissaient. En même temps, il se disait qu'il y a une issue à tout. Il y en avait certainement une à ce défilé. Restait à la trouver.

Il n'y put parvenir. Après avoir si bien triomphé de toutes les grandes difficultés, une petite le tenait en échec. Il lui vint à l'esprit qu'il y avait peut-être trop longtemps réfléchi et qu'en outre il avait la tête étourdie par le mouvement mécanique qu'il accomplissait en tournant autour de cet arbre.

Il s'éloigna donc brusquement du noyer et s'engagea dans une allée, bien résolu à penser à autre chose, puis à revenir à la difficulté et voir s'il pourrait l'envisager sous un nouveau point de vue avec plus de résultat.

Dès que ses pensées eurent retrouvé la liberté de se porter vers le sujet qui leur plaisait le mieux, elles se concentrèrent naturellement sur la course à pied. Dans une semaine, tous les arrangements devaient être pris. Il fallait d'abord songer à l'entraînement. Il décida d'employer cette fois deux entraîneurs, le premier pour l'exercer en Écosse et commencer avec lui chez son frère; le second qu'il prendrait en main et avec lequel il s'entendrait à son retour à Londres.

Il repassa dans sa mémoire les exploits accomplis par

le rival formidable contre lequel il avait à lutter. Cet homme était un merveilleux coureur. Les paris en faveur de Geoffrey étaient calculés sur la longueur de la course et la prodigieuse force de résistance qu'on lui connaissait.

Combien de temps devrait-il suivre cet homme? Vers quel endroit devrait-il le rattraper? À quelle distance du but était-il probable que son concurrent arriverait à l'épuisement? Il faudrait alors donner le coup de jarret et le dépasser. Tels étaient les points importants à décider. Un comité pédestre allait être formé pour lui donner des avis et lui enlever une part au moins de cette lourde responsabilité. Mais à quels hommes se fier? Il pouvait se fier à A et à B. Tous deux étaient des autorités et des hommes loyaux. Fallait-il s'adresser à C? Comme autorité, il n'y avait rien à dire; comme homme, il était douteux. Le problème, relativement à C, arrêta Geoffrey, et il ajourna d'en chercher la solution.

Ne songeons pas à cela, dit-il. À qui et à quoi songer, alors? À Mrs Glenarm? La peste soit des femmes! Elles sont toutes les mêmes. Elles se dandinent toutes quand elles marchent, et toutes se remplissent l'estomac de thé avant le dîner. Pour le reste, elles ne sont qu'une faible imitation de l'homme.

Il voua les femmes aux dieux infernaux, voulut n'y plus penser et songer à autre chose. À quoi donc? À quelque chose, cette fois, qui le méritât : à bourrer une autre pipe. Il tira sa blague à tabac et suspendit tout à coup l'opération, au moment où il allait l'ouvrir.

Quel était l'objet qu'il voyait de l'autre côté d'une rangée de poiriers nains, sur la droite? Une femme? Une servante, évidemment, d'après son costume. Elle était accroupie, lui tournant le dos, cueillant des herbes, autant qu'il en pouvait juger à cette distance. Et qu'est-ce qui pendait à un cordon au côté de cette femme? Une ardoise? Oui. Quel diable de besoin pouvait-elle avoir d'une ardoise à son côté? Geoffrey était en quête de quelque distraction pour son esprit. Eh bien! cette distraction était trouvée.

Tout fait mon affaire, pensa-t-il, si je la blaguais un peu au sujet de son ardoise.

Il appela la femme à travers la rangée de poiriers :

– Holà !

La femme se leva, et il vit s'avancer vers lui, lentement, le regardant de ses yeux creux, avec son visage triste et son impassibilité de statue, Hester Dethridge.

Geoffrey hésita. Il n'avait pas compté se livrer à un échange de sottes vulgarités avec une femme comme elle.

– À quoi vous sert cette ardoise ? demanda-t-il, ne sachant par où commencer.

La femme porta la main à ses lèvres, les toucha et secoua la tête.

– Muette ?

La femme inclina la tête.

– Qui êtes-vous ?

La femme écrivit sur son ardoise et la tendit à Geoffrey par-dessus les poiriers. Il lut :

Je suis cuisinière.

– Qu'est-ce qui vous a rendue muette ?

La femme écrivit :

Un mauvais coup.

– Qui vous a donné ce coup ?

Elle secoua la tête.

– Ne voulez-vous pas me dire qui ?

Elle secoua de nouveau la tête.

Ses regards étaient restés fixés sur le visage du jeune homme pendant qu'il la questionnait. Elle le considérait de ses yeux froids et mornes, immobiles comme ceux d'un cadavre. Si solides que fussent les nerfs de Geoffrey, tout inaccessible qu'il fût, dans les occasions ordinaires, à tout ce qui frappe l'imagination, les yeux de la cuisinière muette le glaçaient lentement.

Un frisson courut dans la moelle de ses os et le parcourut jusqu'à la racine des cheveux. Il eût voulu la voir s'éloigner de lui. Il n'avait sans doute qu'à lui dire adieu et à la congédier, mais il ne bougea pas. Seulement il mit la main à sa poche et lui offrit quelques pièces de monnaie. Elle étendit la main au-dessus des poiriers pour les recevoir et s'arrêta tout à coup, le bras en l'air. Un étrange changement s'opéra sur son visage blême. Ses lèvres se serrèrent, ses yeux mornes se dilatèrent tout à coup et se prirent à regarder, rigides et brillants, par-dessus l'épaule du jeune homme, comme s'ils voyaient quelque chose derrière lui.

– Que diable regardez-vous ? demanda-t-il en se détournant brusquement.

Il ne vit rien. Il se retourna du côté de la femme. Elle l'avait laissé seul. Elle s'éloignait en courant, toute vieille qu'elle était ; visiblement elle le fuyait !…

Elle est folle ! pensa-t-il.

Il s'éloigna dans la direction opposée et se trouva de nouveau sous le noyer, à peine savait-il lui-même comment il y était venu. Cependant, ses nerfs s'étaient calmés, il se mit à rire en songeant à l'étrange impression que cette femme avait produite sur lui.

J'ai été effrayé pour la première fois de ma vie, pensa-t-il, et cela par une vieille femme. Il est temps de revenir à l'entraînement et de ne plus songer à autre chose.

Il consulta sa montre, l'heure du lunch approchait et il n'avait pas encore décidé ce qu'il devait écrire à Anne. Il résolut de prendre enfin une décision, en cet endroit-là et sur l'heure.

La femme… la femme muette, avec sa face immobile et ses horribles yeux, revint occuper sa pensée. Bast ! Ce fantôme, après tout, n'était que quelque servante devenue idiote, qui pouvait avoir été autrefois cuisinière et qu'on avait gardée par charité !

Geoffrey s'étendit sur le gazon et appliqua de nouveau son esprit à cette grave question : comment adresser une lettre à Anne, sous le nom de Mrs Arnold Brinkworth, et être sûr que cette lettre lui parviendrait ?

La vieille femme vint encore traverser sa méditation. Il ferma les yeux avec impatience, comme pour la faire disparaître dans les ténèbres dont il s'enveloppait. Mais la femme muette surgit encore de ces ténèbres. Il la vit écrivant sur son ardoise. Ce qu'elle écrivait… Mais qu'écrivait-elle donc ?… La vision disparut.

Geoffrey se dressa sur son séant, étonné de ce qu'il sentait en lui.

Une lueur soudaine éclaira son cerveau. Il entrevit sa route à travers les difficultés qui l'avaient arrêté jusqu'alors, et sans qu'il fît pour cela aucun effort.

Deux enveloppes, une intérieure non cachetée et adressée à Mrs Arnold Brinkworth, une extérieure cachetée et adressée à Mrs Silvester, et voilà le problème résolu. N'était-ce pas le problème le plus simple à résoudre qui eût jamais embarrassé une tête humaine? Comment n'avait-il pas trouvé cette solution plus tôt? Comment l'idée lui en venait-elle à présent?

La femme muette réapparut dans sa pensée. Elle revenait là comme pour répondre à cette question qu'il se posait. Elle avait l'air de lui dire : « C'est moi qui vous inspire ; mais prenez garde à vous, prenez garde à vous ! »

Pour la première fois de sa vie, il se sentit alarmé. Cette impression si tenace produite sur tous ses sens par une vieille femme idiote avait-elle donc quelque lien avec le dérangement de sa santé dont le chirurgien venait de lui parler? La tête lui tournait-elle ou bien avait-il trop fumé pour un homme qui avait l'estomac vide et qui, après avoir voyagé toute la nuit, n'avait pas bu sa ration d'ale accoutumée?

Il quitta le jardin pour faire à l'instant l'épreuve de cette dernière supposition. Les paris en sa faveur auraient été anéantis d'un coup, si on l'avait vu en ce moment. Il avait l'air hagard et anxieux. L'existence de son système nerveux lui avait été soudainement révélée. Ses nerfs lui avaient brusquement révélé leur présence !

Revenu dans la partie élégante des jardins, Geoffrey rencontra un valet de pied qui s'acquittait d'une commission auprès d'un des jardiniers. Il lui demanda à l'instant le maître d'hôtel, comme celui qui devait lui porter secours.

Conduit à l'office, Geoffrey lui réclama un pot de l'ale la plus vieille avec une nourriture solide, sous la forme d'un morceau de pain et de fromage.

Le maître d'hôtel le regarda. Cette envie de fromage

chez un homme des plus hautes classes était nouvelle pour lui.

– Le lunch va être prêt à l'instant, monsieur.

– Qu'y a-t-il pour le lunch ?

Le maître d'hôtel énuméra plusieurs bons mets et autant de vins rares.

– Que le diable emporte vos ragoûts ! dit Geoffrey. Donnez-moi ma vieille ale, mon croûton de pain et mon fromage.

– Où mangerez-vous cela, monsieur ?

– Ici, par Dieu ! et le plus tôt possible.

Le maître d'hôtel donna les ordres nécessaires, avec toute la promptitude dont il était capable. Il plaça cette modeste collation devant son hôte de qualité ; mais il était toujours plongé dans un grand étonnement.

Quoi ! le fils d'un noble personnage, une célébrité lui-même, par-dessus le marché, se bourrer de pain, de fromage et d'ale à la table de l'office et de l'air le plus vorace !…

Il crut pouvoir risquer un petit compliment avec une légère nuance de familiarité et sourit.

– J'ai mis 6 livres sur vous, monsieur, pour la course.

– Très bien ! mon brave ; vous gagnerez votre argent.

Sur ces mots, l'honorable gentleman se renversa sur le dossier de son siège et tendit son verre pour avoir de l'ale. Le maître d'hôtel se sentit triplement anglais en versant la boisson écumeuse.

Ah ! les nations étrangères peuvent avoir leurs révolutions ! Les aristocraties étrangères peuvent périr ; l'aristocratie anglaise vit dans le cœur du peuple et y vivra toujours !

– Encore ! dit Geoffrey en présentant son verre vide, c'est parfait !

Et il but son ale d'un seul trait, salua le maître d'hôtel d'un signe de tête et sortit.

L'expérience avait-elle réussi ? Avait-il acquis la preuve que la dernière supposition qu'il avait faite à son sujet était la bonne ? Pas un doute à avoir là-dessus. Un estomac vide et des vapeurs de tabac montant à la tête, telles avaient été les vraies causes de l'étrange état d'esprit dans lequel il était dans le potager. La vieille femme muette avec la face impassible s'était évanouie désormais comme un brouillard. Geoffrey ne sentait plus rien qu'un peu de bourdonnement à la tête, une bonne chaleur par tout le corps. Il était redevenu lui-même.

Il retourna à la bibliothèque pour écrire sa lettre à Anne et, cela fait, commencer la lutte. La société était encore réunie dans la bibliothèque en attendant que la cloche annonçât le lunch. Il pensa que, s'il se montrait, quelqu'un l'aborderait et le gênerait certainement. Il revint donc sur ses pas.

Le seul moyen d'écrire en paix était d'attendre que tout le monde fût au lunch, et alors de revenir à la bibliothèque. La même circonstance lui fournirait l'occasion de trouver un messager pour sa lettre, sans éveiller l'attention, et, après cela, de partir sans être vu, pour une longue promenade solitaire.

Une absence de deux heures serait suffisante pour jeter de la poussière aux yeux d'Arnold, car elle serait sûrement interprétée par celui-ci comme ayant été consacrée à une entrevue avec Anne.

Geoffrey se promena sans but dans le jardin, en s'éloignant de plus en plus de la maison.

23

C'est fait

La conversation dans la bibliothèque, en général sans but et assez creuse, avait pourtant un objet sérieux dans un des coins de la pièce. Là se tenaient sir Patrick et Blanche.

– Mon oncle ! Je vous ai observé depuis une minute ou deux…

– À mon âge, Blanche, c'est m'adresser un très joli compliment.

– Savez-vous ce que j'ai vu ?

– Vous avez vu un vieux gentleman qui a besoin de son lunch.

– J'ai vu un vieux gentleman qui a l'esprit préoccupé. Par quoi ?

– Une lutte avec la goutte, ma chère.

– Cette réponse ne me suffit pas. Vous ne vous débarrasserez pas de moi de cette façon. Mon oncle, je veux savoir…

– Arrêtez, Blanche ! Une jeune fille qui dit qu'elle veut savoir exprime un bien dangereux sentiment. Ève voulait savoir, et voyez où cela l'a conduite. Faust voulait savoir, et il y a gagné de se retrouver en mauvaise compagnie.

– Vous vous sentiez inquiet, reprit Blanche. Il y a plus : vous vous êtes conduit d'une façon on ne peut plus inexplicable, il y a quelques instants.

– Quand cela ?

– Quand vous êtes allé vous cacher avec Mr Delamayn, dans ce petit coin là-bas. Je vous ai vu lui montrer le chemin, pendant que je travaillais aux odieuses invitations à dîner de lady Lundie.

– Oh ! vous appelez cela travailler ? Je me demande s'il a jamais existé une femme qui ait pu appliquer tout son esprit à ce qu'elle avait à faire.

– Laissons les femmes de côté. Quel sujet de conversation peut-il y avoir entre vous et Mr Delamayn ? Et pourquoi ce pli creusé entre vos sourcils, maintenant que vous en avez fini avec ce bel animal ? Certainement, ce pli n'était pas là avant votre entretien avec lui.

Sir Patrick hésitait. Devait-il, pouvait-il mettre Blanche dans sa confidence ? La tentative qu'il était déterminé à faire pour s'assurer de l'identité de la dame à laquelle Geoffrey avait fait allusion, sans la nommer, le conduirait à Craig Fernie et l'obligerait sans doute à s'adresser directement à Anne. La connaissance intime qu'avait Blanche du caractère de miss Silvester pourrait indubitablement lui être utile dans ces circonstances. Et il savait pouvoir se fier à la discrétion de Blanche dans une affaire où les intérêts de miss Silvester étaient en jeu.

D'un autre côté, la prudence était impérieusement nécessaire vu l'insuffisance de renseignements qu'il possédait. C'est à la prudence que resta la victoire dans l'esprit de sir Patrick. Il se décida à attendre, et à voir d'abord ce qui résulterait de ses investigations à l'auberge.

– Mr Delamayn me consultait sur un point de droit intéressant l'un de ses amis, dit sir Patrick. Vous dépensez votre curiosité, ma chère, sur un sujet totalement indigne de l'attention d'une dame.

Mais la pénétration de Blanche ne se laissait pas tromper si facilement.

– Pourquoi ne pas me répondre tout de suite que vous ne voulez pas me le dire ? reprit-elle ; vous vous enfermez avec Mr Delamayn pour traiter une question de droit ! vous paraissez préoccupé et anxieux après cet entretien !... Je suis une bien malheureuse fille, ajouta Blanche, en poussant un petit soupir ; il y a en moi quelque chose qui semble repousser les gens que j'aime ; je ne puis obtenir la confiance d'Anne, et je ne réussis pas mieux à vous arracher la vôtre. Moi qui éprouve un si grand besoin de sympathie ! C'est dur ! Je pense que je ferais bien d'aller près d'Arnold.

Sir Patrick prit la main de sa nièce.

– Attendez une minute, Blanche. Vous me parlez de miss Silvester ?... Avez-vous eu de ses nouvelles aujourd'hui ?

– Aucune. Je suis plus malheureuse à son sujet qu'on ne peut l'expliquer.

– Supposons que quelqu'un se rende à Craig Fernie et essaie de découvrir la cause du silence de miss Silvester ? Croirez-vous alors que ce quelqu'un sympathise avec vous ?

Le visage de Blanche brilla de plaisir et de surprise ; elle porta, avec reconnaissance, la main de sir Patrick à ses lèvres.

– Oh !... s'écria-t-elle, vous ne voulez pas dire que vous avez l'intention de le faire !

– Je suis certainement la dernière personne qui devrait le faire, d'abord parce que vous êtes allée à l'auberge, en révolte ouverte contre mes ordres, et que je ne vous ai pardonnée, l'autre jour, que sur votre promesse formelle de ne plus retomber dans la même faute. C'est une inexcusable faiblesse de la part d'un chef de famille que de donner un démenti à ses principes, seulement parce que sa nièce est soucieuse… Cependant, si vous pouvez me prêter une petite voiture, j'irai certainement moi-même jusqu'à Craig Fernie surprendre miss Silvester… dans le cas où vous auriez quelque chose à lui dire !…

– Quelque chose à lui dire ? répéta Blanche.

Elle passa son bras autour du cou de son oncle et lui murmura dans l'oreille le plus interminable message qu'aucun être humain eût jamais confié à son semblable. Sir Patrick écoutait avec un intérêt croissant pour l'enquête qu'il poursuivait secrètement.

La femme qui inspire un dévouement pareil doit avoir de nobles qualités, pensait-il.

Pendant que Blanche parlait à l'oreille de son oncle, une autre conférence privée, d'un genre purement domestique, avait lieu entre lady Lundie et le maître d'hôtel, dans l'antichambre de la bibliothèque.

– J'ai le regret de vous apprendre, Milady, qu'Hester Dethridge a encore un de ses accès.

– Que voulez-vous dire ?

– Elle était tout à fait bien, Milady, quand elle est allée au potager il y a fort peu de temps. Ses étrangetés l'ont reprise depuis qu'elle en est revenue. Elle a besoin d'un jour de repos, Votre Seigneurie. Elle dit qu'elle est accablée d'ouvrage avec la nombreuse compagnie qui se trouve au château, et je dois avouer qu'elle a vraiment l'air d'une personne épuisée d'esprit et de corps.

– Ne dites pas d'absurdités, Roberts. Cette femme est entêtée, paresseuse et insolente. Elle est maintenant prévenue qu'elle doit quitter la maison dans un mois. S'il ne lui convient pas de faire son devoir pendant ce mois-là, je lui refuserai un certificat. Qui fera le dîner aujourd'hui si je lui permets de sortir ?

– De toute façon, Milady, je crains bien que la fille de

cuisine ne soit obligée de faire de son mieux pour aujourd'hui. Hester est très entêtée, comme le disait Votre Seigneurie, quand ses accès la prennent.

– Si Hester Dethridge laisse la fille de cuisine préparer le dîner, Roberts, Hester Dethridge quittera mon service aujourd'hui même. Pas un mot de plus à ce sujet. Si elle persiste à braver mes ordres, qu'elle apporte son livre de comptes dans la bibliothèque, pendant que nous déjeunerons, et qu'elle le dépose sur mon pupitre. Je reviendrai ici après le lunch, et si je vois le livre de comptes, je saurai ce que cela signifie. Dans ce cas, vous recevrez mes instructions pour la régler et la renvoyer. Sonnez la cloche pour le repas.

La cloche sonna. Les hôtes prirent la direction de la salle à manger. Sir Patrick tenait le bras de Blanche passé sous le sien. Arrivée à la porte de la salle à manger, la jeune fille s'arrêta et pria son oncle de l'excuser si elle le laissait entrer seul.

– Je reviens à l'instant, dit-elle, j'ai oublié quelque chose en haut.

Sir Patrick entra. La porte de la salle à manger se ferma, et Blanche retourna seule à la bibliothèque. Tantôt sous un prétexte, tantôt sous un autre, depuis trois jours, elle avait fidèlement rempli l'engagement, pris par elle à Craig Fernie, d'attendre là dix minutes après l'heure du lunch la chance d'y voir arriver Anne.

Pour la quatrième fois, la jeune fille était assise seule dans cette grande pièce, les yeux fixés sur la pelouse.

Cinq minutes se passèrent, aucun être vivant n'apparut, si ce n'est les oiseaux qui sautillaient sur le gazon.

Une minute de plus ne s'était pas écoulée que l'oreille de Blanche perçut le bruit d'une robe de femme frôlant le gazon. Elle se précipita vers la fenêtre la plus proche, regarda et frappa des mains en étouffant un cri de joie.

Une personne bien connue approchait rapidement. Anne était fidèle à l'amitié, Anne tenait sa promesse ! Enfin !

Blanche se précipita au-devant d'elle et l'attira dans la bibliothèque d'un air triomphant.

– Ceci excuse tout le mal que vous m'avez fait, chère bien-aimée. Vous répondez à ma lettre de la meilleure façon. Vous m'apportez votre chère présence.

Elle plaça Anne dans un fauteuil et, levant le voile de son amie, elle contempla son visage en pleine lumière.

Le changement qui s'était opéré dans toute la personne de miss Silvester était effrayant pour des yeux aimants et attentifs. On lisait une morne tranquillité sur son visage, une sorte de soumission passive à la destinée, qui éveillait la compassion.

Trois jours et trois nuits de solitude et de douleur, trois jours et trois nuits sans repos, dans l'incertitude amère, avaient brisé cette nature impressionnable et glacée, ce cœur ardent. L'esprit qui l'animait s'était envolé, il ne restait plus que l'enveloppe de la femme qui vivait et se mouvait comme l'ombre d'elle-même.

– Anne ! Anne ! que peut-il vous être arrivé ! Avez-vous peur ? Il n'y a pas la moindre crainte à avoir que quelqu'un vienne nous déranger. Ils sont tous au lunch ; les domestiques s'occupent du dîner. Nous sommes seules ici. Ma chère, vous avez l'air si faible et si étrange… Voulez-vous que j'aille vous chercher quelque chose ?

Anne baissa la tête et embrassa son amie ; ce fut une caresse triste et lente, sans un mot, sans une larme, sans un soupir.

– Vous êtes fatiguée, c'est certain. Êtes-vous venue à pied ici ? Vous ne repartirez pas de même, je veillerai à cela !

À ces mots, Anne se réveilla. Elle parla pour la première fois. Sa voix était plus grave que d'habitude, mais son charme, sa distinction et sa beauté avaient survécu au naufrage de tout le reste.

– Je ne retournerai pas à l'endroit d'où je viens, Blanche. J'ai quitté l'auberge.

– Quitté l'auberge ?… Avec votre mari ?…

Elle répondit à la première question, pas à la seconde.

– Je ne puis y retourner, dit-elle, l'auberge n'est pas un lieu qui me convienne. Une malédiction semble me poursuivre partout où je vais, Blanche. Je suis une cause de querelles et de malheurs, sans intention, Dieu le sait ! Le vieillard, qui est premier garçon à l'auberge, a été bon pour moi, à sa manière. Lui et sa patronne ont eu une dispute à ce sujet, une choquante et violente dispute. Le bonhomme a perdu sa place. La maîtresse de maison en rejette toute la faute sur moi. C'est une femme bien dure, et elle a été plus dure que jamais depuis que Bishopriggs est parti. J'ai perdu une lettre à l'auberge. Je dois l'avoir jetée de côté, je suppose, et l'avoir oubliée. Je ne me la suis rappelée qu'hier soir. Je l'ai dit à l'hôtesse et elle m'a cherché querelle avant même que les paroles ne me fussent sorties de la bouche. Elle m'a demandé si je l'accusais de me voler mes lettres. Puis elle m'a dit des paroles… des paroles que je ne puis répéter. Je ne suis pas bien et je me sens incapable de vivre avec de pareilles gens. J'ai préféré quitter l'auberge ce matin. J'espère et je prie Dieu de ne jamais revoir Craig Fernie.

Elle débita sa petite histoire avec une absence complète d'émotion apparente et appuya sa tête sur le dossier de la chaise quand elle eut fini.

Les yeux de Blanche se remplirent de larmes en la regardant.

– Je ne veux pas vous fatiguer de questions, Anne, dit-elle. Montez à ma chambre et reposez-vous ; vous n'êtes pas en état de voyager, chère bien-aimée, je veillerai à ce que personne ne vienne vous déranger.

L'horloge de Windygates sonna le quart de 2 heures.

Anne se leva de son siège en tressaillant.

– Quelle heure est-il ? demanda-t-elle.

Blanche le lui dit.

– Je ne puis rester ici longtemps, reprit Anne. Je suis venue pour découvrir quelque chose, si je le puis. Vous ne me poserez pas de questions, Blanche ! Je vous en prie, en mémoire des anciens temps.

Blanche se retourna, le cœur défaillant.

– Je ne veux pas vous peiner, chère, dit-elle en prenant la main d'Anne et en cachant les larmes qui commençaient à ruisseler sur ses joues.

– J'ai besoin de savoir quelque chose, Blanche. Voulez-vous me le dire ?

– Oui ?… qu'est-ce ?

– Qui sont les gentlemen résidant actuellement dans la maison ?

Blanche regarda autour d'elle avec un nouveau mouvement de surprise et d'alarme. Une vague crainte s'était emparée de son esprit.

Anne persista à obtenir une réponse à son étrange demande.

– Dites-moi leurs noms, Blanche. J'ai une raison pour désirer les connaître.

Blanche énuméra les noms des hôtes de lady Lundie.

– Deux autres sont revenus ce matin, continua-t-elle, Arnold Brinkworth et son odieux ami, Mr Delamayn.

La tête d'Anne se renversa de nouveau sur le dossier de son siège. Elle avait trouvé le moyen, sans exciter les soupçons de sa jeune amie, de découvrir ce qu'elle voulait apprendre en venant à Windygates. Il était de retour en Écosse, il n'était arrivé de Londres que ce matin. Il avait eu à peine le temps de communiquer avec Craig Fernie, lui surtout qui haïssait tant écrire des lettres. Toutes les circonstances étaient en sa faveur. Il n'y avait pas de raison, il n'y avait véritablement aucune raison de croire qu'il l'avait abandonnée.

Le cœur de la malheureuse femme bondit dans sa poitrine sous le premier rayon d'espoir qui fût venu le réchauffer depuis quatre jours. Son corps affaibli tressaillit de la tête aux pieds. Son pâle visage se colora un moment, puis redevint d'une pâleur mortelle.

Blanche l'observait avec anxiété.

– Je vais vous aller chercher du vin ; vous perdrez connaissance si vous ne prenez pas quelque aliment. Je serai de retour dans un moment et je puis arranger les choses de manière à ce que personne ne sache rien.

Elle poussa le fauteuil d'Anne vers la fenêtre la plus proche, une fenêtre située près de l'entrée de la bibliothèque, et s'éloigna en courant.

À peine Blanche avait-elle quitté la salle, par la porte

conduisant dans l'antichambre, que Geoffrey entra par la dernière porte ouvrant sur la pelouse.

L'esprit occupé par la lettre qu'il allait écrire, il s'avança lentement vers une table.

Anne, entendant un bruit de pas, tressaillit encore et regarda autour d'elle. Ses forces défaillantes lui revinrent à l'instant sous l'impression du soulagement qu'elle éprouva à la vue de Geoffrey. Elle se leva et s'avança vivement, les joues colorées d'une faible rougeur.

Geoffrey releva la tête. Ils étaient tous les deux face à face et seuls.

– Geoffrey !

Il la regarda sans répondre, sans faire un pas de son côté. Une lueur atroce brillait dans ses yeux, son silence était celui de la brute qui menace sourdement.

Il avait résolu de ne la revoir jamais, il avait résolu de lui écrire, et elle était là devant lui, le forçant à parler. Il ajouta mentalement ce désagrément à tous ceux qu'elle lui avait fait éprouver. S'il y avait jamais eu le plus faible espoir pour elle d'éveiller dans son cœur un sentiment, passager même, de pitié, cet espoir aurait été anéanti à l'instant.

Elle se méprit sur son silence. Elle fit ses excuses, la pauvre créature, pour être revenue à Windygates, ses excuses à l'homme qui, en ce moment même, allait l'abandonner sans soutien en ce monde.

– Je vous en prie, pardonnez-moi d'être venue ici. Je n'ai rien fait pour vous compromettre, Geoffrey, personne d'autre que Blanche ne sait que je suis à Windygates. Et je suis parvenue à m'informer de vous sans qu'elle pût deviner notre secret.

Elle s'arrêta, car elle commençait à trembler. Elle voyait quelque chose de plus sur son visage que ce qu'elle y avait lu tout d'abord.

– J'ai reçu votre lettre, continua-t-elle en appelant tout son courage prêt à l'abandonner. Je ne me plains pas de ce qu'elle soit si courte. Vous n'aimez pas écrire, je le sais, mais vous me promettiez de vos nouvelles et je ne recevais rien… Et puis, Geoffrey, j'étais seule à l'auberge.

Elle s'arrêta encore et se soutint en appuyant sa main sur la table… puis elle essaya de continuer. Effort inutile. Elle ne pouvait plus que le regarder.

– Que voulez-vous ? demanda-t-il du ton d'un homme adressant une question sans importance à une personne qui lui est totalement étrangère.

Une dernière lueur de son ancienne énergie se montra sur le visage d'Anne, comme une flamme mourante.

– Je suis déjà brisée par tant d'épreuves… Ne m'insultez pas en me forçant à vous rappeler votre promesse.

– Quelle promesse ?

– C'est une honte, Geoffrey, c'est une honte !… Votre promesse de m'épouser.

– Vous réclamez l'exécution de ma promesse après ce que vous avez fait à l'auberge ?

Elle s'appuya encore d'une main sur la table et porta l'autre à son front. Penser eût été un trop grand effort pour elle. Elle se dit, comme se parlant à elle-même avec égarement :

– L'auberge ?… qu'ai-je fait à l'auberge ?

– J'ai pris l'avis d'un homme de loi, sachez-le ! Je sais ce que je dis.

Elle parut ne pas l'avoir entendu et répéta ses dernières paroles :

– Qu'ai-je fait à l'auberge ?

Puis elle retrouva le courage du désespoir, et s'aidant de la table, elle put s'approcher de lui et posa la main sur son bras.

– Refusez-vous de m'épouser ? demanda-t-elle.

Il ne vit qu'une infâme opportunité et répondit ces infâmes paroles :

– Vous êtes déjà mariée à Arnold Brinkworth.

Sans un effort pour fuir, elle tomba privée de sentiment aux pieds de Geoffrey, comme au temps passé sa mère était tombée aux pieds du père de Geoffrey.

Il se dégagea des plis de la robe de la jeune femme.

– C'est fait ! dit-il en regardant la forme inanimée qui gisait sur le parquet.

Comme ces mots tombaient de ses lèvres, il tressaillit

à un bruit venant de l'intérieur de la maison : une des portes de la bibliothèque n'avait pas été complètement fermée ; des pas légers se faisaient entendre, s'avançant rapidement dans l'antichambre.

Il tourna le dos et s'enfuit de la bibliothèque par la porte ouverte au bout de la salle, par laquelle il était entré.

24

Partie

Blanche entra portant un verre de vin et vit Anne évanouie sur le parquet.

Elle en fut alarmée, mais non surprise ; elle s'agenouilla auprès d'Anne et lui souleva la tête. Ses observations précédentes sur son amie ne lui expliquaient que trop bien cet évanouissement. Le temps qu'elle avait mis à chercher le vin était, pour elle, la seule cause de la défaillance de la pauvre Anne.

Si elle avait été moins prompte à remonter de la conséquence à la cause, elle serait allée à la fenêtre pour voir s'il n'était rien survenu au-dehors qui eût pu effrayer Anne. Elle aurait pu voir Geoffrey avant qu'il eût tourné le coin de la maison ; et cette découverte aurait pu changer le cours des événements, non seulement de sa vie, mais de la vie de deux autres personnes.

C'est ainsi que nous construisons nous-mêmes notre destinée en aveugles. C'est ainsi que nous laissons notre petite part de bonheur à la merci capricieuse du hasard.

Mais, toujours dupes d'une heureuse illusion, nous croyons être le produit le plus raffiné du grand plan de création, et nous doutons que d'autres planètes soient habitées, parce qu'elles ne sont pas entourées d'une atmosphère respirable pour nous ! Car rien n'est fait que pour nous !

Après avoir essayé des remèdes à sa portée, hélas sans aucun succès, Blanche prit peur. Anne n'était-elle point morte, là, entre ses bras ?

Elle était sur le point d'appeler du secours, quelles que pussent être les conséquences de la découverte qui allait en résulter, quand la porte de l'antichambre s'ouvrit et qu'Hester Dethridge parut.

La cuisinière avait accepté la condition imposée par sa maîtresse, si elle persistait à réclamer la liberté d'employer à son gré le reste de la journée. Conformément au désir exprimé par lady Lundie, elle affirmait sa résolution d'agir à sa guise, en déposant son livre de comptes sur le pupitre de la bibliothèque. Lorsque cela fut fait, elle répondit aux instances de Blanche qui l'appelait à son secours.

Lentement et d'un pas ferme, Hester Dethridge s'approcha. Blanche, agenouillée, tenait la tête d'Anne sur sa poitrine. Hester les regarda toutes deux, sans qu'aucun signe d'émotion se montrât sur son sévère et impassible visage.

– Ne voyez-vous pas ce qui est arrivé? cria Blanche. Êtes-vous vivante ou morte? Oh! Hester, je ne puis la ranimer. Regardez-la... regardez-la!...

Hester Dethridge regarda miss Silvester et secoua la tête; puis elle réfléchit un moment et écrivit sur son ardoise, qu'elle tendit à Blanche par-dessus le corps de la pauvre Anne :

Qui a fait cela?

– Stupide créature! répliqua Blanche, personne n'a rien fait.

Les yeux d'Hester Dethridge se fixèrent plus attentivement sur le visage pâle et défait qui reposait sur la poitrine de Blanche. Son esprit se reporta en arrière sur sa misérable expérience de sa vie de femme mariée. Elle se remit à écrire sur son ardoise et montra de nouveau à Blanche ce qu'elle avait écrit.

Elle en est venue là par la faute d'un homme. Laissez faire, et Dieu la rappellera à lui.

– Affreuse et insensible créature! Comment osez-vous écrire une chose aussi abominable?

Cependant, malgré cette explosion bien naturelle d'indignation, Blanche, ayant de nouveau regardé Anne, et de plus en plus effrayée par la persistance de cet évanouissement si semblable à la mort, fit un nouvel appel à l'étrange femme.

– Hester, pour l'amour du ciel, aidez-moi.

La cuisinière laissa retomber son ardoise à son côté et inclina la tête en signe d'obéissance. Elle invita Blanche à dégrafer la robe d'Anne et, mettant un genou à terre, elle prit à son tour la tête de la jeune femme sur ses genoux.

Dès l'instant où Hester Dethridge la toucha, Anne donna signe de vie.

Un léger frisson parcourut tout son corps, ses paupières tremblèrent, s'entrouvrirent, et se refermèrent de nouveau. Un léger soupir s'exhala de ses lèvres.

Hester la replaça entre les bras de Blanche, réfléchit un moment, se remit à écrire sur son ardoise et fit voir encore ce qu'elle avait écrit.

Elle a frissonné quand je l'ai touchée. Cela signifie que j'ai marché sur sa tombe.

Blanche détourna ses yeux de l'ardoise et de la cuisinière avec horreur.

– Vous m'épouvantez, dit-elle, vous l'épouvanterez elle-même si elle vous voit. Je n'ai pas l'intention de vous offenser. Mais laissez-nous, je vous en prie, laissez-nous.

Hester Dethridge accepta son renvoi, comme elle acceptait toutes choses. Elle inclina la tête, pour marquer qu'elle avait compris, regarda une dernière fois Anne, fit un raide salut à sa jeune maîtresse et sortit.

Une heure après, le maître d'hôtel l'avait payée et elle avait quitté la maison.

Blanche respira plus librement quand elle se trouva seule.

Elle pouvait être toute à la joie de voir Anne revenir à la vie.

– Pouvez-vous m'entendre, ma chérie ? murmura-t-elle. Puis-je vous laisser seule pour un moment ?

Les yeux d'Anne se rouvrirent lentement, et elle regarda autour d'elle avec cet effroi de la vie qui saisit toujours ceux que le mal avait foudroyés pour un moment, et qui reviennent au sentiment de leur douleur. Ils maudissent la pitié qui les a réveillés dans les bras de la mort.

Blanche appuya la tête d'Anne contre la chaise la plus proche et courut à la table où elle avait placé le vin en entrant.

Après avoir avalé une gorgée de ce vin, Anne éprouva les effets du stimulant. Blanche insista pour qu'elle vidât le verre et s'abstint de lui poser aucune question, jusqu'à ce qu'elle fût complètement revenue à elle sous l'influence du vin.

– Vous avez surestimé vos forces ce matin, dit-elle aussitôt qu'elle jugea pouvoir parler sans danger. Personne ne vous a vue, ma chérie. Rien n'est arrivé. Vous sentez-vous tout à fait revenue à vous ?

Anne fit un effort pour se lever et quitter la bibliothèque. Mais Blanche la conduisit sur un fauteuil et continua :

– Il n'y a nulle nécessité de bouger. Nous avons encore un quart d'heure à nous. J'ai quelque chose à vous dire, Anne, une petite proposition à vous faire. Voulez-vous m'écouter ?

Anne prit la main de Blanche et la pressa sur ses lèvres avec reconnaissance. Elle ne fit pas d'autre réponse. Blanche poursuivit :

– Je ne vous interrogerai plus, ma chérie, je n'essaierai pas de vous retenir ici contre votre volonté. Je ne vous rappellerai même pas ma lettre d'hier. Mais je ne puis vous laisser partir sans avoir l'esprit en repos à votre sujet. Vous soulagerez mon anxiété si vous voulez faire une chose, une chose facile, par amour pour moi.

– Qu'est-ce, Blanche ?

Elle fit cette réponse d'un ton vague, comme si sa pensée était loin de ce qu'elle disait. Blanche était trop avide d'arriver à son but pour remarquer l'air égaré d'Anne et la façon toute mécanique dont elle avait parlé.

– Je désirerais vous voir consulter mon oncle, reprit Blanche. Sir Patrick s'intéresse à vous ; sir Patrick me proposait, aujourd'hui même, d'aller vous voir à l'auberge. C'est le plus sage, le meilleur et le plus aimable vieillard qui soit au monde, et vous pouvez vous fier à lui, comme vous ne pouvez vous fier à aucun autre. Voulez-vous mettre sir Patrick dans votre confidence et vous laisser guider par ses avis ?

L'esprit toujours perdu dans une rêverie déchirante, Anne regardait vers la pelouse et ne répondait pas.

– Allons, dit Blanche, un mot… est-ce trop demander ?… Est-ce oui ou non ?

Toujours regardant vers la pelouse, toujours pensant à autre chose, Anne céda et dit :

– Oui.

Blanche en fut ravie.

Comme j'ai bien conduit la négociation, pensa-t-elle. C'est ce que mon oncle entend, quand il parle d'établir solidement son terrain.

– Voilà le plus sage oui, ma chère, que vous ayez dit de votre vie. Attendez ici, je vais au lunch, sans cela on pourrait envoyer savoir ce que je suis devenue. Sir Patrick m'a gardé une place auprès de lui. Je pourrai lui dire ce que je souhaite, et il le fera. Oh ! l'heureuse chose que d'avoir affaire à un homme habile ! Sir Patrick s'arrangera pour quitter la table avant tout le monde sans exciter les soupçons. Rendez-vous immédiatement avec lui à la serre. Nous y avons passé toute la matinée, personne n'y reviendra maintenant. Je vous suivrai aussitôt que j'aurai donné satisfaction à lady Lundie en mangeant un peu. Personne ne sera dans le secret que nous trois. Dans cinq minutes, au plus, vous pouvez attendre sir Patrick. Laissez-moi partir ! Nous n'avons pas un moment à perdre !

Anne la retint.

– Qu'y a-t-il ? demanda Blanche.

– Tout va-t-il bien avec Arnold, Blanche ?

– Arnold est plus charmant que jamais, ma chérie.

– Le jour de votre mariage est-il fixé ?

– Oh ! il y a des siècles d'ici là. Le jour ne sera pas fixé avant notre retour à Londres et la fin de l'automne. Laissez-moi partir, Anne.

– Embrassez-moi, Blanche.

Blanche l'embrassa et essaya de dégager sa main. Anne s'accrochait à elle comme une personne qui se noie et comme si sa vie dépendait de cette étreinte.

– Blanche, m'aimerez-vous toujours comme vous m'aimez à présent ?

– Comment pouvez-vous me le demander ?

– J'ai dit *oui* tout à l'heure ; dites *oui* à votre tour.

Blanche fit ce qu'elle demandait. Les yeux d'Anne se fixèrent sur le visage de sa jeune amie avec un long regard de compassion ; puis tout à coup Anne laissa retomber la main qu'elle tenait.

Blanche s'enfuit, plus agitée, plus inquiète qu'elle n'eût voulu se l'avouer à elle-même. Jamais elle n'avait senti aussi vivement l'urgente nécessité d'en appeler aux conseils de sir Patrick.

Les hôtes étaient encore tranquillement à table, quand Blanche entra dans la salle à manger.

Lady Lundie exprima naturellement sa surprise, sur un ton convenablement teinté de reproche, du manque d'exactitude de sa belle-fille. Blanche lui présenta ses excuses avec la plus exemplaire humilité.

Elle se glissa sur sa chaise, à côté de son oncle, et prit le premier plat qui lui fut offert. Sir Patrick regardait sa nièce ; il se trouvait en face d'un modèle de jeune Anglaise. Il s'en étonna intérieurement.

La conversation, interrompue un moment – elle roulait sur des sujets de politique et de sport, et quand le besoin de clamer se faisait sentir, on mettait sur le tapis le sport et la politique –, fut reprise à l'instant. Grâce au bruit de la discussion, et tout en recevant les attentions du vieux gentleman, Blanche put trouver le moment de lui murmurer à l'oreille :

– Restez calme, mon oncle ! Anne est dans la bibliothèque.

En ce moment, Mr Smith lui offrait du jambon, qu'elle refusa gracieusement.

– Je vous en prie, continua-t-elle, je vous en prie, rendez-vous auprès de cette pauvre Anne ; elle désire vous voir, elle est dans un effroyable embarras.

Le galant Mr Jones lui présenta la tarte aux fruits et à la crème, qu'elle accepta en le remerciant.

– Conduisez-la à la serre, continua-t-elle. Je vous suivrai quand j'en trouverai l'occasion. Faites cela à l'instant, mon oncle, si vous m'aimez, ou vous arriverez trop tard.

Avant que sir Patrick eût pu murmurer un mot de réponse, lady Lundie, découpant un gâteau, chef-d'œuvre du génie écossais, proclama qu'il avait été confectionné par elle-même et, en conséquence, en offrit une tranche à sir Patrick. La tranche, en l'ouvrant, livra passage à une éruption de prunes et de sucreries enveloppées de beurre fondu.

Sir Patrick avait 70 ans; il est donc inutile d'ajouter qu'il refusa poliment de commettre sans raison un attentat pareil contre son estomac.

– Quoi! mon gâteau! insista lady Lundie, en élevant l'horrible composition au bout de sa fourchette. N'aura-t-il pas le pouvoir de vous tenter?

Sir Patrick vit une occasion de s'esquiver, sous le couvert d'un compliment à sa belle-sœur; il fit appel à son plus courtois sourire, et posant la main sur son cœur :

– L'homme est sujet à faillir quand il est soumis à une tentation irrésistible. Si c'est un sage, que doit-il faire?

– Il doit manger un peu de mon gâteau, dit la prosaïque lady Lundie.

– Non, fit sir Patrick, avec un regard d'indicible dévouement envers sa belle-sœur. Il doit fuir la tentation, chère dame, et c'est ce que je fais.

Il salua et s'échappa de la salle à manger.

Lady Lundie baissa les yeux avec une expression de vertueuse indulgence pour l'humaine faiblesse et partagea modestement le compliment de sir Patrick entre elle et son gâteau.

Sachant fort bien que son départ serait promptement suivi par la sortie de table des dames, sir Patrick gagna la bibliothèque aussi vite que son pied boiteux le lui permettait. Maintenant qu'il était seul, ses manières trahissaient l'inquiétude, et son visage était grave.

Il entra dans la salle.

Aucun signe visible de la présence d'Anne... la bibliothèque était solitaire.

– Partie ! s'écria sir Patrick. Cela n'annonce rien de bon.

Après un moment de réflexion, il revint dans l'antichambre pour prendre son chapeau. Il se pouvait qu'elle eût craint d'être découverte, si elle restait dans la bibliothèque et qu'elle se fût rendue seule à la serre.

Si elle ne se trouvait pas dans la serre, la tranquillité d'esprit de Blanche et l'éclaircissement des soupçons de sir Patrick dépendaient de la découverte du nouveau lieu où miss Silvester serait allée chercher refuge. Dans ce cas, le temps était précieux, et il fallait savoir le mettre à profit.

Après être arrivé rapidement à ces conclusions, sir Patrick tira la sonnette de l'antichambre communiquant avec l'office et fit appeler son valet de chambre, homme d'une discrétion et d'une fidélité à toute épreuve, et presque aussi âgé que son maître.

– Prenez votre chapeau, Duncan, dit-il quand le valet de chambre parut, et sortez avec moi.

25

Suivie

Maître et serviteur partirent en silence à travers les jardins. Arrivés en vue de la serre, sir Patrick ordonna à Duncan de l'attendre et entra seul.

Il n'était pas besoin de la précaution qu'il avait prise. La serre était aussi solitaire que la bibliothèque. Il revint sur le seuil et regarda dehors autour de lui. Pas une créature humaine dans les jardins. Sir Patrick appela son domestique :

– Retournez aux écuries, Duncan, et dites que miss Lundie m'a prêté son poney-chaise pour aujourd'hui. Faites atteler à l'instant et attendez dans la cour de l'écurie. Je désire attirer l'attention le moins possible. Vous viendrez avec moi. Munissez-vous d'un indicateur des chemins de fer. Avez-vous de l'argent ?

– Oui, sir Patrick.

– Vous est-il arrivé de voir la préceptrice miss Silvester, quand vous êtes venu ici pour la fête de jour ?

– Je l'ai vue, sir Patrick !

– La reconnaîtriez-vous ?

– Je lui ai trouvé un air fort distingué, sir Patrick. Je la reconnaîtrais certainement.

– Avez-vous sujet de penser qu'elle vous ait remarqué ?

– Elle ne m'a pas même regardé, sir Patrick.

– Très bien ! mettez de quoi changer de linge dans votre sac de voyage, Duncan, j'aurai peut-être besoin de vous pour un petit voyage en chemin de fer. Attendez-moi dans la cour de l'écurie. Il s'agit d'une affaire qui repose entièrement sur ma discrétion et la vôtre.

– Merci, sir Patrick.

Après avoir ainsi répondu au compliment que sir Patrick venait de lui adresser, Duncan se dirigea gravement vers les écuries, et son maître rentra dans la serre pour y attendre l'arrivée de Blanche.

Sir Patrick donna des signes d'impatience pendant la durée de cette attente. Plusieurs fois il eut recours à la tabatière enchâssée dans la pomme de sa canne. Il sortait de la serre pour regarder au-dehors ; il y rentrait...

La disparition d'Anne lui créait un sérieux obstacle sur le chemin de plus amples découvertes, et c'était du temps perdu pour vaincre cet obstacle que celui qu'il passait à attendre Blanche.

Enfin, elle apparut sur les marches de la serre, tout essoufflée par la course qu'elle avait faite pour arriver, aussi vite que ses petits pieds pouvaient l'y porter, au lieu du rendez-vous.

Sir Patrick s'avança vers elle, voulant lui épargner le choc d'une cruelle surprise :

– Blanche, préparez-vous, ma chère, à un grand désappointement. Je suis seul.

– Voulez-vous dire que vous l'avez laissée partir ?

– Ma pauvre enfant, je ne l'ai pas vue du tout !

Blanche le repoussa et se mit à courir dans la serre. Sir Patrick la suivit. Elle revint sur ses pas, le désespoir peint sur le visage.

– Oh ! mon oncle, moi qui éprouve une si grande pitié pour elle, elle n'a guère pitié de moi !

Sir Patrick ouvrit ses bras à sa nièce et caressa de la main la jeune et jolie tête qui s'appuyait sur son épaule.

– Ne la jugez pas sévèrement, ma chère, vous ne savez pas quelle sérieuse nécessité elle peut invoquer pour excuse. Il est clair qu'elle ne saurait se confier à personne et que si elle a consenti à me consulter, c'était pour vous décider à vous éloigner et pour vous épargner la douleur d'une séparation. Remettez-vous, Blanche. Je ne désespère pas de découvrir où elle est allée, si vous voulez m'aider.

Blanche releva la tête et sécha bravement ses larmes.

– Mon père n'était pas meilleur pour moi que vous ne l'êtes, fit-elle. Mon oncle, dites-moi seulement ce que je puis faire.

– J'ai besoin de savoir exactement ce qui s'est passé dans la bibliothèque. N'oubliez rien, ma chère enfant, quelque insignifiant que puisse vous paraître un détail. Les détails insignifiants en apparence ont de l'importance pour nous, les minutes aussi sont précieuses.

Blanche suivit ses instructions à la lettre ; son oncle l'écoutait avec la plus profonde attention. Quand elle eut achevé son récit, sir Patrick proposa de quitter la serre :

– J'ai demandé qu'on attelle votre petite voiture, et je puis vous dire ce que je me propose de faire sur le chemin d'ici aux écuries.

– Laissez-moi vous accompagner, mon oncle !

– Pardonnez-moi, ma chère, de ne pas accéder à cette demande. Les soupçons de votre belle-mère sont facilement éveillés… et il vaut mieux que vous ne soyez pas vue avec moi, si mes investigations me conduisent à Craig Fernie. Je vous promets, si vous restez ici, de vous dire tout, quand je serai de retour. Joignez-vous à la société, pendant l'après-midi, vous empêcherez ainsi que mon absence fasse l'objet d'autre chose que d'une simple remarque en passant. Faites ce que je vous demande. Bien ! vous êtes une bonne fille ! Maintenant, écoutez ce que je vous propose de tenter pour cette pauvre femme, et comment votre petite histoire m'a été utile.

Il s'arrêta pour réfléchir, se demandant s'il devait commencer par informer Blanche de son entretien avec Geoffrey… Une fois encore, il décida cette question négativement.

Mieux vaut attendre pour la mettre dans la confidence que j'aie accompli ce voyage d'informations, pensait-il.

– Ce que vous m'avez dit, Blanche, se résume dans mon esprit en deux choses : ce qui s'est passé dans la bibliothèque sous vos yeux, et ce que miss Silvester vous a dit sur ce qui était arrivé à l'auberge. Quant à l'événement survenu dans la bibliothèque même, il est trop tard pour rechercher si l'évanouissement était causé, comme vous le dites, par un simple épuisement, ou si c'est le résultat de quelque événement nouveau qui se serait déroulé pendant votre courte absence.

– Que pourrait-il s'être passé pendant mon absence ?

– Je n'en sais pas plus que vous là-dessus, ma chère ; c'est simplement une conjecture, et comme telle, j'en prends note. Pour arriver à ce qui nous concerne pratiquement, si miss Silvester est si faible, il est impossible qu'elle soit arrivée sans secours loin de Windygates. Elle peut avoir cherché refuge dans une des chaumières du voisinage. On doit l'avoir vue passer ; elle a pu rencontrer la voiture de quelque fermier se rendant à la gare et demander au conducteur de lui offrir une place dans cette voiture ; elle peut encore avoir marché aussi loin que ses forces le lui ont permis et s'être arrêtée pour se reposer dans quelque endroit abrité sur le chemin.

– J'irai aux informations dans toutes les chaumières aussitôt que vous serez parti.

– Très bien ! Elle est femme et, on peut le dire, elle n'est rien moins que forte. Elle ne peut avoir quitté ce voisinage qu'en louant une voiture ou en voyageant par le chemin de fer. Je me propose d'aller d'abord à la gare. Au train dont vos poneys dévorent l'espace, il y a des chances, malgré le temps perdu, que j'arrive aussi tôt qu'elle, en supposant qu'elle ait l'intention de partir par un des premiers trains montant ou descendant.

– Il y a un train dans une demi-heure, mon oncle… Elle n'arrivera jamais à temps pour celui-là.

– Elle est peut-être moins épuisée que vous ne le pensez ; elle peut faire un effort, ou bien elle peut n'être pas seule. Comment pouvez-vous savoir si quelqu'un ne l'attendait pas sur la route ? Son mari, s'il existe ?… Je présume qu'elle est maintenant en route pour la gare, et il faut que j'y arrive…

– Et que vous l'arrêtiez, si vous la trouvez là ?

– Ce que je ferai, Blanche, doit être laissé à ma discrétion. Si je la trouve, je ferai pour le mieux. Si je ne la trouve pas, je laisserai Duncan, que j'emmène avec moi, attendre les trains qui doivent passer d'ici à ce soir. Il connaît de vue miss Silvester… et il est sûr qu'elle ne l'a jamais remarqué. Si elle va au sud ou au nord, à une heure ou à une autre, Duncan a l'ordre de la suivre n'importe où.

– Comme vous avez été habile de penser à ce Duncan.

– Pas le moins du monde, ma chère. Duncan est mon factotum, et le parti que je prends serait venu à l'esprit de n'importe qui. Arrivons au point le plus difficile. Supposons qu'elle loue une voiture ?

– Il n'y a pas d'autre endroit où l'on puisse s'en procurer qu'à la gare.

– Il y a des fermiers aux alentours, et les fermiers ont des charrettes légères et des carrioles. Il est on ne peut plus probable qu'ils consentent à les mettre à sa disposition. Mais les femmes surmontent des difficultés qui arrêtent les hommes. Et c'est une femme habile… une femme qui, vous pouvez en être sûre, a l'idée arrêtée de vous dissimuler ses traces. Ah ! si nous avions quelqu'un à qui nous puissions nous fier pour surveiller l'embranchement des deux routes qui conduisent à la gare !… Il faut, moi, que je parte dans la direction opposée.

– Arnold peut le faire.

Sir Patrick parut un peu indécis.

– Arnold est un excellent garçon, mais peut-on se fier à sa discrétion ?

– Il est, après vous, la personne la plus discrète que je connaisse et, il y a plus, c'est que je lui ai dit toute l'histoire d'Anne, excepté ce qui est arrivé aujourd'hui. Je crois bien que cela, je le lui dirai encore quand je serai seule et malheureuse, après que vous serez parti. Il y a dans Arnold quelque chose, je ne sais ce que c'est, qui me redonne du courage. D'ailleurs, pensez-vous qu'il trahirait un secret que je lui aurais confié ? Vous ne savez pas combien il m'est dévoué ?

– Ma chère Blanche, je ne suis pas l'objet de son adoration, comme vous. Vous avez seule de l'autorité sur ce point. Je me rends. Ayons recours à Arnold. Recommandez-lui d'être très attentif, qu'il se porte en personne à l'endroit où les routes se rencontrent. Nous n'avons plus maintenant qu'un endroit où nous puissions espérer trouver sa trace. Je me charge de poursuivre les investigations nécessaires à l'auberge de Craig Fernie.

– L'auberge de Craig Fernie, mon oncle ! Vous avez donc oublié ce que je vous ai dit ?

– Attendez un peu, ma chère. Miss Silvester a personnellement quitté l'auberge, je vous l'accorde. Mais si malheureusement nous ne réussissons pas à la retrouver par d'autres moyens, elle peut avoir laissé à Craig Fernie une trace qui nous guidera. Cette trace, il nous faut la trouver à l'instant, en cas d'accident… Vous ne paraissez pas bien me suivre ? Allez ! je franchirai l'espace avec toute la rapidité dont vos poneys sont capables.

» J'arrive à la seconde des deux choses que votre histoire présente à mon esprit. Qu'est-ce que miss Silvester vous a dit de ce qui lui était arrivé à l'auberge ?

– Elle y a perdu une lettre.

– C'est bien cela. Elle a perdu une lettre à l'auberge. Premier événement. Bishopriggs, le garçon, s'est querellé avec Mrs Inchbare et a perdu sa place. Second événement. Parlons d'abord de la lettre : est-elle réellement perdue ou a-t-elle été volée ? Dans l'un et l'autre cas, si nous pouvons mettre la main sur ce document, nous avons au moins la chance qu'il nous aide à découvrir quelque chose. Et puis, quant à Bishopriggs…

– Vous n'allez pas, bien sûr, me parler du garçon ?

– Si fait. Bishopriggs possède deux mérites importants. Bishopriggs est un anneau dans la chaîne de mes arguments et c'est un de mes vieux amis.

– Un de vos amis !

– Nous vivons dans un temps où un artisan, en parlant d'un autre artisan, dit : « Ce gentleman ». Je marche avec mon siècle, et en parlant de mon clerc, je dis : « Mon ami ». Il y a quelques années, Bishopriggs était employé comme clerc dans mon étude. C'est l'un des plus intelligents et des plus dénués de scrupules parmi les vieux vagabonds de l'Écosse. Parfaitement honnête pour tout ce qui concerne les livres, shillings et deniers, parfaitement sans principes quand il vise un but intéressé et qu'il ne s'agit que d'un abus de confiance hors de l'atteinte de la loi. J'ai fait deux désagréables découvertes quand je l'avais à mon service ; il était arrivé à se procurer un duplicata de mon cachet, et j'ai les plus forts motifs pour le soupçonner de s'être emparé de quelques papiers appartenant à deux de mes clients. Jusqu'à présent, il n'avait rien commis de plus grave ; et je n'avais pas assez de temps à perdre pour diriger une action contre lui. Je l'ai seulement renvoyé comme un homme auquel on ne pouvait pas se fier et qui était suspect de trop s'attacher aux lettres et aux papiers qui passent par ses mains.

– Je comprends, mon oncle, je comprends !

– C'est assez clair, n'est-ce pas. Si la lettre de miss Silvester est sans importance, elle peut n'être qu'égarée et se retrouver. Si elle contient quelque chose qui puisse faire espérer un avantage éloigné à la personne en sa possession, alors je jurerais, Blanche, que c'est Bishopriggs qui a la lettre.

– Mais il a quitté l'auberge… Comme c'est malheureux !

– Malheureux, parce que cela cause un retard, rien de plus. Ou je me trompe fort, ou Bishopriggs reviendra à l'auberge. Le vieux drôle, on ne peut pas le nier, est un personnage des plus amusants. Il a laissé un grand vide quand il a quitté mon étude. Les vieux habitués de Craig Fernie, spécialement les Anglais, en perdant Bishopriggs, perdent une des attractions de l'auberge. Mrs Inchbare n'est pas femme à mettre sa dignité au-dessus de son intérêt. Elle et Bishopriggs feront la paix ensemble, tôt ou tard, et tout sera oublié. Quand je lui aurai posé quelques questions, qui peuvent amener d'importants résultats, je laisserai une lettre pour Bishopriggs entre les mains de Mrs Inchbare. Ma lettre lui dira que je veux lui parler et lui fera connaître l'adresse où il pourra m'écrire. J'aurai de ses nouvelles, Blanche, et si la lettre est en sa possession, j'aurai cette lettre.

– N'aura-t-il pas peur, s'il l'a volée, de vous avouer qu'il la possède ?

– Très bien trouvé, Blanche. Il pourrait hésiter avec un autre. Mais moi, je sais comment le prendre et je connais le moyen de le faire parler… C'est assez nous occuper de lui pour le moment. Il y a un autre point difficile qui concerne miss Silvester. Je puis avoir à la décrire. Comment était-elle habillée quand elle vint ici ? Rappelez-vous que je suis un homme, et si l'habillement d'une Anglaise peut être décrit intelligemment par une Anglaise, dites-moi, en bon anglais, quel vêtement elle portait.

– Elle portait un chapeau de paille orné de fleurs des champs et un voile blanc. Les fleurs des champs étaient sur le côté, mon oncle, ce qui est moins commun que de les placer par-devant. Elle avait un châle gris clair, et un piqué…

– Là, voilà que vous vous lancez dans vos termes français ! Pas un mot de plus ! Un chapeau de paille avec un voile blanc et des fleurs des champs sur le côté du chapeau… et puis un châle gris clair. C'est tout ce qui peut entrer dans la tête d'un homme, et cela suffira. J'ai mes instructions et j'ai gagné un temps précieux. Jusqu'ici tout va bien. Nous voici à la fin de notre conférence, et voilà la grille de la cour des écuries. Vous savez ce que vous avez à faire pendant mon absence ?

– Je dois envoyer Arnold au point de rencontre des deux routes, et j'ai à me conduire, si je le puis, comme s'il n'était rien arrivé.

– Chère enfant, encore bien répondu ! Vous avez ce que j'appelle un esprit vif. Inappréciable faculté ! Vous êtes appelée à prendre le gouvernement domestique. Arnold ne sera un mari que par la loi. Ces maris-là sont les seuls qui soient complètement heureux. Vous saurez tout, ma chère enfant, quand je serai de retour. Ah ! voici Duncan. Vous avez votre sac de voyage, Duncan ? Bien ! Et l'*Indicateur des chemins de fer* ? Très bien ! Vous prendrez les rênes, je ne conduirai pas. J'ai besoin de réfléchir. Conduire est incompatible avec l'exercice des facultés intellectuelles. Un homme met son esprit dans son cheval et descend au niveau de cet animal utile ; c'est une condition nécessaire pour arriver à destination sans verser. Adieu, Blanche ! À la gare, Duncan, à la gare !

26

Perdue

La voiture franchit la grille. Les chiens aboyèrent avec fureur. Sir Patrick regarda autour de lui et fit un adieu de la main au moment de passer le tournant de la route. Blanche était seule dans la cour.

Elle resta là un moment, caressant distraitement les chiens. Ils avaient un droit tout particulier à sa sympathie. Eux aussi trouvaient évidemment très pénible de rester à la maison.

Au bout d'un instant, Blanche se réveilla.

Sir Patrick lui avait laissé la responsabilité de surveiller le point de croisement des deux routes. Il lui restait cela à faire pour compléter les arrangements qui devaient mener sur la trace d'Anne. Blanche quitta la cour pour s'en occuper.

Sur son chemin, pour revenir à la maison, elle rencontra Arnold, dépêché à sa recherche par lady Lundie.

L'emploi de l'après-midi avait été arrêté en l'absence de Blanche. Quelque démon avait soufflé à l'esprit de lady Lundie l'idée de cultiver le goût des antiquités féodales, et elle avait insisté pour faire partager ce goût à ses hôtes.

Elle avait donc proposé une excursion au vieux château d'un haut baron situé dans les montagnes, fort loin – heureusement pour le secret des desseins de sir Patrick –, des montagnes de Craig Fernie.

Quelques-uns des hôtes devaient aller à cheval, et d'autres accompagner leur hôtesse en voiture découverte. En regardant de droite et de gauche pour recueillir des prosélytes, lady Lundie avait nécessairement remarqué la disparition de certains membres de son cercle.

Mr Delamayn s'était évanoui sans que personne sût où il était passé.

Sir Patrick et Blanche avaient suivi son exemple.

Lady Lundie, à ce propos, fit observer avec une certaine aigreur que si l'on se mettait à se traiter les uns les autres avec aussi peu de cérémonie, Windygates se trouverait bientôt changé en un pénitencier, soumis au régime du silence, le mieux approprié aux goûts de ceux qui l'habitaient.

Dans ces circonstances, Arnold fut d'avis que Blanche devait aller le plus tôt possible présenter ses excuses au quartier général et accepter la place que sa belle-mère lui destinait dans la voiture.

– Nous sommes lancés dans les antiquités féodales, et il faut nous entraider de notre mieux. Si vous consentez à prendre place dans la voiture, j'y monterai aussi.

Blanche secoua la tête.

– Il y a de sérieuses raisons pour moi de garder les apparences, dit-elle. Je prendrai place dans la voiture ; mais quant à vous, c'est autre chose.

Arnold parut naturellement un peu surpris et sollicita la faveur d'une explication.

Blanche prit son bras et se serra contre lui. Maintenant qu'Anne était perdue pour elle, Arnold lui devenait plus cher que jamais.

Elle était positivement affamée en ce moment de l'entendre exprimer son adoration pour elle, quoiqu'elle fût déjà bien fixée sur ce point délicat.

Il était si agréable, après le lui avoir entendu dire plus de cinq cents fois, de le lui faire répéter encore.

– En supposant que je n'eusse pas d'explications à vous donner, dit-elle, ne consentiriez-vous pas à ne pas nous suivre, rien que pour me plaire ?

– Je suis prêt à tout pour vous plaire !

– M'aimez-vous réellement autant que vous le dites ?

Ils étaient encore dans la cour des écuries et n'avaient pour témoins que les chiens toujours hurlants. Arnold répondit sans parler, ce qui est, après tout, le langage le plus en faveur entre les hommes et les femmes, dans toute l'étendue du monde.

– Je manque à mon devoir, dit Blanche d'un ton repentant. Mais, Arnold, je suis si tourmentée, si malheureuse ! Et ce m'est une si grande consolation de savoir que vous aussi, vous ne m'abandonnez pas.

Après ce préambule, elle lui dit ce qui lui était arrivé dans la bibliothèque.

Blanche se faisait une juste idée de la bonne volonté de son ami à sympathiser avec elle ; son espérance fut dépassée par l'effet que son récit produisait sur Arnold.

Il n'était pas seulement surpris et affligé pour elle. Son visage montrait clairement qu'il partageait réellement sa peine. Jamais il ne s'était élevé aussi haut dans l'opinion de Blanche qu'en ce moment.

– Que faut-il faire ? demanda-t-il. Comment sir Patrick se propose-t-il de retrouver miss Silvester ?

Blanche répéta les instructions de sir Patrick relativement au croisement des deux routes et insista comme lui sur la nécessité de poursuivre cette investigation dans le plus grand secret.

Arnold, soulagé de la crainte d'être envoyé à Craig Fernie, se chargea de faire ce qu'on lui demandait et promit de garder le secret.

Ils revinrent à la maison et reçurent un accueil glacial de lady Lundie. Sa Seigneurie répéta, au profit de

Blanche, son observation sur Windygates changé en pénitencier. Elle reçut la requête d'Arnold pour être dispensé d'aller visiter le vieux château dans des termes tout juste polis.

– Comment donc, mais allez vous promener. Vous rencontrerez peut-être votre ami Mr Delamayn, qui paraît avoir une si grande passion pour la marche qu'il n'a même pas pu attendre que le lunch fût terminé. Quant à sir Patrick, oh ! sir Patrick, il a emprunté le poney-chaise et il est parti pour une excursion solitaire. Dieu m'est témoin que je n'avais pas l'intention de l'offenser quand je lui ai offert une tranche de mon pauvre gâteau. Je ne veux offenser personne. Disposez de votre après-midi, Blanche, sans la moindre considération pour moi. Personne ne semble disposé à visiter les ruines, les restes les plus intéressants des temps féodaux qui soient dans le comté de Perth. C'est sans importance, Mr Brinkworth. Oh ! mon Dieu, c'est sans importance. Je ne puis forcer mes hôtes à éprouver quelque curiosité pour les antiquités de l'Écosse. Non, non ma chère Blanche, ce ne sera pas la première ni la dernière fois que je serai allée me promener seule. « Mon esprit est pour moi un royaume », comme dit un poète.

C'est ainsi que lady Lundie affirma son importance méconnue et revendiqua ses droits au respect universel, jusqu'au moment où le médecin, son hôte, lui vint en aide et lissa les plumes hérissées de la fière hôtesse.

Le chirurgien, qui intérieurement détestait les ruines, déclara qu'il voulait les visiter. Blanche demanda à être de la partie…

Smith et Jones, profondément intéressés par les antiquités féodales, déclarèrent qu'ils monteraient plutôt derrière la voiture que de manquer un régal si inespéré. Un, Deux et Trois s'offrirent pour monter à cheval et servir d'escorte.

Le fameux sourire de lady Lundie, garanti comme pouvant demeurer des heures entières sur son visage sans la plus légère altération, apparut de nouveau.

Elle donna ses ordres avec la plus charmante amabilité.

– Nous prendrons le *Guide du voyageur en Écosse*, dit Sa Seigneurie, attentive à ces mesquines économies qu'on ne rencontre que chez les personnes très riches, de cette façon nous épargnerons un shilling à donner à l'homme qui montre les ruines.

Sur ce, elle monta à son appartement pour apporter de légères retouches à sa toilette et vit dans la glace, devant elle, une femme parfaitement vertueuse, parfaitement attrayante, en tous points accomplie, coiffée d'un chapeau nouvellement arrivé de France.

Sur un signe de Blanche, Arnold s'éclipsa pour gagner son poste d'observation et surveiller, au croisement des routes, celle qui conduisait à la station du chemin de fer.

Un large espace couvert de bruyères s'étendait sur un des côtés de la route, et le mur de pierre et la porte d'une ferme de l'autre. Arnold s'étendit sur la bruyère, alluma un cigare et chercha à s'expliquer le mystère de l'apparition d'Anne à Windygates et de sa fuite si brusque. Il avait interprété l'absence de son ami exactement comme celui-ci l'avait prévu. La seule idée qui pouvait lui venir, c'est que Geoffrey était parti pour un rendez-vous secret donné par Anne.

L'apparition de miss Silvester à Windygates, seule, et son désir ardent de connaître les noms des hôtes de la maison semblait, dans ces circonstances, de nature à lui faire croire que, par un hasard malheureux ils s'étaient croisés sans se voir.

Mais quelle pouvait être la cause de cette nouvelle fuite ? Connaissait-elle un autre lieu où elle pouvait rencontrer Geoffrey ? Était-elle retournée à l'auberge, ou avait-elle agi sous l'influence d'un soudain accès de désespoir ?

Telles étaient les questions qu'il était naturellement impossible à Arnold de résoudre. Il n'avait pas autre chose à faire qu'à attendre l'occasion d'apprendre à Geoffrey lui-même ce qui était arrivé.

Au bout d'une demi-heure, Arnold entendit, pour la première fois, le bruit d'une voiture quelconque qui approchait, et ce bruit attira son attention. Il se leva vivement et aperçut le poney-chaise sur la route qui venait de la gare.

Cette fois, sir Patrick conduisait ; Duncan n'était plus avec lui. En apercevant Arnold, le baronnet arrêta la voiture.

– Bien ! bien ! dit le vieux gentleman, vous avez été mis au courant de tout, je le vois ! Vous comprenez que ceci est un secret pour tout le monde jusqu'à nouvel ordre. Très bien ! Est-il arrivé quelque chose depuis que vous êtes ici ?

– Rien ! Avez-vous fait quelque découverte, sir Patrick ?

– Aucune, je suis arrivé à la gare avant le passage du train. Nulle trace de miss Silvester. J'ai laissé Duncan en faction avec l'ordre de ne pas bouger jusqu'après le passage du dernier train du soir.

– Je ne pense pas qu'elle paraisse à la gare. Je suppose qu'elle est retournée à Craig Fernie.

– C'est bien possible. Je suis maintenant en route pour m'y rendre et m'informer d'elle. Je ne sais combien de temps cela me retiendra ni où cela pourra me conduire. Si vous voyez Blanche avant moi, dites-lui que j'ai donné mes instructions au chef de gare pour qu'il me fasse savoir si miss Silvester prend le chemin de fer, pour quel endroit elle aura pris sa place. Grâce à cet arrangement, nous n'aurons pas à attendre que Duncan nous envoie un télégramme nous annonçant qu'il l'a vue arriver à sa destination. Vous savez ce que vous avez à faire ici.

– Blanche m'a tout expliqué.

– Ne bougez pas de votre poste et faites bon usage de vos yeux. Vous devez en avoir pris l'habitude, quand vous étiez en mer. Il n'est pas bien pénible de passer quelques heures dans cette délicieuse atmosphère d'été. Je vois que vous avez contracté la vilaine habitude moderne de fumer. Ce sera sans doute une occupation suffisante pour vous distraire. Surveillez les routes, et si miss Silvester passe devant vous, n'essayez pas de l'arrêter, vous ne le pourriez pas. Parlez-lui, en toute innocence d'esprit, pour avoir le temps de remarquer le visage de l'homme qui la conduit et de lire le nom, s'il y en a un, sur la voiture. Faites cela, et vous en aurez fait assez !... Pouah ! comme ce cigare empoisonne l'air ! Quel estomac vous aurez quand vous serez arrivé à mon âge !

– Je n'aurai pas à me plaindre, sir Patrick, si je puis, comme vous, prendre ma part d'un bon dîner.

– Cela me rappelle que j'ai rencontré une personne de connaissance à la gare. Hester Dethridge a quitté sa place et est partie par le train de Londres. Nous pourrons être nourris à Windygates, mais c'en est fini, nous ne dînerons plus. Il y a eu, cette fois, querelle décisive entre la maîtresse et la cuisinière. J'ai donné mon adresse à Londres à Hester, et je lui ai dit de me prévenir avant de se décider pour une autre place. Une femme qui ne parle pas et qui fait bien la cuisine !... C'est l'absolue perfection. Un tel trésor ne sortira pas de la famille. Avez-vous remarqué la sauce Béchamel, au lunch ? Pouah !... Un jeune homme qui fume des cigares ne doit pas savoir discerner une sauce Béchamel d'un beurre frais. Adieu !... adieu !...

Il secoua les rênes et partit pour Craig Fernie. À considérer les années, les deux poneys n'avaient pas vingt ans et leur conducteur en avait 70. À considérer la vivacité de la cervelle, les trois êtres les plus jeunes de l'Écosse se trouvaient réunis, les uns traînant l'autre.

Une heure s'écoula lentement, et rien d'intéressant ne passa devant Arnold, à l'embranchement des routes : quelques rares piétons, une lourde charrette et une carriole conduite par une vieille femme.

Il se leva une seconde fois de son lit de fougère, fatigué de son inaction, et résolut de se promener de long en large, sans perdre de vue son poste d'observation. Au second tour, quand son visage se trouvait tourné du côté du vaste terrain sur lequel croissait la fougère, il remarqua un autre voyageur à pied.

Un homme, selon toute apparence, et à une distance fort éloignée.

Il fit quelques pas en avant, l'étranger avançait de son côté, si rapidement qu'en un instant Arnold put parfaitement distinguer que c'était bien un homme. Quelques minutes de plus, et Arnold crut le reconnaître, quelques secondes encore et il en fut tout à fait certain.

Il n'y avait pas à se méprendre sur la vigueur et la grâce de ce voyageur, et sur la vitesse avec laquelle il franchissait l'espace.

C'était le héros de la course annoncée. C'était Geoffrey revenant à Windygates.

Arnold se précipita au-devant de lui ; Geoffrey s'arrêta, s'appuyant sur sa canne, et laissa approcher son ami.

– Avez-vous su ce qui est arrivé à la maison ? demanda Arnold.

Il retint instinctivement la seconde question qu'il se disposait à lui poser. Il y avait sur la physionomie de Geoffrey une expression de défi qu'Arnold ne parvenait pas à s'expliquer.

Geoffrey avait bien l'air d'un homme disposé à attendre de pied ferme tout ce qui pouvait arriver et à contredire quiconque lui adresserait la parole.

– Quelque chose vous a contrarié ? dit Arnold.

– Qu'est-il survenu à la maison ? répliqua Geoffrey à haute voix et sur le ton le plus dur.

– Miss Silvester est venue.

– Qui l'a vue ?

– Personne d'autre que Blanche.

– Eh bien ?

– Eh bien ! elle était affreusement faible et malade… si malade qu'elle s'est évanouie dans la bibliothèque, la pauvre créature ! Blanche l'a ranimé.

– Et puis après ?

– Nous étions tous au lunch. Blanche a quitté la bibliothèque pour dire un mot en particulier à son oncle. Quand elle est revenue, miss Silvester était partie. On ne sait ce qu'elle est devenue.

– Cela a fait un esclandre dans la maison ?

– Personne dans la maison ne sait ce qui s'est passé, vous dis-je, excepté Blanche…

– Et vous… Combien d'autres encore ?

– Sir Patrick.

– Personne d'autre?

Arnold se rappela sa promesse de garder le secret sur les recherches convenues. Les manières de Geoffrey le rendirent, sans qu'il en eût conscience, plus disposé à le comprendre dans l'exclusion générale.

– Personne d'autre, répondit-il.

Geoffrey enfonça profondément le bout de sa canne dans la terre molle et sablonneuse. Il considéra cette canne, puis la tira de terre, et regarda fixement Arnold :

– Au revoir! dit-il.

Et il reprit sa course solitaire.

Arnold le suivit et l'arrêta. Pendant un moment les deux hommes se regardèrent sans prononcer un mot ni l'un ni l'autre. Arnold pourtant parla le premier.

– Vous n'êtes pas dans votre état ordinaire, Geoffrey. Qu'est-ce qui vous a mis ainsi hors de vous? Vous et miss Silvester, vous êtes-vous croisés? N'avez-vous pu vous rencontrer?

Geoffrey garda le silence.

– Avez-vous vu miss Silvester depuis qu'elle a quitté Windygates?

Pas de réponse.

– Savez-vous où est miss Silvester à présent?

Toujours pas de réponse; toujours le même mutisme et le même air insolent et provocateur. Le visage d'Arnold s'assombrit.

– Pourquoi ne me répondez-vous pas? demanda-t-il.

– Parce que j'ai assez de tout cela.

– Assez de quoi?

– Assez d'être ennuyé au sujet de miss Silvester. Miss Silvester est mon affaire et non la vôtre.

– Doucement, Geoffrey! N'oubliez pas que j'ai été mêlé à cette affaire, et sans le chercher.

– Il n'y a pas à craindre que je l'oublie; vous me le jetez au nez assez souvent.

– Je vous lc jette au nez?

– Oui. Suis-je condamné à entendre toujours parler de la dernière obligation que je vous dois? Le diable emporte l'obligation! Je suis fatigué qu'on me la reproche.

Il y avait chez Arnold une fière énergie qui se montrait rarement à la surface, grâce à sa simplicité et à sa bonne humeur ordinaire, mais qui, une fois éveillée, ne se calmait pas aisément.

– Quand vous serez dans votre bon sens, dit-il, je me rappellerai les anciens temps et je recevrai vos excuses. Jusqu'à ce que vous soyez revenu à la raison, continuez seul votre chemin : je n'ai rien de plus à vous dire.

Geoffrey serra les dents et avança d'un pas. Les yeux d'Arnold rencontrèrent les siens, et son regard ferme et résolu annonçait que, quoique le plus faible des deux, il accepterait la querelle si Geoffrey osait la pousser plus avant.

La seule vertu humaine que Geoffrey respectât et comprît, c'était le courage. Et il avait là devant lui l'indéniable courage d'un homme.

Cet être endurci fut touché au seul endroit qu'il eût de sensible. Il se retourna et reprit sa route en silence.

Laissé à lui-même, Arnold laissa tomber sa tête sur sa poitrine. L'ami qui lui avait sauvé la vie, le seul ami qu'il possédait, l'ami qui s'associait aux heureux souvenirs des anciens jours, l'avait grossièrement insulté et l'avait quitté délibérément sans la plus légère expression de regret.

La nature d'Arnold, affectueuse, simple, loyale, fidèle, était blessée au vif. Geoffrey, qui s'éloignait rapidement, disparut bientôt à sa vue.

Arnold porta la main à ses yeux, avec un sentiment de honte enfantine, pour cacher des larmes qui honoraient, après tout, l'homme qui les versait.

Il luttait encore contre l'émotion qui l'avait vaincu, quand une nouveauté survint à l'endroit où les routes se croisaient.

Les quatre routes se dirigeaient à peu près vers les quatre points cardinaux. Arnold était maintenant sur celle de l'est, car il s'était avancé dans cette direction pour aller au-devant de Geoffrey, à deux cents ou trois cents pas du mur de clôture de la ferme où il avait établi son poste d'observation.

La route de l'ouest, tournant derrière la ferme, conduisait à la ville où se trouvait le marché le plus proche. La route du sud était celle qui menait à la gare, la route du nord ramenait à Windygates.

Geoffrey n'était encore guère qu'à cinq cents pas du tournant de la route qu'il devait prendre pour revenir à Windygates. Les larmes obscurcissaient encore les yeux d'Arnold. La porte de la ferme s'ouvrit.

Une petite voiture à quatre roues sortit, conduite par un homme, une femme assise près de lui.

La femme, c'était Anne Silvester, et l'homme, le fermier.

Au lieu de prendre la route conduisant à la gare, la voiture prit celle qui tournait autour de la ferme. Dans cette direction, les personnes qui étaient dans la voiture tournaient nécessairement le dos à Geoffrey. Celui-ci regarda de loin la petite voiture et puis tourna par la route du nord pour regagner Windygates.

Arnold avait repris assez de calme pour bien observer ce qui allait se passer; mais il ne pouvait voir cette carriole, que lui cachait le mur de la ferme. Fidèle à son engagement, il retourna à son poste, devant le mur de clôture de la ferme. La voiture n'était plus qu'un point noir à l'horizon; une minute après, ce point noir était hors de vue.

Ainsi, pour se servir de l'expression de sir Patrick, la femme avait surmonté des difficultés qui auraient arrêté un homme. Ainsi, dans sa douloureuse position, Anne Silvester avait gagné la sympathie du fermier, qui lui avait offert une place auprès de lui dans la voiture qui le conduisait au marché de la ville voisine. Ainsi, elle avait échappé, d'un cheveu, au triple risque qu'elle courait d'être rencontrée par Geoffrey revenant à Windygates, par Arnold à son poste, et par le serviteur qui attendait son arrivée à la gare.

27

Une trace

L'après-midi se passa. Les domestiques de Windygates, qui prenaient l'air dans les jardins en l'absence de leur maîtresse et des hôtes, se virent dérangés un moment par l'arrivée inattendue d'un de ces derniers.

Mr Geoffrey Delamayn reparut seul à la maison : il se rendit en droite ligne au fumoir, appela pour se faire apporter de la vieille ale, s'étendit dans un fauteuil, un journal à la main, et se mit à fumer.

Il fut bientôt fatigué de lire et se mit à penser à ce qui lui était arrivé dans la dernière partie de sa promenade.

La perspective qui s'ouvrait devant lui s'était réalisée, et au-delà ses ardents désirs. Il s'était préparé, après ce qui s'était passé dans la bibliothèque, à trouver une sérieuse explosion de scandale à son retour à la maison.

Et voilà qu'en y rentrant, il trouvait tout en ordre et en paix !

Trois personnes au moins savaient qu'Anne était dans le plus sérieux embarras, et elles gardaient le secret comme s'il y allait de leurs intérêts les plus chers.

Et ce qu'il y avait de plus étonnant encore, c'est qu'Anne elle-même, bien loin d'élever la voix et de crier haro contre lui, acceptait les faits sans broncher !...

Qu'est-ce que tout cela signifiait ? Il fit de grands efforts pour arriver à une explication quelconque ; et il réussit à comprendre le silence de Blanche, de son oncle et d'Arnold. Il était clair qu'ils s'étaient entendus pour laisser lady Lundie dans l'ignorance du retour de la préceptrice dans la maison.

Mais le secret du silence d'Anne lui échappait complètement.

Il était absolument incapable de concevoir que l'horreur de se voir un obstacle au mariage de Blanche avait été assez vive pour lui faite oublier ses propres griefs et la pousser à s'enfuir, bien résolue à ne jamais revenir et à ce que jamais une âme ne pût voir en elle la femme d'Arnold.

Le sacrifice était au-dessus de la compréhension de Geoffrey.

S'il est de son intérêt de retenir sa langue, il est de mon intérêt de retenir la mienne, se dit-il ; cela met fin à tout pour le moment présent.

Il appuya ses pieds sur une chaise, afin de reposer ses muscles magnifiques, et bourra une seconde pipe, avec un parfait contentement de soi.

Pas d'intervention à craindre de la part d'Anne, plus d'importunes questions, dans l'état actuel des choses, à attendre d'Arnold. Il se rappelait cette querelle sur le champ de fougère, avec une certaine complaisance… Il rendait, malgré lui, justice à son ami.

Qui aurait pensé qu'il y eût tant de courage chez ce garçon ! pensa-t-il en allumant cette seconde pipe.

Une heure se passa ainsi, et la première personne qui revint à Windygates fut sir Patrick.

Il était pensif, mais nullement découragé. À en juger par les apparences, son excursion à Craig Fernie n'avait pas été infructueuse.

Le vieux gentleman fredonnait son vieil air écossais de prédilection, distraitement peut-être, et il avait recours plus souvent que d'habitude à la tabatière de la pomme de sa canne.

Il se rendit à la bibliothèque et sonna un domestique.

– Il n'est venu personne pour moi ?

– Non, sir Patrick.

– Pas de lettres ?

– Non, sir Patrick.

– Très bien… Montons à mon appartement et apportez-moi ma robe de chambre.

Le domestique lui apporta sa robe de chambre et ses pantoufles.

– Miss Lundie est-elle à la maison ?

– Non, sir Patrick, elle est partie avec Milady pour une excursion.

– Très bien. Donnez-moi une tasse de café et éveillez-moi une demi-heure avant le dîner au cas où je ferais un somme.

Le domestique sortit, et sir Patrick s'étendit sur un canapé.

– Aïe!… aïe!… une petite douleur dans le dos et de la raideur dans les jambes. Les effets de l'âge. Bon!… bon!… bon!… Résignons-nous et soyons jeune de cœur; le reste n'est rien, comme dit Pope.

Il reprit philosophiquement son petit air écossais. Le domestique revint avec le café. Puis la tranquillité s'établit dans la chambre et ne fut plus troublée que par le sourd bourdonnement de quelques insectes et le doux bruissement des lierres qui entouraient les croisées.

Pendant cinq minutes à peu près, sir Patrick savoura son café en méditant, mais point du tout comme un homme accablé par un récent dépit. Cinq minutes encore, et il s'endormit.

Fort peu de temps après, la compagnie revint de son excursion.

À l'exception de la dame qui l'avait dirigée, tous ceux qui avaient pris part à l'expédition paraissaient accablés; Smith et Jones étaient muets; lady Lundie seule parlait encore avec enthousiasme des antiquités féodales.

Elle avait fait tort de son shilling à l'homme qui montrait les ruines, et elle était satisfaite d'elle-même. Sa voix était mélodieuse comme une flûte, et jamais son célèbre sourire n'avait été mieux posé.

– Profondément intéressant!… dit Sa Seigneurie en descendant de voiture avec une grâce un peu pesante et en s'adressant à Geoffrey, qui se promenait sous le portique de la maison. Vous avez beaucoup perdu, Mr Delamayn. La prochaine fois que vous irez en promenade, avertissez-en par un mot votre hôtesse, et vous n'aurez pas sujet de vous en repentir.

Blanche, on ne peut plus fatiguée et inquiète, questionna dès son arrivée le domestique au sujet d'Arnold et de son oncle.

Sir Patrick s'était retiré dans son appartement, et Arnold n'était pas rentré.

Il s'en fallait de dix minutes que l'heure du dîner sonnât, et il était de rigueur, à Windygates, de se mettre en grande tenue. Blanche cependant demeura encore quelques instants dans le vestibule, retenue par l'espoir de voir Arnold avant de monter chez elle : cet espoir se réalisa. Au moment où la pendule sonnait le quart, Arnold entra. Lui aussi était accablé.

– L'avez-vous vue ? demanda Blanche.

– Non ! cria Arnold avec la plus entière bonne foi. Le chemin qu'elle a pris dans sa fuite ne passe pas à l'embranchement des routes, j'en réponds.

Ils se séparèrent pour aller s'occuper de leur toilette. Quand la compagnie se réunit encore dans la bibliothèque, avant le dîner, Blanche s'était arrangée pour se trouver à côté de sir Patrick quand il entrerait.

– Des nouvelles, mon oncle !... Je meurs d'impatience d'avoir des nouvelles !

– Bonnes nouvelles, ma chère, jusqu'ici.

– Vous avez trouvé Anne ?

– Ce n'est pas exactement cela. J'ai fait quelques découvertes à Craig Fernie, ma chère Blanche. Chut ! Voici votre belle-mère ! Attendez jusqu'après le dîner, et vous apprendrez ce qui me reste à vous dire. D'ici là, il nous arrivera peut-être quelque avis de la gare.

Le dîner fut une fatigante épreuve pour deux au moins des personnes présentes, outre Blanche.

Arnold, assis en face de Geoffrey, sans échanger un mot avec lui, éprouvait une peine sensible du changement survenu dans leurs relations. Sir Patrick, regrettant l'absence d'Hester Dethridge à chaque plat qui lui était offert, tenait ce dîner pour une des occasions gâchées de sa vie et s'irritait de l'exubérance de gaieté de sa belle-sœur, comme de quelque chose d'inhumain dans les circonstances présentes.

Blanche suivit lady Lundie au salon, brûlant d'impatience de voir les hommes se lever de table à leur tour ; sa belle-mère, arrangeant dans sa tête quelque nouvelle excursion archéologique pour le lendemain et trouvant les oreilles de Blanche fermées aux observations qu'elle lançait de temps en temps sur les baronnies écossaises d'il y a cinq cents ans, se lamenta, avec une emphase satirique, de n'avoir pas une compagne intelligente, et s'étendit majestueusement sur le sofa, en attendant l'arrivée d'un auditoire digne d'elle.

Mais bientôt, tant est grande l'influence calmante d'un après-dîner à la suite d'une visite aux antiquités féodales, les yeux de lady Lundie se fermèrent, et de son noble nez sortit, par moments, un bruit profond comme le savoir de Sa Seigneurie, régulier comme les habitudes de Sa Seigneurie, un bruit qui rappelle les bonnets de nuit et les chambres à coucher. Oh ! vraiment ! quelle énormité !... le bruit d'un ronflement !

Libre de ses actions, Blanche laissa les échos du salon jouir sans trouble du repos bruyant de lady Lundie. Elle se rendit à la bibliothèque et jeta un coup d'œil sur les romans. Elle ressortit et regarda la porte de la salle à manger, de l'autre côté de l'antichambre.

Les hommes n'en ont-ils donc jamais fini avec leur politique et leur vin ?

Elle monta à sa chambre, changea de boucles d'oreilles et gronda sa femme de chambre. Descendue de nouveau, elle fit une alarmante découverte dans un des coins obscurs de l'antichambre.

Deux hommes étaient là debout, le chapeau à la main, et parlaient bas au maître d'hôtel. Celui-ci, les quittant, entra dans la salle à manger, ressortit avec sir Patrick et dit aux deux hommes :

– Veuillez avancer, s'il vous plaît.

Les deux hommes passèrent dans la partie éclairée. C'était Murdoch, le chef de gare, et Duncan, le valet de chambre de sir Patrick ! Des nouvelles d'Anne !

– Oh ! mon oncle, permettez-moi de rester, supplia Blanche.

Sir Patrick hésita. Il était impossible de prévoir quelles nouvelles alarmantes ces deux hommes pouvaient avoir à donner de la pauvre fuyarde. Le retour de Duncan, accompagné par le chef de gare, annonçait quelque chose de sérieux...

Blanche pénétra instantanément la cause de l'hésitation de son oncle. Elle devint pâle et lui saisit le bras.

– Ne me renvoyez pas, murmura-t-elle, je puis tout supporter, hormis l'incertitude.

– Sortons ! dit sir Patrick. Est-elle retrouvée, oui ou non ?

– Elle est partie par le train montant, confia le chef de gare, et nous savons où elle va.

Sir Patrick respira plus librement, les couleurs reparurent sur le visage de Blanche. Tous deux se sentaient également soulagés.

– Vous aviez mes ordres pour la suivre, Duncan, pourquoi êtes-vous revenu ? dit sir Patrick.

– Votre serviteur ne mérite aucun blâme, fit observer le chef de gare. La dame a pris le train à Kirkandrew.

Sir Patrick tressaillit et regarda le chef de gare.

– Aïe !... aïe !... la plus proche station, celle de la ville où se tient le marché. C'est une stupidité inexcusable de ma part. Je n'y ai pas pensé un seul instant.

– J'avais pris la liberté de télégraphier le signalement de la dame à Kirkandrew, sir Patrick, en cas d'accident.

– Ma faute est réparée, Mr Murdoch. De nous deux, c'est vous qui avez eu la meilleure tête. Bien !

– Voici la réponse, monsieur.

Sir Patrick et Blanche lurent ensemble le télégramme :

KIRKANDREW – Train montant, 7 h 40 après-midi. Dame décrite, pas de bagages, un sac de voyage à la main, voyageant seule. Billet seconde classe, destination Édimbourg.

– Édimbourg ! répéta Blanche. Ô ! mon oncle ! nous allons perdre sa trace dans une grande ville comme celle-là !

– Nous la retrouverons, ma chère enfant. Et vous allez voir comment. Duncan, donnez-moi une plume, de l'encre et du papier. Mr Murdoch, vous retournez à la gare, je suppose ?

– Oui, sir Patrick.

– Je vous remettrai un télégramme à expédier immédiatement à Édimbourg.

Il rédigea avec soin son message télégraphique et l'adressa au shériff de Mid-Lothian.

– Le shériff est un de mes vieux amis, dit-il à sa nièce, et il est en ce moment même à Édimbourg. Bien avant que le train n'arrive au débarcadère, il recevra le signalement de miss Silvester, avec la prière de faire surveiller tous ses mouvements, jusqu'à nouvel avis. La police est entièrement à sa disposition, et nous ne pouvions choisir un homme meilleur et plus apte à atteindre le but que nous nous proposons. J'ai demandé une réponse par télégraphe.

» Tenez un message tout prêt à la gare, Mr Murdoch. Merci et bonsoir. Allez souper, Duncan, et reposez-vous. Blanche, ma chère, retournez au salon, nous allons prendre le thé. Vous saurez où est votre amie, ce soir, avant de vous mettre au lit.

Sur ces paroles consolantes, il alla rejoindre les hôtes.

Dix minutes après, ils entraient au salon, et lady Lundie, fermement persuadée de n'avoir pas un instant fermé les yeux, revint aux antiquités écossaises.

Blanche, guettant l'occasion, saisit le moment où son oncle était seul.

– Maintenant, tenez votre promesse, dit-elle. Vous avez fait quelques importantes découvertes à Craig Fernie ; quelles sont-elles ?

Le regard de sir Patrick se tourna vers Geoffrey, qui sommeillait au fond d'un large fauteuil dans un coin du salon.

Le baronnet montrait encore quelque propension à repousser la curiosité de sa nièce :

– Après la découverte que nous avons déjà faite, ne pouvez-vous attendre, ma chère, jusqu'à l'arrivée du télégramme ?

– C'est justement ce qui m'est impossible. Le télégramme n'arrivera pas avant des heures. J'ai besoin de quelque occupation en attendant.

Elle s'assit sur un sofa, dans le coin opposé à celui occupé par Geoffrey, et montra une place libre auprès d'elle.

Sir Patrick avait promis. Il n'avait pas d'autre choix que de tenir sa parole. Après un nouveau regard jeté sur Geoffrey, il prit la place vacante à côté de sa nièce.

28

Retour en arrière

– Eh bien, fit Blanche en prenant confidentiellement son oncle par le bras.

– Eh bien ? dit sir Patrick, et une étincelle de son humeur satirique brilla dans le regard qu'il arrêta sur sa nièce, je suis au moment de commettre une imprudence. Je vais faire une confidence sérieuse à une jeune fille de 18 ans.

– La jeune fille saura garder un secret, mon oncle, bien qu'elle n'ait que 18 ans.

– Je dois en courir le risque ; l'intime connaissance que vous avez de miss Silvester peut être d'un grand secours pour moi et déterminer le parti que j'aurai à prendre. Vous saurez tout ce que je puis vous dire ; mais d'abord je dois vous prévenir que je ne puis vous mettre dans ma confidence qu'en vous causant une grande surprise. Y êtes-vous préparée ?

– Oui !… oui !

– Si vous ne savez pas vous maîtriser, vous créez un obstacle à ce que je puisse être, par la suite, de quelque utilité à miss Silvester… Que vous ai-je dit avant le dîner ?

– Vous m'avez dit avoir fait des découvertes à Craig Fernie. Qu'avez-vous découvert ?

– J'ai découvert qu'il existe une certaine personne qui a une entière connaissance des informations que miss Silvester vous a cachées à vous et à moi. Cette personne est près de nous. Cette personne est dans le voisinage… Cette personne est dans ce salon.

Il prit la main de Blanche reposant sur son bras et la pressa d'une façon significative. Elle le regarda et retint un cri de surprise sur ses lèvres, attendit un moment, les yeux fixés sur le visage de sir Patrick, et, parvenue à se rendre maîtresse d'elle-même :

– Montrez cette personne, dit-elle avec un calme qui obtint l'approbation cordiale de sir Patrick.

Blanche avait fait des merveilles pour une fille de son âge.

– Regardez ! dit sir Patrick, et dites-moi ce que vous voyez.

– Je vois lady Lundie à l'autre bout du salon, devant la carte du comté de Perth et le livre des antiquités féodales de l'Écosse ouvert sur la table. Excepté vous et moi, tout le monde est obligé de l'écouter.

– Tout le monde ?

Blanche regarda avec soin tout autour de la pièce et aperçut enfin Geoffrey, dans le coin opposé et profondément endormi dans son fauteuil.

– Mon oncle… Voulez-vous dire ?…

– C'est l'homme en question.

– Mr Delamayn !…

– Mr Delamayn sait tout.

Blanche s'appuya machinalement sur le bras de son oncle et regarda l'homme endormi, comme si ses yeux ne pouvaient se lasser de le voir.

– Vous m'avez vu dans la bibliothèque en entretien particulier avec Mr Delamayn, reprit sir Patrick. Je suis obligé de reconnaître que vous aviez raison quand vous considériez cela comme une circonstance suspecte, et je dois me justifier d'avoir gardé le silence vis-à-vis de vous jusqu'à ce moment.

Sur ces mots d'introduction, il revint brièvement sur les événements de la première partie de la journée, puis il ajouta, en forme de commentaire, les conclusions que ces événements avaient suggérées à son esprit.

Il n'avait pas voulu inquiéter sa nièce à ce sujet, jusqu'à ce qu'il eût acquis la certitude que ses suppositions étaient fondées. La preuve étant obtenue, il pouvait s'ouvrir à Blanche sans réserve.

– Vous en savez maintenant, ma chère, continua sir

Patrick après les explications nécessaires, autant que j'en savais moi-même quand je suis arrivé à Craig Fernie. Vous êtes par conséquent en situation d'apprécier la valeur des découvertes que j'ai faites à l'auberge. Avez-vous bien compris jusqu'à présent ?

– Parfaitement !

– Très bien. J'arrive à l'auberge et me voilà enfermé en tête à tête avec Mrs Inchbare, dans son parloir. Ma réputation peut en souffrir ou non, mais les os de Mrs Inchbare éloignent tout soupçon. C'était une longue affaire, Blanche. Jamais je n'ai eu à interroger un témoin plus maître de lui, plus fin et plus méfiant, dans toute ma carrière au barreau. Elle aurait fait sortir de ses gonds tout autre qu'un homme de loi. Mais nous avons un sang-froid si merveilleux dans notre profession et nous sommes si assommants quand cela nous convient !

» En résumé, ma chère, Mrs Inchbare était une chatte et moi un chat. C'est le chat qui, en fin de compte, a arraché la vérité à la chatte. Le résultat valait la peine que je m'étais donnée pour l'obtenir, ainsi que vous allez le voir. Mr Delamayn m'avait raconté certains événements remarquables, comme ayant eu lieu entre un gentleman et une dame, dans une auberge ; le but de ces deux personnes étant de se faire passer pour mari et femme. Chacun de ces événements, Blanche, a eu lieu entre un gentleman et une dame à Craig Fernie, le jour même où miss Silvester a disparu de cette maison ; et, attendez, pressée de donner son nom, après le départ du gentleman qui l'avait laissée à l'auberge, le nom que cette dame a donné est celui de Mrs Silvester. Que pensez-vous de cela ?

– Ce que je pense !… Je suis confondue… je ne puis rien m'expliquer.

– C'est une étonnante découverte, ma chère enfant, il n'y a pas à le nier. Faut-il attendre un peu et vous laisser vous remettre ?

– Non !… non !… continuez. Le gentleman, mon oncle, le gentleman qui était avec Anne… qui est-il ? Ce n'est pas Mr Delamayn ?

– Ce n'était pas Mr Delamayn. Si je n'ai pas obtenu d'autres preuves, j'ai au moins la preuve de ceci.

– Qu'aviez-vous besoin d'en chercher la preuve ? Il est parti pour Londres le jour de la fête, et Arnold…

– Arnold est parti avec lui et a voyagé avec lui jusqu'à la seconde station. C'est parfaitement exact. Mais pouvais-je savoir ce que Mr Delamayn avait fait après qu'Arnold l'eut quitté ? Je ne pouvais acquérir la certitude qu'il n'était pas revenu secrètement à l'auberge qu'en en tirant la preuve de Mrs Inchbare.

– Comment y êtes-vous parvenu ?

– Je lui ai demandé de me décrire le gentleman qui était demeuré près de miss Silvester. La description de Mrs Inchbare, quelque vague que vous puissiez la supposer, disculpe entièrement cet homme, ajouta sir Patrick en désignant du doigt Geoffrey, toujours endormi dans son fauteuil. Ce n'est pas celui-ci qui s'est fait passer pour le mari de miss Silvester, à l'auberge de Craig Fernie. Il m'avait bien dit la vérité en me posant la question comme intéressant un ami.

– Mais quel est donc cet ami ? Voilà ce que j'ai besoin de savoir.

– Et moi aussi.

– Mon oncle, répétez-moi exactement ce que vous a dit Mrs Inchbare. J'ai passé toute ma vie avec Anne. Je dois avoir vu cet homme quelque part.

– Si vous pouvez le reconnaître sur la description que m'en a faite Mrs Inchbare, reprit sir Patrick, vous serez grandement plus habile que moi. Voici le portrait tel qu'il m'a été dépeint par l'hôtesse : jeune, de taille moyenne, yeux et cheveux noirs, teint brun, aimable caractère, manière plaisante de parler. Sauf la jeunesse, tout le reste est précisément le contraire de Mr Delamayn. Jusque-là, Mrs Inchbare nous apprend quelque chose. Mais comment appliquer cette description à une autre personne ? Il y a, en calculant au plus bas, cinq cent mille hommes en Angleterre qui sont jeunes, de taille moyenne, avec les yeux et les cheveux noirs, un teint brun, un aimable caractère et une manière plaisante de parler. Un des valets de chambre de la maison répond en tous points à ce signalement.

– Et Arnold y répond aussi, dit Blanche, comme pour donner une preuve de plus du vague de la description.

– Arnold aussi, répéta sir Patrick, complètement d'accord avec elle.

En ce moment où tous deux avaient deviné la vérité, sans qu'elle eût éveillé le plus léger soupçon dans leurs esprits, l'homme à découvrir se présentait à leurs yeux inconsciemment, sans qu'ils songeassent à voir en lui l'homme qui avait fait passer Anne pour sa femme à l'auberge de Craig Fernie.

Le terrible caprice du hasard, l'impitoyable ironie des circonstances ne pouvait aller plus loin ! Trois personnes avaient en ce moment le pied sur le bord du précipice. Deux d'entre elles souriaient à une étrange coïncidence, la troisième battait un jeu de cartes !

– Nous voilà enfin délivrés des antiquités, dit Arnold, et nous allons jouer au whist. Sir Patrick, voulez-vous prendre une carte ?

– Trop tôt pour moi, après dîner, mon cher ami ; jouez le premier robre et nous verrons après. À propos, ajouta-t-il, miss Silvester a été vue à Kirkandrew. Comment se fait-il que vous ne l'ayez pas vue sur la route ?

– Il faut qu'elle ne soit pas passée par l'endroit où j'étais posté, sans cela je l'aurais vue.

Après s'être ainsi justifié, Arnold fut rappelé à l'autre bout du salon par les joueurs de whist, impatients de se voir présenter les cartes qu'il tenait à la main.

– De quoi parlions-nous quand il nous a interrompus ? demanda sir Patrick à Blanche.

– De l'homme qui était avec miss Silvester à l'auberge, cher oncle.

– Il est inutile de pousser cette enquête plus loin, ma chère, en l'absence d'une description plus sûre que celle de Mrs Inchbare pour nous aider.

Blanche tourna la tête du côté de Geoffrey endormi.

– Et il sait tout ! dit-elle. C'est à rendre fou que de regarder cette brute ronflant dans son fauteuil.

Sir Patrick l'avertit de la main. Avant qu'un mot de plus eût été échangé entre eux, une nouvelle interruption les avertit de garder le silence.

La partie de whist avait été organisée entre lady Lundie et le chirurgien, jouant comme partenaires contre Jones et Smith. Arnold, assis derrière le chirurgien, prenait une leçon. Un, Deux, Trois, libres de choisir une occupation, pensèrent naturellement au billard et, apercevant Geoffrey endormi dans son coin, s'avancèrent pour troubler son sommeil, considérant comme excuse suffisante la proposition d'une partie.

Geoffrey se réveilla, se frotta les yeux et dit, encore tout engourdi :

– Parfait.

Comme il se levait, il regarda vers le coin où sir Patrick et sa nièce étaient assis.

L'empire de Blanche sur elle-même, quelques efforts qu'elle fît pour le conserver, ne fut pas assez puissant pour l'empêcher de tourner ses regards vers Geoffrey, avec une expression qui trahissait l'intérêt combattu qu'elle éprouvait maintenant pour lui.

Il s'arrêta court, remarquant quelque expression toute nouvelle dans l'air qu'avait la jeune fille en le dévisageant.

– Je vous demande pardon, dit Geoffrey, désirez-vous me parler ?

Blanche rougit. Son oncle lui vint en aide.

– Miss Lundie et moi, nous espérons que vous avez bien dormi, lança-t-il sur le ton de la plaisanterie. Voilà tout.

– Oh ! c'est tout ? dit Geoffrey en continuant à regarder Blanche. Je vous demande pardon de nouveau. Maudits soient les longues courses et les lourds dîners. Conséquence naturelle… un somme.

Sir Patrick l'observa attentivement. Il était évident qu'il avait été surpris de se voir l'objet d'une attention toute particulière de la part de Blanche.

– Venez-vous au billard ? proposa-t-il d'un air indifférent.

Et il suivit ses amis, qui quittaient le salon – sans attendre de réponse, selon son habitude.

– Observez-vous, dit sir Patrick à sa nièce, que cet homme est plus fin qu'il n'en a l'air ; nous commettrions une faute sérieuse, si nous le mettions sur ses gardes.

– Cela ne m'arrivera plus, mon oncle, mais quand je pense qu'un tel homme est dans la confidence d'Anne, et que cette confidence m'est refusée !

– Dans la confidence de son ami, voulez-vous dire, ma chère et, si nous n'éveillons pas ses soupçons, il pourra peut-être dire ou faire quelque chose qui nous révélera le nom de cet ami…

– Mais il retourne demain chez son frère ; il l'a annoncé au dîner.

– Tant mieux ! Il ne se trouvera plus là pour voir d'étranges choses se passer sur le visage de certaine jeune personne ! La demeure de son frère n'est pas éloignée d'ici, et je suis son conseiller légal. Mon expérience me dit que Geoffrey Delamayn aura encore à me consulter et que j'en apprendrai plus que la première fois. C'est déjà beaucoup que d'avoir la chance de le percer à jour, si nous n'avons pas d'autre moyen d'arriver à nous éclairer. Et nous n'avons pas que celui-là. Rappelez-vous-le. J'ai quelque chose à vous dire au sujet de Bishopriggs et de la lettre perdue.

– Est-elle retrouvée ?

– Non. Je m'en suis assuré. Je l'ai fait chercher sous mes yeux. La lettre a été volée, Blanche, et c'est Bishopriggs qui l'a. J'ai laissé un mot pour lui à Mrs Inchbare. Le vieux drôle manque déjà aux habitués de l'auberge ; je vous avais bien dit que cela arriverait. Sa maîtresse commence à ressentir la peine de s'être laissée aller à son mauvais caractère vis-à-vis de son premier garçon. Elle rejette tout le blâme de la querelle sur miss Silvester, comme de raison. Bishopriggs négligeait tout le monde à l'auberge, pour ne s'occuper que de miss Silvester. Bishopriggs était insolent quand on lui faisait des remontrances à ce sujet, et miss Silvester le soutenait, et ainsi de suite. Le résultat sera, maintenant que miss Silvester est partie, que Bishopriggs rentrera à Craig Fernie avant la fin de l'automne. Nous voguons avec le vent et la marée, ma chère. Allons apprendre à jouer au whist.

Il se leva pour rejoindre les joueurs. Blanche le retint.

– Il y a une chose que vous ne m'avez pas dite encore, dit-elle. C'est, quel que soit l'homme, si Anne est mariée avec lui…

– Quel que soit l'homme, répliqua sir Patrick, ce qu'il a de mieux à faire, c'est de ne pas tenter d'épouser une autre femme.

C'est ainsi que, sans en avoir conscience ni l'un ni l'autre, la nièce faisait une question et l'oncle une réponse dont dépendait le bonheur de la vie de Blanche.

L'homme ! avec quelle légèreté il parlait de cet homme ! Rien n'allait-il éveiller le moindre soupçon dans leurs esprits, ou dans celui d'Arnold même, qu'Arnold était cet homme ?

– Vous voulez dire qu'il est marié ? dit Blanche.

– Je ne vais pas si loin…

– Voulez-vous dire qu'il n'est pas marié ?

– Je ne vais pas si loin…

– Oh ! la loi !

– C'est irritant, n'est-ce pas, ma chère ? Je puis vous dire, comme légiste, que, dans mon opinion, il y a matière à poursuite si elle veut réclamer le titre d'épouse de cet homme. Voilà ce que je voulais dire et, jusqu'à ce que nous en sachions davantage, c'est tout ce que je puis dire.

– Quand en saurons-nous davantage ?… Quand aurons-nous le télégramme ?…

– Dans quelques heures. Allons apprendre à jouer au whist.

– Je préférerais parler à Arnold, si vous ne vous y opposez pas.

– En aucune façon. Mais ne lui parlez pas de ce que je vous ai dit ce soir. Lui et Mr Delamayn sont de vieux camarades, et Arnold peut commettre quelque maladresse en parlant à son ami de ce qu'il vaut mieux que son ami ignore. C'est triste pour moi, n'est-ce pas, d'infiltrer de telles leçons de duplicité dans un jeune esprit ? Un sage a dit autrefois : « Plus l'homme vieillit, pire il devient. » Ce sage, ma chère enfant, m'avait en vue, et il avait parfaitement raison.

Il adoucit la douleur de cette confession avec une prise de tabac et vint à la table de whist attendre que la fin du robre lui donnât une place au jeu.

29

En avant !

Blanche trouva son fiancé aussi attentif que de coutume à ses moindres désirs, mais il avait perdu de son entrain accoutumé.

Il invoqua la fatigue de la longue attente à l'embranchement des routes comme excuse de son accablement. Tant qu'il restait quelque espoir d'une réconciliation avec Geoffrey, il ne voulait pas dire à Blanche ce qui était arrivé entre eux dans l'après-midi.

Mais l'espoir en devenait de plus en plus faible à mesure que la soirée avançait.

Arnold proposa pourtant une visite à la salle de billard et prit part au jeu avec Blanche, afin de donner l'occasion à Geoffrey de glisser quelques propos gracieux qui les auraient remis dans les mêmes termes d'amitié.

Geoffrey ne souffla mot; il parut même ignorer la présence d'Arnold.

À la table de jeu, le whist était interminable, lady Lundie, sir Patrick et le chirurgien étant des joueurs invétérés et d'égale force. Smith et Jones, alternativement, se mêlèrent à la partie, de la même façon qu'ils se mêlaient à la conversation. La même honnête et modeste médiocrité les distinguait dans toutes les affaires de la vie.

On usa le temps jusqu'à minuit. On se couchait et on se levait tard à Windygates. Sous ce toit hospitalier, point de ces avertissements indirects sous forme de bougeoirs disposés sur une console, afin de presser les hôtes de monter à leurs chambres. Pas de cloche vous invitant impitoyablement à sortir du lit et insistant pour que vous vous rendiez au déjeuner.

Hélas ! la vie est pourtant rendue assez dure sans qu'on y ajoute, sans nécessité, le despotisme d'une cloche.

Il était minuit un quart lorsque lady Lundie se leva de la table de whist en disant d'un air aimable qu'il fallait bien donner l'exemple de gagner les lits. Cependant, sir Patrick, le chirurgien, Jones et Smith tombèrent d'accord pour jouer un dernier robre. Blanche disparut parce que sa belle-mère avait les yeux sur elle.

Mais elle revint au salon quand lady Lundie fut entre les mains de ses femmes de chambre, et personne ne suivit l'exemple de la maîtresse de maison, si ce n'est Arnold.

Le jeune homme quitta la salle de billard, avec la certitude que tout était fini entre lui et Geoffrey. L'attrait même de revoir Blanche n'était plus assez fort pour le retenir ce soir-là.

Il était alors une heure passée. Le dernier robre était bien fini, les comptes avaient été réglés à la table de jeu, le chirurgien était passé dans la salle de billard, et Smith et Jones l'avaient suivi, quand Duncan entra enfin, un télégramme à la main.

Blanche quitta la fenêtre où elle contemplait la calme beauté d'une nuit d'automne éclairée par la lune, et regarda par dessus l'épaule de son oncle, qui ouvrait le pli.

Elle lut la première ligne, et ce fut assez.

Tout l'échafaudage d'espérances qu'elle avait bâti sur ce morceau de papier s'écroula.

Le train d'Édimbourg était arrivé à l'heure réglementaire. Chaque voyageur était passé sous les yeux de la police, on n'avait vu personne répondant au signalement d'Anne Silvester.

Sir Patrick désigna du doigt la seconde phrase du télégramme :

Demande de renseignements télégraphiée à Falkirk. S'il y a résultat, vous le saurez.

– Espérons encore, ma chère Blanche. On la soupçonne évidemment d'être descendue à la jonction des deux chemins de fer, dans le but qu'on perde sa piste. Nous n'y pouvons rien. Allez vous mettre au lit, mon enfant, allez vous mettre au lit.

Blanche embrassa son oncle en silence et s'éloigna. Il y avait sur ce jeune et beau visage une cruelle expression de tristesse. C'était là son premier chagrin.

Le vieillard n'avait jamais vu sa nièce affligée. Le dernier regard qu'elle lui avait lancé en sortant troublait douloureusement son esprit. Il gagna sa chambre avec son fidèle Duncan, qui prépara tout pour sa toilette de nuit.

– C'est une méchante affaire, Duncan. Je n'aime pas voir miss Lundie si triste. Mais je crains bien que la préceptrice ne nous ait mis en défaut.

– Cela me paraît assez probable, sir Patrick ; la pauvre jeune demoiselle est tout à fait désespérée.

– Vous avez aussi remarqué cela, n'est-ce pas ? Elle a passé toute sa vie avec miss Silvester, et c'est un attachement profond qui existe entre elles. Je suis inquiet de ma nièce, Duncan. Je crains que cette déception n'ait de sérieux effets sur son esprit et sur sa santé.

– Elle est jeune, sir Patrick.

– Oui, mon ami, elle est jeune… Mais les jeunes, quand ils sont bons à quelque chose, ont le cœur chaud. L'hiver ne l'a pas glacé, et ils sont très sensibles.

– Bon ! monsieur, il y a raison d'espérer que miss Lundie prendra le dessus, plus aisément que vous ne le supposez.

– Quelles raisons, je vous prie ?

– Une personne dans ma position peut à peine se permettre de parler franchement sur un sujet aussi délicat.

Tout le caractère de sir Patrick se montra dans la façon demi-sérieuse et demi-plaisante qui lui était habituelle.

– Est-ce un coup de patte à mon adresse, vieux renard ? Si je ne suis pas votre ami tout autant que votre maître, que suis-je ? Ai-je l'habitude de tenir mon prochain à distance quand il n'y donne pas sujet ? Je méprise le jargon du libéralisme moderne. Mais il n'en est pas moins vrai que j'ai protesté toute ma vie contre l'inhumaine distinction des classes en Angleterre. Nous avons beau être fiers de nos vertus nationales, nous n'en sommes pas moins, sous ce rapport, le peuple le plus antichrétien du monde civilisé.

– Je vous demande pardon, sir Patrick…

– Miséricorde ! voilà que je parle politique à cette heure de la nuit… C'est votre faute, Duncan. Quelle idée avez-vous de me jeter au nez ma position sociale, parce que je ne peux pas bien mettre mon bonnet de nuit quand vous ne m'avez pas brossé les cheveux ! J'ai bonne envie de mettre mon bonnet moi-même et de vous brosser autre chose que les cheveux… Bah ! je suis inquiet au sujet de ma nièce ; c'est ce qui rend mes nerfs irritables. Mon brave garçon, voyons ce que vous aviez à me dire au sujet de miss Lundie, mais finissez-en avec mes cheveux, et plus de sornettes.

– Je voulais vous rappeler, sir Patrick, que miss Lundie a un autre intérêt dans la vie que celui qui l'occupe à cette heure. Si cette affaire de miss Silvester finit mal, et j'avoue qu'elle paraît en prendre le chemin, à votre place je presserais le mariage, monsieur… pour voir si cela ne la consolerait pas.

Sir Patrick tressaillit sous la douce discipline à laquelle le soumettait la brosse entre les mains de Dun can.

– C'est très raisonnablement pensé, dit le vieux gentleman ; Duncan, vous êtes ce que j'appelle un homme d'un esprit clair. Oui, cela vaut la peine d'y penser, mon fidèle ami… si les choses tournent mal.

Ce n'était pas la première fois que le solide bon sens de Duncan avait fait jaillir la lumière, sous forme d'une pensée nouvelle, dans l'esprit de son maître.

Il ne se doutait guère du mal qu'il venait de causer bien innocemment. Il avait mis sir Patrick au lit avec la fatale idée de presser le mariage de Blanche.

Sir Patrick résolut, si rien ne survenait dans la semaine qui pût calmer l'anxiété de Blanche, d'avancer la célébration du mariage, et au lieu de la fin de l'automne, comme cela avait été convenu, de la fixer à la première quinzaine du mois suivant.

C'était réduire un intervalle de trois mois en un intervalle de trois semaines.

Le lendemain matin arriva. Blanche fit dans cette matinée une étourderie mémorable, propre à détruire encore une fois toutes les chances de découverte qui existaient la veille, avant l'arrivée du télégramme d'Édimbourg.

Elle avait passé une nuit sans sommeil, son corps et son esprit avaient la fièvre à force de ne penser à rien qu'à Anne depuis ces longues heures.

Quand le jour parut, elle ne se sentit plus la force d'endurer un tel supplice. Son pouvoir sur elle-même était épuisé ; elle ne consulta plus que son cœur et que ses nerfs et se leva, résolue à ne pas laisser Geoffrey partir de la maison sans tenter un effort pour lui arracher ce qu'il savait au sujet d'Anne.

Ce n'était rien de moins qu'un acte de haute trahison envers sir Patrick ; elle allait agir sous sa seule responsabilité, au mépris des interdictions du vieillard. Elle savait qu'elle agissait mal, elle en avait honte elle-même. Mais le démon qui possède la femme et dont l'activité est infatigable s'était emparé d'elle et la fit agir.

Geoffrey s'était promis pendant la nuit de déjeuner de bonne heure, tout seul, de parcourir à pied les dix miles qui le séparaient de la maison de son frère et d'envoyer, le jour même, un domestique chercher ses bagages.

Il avait mis son chapeau, il était debout dans l'antichambre, cherchant dans sa poche son inséparable pipe, quand Blanche parut soudain, sortant du petit salon, et se plaça entre lui et la porte.

– Je suis levé de bonne heure, hein ? dit Geoffrey, je me rends à la demeure de mon frère.

Elle ne répondit pas. Il la regarda plus attentivement. Les yeux de la jeune fille essayaient de lire sur son visage, avec une si complète absence de dissimulation qu'il n'était pas possible, même pour un esprit obtus, de se méprendre sur ce qu'ils demandaient.

– Rien à m'ordonner? fit-il.

Cette fois elle répondit :

– J'ai quelque chose à vous dire.

Il sourit gracieusement et ouvrit sa blague à tabac. Il se sentait rafraîchi par cette nuit de bon sommeil; il était en santé, en beauté et de bonne humeur.

Les femmes de chambre l'avaient lorgné ce matin et elles avaient exprimé le désir tout haut, comme Desdémone, avec des expressions différentes, que le ciel eût créé pour chacune d'elles un pareil homme à l'office.

– Eh bien! dit Geoffrey, de quoi s'agit-il?

Elle lui posa sa question, sans un mot de préambule, et ce ne fut pas sans dessein. Elle voulait le surprendre.

– Mr Delamayn, dit-elle, savez-vous où est Anne Silvester?

Il bourrait sa pipe; il laissa tomber un peu de tabac sur le plancher avant de répondre; il se baissa pour ramasser ce tabac perdu; puis il répondit, en pleine possession de lui-même et d'un seul mot :

– Non.

– Vous ne savez rien à son sujet?

– Rien.

– Sur votre parole d'honneur de gentleman?

Il remit sa blague dans sa poche; son beau visage était rigide comme la pierre; ses yeux bleus semblaient défier toutes les jeunes filles de l'Angleterre de rien voir dans son esprit.

– Avez-vous bientôt fini, miss Lundie? demanda-t-il, passant tout à coup au ton d'une politesse railleuse.

Blanche vit qu'il n'y avait pas d'espoir et qu'elle avait compromis ses intérêts par un coup de tête. Les paroles d'avertissement de sir Patrick lui revinrent à l'esprit comme un reproche, maintenant qu'il était trop tard.

« Nous commettrions une faute sérieuse si nous le mettions sur ses gardes. »

Il n'y avait plus qu'un parti à prendre.

– Oui, dit-elle, j'ai fini.

– À mon tour, maintenant, répliqua Geoffrey… Vous désirez savoir où est miss Silvester; pourquoi le demandez-vous à moi?

Blanche fit tout ce qu'elle put pour réparer la faute qu'elle avait commise. À l'exemple de Geoffrey, elle s'efforça de le tenir bien loin de la vérité.

– J'ai appris, dit-elle, que miss Silvester avait quitté le lieu où elle résidait au moment où vous vous êtes promené hier; et je pensais que vous pouviez l'avoir vue.

– Oh! c'est votre seule raison, n'est-ce pas? dit Geoffrey avec un sourire.

Ce sourire blessa au vif l'impressionnable Blanche; elle fit un nouvel et suprême effort pour contenir son indignation.

– Je n'ai plus rien à vous dire, Mr Delamayn.

Sur cette réponse, elle lui tourna le dos et referma derrière elle la porte du salon.

Geoffrey descendit les marches du perron et alluma sa pipe. Il n'était, cette fois, nullement embarrassé pour s'expliquer ce qui était arrivé, Il ne doutait point qu'Arnold n'eût tiré de lui une indigne vengeance de sa conduite de la veille et qu'il n'eût dit à Blanche tout le secret de sa mission à Craig Fernie.

La chose n'avait pas manqué d'arriver bientôt aux oreilles de sir Patrick, et c'était probablement la première personne qui avait révélé à Arnold la position dans laquelle il s'était placé vis-à-vis d'Anne.

Très bien!

Sir Patrick serait un excellent témoin à appeler quand le scandale éclaterait et quand le temps viendrait de repousser la réclamation d'Anne comme l'imposture éhontée d'une femme déjà mariée à un autre homme. Geoffrey tira avec indifférence quelques bouffées de sa pipe et partit de son pas ferme et léger pour la maison de son frère.

Blanche demeura seule dans le salon du matin. L'espoir de tirer la vérité de Geoffrey, la première fois qu'il viendrait consulter sir Patrick, était désormais perdu. Elle s'assit, désespérée, près d'une fenêtre qui ouvrait sur une petite terrasse à gauche de la maison. Là était naguère sa promenade favorite avec Anne.

Les yeux brûlants et la douleur dans l'âme, la pauvre enfant regardait cet endroit familier et se demandait avec un amer repentir, trop tardif, malheureusement trop tardif, si elle n'avait pas détruit à plaisir la dernière chance de retrouver jamais son amie !

Elle resta devant cette fenêtre, usant les heures de la matinée, jusqu'à l'arrivée du facteur. Avant que le domestique eût eu le temps de prendre le paquet de lettres, elle était dans l'antichambre pour le recevoir.

N'était-il pas possible que le courrier apportât lui-même des nouvelles d'Anne ?

Elle examina les lettres, et son visage s'éclaircit à la vue d'une lettre à son nom. Cette lettre portait le timbre de la poste de Kirkandrew.

L'adresse était bien de la main d'Anne.

Elle ouvrit vivement le pli et lut ces lignes :

Je vous ai quittée pour toujours, Blanche. Que Dieu vous récompense ! Que Dieu fasse de vous une femme heureuse pendant toute votre vie ! Quelque cruelle que je vous paraisse, mon amour, jamais je n'ai été aussi vraiment votre sœur qu'en ce moment. Je ne puis vous dire que cela, je ne pourrai jamais vous en dire davantage. Pardonnez-moi et oubliez-moi. Nos existences sont à jamais séparées à dater de ce jour.

En se rendant à déjeuner, à son heure habituelle, sir Patrick chercha Blanche, qu'il était accoutumé à trouver à table et l'attendant. La salle à manger était déserte, tous les autres membres de la famille ayant fini leur repas du matin.

Sir Patrick n'aimait pas déjeuner seul. Il dépêcha Duncan avec un message qu'il devait remettre à la femme de chambre de Blanche.

La femme de chambre parut bientôt, miss Lundie était hors d'état de quitter la chambre. Elle envoyait une lettre à son oncle, avec ses respects affectueux.

Sir Patrick ouvrit le pli à son tour et y trouva la lettre qu'Anne avait écrite à sa jeune amie.

Il se renversa sur sa chaise pour réfléchir, avec une anxiété douloureuse, à ce qu'il avait lu, puis il ouvrit les lettres qui lui étaient personnellement adressées et se hâta de regarder les signatures.

Il n'y avait rien de son ami le shériff d'Édimbourg, aucune communication du chemin de fer, sous forme de télégramme.

Il avait résolu, pendant la nuit, d'attendre jusqu'à la fin de la semaine avant d'intervenir au sujet du mariage de Blanche. Les événements de la matinée le décidèrent à ne pas attendre un jour de plus.

Duncan étant revenu à la salle à manger pour verser le café à son maître, sir Patrick le renvoya porteur d'un second message.

– Savez-vous où est lady Lundie, Duncan ?

– Oui, sir Patrick.

– Portez-lui mes compliments et dites-lui que si rien ne la retient, je serais heureux de l'entretenir en particulier, dans une heure.

30

Dit

Sir Patrick fit un mauvais déjeuner. L'absence de Blanche l'inquiétait, la lettre d'Anne le confondait.

Il la relut, toute courte qu'elle était, une deuxième, une troisième fois. Le sens de ces quelques lignes, si elles en avaient un, c'était qu'Anne, par sa fuite, se sacrifiait au bonheur de Blanche. Elle se séparait à jamais de sa jeune amie par amour de celle-ci ! Qu'est-ce que cela signifiait ?...

Et comment concilier cette étrange démarche avec la position d'Anne, telle qu'elle lui avait été décrite par Mrs Inchbare, durant sa visite à Craig Fernie ?

Toute la perspicacité, toute l'expérience de sir Patrick

ne purent lui faire découvrir l'ombre d'une réponse à ces questions.

Pendant qu'il réfléchissait encore sur la lettre d'Anne, Arnold et le chirurgien entrèrent ensemble dans la salle à manger.

– Avez-vous eu des nouvelles de Blanche ? demanda Arnold avec animation. Elle n'est pas en danger, sir Patrick ; le plus fort de la crise est passé maintenant.

Le chirurgien intervint avant que sir Patrick se fût adressé à lui :

– L'intérêt que Mr Brinkworth porte à la jeune personne lui fait un peu exagérer l'état des choses. Je l'ai vue sur la demande de lady Lundie, et je puis vous assurer qu'il n'y a, pour le moment, aucun sujet d'alarme. Miss Lundie a éprouvé une crise nerveuse qui a cédé aux plus simples moyens ordinaires. La seule inquiétude que vous deviez conserver, c'est de l'y voir retomber à l'avenir. Elle souffre d'une douleur morale, et ce n'est pas à moi, mais à ses amis et à ses parents, qu'il appartient de la consoler. Si vous pouvez détourner ses pensées du sujet pénible, quel qu'il soit, qui l'agite, vous aurez fait tout ce qui est possible.

Il prit un journal et alla le lire, en se promenant dans le jardin, laissant sir Patrick et Arnold ensemble.

– Vous avez entendu ? dit sir Patrick.

– Est-il dans le vrai ? demanda Arnold.

– Dans le vrai ? Supposez-vous qu'un homme mérite sa réputation en commettant des erreurs ? Vous appartenez à la nouvelle génération, maître Arnold. Vous pouvez tous regarder avec étonnement un homme célèbre, mais vous n'avez pas un atome de respect pour sa renommée. Si Shakespeare revenait à la vie et parlait de pièces de théâtre, le premier venu, assis à table en face de lui, le contredirait avec aussi peu de cérémonie que s'il s'agissait d'entamer une discussion avec vous ou moi. La vénération est morte parmi nous ; le siècle présent l'a enterrée, sans une pierre pour marquer sa tombe. Assez sur ce sujet. Revenons à Blanche. Vous devinez aisément, je le suppose, quel sujet pénible tourmente son esprit ? Miss

Silvester a déjoué et nous et la police d'Édimbourg. Blanche a appris que nous avions échoué, hier soir, et ce matin elle a reçu cette lettre.

Il passa la lettre à Arnold à travers la table.

Arnold la lut et la lui rendit sans dire un mot.

Elle ne l'étonnait point. Tel qu'il avait vu Geoffrey, après sa querelle avec lui sur la fougère, comment eût-il été surpris que le bel athlète eût abandonné Anne lâchement ?

– Eh bien ! dit sir Patrick, comprenez-vous ?

– Je comprends le désespoir de Blanche.

Il n'en ajouta pas davantage.

Aucun des renseignements qu'il pouvait fournir, se fût-il même considéré comme libre de le donner, ne devait être de la moindre utilité pour aider sir Patrick à découvrir la trace de miss Silvester ; dans ces circonstances nouvelles, il n'éprouvait, malheureusement, aucune tentation de rompre le silence honorable qu'il avait gardé jusque-là. Et, plus malheureusement encore, en eût-il éprouvé la tentation, il se sentait plus fort que jamais pour y résister.

Aux deux puissants motifs qui jusque-là avaient enchaîné sa langue – son respect pour la réputation d'Anne, et sa répugnance à révéler à Blanche la conduite qu'il avait été forcé de tenir vis-à-vis d'elle à l'auberge –, à ces deux motifs venait s'en ajouter maintenant un troisième. La bassesse qu'il y aurait à trahir la confiance que Geoffrey avait placée en lui ne serait-elle point double s'il trahissait cette confiance, après que Geoffrey l'avait insulté ?

La lâche revanche que son faux ami l'avait sans hésitation soupçonné de vouloir prendre n'entrait pas même dans sa pensée. Jamais ses lèvres n'avaient été plus étroitement closes qu'en ce moment où tout son avenir dépendait de la découverte par sir Patrick du rôle qu'il avait joué dans les événements survenus à Craig Fernie.

– Oui !... oui !... répondit sir Patrick. La douleur de Blanche est suffisamment compréhensible, mais en quoi ma nièce peut-elle être responsable de la disparition de cette malheureuse femme? Expliquez-moi ce que Blanche a pu faire pour cela.

– Si Blanche ne peut absolument rien y comprendre, que voulez-vous que j'y comprenne, moi!

Il parlait avec une parfaite sincérité. La vague méfiance qu'Anne avait conçue sur les conséquences de la position où ils s'étaient innocemment trouvés à l'auberge, Arnold ne l'avait point partagée. Il n'y avait pas même songé; il ne l'avait, en effet, pas comprise. Et maintenant encore, le plus léger soupçon du motif qui avait fait agir Anne, dans sa fuite, n'existait pas dans son esprit.

Sir Patrick mit la lettre dans son portefeuille et renonça à toute nouvelle tentative pour en découvrir le sens, car il désespérait d'y parvenir.

– C'est assez, plus qu'assez, de s'agiter dans les ténèbres. Il y a un point très clair pour moi après ce qui s'est passé ce matin, là haut. Nous devons accepter la situation dans laquelle miss Silvester nous a placés. Je renonce à toute recherche ultérieure pour retrouver sa trace, à partir de ce moment.

– Ce sera certainement une bien grande déception pour Blanche, sir Patrick.

– Je ne le nie pas. Nous devons envisager le résultat.

– Si vous êtes sûr qu'il n'y a pas autre chose à faire… je pense que nous devons prendre ce parti.

– Je ne suis sûr de rien de semblable, maître Arnold! Des chances nous restent pour faire la lumière, toutes deux sont indépendantes de ce que pourra tenter miss Silvester pour nous retenir dans les ténèbres.

– Pourquoi ne pas essayer, monsieur? Il me semble dur d'abandonner miss Silvester, alors qu'elle est dans une aussi affreuse peine.

– C'est dur, en effet; mais nous ne pouvons pourtant lui venir en aide contre sa volonté ni courir le risque, après cette crise nerveuse de ce matin, de soumettre encore Blanche au tourment de l'incertitude. J'ai pensé aux intérêts de ma nièce dans toute cette affaire; et si maintenant je change d'avis, si je me refuse à l'agiter encore par de nouvelles tentatives, qui finiraient, c'est plus que probable, par de nouveaux échecs, c'est parce que je pense encore à l'intérêt de ma nièce. Je n'ai pas d'autre mobile. Quelles que soient mes faiblesses, je n'ai pas celle de me laisser guider par l'ambition de me distinguer comme un habile agent de police… Il est certain que si l'on employait des moyens de police, ce cas ne serait nullement désespéré. Je l'abandonne toutefois par intérêt pour Blanche. Au lieu d'encourager ses pensées à se concentrer sur cette triste affaire, nous devons employer le remède indiqué par notre ami le docteur…

– Quel remède ? demanda Arnold.

Une expression de finesse malicieuse reparut sur le visage de sir Patrick.

– N'a-t-elle rien à penser dans l'avenir qui ne lui soit un plus agréable sujet de réflexion que la perte de son amie ? demanda-t-il. Vous êtes bien un peu intéressé dans le traitement qui doit guérir Blanche, mon jeune ami. Vous êtes une des drogues de ce traitement moral. Devinez-vous ce que je veux dire ?

Arnold bondit sur sa chaise, son visage s'éclaira. Il était transfiguré.

– Peut-être verrez-vous quelques objections à arranger les choses trop vite ? dit sir Patrick.

– Une objection !… Si Blanche y voulait consentir, je la conduirais à l'église dès qu'elle descendra de sa chambre.

– Merci, lança sir Patrick sèchement. Puissiez-vous, Brinkworth, être toujours aussi prompt à saisir la fortune aux cheveux ! Asseyez-vous, s'il vous plaît, et ne dites pas d'absurdités. Il est tout juste possible, si Blanche consent, comme vous dites, et si nous pouvons pousser les hommes de loi, que vous soyez mariés dans trois semaines ou un mois.

– Qu'est-ce que les hommes d'affaires ont à voir là-dedans ?

– Mon cher ami, il ne s'agit pas d'un mariage comme dans les romans. C'est l'affaire la moins romanesque qui soit. Voici un jeune homme et une jeune fille, tous deux riches, bien assortis comme naissance et comme caractère ; l'un majeur et l'autre se mariant avec le plein consentement et l'approbation de son tuteur. Quelle est la conséquence de cet état prosaïque des choses ? Tout naturellement, l'intervention des hommes de loi faiseurs de contrats…

– Venez dans la bibliothèque, sir Patrick, et j'aurai bientôt réglé les contrats ! Un morceau de papier, de l'encre et une plume : « Je, soussigné, donne tout ce qui m'appartient, jusqu'au dernier sou, à ma chère Blanche. » Je signe. Vous apposez votre sceau à côté de ma signature. Je vous délivre cet acte, expression de ma libre volonté… et voilà qui est fait.

– Voilà qui est fait ! Vous étiez né législateur. Vous créez et vous codifiez votre système tout d'une haleine. Moïse… Justinien… Mahomet… Donnez-moi le bras ! Il y a pourtant un atome de raison dans ce que vous venez de dire. Allons dans la bibliothèque. C'est une idée qui mérite d'être prise en considération. Parmi tant d'autres superfluités, n'auriez-vous pas par hasard un homme de loi sous la main ?

– J'en ai deux : un à Londres et l'autre à Édimbourg.

– Nous prendrons le plus proche des deux, attendu que nous sommes pressés. Quel est votre homme de loi à Édimbourg ?

– Pringle, de Pitt Street.

– Vous ne pouviez mieux choisir. Venez lui écrire. Vous avez donné la substance d'un contrat de mariage avec la concision d'un ancien Romain. Je suis honteux d'être battu par un apprenti légiste. Voici le résumé du contrat, vous êtes juste et généreux envers Blanche ; Blanche est juste et généreuse envers vous, et vous vous entendez tous deux pour être justes et généreux envers vos enfants. Voilà un modèle de contrat, et telles doivent être vos instructions pour Pringle, de Pitt Street ! Pouvez-vous le rédiger vous-même ? Non, comme de raison vous ne le pouvez pas. Maintenant, ouvrez bien votre esprit et voyez les divers points dans l'ordre où ils viennent. Vous êtes sur le point de vous marier, vous dites avec qui, vous ajoutez que je suis le tuteur de la future, vous donnez le nom et l'adresse de mon homme de loi à Édimbourg; vous rédigez vos instructions, clairement, en peu de mots, et pour les détails vous les laissez à votre conseil. Vous mettez les hommes de loi des deux parties en rapport l'un avec l'autre, vous recommandez que l'acte soit préparé le plus promptement possible et vous donnez votre adresse en cette maison; voici les points principaux. Pouvez-vous faire cela? Oh! la nouvelle génération! Oh! progrès accomplis dans ces temps modernes si éclairés! Vous pouvez épouser Blanche, la rendre heureuse, accroître la population, tout cela sans savoir écrire en bon anglais. Vous ferez bien de dire avec le savant Bevorskius, qui étudiait de sa fenêtre les amours sans relâche des moineaux : « Oh! que Dieu est miséricordieux envers ses créatures! » Prenez la plume. Je dicterai!... je dicterai!...

Sir Patrick relut la lettre qu'il avait dictée, l'approuva et veilla lui-même à ce qu'elle fût fidèlement déposée dans la boîte de la poste. Cela fait, il défendit expressément à Arnold de parler à Blanche de mariage, sans une permission formelle.

– Il y a encore le consentement de quelqu'un à obtenir, dit-il, outre le consentement de Blanche et le mien.

– Lady Lundie?

– Lady Lundie. Strictement parlant, je suis le seul ici ayant autorité; mais ma belle-sœur est la belle-mère de Blanche : elle est même désignée comme tutrice, si je venais à mourir. Elle a donc le droit d'être consultée en vertu des convenances, si ce n'est en vertu de la loi. Voulez-vous vous charger de cette démarche?

Le visage d'Arnold s'assombrit. Il regarda sir Patrick en silence, d'un air embarrassé.

– Quoi! Vous ne pouvez pas parler à une femme aussi maniable que lady Lundie? Vous devez avoir été un garçon bien utile en mer! À terre, je n'ai jamais vu d'homme d'aussi peu de ressource. Allez dans le jardin, avec les autres moineaux! Quelqu'un doit affronter Sa Seigneurie. Et si vous ne l'osez pas, il faudra bien que ce soit moi.

Il poussa Arnold hors de la bibliothèque et eut recours

d'un air pensif à la pomme de sa canne. Sa gaieté avait disparu, maintenant qu'il était seul.

Son expérience du caractère de lady Lundie lui disait qu'en essayant de gagner l'approbation de sa belle-sœur à tout projet ayant pour but de précipiter le mariage de Blanche, il s'imposait une tâche peu aisée.

Je suppose, se dit-il en songeant à son frère qui n'était plus, je suppose que le pauvre Tom avait un moyen de la prendre. Comment faisait-il, je me le demande ? Si elle avait été l'épouse d'un maçon, une femme de sa sorte eût été mise à l'ordre par un système de corrections régulièrement administrées. Mais Tom n'était pas maçon…

Après avoir longuement réfléchi, sir Patrick abandonna le problème, qui échappait à toute solution humaine.

Il faut pourtant que cela soit fait, conclut-il, ce que ma mère m'a donné d'esprit m'y aidera.

Sa résignation ainsi formulée, il quitta la bibliothèque et alla frapper à la porte du boudoir de lady Lundie.

31

Battue

Sir Patrick trouva sa belle-sœur plongée dans ses affaires domestiques.

La correspondance de Sa Seigneurie, les listes de visites à faire par Sa Seigneurie, les factures à payer par Sa Seigneurie, les livres de Sa Seigneurie, le journal et le mémorandum de Sa Seigneurie – reliés en maroquin rouge –, le pupitre de Sa Seigneurie, son casier d'enveloppes, sa boîte d'allumettes, son bougeoir – le tout en ébène et en argent –, enfin Sa Seigneurie elle-même présidant à son administration, dans une correcte toilette du matin qui répondait à toutes les éventualités, jouissant d'une parfaite santé et du parfait équilibre de toutes ses fonctions physiques, absolument exempte de vices, formidablement pourvue de vertus, tout cela présentait aux esprits bien faits le plus imposant spectacle.

Est-il rien de plus beau qu'une matrone anglaise sur son trône, ayant l'air de s'adresser au monde entier et de lui dire : « Quand pourras-tu produire une femme comme moi ? »

– Je crains de vous déranger, dit sir Patrick. Je n'ai absolument rien à faire. Puis-je revenir un peu plus tard ?

Lady Lundie esquissa un faible sourire, tout en portant la main à sa tête.

– Un peu de lourdeur là, sir Patrick. Je vous en prie, asseyez-vous. Je prends mes devoirs au sérieux ; ils me trouvent toujours prête. On ne peut pas exiger plus d'une faible femme. De quoi s'agit il ?

Lady Lundie consulta son mémorandum, relié en maroquin rouge.

– J'ai tout classé ici sous l'indication qui lui est propre et par lettres initiales. P… Pauvres. Non, ce n'est pas cela. M. I… Missions Idolâtres. Ce n'est pas cela. E. P. P. Entretien particulier avec Patrick. C'est cela. Me pardonnerez-vous la petite familiarité qui m'a fait omettre votre titre ?… Merci !… Vous êtes toujours si bon. Je suis tout à votre service. Si c'est quelque annonce pénible qui vous amène, je vous en prie, n'hésitez pas. Je suis préparée.

Sur ces mots, Sa Seigneurie se renversa dans son siège, les coudes appuyés sur les bras du fauteuil, les mains jointes.

– Oui… c'est pénible ? dit-elle sur le ton interrogatif.

Sir Patrick ne put s'empêcher de payer lui-même un tribut de pitié à la mémoire de son frère et entra en matière aussitôt après.

– Je ne saurais dire que c'est un sujet pénible, balbutia-t-il, mais c'est un sujet d'anxiété domestique. Il s'agit de Blanche.

Lady Lundie étouffa un petit cri et porta la main à ses yeux.

– Devez-vous m'en parler !… s'écria Sa Seigneurie sur le ton du reproche. Oh ! sir Patrick, le… devez-vous !

– Oui, je le dois.

Les magnifiques yeux de lady Lundie se tournèrent vers la cour de justice suprême à laquelle en appellent les humains, et qui est logée au plafond. Le juge de la cour suprême jeta les yeux sur lady Lundie, et le sentiment du devoir rentra aussitôt en elle.

– Continuez, sir Patrick, la devise de la femme doit être : « Sacrifie-toi. » Je ne vous ferai pas voir combien vous m'affligez, continuez.

Sir Patrick continua d'un air impénétrable, sans la plus légère expression de sympathie ou de surprise :

– J'allais faire allusion à la crise nerveuse dont Blanche a souffert. Puis-je vous demander à quelle cause elle doit être attribuée ?

– Voilà, s'écria lady Lundie, en faisant un bond sur son siège et en élevant la voix, la seule chose dont je ne voulais pas parler… la cruelle… cruelle… conduite de Blanche que j'étais résolue à passer sous silence ! Et sir Patrick y touche… innocemment… Je ne veux pas être injuste, il y touche innocemment.

– Sir Patrick touche à quoi, chère madame ?

– La conduite de Blanche à mon égard, ce matin. Son obstination ingrate à garder son secret, son coupable silence. Je le répète, son coupable silence…

– Permettez-moi, pour un moment, lady Lundie…

– Permettez… à moi-même, sir Patrick. Le ciel sait que je ne voulais pas parler de cela. Le ciel sait que pas un mot sorti de mes lèvres n'y a fait allusion. Mais, maintenant, vous ne me laissez pas le choix, comme maîtresse de maison, comme chrétienne et comme veuve de votre bien-aimé frère, comme mère de cette jeune fille mal dirigée, je dois constater les choses ; je sais que vous avez de bonnes intentions, je sais que vous voudriez m'épargner cette douleur. C'est complètement inutile, je dois connaître les faits.

Sir Patrick inclina la tête et se résigna. Ah ! s'il avait été maçon, au lieu d'être baronnet, et si lady Lundie n'avait pas été ce qu'elle était incontestablement, plus forte que lui !

– Permettez-moi donc, par affection pour vous, reprit lady Lundie, de jeter un voile sur les horreurs – je ne puis, même avec l'intention de vous ménager, me servir d'une autre expression –, sur les horreurs qui se sont passées là-haut ce matin. Dès que j'appris que Blanche était malade, je me suis rendue à mon poste. Le devoir me trouvera toujours prête, sir Patrick, jusqu'à mon dernier jour. Quelque choquant que fût tout cela, j'ai gardé mon calme au milieu des cris et des sanglots de ma belle-fille. J'ai fermé mes oreilles aux violences profanes de son langage. J'ai donné l'exemple comme le doit une dame anglaise chef de famille. Ce ne fut que lorsque j'entendis distinctement le nom d'une personne… un nom qui ne doit jamais être prononcé dans mon cercle, sortir des lèvres de Blanche, que je commençai à être sérieusement alarmée. Je dis à ma femme de chambre : « Hopkins… ce n'est pas une crise de nerfs, elle est possédée du démon… Allez chercher le chloroforme ! »

Le chloroforme employé comme exorcisme était chose toute nouvelle pour sir Patrick. Il garda son sérieux avec beaucoup de peine. Lady Lundie continua :

– Hopkins est une excellente personne, mais Hopkins a une langue. Elle rencontra notre hôte distingué, le docteur, et lui dit ce qui se passait. Il a été assez bon pour venir à la porte, et moi j'ai été choquée qu'on le dérangeât comme médecin alors qu'il était notre hôte, un hôte honoré, dans ma maison. D'autant plus que je considérais le cas comme nécessitant plutôt la présence d'un membre du clergé que celle d'un membre du corps médical. Néanmoins, le mal était sans remède, puisque Hopkins avait parlé. Je priai donc notre éminent ami de nous accorder la faveur d'un… je pense que c'est bien le terme scientifique, d'un pronostic. Il a fait juste ce qu'on devait attendre d'une personne de sa profession : il a formulé son pronostic. Est-ce bien cela… est-ce bien pronostic, ou est-ce diagnostic ? L'habitude de parler correctement est bien importante, sir Patrick ! et je serais désolée de vous induire en erreur !

– Ne vous inquiétez pas de cela, lady Lundie. J'ai eu

connaissance de ce rapport médical. Ne vous donnez pas la peine de le répéter.

– Que je ne prenne pas la peine de le répéter ? fit lady Lundie, dont la dignité prenait les armes à la seule idée que son adversaire pût avoir l'intention d'abréger les développements qu'elle jugeait convenable de donner à son récit. Ah ! sir Patrick, voilà bien cette petite disposition à l'impatience qui est dans votre nature. Oh ! mon Dieu ! combien de fois vous avez dû vous y laisser aller et combien de fois vous avez dû le regretter après !

– Madame, si vous désirez me répéter le rapport du médecin, pourquoi ne pas le dire franchement ? Je ne veux point vous presser, allez ; dites-nous le pronostic !

Lady Lundie secoua la tête d'un air de compassion ; elle eut un sourire d'une tristesse angélique.

– Oh ! nos petits péchés mignons ! fit-elle ; comme nous sommes esclaves de nos petits péchés mignons ! Faites un tour dans la chambre, faites un tour pour vous calmer, sir Patrick.

Un homme ordinaire serait sorti de ses gonds. Mais les hommes de loi, comme disait sir Patrick à sa nièce, ont un caractère qui leur est propre. Sans témoigner la moindre irritation, le baronnet administra adroitement une petite pique à sa belle-sœur :

– Quel regard vous avez ! J'étais, en effet, impatient. Je meurs d'impatience de savoir ce qu'a dit Blanche quand elle s'est trouvée mieux.

La matrone anglaise demeura pétrifiée de ce coup perfide.

– Mais rien, répondit Sa Seigneurie en montrant les dents, comme si elle avait voulu mordre au passage le mot qui sortait de ses lèvres.

– Rien !… s'écria sir Patrick.

– Rien, répéta lady Lundie, en accentuant le « rien », du regard et de la voix. Je lui ai appliqué tous les remèdes de mes propres mains, j'ai coupé son lacet avec mes propres ciseaux ; je lui ai bassiné la tête avec de l'eau froide ; je suis restée près d'elle jusqu'à ce qu'elle fût arrivée à l'épuisement. Je l'ai prise dans mes bras ; je l'ai pressée contre ma poitrine ; j'ai fait sortir tout le monde et je lui ai dit : « Chère enfant ! confiez-moi vos chagrins ! » Comment mes avances, mes avances maternelles, ont-elles été accueillies ? Je vous l'ai déjà dit : par une obstination, sans cœur, à garder son secret, par un coupable silence !

Sir Patrick enfonça la pique :

– Elle avait probablement peur de parler ?...

– Peur ! Oh !... s'écria lady Lundie, se méfiant du témoignage de ses sens. Vous ne pouvez avoir dit cela ? Je vous ai évidemment mal compris. Vous n'avez pas dit qu'elle avait eu peur de parler.

– J'ai dit : probablement.

– Arrêtez ! Je ne puis me laisser dire en face que j'ai manqué à mes devoirs envers Blanche. Non, sir Patrick ! Je puis beaucoup supporter, mais pas cela. Après avoir été plus qu'une mère pour l'enfant de votre cher frère, après avoir été une sœur aînée pour Blanche, après avoir travaillé... je dis *travaillé*, sir Patrick... à cultiver son intelligence, tâche délicieuse de guider un jeune esprit et d'apprendre à de jeunes idées à se formuler !... Après tout ce que j'ai fait, après lui avoir donné une place dans ma voiture, pas plus tard qu'hier, pour une visite des plus intéressantes aux restes des temps féodaux dans le comté de Perth... après avoir sacrifié tout ce que j'ai sacrifié, m'entendre dire que je me suis conduite avec Blanche de façon à l'effrayer quand je lui demandais de se confier à moi, c'est par trop cruel ! Je suis sensible... trop sensible... C'est dans ma nature, cher sir Patrick. Pardonnez-moi de regimber quand je suis blessée. Pardonnez-moi de sentir la blessure, surtout quand elle m'est faite par une personne que je révère.

Sa Seigneurie porta son mouchoir à ses yeux. Tout autre homme aurait retiré sa pique ; sir Patrick l'enfonça plus avant encore.

– Vous vous méprenez complètement sur mes paroles, répliqua-t-il. Je veux dire que Blanche craignait de vous révéler la vraie cause de son mal. Cette vraie cause est son anxiété au sujet de miss Silvester.

Lady Lundie poussa un autre cri, un véritable cri, cette fois, et ferma les yeux avec horreur.

– Je puis m'enfuir de la maison ! s'écria lady Lundie avec énergie, je puis aller à l'autre bout du monde ; mais je ne puis entendre prononcer le nom de cette personne ! Non, sir Patrick, pas en ma présence ! pas dans ma chambre ! Non, tant que je serai maîtresse à Windygates !...

– Je suis fâché d'avoir à dire quelque chose qui vous est désagréable, lady Lundie. Mais la nature de ma mission m'oblige à aborder, aussi légèrement que possible, des événements qui sont survenus hier dans votre maison, sans que vous en ayez eu connaissance.

Lady Lundie ouvrit soudain les yeux et devint tout attention.

Un observateur malin aurait pu supposer que Sa vertueuse Seigneurie n'était pas complètement insensible à l'émotion vulgaire de la curiosité.

– Une visite a été rendue hier à Windygates, pendant que nous étions tous au lunch, continua sir Patrick, elle...

Lady Lundie saisit son mémorandum relié en maroquin rouge et arrêta son beau-frère. Les paroles de Sa Seigneurie sortirent ensuite de ses lèvres d'une façon nerveuse et par phrases saccadées :

– Je réponds, comme une femme accoutumée à avoir de l'empire sur elle-même. Je réponds de me maîtriser, à une condition : je ne veux pas que le nom soit prononcé. Je ne veux pas qu'il soit fait mention du sexe. Dites « la Personne » si cela vous convient. La personne, continua lady Lundie en ouvrant son mémorandum et en prenant une plume, a donc commis une audacieuse invasion dans ma demeure, hier ?

Sir Patrick inclina la tête, Sa Seigneurie prit une note, la plume qu'elle tenait d'une main fiévreuse écorchant méchamment le papier.

Et puis Milady se mit en devoir d'infliger à son beau-frère un interrogatoire, comme à un témoin.

– Dans quelle partie de ma maison la Personne est-elle entrée ? Apportez du soin à votre réponse, sir

Patrick. Je me propose de me mettre sous la protection de la justice de paix, et ceci est un mémorandum pour ma plainte. N'avez-vous pas dit dans la bibliothèque ?… C'est cela, dans la bibliothèque.

– Ajoutez, continua sir Patrick en appuyant encore un peu plus sur la pique, que la Personne a eu un entretien avec Blanche dans la bibliothèque.

Cette fois la plume de lady Lundie perça le papier et une tache d'encre le souilla.

– La bibliothèque, répéta Sa Seigneurie, comme si elle allait suffoquer. Je réponds de me maîtriser, sir Patrick ! Il n'a rien manqué dans la bibliothèque ?

– Rien n'a manqué, lady Lundie, si ce n'est la Personne elle-même, elle…

– Non, sir Patrick, je ne veux pas de cela, par respect pour mon sexe, je ne veux pas de cela.

– Pardonnez-moi, je vous prie. J'oubliais que *elle* était le pronom que vous veniez de proscrire. La personne avait écrit une lettre d'adieu à Blanche, et elle était partie on ne sait où. La douleur produite en elle par ces événements est la cause de ce qui est arrivé à Blanche ce matin. Si vous voulez bien y songer, et si vous vous rappelez quelle est votre opinion sur miss Silvester, vous comprendrez pourquoi Blanche hésitait à vous mettre dans sa confiance.

Il attendit une réponse. Lady Lundie était profondément absorbée par la contemplation de son mémorandum, et ne se rappelait même plus la présence du baronnet.

– La voiture à la porte à 3 heures moins dix, dit-elle, répétant les derniers mots de la note qu'elle inscrivait ; s'informer de la plus prochaine justice de paix, et placer Windygates sous la protection de la loi. Je vous demande pardon, reprit-elle, se souvenant que sir Patrick était là. Ai-je omis quelque chose de particulièrement pénible ? Je vous en prie, mentionnez-la si j'ai commis cette omission.

– Vous n'avez rien omis qui soit de la plus légère importance, répondit sir Patrick. Je vous ai informée de ce que vous aviez le droit de savoir, et nous n'avons plus qu'à revenir au rapport médical de notre ami sur la santé de Blanche. Vous étiez, je crois, sur le point de me donner connaissance de son pronostic ?

– Diagnostic ! dit Sa Seigneurie avec dépit. J'avais oublié le terme exact, je me le rappelle maintenant. Pronostic est positivement une faute.

– J'accepte la correction, lady Lundie. Disons donc diagnostic.

– Vous m'avez informée, sir Patrick, que vous connaissez déjà ce diagnostic. Il est tout à fait inutile que je le répète devant vous.

– Je serais désireux de rectifier mes propres impressions en les comparant aux vôtres.

– Vous êtes bien bon. Vous êtes un homme instruit. Je ne suis qu'une pauvre femme ignorante. Vos impressions n'ont donc pas besoin d'être rectifiées par les miennes.

– Je crois me rappeler, lady Lundie, que notre ami recommande pour Blanche un traitement plutôt moral que médical. Si nous pouvons détourner ses pensées du pénible sujet qui l'agite, nous aurons fait pour le mieux. Telles sont les propres paroles du docteur, si je m'en souviens bien. Confirmez-vous mes souvenirs ?

– Je n'ai pas la prétention de discuter avec vous, sir Patrick. Vous êtes passé maître en matière d'ironie raffinée, je le sais. J'ai bien peur d'en avoir attiré tous les effets sur ma pauvre personne.

L'homme de loi garda tout son calme. Il accepta sans crainte la lutte avec cette femme exaspérée, car il connaissait sa puissance défensive.

– Je prends tout cela pour une confirmation de mes paroles, lady Lundie, fit-il, et je vous en remercie. Passons maintenant à la méthode qu'il convient d'employer pour nous conformer à l'avis de notre savant ami. Cette méthode me semble bien claire. Le mieux pour distraire l'esprit de Blanche est de tourner son attention sur un autre sujet de réflexion moins pénible que celui qui l'occupe à présent. Sommes-nous d'accord jusqu'ici ?

– Pourquoi faire peser toutes les responsabilités sur mes épaules ? demanda lady Lundie.

– Par profonde déférence pour votre opinion, répondit sir Patrick; strictement parlant, sans doute, une sérieuse responsabilité retombe sur moi. Je suis le tuteur de Blanche…

– Dieu merci! s'écria lady Lundie avec une véritable explosion de pieuse ferveur.

– Vous remerciez le ciel avec bien de l'ardeur, fit observer sir Patrick. Dois-je croire, permettez-moi de vous le demander, que vous doutez qu'il y ait aucune chance d'exercer avec succès une influence quelconque sur Blanche?

Lady Lundie perdit de nouveau son empire sur elle-même, comme son beau-frère l'avait prévu.

– Vous devez prendre cette invocation pour ce qu'elle est, dit Milady. J'ai remercié le ciel de me délivrer d'un fardeau trop lourd; car j'ai accepté la charge de veiller sur une incorrigible fille, sans cœur, obstinée et perverse, lorsque j'ai entrepris de donner mes soins à Blanche.

– N'avez-vous pas dit : incorrigible?

– J'ai dit : incorrigible.

– Si le cas vous paraît aussi désespéré, chère madame, en ma qualité de tuteur de Blanche, je dois trouver les moyens de vous débarrasser de cette charge.

– Personne ne peut me décharger d'un devoir que j'ai accepté! répliqua lady Lundie. Non! quand je devrais mourir à mon poste!

– Supposez qu'il y ait un moyen qui se concilie avec votre devoir, insinua sir Patrick, pour vous relever de votre poste. Supposez que ce moyen soit en harmonie avec ce sacrifice de soi-même, qui est la devise de toutes les femmes et la vôtre.

– Je ne comprends pas, sir Patrick. Soyez assez bon pour vous expliquer.

Sir Patrick changea de rôle; il prit celui d'un homme hésitant. Il lança un regard de respectueux examen sur sa belle-sœur, soupira et secoua la tête.

– Non, ce serait demander trop. Même à une femme placée, comme vous l'êtes, sous le magnifique drapeau du devoir, ce serait trop demander…

– Rien de ce que vous pouvez me demander, au nom du devoir, ne saurait être excessif.

– Non ! non ! laissez-moi vous rappeler que la nature humaine n'a que des forces limitées.

– Une chrétienne et une femme bien née qui a le sentiment du devoir ne connaît pas de limites aux obligations que sa conscience lui impose.

– Oh ! pourtant !...

– Sir Patrick, après ce que je viens de dire, votre persistance à douter de moi équivaut presque à une insulte.

– Ne dites pas cela ! Laissez-moi vous poser la question. Supposons que l'intérêt d'une autre personne dépende d'un oui prononcé par vous, alors que vos sentiments les plus chers vous poussent à dire non. Voulez-vous dire que dans ce cas vous sauriez renoncer à vos propres convictions, s'il vous était démontré que la considération du devoir exige de vous ce sacrifice ?

– Oui ! s'écria lady Lundie qui se hissa sur le piédestal de sa vertu. Oui... sans un moment d'hésitation.

– Je m'incline, lady Lundie. Vous m'enhardissez à poursuivre. Permettez-moi de vous demander, et après ce que je viens d'entendre, je le puis, s'il n'est pas de votre devoir d'agir conformément à l'avis qu'une des plus hautes autorités médicales de l'Angleterre vient de nous donner dans l'intérêt de votre fille et de ma nièce.

Sa Seigneurie reconnut que c'était son devoir ; elle attendait une occasion plus favorable de contredire son beau-frère.

– Très bien, poursuivit sir Patrick. Et maintenant vous admettrez que Blanche est semblable au plus grand nombre des autres créatures humaines, et qu'elle a bien quelque perspective de bonheur à son âge. Eh bien ! cette perspective, ne devons-nous pas l'ouvrir devant elle en vertu de cette obligation morale qui nous incombe, et que vous venez de reconnaître, de nous conformer à l'avis du médecin ?

Là-dessus il lança un coup d'œil de courtoise persuasion à Sa Seigneurie et attendit, à son tour, sa réponse de l'air le plus innocent du monde.

Si lady Lundie n'avait pas été décidée, grâce à l'irritation que son beau-frère excitait en elle depuis une heure, à lui disputer le terrain pied à pied, elle aurait vu, cette fois, qu'il lui tendait un piège.

Mais, la colère l'aveuglant, elle ne vit rien que l'occasion de déblatérer contre Blanche et de contredire sir Patrick.

– Si ma belle-fille a devant elle une perspective du genre de celle dont vous parlez, répliqua Milady, je devrais nécessairement dire oui. Mais Blanche est un esprit mal réglé, et un esprit mal réglé n'a pas de perspective de bonheur.

– Pardonnez-moi, Blanche a une perspective de bonheur. En un mot, Blanche a la perspective de se marier, et, qui plus est, Arnold est disposé à l'épouser dès que les actes seront préparés.

Lady Lundie bondit sur son siège, devint cramoisie de fureur et ouvrit les lèvres pour parler. Mais sir Patrick se leva et reprit la parole avant qu'elle eût pu prononcer un mot.

– Je vous prie, lady Lundie, de me délivrer, par les moyens que vous avez vous-même reconnus comme étant de votre devoir, du lourd fardeau d'une pupille incorrigible. Comme tuteur de Blanche, j'ai l'honneur de vous proposer d'avancer son mariage et de le fixer à la première quinzaine du mois prochain.

Sur ces mots, voyant bien que le piège qu'il avait tendu à sa belle-sœur avait fonctionné, il attendit.

Une femme en colère, poussée à bout, est capable de subordonner toute autre considération à la passion de satisfaire sa colère. Lady Lundie n'avait qu'une seule voie à prendre pour retourner les choses contre sir Patrick, et lady Lundie la prit.

Elle le haïssait si fort en cet instant que tout autre sentiment céda en elle au plaisir sans prix de battre son pauvre beau-frère avec ses propres armes.

– Mon cher sir Patrick ! dit-elle en accompagnant ses paroles d'un petit rire argentin, vous avez perdu beaucoup de temps précieux et bien d'éloquentes paroles à essayer de me tendre une embûche pour m'arracher un consentement que vous n'aviez qu'à demander. Je considère l'idée de hâter le mariage de Blanche comme excellente. Je suis charmée de transférer la charge d'une personne comme ma belle-fille à l'infortuné jeune homme qui veut bien la recevoir de mes mains. Moins il connaîtra le caractère de Blanche, plus il sera satisfait, à mon sens, de remplir l'engagement qu'il a pris de l'épouser. Je vous en prie, pressez les hommes de loi, sir Patrick, et faites que le mariage ait lieu une semaine plus tôt qu'une semaine plus tard, si vous voulez m'être agréable…

Puis Sa Seigneurie se redressa de toute sa hauteur et fit une révérence qui n'était rien de moins qu'une muette satire. Sir Patrick y répondit par un profond salut et un sourire qui disait éloquemment : « Je crois mot pour mot à cette spirituelle réponse. »

Admirable femme ! adieu !

Ainsi, la seule personne, dans le cercle de la famille, qui aurait pu forcer sir Patrick à des lenteurs qu'il redoutait était réduite au silence. Il avait su adroitement exploiter les vices du caractère de Milady.

Ainsi, en dépit d'elle-même, la belle-mère était acquise au projet de presser le mariage d'Arnold et Blanche.

32

Étouffé

La vérité combat toujours pour sortir du puits et pour arriver à la lumière. Il en fut ainsi durant l'intervalle qui sépara la victoire de sir Patrick du jour fixé pour le mariage des jeunes gens. La vérité essaya plusieurs fois de percer les ténèbres, et tout faillit être découvert.

Le jour précisément où les habiles manœuvres dirigées par sir Patrick contre sa belle-sœur aplanirent les difficultés que pouvait rencontrer le choix d'une date plus proche pour le mariage, un obstacle surgit à ces nouveaux arrangements, de la part de Blanche elle-même.

Elle était suffisamment remise, vers midi, pour recevoir Arnold dans son petit salon. L'entrevue fut très brève.

Au bout d'un quart d'heure, Arnold reparaissait, avec un visage désespéré, devant sir Patrick, qui faisait sa promenade au soleil. Blanche avait refusé avec indignation de donner même une pensée à son mariage, en un moment où elle avait le cœur brisé par la découverte qu'Anne l'avait quittée à jamais.

– Vous m'aviez autorisé à lui parler de nos projets, sir Patrick, n'est-ce pas? dit Arnold.

Sir Patrick se retourna un peu pour exposer son dos au soleil et reconnut à mi-voix qu'il avait donné cette autorisation aussitôt après sa victoire sur lady Lundie.

– Si j'avais pu prévoir ce qui allait arriver, j'aurais mieux aimé me couper la langue que d'en dire un mot, reprit le jeune homme. Que pensez-vous qu'elle m'ait répondu? Elle s'est mise à fondre en larmes et m'a ordonné de sortir.

C'était une belle matinée, une brise fraîche tempérait la chaleur du soleil; les oiseaux gazouillaient, le jardin avait un aspect délicieux. Sir Patrick se sentait admirablement bien.

Les petits désagréments de la vie faisaient mine de vouloir se tenir à une distance respectueuse du baronnet. Il se refusait formellement à les laisser se rapprocher.

– Voici un monde, dit le vieux gentleman en exposant son dos plus largement aux rayons du soleil, que le Créateur a rempli de vues aimables, de sons harmonieux, de délicieuses odeurs, et les créatures qu'il a créées avec la faculté de jouir de ces vues, de ces sons et de ces odeurs, sans parler de l'amour, d'un bon dîner et du sommeil, jouissances qui s'ajoutent aux autres par-dessus le marché, et ces créatures, dis-je, haïssent, se laissent souffrir de la faim, se retournent sur leurs oreillers, ne voient rien de charmant, n'entendent rien d'agréable, ne sentent rien de délicieux, versent des larmes amères, disent des mots durs, contractent de douloureuses maladies, s'étiolent, vieillissent… et meurent! Qu'est-ce que cela signifie,

Arnold ? Combien de temps les choses marcheront-elles de ce train ici-bas ?

Le lien subtil que découvrait ce philosophe entre l'aveuglement de Blanche sur les avantages qu'il y avait pour elle à se marier d'une part, et d'autre part l'aveuglement de l'humanité sur les vrais avantages de l'existence, ce lien mystérieux n'était pas perceptible en ce moment pour Arnold. Il se garda bien de répondre à l'étonnante question que lui posait sir Patrick et, revenant à Blanche, il demanda ce qu'il devait faire.

– Que faites-vous devant un incendie que vous ne pouvez éteindre ? dit sir Patrick. Vous le laissez flamber jusqu'à ce qu'il n'ait plus d'aliment. Que devez-vous faire avec une femme que vous ne pouvez calmer ? La laisser jeter feu et flamme jusqu'à ce qu'elle s'apaise d'elle-même.

Arnold ne sentit pas la sagesse renfermée dans cet excellent conseil.

– Je pensais que vous m'auriez apporté quelque remède meilleur, dit-il tristement.

– Je vous l'apporte, reprit le baronnet. Laissez Blanche livrée à elle-même ; ne lui parlez plus mariage, la prochaine fois que vous la reverrez. Si elle y fait allusion, demandez-lui pardon et dites-lui que vous ne reviendrez plus sur ce sujet. Je la verrai, dans une heure ou deux, et j'adopterai exactement la même conduite. Vous avez jeté l'idée dans son esprit, laissez-la mûrir. Ne fournissez pas d'aliment à la douleur que lui cause la faute de miss Silvester. Ne la contrariez pas. Ne l'excitez pas à se détendre en jetant le blâme sur l'amie perdue. Laissez le temps l'amener doucement à se rapprocher du mari qui l'attend. Et, croyez-en ma parole, le temps aura déjà fait son œuvre, quand les contrats seront dressés.

Vers l'heure du lunch, sir Patrick vit Blanche et mit en pratique le principe qu'il avait posé. Elle était parfaitement calme, avant que son oncle l'eût quittée.

Une heure après, Arnold était pardonné.

Un peu plus tard, le perspicace vieillard remarquait qu'elle était plus rêveuse que de coutume, qu'elle regardait de temps en temps Arnold avec un intérêt d'un genre nouveau, un intérêt que timidement elle s'efforçait de cacher au jeune homme.

Sir Patrick monta faire sa toilette pour le dîner avec l'intime et consolante conviction que toutes les difficultés étaient enfin aplanies.

Sir Patrick ne s'était jamais plus complètement trompé de sa vie entière.

Sa toilette était fort avancée, Duncan venait de placer le miroir sous un bon éclairage, et le maître de Duncan était arrivé à ce moment délicat où il allait atteindre ou ne pas atteindre la perfection dans le nœud de sa cravate, quand un barbare du dehors, ignorant les premiers principes de l'art de nouer la cravate d'un gentleman, se permit de frapper à la porte.

Ni le maître ni le serviteur ne bougèrent ni ne respirèrent avant que l'opération de la cravate fût terminée. Alors sir Patrick jeta un dernier coup d'œil dans le miroir et respira.

– Un peu tourmenté de style, Duncan, dit le vieillard, mais passablement réussi pourtant, si l'on tient compte de l'interruption.

– Il n'en faut pas tenir compte, sir Patrick.

– Voyez qui est là.

Duncan alla à la porte et revint auprès de son maître tenant à la main l'excuse de l'interruption, sous la forme d'un télégramme.

Sir Patrick tressaillit à la vue de cet importun message.

– Signez le reçu, Duncan, dit-il.

Et il brisa l'enveloppe.

Oui ! c'était bien ce qu'il avait supposé ! Des nouvelles de miss Silvester, le jour même où il avait décidé d'abandonner toute recherche pour la découvrir !

Le télégramme était ainsi conçu :

Message reçu de Falkirk, ce matin. Dame décrite a quitté le train à Falkirk la nuit dernière. Est partie par le premier train du matin pour Glasgow. On attend de nouvelles instructions.

– Le messager doit-il remporter la réponse, sir Patrick ?

– Non. Il faut que je réfléchisse. Si je le juge nécessaire, j'enverrai la réponse à la gare. Ce sont des nouvelles de miss Silvester, Duncan. On a suivi sa trace jusqu'à Glasgow.

– Glasgow est une grande ville, sir Patrick.

– Oui, et si l'on a cessé de l'épier, elle doit nous échapper encore. Je suis l'homme le moins capable de reculer devant ma juste part de responsabilité en ce monde. Mais j'avoue que j'aurais donné beaucoup pour que ce télégramme n'arrivât pas. Il soulève la plus désagréable question que j'aie eu à trancher depuis longtemps. Aidez-moi à passer mon habit. Il faut que j'y songe ! Il faut que j'y songe !…

La compagnie qui se réunit ce jour-là pour le dîner, dès les premiers coups de cloche, eut à attendre un quart d'heure l'arrivée de la maîtresse de maison.

Lady Lundie, pour s'excuser, quand elle entra dans la bibliothèque, informa ses hôtes qu'elle avait été retenue par des voisins qui étaient venus lui rendre visite à une heure un peu tardive.

Mr et Mrs Julius Delamayn, se trouvant dans le voisinage, étaient passés à Windygates avant de retourner chez eux et avaient laissé des cartes d'invitation pour une partie de plaisir dans les jardins de leur villa.

Lady Lundie était charmée de ses nouvelles connaissances. Mr Julius lui avait donné les détails les plus amusants sur son frère.

Geoffrey avait fait venir de Londres un entraîneur, et toute la maison était en émoi, impatiente d'assister au magnifique spectacle d'un athlète se préparant pour une course à pied.

Les dames, Mrs Glenarm à leur tête, étudiaient à l'envi la question profonde et compliquée de la course humaine : les muscles qui y sont en jeu, les préparations qu'elle nécessite, les héros qui s'y sont illustrés.

Tous les hommes avaient été occupés, le matin, à

regarder Geoffrey fournir une course d'un mile sur le terrain consacré à ses exercices, dans une partie reculée du parc, où il y avait un cottage non habité et qui avait été disposé pour recevoir Geoffrey et son entraîneur.

– Vous verrez mon frère pour la dernière fois à notre petite partie de plaisir, avait dit Julius. Après cette fête, il se retirera dans son gymnase privé et n'aura plus qu'un intérêt au monde : surveiller la disparition du superflu de sa chair.

Pendant tout le dîner, lady Lundie fut assommante d'enthousiasme dans ses louanges pour ses nouveaux amis. Sir Patrick, en revanche, n'avait jamais été plus silencieux, de mémoire d'homme.

Il parlait avec effort et écoutait avec un effort plus grand. Fallait-il répondre, ou ne pas répondre, au télégramme qu'il avait dans sa poche? Persister ou ne pas persister dans sa résolution de laisser miss Silvester aller où il lui conviendrait?

Telles étaient les questions qui lui revenaient à l'esprit de minute en minute avec la même régularité que l'entrée et la sortie des valets faisant circuler les plats autour de la table.

Blanche, qui ne s'était pas sentie de force à prendre place au dîner, apparut au salon après le repas.

Sir Patrick y revint pour le thé avec le groupe masculin des hôtes, toujours incertain sur le bon parti à prendre à l'égard du télégramme. Un regard sur le visage triste de Blanche et le changement survenu dans ses manières le décidèrent. Qu'arriverait-il s'il réveillait un nouvel espoir dans le cœur de la jeune fille, en s'efforçant encore de suivre la trace de miss Silvester, si cette trace était de nouveau perdue?

Il n'avait qu'à examiner sa nièce pour le savoir.

Raisonnant de cette façon, sir Patrick se détermina à ne pas envoyer de nouvelles instructions à son ami d'Édimbourg.

Le soir même, il recommanda à Duncan le plus strict silence sur l'arrivée du télégramme; il le brûla de ses propres mains, dans sa chambre, de peur d'accidents.

En se levant le lendemain matin et en allant à sa fenêtre, il vit les deux jeunes gens qui faisaient leur promenade du matin, au moment où ils traversaient la pelouse qui sépare les deux parties couvertes d'arbustes des jardins de Windygates.

Le bras d'Arnold entourait la taille de Blanche, ils se parlaient tout bas, leurs visages se touchaient.

Cela va bien, pensa le vieux gentleman, quand le jeune couple disparut derrière un bosquet. Dieu merci ! les choses sont en bonne voie ! Enfin !...

Parmi les ornements de la chambre à coucher de sir Patrick, il y avait une vue des chutes d'eau des montagnes.

S'il avait regardé ce tableau au moment où il quittait la fenêtre, il aurait pu remarquer qu'une rivière qui coule avec la plus grande tranquillité peut tout à coup passer à une agitation furieuse ; et il se serait rappelé, avec une certaine appréhension, que le cours de l'eau a été depuis des siècles comparé à la marche de la vie.

Cinquième scène

Glasgow

33

Anne parmi les hommes de loi

Le jour même où sir Patrick reçut le second des deux télégrammes envoyés d'Édimbourg, quatre respectables habitants de la cité de Glasgow furent surpris par l'apparition d'un objet singulièrement intéressant, à l'horizon de leur vie monotone.

Ces personnes étaient Mr et Mrs Karnegie, qui tenaient le *Sheep's Head Hotel*, Mr Camp et Mr Crum, appartenant à l'honorable corporation des hommes de loi.

Il était encore de bonne heure dans la matinée, quand une dame arriva dans un cab parti de la station du chemin de fer, au *Sheep's Head Hotel.*

Son bagage consistait en une malle noire et un vieux sac de voyage en cuir qu'elle portait à la main. Le nom, fraîchement inscrit sur la caisse toute neuve, ainsi que le démontrait la couleur de l'encre et du papier, était un très bon nom en son genre, commun d'ailleurs à un très grand nombre de dames en Angleterre comme en Écosse. C'était Mrs Graham.

Ayant rencontré le maître de l'hôtel sur le seuil de sa maison, Mrs Graham demanda une chambre, où la conduisit une femme de service. En revenant à la petite pièce derrière le bureau où se faisaient les comptes,

Mr Karnegie surprit sa femme par une pétulance inaccoutumée dans ses mouvements et une animation extraordinaire sur sa physionomie. Mrs Karnegie questionna son mari, qui avait jeté un coup d'œil sur l'adresse de la malle, et lui annonça qu'une Mrs Graham venait d'arriver et qu'il fallait l'inscrire sur le livre comme locataire de la chambre numéro 17.

Mrs Karnegie lui fit observer, avec une grande dureté de ton et de manières, que cette réponse ne suffisait pas pour expliquer l'intérêt qu'il semblait avoir pris à une personne étrangère. Mr Karnegie arriva au fait et avoua que Mrs Graham était la plus jolie femme qu'il eût vue depuis longtemps, mais qu'il craignait que sa santé ne fût très sérieusement dérangée.

Sur cet aveu, les yeux de Mrs Karnegie s'ouvrirent démesurément et son visage se colora.

Elle se leva de sa chaise, disant qu'il serait peut-être bien qu'elle veillât elle-même à l'installation de Mrs Graham dans sa chambre, et qu'elle s'assurât si cette Mrs Graham était une personne qui se puisse recevoir au *Sheep's Head Hotel.*

Mr Karnegie fit alors ce qu'il faisait toujours : il approuva sa femme.

Mrs Karnegie demeura quelque temps absente. À son retour, ce fut un regard de tigresse qu'elle fixa sur Mr Karnegie. Elle commanda du thé et une collation légère pour le numéro 17. Cela fait, sans provocation aucune, elle se tourna vers son mari et lui dit :

– Mr Karnegie, vous êtes un sot.

Celui-ci répondit :

– Pourquoi, ma chère ?

Mrs Karnegie fit craquer ses doigts.

– Cette dame, une fort jolie femme… Vous ne savez pas reconnaître une jolie femme quand vous la voyez.

Mr Karnegie en tomba d'accord avec son orageuse moitié.

Ce fut tout, jusqu'à l'arrivée du garçon, porteur de son plateau. Mrs Karnegie lui fit signe de la main de le monter, sans le soumettre à son examen ordinaire, puis elle s'assit, donnant un grand coup de poing sur la table, et dit à son mari, qui ne soufflait mot :

– Ne venez pas prétendre qu'elle a la santé dérangée, le dérangement est dans l'esprit.

Mr Karnegie murmura :

– Est-ce possible !

Mrs Karnegie répliqua :

– Quand je dis qu'une chose est, je me considère comme insultée si une autre personne répond : « est-ce possible ? »

Mr Karnegie en tomba d'accord avec sa tyrannique moitié.

Il se fit un nouveau silence. Mrs Karnegie releva une autre note d'un air dédaigneux. Mr Karnegie regarda sa femme avec étonnement. Celle-ci lui demanda pourquoi il perdait son temps à la regarder, quand il allait avoir Mrs Graham à contempler, tout à l'heure.

Mr Karnegie essaya de tout concilier en regardant ses bottes. Mrs Karnegie désira savoir si, après vingt ans de mariage, son mari pensait qu'elle ne méritait plus une réponse. Elle ajouta que, si on l'avait traitée avec la plus ordinaire civilité – elle n'attendait rien de plus –, elle aurait pu expliquer que Mrs Graham allait sortir, elle aurait pu raconter que Mrs Graham lui avait adressé une question importante relative à de grandes affaires, pendant l'entretien qu'elles venaient d'avoir.

Mais en présence d'un manque d'égards si choquant, elle avait la bouche close. Mr Karnegie pouvait nier, s'il l'osait, qu'il ne fût qu'un brutal ; mais il n'était pas autre chose. Il en convint de nouveau avec sa femme.

Au bout d'une demi-heure environ, Mrs Graham descendit et envoya chercher un cab. Mr Karnegie, de peur des conséquences, ne bougea pas de son coin. Mrs Karnegie alla l'y trouver et lui demanda comment il osait agir d'une façon si inconvenante. Avait-il la fatuité de penser qu'après vingt ans de mariage sa femme était jalouse ?

– Allez, brute, dit la bonne dame, et offrez la main à Mrs Graham pour monter dans le cab.

Mr Karnegie obéit. La tête nue à la portière, il demanda dans quel quartier de Glasgow le cocher devait conduire le cab, et il lui fut répondu que le cocher devait mener Mrs Graham à l'étude de Mr Camp, l'homme de loi.

Aussitôt, se rappelant que Mrs Graham était étrangère à la ville de Glasgow et que Mr Camp était l'homme de loi de Mrs Karnegie, il en conclut que l'importante question qui avait été adressée à sa femme avait trait à une affaire judiciaire, et que Mrs Karnegie avait été priée d'indiquer une personne de confiance qu'on pouvait charger de cette affaire.

En revenant au bureau, Mr Karnegie n'y trouva plus que sa fille aînée, qui s'occupait de la tenue des livres, de la rédaction des notes et de la surveillance des garçons. Mrs Karnegie s'était retirée dans sa chambre, justement indignée de la conduite de son mari, qui avait eu l'audace d'offrir la main à Mrs Graham pour l'aider à monter dans son cab, et cela sous ses yeux !

– C'est toujours la vieille histoire, papa, fit observer miss Karnegie avec le calme le plus parfait. Maman vous dit d'offrir votre bras à cette dame, et maman dit à présent que vous l'avez insultée devant tous les domestiques. Je m'étonne que vous supportiez cela !

Mr Karnegie regarda encore les bottes et répondit :

– Je me le demande aussi, ma chère !

Miss Karnegie ajouta :

– N'allez-vous pas trouver maman ?

Mr Karnegie détacha son regard de ses bottes et répondit en soupirant :

– Il le faut bien, ma chère.

Mr Camp était assis dans son cabinet, absorbé dans ses paperasses. On aurait dit que la multitude de documents qu'il avait devant lui ne suffisait pas encore à le satisfaire. Il sonna et ordonna qu'on lui en apportât d'autres.

Le clerc qui revint chargé d'une nouvelle pile de papiers apportait aussi un message. Une dame, recommandée par Mrs Karnegie, du *Sheep's Head Hotel,* désirait consulter Mr Camp. Mr Camp regarda sa montre, placée devant lui, sur un porte-montre au milieu de la table, de manière qu'il pût calculer, minute par minute, l'emploi précieux de son temps, et dit :

– Introduisez cette dame dans treize minutes.

Au bout de treize minutes, la dame entra. Elle prit la chaise destinée au client et leva son voile. Elle produisit le même effet sur Mr Camp qu'elle avait produit sur Mr Karnegie.

Pour la première fois depuis bien longtemps, il se sentit quelque intérêt envers une personne qui n'était pas lui-même. Ce miracle provenait-il de quelque chose d'extraordinaire dans le regard ou dans les manières de la dame ? Quoi qu'il en fût, il sentait, à son excessive surprise, une incroyable impatience d'entendre ce qu'elle avait à lui dire. La dame annonça, d'une voix douce, avec une nuance de tristesse, que l'affaire qui l'amenait avait trait à une question de mariage.

La tranquillité de son esprit et le bonheur d'une personne très chère étaient intéressés à l'opinion qui allait être exprimée par Mr Camp, quand il aurait connaissance des faits…

Elle exposa donc ces faits, sans décliner les noms, relatant dans tous leurs détails la même succession d'événements que Geoffrey Delamayn avait déjà contés à sir Patrick Lundie, avec cette différence qu'elle reconnut être la femme personnellement intéressée à savoir si, d'après la loi écossaise, elle devait être actuellement tenue, oui ou non, pour une femme mariée.

L'opinion de Mr Camp, après différentes questions et autant de réponses, différa de celle qui avait été émise par sir Patrick à Windygates.

Lui aussi, il cita les paroles de lord Deas, mais il en tira une conclusion qui lui était propre :

– En Écosse, le consentement fait le mariage, et le consentement peut être prouvé par induction. Je vois une induction claire du mariage dans les circonstances que vous venez de relater et je vous dis : vous êtes une femme mariée.

L'effet produit sur la dame par cette sentence fut si foudroyant que Mr Camp envoya prier sa femme de descendre.

Mrs Camp, pour la première fois de sa vie, parut dans le cabinet de son mari pendant les heures consacrées aux affaires.

Lorsque les soins de Mrs Camp eurent un peu remis la dame, Mr Camp essaya, comme complément de remède, quelques mots de consolation.

De même que sir Patrick, il reconnut la scandaleuse divergence d'opinions produite par la confusion et l'incertitude de la loi du mariage en Écosse. Comme sir Patrick, il déclara qu'il n'était nullement impossible qu'un autre homme de loi arrivât à une conclusion contraire à la sienne.

– Allez, dit-il en remettant à la dame sa carte, sur laquelle il écrivit quelques lignes, allez voir mon collègue, Mr Crum, et dites-lui que vous êtes envoyée par moi.

La dame remercia avec reconnaissance Mr Camp et sa femme, et se rendit directement à l'étude de Mr Crum.

Mr Crum était plus âgé et beaucoup plus rude que son collègue ; mais, lui aussi, il ressentit l'influence du charme que cette étrangère exerçait sur tous les hommes.

Il écouta avec une patience merveilleuse ; il adressa des questions avec une douceur encore plus rare chez lui, et, quand il connut les circonstances de l'affaire, son opinion se trouva directement en contradiction avec celle de Mr Camp !

– Il n'y a pas mariage, madame, affirma-t-il sans hésitation. Peut-être y a-t-il des présomptions pouvant servir à prétendre qu'il y a eu mariage, si vous vous proposez d'intenter une action contre le gentleman dont il s'agit. Mais, si je vous ai bien comprise, c'est justement ce que vous n'avez pas l'intention de faire.

Le soulagement qu'elle éprouva, en entendant ces paroles, faillit encore lui faire perdre connaissance. Pendant quelques minutes, elle fut incapable de parler. Mr Crum fit alors ce qu'il n'avait jamais fait dans tout le cours de son exercice professionnel ; il caressa de la main l'épaule de sa cliente et ne se fâcha point qu'elle lui fît perdre son temps.

– Ne vous pressez pas, remettez-vous, disait-il.

On eût dit que Mr Crum était un respectable observateur des lois de l'humanité

La dame se trouva mieux.

– Je dois vous poser encore quelques questions, reprit Mr Crum, revenant aux lois de son pays.

La dame inclina la tête et attendit qu'il commençât.

– Je sais jusqu'à présent que vous refusez d'invoquer des droits sur le gentleman, continua Mr Crum. J'ai besoin de savoir maintenant si le gentleman serait disposé à réclamer des droits sur vous.

Elle répondit à cette question dans les termes les plus clairs. Le gentleman ne se doutait même pas de la position dans laquelle il se trouvait : et, bien plus, il avait pris l'engagement d'épouser l'amie la plus chère qu'elle eût au monde.

Mr Crum ouvrit de grands yeux, réfléchit et posa une autre question avec autant de délicatesse que cela lui fut possible.

– Serait-il pénible, pour vous, de me dire comment le gentleman a été amené à se trouver dans la fâcheuse position où il est placé vis-à-vis de vous ?

La dame reconnut qu'il lui serait on ne peut plus pénible de répondre sur ce point.

Mr Crum ouvrit un avis, sous la forme d'une nouvelle interrogation.

– Vous serait-il pénible de révéler ces circonstances dans l'intérêt du bonheur futur de ce gentleman, à quelque personne discrète ? Une personne versée dans la connaissance des lois serait la mieux choisie, à condition qu'elle ne soit pas, comme moi-même, étrangère aux deux parties.

La dame se déclara prête à tous les sacrifices, quelque pénibles qu'ils pussent être pour elle, dans l'intérêt de son amie.

Mr Crum réfléchit un peu plus longtemps, puis il appliqua son conseil :

– Dans l'état présent de l'affaire, il me semble que la première chose que vous ayez à faire, c'est d'informer à l'instant le gentleman, soit par écrit, soit verbalement, de la position dans laquelle il se trouve. Vous l'autoriserez à soumettre l'affaire à une personne connue de tous deux et compétente pour décider quel parti vous devez prendre. Dois-je comprendre que vous connaissez une personne qui remplisse ces conditions ?

La dame répondit qu'elle connaissait une personne remplissant parfaitement ces conditions.

Mr Crum demanda si un jour avait été fixé pour le mariage du gentleman.

La dame répondit qu'elle s'en était informée elle-même la dernière fois qu'elle avait vu sa fiancée. Le mariage devait avoir lieu à la fin de l'automne.

– Cela, dit Mr Crum, est une circonstance heureuse. Vous avez du temps devant vous. Le temps est d'une grande importance. Ayez soin de ne pas le mal employer.

La dame annonça qu'elle allait rentrer à son hôtel, et écrire par le courrier du soir pour avertir le gentleman et l'autoriser à soumettre le terrible cas à une personne honorable et compétente qui était connue de tous deux.

Mais, en se levant pour sortir, elle fut prise d'un étourdissement accompagné d'une vive et soudaine douleur qui amena une pâleur mortelle sur son visage et la força à retomber sur son siège. Mr Crum n'avait pas de femme, mais il avait une préceptrice, et il offrit de l'envoyer chercher. La dame fit un signe négatif. Elle but un verre d'eau et surmonta sa douleur.

– Je regrette de vous avoir alarmé, dit-elle. Ce n'est rien, je suis mieux maintenant.

Mr Crum lui offrit le bras et l'aida à remonter dans son cab. Elle était si pâle, si faible, que Mr Crum lui offrit encore de la faire accompagner par sa préceptrice. Elle refusa, il n'y avait qu'une course de cinq minutes pour rentrer à l'hôtel. La dame le remercia vivement et s'en retourna seule.

La lettre !... dit-elle quand elle fut seule. Si je pouvais seulement vivre assez de temps pour écrire cette lettre !...

34

Anne dans les journaux

Mrs Karnegie était une femme d'une faible intelligence et d'un caractère violent, prompte à entrer en furie et, dans la plupart des cas, peu facile à apaiser. Cependant, Mrs Karnegie, comme nous tous, avait un fonds de qualités opposées et un caractère offrant plusieurs facettes.

Des semences de bons sentiments germaient dans les recoins de son étroite nature et n'attendaient que l'occasion de se produire. L'occasion exerça son action bienfaisante quand le cab ramena la cliente de Mr Crum à l'hôtel.

Le visage défait de la femme blessée au cœur qui traversait lentement la première salle éveilla tout ce qu'il y avait de meilleur et de plus compatissant dans le cœur de Mrs Karnegie, qui se dit à elle-même : moi, jalouse de cette créature brisée? Oh! femme et mère, ne doit-elle pas m'inspirer tous les sentiments communs à notre sexe?

– Je crains que vous n'ayez excédé vos forces, madame; permettez-moi de vous faire monter quelque chose.

– Envoyez-moi une plume, de l'encre et du papier, répondit l'étrangère. J'ai à écrire une lettre. Il faut que je l'écrive à l'instant.

Il était inutile de discuter. Visiblement, elle voulait bien tout accepter, pourvu qu'on lui donnât d'abord ce qu'il lui fallait pour écrire. Mrs Karnegie lui fit monter le nécessaire et composa de ses propres mains un mélange d'œufs et de vin chaud, l'un des ragoûts qui avaient rendu le *Sheep's Head Hotel* célèbre. En cinq minutes, c'était prêt, et miss Karnegie le porta, au lieu de sa mère, qu'une autre affaire empêchait de monter.

Alors un cri d'alarme se fit entendre à l'étage supérieur. Mrs Karnegie reconnut la voix de sa fille et courut à la chambre d'où partait ce cri.

– Oh ! maman, regardez-la !… Regardez-la…

La lettre était sur la table, et les premières lignes en étaient écrites. La femme gisait sur le sofa, tenant son mouchoir sur sa bouche et mordant la batiste. Son visage contracté par la douleur était effrayant à voir.

Mrs Karnegie la souleva un peu, l'examina attentivement, puis, changeant tout à coup de couleur, elle renvoya sa fille avec l'ordre d'aller immédiatement chercher un médecin.

Restée seule avec la malade, Mrs Karnegie la porta sur son lit. Quand elle y fut étendue, sa main inerte roula dans la ruelle. Mrs Karnegie retint les paroles de sympathie qui lui venaient aux lèvres et s'empara de cette main qu'elle examina avec une attention sévère.

Le troisième doigt portait un anneau. Le visage de miss Karnegie se radoucit à l'instant. Les bonnes paroles un moment enchaînées sortirent librement de ses lèvres.

– Pauvre âme ! dit la respectable dame qui tenait si aisément les apparences pour la réalité. Où est votre mari, ma chère dame ?… Faites un effort pour me le dire.

Le docteur parut et vint auprès de la malade.

Le temps s'écoulait, et Mr Karnegie et sa fille, chargés des affaires de l'hôtel, reçurent de l'étage supérieur un message présageant quelque chose d'extraordinaire.

Le message indiquait le nom et l'adresse d'une garde-malade expérimentée avec les compliments du docteur pour Mr Karnegie, et la prière d'envoyer immédiatement chercher cette garde-malade.

Par bonheur, cette femme incomparable était chez elle.

Le temps s'écoula encore ; les affaires de la maison continuèrent à marcher sous la surveillance du père et de la fille seulement, et il était tard dans la soirée quand Mrs Karnegie reparut au parloir derrière le bureau.

Le visage de l'hôtesse était grave ; elle paraissait accablée.

– Très… très malade !

Telles furent les seules paroles que purent lui arracher les questions de sa fille. Quand elle se trouva seule avec son mari dans leur appartement, elle lui donna d'autres nouvelles avec de plus amples détails.

– Un enfant mort-né, dit Mrs Karnegie avec plus de douceur que cela ne lui était ordinaire, et la mère est mourante, la pauvre créature ! autant que je puis en juger.

Un peu plus tard, le médecin redescendit.

– Morte ?...

– Non...

– Est-il probable qu'elle vive ?

– Impossible de le dire.

Le docteur revint deux fois dans le cours de la soirée, deux fois il n'eut que cette même réponse à faire :

– Attendons demain.

Le lendemain arriva, la malade reprit un peu le dessus. Dans l'après-midi, elle put parler. Elle n'exprima pas de surprise à la vue de ces étrangers qui se trouvaient auprès de son lit, son esprit s'égarait. Elle retomba dans le même état d'insensibilité, puis le délire lui revint encore. Le docteur dit :

– Cet état peut durer des semaines, ou se terminer brusquement par la mort, il faut trouver ses amis.

Ses amis ! Elle avait quitté la seule amie qu'elle eût au monde, et pour toujours !

Mr Camp fut appelé à venir donner son avis. La première chose qu'il demanda fut la lettre inachevée.

Elle était tachée d'encre et illisible en plus d'un endroit ; avec beaucoup de peine et de soin, on découvrit l'adresse et, de loin en loin, quelques mots dans les lignes interrompues :

Cher Mr Brinkworth,

Puis l'écriture devenait de plus en plus mauvaise ; cependant on put encore déchiffrer ceci :

Je reconnaîtrais mal... les intérêts de Blanche... Pour l'amour de Dieu !... ne pensez pas à moi...

La lettre n'était pas finie, mais dans les dernières lignes, pas un mot n'était lisible.

Les noms mentionnés dans la lettre furent reconnus par le docteur et la garde comme étant les mêmes que la malade avait toujours sur ses lèvres dans ses accès de délire.

– Ce Mr Brinkworth et cette Blanche, dirent-ils, sont les deux personnes qui occupent incessamment son esprit.

Évidemment, ces deux noms avaient un rapport étroit avec la lettre. Dans son délire, elle parlait sans cesse de mettre cette lettre à la poste et se plaignait que la poste fût au-delà de la mer ou bien au sommet d'une montagne.

Parfois, elle se croyait entourée de murs infranchissables, ou bien elle s'imaginait qu'un homme l'arrêtait avec cruauté au moment où elle allait atteindre la poste et la forçait à retourner sur ses pas de plusieurs miles.

Une ou deux fois, elle prononça le nom de cet homme fantastique, et ce nom était Geoffrey.

Ne trouvant d'indice pour constater l'identité de la pauvre femme ni dans la lettre qu'elle avait écrite ni dans les paroles incohérentes qui lui échappaient, on se décida à examiner son bagage et les vêtements qu'elle portait en arrivant à l'hôtel.

Sa malle noire était toute neuve. En l'ouvrant, on y trouva l'adresse d'une maison de confection de Glasgow. Le linge était également neuf et sans marque. La facture du marchand qui l'avait vendu l'accompagnait. Renseignements pris auprès des marchands, ceux-ci consultèrent leurs livres. On reconnut que la malle et le linge avaient été achetés le jour même où elle avait paru à l'hôtel.

On ouvrit ensuite son sac de voyage. Il contenait une somme de 90 livres en billets, quelques objets de toilette, le matériel nécessaire pour les travaux d'aiguille et le portrait photographique d'une jeune dame avec cette inscription : *Donné à Anne par Blanche.*

Rien d'autre; aucune lettre, rien qui pût fournir le moindre indice. On visita la poche de la robe : elle renfermait une bourse, un carnet pour cartes de visite complètement vide, un mouchoir toujours sans marque.

Mr Camp secoua la tête.

– Un bagage de femme, sans lettre, suggère nécessairement l'idée d'une femme qui a quelque motif pour s'entourer de mystère. Je suppose que celle-ci a brûlé ses lettres et vidé à dessein son carnet.

Le rapport de Mrs Karnegie, après avoir examiné le linge de celle qui se donnait le nom de Mrs Graham à son arrivée à l'hôtel, confirma l'opinion de l'homme de loi. Partout, les marques avaient été enlevées.

Mrs Karnegie commençait à douter que l'anneau qu'elle avait vu à la main gauche de la dame y eût été placé avec la sanction de la loi.

Il ne restait plus qu'une chance pour découvrir, ou plutôt pour chercher à découvrir, ses amis.

Mr Camp rédigea un avis destiné à être inséré dans les journaux de Glasgow.

S'il arrivait que ces journaux fussent lus par quelque membre de la famille de cette dame, elle serait probablement réclamée. Dans le cas contraire, il n'y avait plus qu'à attendre son rétablissement ou sa mort, en faisant des billets de banque un paquet scellé et déposé dans le coffre-fort des maîtres de l'hôtel.

L'avis parut. On attendit deux ou trois jours ; rien ne survint. Nul changement important ne se manifesta dans l'état de la malade.

Mr Camp était revenu dans la soirée et avait dit :

– Nous avons fait de notre mieux ; nous n'avons rien à attendre que du temps.

Bien loin, dans le comté de Perth, à Windygates, cette troisième soirée fut marquée par un joyeux événement.

Blanche avait enfin écouté les instances d'Arnold et consenti qu'on écrivît à Londres pour commander sa toilette de noces.

Sixième scène

Swanhaven Lodge

35

Semences de l'avenir (première semence)

– Pas si grand que Windygates. Mais… dirons-nous que c'est mignon, Jones ?

– Et confortable, Smith. Je suis complètement d'accord avec vous.

Tel fut le jugement prononcé par les deux gentlemen du Chœur, sur la maison de Julius Delamayn en Écosse.

Smith et Jones étaient, jusqu'à un certain point, doués d'un jugement sain. Swanhaven Lodge, c'était le nom de cette habitation, n'avait pas la moitié de la grandeur de Windygates, mais elle était habitée depuis deux cents ans, et elle possédait les avantages de son ancienneté. Une vieille habitation s'adapte au caractère humain, comme un vieux chapeau s'adapte à la tête humaine.

Le visiteur quittant Swanhaven Lodge s'en allait avec le même sentiment de regret qu'on éprouve en quittant son chez-soi. C'était une des rares maisons étrangères qui s'emparent vivement de nos sympathies.

Les jardins d'agrément étaient nettement moins étendus et splendides que ceux de Windygates. Mais le parc était beau et moins monotone que les parcs anglais. Le lac, à la limite septentrionale du domaine, fameux par la race des beaux cygnes qu'on y entretenait, était la curiosité des environs. C'était à eux que le domaine devait son nom[1]. La maison avait une histoire qui s'associait au souvenir de plus d'un personnage célèbre de l'Écosse.

Cette histoire avait été écrite et illustrée par Julius Delamayn lui-même. Les visiteurs qui se présentaient à Swanhaven Lodge recevaient un exemplaire du volume imprimé aux frais de l'auteur comme édition privée. Un sur vingt le lisait, tous paraissaient charmés et regardaient au moins les gravures.

On était au dernier jour d'août, date fixée pour la fête donnée par Mr et Mrs Delamayn dans leurs jardins.

Smith et Jones, qui avaient suivi les hôtes de Windygates à la remorque de lady Lundie, échangeaient leurs observations sur une terrasse, derrière la maison, près des marches d'un escalier qui descendait dans le jardin. Ils formaient l'avant-garde des visiteurs sortant par deux ou trois des salons de réception, tous poussés par l'envie d'aller voir les cygnes.

Julius sortit avec le premier détachement, recruta Smith et Jones et d'autres gentlemen qui se promenaient çà et là, et se dirigea vers le lac.

Pendant un intervalle d'une ou deux minutes, la terrasse demeura solitaire.

Puis deux dames, à la tête d'un second détachement de visiteurs, apparurent sous le porche de pierre qui abritait l'entrée de ce côté de la maison.

L'une de ces dames était une modeste et agréable petite personne, très simplement habillée. L'autre était le grand et formidable type des belles femmes, dans une éblouissante toilette. La première était Mrs Julius Delamayn, la seconde, lady Lundie.

– Exquis ! s'écria Sa Seigneurie, en contemplant les vieux vitraux sertis d'étain des fenêtres de la maison, avec leur encadrement de plantes grimpantes et les grands contreforts de pierre faisant saillie par intervalles sur les murailles et dont la base était ornée de magnifiques fleurs. Je suis réellement chagrine que sir Patrick ait manqué cela.

1. *Swanhaven Lodge :* domaine des Cygnes.

– Vous m'avez dit, je crois, lady Lundie, que sir Patrick avait été appelé à Édimbourg pour une affaire de famille.

– Une affaire, Mrs Delamayn, qui n'a rien d'agréable pour moi. Elle a dérangé toutes les dispositions que j'avais prises pour l'automne. Ma belle-fille doit se marier la semaine prochaine.

– Est-ce si proche?... Puis-je vous demander quel est le gentleman?...

– Mr Arnold Brinkworth.

– Bien certainement, ce nom s'associe pour moi à quelque souvenir.

– Vous avez probablement entendu parler de lui comme l'héritier des propriétés de miss Brinkworth, en Écosse.

– C'est cela même. Avez-vous amené Mr Brinkworth ici, aujourd'hui?

– Je vous apporte ses excuses en même temps que celles de sir Patrick. Ils sont partis ensemble pour Édimbourg avant-hier. Les hommes de loi s'engagent à avoir préparé les contrats sous trois ou quatre jours au plus, s'ils peuvent causer directement avec les parties. Il s'agit d'une question de forme, je crois, concernant les titres de propriété. Sir Patrick a pensé que la voie la plus sûre et la plus expéditive était d'emmener Mr Brinkworth avec lui à Édimbourg, pour avoir terminé l'affaire aujourd'hui. Il attendra que nous les rejoignions demain, sur notre route vers le sud.

– Vous quittez Windygates par ce beau temps?

– Bien contre mon gré! La vérité, madame, c'est que je suis à la merci de ma belle-fille. Son oncle a l'autorité, comme tuteur, et il la laisse maîtresse de ses volontés en toutes choses. Ce n'est que vendredi dernier qu'elle a consenti à ce que le jour du mariage fût fixé, et même alors, elle a mis comme condition expresse à ce consentement que le mariage n'aurait pas lieu en Écosse. Pure folie! Mais que pouvais-je faire? Sir Patrick se soumet. Mr Brinkworth se soumet. Si je dois être présente au mariage, il me faut suivre leur exemple. Or, je sens qu'il est de mon devoir d'être présente… et naturellement je me sacrifie. Nous partons pour Londres demain.

– Miss Lundie doit-elle se marier à Londres à cette époque de l'année ?

– Non. Nous ne ferons que passer à Londres, pour nous rendre à la résidence de sir Patrick, dans le comté de Kent, résidence qui lui est échue avec le titre, et qui s'associe avec les derniers jours de mon bien-aimé mari… Autre épreuve pour moi ! Le mariage doit être célébré au lieu témoin de mon veuvage. Mon ancienne blessure sera rouverte lundi prochain… et cela parce que ma belle-fille n'aime plus Windygates.

– Lundi en huit. C'est donc le jour du mariage ?

– Lundi en huit. Il y avait pour presser ce mariage des raisons dont il n'est pas besoin que je vous ennuie. Non, on ne saurait dire combien je voudrais que tout fût fini. Mais, chère Mrs Delamayn, comme je suis folle de vous assaillir ainsi avec mes tourments de famille ! Vous êtes si pleine de bonté ! C'est ma seule excuse. Que je ne vous enlève pas à vos hôtes, je me plairais toujours dans cet endroit charmant. Où est Mrs Glenarm ?

– Je ne sais, en vérité. Je l'ai cherchée quand nous sommes venues sur la terrasse. Elle nous rejoindra probablement au lac. Désirez-vous voir le lac, lady Lundie ?

– J'adore les beautés de la nature, madame, surtout les lacs.

– Nous avons quelque chose à vous y montrer. C'est une race de cygnes particulière à ce beau pays. Mon mari est déjà parti avec quelques-uns de vos amis, et il s'attend à ce que nous le suivions dès que le reste de la compagnie, sous la conduite de ma sœur, aura visité la maison.

– Et quelle maison, madame ! Dans tous les coins, des souvenirs historiques ! C'est un si grand soulagement pour mon esprit de chercher un refuge dans le passé ! Quand je serai loin de cette délicieuse résidence, je pourrai peupler Swanhaven Lodge des figures qui s'y sont succédé jadis et partager les joies et les douleurs des siècles écoulés.

Au moment où lady Lundie exprimait la joie qu'elle trouvait à faire revivre les anciennes générations, les derniers hôtes qui venaient de visiter l'antique maison apparurent sous le porche. Parmi eux étaient Blanche et une amie de son âge qu'elle avait retrouvée à Swanhaven Lodge.

Les deux jeunes filles se tenaient en arrière, causant confidentiellement et se donnant le bras ; le sujet de leur entretien, ai-je besoin de le dire, c'était le futur mariage.

– Mais, chère Blanche, pourquoi ne vous mariez-vous pas à Windygates ?

– Je déteste Windygates, Janet. Les plus douloureux souvenirs s'associent pour moi à cette demeure. Ne me demandez pas quels souvenirs. L'effort de ma vie doit tendre maintenant à n'y plus penser. Je voudrais dire un dernier adieu à Windygates. Quant à célébrer là mon mariage, j'ai mis pour condition expresse de ne pas me marier en Écosse.

– Qu'est-ce que notre pauvre Écosse a donc fait pour déchoir dans votre bonne opinion, ma chère ?

– La pauvre Écosse, Janet, est une contrée où les gens ne savent pas s'ils sont mariés ou non. Je tiens cela de mon oncle, et je connais une personne qui est la victime, la victime innocente, d'un mariage écossais.

– C'est absurde, Blanche ! Vous pensez à des mariages clandestins, et vous rendez l'Écosse responsable des embarras qu'éprouvent toujours ceux qui n'osent pas avouer la vérité.

– Je ne suis nullement absurde. Je pense à l'amie la plus chère que j'aie au monde. Si vous la connaissiez…

– Ma chère, je suis écossaise, ne l'oubliez pas. Vous pouvez être tout aussi bien mariée, j'insiste sur ce point, en Écosse qu'en Angleterre.

– Je hais l'Écosse !

– Blanche !

– Je n'ai jamais été aussi malheureuse de ma vie que depuis que je suis en Écosse. Je ne veux pas m'exposer à une nouvelle épreuve. Je suis résolue à être mariée en Angleterre… dans la chère vieille maison que j'habitais quand j'étais petite fille. Mon oncle y donne son consentement. Il me comprend ! lui, et il a de l'amitié pour moi.

– Cela équivaut-il à dire que je ne vous comprends pas et que je n'ai pas d'amitié pour vous ! Peut-être ferais-je mieux de vous délivrer de ma compagnie, Blanche ?

– Si vous devez me parler sur ce ton, peut-être ferez-vous mieux, en effet !

– Dois-je entendre calomnier mon pays natal et ne pas dire un mot pour sa défense ?

– Oh ! vous autres Écossais, vous faites tant de tapage avec votre pays natal !

– Nous autres Écossais ? Mais vous êtes vous-même d'origine écossaise, et vous devriez avoir honte de parler ainsi. Je vous souhaite le bonjour !

– Je vous souhaite un meilleur caractère !

Depuis une minute, les deux jeunes filles étaient comme deux boutons de rose sur une même branche. Maintenant, elles se séparaient, le visage rouge, des sentiments hostiles au cœur, de dures paroles à la bouche. Quelle ardeur dans les scènes de la jeunesse ! Quelle indicible fragilité dans l'amitié des femmes !

Le troupeau de visiteurs suivit Mrs Delamayn sur les bords du lac. Quelques minutes après, la terrasse était complètement solitaire. Alors apparut, sous le porche, un homme seul qui s'avançait d'un air insouciant, une fleur à la bouche et les mains dans les poches. C'était l'homme le plus fort de Swanhaven Lodge, autrement dit Geoffrey Delamayn.

Un moment après, une dame se fit voir derrière lui, marchant doucement, de manière à ne pas être entendue. Elle était richement habillée, à la dernière mode de Paris. La broche attachée sur sa poitrine était ornée d'un solitaire de la plus belle eau et remarquable par sa taille. L'éventail qu'elle tenait à la main était un chef-d'œuvre de l'art indien. La dame avait bien l'air de ce qu'elle était, une personne qui a de l'argent à ne savoir qu'en faire mais qui est un peu moins riche en intelligence.

C'était la veuve sans enfants du grand marchand de fer, autrement dit Mrs Glenarm.

L'opulente veuve frappa coquettement l'épaule de l'homme fort du plat de son éventail.

– Ah ! mauvais sujet, dit-elle avec un ton et des façons légèrement étudiés, je vous trouve enfin !

Geoffrey sauta du porche sur la terrasse, laissant la dame derrière lui. On reconnaissait dans ce mouvement la supériorité d'un sauvage étranger à toute soumission envers le beau sexe. Il consulta sa montre.

– J'ai dit que je viendrais ici quand j'aurais une demi-heure à moi, murmura-t-il en mâchonnant la fleur qu'il avait entre ses dents. J'ai cette demi-heure de liberté, et me voici.

– Êtes-vous venu pour le plaisir de rencontrer les visiteurs ou pour me voir ?

Geoffrey sourit gracieusement.

– Pour vous voir, comme de raison.

La veuve du marchand de fer prit son bras et leva les yeux sur lui. Une jeune fille n'aurait point osé cela. Le soleil donnait en plein sur le visage de Mrs Glenarm.

Réduite à sa plus simple expression et à sa véritable valeur, l'idée commune des Anglais sur la beauté des femmes se résume en trois mots : jeunesse, santé, rondeurs.

Le charme de l'esprit, de l'intelligence, de la vivacité, l'attrait plus subtil de la délicatesse des lignes et de la finesse des détails sont rarement appréciés par la masse de nos insulaires. Il est impossible d'expliquer autrement l'aveuglement qui fait que neuf Anglais sur dix, en revenant d'outremer, déclarent n'avoir pas vu une seule jolie Française, à Paris et dans toute la France.

Notre type populaire de beauté s'affiche lui-même, en son complet développement matériel, dans toutes les boutiques où se vendent les publications illustrées. La même face pleine, avec un vague sourire sans la moindre expression, voilà ce qui se voit sous toutes les formes dans les journaux illustrés chaque semaine. Ceux qui désirent savoir ce qu'était Mrs Glenarm n'ont qu'à s'arrêter devant une boutique de libraire ou de marchand de gravures, et à regarder le premier portrait de jeune femme dans les vitrines.

La seule particularité dans la beauté prosaïque et purement matérielle de la riche veuve qui pût frapper un homme cultivé était quelque chose d'enfantin dans l'air et dans les manières. Un étranger s'adressant à cette femme, qui avait été mariée à 20 ans et qui était maintenant veuve à 24, l'aurait appelée… mademoiselle.

– Est-ce là l'usage à faire d'une fleur que je vous ai donnée ? dit-elle à Geoffrey… La mâcher entre vos dents, vilain que vous êtes, comme si vous étiez un cheval.

– Bon, répliqua Geoffrey. Je suis plus un cheval qu'un homme. Puisque je suis engagé pour une course et que le public parie sur moi. Oh ! oh ! cinq contre quatre !

– Cinq contre quatre. Il ne pense à rien d'autre qu'aux paris. Allons, lourde créature, je ne pourrai donc pas vous remuer. Ne voyez-vous pas que je veux rejoindre le reste de la société au lac ? Vous n'allez pas me refuser votre bras ? Vous allez m'y conduire, et tout de suite.

– Je ne puis pas. Il faut que je rejoigne Perry dans une demi-heure.

Perry, c'était l'entraîneur de Londres. Il était arrivé plus tôt qu'on ne l'attendait, et était entré en fonctions depuis trois jours.

– Ne me parlez pas de votre Perry, être vulgaire ! Mettez-le de côté un moment… ne le voulez-vous pas ?… Avez-vous l'intention de me faire croire que vous êtes assez sauvage pour préférer la société de Perry à la mienne ?

– Et les paris à cinq contre quatre, ma chère !… Et la course qui a lieu dans un mois !

– Oh ! allez rejoindre votre bien-aimé Perry ! Je vous hais. J'espère que vous serez battu dans la course. Restez dans votre cottage. Ne revenez plus à la maison, je vous prie ; et rappelez-vous bien ceci : n'ayez plus la présomption de m'appeler « ma chère ».

– Si ce n'est pas pousser la présomption moitié assez loin, je vous prierai d'attendre un peu. Accordez-moi jusqu'à ce que la course soit passée. Et alors… Oui… alors j'aurai la présomption de vous épouser.

– Vous ! vous atteindrez l'âge de Mathusalem si vous attendez que je sois votre femme ! Je crois que Perry a une sœur ; si vous la lui demandiez ? Ce serait juste la personne qui vous conviendrait.

Geoffrey fit faire à la fleur un nouveau tour dans sa bouche et parut réfléchir à une idée qui méritait considération.

– Très bien, dit-il. Tout, pour vous être agréable. Je ferai ma demande à Perry.

Il tourna sur lui-même, comme s'il allait courir vers Perry. Mrs Glenarm avança sa petite main, recouverte d'un ravissant gant d'une couleur rosée, et la posa sur le bras puissant de Geoffrey. Elle pinça doucement les muscles de fer, la gloire et l'orgueil de la Grande-Bretagne.

– Quel homme vous êtes ! dit-elle. Jamais je n'ai rencontré personne qui vous ressemblât !

Tout le secret de l'empire que Geoffrey avait acquis sur elle était dans ces quelques mots.

Ils étaient ensemble à Swanhaven Lodge depuis un peu moins de dix jours, et il avait royalement conquis Mrs Glenarm. La veille même de ce jour, durant un des intervalles de loisir que lui accordait Perry, il l'avait surprise seule, l'avait saisie par le bras et lui avait demandé, sans autre préambule, si elle voulait l'épouser.

Les exemples de femmes conquises après une cour encore plus brève, cela soit dit avec tout le respect possible, ne sont pas rares.

La veuve du marchand de fer avait pourtant exigé une promesse de secret avant de s'engager. Quand Geoffrey eut donné sa parole de retenir sa langue en public jusqu'au moment où elle l'autoriserait à parler, Mrs Glenarm, sans plus d'hésitation, avait dit oui. Après avoir, qu'on le remarque, dit non pendant deux ans et repoussé au moins une demi-douzaine d'hommes supérieurs à Geoffrey sous tous les rapports, excepté la beauté et la force corporelle.

Encore une fois, cette raison disait tout. Quelque persistance que les hypocrites de l'un et l'autre sexe des temps modernes mettent à le nier, il n'en est pas moins certain que la condition naturelle de la femme est de trouver son maître dans un homme.

Regardez en face une femme qui n'est sous la dépendance directe d'aucun homme, et sûrement vous verrez une femme qui n'est pas heureuse L'absence d'un maître est leur grande souffrance inconnue, la présence d'un maître est, sans qu'elles en aient conscience elles-mêmes, le seul complément possible de leur vie.

Dans quatre-vingt-dix-neuf cas sur cent, cet instinct primitif est au fond de la faiblesse inexplicable d'une femme qui se donne à un homme indigne d'elle. Cet instinct primitif était incontestablement au fond de la facilité avec laquelle Mrs Glenarm s'était rendue.

Jusqu'à l'époque de sa rencontre avec Geoffrey, la jeune veuve n'avait fait qu'une expérience dans la vie, celle de la soumission des autres. Sa tyrannie était acceptée. Dans le court espace de six mois qu'avait duré son existence de femme mariée à un homme dont elle aurait pu être la petite-fille, elle n'avait eu qu'à lever un doigt pour être toujours obéie.

L'idolâtre vieux mari était l'esclave volontaire des moindres caprices de sa jeune et pétulante femme. Plus tard, quand la société paya un triple hommage à sa naissance, à sa beauté et à sa richesse, quelle qu'en fût la source, elle se vit l'objet de la même admiration servile de la part des prétendants qui se disputaient sa main.

Pour la première fois, elle rencontrait un homme ayant une volonté quand elle fit connaissance avec Geoffrey. L'occupation athlétique, qui absorbait alors Geoffrey, favorisa fort particulièrement ce conflit entre l'affirmation de l'influence de la femme et la volonté de l'homme.

Durant les jours qui s'étaient écoulés entre son retour à la maison de son frère et l'arrivée de son entraîneur, Geoffrey s'était soumis à tous les préliminaires de discipline physique qui devaient le préparer pour la course. Il savait, par une expérience antérieure, quels exercices il fallait prendre, quel nombre d'heures y consacrer, à quelles tentations résister à table. Maintes et maintes fois Mrs Glenarm avait essayé de l'entraîner à commettre des infractions à son régime, et chaque fois l'influence de la belle veuve sur les hommes, qui ne lui avait jamais failli, s'était vue impuissante et méprisée.

Rien de ce qu'elle pouvait dire, rien de ce qu'elle pouvait faire n'avait d'influence sur Geoffrey. Perry arriva, et la résistance de Geoffrey à toutes les tentatives et à tous les moyens de tyrannie féminine devint plus outrageante et plus obstinée.

Mrs Glenarm était aussi jalouse de Perry que si celui-ci eût été une femme. Elle se mit en colère, elle fondit en larmes, elle fit la coquette avec d'autres hommes, elle menaça de quitter la maison. Tout cela en vain.

Jamais Geoffrey ne manquait un rendez-vous avec Perry. Jamais il ne touchait à rien de ce qu'elle lui offrait au lunch, si cela lui était défendu par Perry.

Ah ! rien n'est plus dommageable à l'influence du beau sexe que les exercices athlétiques ! Il n'existe pas d'hommes plus inaccessibles au pouvoir des femmes que ceux dont la vie se passe à développer leur force physique. Geoffrey résista à Mr Glenarm sans le plus léger effort.

Par moments, il arrachait son admiration et la forçait au respect. Elle s'attachait à lui comme à un héros ; elle se reculait loin de lui comme d'un animal ; elle luttait avec lui, elle se soumettait à lui, elle le méprisait et l'adorait tout à la fois.

L'explication de tout ce mélange de sentiments, quelque confus et contradictoire qu'il paraisse, gît dans ce seul mot : Mrs Glenarm avait trouvé son maître.

– Conduisez-moi au lac, Geoffrey, dit-elle avec une légère pression de sa main gantée de rose.

Geoffrey consulta de nouveau sa montre.

– Perry m'attend dans vingt minutes.

– Encore Perry ?

– Oui.

Mrs Glenarm leva son éventail avec une explosion

soudaine de fureur et le brisa d'un coup vigoureux sur le visage de Geoffrey.

– Là ! s'écria-t-elle en frappant la terre du pied. Mon pauvre éventail est en pièces, monstre, et c'est vous qui en êtes cause !

Geoffrey ramassa froidement les morceaux de l'éventail brisé et les mit dans sa poche.

– J'écrirai à Londres pour en avoir un autre. Allons ! un baiser et ne pensez plus à cela.

Il regarda autour de lui pour s'assurer qu'ils étaient seuls ; puis, la soulevant de terre – et elle était assez pesante –, il la tint en l'air comme un bébé et lui donna un vigoureux baiser sur chaque joue.

– Avec mes meilleurs compliments, de tout cœur, dit-il.

Il partit d'un éclat de rire et la reposa par terre.

– Comment osez-vous faire une chose pareille ? s'écria Mrs Glenarm ; je réclamerai la protection de Mr et Mrs Delamayn si je dois être insultée de la sorte. Je ne vous pardonnerai jamais, monsieur !

En disant cela, elle lui lança un regard qui était en flagrante contradiction avec ses paroles. Un moment après, elle était appuyée sur son bras et le regardait, avec surprise et pour la millième fois, comme une variété nouvelle qui bouleversait décidément l'expérience qu'elle avait des hommes.

– Comme vous êtes rude, Geoffrey ! dit-elle avec douceur.

Il sourit pour reconnaître cet hommage sans fard rendu à la mâle vertu de son caractère.

Elle vit le sourire et fit immédiatement un nouvel effort pour disputer à Perry son odieuse suprématie.

– Laissez-le de côté, murmura la fille d'Ève décidée à obtenir d'Adam qu'il mordît à la pomme. Allons, Geoffrey, cher Geoffrey, oubliez Perry cette fois ; conduisez-moi au lac.

Geoffrey, pour la troisième fois, consulta sa montre.

– Perry m'attend dans un quart d'heure.

L'indignation de Mrs Glenarm revêtit une forme nouvelle. Elle fondit en larmes. Geoffrey la regarda pendant un moment, avec une expression de surprise, puis il la prit par les deux bras et la secoua.

– Réfléchissez ! Pouvez-vous me diriger dans mon entraînement ?

– Je voudrais le pouvoir.

– Ce n'est pas une réponse. Pouvez-vous me mettre en état de gagner cette course, oui ou non ?

– Non !

– Alors essuyez vos yeux et laissez faire Perry.

Mrs Glenarm essuya ses yeux et tenta un nouvel effort.

– Je ne suis plus en état de me montrer, dit-elle. Je suis si agitée… je ne sais que faire… Rentrons dans la maison et prenons une tasse de thé.

Geoffrey secoua la tête.

– Perry me défend le thé dans le milieu de la journée.

– Quelle brute ! s'écria Mrs Glenarm.

– Voulez-vous que je perde la course ? répliqua Geoffrey.

– Oui !

Sur cette réponse, elle le quitta et s'enfuit dans la maison.

Geoffrey fit un tour sur la terrasse, réfléchit un peu, s'arrêta et regarda le porche sous lequel la veuve irritée avait disparu à ses yeux.

Dix mille livres de revenu, se dit-il en pensant aux avantages matrimoniaux qu'il mettait en péril. Et diablement bien gagnées, ajouta-t-il en rentrant dans la maison, en protestant pour apaiser Mrs Glenarm.

La dame offensée était sur un sofa, dans le salon solitaire. Geoffrey s'assit auprès d'elle. Elle refusa de le regarder.

– Ne soyez pas folle, dit Geoffrey de son ton le plus persuasif.

Mrs Glenarm porta son mouchoir à ses yeux. Geoffrey l'écarta sans cérémonie. Mrs Glenarm se leva pour quitter le salon ; Geoffrey l'arrêta de vive force. Mrs Glenarm menaça d'appeler les domestiques. Geoffrey répondit :

– Peu m'importe que toute la maison sache que je suis amoureux de vous.

Mrs Glenarm tourna les yeux vers la porte et murmura :

– Taisez-vous, pour l'amour de Dieu !

Geoffrey passa son bras sous le sien.

– Venez avec moi, j'ai quelque chose à vous dire.

Mrs Glenarm recula et secoua la tête.

Geoffrey alors passa le bras autour de sa taille et l'entraîna. Une fois hors la maison, il prit la direction, non de la terrasse, mais d'une plantation de pins qui se trouvait de l'autre côté des jardins. Arrivé sous les arbres, il s'arrêta et, caressant le visage de la dame offensée, il lui dit :

– Vous êtes le type de femme que j'aime. Il n'y a pas un homme au monde qui puisse être de moitié aussi épris de vous que je le suis. Ne vous tourmentez pas au sujet de Perry et je vous permettrai de me voir faire un sprint.

Il recula d'un pas et fixa ses grands yeux bleus sur elle avec un regard qui semblait lui dire : « Vous êtes une femme plus favorisée qu'aucune femme d'Angleterre. »

À l'instant la curiosité prit la première place parmi les émotions de Mrs Glenarm.

– Qu'est-ce qu'un sprint, Geoffrey ? demanda-t-elle.

– Une course, la plus rapide possible. Je ne laisserais pas une âme vivante, en Angleterre, assister à cela, excepté vous : maintenant, suis-je encore une brute ?

Mrs Glenarm était reconquise. Elle murmura avec douceur :

– Oh ! Geoffrey, si seulement vous étiez toujours comme cela !

Ses yeux se levèrent avec admiration sur ceux de l'athlète. Il reprit son bras, avec son consentement cette fois, et le pressa avec amour. Geoffrey sentait déjà les 10000 livres de revenu dans sa poche.

– M'aimez-vous réellement ? murmura Mrs Glenarm.

– Qu'est-ce donc que d'aimer, si je ne vous aime pas ? répondit le héros.

La paix était scellée, et tous deux se remirent en marche.

Ils traversèrent la plantation et sortirent sur un petit

terrain découvert et doucement accidenté. Puis à de légers monticules succédait une plaine abritée et bordée d'arbres qui cachaient un petit cottage.

Devant ce cottage, un petit homme trapu se promenait les mains derrière le dos. La plaine était le terrain d'exercice du héros, le cottage était la retraite du héros, et le petit homme trapu était l'entraîneur du héros.

Si Mrs Glenarm haïssait Perry, Perry, à en juger sur les apparences, n'était pas en voie d'aimer Mrs Glenarm. Comme Geoffrey approchait avec sa compagne, l'entraîneur suspendit sa promenade et regarda la dame en silence.

La dame, au contraire, ne voulait point paraître remarquer que l'entraîneur existât et fût présent à cette scène.

– Combien ai-je encore de temps ? dit Geoffrey.

Perry consulta sa montre, fabriquée de façon à marquer les cinquièmes de seconde, et répondit à Geoffrey, sans détacher ses yeux de Mrs Glenarm.

– Vous avez encore cinq minutes.

– Montrez-moi votre course. Je meurs d'envie de voir cela, dit l'impatiente veuve en pesant des deux mains sur le bras de Geoffrey.

Geoffrey la fit reculer jusqu'à une place marquée par un jeune arbre, auquel était attaché un drapeau, à une faible distance du cottage. Elle glissait à côté de lui avec une molle ondulation de mouvement qui paraissait exaspérer Perry. Il attendit qu'elle fût hors de la portée de sa voix. Alors il appela les foudres du ciel sur la tête de l'élégante Mrs Glenarm.

– Mettez-vous là, dit Geoffrey en la plaçant près du petit arbre. Quand je passerai devant vous… ce sera, comme si j'étais un cheval, au grand galop. Ne m'interrompez pas, je n'ai pas fini. Vous devez me regarder, quand je vous quitterai, à l'endroit où le coin du mur de clôture du cottage coupe la ligne des arbres. Quand vous ne m'apercevrez plus derrière le mur, vous m'aurez vu courir la longueur de trois miles, à partir de ce drapeau. Vous avez de la chance ! Perry m'essaie dans un long sprint, aujourd'hui. Vous comprenez bien… vous devez rester ici. Très bien ! Maintenant, permettez-moi de vous quitter et d'aller revêtir mon costume.

– Ne vous reverrai-je pas encore, Geoffrey ?

– Je viens de vous dire que vous me verrez courir.

– Oui, mais après ?

– Après, on m'épongera, on me frictionnera, et je me reposerai dans le cottage.

– Mais, nous vous verrons ce soir ?

Il fit de la tête un signe affirmatif et la quitta. Le visage de Perry avait une indicible expression quand Geoffrey et lui se rencontrèrent à la porte du cottage.

– J'ai une question à vous poser, Mr Delamayn. Avez-vous besoin de moi, oui ou non ?

– Comme de raison, j'ai besoin de vous.

– Que vous ai-je dit, quand je suis venu ici ? continua Perry d'un ton sévère. Je vous ai dit que je voulais que personne ne vît un homme que j'entraînais. Ces dames et ces messieurs qui sont ici se sont mis en tête de vous voir. Moi, je me suis mis en tête de n'avoir pas de spectateurs. Je veux que votre travail ne soit contrôlé que par moi. Je n'entends pas que chaque bienheureux yard que vous parcourez soit noté dans les journaux. Pas une âme ne doit savoir ce que vous pouvez ou ce que vous ne pouvez pas faire. Ai-je dit cela, Mr Delamayn, ou ne l'ai-je pas dit ?

– Très bien !

– L'ai-je dit ou ne l'ai-je pas dit ?

– Vous l'avez dit.

– Alors, n'amenez plus de femme ici. C'est manifestement contraire à nos conventions, je ne veux pas de cela.

Toute autre créature vivante, le prenant sur un semblable ton, aurait eu probablement à s'en repentir. Mais Geoffrey avait peur de montrer son caractère en présence de Perry. Le premier des entraîneurs anglais n'était pas un personnage que pût traiter légèrement même le premier athlète de l'Angleterre.

– Elle ne reviendra plus, dit Geoffrey, elle quitte Swanhaven Lodge dans deux jours.

– J'ai mis tout ce que je possède, jusqu'au dernier

shilling, sur vous, poursuivit Perry d'un ton plus doux. Cela me brise le cœur, quand je vous vois arriver avec une femme sur vos talons. C'est une trahison envers ceux qui vous soutiennent. Oui, monsieur, c'est une trahison envers ceux qui parient pour vous.

– Ne parlons plus de cela, et venez m'aider à gagner votre argent.

Geoffrey ouvrit la porte du cottage d'un coup de poing, et l'athlète et l'entraîneur disparurent.

Après une attente de quelques minutes, Mrs Glenarm vit les deux hommes s'avancer vers elle. Vêtu d'un costume collant, léger, élastique, s'adaptant à tous les mouvements et répondant aux exigences de l'exercice auquel il allait se livrer, les avantages physiques de Geoffrey s'offraient sous leur aspect le plus beau.

Sa tête était bien posée sur son cou d'une blancheur éclatante, sa puissante poitrine aspirait l'air embaumé de l'été, et ses jambes musculeuses, d'une admirable forme, étaient le triomphe même de la beauté mâle, dans son type le plus parfait.

Mrs Glenarm le dévorait des yeux dans une muette admiration. Elle croyait voir un demi-dieu de la fable, une statue antique animée, avec la couleur et la vie.

– Oh ! Geoffrey !... s'écria-t-elle tout bas quand il arriva près elle.

Il ne lui répondit ni ne la regarda ; il avait bien autre chose à faire que d'écouter de niaises fadeurs. Il se rassemblait pour l'effort qu'il avait à accomplir, ses lèvres étaient serrées, ses poings légèrement contractés.

Perry le mit à sa place, en silence, le visage sévère, la montre à la main.

Geoffrey fit quelques pas au-delà du drapeau pour se donner plus d'élan. Il voulait avoir atteint la plus grande vitesse de course quand il passerait devant la veuve.

– Partez ! dit Perry.

Un instant après, il passait devant Mrs Glenarm comme une flèche lancée par une arbalète. Son geste était parfait. Son allure, à cette grande vitesse, conservait sa force et sa fermeté.

Il courait et devenait plus petit pour les yeux qui le suivaient, toujours franchissant l'espace avec légèreté, toujours gardant la ligne droite. Un moment encore, et le beau coureur s'évanouit derrière le mur du cottage. La montre de l'entraîneur alla reprendre sa place dans son gousset.

Dans son impatience de savoir le résultat de cette course, Mrs Glenarm oublia sa jalousie contre Perry.

– Combien a-t-il mis de temps ? demanda-t-elle.

– Bien d'autres que vous seraient heureux de le savoir, riposta Perry.

– Mr Delamayn me le dira, homme grossier !

– Cela dépend si je le lui dirai !

Sur cette réponse, Perry se hâta de rentrer au cottage.

Pas un mot ne fut échangé pendant que l'entraîneur donnait ses soins à son homme et pendant que l'homme reprenait son haleine. Quand Geoffrey fut bien et dûment frictionné et qu'il eut repris ses vêtements habituels, Perry avança un fauteuil. Geoffrey y tomba plutôt qu'il ne s'y assit.

Perry fit un soubresaut et le regarda attentivement.

– Eh bien, dit Geoffrey, et la question de temps : long, court, ou moyen ?

– Très bon temps, convint Perry.

– Combien ?

– Quand m'avez-vous dit que partait cette dame, Mr Delamayn ?

– Dans deux jours.

– Très bien, monsieur. Je vous dirai combien vous avez mis de temps quand la dame sera partie.

Geoffrey n'insista pas pour obtenir une réponse immédiate. Il sourit. Après un intervalle de moins de dix minutes, il étendit ses jambes, et ses yeux se fermèrent.

– Vous allez dormir ? dit Perry.

Geoffrey rouvrit les yeux avec effort.

– Non…

À peine le mot était-il sorti de ses lèvres que ses yeux se fermèrent de nouveau.

– Holà ! dit Perry en l'observant. Je n'aime pas cela.

Il se rapprocha du fauteuil. Il n'y avait pas de doute possible, l'homme était endormi.

Perry sifflota entre ses dents, se baissa et posa doucement deux doigts sur le pouls de Geoffrey. Les battements étaient lents, lourds, pénibles ; c'était évidemment le pouls d'un homme épuisé.

L'entraîneur changea de couleur et fit un tour dans la chambre. Il ouvrit une armoire et y prit son journal de l'année précédente.

Les notes relatives à la dernière préparation à laquelle il avait soumis Geoffrey pour une course à pied entraient dans les moindres détails. Il se reporta à la première épreuve d'une course de 300 yards à toute vitesse. Quant au temps, il s'en fallait de quelques secondes que cette épreuve eût été aussi bonne que cette fois. Mais les observations ultérieures étaient bien différentes. Perry avait alors écrit de sa main :

Pouls bon. Homme en parfaite disposition. Prêt, si je le lui avais permis, à courir une seconde fois.

Perry regarda le même homme, épuisé et profondément endormi dans ce fauteuil.

Il prit dans l'armoire une plume, de l'encre et du papier, et écrivit deux lettres. Toutes deux portaient la mention : *Particulière.*

La première était pour un médecin jouissant d'une grande autorité parmi les entraîneurs. La seconde était pour son agent à Londres. Elle lui recommandait le plus strict secret et contenait pour instruction de parier contre Geoffrey une somme égale à celle pariée pour lui.

Si vous avez mis personnellement de l'argent sur lui, disait la lettre en concluant, *faites comme moi, couvrez-vous et retenez votre langue.*

Encore un d'usé, se dit l'entraîneur en se retournant une dernière fois pour regarder l'homme endormi. Il perdra la course !

36

Semences de l'avenir (deuxième semence)

Qu'est-ce que les visiteurs dirent des cygnes ?

Ils dirent : « Oh ! quelle quantité de cygnes ! »

Que pouvaient trouver de mieux des personnes ignorant l'histoire naturelle et les mœurs des oiseaux aquatiques ?

Qu'est-ce que les visiteurs dirent du lac ?

Quelques-uns d'entre eux s'écrièrent : « Comme c'est solennel ! » D'autres dirent : « Que c'est romantique ! »

La plupart ne dirent rien, mais pensèrent que c'était un spectacle assez ennuyeux.

Or, le lac était encaissé dans un bois de sapins. L'eau était noire et immobile sous l'ombrage épais des arbres. La seule percée qui existât dans le bois de sapins se trouvait à l'extrémité du lac. Le seul signe de mouvement et de vie était le sillon tracé par le passage des cygnes glissant à la surface de l'eau. C'était solennel, c'était romantique, comme on l'avait dit ; c'était ennuyeux aussi, comme on l'avait pensé. Des pages entières de descriptions n'en diraient pas davantage. Laissons donc les descriptions briller ici par leur absence.

Après s'être rassasiée des cygnes et du lac, la curiosité générale en revint à la percée dans les arbres, et remarqua au loin un objet artificiel qui entrait en scène sous la forme d'un grand rideau rouge suspendu entre deux des plus grands pins et attirant la vue.

On demanda des explications à Julius Delamayn ; il répondit que le mystère serait dévoilé à l'arrivée de sa femme avec le reste de la compagnie attardée dans la visite de la maison.

Dès l'apparition de Mrs Delamayn et des retardataires, toute la société se trouvant réunie suivit le bord du lac et vint s'arrêter en face du rideau. Désignant les cordons de soie qui pendaient des deux côtés du rideau, Julius Delamayn envoya deux petites filles – enfants de la sœur de sa femme – pour tirer ces cordons bienheureux.

Les enfants s'acquittèrent de cette mission avec un empressement curieux ; le rideau s'ouvrit ; un cri de surprise et de ravissement salua le tableau qui s'offrait aux regards.

Au bout d'une large avenue de pins, une pelouse étendait son vert tapis de gazon environné de grands arbres. À l'extrémité de la pelouse, le terrain s'élevait ; du pied de la première colline une source d'eau vive s'échappait en bouillonnant entre des roches de granit.

Au bord de la pelouse, à gauche, une rangée de tables couvertes de nappes blanches et de rafraîchissements de toute espèce étaient dressées pour les hôtes. Sur le côté opposé, un orchestre fit éclater l'harmonie dès que le rideau se fut ouvert.

En regardant en arrière dans l'avenue des pins, on apercevait au loin le lac, dont les eaux étaient maintenant éclairées par le soleil, et l'on voyait resplendir le plumage blanc des cygnes.

Telle était la charmante surprise que Julius Delamayn avait ménagée à ses hôtes. Ce n'était que dans des occasions semblables, ou bien lorsque, avec sa femme, il jouait des sonates dans le modeste salon de musique de Swanhaven Lodge, que le fils aîné de lord Holchester se trouvait réellement heureux.

Il gémissait secrètement des devoirs que sa position de grand propriétaire lui imposait ; il souffrait des hauts privilèges de son rang ; c'était un martyr social.

– Nous dînerons d'abord, dit-il ; nous danserons après. Voilà le programme.

Il ouvrit la marche vers les tables, menant les deux dames qui se trouvaient le plus près de lui, sans s'inquiéter si elles étaient ou n'étaient pas de la condition la plus élevée parmi les personnes présentes. Au grand étonnement de lady Lundie, il prit les premiers sièges qui se présentèrent sans paraître s'occuper de la place qu'il devait occuper lui-même à sa propre table. Les hôtes suivirent son exemple et s'assirent aux places qui leur plurent, sans tenir compte des questions de préséance et de rang.

Mrs Delamayn, qui se sentait un attrait tout particulier pour la jeune personne qui allait devenir une femme, prit le bras de Blanche ; lady Lundie s'attacha résolument à son hôtesse.

Toutes trois s'assirent côte à côte. Mrs Delamayn fit de son mieux pour encourager Blanche à parler ; Blanche fit de son mieux pour répondre à ces gracieuses avances. L'expérience réussit médiocrement des deux parts. Mrs Delamayn y renonça en désespoir de cause et se retourna du côté de lady Lundie.

Elle soupçonnait que quelque sujet de réflexion désagréable obsédait en ce moment l'esprit de la jeune fiancée. En quoi elle jugeait sainement. Le petit emportement de Blanche contre son amie sur la terrasse, et le manque de gaieté et d'entrain de miss Lundie devaient être attribués à la même cause.

Blanche le cachait à son oncle, elle le cachait à Arnold, mais elle était aussi inquiète que jamais au sujet d'Anne ; et elle ne cessait point d'épier, quoi que pût dire ou faire sir Patrick, la première occasion de se remettre à la recherche de son amie.

Cependant, on buvait, on mangeait, on causait gaiement. L'orchestre exécutait ses plus vives mélodies. Les domestiques tenaient les verres toujours pleins ; la bonne humeur et la liberté régnaient autour de la table.

La seule conversation qui se poursuivît péniblement était celle qui avait lieu près de Blanche, entre sa belle-mère et Mrs Delamayn.

Parmi les qualités qui distinguaient lady Lundie, la faculté de faire de désagréables découvertes tenait la première place. Or, au dîner, sur la pelouse, elle avait réfléchi que personne ne remarquait l'absence du beau-frère de la maîtresse de maison, ni, chose plus surprenante encore, la disparition d'une dame qui résidait actuellement dans la maison, en un mot, Mrs Glenarm.

– Me suis-je trompée ? dit Sa Seigneurie en portant son lorgnon à ses yeux et en promenant son regard tout autour de la table. Bien certainement quelqu'un nous manque… je ne vois pas Mr Geoffrey Delamayn.

– Geoffrey avait promis de venir, mais il n'est pas très exact à tenir les engagements de ce genre. Tout est sacrifié à son entraînement. Nous ne le voyons plus qu'à de rares occasions.

Sur cette réponse, Mrs Delamayn essaya de changer de sujet. Lady Lundie reprit son lorgnon.

– Pardonnez-moi, insista Sa Seigneurie, mais je crois avoir découvert une autre absence. Je ne vois pas Mrs Glenarm. Pourtant, elle devrait être ici ! Mrs Glenarm ne s'entraîne pas pour une course. La voyez-vous ? Personnellement, je ne la vois pas.

– Je l'ai perdue de vue quand nous sommes sortis sur la terrasse, et je ne l'ai pas aperçue depuis.

– N'est-ce pas fort étrange, chère Mrs Delamayn ?

– Nos hôtes à Swanhaven Lodge, lady Lundie, ont une entière liberté.

Sur ces mots, Mrs Delamayn se figura follement avoir coupé court sur ce sujet.

Mais la robuste curiosité de lady Lundie ne se rendait pas aux indications de cette nature. La gaieté de ceux qui entouraient Sa Seigneurie la gagna probablement et la fit sortir de sa réserve accoutumée. Vous vous refuserez peut-être à y croire, mais il n'en est pas moins vrai que cette femme majestueuse sourit.

– Essaierons-nous de faire un rapprochement ? dit lady Lundie avec une rare lourdeur. D'un côté nous avons Mr Geoffrey Delamayn, un jeune homme. De l'autre, Mrs Glenarm, une jeune veuve. Le rang du côté du jeune homme, la fortune du coté de la veuve… Tous deux sont mystérieusement absents, au même moment, d'une agréable partie. Ah ! Mrs Delamayn ! Est-ce que je ne devinerais pas juste, si je prédisais qu'il y aura bientôt, aussi, un mariage dans votre famille ?

Mrs Delamayn parut un peu contrariée. Elle était entrée de tout cœur dans la conspiration qui devait amener un mariage entre Geoffrey et Mrs Glenarm. Mais elle n'était pas du tout préparée à avouer que la facilité de la dame avait fait réussir la conspiration dans le court espace de dix jours.

– Je ne suis pas dans la confidence de la dame et du gentleman dont vous parlez, répliqua-t-elle sèchement.

Un corps pesant est toujours lent à se mouvoir, mais une fois le mouvement imprimé, on ne peut plus l'arrêter. La gaieté de lady Lundie, étant essentiellement pesante, subissait la même loi. Elle persista dans sa plaisanterie.

– Quelle réponse diplomatique ! s'écria Sa Seigneurie. Je crois néanmoins en avoir trouvé l'interprétation. Un petit oiseau m'a dit que je verrais une Mrs Delamayn à Londres, la saison prochaine. Et quant à moi je ne serais pas surprise d'avoir à adresser mes félicitations à Mrs Glenarm.

– Si vous persistez à donner libre cours à votre imagination, lady Lundie, je n'y puis rien. Je ne puis que vous demander la permission de tenir la mienne en réserve.

Cette fois, lady Lundie comprit qu'il serait mieux de n'en pas dire davantage ; elle sourit et inclina la tête en signe d'assentiment. Si on lui avait demandé en ce moment quelle était la dame la plus remarquable de l'Angleterre, elle aurait demandé un miroir pour y voir se réfléchir le visage de lady Lundie, de Windygates.

Au moment où la conversation s'engageait auprès d'elle sur Geoffrey Delamayn et Mrs Glenarm, Blanche sentit une forte odeur de liqueurs spiritueuses qui l'enveloppait, qui paraissait souffler derrière elle et qui passait par-dessus sa tête. L'odeur devenant de plus en plus intolérable, elle se retourna pour voir si l'on ne fabriquait point des grogs derrière sa chaise.

Deux mains tremblantes et goutteuses s'avancèrent, lui offrant d'un pâté de grouses abondamment garni de truffes…

– Eh ! ma charmante demoiselle, murmura à son oreille une voix persuasive, vous vous laissez mourir de faim en pays de cocagne. Acceptez mon conseil et prenez ce qu'il y a de meilleur sur la table. Une tranche de ce pâté de grouses aux truffes.

Blanche leva les yeux.

Près d'elle était l'homme aux yeux clignotants, aux manières paternelles, au nez énorme, Bishopriggs enfin, conservé dans l'alcool et prêtant son ministère à la fête de Swanhaven Lodge.

Blanche ne l'avait vu qu'un moment pendant la nuit mémorable où elle était venue surprendre Anne à l'auberge. Mais quelques instants passés dans la société de Bishopriggs valaient bien des heures passées dans la société d'un homme moins remarquable. Blanche le reconnut à l'instant.

Et à l'instant aussi lui vint à l'esprit l'opinion de sir Patrick, à savoir que Bishopriggs était en possession de la lettre perdue par Anne. Elle arriva donc aussitôt à cette conclusion qu'en découvrant Bishopriggs elle avait découvert une chance de retrouver la trace d'Anne.

Son premier mouvement fut de lui montrer sur l'heure qu'elle le reconnaissait, mais les yeux de ses voisins, fixés sur elle, lui firent comprendre qu'il valait mieux attendre. Elle prit un peu de pâté et regarda fixement Bishopriggs. Il la salua respectueusement et continua de faire le tour de la table.

A-t-il la lettre sur lui ? se demandait Blanche.

Non seulement il avait la lettre sur lui, mais bien plus, il était en ce moment en quête des moyens de tirer de cette lettre un bon profit.

L'établissement de Swanhaven Lodge ne comportait pas une nombreuse domesticité. Quand Mrs Delamayn avait beaucoup de monde, elle demandait l'assistance dont elle avait besoin, partie en mettant ses amis à contribution, partie à la principale auberge de Kirkandrew.

Justement Bishopriggs, qui servait momentanément et dans l'attente d'un meilleur emploi comme surnuméraire à l'auberge de Kirkandrew, lui avait été envoyé avec d'autres garçons dont le service n'était pas indispensable à l'auberge.

Le nom du gentleman chez lequel il devait servir le frappa comme un nom qui lui était familier. Il s'était renseigné ; il avait demandé un supplément d'informations à la lettre ramassée sur le plancher dans le petit salon de Craig Fernie.

La feuille perdue par Anne contenait, on doit se le rappeler, deux lettres, l'une signée par Anne elle-même, l'autre signée par Geoffrey. L'une et l'autre devaient suggérer à l'étranger sous les yeux duquel elles passaient l'idée de relations entre les deux personnes qui les avaient écrites, relations qu'ils avaient intérêt à cacher tous les deux.

Pensant qu'il était possible, s'il gardait ses oreilles et ses yeux bien ouverts à Swanhaven Lodge, de trouver une occasion de tirer parti de la correspondance volée, Bishopriggs avait mis la lettre dans sa poche en partant de Kirkandrew.

Il avait reconnu Blanche, comme une amie de la dame de l'auberge et comme une personne qui, en cette qualité, pouvait lui rapporter plus d'une livre. De plus, il n'avait pas perdu un mot de la conversation entre lady Lundie et Mrs Delamayn, au sujet de Geoffrey et de Mrs Glenarm.

Plusieurs heures encore devaient s'écouler avant que les hôtes se retirassent et que les domestiques pris en supplément fussent congédiés. Bishopriggs ne doutait point qu'il aurait tout lieu de se féliciter de la chance qui l'avait associé aux fêtes données à Swanhaven Lodge.

Il était encore de bonne heure dans l'après-midi, et la gaieté qui régnait autour de la table menaçait déjà de se lasser.

Les plus jeunes membres de la société, les dames spécialement, commençaient à paraître impatients de ne point voir le dessert. Elles jetaient des regards d'envie vers le terrain favorable qui s'étendait au milieu de la clairière. Elles battaient distraitement la mesure quand il arrivait aux musiciens d'exécuter une valse.

Mrs Delamayn, remarquant ces symptômes, donna l'exemple en se levant de table, et son mari envoya un message au chef d'orchestre. Dix minutes après, le premier quadrille était en danse.

Les spectateurs, groupés d'une façon pittoresque, regardaient les danseurs; et les domestiques dont le service n'était plus nécessaire s'étaient retirés pour collationner à leur tour.

Le dernier qui abandonna les tables désertées fut le vénérable Bishopriggs.

Seul, parmi les hommes de service, il avait voulu se donner un air de zèle qui s'arrangeait avec la satisfaction clandestine de ses projets. Au lieu de se précipiter vers le dîner avec les autres domestiques, il resta sous le prétexte d'enlever les miettes de pain qui remplissaient les verres.

Absorbé par cette occupation intéressante, il tressaillit à la voix d'une dame qui parlait derrière lui, et en se retournant aussi vivement que cela lui était possible, il se trouva en face de miss Lundie.

– Je voudrais un verre d'eau froide, dit Blanche. Soyez assez bon pour m'en aller emplir un à la source.

Elle montrait du doigt le petit ruisseau qui sortait en bouillonnant des rochers, à l'extrémité de la clairière.

Bishopriggs laissa voir une horreur qui n'avait rien de simulé.

– Pour l'amour du ciel, mademoiselle ! s'écria-t-il, voulez-vous réellement offenser votre estomac avec de l'eau froide, quand pour avoir du bon vin il n'y a ici qu'à demander ?

Blanche lui lança un coup d'œil. La lenteur à comprendre n'était pas précisément le défaut de Bishopriggs. Il prit un verre, cligna, lui aussi, de son bon œil, et ouvrit la marche vers la source.

En vérité, il était bien naturel de voir une jeune personne désirant un verre d'eau et un domestique allant le lui chercher. Personne donc ne fut surpris ; le bruit de l'orchestre empêchait que personne entendît ce qui allait se dire près de la source.

– Vous rappelez-vous m'avoir vue à l'auberge le soir de l'orage ? demanda Blanche.

Bishopriggs avait ses raisons soigneusement renfermées dans son portefeuille pour ne pas montrer une mémoire trop prompte.

– Je ne dis pas non, répondit-il. On ne doit se rappeler que trop aisément votre personne, mademoiselle. Quel est l'homme qui pourrait faire une autre réponse à une charmante jeune dame comme vous ? Cependant…

Afin d'aider ses souvenirs, Blanche tira sa bourse. Bishopriggs s'absorba dans la contemplation du paysage. Il regarda couler l'eau de l'air d'un homme qui entretient une invincible méfiance contre ce liquide aimé des méchants.

– Vous voilà parti, dit-il en s'adressant à ce ruisseau; vous coulez en murmurant jusqu'à ce que vous alliez vous perdre dans le lac. On dit que vous êtes l'image de la vie humaine. Je porte témoignage contre cette pensée. Vous n'êtes l'image de rien du tout; vous ne valez rien – jusqu'à ce que vous ayez été chauffé, adouci avec du sucre et renforcé avec du whisky, alors vous êtes changé en grog, etc.

– J'ai bien plus entendu parler de vous depuis le jour où je suis allée à l'auberge que vous ne pouvez l'imaginer, reprit Blanche en ouvrant sa bourse (et Bishopriggs devint tout attention). Vous avez été bon, très bon pour une dame qui s'était arrêtée à l'auberge de Craig Fernie. Je sais que vous avez perdu votre place à cause des attentions que vous aviez eues pour cette dame. Elle est ma meilleure amie, Mr Bishopriggs. J'éprouve le besoin de vous remercier et je vous remercie. Je vous en prie, acceptez cela.

Tout le cœur de la jeune fille avait passé dans ses yeux et dans sa voix, quand elle vida sa bourse dans les vieilles mains goutteuses de Bishopriggs. Une jeune fille ayant sur elle une bourse bien garnie, quelque riche qu'elle puisse être, se voit rarement dans toutes les contrées du monde civilisé; soit que l'argent ait été dépensé, soit qu'on l'ait oublié à la maison sur la table de toilette. La bourse de Blanche contenait un souverain et six ou sept shillings.

Comme argent de poche d'une héritière, c'était misérable; mais comme gratification offerte à Bishopriggs, c'était magnifique. Le vieux drôle empocha l'argent d'une main, et de l'autre essuya une larme absente.

– Jetez votre pain à l'eau, s'écria Bishopriggs, en levant son bon œil vers les cieux d'un air dévot, et vous le retrouverez après de longs jours! Oh! ne me suis-je pas dit, la première fois que j'ai jeté les yeux sur cette pauvre dame, que je me sentais pour elle les sentiments d'un père ? C'est merveilleux comme les bonnes actions se découvrent toujours dans ce bas monde. Si jamais la voix de l'affection a parlé à mon cœur, poursuivit Bishopriggs, les yeux fixés sur Blanche, c'est lorsque cette infortunée créature a levé son premier regard sur moi. Serait-il possible qu'elle vous ait dit les petits services que j'ai été à même de lui rendre, quand j'étais dans cet hôtel ?

– Oui. C'est elle-même qui m'a confié tout cela.

– Puis-je pousser la hardiesse jusqu'à vous demander où elle est à présent ?

– Je ne le sais pas, Mr Bishopriggs. C'est ce qui me rend malheureuse. Elle est partie, et je ne sais où elle est allée.

– Oh ! oh ! C'est mal ! Et son petit mari, qui est resté pendu à son cou tout un soir et qui s'est évanoui dès le point du jour le lendemain matin, est-il parti avec elle ?

– Je ne sais rien de lui ; je ne l'ai jamais vu. Mais vous, qui l'avez vu, dites-moi, comment est-il ?

– Eh ! c'était une pauvre faible créature, incapable d'apprécier un bon verre de sherry qu'on lui offrait, mais la main ouverte pour l'argent. Oh ! oui, vous pouvez dire de lui qu'il n'est pas avare !

Blanche jugea qu'il serait impossible de tirer de Bishopriggs une description plus claire de l'homme qui était demeuré une nuit avec Anne à l'auberge. Elle en arriva tout de suite au principal objet de l'entretien. Trop impatiente pour perdre du temps en circonlocutions, elle allait amener à l'instant la conversation sur le sujet délicat de la lettre.

– J'ai encore quelque chose à vous dire, reprit-elle. Mon amie a perdu un objet pendant son séjour à l'auberge.

Les derniers doutes s'évanouirent dans l'esprit de Bishopriggs. L'amie de la dame connaissait l'histoire de la lettre perdue, et bien mieux encore, elle paraissait souhaiter avoir cette lettre.

– Aïe, aïe ! dit-il avec une apparente insouciance ;

c'est assez probable ! La maîtresse de l'auberge de là-bas a fait des histoires, depuis que je l'ai quittée. Que pouvait bien avoir perdu la dame ?

– Une lettre.

Un air d'inquiétude reparut dans les yeux de Bishopriggs. C'était une question, et une question sérieuse, à son point de vue, que de savoir si quelque soupçon de vol s'attachait à la perte de la lettre.

– Quand vous dites perdue, demanda-t-il, ne voulez-vous pas dire volée ?

Blanche comprit bien vite la nécessité de le rassurer sur ce point.

– Oh ! non, répondit-elle, pas volée, seulement perdue. Qu'avez-vous entendu dire à ce sujet ?

– Pourquoi aurais-je entendu dire quelque chose ?

Il regardait Blanche bien en face et remarqua un moment d'hésitation sur son visage.

– Dites-le-moi, ma jeune dame, reprit-il, en avançant prudemment vers le point difficile. Quand vous cherchez des nouvelles de cette lettre, qui vous engage à vous adresser à moi ?

Ces mots étaient décisifs. On peut dire que l'avenir de Blanche dépendait de la réponse qu'elle allait apporter. Si elle avait eu de l'argent et si elle avait répondu hardiment : « Vous avez la lettre, Mr Bishopriggs ; je vous donne ma parole qu'aucune question ne vous sera faite à ce sujet, et je vous offre dix livres sterling », il est probable que le marché eût été conclu sur l'heure. Le cours des événements en eût été changé. Mais il ne lui restait plus une obole, elle n'avait pas d'amis, dans le cercle réuni à Swanhaven Lodge, à qui elle pût s'adresser, sans crainte d'une fausse interprétation, pour demander un prêt de dix livres, sous le sceau du secret.

Sous la contrainte de la dure nécessité, Blanche abandonna donc tout espoir d'en appeler utilement à la confiance de Bishopriggs.

Un autre moyen d'arriver à son but, qui se présenta à son esprit, fut de se faire une arme du nom de sir Patrick.

Un homme placé dans la position où elle était n'aurait

pas commis cette folie; mais Blanche, qui avait déjà sur la conscience un premier acte imprudent, fit comme toutes les femmes exaltées, et rien ne l'empêcha d'en commettre un second.

La même impatience d'arriver à son but, qui l'avait déjà poussée à questionner Geoffrey, avant son départ de Windygates, la conduisit, avec aussi peu de réflexion, à mettre Bishopriggs en garde contre l'habileté de sir Patrick.

Elle n'écouta que son ardent amour fraternel, qui la rendait avide de retrouver la trace d'Anne. Son cœur lui disait d'en courir le risque; elle le fit.

– Sir Patrick m'a donné l'idée de m'adresser à vous, dit-elle.

Les mains de Bishopriggs, qui s'ouvraient déjà pour lâcher la lettre et recevoir sa récompense, se refermèrent à l'instant même.

– Sir Patrick? répéta-t-il. Ah! ah! vous avez déjà parlé de cela à sir Patrick, n'est-ce pas? C'est un homme qui a sur les épaules une tête bien organisée, s'il en fût jamais. Que peut vous avoir dit sir Patrick?

Blanche remarqua ce changement dans le ton de Bishopriggs. Blanche prit le plus grand soin, mais il était trop tard, de veiller sur les termes de sa réponse.

– Sir Patrick a pensé que vous pouviez avoir trouvé la lettre et ne vous l'être rappelé qu'après avoir quitté l'auberge.

Bishopriggs évoqua l'expérience qu'il avait de son ancien patron et arriva aisément à une exacte conclusion. Sir Patrick soupçonnait qu'il était l'auteur de la disparition de cette lettre.

Le vieux diable, se dit-il, me connaît bien!

– Dites-moi, demanda Blanche avec impatience, sir Patrick a-t-il deviné juste?

– Juste! répliqua vivement Bishopriggs. Il est aussi loin de la vérité qu'Édimbourg l'est de Jéricho.

– Vous ne savez rien qui concerne la lettre?

– Absolument rien. Les premiers mots que j'ai entendus à ce sujet sont ceux que vous dites en ce moment.

Le cœur de Blanche cessa de battre dans sa poitrine. Avait-elle fait une fausse manœuvre et coupé l'herbe sous le pied de sir Patrick, pour la seconde fois ?

Certainement non !

Il y avait encore une chance pour que cet homme consentît à révéler à son oncle ce qu'il était trop prudent pour confier à une jeune personne comme elle, qui lui était étrangère.

La seule bonne chose à faire en ce moment était de préparer les voies à l'influence et à l'astuce de sir Patrick. Elle reprit la conversation :

– Je suis désolée que mon oncle n'ait pas deviné juste ; mon amie était bien préoccupée du désir de retrouver sa lettre, quand je la vis pour la dernière fois, et j'espérais que vous m'en donneriez des nouvelles. Quoi qu'il en soit, qu'il ait bien ou mal deviné, sir Patrick a le désir de vous voir, et je profite de l'occasion pour vous l'apprendre. Il a même laissé une lettre pour vous à l'auberge de Craig Fernie.

– Cette lettre pourra rester longtemps à l'auberge, si elle attend que j'y retourne pour la chercher.

– En ce cas, dit Blanche vivement, ce que vous avez de mieux à faire, c'est de m'indiquer une adresse à laquelle sir Patrick puisse vous écrire. Vous ne voudriez pas, je suppose, que je lui dise vous avoir vu ici, et lui donner lieu de penser que vous refusez de le voir.

– Oh ! non ! non ! s'écria Bishopriggs avec chaleur. S'il existe une chose au monde à laquelle je tiens entre toutes, c'est à garder le respect que je dois à sir Patrick. J'oserai prendre la liberté, mademoiselle, de vous charger de cette carte. Je n'ai pas encore de place fixe. Triste sort à mon âge ! Mais sir Patrick aura toujours à cette adresse des nouvelles de moi, si cela lui est nécessaire.

Il tendit à Blanche une petite carte crasseuse où étaient inscrits le nom et l'adresse d'un boucher d'Édimbourg.

– Samuel Bishopriggs, lut-il vivement, aux soins de O'Davie, boucher, Cowgate, Édimbourg.

Blanche reçut cette carte avec un invincible sentiment

de soulagement. Si elle s'était encore une fois aventurée à prendre la place de sir Patrick, et si sa témérité n'avait pas été justifiée par le résultat, elle avait du moins obtenu un avantage, celui de mettre en relation son oncle et Bishopriggs.

– Vous entendrez parler de sir Patrick, dit-elle.

Puis elle le salua avec bonté et alla reprendre sa place parmi les hôtes.

J'entendrai parler de sir Patrick? répéta Bishopriggs quand il fut seul. Sir Patrick accomplira un grand miracle s'il trouve Samuel Bishopriggs.

Il sourit à son habileté et se retira dans un endroit écarté, au milieu des arbres, où il pouvait consulter la correspondance volée, sans crainte d'être observé par âme qui vive.

Une fois encore la vérité avait essayé de venir au jour, avant le mariage, et une fois encore Blanche l'avait innocemment replongée dans les ténèbres.

37

Semences de l'avenir (troisième semence)

Après une nouvelle lecture attentive de la correspondance d'Anne et Geoffrey, Bishopriggs s'étendit confortablement sous un arbre et se donna la tâche d'envisager nettement sa position.

Tirer profit de la correspondance en en disposant en faveur de Blanche n'était plus possible. Quant à traiter avec sir Patrick, Bishopriggs se détermina à rester invisible aussi bien à Cowgate, dans Édimbourg, qu'à l'auberge de Mrs Inchbare, tant qu'il aurait les plus faibles chances de sauvegarder ses intérêts en s'adressant ailleurs. Personne au monde n'était, en effet, plus capable de lui soutirer cette précieuse correspondance, dans les conditions d'un marché ruineux, que son ancien patron.

Je ne me mettrai pas dans les pattes de sir Patrick,

pensa Bishopriggs, avant d'avoir fait ma tournée dans d'autres quartiers.

Ce qui revenait à dire que sa résolution était de ne se mettre en communication avec sir Patrick qu'après avoir essayé d'entrer en négociations avec d'autres personnes également intéressées à être mises en possession de la lettre et plus disposées à la bien payer.

Quelles étaient ces autres personnes ?

Il n'avait qu'à se rappeler la conversation qu'il venait d'entendre entre lady Lundie et Mrs Delamayn, pour découvrir l'une d'elles.

Mr Geoffrey Delamayn était sur le point d'épouser une dame nommée Mrs Glenarm. Et ce même Geoffrey Delamayn était en correspondance matrimoniale, il n'y avait guère plus de quinze jours, avec une autre dame qui signait du nom d'Anne Silvester.

Quelle que pût être la position de ce jeune homme entre ces deux femmes, son intérêt à être nanti de la correspondance était évident. Il était également clair que la première chose à faire, pour Bishopriggs, était de trouver le moyen d'avoir un entretien en privé avec Geoffrey.

Si cet entretien n'amenait pas d'autre résultat, il déciderait au moins une importante question qui était encore à résoudre. La dame que Bishopriggs avait servie à Craig Fernie devait bien être Anne Silvester. Dans ce cas, Mr Geoffrey Delamayn était-il le gentleman qui s'était fait passer pour son mari à l'auberge ?

Bishopriggs se remit sur ses pieds goutteux avec toute la vivacité dont il était susceptible, et partit pour prendre les renseignements qui lui étaient nécessaires. Pour cela, il s'adressa non aux domestiques mâles qui avaient servi à table, mais aux femmes qui étaient restées à la besogne dans la maison.

Il obtint facilement les indications nécessaires pour trouver le cottage. Mais on le prévint en même temps que l'entraîneur ne permettait à personne d'être présent aux entraînements, et que probablement il recevrait l'ordre de s'éloigner dès qu'il s'y aventurerait.

C'est pourquoi Bishopriggs fit un circuit afin d'éviter le terrain découvert et d'approcher du cottage, à l'abri des arbres qui s'élevaient derrière la maison. Un coup d'œil jeté sur Mr Geoffrey Delamayn était tout ce dont il avait besoin pour le moment. On pouvait bien le chasser après cela, le premier point étant gagné.

Il hésitait encore à l'extrême limite du bois, quand il entendit une voix forte et impérative, sortant du cottage, crier :

– Maintenant, Mr Geoffrey, le temps est venu !

Une autre voix répondit :

– C'est bien !

Et après un court intervalle, Geoffrey Delamayn parut dans la partie découverte, se dirigeant vers le lieu où il avait coutume de parcourir la distance mesurée d'un mile.

Mais ayant voulu s'avancer de quelques pas pour regarder son homme de plus près, Bishopriggs fut à l'instant découvert par l'œil vigilant de l'entraîneur.

– Holà ! cria Perry, que venez-vous faire ici ?

Bishopriggs ouvrait la bouche pour s'excuser.

– Qui diable êtes-vous ? demanda Geoffrey d'une voix tonnante.

L'entraîneur répondit à la question avec les lumières de l'expérience :

– Un espion, monsieur, venu pour calculer la vitesse de votre course, pendant vos exercices.

Geoffrey leva son poing formidable et fit un pas en avant.

Perry retint son élève.

– Ne frappez pas, monsieur, l'homme est trop vieux. Pas de danger qu'il y revienne, car vous l'avez terrifié.

C'était la pure vérité. La terreur de Bishopriggs à la vue du poing de Geoffrey lui avait rendu l'énergie de la jeunesse. Il courut, pour la première fois depuis vingt ans, et ne s'arrêta pour songer à ses infirmités et pour reprendre haleine que lorsqu'il fut hors de vue du cottage, à l'abri des arbres.

Il s'assit pour se reposer et se remettre, avec la consolante conviction que, d'une façon au moins, il avait atteint son but. Le sauvage en fureur, dont les yeux lançaient du feu et dont le poing l'avait menacé d'une destruction certaine, lui était complètement étranger. En d'autres termes, ce n'était pas là l'homme qui se faisait passer à l'auberge pour le mari de la jeune dame. D'un autre côté, il était également certain que c'était bien l'homme compromis dans la correspondance volée.

Mais comment en appeler désormais à l'intérêt qu'il avait à obtenir la lettre ? Une telle démarche était entièrement incompatible, après l'exhibition que l'athlète venait de faire de son poing, avec l'intérêt profond que Bishopriggs sentait pour sa sécurité personnelle.

Le bonhomme n'avait pas d'autre possibilité maintenant que d'ouvrir les négociations avec l'autre personne intéressée dans la question, une personne appartenant heureusement, cette fois, au beau sexe, et qu'il avait à sa portée.

Mrs Glenarm était à Swanhaven Lodge. Elle tiendrait sûrement à éclaircir la question des droits antérieurs d'une autre femme sur Mr Geoffrey Delamayn, et elle ne pouvait arriver à cet éclaircissement que par la remise entre ses mains de la pièce à conviction.

Gloire à la Providence pour ses bontés ! se dit Bishopriggs en se remettant de nouveau sur ses pieds. J'ai, comme on dit, deux cordes à mon arc. Je crois que la femme est la corde la plus agréable des deux. Essayons donc de la faire vibrer.

Il revint sur ses pas, pour chercher Mrs Glenarm parmi la compagnie réunie auprès du lac.

La danse était dans toute son animation, quand Bishopriggs vint reprendre son service. Pendant son absence la société avait vu reparaître dans ses rangs la personne brillante qu'il cherchait.

Après avoir reçu avec soumission une réprimande du chef des domestiques pour son absence prolongée, Bishopriggs, tout en tenant ouverts ses yeux observateurs, s'occupa d'aider la distribution des glaces et des boissons froides.

Tandis qu'il remplissait ce bel emploi, son attention fut attirée par deux personnes qui, à des titres différents, tranchaient d'une manière bien remarquable sur le commun des hôtes.

La première personne était un vif et irascible vieux gentleman, qui persistait à traiter le fait indiscutable de son âge comme une scandaleuse fausseté mise en circulation par le Temps. Il était scrupuleusement sanglé et rembourré. Ses cheveux, ses dents, son teint, étaient des triomphes de jeunesse artificielle, et quand il n'était pas empressé auprès des dames les plus jeunes, il s'attachait du moins à la société des plus jeunes parmi les hommes. Il insistait pour prendre part à chaque danse. Deux fois il prit aussi la mesure de son corps sur le gazon. Mais rien ne le rebutait. Il valsait avec une jeune femme, comme si rien ne lui était arrivé, dès que l'orchestre donnait le signal d'une nouvelle valse.

Bishopriggs s'informa de ce que pouvait être ce bouillant vieux gentilhomme, et découvrit que c'était un officier de marine en retraite connu familièrement par ses inférieurs sous le nom du Tartare, plus exactement désigné dans la bonne société sous le nom plus anglais de capitaine Newenden. Il était le dernier représentant mâle d'une des plus anciennes familles d'Angleterre.

La seconde personne qui se distinguait parmi ceux qui se mêlaient aux danses dans la clairière était une dame. Aux yeux de Bishopriggs, c'était un miracle de beauté. Est-ce qu'elle ne portait pas sur elle, en soie, en dentelles, en bijoux, une petite fortune pour un homme pauvre !

Aucune des femmes présentes n'était d'ailleurs l'objet d'une plus vive attention parmi les hommes que cette attrayante et inappréciable créature.

Elle s'éventait avec un ouvrage incomparable qui avait la prétention d'être un mouchoir et représentait une île de batiste au milieu d'un océan de dentelle.

Elle était entourée par une petite cour d'admirateurs qui allaient et venaient sur un signe d'elle, comme une meute bien dressée. Ils lui apportaient les rafraîchissements qu'elle avait demandés, elle les refusait quand ils les lui présentaient. Ils venaient lui donner des renseignements sur ce qui se passait parmi les danseuses, elle semblait impatiente de les obtenir au moment où ils couraient les chercher, et semblait n'y pas prendre le plus léger intérêt à leur retour.

Cependant, chacun poussait des cris de détresse, quand interrogée sur les causes de son absence au dîner, elle répondait : « Les pauvres nerfs ! » Chacun disait : « Qu'aurions-nous fait sans vous ? » quand elle exprimait le regret, dans le triste état où elle était, d'avoir rejoint le bal champêtre.

Bishopriggs s'informa de ce que pouvait être cette dame si favorisée et découvrit qu'elle était la nièce de l'indomptable gentleman qui voulait danser quand même et, pour parler encore plus clairement, qu'elle n'était autre que celle-là même dont il espérait faire une cliente, Mrs Glenarm.

En dépit de son énorme assurance, Mr Bishopriggs se trouva fort embarrassé. L'ouverture des négociations avec Mrs Glenarm, dans les circonstances présentes, par un homme de sa condition était tout simplement impossible. D'un autre côté, la chance de traiter d'une manière profitable avec cette dame, dans une occasion meilleure, était, on peut bien le dire, hérissée de difficultés peu communes.

En supposant qu'il trouvât le moyen de lui révéler la position de Geoffrey, que ferait-elle en recevant cet avis ? Elle en appellerait probablement aux deux hommes formidables intéressés dans la question.

Si elle allait tout droit à celui qui serait accusé de rechercher sa main alors qu'il était déjà engagé envers une autre femme, Bishopriggs se retrouverait en présence du poing formidable qui l'avait si justement terrifié.

Si, au contraire, elle remettait ses intérêts aux soins de son oncle, Bishopriggs n'aurait plus affaire qu'au capitaine. Et comment aller imposer ses conditions à ce fat de 66 ans, mauvais payeur, qui n'acquittait pas même sa dette envers le temps et défiait ouvertement ce terrible créancier de lui faire régler ses comptes.

Quand des obstacles si sérieux se dressaient sur la route, que fallait-il faire ? Le seul parti à prendre était de se mettre en rapport avec Mrs Glenarm directement, et surtout mystérieusement.

Arrivé à cette conclusion, Bishopriggs s'informa auprès des domestiques des déplacements prochains de Mrs Glenarm, et résolut de la surprendre par un avertissement anonyme qui lui arriverait par la poste et lui demanderait une réponse par la voie des gazettes.

De cette façon, il avait la certitude de l'alarmer en restant à couvert. Mrs Glenarm ne se doutait guère, quand son caprice lui fit arrêter un domestique circulant avec des verres de limonade, que la vieille et infime créature qui lui présentait le plateau méditait de se mettre en correspondance avec elle avant la fin de la semaine, en la double qualité d'« une personne qui lui voulait du bien » et d'« un véritable ami ».

La soirée s'avançait. Les ombres s'allongeaient, les eaux du lac devenaient sombres et le passage des cygnes de plus en plus rare.

Les plus âgés des invités songeaient à regagner leur demeure. Les plus jeunes, excepté le capitaine Newenden, commençaient à manquer d'entrain à la danse. Petit à petit, les attraits intimes du logis, le thé, le café, la lumière des bougies dans les petites chambres bien closes reprenaient leur influence sur les cœurs. Les hôtes abandonnèrent la pelouse ; les doigts et les poumons des musiciens goûtèrent enfin le repos.

Lady Lundie fut la première à demander ses voitures et à faire ses adieux. Le départ de Windygates, qui devait avoir lieu le lendemain, et le voyage vers le sud lui servirent d'excuse suffisante pour donner l'exemple de la retraite.

Une heure après, les seuls visiteurs restant étaient ceux qui résidaient à Swanhaven Lodge.

Les invités partis, les garçons engagés à l'auberge de Kirkandrew furent payés et congédiés.

Au retour, le silence de Bishopriggs surprit ses camarades. « J'ai à penser à mes affaires », fut la seule réponse qu'il daigna opposer aux remontrances qu'on lui adressait.

Ces affaires comprenaient, entre autres changements dans ses plans, son départ de Kirkandrew pour le lendemain, avec référence, en cas d'enquête sur son compte, à son honorable ami d'Édimbourg.

Sa destination véritable, qui devait être un secret pour tout le monde, était Perth. C'est dans le voisinage de cette ville, ainsi qu'il l'avait appris de la femme de chambre de Mrs Glenarm elle-même, que la riche veuve avait l'intention de se rendre en quittant Swanhaven Lodge.

À Perth, Bishopriggs connaissait plus d'un bon coin où il pouvait trouver momentanément de l'emploi, et c'est à Perth qu'il résolut de faire parvenir son premier avertissement anonyme à Mrs Glenarm.

Le reste de la soirée se passa assez tranquillement à Swanhaven Lodge.

Les hôtes étaient somnolents et fatigués, après les plaisirs de la journée. Mrs Glenarm se retira de bonne heure. À 11 heures, Julius Delamayn était la seule personne encore debout dans la maison. On le croyait dans son cabinet préparant une adresse pour ses électeurs, d'après les instructions que son père lui avait envoyées de Londres.

En réalité, il était occupé dans le salon de musique, maintenant que personne ne pouvait l'y découvrir, à jouer des exercices en sourdine sur son bien-aimé violon.

Au cottage de l'entraîneur, il survint un petit incident pendant la soirée, qui fournit à Perry le sujet d'une note dans son journal professionnel.

Geoffrey avait soutenu la dernière épreuve de la marche à toute vitesse, dans un temps et sur une distance donnés, sans montrer les symptômes d'épuisement qui s'étaient manifestés après l'épreuve plus sérieuse de la course du matin.

Perry s'appliquait honnêtement, bien que personnellement il se fût couvert de ses paris, à mettre son sujet en état de l'emporter le jour de la course.

Aussi avait-il défendu à Geoffrey de faire sa visite du soir à la maison, et l'avait-il envoyé se coucher de meilleure heure que de coutume.

L'entraîneur était seul, consultant des instructions écrites et réfléchissant aux modifications qu'il pourrait apporter dans le régime et les exercices du jour suivant, quand il tressaillit au bruit d'un gémissement parti de la chambre où dormait son élève.

Il entra et trouva Geoffrey s'agitant sur son oreiller, le visage convulsé, les poings serrés, le front couvert d'une sueur abondante, évidemment sous l'empire d'une oppression produite par les terreurs imaginaires d'un rêve.

Perry lui parla et le secoua dans son lit.

Geoffrey s'éveilla en poussant un cri. Il regarda fixement son entraîneur avec une vague épouvante, en lui adressant d'étranges paroles.

– Qu'est-ce que vos horribles yeux ont à regarder par-dessus mon épaule ? s'écria-t-il. Allez au diable et emportez avec vous votre infernale ardoise !

Perry le secoua encore une fois.

– Vous avez rêvé, Mr Delamayn, que vient faire ici une ardoise ?

Geoffrey regarda vivement par toute la chambre et poussa un grand soupir de soulagement.

– J'aurais juré qu'elle me regardait fixement par-dessus les poiriers nains, dit-il. Très bien ! Je sais où je suis maintenant.

Perry, attribuant ce rêve à une mauvaise digestion, lui fit prendre un peu d'eau et de brandy et le laissa se rendormir.

Geoffrey lui défendit avec effroi d'éteindre la lumière.

– Vous avez peur de l'obscurité, dit Perry en riant.

– Non.

Il avait peur de rêver encore de la cuisinière muette de Windygates.

SEPTIÈME SCÈNE

Ham Farm

38

La dernière soirée avant le mariage

C'était la veille du mariage, le soir était arrivé. On était à la résidence de sir Patrick, dans le comté de Kent. Rien n'était survenu... aucun obstacle. Les actes et contrats avaient été signés deux jours auparavant. À l'exception du chirurgien et de l'un des trois jeunes gens de l'Université, qui avait des engagements ailleurs, les visiteurs de Windygates avaient émigré dans le Sud pour assister au mariage.

Outre ces gentlemen, on comptait parmi les hôtes quelques dames invitées par sir Patrick ; toutes appartenaient à la famille ; trois avaient été choisies comme demoiselles d'honneur de miss Blanche. Ajoutons un ou deux voisins invités au déjeuner, et nous connaîtrons toutes les personnes réunies pour les noces.

Rien de remarquable, au point de vue de l'architecture, dans la maison de sir Patrick ; elle n'avait ni la grandeur de Windygates ni le pittoresque du castel de Julius Delamayn. C'était une résidence anglaise parfaitement ordinaire, au milieu des sites ordinaires qu'offre la campagne anglaise.

Une agréable monotonie régnait à l'intérieur, et vous retrouviez cette même agréable monotonie quand vous

vous approchiez d'une fenêtre pour regarder à l'extérieur.

La variété et l'animation qui manquaient à Ham Farm étaient loin d'être compensées par la composition de la compagnie réunie dans la maison. On se rappela, plus tard, que jamais on n'avait vu de noce plus triste.

Sir Patrick, qui ne rattachait aucun vieux souvenir à cette demeure, avouait franchement que sa résidence dans le Kent assombrissait son humeur et qu'il aurait infiniment préféré une simple chambre à l'auberge du village. Les efforts qu'il faisait pour soutenir sa vivacité habituelle n'étaient guère encouragés ni par les personnes qui l'entouraient ni par les circonstances.

La fidélité de lady Lundie à la mémoire du feu sir Thomas persistait à s'affirmer dans ce lieu témoin de sa dernière maladie et de sa mort; elle employait à cet effet une ostentation d'efforts, intentionnellement maladroits, pour la dissimuler, qui agaçait les nerfs de sir Patrick lui-même.

Blanche, accablée par son inquiétude au sujet d'Anne, n'était pas dans une situation d'esprit à envisager sous un aspect bien gai les derniers jours de sa vie de jeune fille.

Arnold, sacrifié, sur l'ordre exprès de lady Lundie, à l'excès de délicatesse qui défend au futur époux de passer la nuit, avant le mariage, dans la même maison que la future, se voyait impitoyablement exclu de l'hospitalité de sir Patrick et forcé de s'exiler chaque soir à l'auberge. Il acceptait son martyre solitaire avec une résignation qui devait prouver une fois de plus l'heureuse égalité de son caractère.

Quant aux dames, les plus âgées ne songeaient qu'à protester contre lady Lundie et à la contredire; et les plus jeunes étaient absorbées par l'examen des toilettes de noce. Les deux jeunes gentlemen de l'Université se confondaient en de prodigieux bâillements, dans l'intervalle des séances tenues à la salle de billard.

Smith disait avec désespoir : « La vie n'est pas gaie dans cette maison, Jones. » Jones soupirait et en convenait avec Smith.

Dans la soirée du dimanche, veille du mariage, l'ennui était arrivé à son comble. Parmi les occupations qu'on peut se permettre le dimanche, il en est deux qui sont toujours considérées comme édifiantes dans la bonne société anglaise. Il n'y a pas de péché à soutenir des controverses religieuses. Il n'y a pas de péché à sommeiller sur un livre religieux.

À Ham Farm, les dames mirent en pratique la pieuse observance de la soirée du dimanche, d'après ce programme. Les plus âgées soutinrent entre elles des controverses religieuses, et les plus jeunes sommeillèrent sur les livres religieux.

Quant aux hommes, inutile de dire qu'ils fumaient quand ils ne bâillaient pas, et qu'ils bâillaient quand ils ne fumaient plus. Sir Patrick resta dans la bibliothèque, occupé à classer de vieilles lettres et à vérifier d'anciens comptes.

Chacun dans la maison sentait l'oppression des absurdes prohibitions sociales qu'on s'impose en Angleterre, et pourtant chaque personne eût été scandalisée si cette question eût été nettement posée : « Vous savez que c'est une tyrannie créée par vous-même ; vous n'y croyez pas réellement, et elle vous pèse. Pourquoi vous y soumettez-vous ? » Les gens les plus libres du monde civilisé sont les seuls de tout le monde civilisé qui n'oseraient pas affronter cette question brûlante.

La soirée se traîna péniblement, et chacun vit avec plaisir approcher le moment d'aller au lit pour y chercher l'oubli de ces sottises.

Arnold songeait, pour la dernière fois, à la perspective accoutumée de son exil à l'auberge, quand il s'aperçut que sir Patrick lui adressait de grands signes. Il se leva et suivit son hôte dans la salle à manger, qui était déserte. Sir Patrick ferma soigneusement la porte. Qu'est-ce que cela signifiait ?

Cela signifiait, en ce qui concerne Arnold, qu'une conversation particulière allait du moins apporter une diversion à la monotonie de cette longue soirée du dimanche à Ham Farm.

– J'ai un mot à vous dire, Arnold, dit le vieux baronnet, avant que vous soyez devenu un homme marié. Vous rappelez-vous la conversation qui a eu lieu hier au dîner, au sujet de la fête de jour à Swanhaven Lodge?

– Oui.

– Vous rappelez-vous ce qu'a dit alors lady Lundie?

– Elle a dit, ce que je ne puis croire, que Geoffrey Delamayn était sur le point d'épouser Mrs Glenarm.

– C'est cela. J'ai remarqué que vous aviez paru fort surpris de ce que disait ma belle-sœur. Lorsque vous avez déclaré qu'elle devait certainement se méprendre, votre air et votre ton en parlant étaient, pour moi, ceux d'un homme animé d'un vif sentiment d'indignation; du moins, je l'ai cru. Ai-je eu tort?

– Non, sir Patrick, vous étiez dans le vrai.

– Voyez-vous un empêchement à me dire pourquoi vous vous sentiez indigné? Vous êtes probablement embarrassé pour vous expliquer l'intérêt que je puis avoir en cela.

Arnold le reconnut avec sa franchise accoutumée.

– En ce cas, reprit sir Patrick, ce que j'ai de mieux à faire, c'est d'arriver tout de suite au but, en vous laissant apprécier vous-même s'il existe quelque rapport entre ce que je vais vous dire et la question que je vous ai posée. Mon cher enfant, le sujet sur lequel j'ai besoin de vous parler se rapporte à miss Silvester.

Arnold tressaillit.

Sir Patrick le regarda avec attention, pendant un moment, et continua :

– Ma nièce a ses défauts de caractère et ses erreurs de jugement, mais elle a, pour racheter ces défauts, une qualité, entre beaucoup d'autres, qui doit faire et qui fera, je le crois, le bonheur de votre vie : Blanche est fidèle comme l'acier. Une fois son ami, on l'est toujours. Voyez-vous où je veux en venir? Elle n'en a pas dit un seul mot, Arnold, mais elle n'a pas cédé un pouce de sa résolution de ramener miss Silvester. Une des premières questions que vous aurez à décider après-demain sera celle de savoir si vous autoriserez ou non les tentatives de votre femme pour se remettre en rapport avec son amie perdue.

Arnold répondit sans la moindre réserve :

– Je suis sincèrement chagrin, pour Blanche, de la perte de son amie, sir Patrick. Ma femme aura ma pleine approbation pour faire revenir auprès d'elle miss Silvester, et toute mon assistance si je peux lui être de quelque secours.

Ces paroles furent dites avec une sincère conviction; il était clair qu'elles partaient du cœur.

– Je pense que vous avez tort, dit sir Patrick. Moi aussi, je regrette ce qui est arrivé. Je suis convaincu que miss Silvester n'a pas quitté Blanche sans une sérieuse raison; et je crois que vous encourageriez votre femme dans d'inutiles efforts, si vous souffriez qu'elle persistât à rechercher son amie. Néanmoins, c'est votre affaire et non la mienne. Je peux au moins vous offrir quelques facilités pour retrouver la trace de miss Silvester.

– Si vous le pouviez, monsieur!... vous feriez acte de bonté envers Blanche et envers moi.

– Très bien. Vous vous rappelez, je le suppose, ce que je vous ai dit, un matin que nous parlions de miss Silvester à Windygates?

– Vous m'avez dit que vous étiez déterminé à la laisser agir à sa guise.

– C'est tout à fait cela. Dans la soirée du jour où je vous ai ainsi parlé, j'ai reçu l'avis que la trace de miss Silvester avait été suivie jusqu'à Glasgow. Il y a deux autres façons de la retrouver; mais ce ne sont que des pistes que je peux creuser en amenant deux hommes, tous deux également difficiles à confesser, à dire ce qu'ils savent. L'un de ces hommes est un nommé Bishopriggs, autrefois garçon à l'auberge de Craig Fernie.

Arnold tressaillit et changea de couleur. Sir Patrick, après l'avoir observé en silence, raconta les circonstances qui se rapportaient à la lettre perdue par Anne, et fit part au jeune homme de la conclusion à laquelle il était arrivé, à savoir que cette lettre devait être en la possession de Bishopriggs.

– J'ajouterai, continua-t-il, que malheureusement Blanche a trouvé l'occasion de parler à Bishopriggs à Swanhaven Lodge. Quand elle et lady Lundie nous rejoignirent à Édimbourg, elle m'a montré, en particulier, une carte qui lui avait été remise par Bishopriggs. Il y avait indiqué l'adresse à laquelle on pouvait avoir de ses nouvelles, et Blanche me pria, avant notre départ pour Londres, de mettre cette référence à l'épreuve. Comme je l'avais prévu, la carte me renvoyait à quelqu'un qui n'avait pas entendu parler de Bishopriggs depuis des années et qui ne savait point ce que cet homme-là faisait pour le moment. Blanche l'avait mis sur ses gardes et lui avait fait comprendre la nécessité de se rendre introuvable. S'il vous arrivait de le rencontrer un jour, ne dites rien à votre femme et venez vous entendre avec moi. C'est assez sur le compte de Bishopriggs… Passons maintenant à l'autre homme.

– Quel homme ?

– Votre ami, Mr Geoffrey Delamayn.

Arnold bondit sur ses pieds par un mouvement de surprise qu'il ne put maîtriser.

– Cela paraît vous surprendre, fit observer sir Patrick.

Arnold reprit sa place et attendit, sans souffler mot, ce qui allait suivre.

– J'ai mes raisons pour savoir, dit sir Patrick, que Mr Delamayn est parfaitement renseigné sur la nature des chagrins de miss Silvester. Quel rapport y a-t-il entre ces chagrins et lui ? Comment est-il arrivé à se procurer les renseignements qu'il possède, je n'ai pu le découvrir. Mais je suis bien sûr qu'il possède ces renseignements.

– Puis-je vous poser une question, sir Patrick ?

– Quelle est-elle ?

– Comment avez-vous appris ce que vous me dites de Geoffrey Delamayn ?

– Il faudrait trop de temps pour vous l'expliquer, et il n'est pas du tout nécessaire que vous le sachiez. Je ne peux que vous révéler – en confidence, naturellement – que les secrets de miss Silvester n'en sont pas pour Mr Delamayn. Revenons à la question que je vous ai adressée quand nous sommes entrés ici. Voyez-vous maintenant le lien qui unit cette question et ce que je viens de vous dire ?

Arnold ne le voyait pas bien. Son esprit était uniquement occupé de la découverte faite par sir Patrick. Ne se doutant guère qu'il devait à l'incomplète description de Mrs Inchbare de n'avoir pas été reconnu, il se demandait comment il pouvait avoir échappé au soupçon et comment Geoffrey n'avait pu s'y soustraire.

– Je vous demandais, reprit sir Patrick, essayant de lui venir en aide, pourquoi la simple annonce que votre ami allait probablement épouser Mrs Glenarm avait excité votre indignation. Vous avez hésité à me répondre. Hésitez-vous encore !

– Il ne m'est pas aisé de vous satisfaire, sir Patrick.

– Prenons une autre voie. Je suppose que l'effet produit sur vous par cette nouvelle tient à la connaissance que vous pouvez avoir des affaires privées de Mr Delamayn, connaissance que nous n'avons pas. Ma supposition est-elle exacte ?

– Parfaitement exacte.

– Ce que vous savez de Mr Delamayn a-t-il un rapport avec ce que vous savez de miss Silvester ?

Si Arnold s'était senti libre de répondre à cette question, les soupçons de sir Patrick eussent été éveillés, et avec son caractère résolu, il aurait forcé le jeune homme à tout lui révéler avant qu'il ne quittât la maison.

Il était près de minuit. La première heure du jour du mariage allait sonner lorsque la vérité faillit une dernière fois se produire au jour. Les noirs fantômes des tourments et des terreurs futurs planaient dans l'air. Arnold hésita encore. Sir Patrick attendait une réponse. La pendule sonna minuit un quart.

– Je ne puis rien vous dire, dit Arnold.

– C'est un secret ?

– Oui.

– Confié à votre honneur ?

– Doublement confié à mon honneur.

– Que voulez-vous dire ?

– Je veux dire que Geoffrey et moi nous nous sommes querellés, depuis qu'il m'a mis dans sa confidence. Je suis donc doublement obligé de ne pas trahir sa confiance.

– La cause de la querelle est-elle secrète aussi ?

– Oui.

Sir Patrick regarda Arnold bien en face.

– J'ai éprouvé une invincible méfiance envers Mr Delamayn, dès la première fois que je l'ai vu. Répondez à ceci. Avez-vous eu quelque sujet de penser, depuis la conversation que nous avons eue ensemble à Windygates, relativement à Mr Delamayn, qu'après tout, mon opinion sur lui pourrait être bien fondée ?

– Il m'a cruellement déçu, répondit Arnold, je ne puis en dire davantage.

– Vous avez peu de connaissance du monde, continua sir Patrick, et vous venez de reconnaître que vous avez des raisons pour vous méfier de votre ami. Êtes-vous entièrement sûr que vous agissez sagement en gardant son secret vis-à-vis de moi ? Êtes-vous entièrement sûr que vous ne vous repentirez pas du parti que vous allez prendre ce soir ?

Il appuya fortement sur ces derniers mots.

– Réfléchissez, Arnold, ajouta-t-il avec bonté, réfléchissez avant de répondre.

Sir Patrick se leva et mit fin à l'entretien en murmurant :

– Il n'y a plus rien à dire.

Sur ces mots, il donna la main à Arnold et, après l'avoir cordialement pressée, lui souhaita une bonne nuit.

En traversant l'antichambre, Arnold trouva Blanche qui consultait le baromètre.

– L'aiguille est au beau fixe, ma chérie, murmura-t-il. Bonne nuit, pour la dernière fois.

Il la prit dans ses bras et l'embrassa. Au moment où il lui rendait sa liberté, Blanche glissa un petit billet dans sa main.

– Lisez-le, quand vous serez seul à l'auberge, murmura-t-elle.

C'est ainsi qu'ils se séparèrent la veille du mariage.

39

Le jour du mariage

Le baromètre tint ses promesses. Le soleil brilla pour le jour du mariage de Blanche.

À 9 heures du matin eut lieu le premier événement de la journée. Il était d'une nature essentiellement clandestine.

Les futurs époux échappèrent à la contrainte imposée par l'autorité légitime et s'arrogèrent le droit d'avoir ensemble un entretien particulier dans la serre de Ham Farm.

– Vous avez lu ma lettre, Arnold?

– Je viens ici pour y répondre, Blanche. Mais pourquoi ne pas parler?... pourquoi écrire?...

– Parce que c'était trop long à dire... parce que je ne savais pas comment vous pourriez prendre... cela..., et puis cinquante autres raisons. Je me suis confessée à vous, je n'ai plus maintenant un seul secret dans lequel vous ne soyez de moitié. C'est le moment de dire non, Arnold, si vous pensez qu'il ne doit y avoir de place dans mon cœur que pour vous. Mon oncle dit que je suis opiniâtre et que j'ai tort de ne pas oublier Anne. Si vous êtes du même avis que lui, dites-le, cher, avant de faire de moi votre femme.

– Vous répéterai-je ce que m'a dit sir Patrick, hier au soir?

– À ce sujet?

– Oui. La confession que vous me faites dans votre chère petite lettre, voilà justement ce qui a fait l'objet de notre entretien dans la salle à manger avant mon départ de la maison. Il m'a dit que votre cœur était résolu à retrouver miss Silvester. Il m'a demandé comment je comptais agir quand nous serions mariés.

– Et vous avez répondu?...

Arnold répéta la réponse qu'il avait adressée à sir Patrick avec les chaleureux embellissements de langage qui convenaient à la situation.

La joie de Blanche s'exprima par deux outrages successifs contre les convenances, qu'elle ne rougit pas de commettre.

Ses bras entourèrent le cou d'Arnold et elle l'embrassa deux heures avant que la sanction de la loi et de l'Église l'y eût autorisée.

Frémissons, mais ne la blâmons pas. C'est la conséquence des institutions libres.

– Maintenant, dit Arnold, c'est à mon tour de prendre la plume. J'ai une lettre à écrire avant que nous soyons mariés ; seulement, moi, j'ai besoin de votre aide.

– À qui allez-vous écrire ?

– À mon homme de loi, à Édimbourg. Je n'en trouverai pas le temps, si je ne le fais à l'instant. Nous partons pour la Suisse cet après-midi, n'est-ce pas ?

– Oui.

– Très bien. Je veux vous tranquilliser l'esprit, ma chérie, avant que nous ne partions. N'aimeriez-vous pas savoir que des gens intelligents sont à la recherche de miss Silvester ? Sir Patrick m'a indiqué le dernier endroit jusqu'où elle a été suivie, et mon homme de loi mettra du monde en campagne. Aidez-moi à rédiger ce billet convenablement, et l'affaire marchera sans retard.

– Oh ! Arnold ! comment vous récompenser jamais de ce que vous faites aujourd'hui pour moi ?

– Nous verrons cela en Suisse, Blanche.

Ils pénétrèrent audacieusement, bras dessus, bras dessous, dans le cabinet de travail de sir Patrick, qu'ils savaient être à leur disposition à cette heure de la matinée.

Avec les plumes, l'encre et le papier de sir Patrick, ils rédigèrent une lettre d'instructions pour rouvrir l'enquête que sir Patrick, dans sa sagesse supérieure, avait cru devoir clore.

L'homme de loi ne devait épargner ni peines ni argent pour fouiller d'abord Glasgow et retrouver Anne.

Les rapports devaient être adressés à Arnold sous le couvert de sir Patrick, à Ham Farm.

Pendant le temps qu'ils écrivaient cette lettre, 10 heures étaient arrivées.

Blanche quitta Arnold pour aller revêtir les splendeurs de toilette nuptiale, après un nouvel outrage aux convenances – encore une des conséquences de nos institutions libres.

Les événements ultérieurs furent d'une nature publique et avouable, conformes aux précédents consacrés par l'usage.

Les nymphes du village semèrent de fleurs le porche de l'église et envoyèrent leur note le même jour. Les villageois sonnèrent joyeusement les cloches et firent des écarts de conduite le soir avec l'argent qu'ils avaient reçu. Le futur attendit dans l'église. Suivant la tradition et suivant leur nature, les dames versèrent des larmes quand la fiancée fut conduite à l'autel.

Le ministre examina la licence – précaution officielle –, puis le futur – signe que celui ne devait pas oublier les rémunérations officielles.

Puis le service commença.

À la bien considérer, c'est certainement la plus terrible de toutes les cérémonies humaines.

Ce service qui unit deux êtres humains qui ne savent rien de la nature de l'autre et qui risquent l'effrayante expérience de vivre ensemble jusqu'à ce que la mort les sépare, on y devrait dire un psaume qui commencerait par ces mots : « Faites le saut dans les ténèbres, nous sanctifions votre folie mais nous ne garantissons pas les conséquences. »

La cérémonie continua sans que le plus léger obstacle vînt l'entraver.

Aucune aventure imprévue, aucune erreur de mauvais augure.

Les derniers mots étaient dits et le livre saint était fermé. Ils signèrent leurs noms sur le registre, l'époux fut félicité, l'épouse fut embrassée.

Ils revinrent à la maison sur un tapis de fleurs jetées sous leurs pieds.

On hâta le déjeuner de noces, et les épithalames furent écourtés. Il n'y avait pas de temps à perdre, si les nouveaux mariés voulaient arriver pour le train de la marée.

Une heure après, la voiture de noces les avait emportés à la gare, et les hôtes leur avaient fait leurs adieux du haut perron de la maison.

Jeunes couples bienheureux, jeunes amants désormais attachés l'un à l'autre, planez au-dessus des sordides soucis de la vie !

Quel avenir doré s'ouvrait devant eux !

Mariés avec le consentement de leur famille et les bénédictions de l'Église, qui aurait pu supposer que le temps était proche où un terrible problème viendrait les surprendre dès les premiers temps de leurs amours : « Êtes-vous mari et femme ? »

40

La vérité éclate enfin

Deux jours après le mariage, le mercredi 9 septembre, un paquet de lettres reçu à Windygates fut envoyé par l'intendant de lady Lundie à Ham Farm.

À l'exception d'une seule, ces lettres étaient toutes adressées, soit à sir Patrick, soit à sa belle-sœur. Une seule l'était à *Arnold Brinkworth, Esq., Aux soins de Lady Lundie. Windygates, Comté de Perth.*

L'enveloppe était protégée par un sceau.

Après avoir remarqué que cette lettre portait le timbre de la poste de Glasgow, sir Patrick regarda avec une certaine défiance l'écriture de l'adresse. Elle ne lui était pas connue, mais c'était évidemment l'écriture d'une femme.

Lady Lundie était assise en face de lui de l'autre côté de la table. Il dit d'un air indifférent :

– Une lettre pour Arnold.

Et il la lui passa.

Sa Seigneurie prit la lettre et la laissa tomber dès qu'elle eut vu l'écriture, comme si ce papier lui eût brûlé les doigts.

– La Personne ? encore ! s'écria lady Lundie. La personne a l'audace d'adresser une lettre à Arnold, chez moi.

– Miss Silvester? demanda sir Patrick.

– Non! non! dit Sa Seigneurie en serrant bruyamment les dents. La Personne peut m'insulter en adressant une lettre confiée à mes soins; mais son nom ne sortira pas de mes lèvres. Pas même dans votre maison, sir Patrick; pas même pour vous plaire.

Sir Patrick était suffisamment édifié.

Après tout ce qui était arrivé, après sa lettre d'adieu à Blanche, voici que miss Silvester écrivait à Arnold de son propre mouvement. C'était inexplicable.

L'intendant de lady Lundie était un homme méthodique. Il avait mis sur le dos de toutes les lettres la date à laquelle chacune lui avait été délivrée. Celle adressée à Arnold lui avait été apportée le lundi 7 septembre, le jour même du mariage.

Qu'est-ce que cela voulait dire?

C'était du temps perdu que de le chercher.

Sir Patrick se leva pour enfermer la lettre dans un des tiroirs du bureau placé derrière lui.

Lady Lundie intervint dans l'intérêt de la morale :

– Sir Patrick?

– Madame… ?

– Ne considérez-vous pas comme un devoir pour vous d'ouvrir cette lettre?

– Chère dame! comment est-il possible que vous ayez une telle pensée?…

La plus vertueuse des femmes de ce monde avait sa réponse toute prête :

– Je pense aux intérêts moraux d'Arnold.

Sir Patrick sourit.

Sur la longue liste des respectables déguisements grâce auxquels nous affirmons notre importance et satisfaisons notre penchant à nous mêler des affaires du voisin, le souci des intérêts moraux d'autrui figure au premier rang.

– Nous recevrons probablement des nouvelles d'Arnold dans un jour ou deux, dit sir Patrick en enfermant le pli dans le tiroir ; nous lui enverrons cette lettre dès que nous saurons où la lui faire parvenir.

Le lendemain apporta des nouvelles des jeunes époux.

Ils annonçaient qu'ils étaient trop heureux. Ils n'avaient guère souci du lieu où ils vivaient pourvu qu'ils fussent ensemble. Aussi ne s'occupaient-ils de rien ; leur serviteur décidait de tout. Cet homme intelligent qui méritait toute confiance avait décrété que Paris n'était pas un lieu de séjour pour tout être humain doué de raison, pendant le mois de septembre.

Il avait donc arrangé qu'on quitterait Paris pour Bade, le 10. Les lettres devaient être adressées dans cette ville jusqu'à nouvel avis ; si le serviteur se plaisait à Bade, ils y séjourneraient probablement quelque temps ; mais si le serviteur avait du goût pour les montagnes, ils visiteraient plutôt la Suisse.

En attendant, rien n'intéressait Arnold que Blanche, et Blanche n'avait d'autre intérêt qu'Arnold.

Sir Patrick adressa la lettre d'Anne Silvester à Arnold, poste restante, à Bade. Une seconde lettre, arrivée le matin, adressée à Arnold par quelque homme d'affaires et portant le timbre du bureau de poste d'Édimbourg, fut envoyée par la même voie et en même temps.

Deux jours après, Ham Farm était déserté par ses hôtes.

Lady Lundie était retournée à Windygates, les autres invités chez eux. Sir Patrick, qui avait aussi l'intention de revenir en Écosse, était resté pour une semaine, comme un prisonnier solitaire, dans sa triste résidence.

Une accumulation d'affaires arriérées, qu'il était impossible à son intendant de régler seul, l'obligeait à demeurer provisoirement dans le comté de Kent. Pour un homme qui n'avait pas le goût de la chasse aux perdrix, l'épreuve était rude.

Sir Patrick arrivait cependant à remplir la journée, grâce à ses affaires et avec quelques lectures. Dans la soirée, le recteur d'une paroisse voisine venait pour dîner et provoquait son hôte au noble et antique jeu de piquet. Le recteur était un admirable joueur, et sir Patrick, quoique né presbytérien, chérissait du fond du cœur l'Église d'Angleterre.

Trois jours se passèrent ainsi. Les affaires arriérées à Ham Farm touchaient à leur fin. Le moment pour sir Patrick de retourner en Écosse approchait. Les deux partenaires au jeu de piquet convinrent de se réunir pour une dernière partie, le lendemain soir, à la demeure du recteur.

Mais donnons-nous la consolation de remarquer que nos supérieurs dans l'Église et dans l'État sont à la merci des circonstances, tout comme les plus humbles et les plus pauvres d'entre nous. La dernière partie de piquet entre le baronnet et le ministre ne devait jamais être jouée.

Dans l'après-midi du quatrième jour, sir Patrick, revenant de sa promenade en voiture, trouva une lettre d'Arnold qui l'attendait et avait été apportée lors de la deuxième distribution.

À en juger rien que par les apparences, c'était une lettre d'une importance et peut-être aussi d'un intérêt extraordinaire. Arnold était le dernier homme qu'on pût soupçonner d'aimer à écrire longuement. Néanmoins, cette lettre avait trois fois le volume et le poids des lettres ordinaires. Et certes elle contenait quelque chose de rare, d'étranges nouvelles. En haut de l'enveloppe était écrit le mot *Pressée*, et sur l'un des coins, le mot inquiétant *Particulière* était souligné deux fois.

Rien de fâcheux, j'espère? pensa sir Patrick. Il brisa l'enveloppe. Deux lettres qui y étaient incluses tombèrent sur la table, c'étaient les deux mêmes qu'il avait réexpédiées à Bade. La troisième, qui lui était restée en mains, couvrait deux feuilles de papier; elle était d'Arnold lui-même. Sir Patrick lut celle-ci d'abord. Elle était datée de Bade et commençait ainsi :

Mon cher sir Patrick,

Ne prenez pas l'alarme, si cela est possible. Je suis dans un terrible embarras...

Sir Patrick détacha un moment les yeux du papier.

Étant donné un jeune homme qui écrit de Bade et se déclare dans un terrible embarras, que doit-on penser? Quelle interprétation est naturelle? Sir Patrick tira l'inévitable conclusion : Arnold a joué. Il secoua la tête et continua :

Je dois dire, quelque affreux que cela soit, que je ne suis pas à blâmer, ni elle non plus, la pauvre créature!

Sir Patrick s'arrêta de nouveau.

Elle?... Blanche a donc joué aussi? Il ne manque plus, pour compléter le tableau, que d'apprendre par la phrase suivante que le serviteur, entraîné à son tour, a perdu jusqu'à ses chausses.

Sir Patrick reprit sa lecture :

Vous ne pouvez, c'est certain, croire que je connaissais la loi quand j'ai secouru la pauvre miss Silvester...

Miss Silvester!... qu'est-ce que miss Silvester fait là-dedans, et que peut signifier cette allusion à la loi? se dit le baronnet.

Sir Patrick avait lu la lettre debout. Une vague appréhension le saisit, à l'apparition de ce nom de miss Silvester. Il n'éprouva rien pourtant qui ressemblât à une claire idée de ce qui allait suivre. Mais une influence indéfinissable agissait sur lui, qui ébranlait ses nerfs et qui lui fit sentir tout à coup les infirmités de son âge. Il fut obligé d'attendre un moment avant de reprendre sa lecture.

La lettre continuait ainsi :

Et quant à la pauvre Anne Silvester, quoi qu'elle éprouvât, comme elle me le rappelle, quelques mauvais pressentiments, jamais pourtant elle n'a pu prévoir, n'étant pas légiste, comment tout cela pouvait finir. Je ne sais quelles expressions employer pour vous apprendre une chose à laquelle je ne puis et ne veux pas croire moi-même; mais fût-elle vraie, je suis certain que vous trouverez le moyen de nous tirer de peine. Rien ne m'arrêtera et rien n'arrêtera miss Silvester, ainsi que vous pouvez en juger par sa lettre. Comme de raison, je n'ai pas dit mot de cette fatale histoire à ma bien-aimée Blanche, qui est parfaitement heureuse et ne se doute de rien. Tout cela, cher sir Patrick, est très mal écrit, je le crains, mais je voulais vous préparer et vous montrer d'abord le moins affreux ; néanmoins il faut dire la vérité. Que la honte retombe sur la loi écossaise ! Voilà ce que c'est : Geoffrey Delamayn est un plus grand misérable que vous ne l'avez pensé, et je regrette amèrement, après la manière dont les événements ont tourné, d'avoir retenu ma langue, le soir où nous avons eu un entretien particulier à Ham Farm. Bon ! vous allez croire que je mêle tout ensemble. Il n'en est rien. Veuillez garder dans votre esprit ce que je viens de vous dire sur Geoffrey et rapprochez-le de ce qui me reste à vous apprendre. Oh ! le plus terrible est encore à venir. La lettre ci-incluse de miss Silvester me révèle des choses... Vous devez savoir que je me rendis auprès d'elle, en secret, comme messager de Geoffrey, le jour de la fête dans les jardins de Windygates. Eh bien ! comment cela a-t-il pu arriver, Dieu seul le sait ! mais il y a sujet de craindre que je ne l'aie épousée, sans le savoir, en août dernier, à l'auberge de Craig Fernie.

La lettre tomba des mains de sir Patrick. Il se renversa sur son siège, étourdi par le choc qu'il venait de recevoir.

Il revint à lui et, encore tout accablé, se remit pourtant sur pieds et fit un tour dans la chambre. Il s'arrêta, rappela sa volonté, se calma par un violent effort. Il ramassa la lettre, il en relut la dernière phrase.

Son front rougit et il était sur le point de céder à une explosion de colère contre Arnold, quand la raison l'arrêta.

C'est assez d'un fou dans la famille, se dit-il ; mon rôle, dans cette effroyable conjoncture, est de garder la tête froide et d'agir dans l'intérêt de Blanche.

Il attendit encore un peu pour être sûr d'être bien

maître de lui, et revint à la lettre, curieux de voir ce que celui qui l'avait écrite pouvait dire en sa faveur, et quelle excuse ou quelle explication Arnold lui donnait.

Arnold, qui avait eu tant de choses à dire, n'avait pas su comment les exprimer. Il était difficile de décider ce qu'il y avait de plus remarquable dans sa lettre, ou du désordre de ses idées ou de l'ingénuité de ses aveux. La lettre n'avait ni commencement, ni milieu, ni fin.

Il disait la façon dont il avait été mêlé aux ennuis d'Anne Silvester, depuis le jour mémorable où Geoffrey Delamayn l'avait envoyé à Craig Fernie, jusqu'à la non moins mémorable soirée où sir Patrick avait vainement essayé de le faire parler à Ham Farm.

J'avoue que je me suis conduit comme un sot, concluait la lettre, en gardant le secret de Geoffrey Delamayn, d'après la manière dont les événements ont tourné. Mais pouvais-je dire ce que je savais sur lui sans compromettre miss Silvester ? Lisez sa lettre : vous verrez ce qu'elle dit et avec quelle générosité elle me donne toute liberté. Il est inutile de vous exprimer combien je suis chagrin d'avoir été si peu prudent. Le mal est fait. Rien ne m'arrêtera, comme je l'ai dit plus haut, pour le réparer. Dites-moi seulement ce que je dois faire, et tant que cela ne me séparera pas de Blanche, soyez certain que je le ferai. En attendant de vos nouvelles, cher sir Patrick, je reste votre bien embarrassé,

Arnold Brinkworth.

Sir Patrick replia la lettre et regarda les deux missives qui l'accompagnaient et qui étaient restées sur la table. Ses yeux étaient durs, ses sourcils froncés, quand il avança la main pour prendre la lettre d'Anne. La lettre de l'agent d'Arnold était la plus proche, et il arriva que ce fut celle-là qu'il prit la première.

Elle était assez courte et assez lisiblement écrite pour être parcourue d'un regard.

L'homme de loi annonçait qu'il avait fait les recherches nécessaires à Glasgow. Anne avait été suivie jusqu'au *Sheep's Head Hotel.* Elle y avait séjourné malade et dans un état désespéré jusqu'au commencement de septembre. On avait inséré à son sujet, sans résultat, un avis dans les journaux de Glasgow. Le 5 septembre, elle était suffisamment rétablie pour quitter l'hôtel. On l'avait vue le même jour à la station du chemin de fer, mais à partir de ce moment sa trace avait encore été perdue. L'homme de loi avait suspendu ses démarches ; il attendait de nouvelles instructions de son client.

Cette lettre ne resta pas sans effet, car elle disposa sir Patrick à suspendre tout jugement sévère et précipité sur le compte d'Anne, ce que tout homme placé dans sa situation eût été porté à faire.

La maladie de la jeune femme réclamait une petite part de sympathie ; son abandon, si clairement et si tristement révélé par l'avis inséré dans les journaux, plaidait l'indulgence pour les fautes commises.

Gravement, mais sans colère, sir Patrick ouvrit la lettre d'Anne, cette lettre qui jetait un doute sur la validité du mariage de sa nièce.

41

Le sacrifice

Anne écrivait ce qui suit :

Glasgow, 5 septembre.

Cher Mr Brinkworth,

Il y a près de trois semaines, j'ai essayé de vous écrire de cette ville. J'ai été saisie par un mal soudain, pendant que j'écrivais ma lettre, et depuis ce temps je suis restée au lit dans un état désespéré. J'ai vu de près, de bien près la mort, à ce qu'on m'a dit.

Cependant, j'ai pu me lever quelques instants avant-hier et hier. Aujourd'hui, j'ai progressé vers un plus grand rétablissement. Je puis tenir ma plume et ras-

sembler mes pensées. Le premier usage que je fais de mes forces est de vous écrire ces lignes.

Je vais, autant que je puis le savoir, vous surprendre beaucoup et peut-être vous alarmer. Il n'y a pas moyen d'échapper à cette cruelle nouvelle, il faut que cela soit dit.

Ne sachant comment présenter ce que j'ai maintenant à vous apprendre, je ne trouve pas de meilleur moyen que celui-ci : c'est de vous prier instamment de vous reporter, par le souvenir, à certain jour. Oh ! nous aurons tous deux de tristes raisons pour regretter ce jour où Geoffrey Delamayn vous envoya vers moi, à l'auberge de Craig Fernie.

Peut-être ne vous rappellerez-vous pas, car cela ne fit aucune impression sur vous alors, que j'éprouvais et que j'exprimais une grande répugnance à passer pour votre femme devant les gens de l'auberge. Cette feinte pourtant était nécessaire, pour qu'il me fût permis de rester à Craig Fernie. Je le savais, mais je reculais devant cette nécessité. Il m'était impossible de vous démentir, sans attirer sur moi les plus pénibles conséquences et sans courir le risque de provoquer un scandale qui pouvait arriver aux oreilles de Blanche. Je savais cela aussi, mais ma conscience persistait à m'adresser des reproches. C'était un pressentiment. J'ignorais le danger imminent auquel vous vous exposiez, autrement j'aurais parlé, quoi qu'il pût arriver.

Je devinais que vous n'agissiez pas sagement… rien de plus. Aussi vrai que j'aime et que je vénère la mémoire de ma mère ! Aussi vrai que je crois en la miséricorde de Dieu ! cela est la vérité.

Vous avez quitté l'auberge le lendemain matin et nous ne nous sommes pas revus depuis.

Peu de jours après votre départ, et livrée à moi-même, mon anxiété me devint de plus en plus impossible à supporter. Je me rendis secrètement à Windygates et j'eus un entretien avec Blanche.

Elle s'absenta quelques moments de la pièce dans laquelle nous nous étions rencontrées. Dans cet intervalle, je vis Geoffrey Delamayn pour la première fois depuis que j'avais quitté la fête donnée par lady Lundie. Il me traita comme si j'étais une étrangère pour lui. Il me dit qu'il avait découvert ce qui s'était passé entre nous à l'auberge. Il me dit qu'il avait pris l'avis d'un homme de loi. Oh ! Mr Brinkworth, comment finir… ? Comment écrire les mots qu'il prononça ensuite ?… il le faut cependant… Il le faut… Il refusa en face de m'épouser. Il me dit que j'étais déjà mariée… que j'étais déjà votre femme.

Maintenant, vous savez pourquoi je vous ai rappelé ce que j'éprouvais pendant la soirée que nous avons passée ensemble à Craig Fernie. Si vous pensez et si vous parlez mal de moi, je n'ai pas le droit de vous en blâmer. Je suis innocente. Et pourtant c'est ma faute !

Des larmes insensées obscurcissent mes yeux, il faut que je m'arrête et que je me repose un moment…

Je me suis assise à la fenêtre et j'ai regardé les gens qui vont et viennent dans la rue. Tous me sont étrangers, mais leur vue me calme. Le bourdonnement de la grande cité m'a redonné du cœur, et je continue.

Je ne puis prendre sur moi d'écrire à l'homme qui nous a trahis tous les deux. Toute déshonorée et toute brisée que je suis, quelque chose encore m'élève au-dessus de lui. S'il venait repentant en ce moment et s'il m'offrait tout ce que le rang, la fortune et la considération publique peuvent donner, je préférerais rester ce que je suis plutôt que devenir sa femme. Laissez-moi vous parler de vous et, dans l'intérêt de Blanche, laissez-moi vous parler de moi-même.

J'aurais dû, sans doute, attendre à Windygates pour vous voir et vous dire immédiatement ce qui était arrivé. Mais j'étais faible et malade, et le choc produit sur moi par les paroles que je venais d'entendre fut si violent que je m'évanouis. Quand je repris connaissance, je fus si épouvantée en pensant à vous et à Blanche qu'une sorte de folie s'empara de moi. Je n'avais qu'une idée, l'idée de m'enfuir et de me cacher.

Mes idées s'éclaircirent et se calmèrent pendant mon voyage jusqu'à cette ville, et à mon arrivée je fis ce qu'il y avait, je l'espère et je le crois, de mieux à faire. Je consultai deux hommes de loi. Ils différèrent d'opinion sur la question de savoir si j'étais mariée ou non, d'après ce que décide, en pareille matière, la loi en Écosse. Le premier affirma que oui. Le second soutint le contraire, mais me conseilla de vous écrire immédiatement et de vous informer de la position dans laquelle vous étiez placé. J'essayai d'écrire le même jour et je tombai malade, ainsi que vous le savez à présent.

Grâce à Dieu, ce retard est sans conséquence. J'ai demandé à Blanche, à Windygates, quand vous deviez vous marier, et elle m'a répondu que ce ne serait pas avant la fin de l'automne. Nous ne sommes qu'au 5 septembre, vous avez du temps devant vous. Dans notre intérêt à tous, mettez-le donc à profit.

Qu'allez-vous faire ?

Allez immédiatement chez sir Patrick Lundie, et montrez-lui cette lettre. Suivez ses avis… quoi qu'il puisse en résulter pour moi. Je répondrais mal à votre bonté, je trahirais l'amour que je porte à Blanche, si j'hésitais à braver toutes les révélations nécessaires dans votre intérêt et dans le sien. Vous avez été, en cette circonstance, si généreux et si bon !

Vous avez gardé mon honteux secret, j'en suis sûre, avec la fidélité d'un homme d'honneur ayant à sauvegarder la réputation d'une femme. Je vous relève de tout cœur de votre engagement, cher Mr Brinkworth. Je vous supplie à genoux de vous considérer comme libre de révéler la vérité. Je ferai, de mon côté, toutes les déclarations qui pourraient être nécessaires dans les circonstances où nous sommes, quelque publiques qu'elles puissent être.

Reconquérez votre liberté à tout prix, et alors, mais seulement alors, rendez un peu d'estime à celle qui a fait peser sur vous le fardeau de ses chagrins et obscurci votre vie de l'ombre de sa honte.

Je vous en prie, ne voyez pas en tout ceci un sacrifice de ma part. C'est un moyen de rendre de la tranquillité à mon esprit… et voilà tout.

Qu'est-ce qui me reste dans la vie ? Rien que la néces-

sité de vivre. Quand je pense maintenant à l'avenir, mon esprit passe par-dessus les années que je dois passer en ce monde. Parfois j'ose espérer que la divine bonté du Christ – qui plaida autrefois sur la terre pour une femme comme moi – plaidera du moins quand la mort m'aura prise pour faire admettre mon âme au ciel. Parfois j'ose espérer voir ma mère et celle de Blanche dans un monde meilleur. Leurs cœurs étaient unis comme ceux de deux sœurs, tant qu'elles furent sur terre, et elles ont légué leur mutuel amour à leurs enfants.

Oh ! ce n'était pas en vain que j'avais promis d'être une sœur pour Blanche. La dette que j'ai contractée envers elle est la dette de reconnaissance de ma mère. Et que suis-je maintenant ? Un obstacle au bonheur de sa vie ! Me sacrifier à ce bonheur, c'est la seule chose qui me reste à faire, je n'ai nul souci de moi-même. Dites toute la vérité sur moi ; appelez-moi pour en porter témoignage, aussi publiquement qu'il vous plaira…

J'ai attendu quelques instants, m'efforçant de penser, avant de clore ma lettre et de chercher dans ma tête ce que je pouvais encore avoir à vous écrire.

Je ne me trouve plus d'autres devoirs à remplir que celui de vous apprendre comment vous pourrez me trouver si vous désiriez m'écrire ou si vous jugiez nécessaire de me revoir.

Un mot avant d'aborder ce sujet.

Il m'est impossible de deviner ce que vous ferez, ou ce que d'autres vous conseilleront de faire, quand vous aurez reçu ma lettre. Je ne sais même pas si vous n'avez pas appris déjà quelque chose par Geoffrey Delamayn. Dans ce cas ou dans celui où vous croiriez devoir mettre Blanche dans la confidence, je vous suggère l'idée de m'envoyer une personne en laquelle vous puissiez avoir confiance. Si cela n'était pas possible, ne me voyez du moins vous-même qu'en présence d'un tiers.

L'homme qui n'a pas hésité à nous trahir tous deux n'hésiterait pas à nous calomnier encore, s'il en trouvait l'occasion. Dans votre propre intérêt, évitons avec soin de donner aux langues menteuses aucun prétexte pour attaquer la place que vous occupez dans l'estime de Blanche. N'agissez pas de manière à vous mettre encore dans une fausse position. Faites !... oh ! faites qu'un sentiment indigne d'elle ne s'éveille pas dans l'aimante et généreuse nature de votre fiancée.

Cela dit, je puis maintenant vous indiquer les moyens de communiquer avec moi après que j'aurai quitté Glasgow.

Vous trouverez, sur la feuille de papier ci-incluse, le nom et l'adresse du second des deux hommes de loi que j'ai consultés. Il est convenu entre nous que je l'informerai, par lettre, du lieu où je m'arrêterai, et il est autorisé à vous communiquer ce renseignement si vous le lui demandez, vous et sir Patrick Lundie, soit personnellement, soit par lettre. Je ne sais pas encore où je trouverai un refuge. Rien n'est certain, mais ce que je sais, c'est que je ne pourrai pas aller bien loin dans l'état de faiblesse où je suis.

Si vous vous étonnez que je me déplace avant de me sentir plus forte, je ne puis vous en donner qu'une raison qui pourra vous paraître insuffisante et fondée sur des craintes exagérées.

J'ai été informée qu'il avait été inséré à mon sujet dans les journaux de Glasgow, pendant ma maladie à l'hôtel, un avis qui me représentait comme une étrangère en danger de mort. Mes tourments m'ont peut-être rendue déraisonnablement soupçonneuse.

J'ai peur de ce qui peut arriver si je reste ici, après que le lieu de ma résidence a été rendu public. Aussi, dès que je pourrai me mouvoir, je partirai en secret. Je serai satisfaite si je puis trouver le repos et la tranquillité dans quelque petite ville des environs de Glasgow.

Vous n'avez pas à vous inquiéter de mes moyens d'existence. J'ai assez d'argent pour pourvoir à tous mes besoins, et si ma santé se rétablit, je connais les moyens de gagner ma vie.

Je ne vous charge d'aucun message pour Blanche, je ne l'ose pas jusqu'à ce que tout soit terminé. Attendez qu'elle soit votre heureuse femme, et alors vous lui don-

nerez un baiser et vous lui direz que c'est de la part d'Anne.

Essayez de me pardonner, cher Mr Brinkworth. Je vous ai tout dit.

Votre bien reconnaissante,

Anne Silvester.

Sir Patrick déposa la lettre sur la table avec un véritable sentiment de respect pour la femme qui l'avait écrite.

Un peu de l'influence qu'Anne exerçait plus ou moins sur tous les hommes qui se trouvaient en contact avec elle semblait se communiquer au vieux légiste, par l'intermédiaire de cette lettre.

Ses pensées s'égarèrent loin de la sérieuse et pressante question, loin de la situation menaçante de sa nièce, pour passer dans une région de méditations purement spéculatives dont Anne était l'unique objet.

Quelle engouement, se demanda-t-il, a pu mettre cette noble créature à la merci d'un homme tel que ce Geoffrey Delamayn ?

Nous nous sommes tous trouvés, à une époque quelconque de notre vie, aussi embarrassés que l'était sir Patrick en cet instant.

L'expérience nous a appris que les femmes se perdent par une impulsion irréfléchie, pour des hommes indignes, et que les hommes courent tête baissée à leur ruine pour des femmes indignes d'eux. L'institution du divorce n'a pas de raison plus principale d'exister chez nous.

Et pourtant, chaque fois qu'un de ces cas de folie s'offre à nos yeux, nous sommes étonnés de trouver que l'homme et la femme ne se sont presque jamais choisis l'un et l'autre pour des motifs sensés et avouables. Nous sommes toujours assez naïfs pour attendre de la passion qu'elle agisse d'après des principes logiques, et de la fragilité humaine, égarée par l'amour, qu'elle se défende du péril et de l'erreur.

Demandez aux plus sages parmi les personnes du sexe d'Anne Silvester ce qui justifie, d'une façon rationnelle, le choix qu'elles ont fait de l'homme auquel elles ont donné leur cœur et leur vie. Vous leur poserez une question qu'elles n'ont jamais songé à se poser elles-mêmes.

Et il y a plus encore. Consultez votre propre expérience et dites-le franchement : auriez-vous pu justifier vous-même le mouvement de votre cœur, au moment où vous l'avez engagé ? Auriez-vous pu exposer sur le papier vos raisons d'aimer quand vous vous êtes avoué à vous-même que vous aimiez ?

Et ces raisons supporteraient-elles un examen critique, en supposant que vous les ayez formulées par écrit ?

Sir Patrick abandonna ce sujet, désespérant de trouver une solution à un si insoluble problème. Il résolut sagement de réveiller son esprit en s'occupant des nécessités pratiques du moment.

Il lui parut essentiel d'envoyer d'abord des excuses au recteur afin d'avoir sa soirée à lui et de la consacrer à réfléchir au plan de conduite qu'il devait tracer à Arnold.

Après avoir écrit quelques mots à son partenaire au piquet, rejetant sur une affaire de famille l'obligation où il était de manquer à son engagement, sir Patrick sonna.

Le fidèle Duncan apparut et vit à l'instant, sur le visage de son maître, qu'il était arrivé quelque chose.

– Envoyez un homme avec ce billet chez le recteur, dit sir Patrick. Je ne puis dîner dehors aujourd'hui. Je mangerai un morceau à la maison.

– Je crains, sir Patrick, si vous voulez bien m'excuser d'en faire la remarque, que vous n'ayez reçu de mauvaises nouvelles.

– Les plus mauvaises nouvelles possibles, Duncan. Je ne puis vous en parler maintenant. Restez à portée d'entendre ma sonnette, et veillez à ce que personne ne vienne m'interrompre, personne, pas même l'intendant. Je ne puis le recevoir.

Après avoir mûrement réfléchi, sir Patrick décida qu'il n'y avait pas d'autre possibilité que d'envoyer un message à Arnold et à Blanche pour les rappeler en

Angleterre. Il comprenait la nécessité de questionner Arnold dans les plus minutieux détails sur ce qui s'était passé entre lui et Anne Silvester à l'auberge de Craig Fernie.

En même temps, il lui paraissait désirable, dans l'intérêt de Blanche, de la laisser dans l'ignorance, pour le moment du moins, de tout ce qui était arrivé. Sir Patrick triompha de cette difficulté avec son ingéniosité et sa promptitude de ressources habituelles. Il écrivit un télégramme à Arnold, rédigé dans les termes suivants :

J'ai reçu votre lettre et celles qui y étaient incluses. Revenez à Ham Farm aussitôt que vous le pourrez. Gardez encore le secret pour Blanche. Dites-lui, comme raison pour revenir, qu'on a retrouvé la trace d'Anne Silvester.

Duncan ayant été envoyé à la gare avec ce message, son maître se livra au calcul de la question de temps.

Arnold, selon toutes les probabilités, recevrait le télégramme le lendemain, 17 septembre. Dans trois jours, lui et Blanche pouvaient être attendus à Ham Farm.

Durant cet intervalle de liberté, sir Patrick aurait amplement le temps de se remettre et de voir ce qu'il y avait de mieux à faire dans les alarmantes conjonctures qu'il avait à affronter.

Le 19, sir Patrick reçut un télégramme l'informant qu'il pouvait espérer voir arriver le jeune couple le 20 dans la soirée.

Assez tard dans la soirée du 20, le bruit d'une voiture se fit entendre, et sir Patrick, de la porte de son appartement, entendit des voix familières dans l'antichambre.

– Eh bien ! s'écria Blanche en l'apercevant sur le seuil de la porte, Anne est-elle retrouvée ?

– Pas encore, ma chère.

– A-t-on de ses nouvelles ?

– Oui.

– Et j'arrive à temps pour être utile ?

– Parfaitement à temps. Vous apprendrez tout demain

matin. Allez quitter votre costume de voyage et descendez pour souper le plus tôt que vous le pourrez.

Blanche l'embrassa et monta à l'étage. Sa beauté avait gagné au mariage. C'est ce que pensa sir Patrick après le rapide coup d'œil qu'il avait jeté sur elle. Blanche lui semblait plus calme et plus posée. Il y avait dans son regard et dans ses manières des grâces nouvelles.

Arnold, en revanche, paraissait moins à son avantage. Il était inquiet et tourmenté, sa position vis-à-vis de miss Silvester semblait obséder son esprit. Dès que la jeune femme eut disparu, il parla tout bas à sir Patrick :

– J'ose à peine vous adresser la question que je désire vous faire. Si vous êtes fâché contre moi, je dois accepter votre colère. Mais dites-moi seulement s'il y a un moyen pour nous de sortir d'embarras ? Y avez-vous pensé ?

– Je ne suis pas assez sûr de moi pour pouvoir parler clairement et avec calme ce soir, dit sir Patrick. Qu'il vous suffise de savoir que j'ai songé aux moyens de sortir d'embarras et attendez pour le reste jusqu'à demain matin.

D'autres personnes aussi impliquées dans le drame qui se préparait avaient eu à songer aux difficultés passées et à calculer leur conduite à venir, pendant le voyage de Blanche et d'Arnold.

Entre le 17 et le 20 septembre, Geoffrey Delamayn avait quitté Swanhaven Lodge pour gagner ses nouveaux quartiers d'entraînement, plus près de l'endroit où la course à pied devait avoir lieu. Le capitaine Newenden avait profité de son passage à Londres pour consulter ses avocats.

L'objet de la conférence était de découvrir l'auteur d'une lettre anonyme adressée en Écosse, qui avait eu l'audace de causer de sérieux ennuis à Mrs Glenarm.

C'est ainsi qu'isolément, deux par deux, ils convergeaient, venant de divers points, vers le voisinage de la grande cité dans laquelle ils devaient se trouver tous réunis et se rencontrer face à face pour la première et la dernière fois dans la vie de ce monde.

42

Le moyen d'en sortir

Le déjeuner venait de finir. Blanche, voyant devant elle une agréable journée de flânerie, proposa à Arnold une promenade dans les jardins.

Le jardin était brillant de soleil et la jeune épouse brillante de bonne humeur. Elle surprit les yeux de son oncle qui la regardait avec admiration, et répondit à cet hommage muet par un petit compliment.

– Vous n'avez pas idée, dit-elle, combien il est bon d'être de retour à Ham Farm.

– Dois-je entendre par là, répliqua sir Patrick, que je suis pardonné d'avoir interrompu la lune de miel ?

– Vous êtes plus que pardonné de l'avoir interrompue, dit Blanche, vous êtes remercié. Oui, reprit-elle, de l'air d'une matrone qui a au moins vingt ans de mariage derrière elle, j'ai beaucoup réfléchi sur ce sujet et je suis arrivée à penser qu'une lune de miel qui prend la forme d'un tour sur le Continent est un de nos abus nationaux. Il faut ici une réforme. Quand on est amoureux l'un de l'autre, et je considère un mariage sans amour comme n'étant pas du tout un mariage, qu'a-t-on besoin de l'excitation que produit la vue des pays étrangers ? N'y a-t-il pas assez d'étrangeté pour une nouvelle mariée dans son mari ? N'est-il pas une nouveauté pour elle ? Et quel est l'objet le plus intéressant de la Création, pour un homme dans la position d'Arnold ? Les Alpes ? Certainement non ! L'objet le plus intéressant, c'est sa femme.

» Le temps qui convient pour une excursion maritale, c'est dix ou douze ans plus tard ; quand on commence, non pas à être las l'un de l'autre, ceci est hors de question, mais à être un peu trop habitués l'un à l'autre. Alors, on fait son voyage en Suisse et l'on s'intéresse aux Alpes. On fait des excursions de lune de miel dans l'automne de la vie de mariage, et cela est très bien !… Venez dans le jardin, Arnold, et calculons combien il nous faudra de temps pour être las l'un de l'autre, et pour avoir besoin que les beautés de la nature nous tiennent compagnie.

Arnold fit un appel du regard à sir Patrick.

Il n'avait pas encore été échangé un seul mot entre eux au sujet de la lettre d'Anne Silvester. Sir Patrick comprit la nécessité de lui fournir une excuse vis-à-vis de Blanche.

– Pardonnez-moi, dit-il, si je demande la permission d'empiéter sur votre monopole. J'ai quelque chose à dire à votre mari au sujet de sa propriété en Écosse. Voulez-vous le laisser avec moi, si je vous promets de lui rendre la liberté promptement ?

Blanche sourit avec grâce.

– Vous le garderez tant qu'il vous plaira, cher oncle. Voici votre chapeau, ajouta-t-elle en le jetant gaiement à son mari ; je l'ai apporté avec le mien. Vous me trouverez sur la pelouse.

Elle salua de la tête et sortit.

– Fixez-moi à l'instant, sir Patrick, dit Arnold. Est-ce sérieux ?… Pensez-vous que je sois à blâmer ?

– Je répondrai d'abord à votre dernière question. Oui, vous êtes à blâmer. Vous avez commis un acte d'impardonnable légèreté, quand vous avez consenti à vous rendre, comme messager de Geoffrey Delamayn, auprès de miss Silvester, à l'auberge de Craig Fernie. Vous étant une fois placé dans cette fausse position, vous ne pouviez guère agir autrement que vous ne l'avez fait par la suite. On ne peut guère non plus vous reprocher de ne pas connaître la loi écossaise. En tant qu'homme d'honneur, vous étiez obligé de garder un secret confié à votre honneur et dans lequel était intéressée la réputation d'une femme. Votre première et dernière faute dans tout cela est l'erreur fatale que vous avez commise en acceptant une part des responsabilités qui appartenaient exclusivement à un autre homme.

– Cet homme m'avait sauvé la vie, et je croyais rendre service pour service à mon meilleur ami.

– Quant à votre autre question, continua sir Patrick, si je considère votre position comme sérieuse ? Très certainement oui ! Tant que nous ne sommes pas absolument sûrs que Blanche est légitimement votre épouse, la position est plus que sérieuse, elle est intolérable. Je maintiens l'opinion que, grâce à votre silence, ce misérable Delamayn a réussi à m'arracher des renseignements. Je lui ai dit ce que je vous dis à présent : vos paroles et vos actions à Craig Fernie ne constituent pas un mariage, d'après la loi écossaise. Mais… poursuivit sir Patrick en levant le doigt pour avertir Arnold, vous avez lu la lettre de miss Silvester, et vous pouvez prendre cela comme le résultat de mon expérience personnelle, qu'il ne faut pas se fier, en pareille matière, à une opinion individuelle. Sur deux hommes de loi consultés par miss Silvester à Glasgow, l'un arrive à une conclusion tout opposée à la mienne et décide que, vous et elle, vous êtes mariés. Je crois qu'il a tort. Mais dans notre situation nous n'avons pas d'autre possibilité que de combattre hardiment la manière de voir qu'il représente. En d'autres termes, nous devons considérer le pire.

Arnold froissa entre ses deux mains le chapeau de voyage que Blanche lui avait jeté.

– Supposons que les choses tournent au plus mal, demanda-t-il, qu'arrivera-t-il donc ?

Sir Patrick secoua la tête.

– Il n'est pas aisé de vous le dire, répliqua-t-il, sans entrer dans l'examen de la question de droit. Mais je ne ferais que confondre vos idées. Examinons les conséquences sociales, c'est-à-dire les conséquences pour Blanche et vos enfants à naître.

Arnold poussa un gémissement sourd.

– Je n'avais pas pensé aux enfants, dit-il avec un air de consternation.

– Ce qui ne les empêcherait pas de se présenter, reprit sèchement sir Patrick. Maintenant écoutez-moi. Il peut vous être venu à l'esprit que le moyen bien simple de sortir du dilemme dans lequel nous sommes placés serait, pour vous et pour miss Silvester, de déclarer chacun de votre côté ce qui est la vérité ; à savoir que vous n'avez jamais eu la moindre intention de vous marier ensemble.

Gardez-vous de fonder aucun espoir sur un pareil remède. Vous comptez sans Geoffrey Delamayn. Il est intéressé, rappelez-vous bien, à prouver que vous et miss Silvester, vous êtes mari et femme. Des circonstances peuvent se présenter – je ne perdrai pas mon temps à les prévoir –, qui permettent à une tierce personne d'invoquer contre vous le témoignage de la patronne et du garçon de l'auberge de Craig Fernie. Ils viendront affirmer que votre déclaration et celle de miss Silvester sont le résultat d'un accord frauduleux entre vous. Ne vous étonnez pas. De semblables choses se sont vues. Miss Silvester est pauvre, et Blanche est riche. Vous pouvez vous trouver placé dans la fausse position d'un homme qui nie son mariage avec une femme pauvre pour établir la validité de son mariage avec une héritière. Miss Silvester se prêterait à la fraude dans un double et puissant intérêt, celui de réclamer ses droits sur un homme qui a un rang dans le monde et celui de se faire payer en argent son renoncement à cet homme en faveur de Blanche. Voilà comment un misérable peut présenter l'affaire, sans qu'elle paraisse extravagante, devant une cour de justice.

– Bien certainement, la loi ne peut pas permettre de pareilles infamies.

– La loi ne peut rien contre quiconque est prêt à payer les hommes de loi qui usent leur cerveau et leur temps à son service. Mettez ceci de côté pour le moment. Delamayn peut faire surgir la cause, si cela lui plaît, sans réclamer l'aide d'un homme de loi. Il n'a qu'à s'arranger pour faire arriver aux oreilles de Blanche certains bruits disant qu'elle n'est pas votre femme légitime. Avec son caractère, supposez-vous que Blanche nous laisserait une minute de repos jusqu'à ce que le fait fût éclairci ? Prenez les choses autrement : endormez-vous dans l'idée que personne ne viendra vous troubler pour le moment. Pouvons-nous savoir ce que sera l'avenir et si la légitimité de vos enfants ne pourra pas être contestée ? Nous avons affaire à un homme que rien ne retient. Nous avons une législation qu'on ne peut démolir qu'en la déclarant d'une incertitude scandaleuse. Et nous avons deux personnes,

Bishopriggs et Mrs Inchbare, qui peuvent dire ce qui s'est passé entre vous et miss Silvester à l'auberge. Dans l'intérêt de Blanche et dans l'intérêt de vos enfants à naître, nous devons envisager la question sur-le-champ et la trancher pour toujours. La première face de cette question qui s'offre à nous est celle-ci : commencerons-nous par nous mettre en communication avec miss Silvester, oui ou non ?

À ce point important de la conversation, ils furent interrompus par la réapparition de Blanche.

Avait-elle, par hasard, entendu ce qu'ils avaient dit ?

Non ; c'était la vieille histoire de beaucoup d'interruptions. L'oisiveté, qui ne s'occupe de rien, était venue voir le travail, qui doit songer à tout. C'est apparemment une loi de nature en ce monde que les gens qui n'ont rien à faire ne peuvent supporter la vue du travail chez leurs voisins. Blanche apportait un nouveau spécimen de chapeau extrait de la collection d'Arnold.

– J'ai pensé à ceci dans le jardin, dit-elle d'un ton tout à fait sérieux. Voici le chapeau noir haut de forme… Vous êtes mieux avec celui-ci qu'avec le chapeau gris. Je suis venue pour l'échanger, voilà tout.

Elle changea le chapeau d'Arnold et s'en alla, sans avoir le moindre soupçon d'avoir été importune.

– Mettez le chapeau noir quand vous sortirez et venez le plus tôt possible, cher. Je ne reste pas un instant de plus, mon oncle, je ne voudrais pas vous interrompre, pour rien au monde.

Elle envoya un baiser de la main à sir Patrick, sourit à son mari et s'éloigna.

– Que disions-nous ? demanda Arnold. C'est désagréable d'être ainsi interrompus, n'est-il pas vrai ?

– Si j'entends quelque chose à la nature de la femme, répondit gravement sir Patrick, votre femme ne fera ainsi qu'entrer et sortir pendant toute la matinée. Je ne lui donne pas dix minutes avant qu'elle ait changé d'idée sur la sérieuse question du chapeau gris et du chapeau noir. Ces petites interruptions, toutes charmantes dans un autre moment, font naître un doute dans mon esprit. Ne serait-il pas plus sage, je me le demande, de faire de nécessité vertu et d'inclure Blanche dans la conversation ? Que dites-vous de l'idée de la rappeler et de lui dire la vérité ?...

Arnold tressaillit et changea de couleur.

– Cela nous créera bien des difficultés.

– Mon cher ami, à chaque pas dans cette affaire, il se présentera des difficultés. Tôt ou tard, votre femme doit savoir ce qui est arrivé. Le moment opportun pour le lui dire, je le laisse à votre décision et non à la mienne. Seulement, réfléchissez bien que la révélation aura meilleure grâce de votre part si vous la faites avant d'être mis au pied du mur.

Arnold se leva, fit un tour dans la serre, se rassit et regarda sir Patrick de l'air d'un homme confondu, qui ne sait plus où il est.

– Je ne sais que faire, je suis complètement accablé. La vérité, sir Patrick, c'est que j'ai été forcé, à Craig Fernie, de tromper Blanche d'une façon qui devra lui paraître cruelle et impardonnable.

– Voilà qui est louche !... Que voulez-vous dire ?

– Je vais essayer de vous l'expliquer. Vous vous rappelez quand vous êtes venu à l'auberge pour voir miss Silvester. Eh bien, me trouvant là pour une affaire secrète, j'ai été obligé de me tenir à l'écart.

– Je comprends ! Et quand Blanche est venue à son tour, vous avez été forcé de vous cacher de Blanche, comme vous vous étiez caché de moi ?

– Encore pis que cela ! Un jour ou deux après, Blanche m'a mis dans sa confidence. Elle m'a parlé de sa visite à l'auberge, comme si j'y étais complètement étranger. Elle m'a dit en face, sir Patrick, la conduite de l'homme invisible qui s'était si étrangement caché d'elle... sans le moindre soupçon que je fusse cet homme. Et je n'ai pas répondu un mot pour la détromper. J'étais obligé de garder le silence, sans quoi j'aurais trahi miss Silvester. Qu'est-ce que Blanche va penser de moi, si je le lui dis maintenant ? Voilà la question !

À peine le nom de Blanche était-il sorti des lèvres de

son mari que Blanche elle-même vint vérifier la prédiction de sir Patrick, en apparaissant à la fenêtre, avec le chapeau gris à la main.

– Vous n'avez pas encore fini ! s'écria-t-elle. Je suis désolée de vous interrompre encore, cher oncle, mais ces horribles chapeaux d'Arnold commencent à obséder mon esprit. Après plus mûre réflexion, je pense que le chapeau gris est le plus convenable des deux. Changeons encore, cher. Oui, le noir est hideux. Il y a un pauvre à la grille, je vais lui donner le chapeau noir, et de cette façon la question sera tranchée. Suis-je vraiment bien importune ? Je crains que vous ne me trouviez turbulente. Je suis, en effet, agitée. Je ne comprends pas ce que j'ai ce matin.

– Je puis vous le dire, dit sir Patrick de son ton le plus grave et le plus sec. Vous souffrez, Blanche, d'une maladie qui est excessivement commune parmi les jeunes femmes en Angleterre. Une maladie presque incurable et dont le nom est l'oisiveté.

Blanche fit à son oncle une petite révérence.

– Vous auriez pu me dire, en moins de mots, que j'étais importune.

Elle tourna sur elle-même, chassa du pied devant elle le chapeau noir disgracié hors de la serre et laissa encore une fois seuls son oncle et son mari.

– Votre position vis-à-vis de votre femme, Arnold, reprit sir Patrick, revenant gravement au sujet qui les occupait, est certainement une position difficile.

Il s'arrêta, pensant à cette soirée lors de laquelle Blanche, voulant lui donner une preuve de l'incomplète description faite par Mrs Inchbare de l'homme qui était venu à l'auberge, avait cité Arnold lui-même comme un des êtres innocents auxquels cette description aurait pu s'appliquer.

– Peut-être, ajouta-t-il, la difficulté est-elle encore plus grande que vous ne le supposez. Il eût été plus facile pour vous, et cela lui eût paru plus honorable de votre part, de lui faire l'inévitable confession avant le mariage. Si vous ne l'avez pas fait et si, ce qui est bien plus sérieux, vous vous trouvez dans l'embarras où vous êtes vis-à-vis de miss Silvester, j'en suis, jusqu'à un certain point, responsable. Si je n'avais pas innocemment hâté votre mariage avec Blanche, l'admirable lettre de miss Silvester serait arrivée amplement à temps pour éviter ce malheur. Il est inutile de nous appesantir là-dessus à présent. Reprenez courage, Arnold. Je suis tenu de vous montrer la route pour sortir de ce labyrinthe, quelles que puissent être les difficultés et, s'il plaît à Dieu, je le ferai.

Il montrait à l'autre bout de la serre une table chargée de tout ce qu'il faut pour écrire.

– J'ai horreur de me mouvoir, aussitôt après mon déjeuner, dit-il. Nous n'irons pas dans la bibliothèque. Apportez-moi ici une plume et de l'encre.

– Allez-vous écrire à miss Silvester ?

– C'est la question que nous avons à examiner et qui n'est pas encore décidée. Avant de prendre un parti, j'ai besoin de connaître dans les moindres détails tout ce qui s'est passé entre vous et miss Silvester à l'auberge. Je vais vous interroger comme si vous étiez assis devant moi sur le banc des témoins, dans une cour de justice.

Sur ce préambule, et la lettre écrite de Bade par Arnold à la main comme mémento, sir Patrick posa ses questions clairement, sans rien omettre, et Arnold répondit à toutes avec patience et avec la plus entière franchise. L'interrogatoire continua sans interruption jusqu'au moment où Anne, dans le cours des événements, avait froissé la lettre de Geoffrey dans sa main et l'avait jetée à l'autre bout de la chambre. Alors, pour la première fois, sir Patrick trempa sa plume dans l'encre, comme pour prendre une note.

– Apportez un grand soin dans votre réponse. J'ai besoin de connaître tout ce que vous pourrez dire au sujet de cette lettre.

– La lettre est perdue ? demanda Arnold.

– La lettre a été volée par Bishopriggs, répliqua sir Patrick, et elle est encore en sa possession en ce moment.

– Mais vous en savez là-dessus plus que moi ? s'écria Arnold.

– J'espère que non. Je ne sais pas ce que contenait la lettre. Le savez-vous ?

– Oui. En partie du moins…

– En partie ?

– Il y avait deux lettres écrites sur la même feuille de papier. L'une l'avait été par Geoffrey Delamayn, et c'est celle que je connais.

Sir Patrick tressaillit, son visage s'éclaircit, et il prit une note à la hâte.

– Continuez, dit-il vivement. Comment se fait-il qu'il y eût deux lettres sur la même feuille ? Expliquez cela !

Arnold expliqua que Geoffrey, n'ayant point d'autre papier pour envoyer ses excuses à Anne, avait écrit sur la quatrième page, restée blanche, d'une lettre qui lui avait été précédemment adressée par Anne elle-même.

– Avez-vous lu cette lettre ? demanda sir Patrick.

– J'aurais pu la lire si je l'avais voulu.

– Et vous ne l'avez pas lue ?

– Non.

– Pourquoi ?

– Par délicatesse.

Le sang-froid de sir Patrick lui-même, toujours si maître de lui, ne tint plus.

– Voici l'acte de délicatesse le plus mal entendu dont j'aie eu connaissance de ma vie ! s'écria le vieux baronnet avec vivacité. N'y pensons plus, il est inutile de le regretter maintenant. En tout cas, vous avez lu la réponse de Delamayn à la lettre de miss Silvester.

– Oui, je l'ai lue.

– Répétez-la, aussi fidèlement que votre mémoire vous le permet.

– Elle était si courte qu'il n'y a presque rien à répéter. Autant que je puis m'en souvenir, Geoffrey disait qu'il était rappelé à Londres par la maladie de son père. Il conseillait à miss Silvester de demeurer où elle était, et il m'indiquait comme son messager. C'est tout ce que je me rappelle maintenant.

– Fouillez votre cervelle, mon cher garçon. C'est très important. Ne faisait-il pas d'allusion à un engagement d'épouser miss Silvester à Craig Fernie? Ne cherchait-il pas à la calmer par quelques paroles d'espoir?

Cette question provoqua un nouvel effort de mémoire de la part d'Arnold.

– Oh! répondit-il, Geoffrey disait quelque chose comme ceci : je serai fidèle à mon engagement… je tiendrai ma promesse, ou des mots semblables.

– Vous en êtes sûr?

– J'en suis sûr.

Sir Patrick prit une autre note.

– La lettre était-elle signée? demanda-t-il quand il eut fini.

– Oui.

– Et datée?

– Oui.

La mémoire d'Arnold fit un second effort après cette seconde réponse affirmative.

– Attendez un peu… Je me rappelle quelque chose encore. La lettre était non seulement datée, mais l'heure à laquelle elle avait été écrite était aussi mentionnée.

– Pourquoi cela?

– Je le lui avais conseillé. La lettre était si courte que je me sentis honteux d'avoir à la remettre telle quelle. Je lui dis de mentionner au moins l'heure pour prouver qu'il était obligé d'écrire à la hâte. Il écrivit donc l'heure à laquelle le train devait partir, et l'heure à laquelle il traçait ces lignes.

– Et vous avez remis la lettre à miss Silvester, vous-même, dès que vous l'avez vue à l'auberge?

– Je la lui ai remise.

Sir Patrick prit une troisième note et repoussa le papier d'un air d'excessive satisfaction.

– J'avais toujours soupçonné la lettre perdue d'être un document important, sans cela Bishopriggs ne l'aurait pas volée. Il nous faut la récupérer, Arnold, et à tout prix. Écrivons d'abord à Glasgow, à l'homme de loi de miss Silvester.

– Attendez un peu! cria une voix de la serre, n'oubliez pas que je suis revenue de Bade pour vous aider!

Sir Patrick et Arnold relevèrent la tête. Cette fois, Blanche avait entendu les derniers mots de leur entretien. Elle s'assit à la table près de sir Patrick et posa une main caressante sur son épaule.

– Vous avez tout à fait raison, mon oncle, dit-elle ; je souffre ce matin d'oisiveté. Allez-vous écrire à Anne ? Ne le faites pas ; laissez-moi écrire à votre place.

Sir Patrick refusa de lui céder la plume.

– La personne qui connaît l'adresse de miss Silvester est un homme de loi de Glasgow. Je vais écrire à l'homme de loi. Quand il nous aura fait savoir où est votre amie, alors, Blanche, il sera temps d'employer vos bons offices pour la décider à revenir.

Il ramena vers lui ce qu'il lui fallait pour écrire, et suspendant, pour le moment, l'interrogatoire d'Arnold, il commença sa lettre à Mr Crum.

Blanche insista énergiquement pour avoir une occupation quelconque.

– Personne n'a-t-il rien à me donner à faire ? Glasgow est si loin et l'attente est si cruelle. Ne restez pas ainsi à me regarder, Arnold, ne pouvez-vous me suggérer quelque chose ?

Arnold, cette fois, fit preuve d'une grande promptitude de ressource.

– Si, vous devez une lettre à lady Lundie. Il y a trois jours qu'elle vous a écrit, et vous ne lui avez pas encore répondu.

Sir Patrick s'arrêta et leva vivement les yeux de son pupitre.

– Lady Lundie ! murmura-t-il.

– Oui, dit Blanche. C'est parfaitement exact ; je lui dois une lettre. Je vais lui annoncer que nous sommes revenus en Angleterre. Elle sera joliment furieuse quand elle saura pourquoi.

La perspective de provoquer la fureur de lady Lundie sembla réveiller l'énergie endormie de Blanche. Elle prit une feuille de papier à lettres et se mit à l'instant même à écrire sa réponse.

Sir Patrick compléta sa communication à l'homme de

loi, après avoir regardé Blanche avec des yeux qui exprimaient un tout autre sentiment que l'approbation donnée à son occupation présente.

Quand il eut placé sa lettre dans le sac destiné aux envois pour la poste, il fit, en silence, signe à Arnold de le suivre dans le jardin. Ils sortirent ensemble, laissant Blanche absorbée par sa tâche.

– Ma femme fait-elle quelque chose de mal? demanda Arnold qui avait vu le regard que sir Patrick avait jeté sur Blanche.

– Votre femme fait le mal, avec toute la rapidité que ses doigts possèdent pour glisser sur le papier.

Arnold regarda sir Patrick avec un air étonné.

– Elle doit cependant répondre à la lettre de lady Lundie, dit-il.

– Sans doute.

– Et elle doit lui annoncer que nous sommes de retour.

– Je ne le nie pas.

– Alors, quelle objection soulevez-vous à ce qu'elle écrive?

Sir Patrick prit une pincée de tabac et montra du bout de sa canne d'ivoire les abeilles activement occupées à butiner dans les corbeilles de fleurs.

– Je vais vous l'expliquer. Supposez que Blanche affirme à l'un de ces insectes indiscrets que, par un accident inattendu, il n'y a plus de miel à trouver dans le calice des fleurs; pensez-vous qu'il tiendrait la chose pour certaine? Non. Il se plongerait tête baissée dans la fleur la plus proche et voudrait vérifier le fait par lui-même.

– Eh bien? dit Arnold.

– Eh bien! voilà Blanche dans la serre, annonçant à lady Lundie que le voyage de noces, par un accident inattendu, se trouve terminé. Pensez-vous que lady Lundie soit femme à accepter cette réalité tranquillement? Non, non! Lady Lundie, comme l'abeille, insistera pour se livrer à une investigation personnelle. Comment cela finira-t-il si elle découvre la vérité, et quelles nouvelles complications apportera son intervention dans une affaire qui, Dieu le sait, est déjà suffisamment compliquée? Je vous le laisse à imaginer. Ma pauvre capacité à prédire les événements ne va pas jusque-là.

Avant qu'Arnold eût pu répondre, Blanche quitta la serre et vint les rejoindre.

– J'ai fini, dit-elle. C'était une lettre difficile à écrire, et j'éprouve du soulagement à en être quitte.

– Vous avez fini, ma chère, fit observer tranquillement sir Patrick. Cela peut être un soulagement. Mais vous n'en êtes pas quitte.

– Que voulez-vous dire?

– Je pense, Blanche, que vous recevrez des nouvelles de votre belle-mère, par le retour du courrier.

43

Des nouvelles de Glasgow

Les lettres à lady Lundie et à Mr Crum ayant été expédiées le lundi, on pouvait attendre les réponses par retour du courrier, c'est-à-dire dans l'après-midi du mercredi à Ham Farm.

Sir Patrick et Arnold, durant cet intervalle, tinrent plusieurs conseils privés sur la question délicate et difficile d'admettre ou de ne pas mettre Blanche dans la confidence. Le plus prudent et le plus âgé des deux émit son avis, et le plus jeune et le moins expérimenté écouta.

– Pensez à cela, dit sir Patrick, et faites-le.

Arnold y pensa et ne le fit pas.

Que ceux qui seraient disposés à le blâmer se rappellent qu'il n'était marié que depuis une quinzaine de jours. Il est dur, assurément, après deux semaines seulement de vie commune, de paraître devant sa femme en coupable, assis sur la sellette; de lui demander grâce et de trouver qu'un ange de justice vous a été accordé par la destinée libérale dans celle que vous adorez.

Ils étaient tous trois à la maison dans l'après-midi du mercredi, regardant au-dehors pour guetter l'arrivée du facteur.

La correspondance arriva ; elle contenait, exactement comme l'avait prévu sir Patrick, une lettre de lady Lundie ; mais ce n'était pas le sujet le plus intéressant. Aucune nouvelle de Glasgow. L'homme de loi n'avait pas répondu à sir Patrick par le retour du courrier.

– Est-ce mauvais signe ? demanda Blanche.

– C'est signe, au contraire, qu'il est arrivé quelque chose, répondit son oncle. Mr Crum attend peut-être d'avoir reçu quelque information spéciale et veut se donner l'honneur de nous la communiquer. Nous devons espérer, ma chère, dans la poste de demain.

– Ouvrez toujours la lettre de lady Lundie, dit Blanche. Êtes-vous sûr qu'elle soit pour vous, et non pour moi ?

Il n'y avait pas de doute à avoir. La réponse de Sa Seigneurie était évidemment adressée à son beau-frère.

– Je sais ce que cela signifie, dit Blanche en regardant attentivement son oncle pendant qu'il lisait sa lettre. Prononcer le nom d'Anne, c'est insulter ma belle-mère. J'ai pris la liberté de le prononcer. Lady Lundie est mortellement offensée et furieuse.

Téméraire jugement de la jeunesse ! Une femme qui prend une attitude digne, dans un événement de famille, n'est pas mortellement offensée, elle est profondément affligée. Lady Lundie avait pris une attitude digne.

Je sais bien, écrivait cette estimable et chrétienne dame, *que j'ai été depuis longtemps considérée comme une intruse par les membres de la famille de mon défunt et bien-aimé mari. Mais je n'étais guère préparée à me voir entièrement exclue de toute confiance, dans un moment où quelque catastrophe domestique nous menace. Je n'ai nul désir, cher sir Patrick, d'intervenir d'une manière indiscrète. Sentant néanmoins que ce serait manquer à l'honneur de ma position de correspondre désormais avec Blanche, je m'adresse au chef de famille, dans le pur intérêt des convenances. Permettez-moi de demander si, dans des circonstances qui paraissent assez sérieuses pour nécessiter le rappel de ma belle-fille et de son mari de leur voyage de noces, vous pensez qu'il soit décent de laisser la veuve du feu sir Thomas dans l'ignorance la plus complète de ce qui a pu arriver. Réfléchissez à cela, non par rapport à moi !... mais par rapport à votre position dans la société. La curiosité, vous le savez, est étrangère à ma nature, mais quand cet effroyable scandale, quel qu'il puisse être, éclatera, ce qui, cher sir Patrick, ne peut manquer d'arriver, que pensera le monde s'il demande l'opinion de lady Lundie et s'il apprend que lady Lundie ne sait absolument rien ? Quoi que vous décidiez, je n'y verrai pas d'offense. Je serai peut-être blessée, mais peu importe ! Dans le petit cercle de mes devoirs, je serai toujours prête et résignée. Si même vous m'excluez complètement de toute délibération de famille, mes meilleurs souhaits trouveront encore le chemin de Ham Farm. Puis-je ajouter, sans m'exposer à vos railleries, que les prières d'une femme isolée sur la terre sont offertes pour le bonheur de tous ?*

– Eh bien ? dit Blanche.

Sir Patrick plia la lettre et la mit dans sa poche.

– Recevez les meilleurs souhaits de votre belle-mère, ma chère enfant.

Après avoir répondu en ces termes, il salua sa nièce avec beaucoup de bonne grâce et sortit de la serre.

Si je pense qu'il est décent, se disait-il à lui-même, quand il eut fermé la porte, de laisser la veuve du feu sir Thomas Lundie dans l'ignorance la plus complète de tout cela ?... Quand le caractère d'une telle dame est en ébullition, je pense qu'il est plus que *décent*, je pense qu'il est absolument *indispensable* de la laisser avoir le dernier mot.

Il se rendit à la bibliothèque et enferma la lettre de remontrances de sa belle-sœur, dans son carton portant cette inscription : *Lettres sans réponses.*

Après s'en être débarrassé de cette manière, il fredonna son petit air écossais favori, mit son chapeau et alla faire un tour au soleil dans le jardin.

Blanche n'était pas complètement satisfaite par la réponse de sir Patrick. Elle en appela à son mari.

– Y a-t-il quelque chose de mauvais, dit-elle, que sir Patrick voudrait me cacher ?

Arnold ne pouvait pas trouver de meilleure occasion que celle-ci pour faire la révélation si longtemps différée. Il leva les yeux sur le visage de Blanche.

Par une malheureuse fatalité, elle avait une mine charmante ce matin-là. Quelle mine ferait-elle s'il lui racontait l'histoire de sa présence à l'auberge ?

Arnold était amoureux d'elle, Arnold ne dit rien.

La poste du lendemain apporta non seulement la lettre attendue de Mr Crum, mais aussi un numéro du *Journal de Glasgow*, qu'on n'attendait pas.

Cette fois, Blanche n'eut pas lieu de se plaindre que son oncle gardât sa correspondance pour lui. Sir Patrick lut la lettre de l'homme de loi avec un intérêt et une agitation qui indiquaient que son contenu le surprenait grandement ; il la tendit à Arnold et à sa nièce.

– Mauvaises nouvelles ; nous devons tous en prendre notre parti.

Après avoir accusé réception de la lettre de sir Patrick, Mr Crum commençait par apprendre tout ce qu'il savait sur les mouvements de miss Silvester, à partir de l'époque où elle avait quitté le *Sheep's Head Hotel*.

Quinze jours après environ, il avait reçu une lettre d'elle, l'informant qu'elle avait trouvé une résidence à son gré, dans un village près de Glasgow. Pénétré d'un vif intérêt pour miss Silvester, il était allé lui rendre visite.

Il s'était assuré qu'elle habitait chez des gens convenables et qu'elle était là aussi bien que les circonstances le permettaient. Pendant toute une semaine, il n'avait eu aucune nouvelle.

À l'expiration de ce temps, il avait reçu une lettre l'informant que miss Silvester avait lu dans le *Journal de Glasgow* quelque information qui avait un intérêt sérieux pour elle et l'obligeait à faire immédiatement un voyage dans le Nord et de le poursuivre aussi vite que ses forces le lui permettraient; plus tard, quand elle serait fixée sur ses démarches ultérieures, elle écrirait à Mr Crum pour l'informer de l'endroit où il pourrait communiquer avec elle, si cela devenait nécessaire.

En attendant, elle ne pouvait que le remercier de sa bonté et le prier de recevoir toutes les lettres ou les messages qui pourraient arriver à son adresse. Depuis la réception de ce billet, l'homme de loi ne savait plus rien. Il avait attendu dans l'espoir de recevoir quelque chose de nouveau, qu'il pourrait transmettre à sir Patrick. L'espoir ne s'était pas réalisé.

Il avait maintenant relaté tout ce qu'il savait et il envoyait un numéro du journal que miss Silvester mentionnait, pour le cas où l'examen qui en serait fait par sir Patrick pourrait le conduire à d'autres découvertes.

En terminant, il s'engageait à écrire dès qu'il aurait reçu d'autres renseignements.

Blanche s'empara du journal et le déplia.

– Laissez-moi voir, dit-elle. Je saurai trouver ce qu'Anne y a vu, mieux que personne.

Elle le parcourut des yeux, colonne par colonne, et page par page, et laissa tomber le journal sur ses genoux, avec un geste de désespoir.

– Rien ! s'écria-t-elle, je ne vois rien nulle part qui puisse intéresser Anne. Rien qui puisse intéresser personne… excepté lady Lundie, continua-t-elle, en jetant à terre le journal qu'elle avait sur ses genoux. La nouvelle qui s'est répandue à Swanhaven Lodge paraît se confirmer, Arnold, Geoffrey Delamayn est sur le point d'épouser Mrs Glenarm…

– Comment ! s'écria Arnold, frappé tout à coup de l'idée que c'était la nouvelle qu'Anne avait lue.

Sir Patrick l'avertit du regard et ramassa le journal.

– Je ferais bien de le parcourir à mon tour, Blanche, et de m'assurer que rien ne vous a échappé.

L'annonce était au nombre des nouvelles classées sous ce titre : NOUVELLES DU MONDE ÉLÉGANT.

Une alliance matrimoniale, disait le *Journal de Glasgow, est projetée entre l'Honorable Geoffrey Delamayn et la belle et charmante veuve de feu Mathieu Glenarm, Esquire, antérieurement miss Newenden. Le mariage, selon toutes les probabilités, sera célébré, en Écosse, avant la fin de cet automne, et le déjeuner de noces, dit-on, réunira une nombreuse et brillante société à Swanhaven Lodge.*

Sir Patrick passa, en silence, le journal à Arnold.

Il était clair, pour quiconque avait connaissance de l'histoire d'Anne Silvester, que c'était cet article qui était fatalement parvenu jusqu'à elle dans sa pénible retraite. L'explication de ce qui s'était ensuivi n'était guère moins claire.

Mais ce qui était encore plus facile à comprendre, selon sir Patrick, c'était le but du voyage d'Anne dans le Nord. La femme abandonnée avait rappelé ce qui lui restait d'énergie et s'était dévouée à un effort désespéré pour empêcher le mariage de Mrs Glenarm.

Blanche fut la première à rompre le silence.

– C'est comme une fatalité, dit-elle. De perpétuels insuccès, des désappointements sans fin, Anne et moi sommes-nous condamnées à ne jamais nous revoir ?

Elle regarda son oncle. Sir Patrick ne manifestait pas son énergie ordinaire en face de ce désastre.

– Elle a promis d'écrire à Mr Crum, dit-il, Mr Crum a promis de nous transmettre les nouvelles qu'il recevrait d'elle. C'est la seule chance qui nous reste. Il nous faut l'accepter avec autant de résignation que possible.

Blanche s'en alla errer avec une insouciance apparente parmi les fleurs de la serre. Sir Patrick ne fit pas mystère de l'impression produite sur lui par la lettre de Mr Crum, quand il se trouva seul avec Arnold :

– Il n'y a pas à nier que les événements aient pris un tour très sérieux. Mes plans et mes calculs sont renversés. Je ne peux prévoir quels nouveaux malheurs nous menacent, si ces deux femmes se rencontrent. Quel acte désespéré peut commettre Delamayn, si sa famille le met au pied du mur ? Dans l'état des choses, j'avoue franchement que je ne sais plus que faire… Une grande lumière de l'Église presbytérienne, ajouta-t-il avec un éclair passager de son humeur sarcastique, déclarait une fois, en ma présence, que l'invention de l'imprimerie n'était rien de moins que la preuve de l'activité intellectuelle des démons. Sur mon honneur, pour la première fois de ma vie, je me sentirais disposé à en tomber d'accord avec lui.

Il reprit machinalement le journal qu'Arnold avait posé sur la table.

– Qu'est-ce que cela ? s'écria-t-il à la vue d'un nom qui lui sauta aux yeux dès la première ligne du journal. Encore Mrs Glenarm ! Veulent-ils faire de la veuve du marchand de fer un personnage public ?

C'était bien le nom de la veuve qui figurait pour la seconde fois dans les colonnes du journal, au milieu d'une sorte de chronique, fournie par un correspondant occasionnel et insérée sous ce titre : CE QU'ON DIT ET CE QU'ON FAIT DANS LE NORD.

Après d'agréables bavardages sur les chasses projetées pour la saison, sur les modes de Paris, sur un accident arrivé à un touriste et sur un scandale dans l'Église d'Écosse, l'auteur procédait au récit d'un cas intéressant, relatif à un mariage dans la sphère connue dans le langage des valets de pied comme étant la sphère du *high life*.

Un grand bruit, continuait le correspondant, *a été causé dans le comté de Perth et ses environs par la révélation d'une tentative anonyme de chantage dont une dame de distinction a été l'objet. Un nom a été déjà mentionné publiquement dans une note adressée au magistrat, il ne peut donc y avoir indiscrétion à faire savoir que ce nom est celui de Mrs Glenarm, dont le prochain mariage avec l'Honorable Geoffrey Delamayn a été annoncé dans une autre partie du journal.*

Mrs Glenarm avait, à ce qu'il paraît, reçu une lettre anonyme le premier jour de son arrivée dans la demeure d'une amie qui réside dans le comté de Perth. Cette lettre l'avertissait qu'il existait un obstacle, dont elle n'avait probablement pas connaissance, à son mariage projeté. Le gentleman qu'elle devait épouser était sérieusement compromis avec une autre dame, et cette dame s'opposerait au mariage, avec des preuves écrites, à l'appui de ses droits. La preuve consisterait en deux lettres échangées entre les parties et signées de leurs noms, et cette correspondance serait tenue à la disposition de Mrs Glenarm, aux deux conditions qui suivent :

La première, qu'elle offrirait un prix suffisamment libéral à celui qui était présentement possesseur des deux lettres. La seconde, qu'elle consentirait à adopter un moyen d'effectuer le versement de l'argent qui garantirait la personne en question de tout danger de tomber sous l'atteinte de la loi.

La réponse à ces deux propositions devait être faite par l'intermédiaire d'un avis inséré dans le journal local, avec cette adresse : À un ami dans l'ombre.

Certains tours de phrases et deux ou trois fautes d'orthographe désignaient cette insolente lettre comme, selon toutes les probabilités, l'œuvre d'un Écossais, appartenant aux rangs les plus infimes de la société. Mrs Glenarm montra immédiatement cette épître à son plus proche parent, le capitaine Newenden. Le capitaine consulta un homme de loi dans le Perth. Il fut décidé, après mûre réflexion, que l'avis demandé serait inséré, et qu'on prendrait les mesures nécessaires pour s'emparer de l'auteur de la lettre quand il se montrerait, sans permettre à cet homme de profiter de l'acte d'escroquerie tenté par lui.

*La finesse de l'*ami dans l'ombre, *quel qu'il puisse être – l'expérience l'a prouvé –, est égale au moins à celle des hommes de loi.*

Non seulement il a échappé au piège qui lui a été d'abord tendu, mais à d'autres qu'on lui a préparés. Une deuxième et une troisième lettre anonyme, plus impudentes l'une que l'autre, ont été reçues par Mrs Glenarm, déclarant à cette dame et aux amis qui agissaient pour elle qu'ils ne faisaient que perdre du temps et élever le prix qui serait demandé pour la remise de la correspondance, par leur façon d'agir.

Le capitaine Newenden, ne sachant quel autre parti prendre, a fait appel aux magistrats de la ville, et une récompense a été offerte, sous la sanction des autorités municipales, à qui découvrirait l'homme. Ce moyen étant resté également sans résultat, le capitaine a pris ses dispositions, d'accord avec ses conseils, pour placer l'affaire entre les mains d'un agent expérimenté de la police de Londres.

Tel est l'état des choses, autant que le correspondant peut le savoir, dans le moment présent.

Il est seulement nécessaire d'ajouter que Mrs Glenarm quitte le voisinage de Perth, afin d'échapper à de nouveaux ennuis, et s'est placée sous la protection de quelques amis, dans une autre partie de la contrée.

Mr Geoffrey Delamayn, dont la bonne renommée a été attaquée sans le moindre fondement, a exprimé non seulement son indignation, bien naturelle en pareilles circonstances, mais aussi son excessif regret de n'être pas en position d'aider le capitaine Newenden à livrer le calomniateur à la justice.

Cet honorable gentleman, comme cela est parfaitement connu du monde du sport, est en cours d'entraînement pour sa prochaine participation à la course à pied de Fulham.

Il était si important que son esprit ne fût pas tourmenté par ces ennuis, dans la position où il se trouvait, que son entraîneur et les principaux parieurs qui le soutenaient ont jugé désirable de hâter son transport dans le voisinage de Fulham, où les exercices qui doivent le préparer pour la course seront continués sur le lieu même.

– Le mystère semble s'épaissir, dit Arnold.

– Tout au contraire, répliqua vivement sir Patrick. Le mystère s'éclaircit rapidement, grâce au *Journal de Glasgow*. Je n'aurai pas la peine de traiter avec Bishopriggs pour les lettres volées. Miss Silvester est dans le comté de Perth pour reconquérir sa correspondance avec Geoffrey.

– Vous pensez qu'elle aura reconnu qu'il s'agissait de cette correspondance ? dit Arnold.

– Certainement ! Mais, selon moi, elle ne peut manquer d'avoir été plus loin encore. Ou je me trompe bien, ou les précautions prises par l'auteur anonyme ne l'ont pas trompée sur l'identité du personnage.

– Comment a-t-elle pu deviner cela ?

– Voici de quelle façon, je pense. Quoi qu'elle ait pu supposer antérieurement, elle doit soupçonner maintenant que la correspondance absente a été volée et non perdue. Il n'y a que deux personnes qu'elle peut considérer comme probablement coupables du vol : Mrs Inchbare et Bishopriggs. La mention du style des lettres anonymes montre que c'est le style d'un Écossais de la plus basse classe. C'est désigner maître Bishopriggs. Vous comprenez ?... Très bien. Maintenant, supposez qu'elle recouvre la possession de ce qui lui a été volé. Qu'est-ce qui arriverait alors ? Elle ne sera pas une femme si, munie de ces preuves écrites, elle ne se rend pas aussitôt près de Mrs Glenarm. Innocemment, elle peut servir ou renverser nos plans. Dans l'un et l'autre cas, le chemin que nous avons à suivre est encore facile à tracer. Notre intérêt à nous mettre en communication avec miss Silvester reste ce qu'il était avant que nous eussions reçu le *Journal de Glasgow*. Je propose d'attendre jusqu'à dimanche la chance d'une nouvelle lettre de Mr Crum. Si nous n'avons pas entendu parler de lui, je partirai pour l'Écosse lundi matin, et j'essaierai de retrouver miss Silvester, par l'intermédiaire de Mrs Glenarm.

– Vous me laisserez ici ?

– Je vous laisserai ici. Quelqu'un doit rester avec Blanche. Elle n'est mariée que depuis quinze jours, ai-je besoin de vous le rappeler ?

– Pensez-vous que Mr Crum écrira avant lundi ?

– Ce serait une circonstance si heureuse pour nous qu'il écrivît, que je n'ose l'espérer.

– Vous cotez notre chance à la baisse, sir Patrick.

– Je déteste l'argot, Arnold. Mais l'argot exprime bien, cette fois, l'état de mon esprit.

– La chance de chacun tourne tôt ou tard, reprit Arnold. Je ne puis m'empêcher de penser que la nôtre est au moment de tourner. Consentiriez-vous à faire un pari, sir Patrick ?

– Adressez-vous aux écuries. Je laisse les paris à mon groom, comme je lui laisse le soin d'étriller mes chevaux.

Sur cette réponse un peu verte, le baronnet mit fin à l'entretien.

Les heures s'écoulèrent, le temps ramena l'heure de la poste, et la poste décida en faveur d'Arnold.

Le manque de confiance de sir Patrick dans le favorable patronage de la fortune fut démenti par l'arrivée, le lendemain, d'une seconde lettre de l'homme de loi de Glasgow.

J'ai le plaisir de vous annoncer, écrivait Mr Crum, *que j'ai reçu des nouvelles de miss Silvester, par la distribution qui suivit l'envoi de ma lettre à Ham Farm. Elle m'écrit très brièvement pour m'annoncer qu'elle a demandé de fixer sa résidence à Londres. La raison donnée au parti qu'elle prend, et qu'elle n'avait certainement pas prévu la dernière fois que je la vis, est qu'elle voit approcher l'épuisement de ses ressources pécuniaires. Ayant déjà décidé, comme moyen de gagner sa vie, d'adopter la profession de chanteuse de concert, elle s'était arrangée pour remettre ses intérêts entre les mains d'un ancien ami de sa mère, qui paraît aussi avoir exercé la profession musicale. Cet ami dirige une agence dramatique et musicale, depuis un temps établie dans la métropole il est bien connu d'elle comme un homme dans lequel on peut avoir confiance et qui de tout point est respectable.*

Elle m'envoie le nom et l'adresse de cette personne, que vous trouverez incluse dans ma lettre, copiée sur un chiffon de papier, pour le cas où j'aurais à lui écrire avant qu'elle ne fût définitivement établie à Londres.

Telle est la substance de sa lettre. Je dois seulement ajouter qu'elle ne fait pas la plus légère allusion à l'affaire qui l'a décidée à quitter le voisinage de Glasgow.

Sir Patrick se trouvait seul quand il ouvrit la lettre de Mr Crum.

Son premier soin, après l'avoir lue, fut de consulter l'*Indicateur des Chemins de fer*, suspendu dans l'antichambre. Cela fait, il retourna à la bibliothèque, écrivit un court billet à l'agent musical et sonna.

– Miss Silvester est attendue à Londres, Duncan. J'ai besoin d'une personne discrète pour communiquer avec elle ; vous êtes cette personne.

Duncan s'inclina ; sir Patrick lui remit le billet.

– Si vous partez à l'instant, vous arriverez à temps pour le train. Rendez-vous à cette adresse et informez-vous de miss Silvester. Si elle est arrivée, portez-lui nos compliments et dites-lui que j'aurai l'honneur de me présenter chez elle dans l'intérêt de Mr Brinkworth, à l'époque la plus rapprochée qu'il lui conviendra. Faites diligence ; vous pourrez être prêt à repartir par le dernier train. Mr et Mrs Brinkworth sont-ils de retour de leur promenade en voiture ?

– Non, sir Patrick.

En attendant le retour d'Arnold et de Blanche, sir Patrick relut la lettre de Mr Crum une seconde fois.

Il n'était pas parfaitement certain que la raison pécuniaire fût la véritable cause du voyage d'Anne vers le sud.

Se rappelant que l'entraîneur de Geoffrey Delamayn l'avait conduit dans le voisinage de Londres, il était enclin à soupçonner qu'une querelle sérieuse pouvait être survenue entre Anne et Mrs Glenarm et qu'elle pourrait bien avoir comme résultat un appel direct à Geoffrey Delamayn lui-même.

Dans ce cas, les conseils et l'assistance de sir Patrick devaient être mis sans scrupule à la disposition de miss Silvester.

En opposant ses droits à ceux de Mrs Glenarm, Anne affirmait sa qualité de femme non mariée et servait ainsi les intérêts de Blanche aussi bien que les siens.

Je dois à Blanche de lui venir en aide, pensa sir Patrick, et je me dois à moi-même d'amener Geoffrey

Delamayn à se voir obligé de compter avec ses engagements.

Les aboiements des chiens dans la cour annoncèrent le retour de la voiture. Sir Patrick alla à la rencontre d'Arnold et de Blanche jusqu'à la grille et les mit au courant des nouvelles.

Au moment précis auquel il était attendu, le discret Duncan revint avec un billet de l'agent musical.

Miss Silvester n'était pas encore arrivée à Londres, mais on l'attendait pour le mardi de la semaine suivante au plus tard. L'agent était désormais muni d'instructions qui lui faisaient un devoir de se conformer avec la plus scrupuleuse attention aux ordres de sir Patrick Lundie. Il avait promis d'avoir soin que le message de sir Patrick fût transmis à miss Silvester aussitôt son arrivée.

Enfin, on avait des nouvelles sur lesquelles on pouvait compter ! Enfin on avait l'espérance de la voir !

Blanche était radieuse ; Arnold était en belle humeur pour la première fois depuis son retour de Bade.

Sir Patrick fit tout ce qu'il put pour se laisser gagner par la gaieté de ses jeunes amis, mais, à sa grande surprise aussi bien qu'à la leur, ses efforts restèrent inutiles.

Le cours des événements se tournait évidemment en sa faveur ; il était délivré de la perspective d'un voyage en Écosse, dont le résultat eût été douteux, assuré d'avoir une entrevue avec Anne dans quelques jours ; néanmoins il resta en proie aux humeurs noires toute la soirée.

– Encore à la baisse sur nos chances ! lui dit Arnold au moment où ils allaient se séparer pour la nuit, après leur dernière partie de billard. Nous ne pouvions désirer rien de plus encourageant que la perspective que nous promet la semaine prochaine.

Sir Patrick posa sa main sur l'épaule d'Arnold.

– Soyons indulgents l'un et l'autre, dit-il avec sa gravité humoristique, pour l'humiliant spectacle de la folie d'un vieillard. Je sens en ce moment, Arnold, que je donnerais tout ce que je possède au monde pour que la semaine prochaine fût passée.

– Mais pourquoi ?

– C'est là qu'est la folie. Je ne saurais dire pourquoi avec les meilleures raisons pour être dans des dispositions d'esprit plus satisfaisantes que jamais, je me sens envahi par une invincible et inexplicable tristesse. Que conclure de cela ? Est-ce quelque avertissement surnaturel de quelque malheur à venir ? Suis-je sous l'influence d'un dérangement momentané des fonctions du foie ? Telle est la question. Qui la décidera ? Que l'humanité est méprisable, Arnold, quand on la connaît bien !... Donnez-moi la bougie et souhaitons que ce soit le foie...

HUITIÈME SCÈNE

L'office

44

Anne remporte une victoire

Un certain soir du mois de septembre, au moment où Blanche et Arnold effectuaient leur retour de Bade à Ham Farm, un homme âgé, un œil terne et voilé, l'autre humide et brillant, était assis seul dans l'office de l'auberge *Harp of Scotland* dans le comté de Perth, sucrant avec attention un verre de punch au whisky.

On sait que cet homme s'était attribué le rôle d'un père vis-à-vis d'Anne Silvester, et celui d'humble serviteur vis-à-vis de Blanche à la fête donnée à Swanhaven Lodge. Il est maintenant en relations amicales avec une troisième dame, et prend le rôle mystérieux d'un *ami dans l'ombre* vis-à-vis de Mrs Glenarm.

En arrivant dans le comté de Perth, le lendemain de la fête donnée à la propriété de Swanhaven Lodge, Bishopriggs s'était rendu à la *Harp of Scotland*, auberge dans laquelle il avait l'avantage d'être connu comme le bras droit de Mrs Inchbare et d'occuper un rang distingué parmi les vieux et intimes amis du premier garçon. Il demanda ce premier garçon sous le nom de Thomas, ou, plutôt, de Tammy Pennyquick.

Le pauvre Bishopriggs trouva son ami dans un triste état de corps et d'esprit. Combattant les désagréables assauts d'un rhumatisme, Thomas Pennyquick contemplait avec effroi la perspective d'être cloué au lit par une longue maladie, avec une femme et un enfant à nourrir, pendant que les émoluments de sa place passeraient dans la poche du premier étranger qui se présenterait pour le remplacer dans ses fonctions.

Bishopriggs écouta cette douloureuse histoire et entrevit, avec sa finesse habituelle, le moyen de servir ses intérêts tout en jouant le rôle de l'ami généreux et dévoué de Thomas.

Il s'offrit à l'instant pour remplir la place, sans prendre les émoluments du pauvre garçon malade, à la seule condition que le propriétaire de l'auberge consentît à lui accorder gratuitement la table et le logement.

L'aubergiste ayant très volontiers accepté cette condition, Thomas Pennyquick se retira dans sa famille, et Bishopriggs se trouva doublement garanti, par une position avouable et par une action si vertueuse, contre les soupçons qui auraient pu s'attaquer à un étranger dans le comté de Perth, au cas où sa correspondance avec Mrs Glenarm le rendrait l'objet d'investigations légales provoquées par les amis de la belle veuve.

En ouvrant ainsi la campagne, Bishopriggs avait de nouveau démontré la sagacité qui l'avait distingué dans toute cette affaire.

Néanmoins, la découverte de ses démarches ténébreuses le menaçait par un aspect qui n'était pas entré dans ses calculs. Anne Silvester était dans le comté de Perth.

Elle y était venue pour éclaircir le soupçon qui lui désignait Bishopriggs comme le mystérieux personnage qui essayait de tirer un avantage pécuniaire de sa correspondance.

Les recherches faites à la requête d'Anne, dès son arrivée dans la ville, et sur des déclarations qui faisaient connaître le nom et les anciennes fonctions de premier garçon à l'auberge de Craig Fernie, exercées par Bishopriggs, amenèrent facilement à savoir que le bonhomme était celui-là même qui venait de faire une si belle action à l'endroit de Thomas Pennyquick.

Le jour même de l'arrivée d'Anne dans le comté de Perth vers le soir, elle fut informée que Bishopriggs était en service à l'auberge *Harp of Scotland.* Le propriétaire de l'hôtel où elle était descendue lui demanda s'il devait l'envoyer chercher ; elle répondit :

– Non. Je porterai mon message moi-même. J'ai besoin seulement d'une personne qui me montre le chemin de l'auberge.

Retiré dans la solitude de l'office du premier garçon, Bishopriggs était donc tranquillement assis, faisant fondre le sucre dans son punch au whisky.

On arrivait à cette heure de la soirée où un peu de tranquillité s'établissait dans l'auberge, avant ce qu'on appelait le coup de feu du soir. Bishopriggs avait coutume de boire et de méditer chaque jour pendant cet intervalle de repos. Il goûta son punch et sourit d'un air satisfait en reposant le verre sur la table.

Les perspectives qui s'ouvraient devant lui étaient assez agréables. Il avait égaré les hommes de loi, pendant les préliminaires de ses négociations. Il n'avait plus maintenant qu'à attendre que la crainte d'un scandale public, entretenue par quelques lettres de *l'ami dans l'ombre*, produisît son effet sur Mrs Glenarm et la poussât à payer de ses propres mains l'argent demandé comme prix de la fameuse correspondance.

Laissons mûrir l'idée dans son cerveau et l'argent sortira de lui-même de sa bourse, pensait Bishopriggs.

Ses réflexions furent interrompues par l'apparition d'une malpropre servante, qui portait un mouchoir de coton noué autour de la tête et tenait une casserole à la main.

– Eh ! Maître Bishopriggs, cria la fille, il y a là une belle jeune dame qui vient vous demander par votre nom !

– Une dame ! répéta Bishopriggs d'un air de vertueux dégoût. Vous ne saurez jamais capable de rien de bon. Osez-vous bien venir près d'un homme décent et raisonnable comme moi, lui faire une pareille ouverture ? Pour qui me prenez-vous ? Pour un Marc Antoine qui perdit le monde par amour, un pur fou !... pour un Don Juan qui comptait ses concubines par centaines, ou pour Salomon ? Sauvez-vous avec votre batterie de cuisine, et dites à la Vénus errante qui vous envoie d'aller se promener !...

Avant que la fille eût pu répondre, elle se sentit poussée doucement, et Bishopriggs demeura foudroyé à la vue d'Anne Silvester, debout devant lui.

– Vous feriez mieux de dire à cette fille que je ne suis pas une étrangère pour vous, dit Anne en jetant un coup d'œil à la servante, qui était restée dans le corridor et la regardait avec un étonnement stupide.

– La propre fille de ma sœur ! s'écria Bishopriggs, avec sa présence d'esprit accoutumée. Vaquez à vos affaires, Meggie. Cette belle personne est de ma chair et de mon sang. Les méchantes langues n'ont rien à dire contre cela. Que Dieu nous protège et nous guide ! ajouta-t-il en changeant de ton, dès que la servante eut refermé la porte sur eux. Qu'est-ce qui vous amène ici ?

– J'ai quelque chose à vous dire. Je ne suis pas bien, j'ai besoin de me reposer un peu. Donnez-moi une chaise.

Bishopriggs obéit en silence. Son bon œil se fixa sur Anne, lorsqu'il avança la chaise, avec une attention défiante.

– J'ai besoin de savoir par quels moyens miraculeux, ma jeune dame, vous avez pu me découvrir à cette auberge ?

Anne lui répéta les questions qu'elle avait adressées et les résultats qu'elle avait obtenus, tout cela clairement et franchement. Le visage assombri de Bishopriggs commença à s'éclairer.

– Eh ! eh ! s'écria-t-il, en reprenant toute son impudence native. Comme j'ai déjà eu l'occasion de le faire observer à une autre dame, c'est tout simplement merveilleux comme les bonnes actions d'un homme se découvrent en ce monde. J'ai fait une bonne action au profit du pauvre Thomas Pennyquick. Voici que le bruit en a circulé dans le Perth, et Samuel Bishopriggs est si bien connu qu'une étrangère n'a qu'à le demander pour le trouver sur l'heure. Comprenez bien, je vous en conjure, que ce n'est pas ma main qui a attaché cette nouvelle plume à mon chapeau. Comme bon calviniste, mon âme est pure de toute vanité ; quand je considère ma vaine renommée, je me demande, comme le Psalmiste se l'est demandé avant moi, par quelle rage d'enfer les hommes ont-ils inventé la vanité… Il me semble que vous aviez quelque chose à me dire, ajouta-t-il en revenant tout à coup à l'objet de la visite d'Anne. Est-il humainement possible que vous ayez voyagé depuis Perth tout exprès ?

Une expression soupçonneuse se montra de nouveau sur son visage.

Cachant de son mieux le dégoût qu'il lui inspirait, Anne lui exposa le motif de sa visite, de la manière la plus directe et en aussi peu de mots que possible.

– Je suis venue ici pour vous demander quelque chose, dit-elle.

– Quoi ?… quoi ?… Est-il possible que vous ayez besoin de moi ?

– J'ai besoin de la lettre que j'ai perdue à Craig Fernie.

L'empire de Bishopriggs sur lui-même fut ébranlé par cette attaque directe. Sa langue si preste demeura paralysée pour un moment.

– Je ne comprends pas où vous voulez en venir, dit-il, après un long intervalle et avec la conscience qu'il avait été bien près de se trahir.

Le changement survenu dans les manières du bonhomme démontra clairement à Anne qu'elle avait trouvé en Bishopriggs la personne même qu'elle cherchait.

– Vous avez ma lettre, dit-elle en insistant sévèrement pour obtenir la vérité, et vous êtes en train de chercher à en faire un honteux usage. Je ne vous permettrai pas de trafiquer de mes affaires privées. Vous avez offert de vendre une lettre qui m'appartient à une personne étrangère. J'insiste pour que vous me la rendiez, avant que j'aie quitté cette pièce.

Bishopriggs hésitait. Il croyait qu'Anne avait été informée en secret par les hommes de loi de Mrs Glenarm. Cette idée se confirma dans son esprit. Il sentit la nécessité d'apporter une réponse prudente.

– Je ne veux pas perdre un temps précieux, dit-il après un moment de réflexion, à chasser le souffle de la médisance. C'est un souffle sans objet, ma jeune dame, quand il s'attaque à un honnête homme comme moi. Ayez plutôt honte d'avoir dit ce que vous venez de dire sur moi… sur moi qui ai été un père pour vous à Craig Fernie. Qu'est-ce qui vous a poussée à cela? Y a-t-il un homme ou une femme qui m'ait calomnié derrière mon dos!

Anne prit le *Journal de Glasgow* dans la poche de son manteau de voyage, et le plaça devant lui, tout ouvert à l'endroit où était relatée la tentative d'escroquerie dirigée contre Mrs Glenarm.

– J'ai trouvé là, dit-elle, tout ce que j'avais besoin de connaître.

Puisse la tribu des éditeurs, des imprimeurs, des marchands de papier, des vendeurs de journaux, et toute la séquelle, être précipitée dans les profondeurs de l'Enfer!

Après cette pieuse exclamation muette, Bishopriggs prit ses lunettes et lut le passage qui lui avait été désigné.

– Je ne vois rien là touchant le nom de Samuel Bishopriggs, rien qui concerne ce que vous avez pu perdre ou ne pas perdre à Craig Fernie, dit-il, toujours défendant sa position avec un courage digne d'une meilleure cause.

L'orgueil d'Anne se révolta à l'idée de prolonger cette discussion. Elle se leva et dit son dernier mot :

– J'en ai assez appris pour savoir qu'il n'y a pas d'autre argument qui agisse sur vous que l'argent. Si l'argent peut m'épargner l'ennui de discuter avec vous, toute pauvre que je sois, vous en aurez. Gardez le silence, s'il vous plaît, vous avez intérêt à entendre ce qu'il me reste à vous dire.

Elle ouvrit sa bourse et en tira un billet de cinq livres.

– Si vous vous décidez à avouer la vérité et à rendre la lettre, reprit-elle, je vous donnerai ceci, comme récompense pour m'avoir restitué mon bien. Si vous persistez dans les menées coupables que vous poursuivez en ce moment, je puis et je veux faire de la lettre que vous m'avez volée une feuille de papier sans valeur entre vos mains. Vous avez menacé Mrs Glenarm de mon intervention… Supposez que j'aille trouver Mrs Glenarm… Supposez que j'intervienne avant la fin de la semaine… Supposez que j'aie entre mes mains d'autres lettres de Mr Delamayn et que je les produise… Que devient alors votre marché avec Mrs Glenarm ? Répondez à cela !…

Les couleurs reparurent sur son pâle visage. Ses yeux éteints et fatigués, quand elle était entrée, brillèrent d'un incommensurable mépris.

– Répondez à cela !… répéta-t-elle.

C'était comme un retour de son ancienne énergie qui révélait bien que le feu de la colère et de la passion n'était pas encore tout à fait éteint dans cette malheureuse femme.

Bishopriggs avait un mérite, mérite bien rare parmi les hommes, celui de reconnaître qu'il était battu. Il avait aussi un talent, celui de se retirer après la défaite avec tous les honneurs de la guerre.

– Miséricorde ! s'écria-t-il de l'air le plus innocent du monde. Serait-ce vous-même qui avez écrit la lettre adressée à l'homme appelé Geoffrey Delamayn, et reçu la petite réponse au crayon, sur la page blanche ?… Comment, au nom du ciel, pouvais-je savoir que c'était à ce chiffon que vous en vouliez ?… Avez-vous jamais dit à l'hôtel que vous étiez Anne Silvester ?… Jamais !… Cette pauvre créature de mari que j'ai vu avec vous à l'hôtel était donc Geoffrey Delamayn ?… Le Geoffrey que j'ai vu a paru à mes yeux deux fois plus grand et gros que lui. Vous demandez votre lettre ? Sur ma foi, maintenant que je sais que cette lettre est à vous, je vous la rendrai avec le plus grand plaisir que j'aie éprouvé de ma vie.

Il ouvrit son portefeuille, et en tira la lettre avec un empressement digne du plus honnête homme du monde. Et, plus merveilleux encore, il feignit la plus parfaite indifférence au sujet du billet de cinq livres qu'Anne tenait à la main.

– Tenez ! tenez ! dois-je prendre votre argent ?… Ce point n'est pas bien clair dans mon esprit. Eh ! bon ! bon ! je le recevrai, si cela vous plaît, comme un souvenir pour les quelques petits services que j'ai été à même de vous rendre à l'auberge. Vous ne verrez peut-être pas d'objection à m'écrire une ligne, en manière de reçu pour me mettre à l'abri de tout nouveau soupçon, au sujet de cette lettre ?

Anne jeta le billet sur la table et lui arracha la lettre des mains.

– Vous n'avez pas besoin de reçu, répondit-elle. Il n'y aura plus de lettre pour porter témoignage contre vous !

Elle leva l'autre main pour la déchirer, Bishopriggs lui saisit les deux poignets et la tint ferme.

– Un instant ! vous n'aurez pas la lettre, ma jeune dame, sans reçu. Il se peut qu'il soit indifférent pour vous, maintenant que vous avez épousé un autre homme, que Geoffrey Delamayn vous ait fait ou non de belles promesses, autrefois. Mais, sur ma foi ! il est de quelque importance pour moi, qui ai été accusé d'avoir volé la lettre et d'avoir voulu en faire l'objet d'un marché, et Dieu sait ce qui en est, d'avoir un reçu couché sur un morceau de papier. Donnez-moi mon reçu d'abord, et vous ferez ensuite ce que vous voudrez de la lettre.

La lettre échappa des mains d'Anne ; celle-ci laissa Bishopriggs en reprendre possession quand elle tomba entre eux sur le plancher.

Il se peut qu'il soit indifférent pour vous, maintenant que vous avez épousé un autre homme, que Geoffrey Delamayn vous ait fait ou non de belles promesses, autrefois. Ces paroles venaient de lui montrer sa position sous un jour qu'elle n'avait pas envisagé encore. Elle avait sincèrement exprimé le dégoût que lui inspirait Geoffrey, quand elle avait déclaré, dans sa lettre à Arnold, que si Geoffrey lui offrait le mariage à présent, comme réparation du passé, elle aimerait mieux mourir que de devenir sa femme.

Comme il ne lui était jamais venu à l'esprit que d'autres pussent mal interpréter les susceptibilités d'orgueil qui lui conseillaient de renoncer à fairc valoir ses droits sur l'homme qui l'avait perdue, elle n'avait jamais compris que si elle lui laissait, par mépris, la liberté de se vendre à la première femme qui aurait assez d'argent pour le payer, sa conduite viendrait sanctionner cette fausse conclusion : qu'elle était impuissante contre cet homme, parce qu'elle était déjà mariée à un autre homme.

Les couleurs qui avaient reparu sur son visage s'évanouirent pour faire place à une pâleur mortelle. Elle commençait à voir que le but de son voyage dans le Nord n'était pas encore atteint !

– Je vous donnerai votre reçu, dit-elle. Dites-moi ce que je dois écrire et je l'écrirai.

Bishopriggs dicta le reçu. Elle l'écrivit et le signa. Bishopriggs le mit dans son portefeuille avec le billet de cinq livres et lui remit la lettre en échange.

– Déchirez-la, si vous voulez; cela m'est égal, à présent.

Pendant un moment elle hésita.

Un soudain frémissement la parcourut tout entière… un avertissement peut-être de l'influence que cette lettre, sauvée de la destruction par l'épaisseur d'un cheveu, était destinée à exercer sur sa vie à venir.

Elle revint à elle et serra son manteau autour de sa froide taille, comme si elle avait senti une fugitive impression.

– Non, dit-elle, je garderai cette lettre.

Elle la plia et la mit dans la poche de sa robe, puis elle marcha vers la porte comme pour sortir, et s'arrêta sur le seuil.

– Une chose encore, ajouta-t-elle. Connaissez-vous l'adresse actuelle de Mrs Glenarm ?

– Vous allez réellement chez Mrs Glenarm ?

– Cela ne vous regarde pas. Vous pouvez répondre ou ne pas répondre à ma question, c'est comme il vous plaira.

– Eh ! ma jeune dame, vous n'aviez pas ce caractère dans le temps, à l'hôtel. N'importe !… n'importe !… vous m'avez donné votre argent, et, en retour, je vous ferai bonne mesure, de mon côté. Mrs Glenarm s'est rendue en secret – incognito, comme elle dit – chez le frère de Geoffrey Delamayn à sa propriété de Swanhaven Lodge. Vous pouvez vous fier à ce renseignement, et il n'a pas été facile à obtenir, car *ils* croient bien que c'est un secret pour tout le monde. Le plus jeune fils de Thomas Pennyquick, qui n'a que deux enfants, est un petit valet dans la maison où Mrs Glenarm est venue en visite dans le faubourg de Perth. Gardez un secret, si vous pouvez, avec toutes les oreilles qui sont ouvertes dans l'antichambre…

» Eh ! la voilà partie sans un mot d'adieu ! s'écria-t-il, quand Anne l'eut quitté sans cérémonie, au milieu de sa dissertation sur la difficulté de garder un secret avec de nombreux domestiques. Il se trouve que je me suis mis en route pour recueillir de la laine, et que je reviens tondu, ajouta-t-il tristement en réfléchissant à la désastreuse issue de la spéculation si brillante dans laquelle il s'était embarqué. Ma foi ! il n'y avait pas autre chose à faire pour moi que de glisser des mains de cette jeune dame. En quoi cela lui importe-t-il que Geoffrey épouse ou non une autre femme ? pensa-t-il en revenant à la question qu'Anne lui avait posée avant de partir. Et quel but peut-elle avoir, si réellement elle a l'intention de se rendre près de Mrs Glenarm ?

Quel que fût le but de miss Silvester, sa première démarche, après s'être reposée deux jours, fut de quitter Perth, par le premier train du matin, pour se rendre à Swanhaven Lodge.

Neuvième scène

Le salon de musique

45

Julius fait un malheur

Julius Delamayn était seul, allant et venant, son violon à la main, sur la terrasse de sa résidence de Swanhaven Lodge.

Les ombres du soir commençaient à descendre ; on était à la fin de cette journée où Anne Silvester avait quitté Perth.

L'après-midi, pendant quelques heures, Julius s'était sacrifié aux devoirs de sa position politique, tels que les lui avait tracés son père. Il s'était soumis à la cruelle nécessité de tenir un discours devant ses électeurs, à une réunion publique qui avait lieu dans la ville voisine de Kirkandrew.

Une détestable atmosphère qu'il faut respirer ; un auditoire turbulent auquel il faut s'adresser ; une opposition insolente qu'il faut se concilier ; de sottes questions auxquelles il faut répondre ; de grossières interruptions qu'il faut supporter ; des mains sales qu'il faut presser : telles sont les étapes par lesquelles doit passer le gentleman anglais qui se porte candidat, dans son voyage de la modeste obscurité de la vie privée à la glorieuse publicité de la Chambre des communes.

Julius se soumettait à ces ennuis préliminaires qui attendent le premier pas dans la vie politique, ennuis qui sont la conséquence naturelle de nos libres institutions. Il avait eu toute la patience nécessaire. Mais il était retourné chez lui, plus indifférent, si cela était possible, aux attraits des honneurs parlementaires que lorsqu'il en était parti.

Les discordantes vociférations du peuple, qui retentissaient encore dans ses oreilles, avaient aiguisé sa sensibilité accoutumée au charme de la poésie des sons, et son goût passionné pour les compositions de Mozart, interprétées sur le piano et le violon.

Ayant en main son instrument bien-aimé, il était sorti sur la terrasse pour respirer l'air frais du soir ; il attendait l'arrivée du domestique qu'il avait appelé à l'aide de la sonnette du salon de musique. Le serviteur apparut sur le seuil de la porte-fenêtre, et en réponse à la question de son maître, annonça que Mrs Delamayn était en visites et qu'elle ne devait pas rentrer avant une heure.

Julius grommela :

– La plus belle musique que Mozart ait écrite pour le violon associe cet instrument au piano.

Sans l'aide de sa femme, le mari était muet.

Après un instant de réflexion, il fut frappé d'une idée qui devait, jusqu'à un certain point, remédier à l'absence de Mrs Delamayn.

– Mrs Glenarm est-elle aussi sortie ? demanda-t-il.

– Non, monsieur.

– Portez mes compliments à Mrs Glenarm, et priez-la, si elle n'a rien de mieux à faire, de venir me rejoindre au salon de musique.

Le domestique partit avec son message.

Julius s'assit sur un banc de la terrasse et commença à accorder son violon.

Mrs Glenarm, nous le savons déjà par Bishopriggs, était allée secrètement chercher à Swanhaven Lodge un refuge contre son correspondant anonyme. Musicalement parlant, elle était bien loin d'être capable de pouvoir remplacer Mrs Delamayn.

Julius possédait en sa femme une de ces rares artistes sous les doigts desquelles le piano trouve une âme et produit de l'harmonie et non du bruit.

La fine organisation qui peut accomplir ce miracle n'avait pas été accordée à Mrs Glenarm. Elle avait eu de bons maîtres et l'on pouvait se fier à elle pour jouer correctement, mais c'était tout. Julius, affamé de musique et résigné aux circonstances, n'en demandait pas plus.

Le domestique revint avec cette réponse :

– Mrs Glenarm viendra joindre Mr Delamayn au salon de musique dans dix minutes.

Julius se leva fort satisfait et reprit sa promenade sur la terrasse, tantôt exécutant un petit fragment de musique, tantôt s'arrêtant pour regarder les fleurs, avec des yeux sensibles à leur beauté et une main amoureuse dont le toucher était une caresse.

Si le Parlement l'avait vu en ce moment, le Parlement aurait adressé cette question à son illustre père : « Est-il possible que vous ayez engendré un pareil fils ? »

S'étant arrêté un moment pour tendre l'une des cordes de son violon, Julius demeura bien surpris à la vue d'une dame qui s'avançait vers lui sur la terrasse.

Il alla à sa rencontre, et s'apercevant qu'elle lui était complètement inconnue, il supposa que c'était, selon toutes les probabilités, une personne qui venait visiter sa femme.

– Ai-je l'honneur de parler à une amie de Mrs Delamayn ? demanda-t-il.

– Le domestique m'a informé que Mrs Delamayn était sortie, dit l'étrangère, et que je trouverais ici Mr Delamayn.

Julius salua et attendit une plus ample explication.

– Je dois vous prier d'excuser mon indiscrétion, continua l'étrangère ; l'objet de ma visite est de vous demander la permission de voir une dame qui, à ce qu'on m'a dit, est en ce moment l'hôte de votre maison.

L'étrange formalisme de la demande étonna Julius.

– Voulez-vous parler de Mrs Glenarm ? demanda-t-il.

– Oui.

– Ne croyez pas, je vous prie, qu'aucune permission soit nécessaire. Une amie de Mrs Glenarm peut se considérer comme la bienvenue dans cette maison.

– Je ne suis pas une amie de Mrs Glenarm : je lui suis complètement étrangère.

Cette réplique rendait un peu plus intelligible la demande cérémonieuse de la dame, mais laissait dans l'obscurité le but qu'elle recherchait en désirant voir Mrs Glenarm.

Julius attendit poliment qu'il plût à l'inconnue de continuer et de s'expliquer davantage. L'explication n'était pas facile à donner, ses yeux s'abaissèrent vers la terre. Elle hésita avec un sentiment pénible.

– Mon nom, si je le dis, reprit-elle sans relever les yeux, vous renseignera peut-être.

Elle s'arrêta, les couleurs se montrèrent et disparurent de ses joues. Elle hésita encore, lutta contre son agitation et parvint à la vaincre.

– Je suis Anne Silvester, dit-elle tout à coup en relevant son pâle visage et en assurant sa voix tremblante.

Julius tressaillit et la regarda dans une silencieuse surprise.

Ce nom lui était doublement connu. Il n'y avait pas longtemps qu'il l'avait entendu sortir des lèvres de son père, pendant qu'il se tenait au chevet du vieillard malade. Lord Holchester lui avait recommandé, instamment recommandé, de garder ce nom dans sa mémoire et de prêter son aide à la femme qui le portait, si jamais elle venait s'adresser à lui.

Il avait encore entendu mentionner ce nom plus récemment, associé alors d'une façon scandaleuse à celui de son frère.

À la réception de la première lettre anonyme qui lui avait été adressée, Mrs Glenarm avait non seulement sommé Geoffrey de réfuter la calomnie lancée contre lui, mais elle avait envoyé une copie de la lettre à ses parents, à Swanhaven Lodge.

La défense de Geoffrey n'avait pas convaincu Julius que son frère fût exempt de tout blâme. Maintenant qu'il regardait Anne Silvester, ce doute lui revint avec plus de force.

Cette femme si modeste, si simple, si distinguée,

était-elle l'aventurière éhontée représentée par Geoffrey, comme invoquant des droits sur lui, en vertu de sottes relations de galanterie, alors qu'elle se savait déjà mariée à un autre homme ?

Cette femme qui avait la voix, l'air, les manières d'une dame du meilleur monde, était-elle liguée, ainsi que Geoffrey le déclarait, avec le vagabond illettré qui avait essayé de soutirer de l'argent à Mrs Glenarm, sous le voile de l'anonymat ? Impossible ! Même si l'on savait combien peu il faut se fier aux apparences, c'était impossible.

– Votre nom a été prononcé devant moi, dit Julius après avoir pris du temps pour répondre.

Son instinct de gentleman le faisait hésiter à dire qu'il avait entendu ce nom associé à celui de son frère.

– Mon père m'a parlé de vous, ajouta-t-il, adoptant un moyen plus digne d'expliquer comment il la connaissait, la dernière fois que je l'ai vu à Londres.

– Votre père !

Elle avança d'un pas avec une expression de défiance mêlée de surprise sur le visage.

– Votre père est lord Holchester, n'est-ce pas ?

– Oui.

– Comment a-t-il été amené à parler de moi ?

– Il était malade, alors, répondit Julius, et il repensait à des événements passés, dont je n'ai aucune connaissance. Il m'a dit qu'il avait connu votre père et votre mère. Il désirait, si jamais vous aviez besoin d'assistance, que je me misse à votre service. Quand il m'exprima ce désir, il parlait très sérieusement, ce qui me donna à penser qu'il associait un sentiment de regret à certains souvenirs.

Lentement et en silence, Anne recula jusqu'au mur de la terrasse qui était près d'elle. Elle y appuya l'une de ses mains pour se soutenir. Julius avait prononcé des paroles terribles sans en avoir le moindre soupçon.

Anne ne savait pas que l'homme qui l'avait trahie était le fils de cet autre homme, qui, en découvrant un vice de forme dans le mariage de sa mère, avait fourni à un ambitieux le moyen de trahir sa mère avant elle.

Maintenant, marchait-elle sans le savoir sur la trace de la morte ? Était-ce une destinée héréditaire ?

Les intérêts du moment s'effacèrent de son esprit, quand ce formidable doute vint l'assiéger. Elle se reporta au temps de son enfance. Elle revit le visage de sa mère, flétri par le désespoir, lorsque le titre d'épouse lui fut dénié.

Julius s'approcha d'elle et la ramena aux réalités présentes.

– Puis-je vous offrir quelque chose ? demanda-t-il. Vous paraissez très malade. J'espère n'avoir rien dit qui ait pu vous affliger.

Cette question échappa à son intention. Elle fit elle-même une question au lieu de répondre :

– Avez-vous réellement dit cela ? Ignoriez-vous vraiment à quoi pensait votre père quand il vous a parlé de moi ?

– Je l'ignorais entièrement.

– Est-il probable que votre frère en sache plus long que vous à ce sujet ?

– Certainement non.

Elle s'arrêta, absorbée une seconde fois par ses réflexions. Le jour mémorable et funeste où ils s'étaient rencontrés pour la première fois, frappée par le nom de famille de Geoffrey, elle lui avait demandé s'il n'y avait pas eu quelques relations entre leurs parents au temps passé. S'il l'avait trompée sur tous les autres points, il ne l'avait pas trompée sur celui-ci.

Il lui avait parlé avec une entière bonne foi, en lui déclarant n'avoir jamais entendu prononcer le nom de son père ou de sa mère, dans la maison paternelle.

La curiosité de Julius était éveillée. Il essaya d'amener Anne à en dire davantage.

– Vous paraissez savoir à quoi mon père faisait allusion quand il m'a parlé de miss Silvester, reprit-il. Puis-je vous demander…

Elle l'interrompit d'un geste suppliant.

– Je vous en prie, ne me le demandez pas ! C'est une histoire passée… qui ne vous intéresse guère… qui n'a rien à voir avec le motif de ma présence ici... Je dois revenir, continua-t-elle à la hâte, au but qui m'amène, et abuser de votre bonté... Avez-vous entendu parler de moi, Mr Delamayn, par un membre de votre famille autre que votre père ?

Julius n'avait pas prévu qu'elle dût aborder, d'elle-même, le pénible sujet qu'il s'était interdit de toucher. Il demeura un peu désappointé.

Il avait attendu d'elle plus de délicatesse de sentiment.

– Est-il nécessaire, demanda-t-il froidement, d'entrer dans tout cela ?

Le sang reparut encore aux joues d'Anne.

– Si cela n'avait pas été nécessaire, répondit-elle, pensez-vous que j'aurais pu me décider à vous en parler moi-même ? Permettez-moi de vous rappeler que je suis ici par tolérance. Si je ne parle pas franchement, au prix de n'importe quel sacrifice de mes répugnances, je rends ma situation plus embarrassante encore. J'ai quelque chose à dire à Mrs Glenarm, sur les lettres anonymes qu'elle a reçues ces derniers temps. Et j'ai aussi un mot à lui dire au sujet du mariage qu'elle veut contracter. Avant que vous me permettiez chez vous de pareilles démarches, vous avez le droit de savoir qui je suis. Je vous l'ai avoué. Vous devez avoir entendu tout ce qui a pu être dit de mal sur ma conduite ; votre visage m'avertit que je ne me trompe pas. Après l'indulgence que vous m'avez montrée, je ne commettrai pas la bassesse de vous prendre par surprise. Peut-être, Mr Delamayn, comprenez-vous maintenant pourquoi je me sens obligée de mentionner votre frère. Voulez-vous m'accorder la permission de parler à Mrs Glenarm ?...

Cela fut dit si simplement, si modestement, et avec une si sincère et si touchante résignation dans le ton et dans les manières, que Julius rendit aussitôt à la jeune femme le respect et la sympathie que, pour un moment, il lui avait injustement retirés.

– Vous avez mis en moi une confiance que peu de personnes, dans votre position, auraient mise. Je me sens obligé, en retour, d'avoir confiance en vous. J'admets que le motif qui vous guide en cette circonstance est un motif qu'il est de mon devoir de respecter. Ce sera à Mrs Glenarm à dire si elle désire ou non que cet entretien ait lieu. Tout ce que je puis faire, c'est de vous laisser libre de le lui proposer… Vous en êtes libre.

Comme il parlait, le son du piano arriva jusqu'à lui, venant du salon de musique. Julius désigna du doigt la porte-fenêtre qui ouvrait sur la terrasse.

– Vous n'avez qu'à entrer par cette porte, et vous trouverez Mrs Glenarm seule.

Anne le salua et le quitta.

Arrivée au bas des quelques marches qui montaient jusqu'à la porte, elle s'arrêta pour rassembler ses pensées.

Une certaine répugnance à aller plus avant et à entrer dans le salon s'empara d'elle, au moment où elle mit le pied sur la première marche. L'annonce du mariage projeté de Mrs Glenarm n'avait pas fait sur elle l'effet que sir Patrick avait supposé : elle n'avait trouvé dans son cœur ni un reste d'amour ni un sentiment de jalousie.

Son but, quand elle était partie pour Perth, n'était bien que de ramener, entre ses mains, sa correspondance avec Geoffrey. Le changement de vues qui l'avait conduite à Swanhaven Lodge était entièrement dû à une nouvelle façon d'envisager sa position vis-à-vis de Mrs Glenarm, que le gros bon sens de Bishopriggs lui avait suggérée. Si elle s'abstenait de protester contre ce mariage, dans l'intérêt de la réparation que lui devait Geoffrey, sa conduite n'aurait-elle pas pour effet de confirmer l'audacieuse assertion de Geoffrey, disant qu'elle était déjà mariée ?

Dans son propre intérêt, elle aurait encore pu hésiter à agir. Mais l'intérêt de Blanche était en jeu, et pour Blanche elle s'était décidée à faire le voyage à la résidence de Swanhaven Lodge.

Avec les sentiments qu'elle éprouvait maintenant pour Geoffrey et sentant si bien qu'elle ne désirait plus la réparation qu'elle allait demander, elle croyait sauvegarder son respect d'elle-même, en se proposant un but qui pût la justifier, à ses propres yeux, de prendre le rôle de rivale de Mrs Glenarm.

Elle n'avait qu'à se rappeler la situation critique de Blanche, pour voir clairement le but qu'elle devait viser.

En supposant qu'elle pût ouvrir l'entretien qui allait avoir lieu par une démonstration tranquille de ses droits sur Geoffrey, elle pourrait alors, sans crainte d'une fausse interprétation, prendre le ton d'une amie, au lieu de celui d'une ennemie.

Elle pourrait, de la meilleure grâce du monde, assurer à Mrs Glenarm qu'elle n'avait pas de rivalité à craindre, à la condition qu'elle engageât Geoffrey à réparer le mal qu'il avait commis.

Elle pourrait lui dire : « Épousez-le, sans avoir à craindre un mot de moi, s'il dément les paroles et les actes qui jettent un doute sur le mariage d'Arnold et de Blanche. »

Et si elle pouvait amener l'entretien à cette conclusion, le moyen était trouvé de tirer Arnold de la fausse position où il avait été innocemment mis à cause d'elle vis-à-vis de sa femme.

Tel était l'objet qu'elle se proposait maintenant qu'elle arrivait au moment de son entrevue avec Mrs Glenarm.

Jusqu'alors elle avait fermement cru à la possibilité de réaliser ce projet. Mais maintenant qu'elle avait le pied sur la première marche, bien des doutes sur le succès de l'expérience qu'elle allait tenter traversaient son esprit.

Pour la première fois, elle voyait le point faible de son raisonnement… pour la première fois elle comprenait combien elle avait été aveugle en admettant comme un fait acquis que Mrs Glenarm trouverait au-dedans d'elle un sentiment de justice suffisant et que la belle veuve aurait assez d'empire sur elle-même pour l'écouter patiemment.

Tout son espoir ne reposait plus que sur l'opinion favorable qu'elle avait d'une femme qui lui était entièrement étrangère ! Mais qu'arriverait-il si les premiers mots échangés venaient lui prouver qu'elle s'était trompée ?

Il était trop tard pour s'arrêter et pour examiner à nouveau la position.

Julius Delamayn avait remarqué son hésitation et s'avançait vers elle, du bout de la terrasse.

Elle n'avait plus autre chose à faire que de maîtriser son irrésolution et de courir le risque hardiment.

– Quoi qu'il arrive, j'ai été trop loin pour m'arrêter, dit-elle.

Animée d'une résolution désespérée, elle franchit les marches et pénétra dans le salon.

Mrs Glenarm, qui était au piano, se leva. Les deux femmes, l'une si richement, l'autre si simplement mise, l'une dans tout l'éclat de sa beauté, l'autre flétrie et fatiguée, l'une ayant la société à ses pieds, l'autre mise à l'index et vivant sous l'ombre désolée du blâme, se trouvèrent face à face et échangèrent les saluts polis qu'échangent entre elles des personnes étrangères.

Mrs Glenarm alla la première au-devant des triviales nécessités de la situation. De bonne grâce, elle mit fin à l'embarras que la timide visiteuse semblait éprouver.

– Je crains que les domestiques ne vous aient pas dit que Mrs Delamayn était sortie.

– Je vous demande pardon. Je n'ai pas demandé à voir Mrs Delamayn.

Mrs Glenarm parut un peu surprise ; elle continua néanmoins avec la même bonne grâce.

– Mr Delamayn, peut-être?... suggéra-t-elle. Je l'attends d'un moment à l'autre.

Anne donna une nouvelle explication.

– Je quitte à l'instant Mr Delamayn.

Mrs Glenarm ouvrit les yeux plus grands.

Anne continua :

– Si vous voulez bien excuser mon indiscrétion...

Elle hésita, ne sachant comment terminer sa phrase.

Mrs Glenarm, qui commençait à ressentir une vive curiosité pour ce qui allait suivre, vint encore une fois à son aide.

– Je vous en prie, pas d'excuses, dit-elle. Je crois comprendre que vous êtes assez bonne pour être venue dans le but de me voir. Vous semblez fatiguée... Ne voulez-vous pas prendre un siège?

Anne ne pouvait plus tenir debout, elle accepta le siège qui lui était offert.

Mrs Glenarm reprit sa place au piano et promena ses doigts chargés de bagues sur le clavier.

– Où avez-vous vu Mr Delamayn? continua-t-elle. Le plus commode des hommes, excepté quand il a son violon à la main! Va-t-il bientôt venir? Allons-nous avoir un peu de musique? Mr Delamayn est tout à fait féru de musique, n'est-ce pas? Pourquoi n'est-il pas ici pour nous présenter l'une à l'autre? Je suppose que vous aimez aussi le style classique? Saviez-vous que j'étais dans le salon de musique? Puis-je vous demander votre nom?

Toutes frivoles qu'elles étaient, les questions de Mrs Glenarm ne furent pas sans utilité. Elles donnèrent à Anne la temps d'évoquer sa résolution. Elle sentit la nécessité de s'expliquer.

– Je parle, je crois, à Mrs Glenarm? commença-t-elle.

L'aimable veuve sourit et salua gracieusement.

– Je suis venue ici, Mrs Glenarm, avec l'autorisation de Mr Delamayn, pour demander la permission de vous parler d'un sujet qui vous intéresse.

Les doigts ornés de bagues de Mrs Glenarm s'arrêtèrent sur les touches du piano, sa face épanouie se tourna vers l'étrangère avec l'expression d'un soupçon naissant.

– En vérité?... Je suis intéressée dans tant de sujets. Puis-je vous demander de quoi il s'agit?...

Le ton dégagé de son interlocutrice inquiéta Anne. Si la nature de Mrs Glenarm était aussi légère qu'elle le paraissait, il y avait peu d'espoir que la sympathie s'établît entre elles.

– Je désirais vous parler, répondit-elle, de quelque chose qui est arrivé pendant que vous étiez en visite dans le voisinage de Perth.

L'expression de naissante surprise qui s'était montrée sur le visage de Mrs Glenarm se changea en une expression caractérisée de méfiance. Ses manières cordiales disparurent tout à coup, sous un voile de civilité conventionnelle.

Jamais, en son plus beau temps, cette femme n'a été une beauté, pensait-elle. Dans un état déplorable de santé maintenant… vêtue comme une servante… et ayant pourtant l'air d'une dame. Qu'est-ce que cela signifie?

Ce dernier doute ne pouvait pas être supporté en silence par une personne du tempérament de Mrs Glenarm. Elle chercha la solution du problème de la façon la plus directe, mais habilement excusée par la plus engageante franchise de manières.

– Pardonnez-moi, dit-elle. Ma mémoire des visages est fort mauvaise. Je pense que vous ne m'avez pas entendue tout à l'heure, quand je vous ai demandé votre nom. Nous sommes-nous déjà rencontrées?

– Jamais.

– Et pourtant, si je comprends bien ce à quoi vous faites allusion, vous désirez me parler d'une chose qui n'intéresse que moi et mes plus intimes amis.

– Vous m'avez parfaitement comprise. Je désire vous parler au sujet de quelques lettres anonymes…

– Pour la troisième fois, voulez-vous me permettre de vous demander votre nom?

– Vous l'apprendrez dans un instant, si vous voulez me permettre de finir d'abord ce que j'ai à vous dire. Je désire, si je le puis, vous persuader que je viens ici en amie, avant de prononcer mon nom. Vous ne serez pas fâchée d'apprendre, j'en suis certaine, que vous n'avez plus d'autres ennuis à craindre…

– Pardon encore, dit Mrs Glenarm en l'interrompant pour la seconde fois, il m'est impossible de savoir à quoi attribuer ce gracieux intérêt à mes affaires, de la part d'une personne qui m'est totalement étrangère.

Cette fois, son ton était plus que poliment froid. Il était poliment impertinent. Mrs Glenarm avait toujours vécu dans la bonne société et elle était passée maîtresse en matière de subtilités et de raffinements d'insolence, dans les rapports avec les personnes qui avaient encouru son déplaisir.

La nature sensible d'Anne sentit sa blessure, mais son patient courage fut le plus fort. Elle n'eut pas l'air de remarquer l'insolence qui avait essayé de la piquer ; elle continua tranquillement, mais avec fermeté, comme si de rien n'était.

– La personne qui vous a écrit sous le voile de l'anonymat, dit-elle, faisait allusion à une correspondance qui n'est plus en sa possession. Cette correspondance est passée dans des mains sûres qui sauront la respecter. Il n'en sera pas fait un ignoble usage, à l'avenir. J'en réponds.

– Vous en répondez ?... répéta Mrs Glenarm, en se penchant par-dessus le piano et en fixant un regard scrutateur sur le visage d'Anne.

La violence de caractère si souvent combinée avec les natures faibles commençait à se trahir en elle, par la coloration de son visage et le froncement de ses sourcils.

– Comment savez-vous ce que cette personne a écrit ? demanda-t-elle. Comment savez-vous que la correspondance est passée dans d'autres mains ?... Qui êtes-vous ?...

Avant qu'Anne ait pu répondre, elle bondit sur ses pieds, électrisée par une nouvelle idée.

– L'homme qui m'a écrit parle de quelque chose, en plus de la correspondance. Il parle d'une femme. J'ai découvert qui vous êtes ! s'écria-t-elle. Vous êtes cette femme !...

Anne se leva de son côté, toujours en possession d'elle-même.

– Mrs Glenarm, dit-elle avec calme, je vous avertis... non, je vous supplie de ne pas prendre ce ton avec moi. Et je m'engage à vous prouver que vous êtes plus intéressée que vous ne voulez le croire, dans ce qui me reste à vous dire. Je vous en prie, supportez encore un instant ma présence. Je reconnais que vous avez deviné juste. J'avoue que je suis la malheureuse femme qui a été perdue et abandonnée par Geoffrey Delamayn.

– C'est faux ! s'écria Mrs Glenarm. Misérable ! osez-vous bien venir à moi avec votre histoire mensongère ? À quoi pense Mr Delamayn de m'exposer à pareil tourment ?

Son indignation de se trouver dans le même lieu que sa rivale fit explosion sans être retenue par le respect des plus simples convenances.

– Je vais sonner les gens, dit-elle. Je vous ferai chasser de cette maison.

Elle essaya de s'approcher de la cheminée pour saisir le cordon de la sonnette. Anne, qui en était plus près, fit un pas en avant au même instant sans dire un mot et fit signe à Mrs Glenarm de reculer.

Il y eut un silence.

Les deux femmes attendaient, les yeux fixés l'une sur l'autre, luttant à qui montrerait le plus de résolution. Au bout d'un instant la plus belle nature l'emporta : Mrs Glenarm recula d'un pas en silence.

– Écoutez-moi, dit Anne.

– Que je vous écoute ? répéta Mrs Glenarm. Vous n'avez pas le droit d'être dans cette maison. Vous n'avez pas le droit de m'imposer votre présence. Quittez cette pièce !

La patience d'Anne, si fermement, si admirablement gardée jusque-là, commençait à lui manquer.

– Prenez garde ! Mrs Glenarm, dit-elle, bien que luttant encore contre elle-même. Je ne suis pas, par nature, une femme patiente. Les tourments ont fait beaucoup pour dompter mon caractère, mais la patience a ses limites ; vous avez atteint les limites de la mienne. J'ai le droit d'être entendue, et, après tout ce que vous m'avez dit, vous m'entendrez !

– Vous n'avez pas de droit. Femme sans pudeur, vous êtes mariée déjà. Je connais le nom de l'homme : Arnold Brinkworth.

– Est-ce Geoffrey qui vous a dit cela ?

– Je me refuse à répondre à une femme qui parle de Mr Geoffrey Delamayn de cette façon familière.

Anne fit un autre pas en avant.

– Est-ce Geoffrey qui vous a dit cela ? répéta-t-elle.

Il y avait un éclat dans ses yeux, une vibration dans sa voix qui montraient qu'elle s'était enfin réveillée.

Mrs Glenarm répondit cette fois.

– Il me l'a dit.

– Il a menti !

– Il n'a pas menti. Je le crois, *lui*. Je ne vous crois pas, *vous*.

– S'il a dit que j'étais autre chose qu'une femme sans époux ; s'il dit qu'Arnold Brinkworth était marié à une autre que miss Lundie, de Windygates ; je le dis encore, il a menti !

– Je le dis encore : je le crois, *lui*, et je ne vous crois pas, *vous*.

– Vous croyez que je suis la femme d'Arnold Brinkworth ?

– J'en suis sûre.

– Et vous me dites cela en face ?

– Je vous le dis en face. Vous pouvez avoir été la maîtresse de Mr Delamayn, vous êtes la femme d'Arnold Brinkworth.

À ces mots, la colère longtemps contenue d'Anne éclata, d'autant plus violente qu'elle avait été plus fermement maîtrisée.

En un moment, le tourbillon de son indignation balaya tout devant elle, non seulement le but qui l'avait amenée à Swanhaven Lodge, mais tout sentiment même du tort impardonnable qu'elle avait souffert de la part de Geoffrey.

S'il avait été là en ce moment et qu'il lui eût offert de remplir ses engagements, elle aurait consenti à l'épouser pendant que Mrs Glenarm avait les yeux sur elle, sans penser qu'elle se serait tuée peut-être un moment après, quand la réflexion lui serait revenue.

Le petit aiguillon s'était planté enfin dans cette noble nature. La plus généreuse des femmes n'est qu'une femme après tout.

– Je m'oppose à votre mariage avec Geoffrey Delamayn. J'insiste pour qu'il remplisse la promesse de faire de moi sa femme !... Je l'ai là écrite... par lui... de sa propre main... Sur son âme, il jure d'être à moi... Il tiendra son engagement... Sa maîtresse, disiez-vous ?... Sa femme, Mrs Glenarm, avant que la semaine soit passée...

C'est par ces paroles passionnées qu'elle lui rendit ses insultes en agitant d'un air de triomphe la lettre qu'elle tenait à la main.

Domptée un moment par le doute, épouvantée de penser qu'Anne pouvait réellement avoir sur Geoffrey les droits qu'elle invoquait, Mrs Glenarm répondit pourtant avec l'obstination d'une femme aux abois, résolue à ne pas être persuadée, même dans son propre intérêt.

– Je ne renonce pas à lui ! s'écria-t-elle, votre lettre est l'œuvre d'un faussaire. Vous n'avez pas de preuves… Je ne veux pas… je ne veux pas renoncer à lui ! répéta-t-elle, avec l'impuissante réitération d'un enfant en colère.

Anne montra dédaigneusement la lettre.

– Voilà son engagement écrit, dit-elle. Tant que je vivrai, jamais vous ne serez sa femme.

– Je serai sa femme le lendemain de la course à pied. Je vais le retrouver à Londres et le tenir en garde contre vous.

– Je serai à Londres avant vous, avec ceci dans ma main. Connaissez-vous son écriture ?

Elle avança la lettre tout ouverte. La main de Mrs Glenarm s'avança avec la prestesse d'une patte de chat. Quelque prompte qu'elle eût été, sa rivale fut plus prompte encore.

Pendant un instant elles se mesurèrent des yeux, l'une tenant la lettre derrière elle, l'autre la main encore tendue en avant.

Au même instant, avant qu'un mot de plus eût été échangé entre elles, la porte-fenêtre s'ouvrit. Julius entra dans la chambre, et s'adressant à Anne :

– Nous avons décidé sur la terrasse, dit-il tranquillement, que vous parleriez à Mrs Glenarm si elle le désirait. Pensez-vous que l'entretien doive continuer plus longtemps ?

La tête d'Anne retomba sur sa poitrine. Son fier courroux s'était subitement amorti.

– J'ai été cruellement provoquée, Mr Delamayn, répondit-elle. Mais je n'ai pas le droit d'invoquer ce moyen de défense.

De chaudes larmes de honte lui vinrent aux yeux et se répandirent sur ses joues. Elle baissa immédiatement la tête pour les lui cacher.

– La seule chose que je puisse faire, c'est de vous demander pardon et de quitter cette maison.

Elle se dirigea vers la porte en silence; Julius Delamayn lui fit l'insignifiante politesse de lui éviter la peine de l'ouvrir, elle sortit.

L'indignation de Mrs Glenarm, suspendue un moment, se tourna contre Julius lui-même.

– Si un piège m'a été tendu pour me forcer à voir cette femme sous votre approbation, dit-elle avec hauteur, je me dois à moi-même, Mr Delamayn, de suivre son exemple et de quitter votre maison.

– Je l'ai autorisée à vous demander un entretien, Mrs Glenarm. Si elle a abusé de la permission que je lui ai donnée, je le regrette sincèrement et je vous prie d'accepter mes excuses. Mais permettez-moi de défendre ma conduite et d'ajouter que je la considérais et que je la considère encore comme une femme plus à plaindre qu'à blâmer.

– À plaindre, dites-vous? répéta Mrs Glenarm, ne sachant si ses oreilles ne l'avaient pas trompée.

– À plaindre, répéta Julius.

– Vous pouvez trouver convenable, Mr Delamayn, d'oublier ce que votre frère a dit au sujet de cette personne… je me le rappelle, moi.

– Moi aussi, Mrs Glenarm. Mais, avec l'expérience que j'ai de mon frère…

Il hésita et effleura les cordes de son violon.

– Vous ne le croyez pas? dit Mrs Glenarm.

Julius se refusa à reconnaître clairement qu'il doutait de la parole de son frère, en face de celle qui allait devenir sa belle-sœur.

– Je ne vais pas jusque-là, je trouve seulement difficile de concilier ce que Geoffrey nous a dit avec les manières et l'apparence de miss Silvester.

– Son apparence! s'écria Mrs Glenarm dans un transport d'indignation et de dégoût, son apparence!… Oh! les hommes!… Je vous demande pardon… J'aurais dû me rappeler qu'il ne faut pas discuter des goûts. Continuez, je vous en prie, continuez.

– Ne ferions-nous pas mieux de nous calmer, par un peu de musique ? suggéra Julius.

– Continuez, je vous prie, insista Mrs Glenarm en accentuant ses paroles. Vous trouvez impossible de concilier…

– J'ai dit : difficile.

– Oh ! très bien. Vous trouvez donc difficile de concilier ce que Geoffrey nous a dit avec les manières et l'apparence de miss Silvester ? Après ?… Vous aviez encore quelque chose à dire quand je vous ai interrompu. Qu'était-ce ?

– Seulement ceci. Je ne trouve pas aisé non plus de comprendre la conduite de sir Patrick Lundie, permettant à Mr Brinkworth de se rendre coupable de bigamie en épousant sa nièce.

– Attendez un instant ! Le mariage de Mr Brinkworth avec cette horrible femme était un mariage secret. Vous pensez bien que sir Patrick n'en avait nulle connaissance.

Julius avoua que cela était possible, et fit une seconde tentative pour amener la femme irritée à prendre place au piano.

Inutile effort.

Quoique reculant devant l'idée de se l'avouer à elle-même, la foi de Mrs Glenarm en la sincérité de son adorateur était ébranlée. Le ton de Julius, tout modéré qu'il était, avait ravivé tous les premiers soupçons que le langage et la conduite d'Anne l'avaient forcée à concevoir sur la confiance qu'on pouvait accorder aux paroles de Geoffrey.

Elle se laissa tomber sur la chaise la plus proche et porta son mouchoir à ses yeux.

– Vous avez toujours haï le pauvre Geoffrey, dit-elle en fondant en larmes, et maintenant vous le diffamez devant moi.

Julius sut admirablement la prendre. Sur le point de répondre sérieusement, il s'arrêta.

– J'ai toujours haï le pauvre Geoffrey, répéta-t-il avec

un sourire. Vous devriez être la dernière à dire une chose pareille ! Je l'ai amené de Londres exprès pour vous le présenter.

– Alors, je désirerais que vous l'eussiez laissé à Londres, répliqua Mrs Glenarm, en passant des larmes à la colère. J'étais une femme heureuse avant de rencontrer votre frère… Je ne puis renoncer à lui ! s'écria-t-elle en revenant de la colère aux larmes. Je ne m'inquiète pas de savoir s'il m'a trompée… Je ne veux pas qu'il soit à une autre… Je veux être sa femme !

Par un mouvement théâtral, elle se jeta à genoux devant Julius.

– Oh ! aidez-moi à découvrir la vérité. Oh ! Julius ! ayez pitié de moi… Je suis folle de Geoffrey…

Une douleur sincère était écrite sur son visage, sa voix avait l'accent de la vérité. Qui aurait cru qu'il y avait en réserve dans le cœur de cette femme un fonds d'insolence impitoyable et d'implacable cruauté et qu'elle avait donné, cinq minutes auparavant, un libre cours à cette insolence et à cette cruauté envers une sœur tombée.

– Je ferai tout ce qu'il me sera possible, dit-il en la relevant. Permettez que nous reparlions de cela quand vous serez plus calme. Essayons de jouer un peu de musique à présent. Rien que pour calmer vos nerfs.

– Cela vous serait agréable ? dit-elle, en devenant en un instant un modèle de docilité féminine.

Julius ouvrit le volume des sonates de Mozart et porta son violon à son épaule.

– Essayons la quinzième sonate, dit-il en plaçant Mrs Glenarm devant le piano. Nous commencerons par l'adagio. Si jamais musique divine a été écrite par un mortel, c'est celle-là.

Ils commencèrent. À la troisième mesure, Mrs Glenarm sauta une note, et l'archet de Julius s'arrêta en frémissant sur les cordes.

– Je ne puis pas jouer, dit-elle, je suis si agitée ! Je suis si tourmentée ! Comment arriverai-je à découvrir si cette femme est mariée ou non ? À qui le demander ? Je ne puis aller trouver Geoffrey à Londres, l'entraîneur ne me permettrait pas de le voir. Je ne puis m'adresser à Mr Brinkworth lui-même, je ne le connais pas. À qui donc parler? Pensez-y et dites-le-moi.

Il n'y avait qu'un moyen de la ramener à l'adagio : c'était de trouver une idée qui la satisfît et la tranquillisât. Julius déposa son violon sur le piano et réfléchit sérieusement à la question.

– Il y a les témoins, dit-il; si l'on doit se fier au récit de Geoffrey, la propriétaire et le garçon de l'auberge peuvent nous informer des événements.

– Des gens du bas peuple? objecta Mrs Glenarm; des gens que je ne connais pas... des gens qui peuvent prendre avantage de ma situation pour être insolents avec moi?

Julius réfléchit encore et émit un autre avis. Avec la fatale sagacité de l'innocence, il émit l'idée de renvoyer Mrs Glenarm, à qui?

Ni plus ni moins qu'à lady Lundie.

– Il y a notre bonne amie de Windygates, dit-il. Quelques rumeurs doivent être parvenues aux oreilles de lady Lundie. Il serait peut-être un peu maladroit de s'adresser à elle, si elle ne sait rien encore, au moment d'une calamité de famille; mais vous êtes le meilleur juge en cette matière. Tout ce que je puis faire, c'est d'en exposer l'idée. Windygates n'est pas loin et il peut résulter quelque chose de cette démarche. Qu'en pensez-vous?

Il en pouvait résulter quelque chose, en effet. Qu'on se rappelle que lady Lundie avait été laissée dans la plus complète ignorance, qu'elle avait écrit à sir Patrick sur un ton qui montrait clairement qu'elle était blessée, que ses soupçons étaient éveillés, et qu'elle allait recevoir la première nouvelle de la sérieuse difficulté dans laquelle Arnold Brinkworth se trouvait, grâce à Julius, de la bouche d'une personne qui n'était pour elle qu'une simple connaissance.

Qu'on se rappelle tout cela, et alors qu'on imagine ce qui pouvait en résulter, non seulement à Windygates, mais aussi à Ham Farm.

– Qu'en pensez-vous? répéta Julius.

Mrs Glenarm était enchantée.

– C'est la seule personne auprès de laquelle je puisse aller, dit-elle. Si on ne me laisse pas entrer, j'écrirai pour expliquer le but de ma visite. Lady Lundie a l'esprit si droit, elle est si sympathique !… Si elle ne reçoit personne, je n'aurai qu'à lui confier mes tourments et je suis sûre qu'elle consentira à me voir. Vous me prêterez une voiture n'est-ce pas ? J'irai demain à Windygates.

Julius reprit son violon sur le piano.

– Ne me reprochez pas d'être importun, dit-il d'un ton insistant. D'ici à demain nous n'avons rien à faire… et nous avons là une si adorable musique ! Une fois qu'on s'y est mis… on sent l'envie d'en essayer encore.

Mrs Glenarm était disposée à tout pour prouver sa gratitude à Julius après l'inestimable conseil qu'il venait de lui donner.

À la seconde épreuve, les yeux et les mains de la belle pianiste étaient dans une harmonie parfaite. L'adorable chant de l'adagio de cette quinzième sonate se poursuivit cette fois sans encombre. Julius était transporté dans le septième ciel musical.

Le lendemain, Mrs Glenarm et Mrs Delamayn partirent ensemble pour Windygates.

Dixième scène

La chambre à coucher

46

Lady Lundie fait son devoir

La scène s'ouvre dans une chambre à coucher et met, en pleine lumière, une dame au lit.

Les personnes dotées d'un sentiment irritable en matière de convenances et qui croient que leur devoir est de jeter les hauts cris au premier mot sont priées d'attendre cette fois avant de crier.

La dame dont il s'agit ici n'étant autre que lady Lundie elle-même, ce nom seul doit les rassurer; les plus scrupuleuses convenances sont toujours observées par Milady, en quelque endroit qu'elle se trouve. Dire en somme qu'il peut résulter un avantage moral, pour le lecteur, de ce qu'au lieu de lui présenter Sa Seigneurie dans une position horizontale, nous la lui présentions dans une situation verticale, cela reviendrait à soutenir que la vertu est une question de posture, et qu'une femme cesse d'être respectable quand elle n'apparaît pas en toilette du matin ou du soir. Qui serait assez hardi pour soutenir ce paradoxe?

Lady Lundie était au lit.

Sa Seigneurie avait reçu la lettre que Blanche lui avait écrite annonçant la subite interruption du voyage de noces; elle avait envoyé sa réponse à sir Patrick; nous avons déjà décrit l'effet produit par l'arrivée de cette lettre à Ham Farm.

Cela fait, lady Lundie sentit qu'elle se devait à elle-même de prendre une position convenable dans sa maison, en attendant la réponse du baronnet.

Que doit faire une femme ayant l'esprit droit, quand elle se croit l'objet d'une cruelle défiance de la part des membres de sa famille ? Une femme ayant l'esprit droit doit ressentir assez vivement ce déplaisir pour en tomber malade.

En conséquence, lady Lundie était malade.

Le cas étant sérieux, il fallait un habile praticien, du plus haut grade dans le corps médical, pour le traiter. Un médecin du voisinage, de la ville de Kirkandrew, fut mandé.

Le praticien vint dans un équipage à deux chevaux. Il avait la tête chauve de rigueur et l'inévitable cravate blanche.

Il tâta le pouls de Sa Seigneurie, lui adressa quelques questions, tourna le dos ensuite de cet air grave qu'un grand docteur seul sait prendre quand il est bien convaincu que sa malade se porte bien.

Puis il s'écria sur le ton d'un homme qui croit à ce qu'il dit :

– Ce sont les nerfs, lady Lundie, le repos au lit est absolument nécessaire, je vais rédiger une ordonnance.

Il prescrivit toujours avec la même gravité :

– Esprit d'ammoniaque aromatisé, quinze gouttes. Esprit de lavande rouge, dix gouttes. Sirop d'écorce d'oranges, deux grammes. Julep camphré, une once.

Quand il eut rédigé son ordonnance en latin, et quand il eut certifié son latin en mettant au-dessous ses initiales, il ne lui resta plus qu'à saluer, qu'à glisser deux guinées dans sa poche et à retourner à ses affaires. Sa conscience professionnelle lui disait qu'il avait agi comme un médecin qui a rempli son devoir.

Lady Lundie était donc au lit, la partie visible de Sa Seigneurie était élégamment parée d'une superbe pointe de dentelle blanche autour de sa tête, d'une adorable camisole en batiste bordée de dentelle également blanche et de rubans lilas. Sur une table auprès du lit reposait la potion de lavande rouge, d'une couleur agréable aux yeux, d'une saveur qui n'avait rien de déplaisant au palais. Un livre de dévotion était aussi là, tout ouvert, et les livres de dépenses et le rapport journalier de la cuisine apparaissaient modestement rangés derrière le livre pieux.

Les nerfs de Sa Seigneurie, qu'on veuille bien le remarquer, ne dispensaient pas Sa Seigneurie de remplir ses devoirs de maîtresse de maison.

Un éventail, un flacon d'odeur et un mouchoir étaient placés à sa portée sur le couvre-pieds. La vaste chambre n'était que partiellement assombrie. Une des fenêtres restait ouverte pour laisser pénétrer la quantité d'air nécessaire à Sa Seigneurie.

Le défunt sir Thomas, suspendu en effigie à la muraille, regardait la fenêtre.

Pas une chaise qui ne fût à sa place, pas un vestige de vêtements hors des limites sacrées du cabinet de toilette ou des tiroirs. Les brillants trésors de la toilette étincelaient dans la pénombre et dans la partie la plus reculée de la pièce; les pots et les cuvettes étaient de porcelaine blanche et sans tache, délicieux à voir. De quelque côté que vous portiez vos regards, tout était ordonné dans la chambre.

Si vous regardiez le lit, vous y voyiez une femme plus ordonnée que tout le reste, comme complément du tableau.

On était au lendemain du jour de l'apparition d'Anne à Swanhaven Lodge; l'après-midi touchait à sa fin.

La femme de chambre de lady Lundie entrebâilla la porte sans bruit et s'avança sur la pointe des pieds jusqu'au chevet. Les yeux de Sa Seigneurie étaient fermés. Sa Seigneurie les ouvrit soudain.

– Je ne dors pas, Hopkins… je souffre… Qu'y a-t-il?

Hopkins déposa deux cartes sur le couvre-pieds.

– Mrs Delamayn, Milady, et Mrs Glenarm.

– Naturellement, on leur a dit que j'étais malade?

– Oui, Milady, Mrs Glenarm m'a fait appeler. Elle est venue dans la bibliothèque et a écrit ce billet.

Hopkins remit le billet plié en forme de triangle.

– Sont-elles parties ?

– Non, Milady. Mrs Glenarm m'a dit que oui ou non lui suffirait comme réponse, si vous vouliez seulement lire ceci.

– C'est un manque de réflexion de la part de Mrs Glenarm, dans un moment où le docteur me recommande un repos parfait. N'importe ! un sacrifice de plus ou de moins est de peu de conséquence.

Lady Lundie se fortifia en respirant le flacon d'odeur et ouvrit le billet. Il était ainsi conçu :

Bien désolée d'apprendre que vous êtes retenue prisonnière dans votre chambre ! J'ai saisi l'occasion de la visite de Mrs Delamayn, espérant avoir la possibilité de vous poser une question. Votre inépuisable bonté me pardonnera-t-elle si je la lui adresse par écrit ? Avez-vous reçu quelque nouvelle inattendue de Mr Arnold Brinkworth récemment ? Je veux dire : avez-vous appris quelque chose sur lui qui vous ait causé une grande surprise ? J'ai une sérieuse raison pour vous demander cela. Je vous la dirai dès que vous serez en état de me recevoir. Jusqu'alors, un seul mot de réponse est tout ce que je désire. Faites-moi connaître ce mot : oui ou non. Mille excuses et prompte guérison.

La singulière question contenue dans ce billet mit l'imagination de lady Lundie en demeure de choisir entre deux déductions.

Ou Mrs Glenarm avait appris le retour inattendu du jeune couple en Angleterre, ou, ce qui était et bien plus intéressant et bien plus important, elle avait un indice qui pouvait servir à percer le mystère de ce retour.

La phrase employée dans ce billet, « J'ai une sérieuse raison pour demander cela », devait la conduire à la dernière de ces deux interprétations.

Tout impossible que cela pût sembler, Mrs Glenarm pouvait savoir sur Arnold quelque chose dont lady Lundie n'avait pas la moindre connaissance.

La curiosité de Sa Seigneurie, déjà puissamment excitée par la lettre mystérieuse de Blanche, ne pouvait être calmée qu'en obtenant, à l'instant, les explications que pouvait fournir un entretien particulier.

– Hopkins, il faut que je voie Mrs Glenarm.

Hopkins leva respectueusement les mains en l'air, comme si elle était saisie d'horreur.

– De la compagnie dans la chambre à coucher et dans l'état de santé de Sa Seigneurie ! s'écria-t-elle.

– C'est mon devoir, Hopkins ; donnez-moi un miroir.

Hopkins apporta un élégant miroir à main ; lady Lundie s'y examina avec soin depuis la tête jusqu'à la partie de son corps enfermée sous les draps.

Au-dessus de toute critique, sous tous les rapports, même de la critique d'une femelle.

– Introduisez Mrs Glenarm.

Une minute ou deux après, la veuve du marchand de fer fit son entrée dans la chambre à coucher, un peu exagérée dans sa toilette comme toujours et un peu prodigue en expressions de gratitude, de reconnaissance, pour la bonté de Sa Seigneurie, et d'inquiétude au sujet de la santé de Sa Seigneurie.

Lady Lundie endura ces compliments tant qu'elle put, puis l'arrêta d'un geste poli et aborda le point intéressant :

– Maintenant, ma chère, arrivons à la question que vous me posez dans votre billet. Est-il possible que vous ayez déjà appris qu'Arnold Brinkworth et sa femme sont revenus de Bade ?

Mrs Glenarm ouvrit des yeux étonnés. Lady Lundie s'expliqua plus catégoriquement.

– Ils devaient visiter la Suisse, vous le savez, pour leur voyage de noces ; et ils ont tout à coup changé d'idée et sont revenus en Angleterre dimanche dernier.

– Chère lady Lundie, il s'agit bien de cela. N'avez-vous rien appris sur Mr Brinkworth ?

– Rien.

Il y eut un silence. Mrs Glenarm fit tourner avec embarras son ombrelle entre ses mains. Lady Lundie se pencha en avant sur son lit et la regarda attentivement.

Mrs Glenarm était de plus en plus embarrassée.

– C'est si difficile à dire… commença-t-elle.

– Je puis tout supporter, hors l'incertitude.

Mrs Glenarm se décida donc à risquer l'aventure.

– N'avez-vous jamais entendu dire, demanda-t-elle, que Mr Brinkworth s'était compromis avec une autre dame avant d'épouser miss Lundie ?

Sa Seigneurie ferma d'abord les yeux avec horreur et chercha à tâtons le flacon d'odeur sur le couvre-pieds.

Mrs Glenarm le lui donna et attendit avant d'ajouter un mot pour voir comment Sa Seigneurie supporterait ce terrible coup.

– Il y a des choses qu'on doit entendre, fit observer lady Lundie. J'entrevois ici un devoir à accomplir. Les mots ne sauraient exprimer combien vous m'étonnez. Qui vous a dit ?…

– Mr Geoffrey Delamayn.

Sa Seigneurie eut de nouveau recours au flacon d'odeur.

– Le plus intime ami d'Arnold ! s'écria-t-elle. Il doit savoir mieux que personne… C'est effroyable ! Et comment Mr Geoffrey Delamayn… ?

– Je suis sur le point de me marier avec lui, reprit Mrs Glenarm. C'est mon excuse, chère lady Lundie, pour venir vous troubler l'esprit d'un pareil sujet.

Lady Lundie entrouvrit les yeux dans un état de surprise feinte.

– Je ne comprends pas. Pour l'amour du ciel, expliquez-vous !

– N'avez-vous pas entendu parler des lettres anonymes ? demanda Mrs Glenarm.

Oui, lady Lundie en avait entendu parler, mais elle ne savait que ce que tout le monde avait entendu dire.

Le nom de la dame qui était au fond de cette histoire n'avait pas été mentionné, et Mr Geoffrey Delamayn se prétendait aussi innocent que l'enfant qui vient de naître. Cette allégation pouvait-elle être mise en doute ?

– Donnez-moi votre main, ma chère amie, et confiez-moi tout, dit la châtelaine.

– Il n'est pas complètement innocent. Il avoue un sot flirt ; la femme seule est coupable, sans doute. Naturellement, j'ai insisté pour avoir une explication catégorique. A-t-elle réellement un droit sur lui ? Pas l'ombre d'un droit. Je n'avais pour garantie que la parole de Geoffrey ; je le lui ai dit. Il m'a répondu qu'il pouvait prouver ce qu'il avançait ; il m'a dit qu'il la savait secrètement mariée à un autre. Son mari l'avait reniée et abandonnée ; elle était à bout de ressources, assez désespérée pour tout tenter. J'ai considéré tout cela comme fort suspect, jusqu'au moment où Geoffrey a prononcé le nom de l'homme… Ce nom devait me prouver certainement qu'il avait renié sa femme, puisque ce gentleman a épousé une autre femme.

Lady Lundie se dressa soudain sur son séant, sous l'influence d'une agitation et d'une alarme cette fois sincères.

– Mr Delamayn vous a dit le nom de l'homme ? fit-elle tout oppressée.

– Oui.

– Est-ce que je le connais ?

– Ne me demandez pas ce nom.

Lady Lundie retomba sur ses oreillers.

Mrs Glenarm se leva pour appeler du secours. Avant qu'elle eût pu atteindre le cordon de la sonnette, Sa Seigneurie était revenue à elle.

– Arrêtez ! s'écria-t-elle. Je puis le confirmer ! C'est vrai, Mrs Glenarm, c'est vrai ! Ouvrez le coffret d'argent sur la table de toilette. La clef est à la serrure. Apportez-moi la lettre qui est la première sous votre main. C'est cela. Parcourez-la. Je l'ai reçue de Blanche. Pourquoi avaient-ils soudain interrompu leur voyage de noces ? Pourquoi étaient-ils revenus chez sir Patrick, à Ham Farm ? J'étais sûre que quelque chose d'affreux était arrivé. Maintenant, je vois ce que c'est.

Elle retomba en arrière, les yeux fermés, et répéta ces mots à voix basse :

– Maintenant, je vois ce que c'est !

Mrs Glenarm lut la lettre. La raison que Blanche donnait à ce soudain retour était évidemment un subterfuge, et ce qui était encore plus extraordinaire, le nom d'Anne Silvester y était mêlé.

Mrs Glenarm devint à son tour fort agitée.

– C'est une confirmation, sans doute, dit-elle. Mr Brinkworth s'est trahi, la femme s'est mariée avec lui. Geoffrey est libre. Oh ! ma chère amie, de quel poids d'anxiété vous avez soulagé mon esprit. Cette vile misérable…

Lady Lundie ouvrit soudain les yeux.

– Que voulez-vous dire ? demanda-t-elle. La femme serait-elle au fond de tout ce malheur ?

– Oui. Je l'ai vue hier. Elle a osé pénétrer à Swanhaven Lodge. Elle l'appelait Geoffrey tout court. Elle a réclamé ses droits sur lui, devant moi, de la façon la plus audacieuse. Elle a ébranlé ma foi, lady Lundie ; elle a ébranlé ma foi en Geoffrey.

– Qui est-elle ?

– Qui ? répéta Mrs Glenarm ; ne savez-vous même pas cela ?… mais son nom est répété à chaque ligne dans cette lettre !…

Lady Lundie poussa un cri terrible. Mrs Glenarm se leva vivement. La femme de chambre apparut à la porte, toute tremblante.

Lady Lundie lui fit signe de la main de se retirer à l'instant et montra un fauteuil à Mrs Glenarm.

– Asseyez-vous. Laissez-moi prendre une minute ou deux de repos. Je n'ai pas besoin d'autre chose.

Le silence ne fut pas interrompu dans la chambre jusqu'au moment où lady Lundie reprit la parole. Elle demanda la lettre de Blanche. Après l'avoir lue attentivement, elle la mit de côté et tomba pendant un moment dans de profondes réflexions.

– J'ai été injuste envers Blanche ! s'écria-t-elle. Ma pauvre Blanche !

– Vous pensez qu'elle ne sait rien de tout cela ?

– J'en suis sûre. Vous oubliez, Mrs Glenarm, que cette horrible découverte jette un doute sur le mariage de ma belle-fille. Pensez-vous que si elle savait la vérité, elle écrirait au sujet de la misérable qui l'a mortellement offensée ce qu'elle écrit ici ? Ils lui ont donné le change au moyen de l'excuse qu'elle me transmet dans son innocence. Je le vois aussi clairement que je vous vois moi-même. Mr Brinkworth et sir Patrick sont ligués ensemble pour me laisser dans les ténèbres. La chère enfant ! Je lui dois une réparation. Si personne ne lui ouvre les yeux, c'est moi qui le ferai. Sir Patrick verra que Blanche a en moi une amie.

Un sourire, le dangereux sourire d'une femme vindicative toute à ses idées de vengeance, se montra sur son visage. Mrs Glenarm en fut un peu surprise. Lady Lundie, si différente au fond de lady Lundie à la surface, n'était pas un objet agréable à contempler.

– Je vous en prie, essayez de vous calmer. Chère lady Lundie, vous m'effrayez !

La bénigne surface de Sa Seigneurie reparut comme un voile jeté sur l'être intérieur, qui s'était un moment exposé à la vue du prochain.

– Pardonnez-moi d'être aussi sensible, dit-elle avec la douce patience qui la distinguait si éminemment dans les temps d'épreuve. Ce coup est tombé un peu trop lourdement sur une pauvre femme, toute confiante et pourtant insultée par le plus cruel manque d'égards. Que ma position ne vous chagrine pas ! Je prendrai le dessus, ma chère, je prendrai le dessus. Dans cette effroyable calamité, dans cet abîme de scélératesse, de malheur et de trahison, je n'ai à compter que sur moi-même. Dans l'intérêt de Blanche, toute cette affaire doit être tirée au clair et sondée, ma chère, dans toutes ses profondeurs. Blanche doit prendre une position digne d'elle. Elle doit faire valoir ses droits, sous ma protection. Ne songeons pas à ce que j'aurai à souffrir et à sacrifier. C'est une œuvre de justice qui s'impose à moi, pauvre faible femme. Je l'accomplirai.

Et Sa Seigneurie s'éventa d'un air d'inébranlable résolution en répétant :

– Je l'accomplirai !

– Mais, lady Lundie, que pouvez-vous faire ? Ils sont tous dans le Sud. Et quant à l'abominable femme…

Lady Lundie toucha l'épaule de Mrs Glenarm du bout de son éventail.

– Je vous tiens une surprise en réserve, chère amie, tout aussi bien que vous. Cette abominable femme a été employée dans cette maison comme préceptrice de Blanche. Attendez, ce n'est pas tout ! Elle nous a subitement quittés, elle s'est enfuie sous le prétexte qu'elle était secrètement mariée. Je sais où elle est allée ; je puis savoir ce qu'elle a fait ; je puis découvrir qui était avec elle ; je peux suivre les démarches de Mr Brinkworth, derrière les pas de Mr Brinkworth. Je puis chercher la vérité, sans me mettre sous la dépendance des gens compromis dans cette sombre affaire, dont l'intérêt est de me tromper. Et je le ferai aujourd'hui même.

Elle ferma brusquement son éventail d'un air triomphant et s'installa sur ses oreillers pour jouir tranquillement de la surprise de son amie.

Mrs Glenarm se rapprocha du lit d'un air confidentiel.

– Comment allez-vous vous y prendre ? demanda-t-elle avec avidité. Ne me croyez pas curieuse. Mais j'ai intérêt aussi à découvrir la vérité. Ne me laissez pas en dehors de tout cela, je vous en supplie.

– Pouvez-vous revenir ici demain à pareille heure ?

– Oui !... oui !...

– Venez donc, et vous saurez tout.

– Puis-je vous être de quelque utilité ?

– Pas pour le moment.

– Mon oncle peut-il vous être utile ?

– Savez-vous comment communiquer avec le capitaine Newenden ?

– Oui, il réside avec quelques amis dans le comté de Sussex.

– Il est possible que nous ayons besoin de son assistance. Je ne puis le dire encore. Ne faites pas attendre Mrs Delamayn plus longtemps, ma chère. Je vous reverrai demain.

Elles échangèrent un affectueux embrassement, et lady Lundie resta seule.

Sa Seigneurie se plongea dans ses réflexions, les sourcils contractés et les lèvres closes. Elle paraissait bien son âge alors, plutôt un an ou deux de plus, tandis qu'elle était là, pensant, la tête appuyée sur sa main et le coude sur ses oreillers.

Après s'être mise entre les mains du docteur et s'être soumise à prendre la potion de lavande rouge, le plus ordinaire sentiment de logique lui imposait de garder le lit ce jour-là. Et pourtant il était essentiel d'ouvrir immédiatement son enquête. D'un côté, le problème n'était pas aisé à résoudre. De l'autre, Sa Seigneurie ne se tenait pas aisément pour battue. Comment envoyer chercher l'aubergiste de Craig Fernie sans éveiller ses soupçons ou l'attention ?

Telle était la première question qui s'offrait à elle. En moins de cinq minutes, elle avait repassé dans sa mémoire le cours des événements survenus à Windygates et l'avait résolue.

Son premier acte fut de sonner pour appeler la femme de chambre.

– Je vous ai presque effrayée, Hopkins. C'est la faute de mes nerfs. Mrs Glenarm a été un peu trop prompte à me donner une nouvelle qui m'a surprise. Je suis mieux maintenant, et je puis m'occuper des affaires de la maison. Il y a une erreur dans le compte du boucher… envoyez-moi la cuisinière.

Elle prit le livre de dépenses et le rapport de la cuisine, corrigea l'erreur du boucher et vida l'arriéré des affaires domestiques avant de rappeler Hopkins. Ayant habilement prévenu tout rapprochement que cette Hopkins aurait pu être tentée de faire après le départ de Mrs Glenarm sur ce qui avait pu se passer pendant la visite de cette dame, lady Lundie se sentit libre de préparer la voie aux investigations qu'elle était résolue à commencer avant de prendre son repos de la nuit.

– Pour les arrangements intérieurs, cela suffit, dit-elle. Vous devez me servir de Premier ministre pendant que je suis retenue ici inactive. Manque-t-il quelque chose aux gens du dehors ? Le cocher ?… le jardinier ?…

– Je viens de voir le jardinier, Milady. Il apportait les

comptes de la semaine dernière. Je lui ai dit qu'il ne pouvait pas voir Votre Seigneurie aujourd'hui.

– Très bien ! Avait-il quelque rapport à faire ?

– Non, Milady.

– Bien certainement, j'avais quelque chose à dire soit à lui, soit à quelque autre. Mon livre de notes, Hopkins… dans la corbeille, sur cette chaise. Pourquoi la corbeille n'est-elle pas près de mon lit ?

Hopkins apporta le livre de notes. Lady Lundie le consulta sans la moindre nécessité, mais justement avec la même gravité magistrale qu'avait déployée le docteur, quand il avait écrit son ordonnance, également sans la moindre nécessité.

– Voilà ce que c'est, dit-elle en recouvrant soudain la mémoire, ce n'est pas le jardinier, mais la femme du jardinier ; le livre de notes porte que j'ai à lui parler au sujet de Mrs Inchbare. Remarquez, Hopkins, ce que c'est que l'association des idées. Mrs Inchbare est associée dans mon esprit avec la question des volailles, les volailles s'associent à la femme du jardinier, et voilà comment le jardinier m'est revenu à la mémoire, comprenez-vous cela ? Je m'efforce continuellement d'améliorer mon esprit, vous comprenez ? Très bien ! Ah ! maintenant Mrs Inchbare…

– Bien, Milady.

– Je ne suis pas du tout sûre, Hopkins, d'avoir eu raison de ne pas prendre en considération le message que Mrs Inchbare m'a envoyé au sujet des volailles. Pourquoi n'offrirait-elle pas de prendre les bêtes que je ne veux pas garder ? C'est une femme respectable, et il est important pour moi de vivre en bons termes avec tous mes voisins, grands et petits. A-t-elle un poulailler à Craig Fernie ?

– Oui, Milady, et bien tenu, je puis le dire.

– En vérité, je ne vois pas, après réflexion, Hopkins, pourquoi j'hésitais à traiter avec Mrs Inchbare. Je ne considère pas comme au-dessous de moi de vendre le gibier tué sur mes terres au marchand de gibier. Que voulait-elle acheter ? Quelques-unes de mes poules noires d'Espagne ?

– Oui, Milady. Les poules noires d'Espagne de Votre Seigneurie sont renommées dans tout le voisinage, personne ne possède la même race. Et Mrs Inchbare…

– Veut partager avec moi l'avantage de posséder cette race. Je la verrai dès que je serai un peu mieux, et je lui dirai que j'ai changé d'idée. Envoyez un des hommes à Craig Fernie avec un message, je ne pourrais garder une pareille misère dans ma mémoire ; allez-y tout de suite, ou je l'oublierai. Qu'on dise à Mrs Inchbare que je désire la voir au sujet des poules, dès qu'elle trouvera un moment à sa convenance pour venir ici.

– Je suis bien sûre, Milady, que Mrs Inchbare, qui a si fort à cœur ces poules d'Espagne, viendra ici à l'instant, et aussi vite que ses jambes pourront la porter.

– Dans ce cas, vous la conduirez à la femme du jardinier. Dites-lui qu'elle pourra avoir des œufs, à la condition d'en payer le prix. Si elle vient, veillez à ce que j'en sois avertie.

Hopkins sortit, la maîtresse d'Hopkins se recoucha sur ses oreillers et s'éventa. Un sourire vindicatif reparut sur son visage.

J'imagine que je serai assez bien pour voir Mrs Inchbare, pensa-t-elle, et il est possible que la conversation s'égare au-delà des mérites de son poulailler et du mien.

Il y eut un laps de temps d'un peu moins de deux heures. Hopkins avait bien auguré de l'enthousiasme de Mrs Inchbare pour les poules d'Espagne. L'active aubergiste apparut à Windygates sur les talons du serviteur chargé du message.

Parmi la longue liste des faiblesses humaines, la passion des volatiles n'est pas plus condamnable et a sûrement plus d'avantages pratiques que la manie de collectionner des tabatières ou d'amasser des autographes et des timbres-poste.

Quand l'hôtesse de Craig Fernie fut amenée devant la maîtresse de Windygates, lady Lundie laissa voir une pointe de gaieté pour la première fois de sa vie. Sa Seigneurie était égayée, sans doute par les propriétés hilarantes de la potion de lavande rouge ; cette heureuse disposition s'exerça d'abord aux dépens de Mrs Inchbare.

– Bien ridicule, Hopkins ! Cette pauvre femme doit souffrir d'un transport de volailles au cerveau. Malade comme je suis, j'aurais pensé que rien ne pouvait m'amuser. Mais réellement, cette bonne créature, se mettant en ébullition et accourant ici, comme vous dites, aussi vite que ses pieds peuvent la porter, c'est irrésistible. Je pense qu'il me faut voir Mrs Inchbare. Avec mes habitudes d'activité, l'enfermement dans cette chambre me sera mortel. Je ne puis ni dormir ni lire. J'ai besoin de quelque occupation, Hopkins, qui apporte une distraction à mon esprit. Il sera facile de me débarrasser d'elle si elle devient une fatigue pour moi. Faites-la monter.

Mrs Inchbare fit son apparition avec force révérences respectueuses, et tout étonnée de la condescendance de Sa Seigneurie à laisser franchir les limites sacrées de sa chambre à coucher.

– Prenez une chaise, dit lady Lundie gracieusement. Je suis malade, comme vous pouvez vous en apercevoir.

– Ma foi ! malade ou bien portante, Votre Seigneurie est fort belle à voir, répliqua Mrs Inchbare, profondément impressionnée par l'élégance du costume sous lequel se montre la maladie dans les hautes régions de la vie élégante.

– Je suis loin d'être en état de recevoir, continua lady Lundie, mais j'avais un motif pour désirer vous parler la première fois que vous viendriez dans ma maison. J'ai négligé de traiter une offre que vous m'avez faite il y a peu de temps, d'une façon amicale et de bon voisinage ; je regrette d'avoir oublié les égards que doit une personne dans ma position à une personne dans la vôtre… Je suis obligée de vous dire cela ici même, ajouta Sa Seigneurie, en jetant un coup d'œil autour d'elle sur sa magnifique chambre à coucher, à cause de la promptitude inattendue avec laquelle vous êtes venue me rendre visite. Vous n'avez pas perdu de temps, Mrs Inchbare, à profiter du message que j'ai eu le plaisir de vous envoyer.

– Eh ! Milady, je n'étais pas sûre, Votre Seigneurie

ayant changé d'idée, que vous n'en changeriez pas encore si je ne m'empressais pas de battre, comme on dit, le fer pendant qu'il était chaud. Je vous demande pardon, si je me suis un peu trop hâtée. Tout l'orgueil de mon cœur est dans mon poulailler, et les poules noires d'Espagne sont depuis longtemps une rude tentation pour moi.

– Si j'ai été la cause que vous ayez été tentée, c'est innocemment, Mrs Inchbare. Faites votre proposition et je serai heureuse de l'accueillir.

– Je serais contente si Votre Seigneurie voulait bien condescendre à m'accorder au moins une couvée d'œufs.

– Y a-t-il quelque chose que vous préféreriez à une couvée d'œufs ?

– Je préférerais, dit modestement Mrs Inchbare, un coq et deux poules.

– Ouvrez le tiroir de la table derrière vous, et vous trouverez du papier. Donnez-moi une feuille de ce papier et le crayon qui est sur le plateau.

Avidement surveillée par Mrs Inchbare, lady Lundie écrivit un ordre à la femme chargée du poulailler et le tendit à l'hôtelière avec un gracieux sourire.

– Prenez cela pour la femme du jardinier. Si vous tombez d'accord avec elle sur le prix, vous pourrez avoir le coq et les deux poules.

Mrs Inchbare ouvrit la bouche, sans doute pour exprimer l'excès de sa gratitude. Avant qu'elle eût articulé trois mots, l'impatience de lady Lundie d'arriver au but qu'elle s'était proposé depuis le départ de Mrs Glenarm rompit les digues.

Arrêtant l'aubergiste sans cérémonie, elle amena brusquement la conversation sur les faits et gestes d'Anne Silvester pendant son séjour à l'auberge de Craig Fernie.

– Comment vont les affaires à votre hôtel, Mrs Inchbare ?... Il doit y avoir abondance de touristes à cette époque de l'année ?

– La maison est pleine, grâce à Dieu, Milady, depuis les fondations jusqu'aux combles.

– Vous avez eu, je crois, la visite d'une personne de ma connaissance ?... Une personne...

Elle s'arrêta et s'imposa une forte contrainte. Il fallait bien céder à la dure nécessité de rendre ses questions intelligibles.

– Une dame, dit-elle, qui vint chez vous vers le milieu du mois dernier.

– Sa Seigneurie voudrait-elle bien condescendre à me dire son nom ?

Lady Lundie fit encore un plus grand effort sur elle-même.

– Silvester, dit-elle aigrement.

– Dieu nous protège ! s'écria Mrs Inchbare. Ce ne peut être cette personne qui est arrivée seule, un sac de voyage à la main et ayant laissé derrière elle sur la route un mari qui n'est arrivé qu'une heure après ?

– Sans aucun doute, c'est elle.

– Serait-elle une amie de Votre Seigneurie ? demanda Mrs Inchbare en tâtant le terrain avec prudence.

– Certainement non ! Je n'éprouve qu'une petite curiosité passagère à son sujet, rien de plus.

Mrs Inchbare parut soulagée.

– Pour dire la vérité, Milady, il n'y a pas de sympathie entre nous ; elle a un caractère à elle, et j'ai été charmée quand je l'ai vue pour la dernière fois.

– Ce que vous me dites ne me surprend pas, Mrs Inchbare. Je sais quelque chose de ce caractère. Ne vous ai-je pas entendue dire qu'elle était venue seule à l'hôtel et que son mari l'avait rejointe quelque temps après ?

– En effet, Votre Seigneurie. Je ne pouvais pas lui donner une chambre dans l'hôtel tant que son mari n'était pas arrivé derrière ses talons pour répondre d'elle.

– Je pense avoir vu son mari. Quel genre d'homme est-ce ?

Mrs Inchbare répondit à peu près dans les mêmes termes qu'elle l'avait fait à sir Patrick quand le baronnet lui avait adressé la même question.

– Eh ! il était un peu jeune pour elle. Un joli homme, Milady. Ni grand ni petit, avec des yeux bruns, une figure pleine, des cheveux d'un noir de charbon, un aimable garçon à la parole douce. Je n'ai rien à dire contre lui, si ce n'est qu'il est arrivé tard dans la journée et qu'il est parti de grand matin le lendemain, me laissant sur les bras le fardeau de Madame.

La réponse produisit exactement le même effet sur lady Lundie qu'elle avait produit sur sir Patrick. Elle aussi trouva que c'était trop vague.

Cela répondait trop au signalement de tous les jeunes hommes. Mais Sa Seigneurie possédait un immense avantage sur son beau-frère, en cherchant à découvrir la vérité. Elle soupçonnait Arnold.

Elle pouvait aider la mémoire de Mrs Inchbare par des suggestions puisées dans les ressources supérieures de son expérience et de son esprit d'observation.

– N'avait-il pas l'air d'un marin ? demanda-t-elle, et avez-vous remarqué, pendant que vous lui parliez, qu'il avait l'habitude de jouer avec un médaillon pendu à la chaîne de sa montre ?

– C'est bien lui, de point en point ! s'écria Mrs Inchbare. Votre Seigneurie le connaît bien. Il n'y a pas de doute à avoir.

– Je pensais bien que je l'avais vu. Un jeune homme modeste et bien élevé, comme vous le dites, Mrs Inchbare. Que je ne retarde pas plus longtemps votre visite au poulailler. Je transgresse les ordres du docteur en causant. Nous sommes parfaitement d'accord maintenant, n'est-ce pas ? Enchantée de vous avoir vue. Bonsoir !

C'est ainsi qu'elle congédia Mrs Inchbare.

Elle avait atteint le but qu'elle se proposait.

Bien des femmes se seraient contentées des renseignements qu'elle avait obtenus. Mais lady Lundie, ayant affaire à un homme tel que sir Patrick, résolut d'être doublement sûre de son fait avant de se décider à intervenir à Ham Farm.

Elle avait appris de Mrs Inchbare que le prétendu mari d'Anne Silvester l'avait rejointe à Craig Fernie, le jour même où elle était arrivée à l'auberge, et était reparti le lendemain matin. Anne s'était enfuie de Windygates, pendant la fête de jour, c'est-à-dire le 14 août. Le lendemain, Arnold Brinkworth était parti dans le but de visiter le domaine que sa tante lui avait laissé en Écosse. Si l'on devait s'en rapporter à Mrs Inchbare, il devait être allé à Craig Fernie au lieu de se rendre à sa destination, et devait probablement être arrivé pour visiter sa maison et ses terres un jour plus tard que prévu. Si ce fait pouvait être prouvé par la déclaration de témoins désintéressés, les preuves contre Arnold seraient décuplées et lady Lundie pourrait agir avec une certitude presque entière.

Après un peu de réflexion, elle se décida à envoyer un billet à l'adresse de l'intendant d'Arnold. Le motif qu'elle imagina comme excuse et comme explication de cette étrange question posée à cet homme était une petite discussion de famille, relativement à la date exacte de l'arrivée d'Arnold à son domaine, et un pari amical amené par cette discussion.

L'intendant devait répondre et établir si son propriétaire était arrivé le 14 ou le 15 août; c'était tout ce qu'il fallait pour résoudre la question sur laquelle on était en désaccord.

Après avoir écrit en ces termes, lady Lundie donna les ordres nécessaires pour que le billet fût porté à la première heure le lendemain matin, le messager ayant pour instruction de prendre le premier train, une fois la commission faite, pour revenir à Windygates.

Cela arrangé, Sa Seigneurie était libre de se rafraîchir au moyen d'une nouvelle dose de la potion de lavande rouge et de dormir du sommeil du juste. Elle ferma les yeux en pensant doucement qu'elle avait accompli son devoir.

Les événements se succédèrent à Windygates dans un ordre naturel.

La poste arriva et n'apporta pas de réponse de sir Patrick. Lady Lundie porta mentalement ce fait au compte débiteur que son beau-frère aurait à lui payer avec les intérêts quand le moment du règlement serait venu.

Le messager revint avec la réponse de l'intendant. Celui-ci s'en était référé à son journal et répondait que

Mr Brinkworth avait bien écrit à l'avance pour annoncer son arrivée à son domaine le 14 août, mais qu'il n'était réellement arrivé que le 15.

Cette découverte, nécessaire pour appuyer la déclaration de Mrs Inchbare, était maintenant en possession de lady Lundie ; elle se décida à laisser passer encore un jour, laissant à sir Patrick le temps de changer d'idée et de lui écrire.

S'il n'arrivait pas de lettre, et si elle ne recevait pas d'autres nouvelles de Blanche, elle quitterait Windygates par le premier train du matin, et tenterait l'entreprise hardie d'une intervention personnelle à Ham Farm.

Le troisième événement dans l'ordre chronologique fut l'apparition du docteur, qui venait rendre une visite professionnelle.

Un rude coup l'attendait. Il trouva sa malade guérie par la potion ! Cela était contraire à toutes les règles et à tous les précédents : cela sentait l'empirisme. La lavande rouge n'avait point de telles propriétés à l'ordinaire.

La malade était là, tout habillée et se disposant à partir pour Londres le lendemain.

– Un devoir à accomplir, docteur, dit-elle ; au prix de quelque sacrifice que ce soit, il me faut partir.

Il n'y avait pas d'autre explication à demander. La malade était bien déterminée, et il ne restait au médecin qu'à se retirer avec toute la dignité convenable, sa visite étant payée. C'est ce qu'il fit.

– Notre art, dit-il en confidence à lady Lundie, n'est rien après tout qu'un choix entre deux possibilités. Par exemple, je vous vois non pas guérie, mais soutenue par une surexcitation anormale. Je me demande quel est le moindre entre deux maux : de courir certains risques en vous laissant voyager, ou de vous irriter les nerfs en vous faisant garder le lit. Avec votre constitution, nous pouvons hasarder le voyage. Ayez bien soin de tenir les vitres de la voiture fermées du côté où le vent souffle. Gardez vos extrémités au chaud, maintenez votre esprit en repos, et, je vous en prie, ne négligez pas de vous munir d'une seconde bouteille de ma potion avant de partir !

Il salua comme dans les occasions précédentes, glissa deux guinées dans sa poche, comme à l'ordinaire, et s'en alla, comme toujours, avec l'approbation de sa conscience.

Quelle enviable profession que la médecine, et pourquoi ne l'exerçons-nous pas tous ?

Le dernier des événements fut l'arrivée de Mrs Glenarm.

– Eh bien ! s'écria la veuve avec empressement. Quelles nouvelles ?

Les découvertes de Sa Seigneurie, exposées dans tous leurs détails, et l'annonce des résolutions de Sa Seigneurie, faites dans les termes les plus fermes, portèrent jusqu'au délire l'enthousiasme de Mrs Glenarm.

– Vous allez à Londres… samedi, dit-elle. Je partirai avec vous. Depuis que cette femme m'a déclaré qu'elle serait à Londres avant moi, je meurs d'envie de hâter mon voyage et c'est une occasion si belle que de partir avec vous ! Je pourrai facilement arranger cela. Mon oncle et moi, nous devions nous trouver à Londres la semaine prochaine pour la course. Je n'ai qu'à lui écrire pour lui annoncer le changement survenu dans mes plans. À propos, en parlant de mon oncle, j'ai eu des nouvelles des hommes de loi de Perth depuis que je vous ai vue.

– Encore les lettres anonymes !

– Une encore, reçue cette fois par les hommes de loi. Mon correspondant inconnu leur a écrit qu'il retirait sa proposition et qu'il avait quitté Perth. Les hommes de loi me recommandent d'empêcher mon oncle de dépenser inutilement de l'argent en employant la police de Londres. J'ai envoyé la lettre au capitaine, et il viendra probablement à Londres pour voir ses avocats. Mais c'est assez parler de ce que j'ai fait moi-même, et vous, chère lady Lundie, quand nous aurons accompli notre voyage, que comptez-vous faire ?

– Rien que de simple, dit Sa Seigneurie avec colère, sir Patrick aura de mes nouvelles dimanche matin à Ham Farm.

– Vous lui direz ce que vous avez découvert ?

– Certainement non, je lui annoncerai que j'ai été appelée à Londres pour affaires et que je me propose de lui rendre visite lundi.

– Naturellement, il vous recevra.

– Je ne pense pas qu'on puisse en douter. La haine pour la veuve de son frère, après avoir laissé ma lettre sans réponse, n'ira point jusqu'à me fermer sa porte.

– Et quand vous serez là, ma chère, comment vous y prendrez-vous ?

– Quand je serai là, ma chère, je respirerai une atmosphère de fausseté et de mensonges, et, dans l'intérêt de ma pauvre enfant, quelle que soit mon horreur pour toute dissimulation, il me faudra agir avec prudence. Pas un mot ne sortira de mes lèvres, jusqu'au moment où je pourrai voir Blanche en particulier. Quelque pénible que cela puisse être, je ne reculerai pas devant l'accomplissement de mon devoir, si mon devoir m'ordonne d'ouvrir ses yeux à la vérité. Sir Patrick et Mr Brinkworth n'auront plus seulement affaire à une jeune créature sans expérience. Je serai là.

Sur cette formidable déclaration, lady Lundie mit fin à la conversation, et Mrs Glenarm se leva pour prendre congé d'elle.

– Nous nous rencontrerons à la jonction, chère lady Lundie !

– À la jonction… samedi.

Onzième scène

La maison de sir Patrick

47

La fenêtre du fumoir

– Je ne puis croire cela !… Je ne veux pas le croire !… Vous essayez de me séparer de mon mari… vous essayez de me tourner contre mes plus chers amis… C'est infâme !… c'est horrible !… Que vous ai-je fait… Oh ! ma tête !… ma tête !… Essayez-vous aussi de me rendre folle…

Blanche, pâle et égarée, les mains plongées dans les cheveux, parcourait la chambre en désordre. C'est ainsi qu'elle répondait à sa belle-mère, car lady Lundie avait atteint le but du pèlerinage ; elle venait de dire la vérité.

Sa Seigneurie était assise, superbe de calme et regardant par la croisée le tranquille paysage de bois et de champs cultivés qui entourait Ham Farm.

– J'étais préparée à cette explosion, dit-elle tristement. Les gros mots soulagent votre cœur qui succombe sous un trop lourd fardeau, ma pauvre enfant. Je puis attendre, Blanche, je puis attendre.

Blanche s'arrêta, et se plaçant en face de lady Lundie :

– Vous et moi, nous ne nous sommes jamais aimées, dit-elle. Je vous ai écrit d'ici une lettre un peu vive… J'ai toujours pris le parti d'Anne contre vous… Je vous ai montré pleinement, rudement, je puis le dire, que j'étais heureuse d'être mariée et de m'éloigner de vous… Cela est votre revanche, n'est-ce pas ?

– Oh ! Blanche… quelles pensées !… quelles paroles !… Je n'ai fait que prier pour vous.

– Je suis folle, lady Lundie. On est indulgent avec les fous ; soyez indulgente pour moi. Il y a à peine quinze jours que je suis mariée. Je l'aime, *lui* ; je l'aime, *elle,* et de tout mon cœur. Rappelez-vous ce que vous m'avez dit sur eux. Rappelez-vous !… rappelez-vous !…

Elle répéta ces mots, avec un accent désespéré, en portant encore ses mains à sa tête ; puis elle reprit sa marche inquiète à travers la chambre.

Lady Lundie essaya d'une douce remontrance :

– Par intérêt pour vous-même, ne persistez pas à me traiter en étrangère. Dans cette terrible épreuve, je suis la seule amie qui vous reste.

Blanche revint auprès de sa belle-mère et la regarda bien en face et en silence.

Lady Lundie se soumit à cette inspection et la supporta même fort dignement.

– Regardez dans mon cœur, Blanche, il saigne pour vous, dit-elle.

Blanche ne l'entendit pas. Son esprit était trop péniblement absorbé dans ses propres pensées.

– Vous êtes une femme religieuse, dit-elle tout à coup, voulez-vous jurer sur votre bible que vous avez dit la vérité ?

– Ma bible !… répéta lady Lundie avec une emphase chagrine. Oh ! mon enfant !… n'avez-vous pas votre part dans ce précieux héritage ? N'est-ce pas votre bible aussi ?

Une expression passagère de triomphe se montra sur le visage de Blanche.

– Vous n'osez pas jurer… dit-elle, cela me suffit.

Et elle se détourna d'un air de dédain. Lady Lundie la saisit par la main et la ramena vivement en arrière.

La sainte martyre avait disparu, et la femme, dont il ne fait jamais bon de se jouer, avait pris sa place.

– Il faut une fin à cela, dit-elle. Vous ne croyez pas ce

que je vous ai dit. Avez-vous assez de courage pour aller aux preuves ?

Blanche tressaillit et dégagea sa main. Elle tremblait un peu.

Il y avait une horrible certitude exprimée dans le soudain changement de manières de lady Lundie.

– Comment ? demanda-t-elle.

– Vous le verrez. Dites-moi la vérité, à votre tour. Où est sir Patrick ? Est-il réellement sorti, comme me l'a dit le domestique ?

– Oui, il est sorti avec l'intendant de Ham Farm. Vous nous avez pris par surprise. Vous avez annoncé que vous arriveriez par le train qui suit.

– Quand arrive ce train ?… Il est maintenant 11 heures.

– Entre une heure et 2 heures de l'après-midi.

– Sir Patrick ne sera pas de retour avant ce temps ?

– Non, pas avant.

– Où est Mr Brinkworth ?

– Mon mari !

– Votre mari, s'il vous plaît de l'appeler ainsi. Est-il sorti également ?

– Il est dans le fumoir.

– Voulez-vous parler de la longue pièce bâtie sur le derrière de la maison ?

– Oui.

Descendez donc à l'instant avec moi.

Blanche avança d'un pas et recula.

– Que voulez-vous de moi ? demanda-t-elle, prise d'une soudaine méfiance.

Lady Lundie haussa les épaules.

– Ne voyez-vous pas, dit-elle aigrement, que votre intérêt et le mien dans cette affaire ne font qu'un ?… Que vous ai-je dit ?

– Ne le répétez pas !

– Je dois le répéter. Je vous ai dit qu'Arnold Brinkworth avait été vu à l'auberge de Craig Fernie avec miss Silvester, en la qualité reconnue de son mari. Nous le croyions alors occupé à visiter le domaine qui lui a été légué par sa tante… Vous refusez de m'entendre et je suis au moment de vous donner une preuve. Est-il, oui ou non, de votre intérêt de savoir si cet homme mérite l'aveugle confiance que vous placez en lui ?

Blanche trembla de la tête aux pieds et ne répondit rien.

– Je vais descendre au jardin et parler à Mr Brinkworth à travers la fenêtre du fumoir, poursuivit Sa Seigneurie. Avez-vous le courage de venir avec moi, de faire en sorte qu'il ne vous voie point, et d'écouter ce qu'il répondra ? Je n'ai pas peur de tenter cette épreuve… Et vous ?

Le ton sur lequel était posée cette question ranima le courage de Blanche.

– Non !… Si je le croyais coupable, dit-elle résolument, je n'aurais pas ce courage ; mais je le crois innocent. Je vous suivrai, lady Lundie, quand il vous plaira.

Elles quittèrent la chambre, la chambre de Blanche à Ham Farm, et descendirent.

Lady Lundie s'arrêta pour consulter, dans le vestibule, l'*Indicateur des chemins de fer.*

– Il y a un train pour Londres à midi et quart, dit-elle. Combien faut-il de temps pour se rendre à la gare ?

– Pourquoi me demandez-vous cela ?

– Vous le saurez bientôt ; répondez à ma question.

– Il faut vingt minutes.

Lady Lundie consulta sa montre.

– Nous avons juste le temps, dit-elle.

– Le temps ?… pour quoi faire ?

– Venez au jardin.

Sur cette réponse, lady Lundie sortit la première.

Le fumoir s'avançait à angle droit du mur de la maison, sous une forme oblongue ; une fenêtre cintrée placée à l'extrémité ouvrait sur le jardin.

Avant de tourner le coin et d'arriver en vue de la fenêtre, lady Lundie regarda en arrière et fit signe à Blanche d'attendre, cachée par l'angle du mur.

Blanche attendit.

Un instant après, elle entendit des voix par la fenêtre ouverte.

La voix d'Arnold se fit entendre la première.

– Lady Lundie ! mais nous n'espérions vous voir que pour l'heure du lunch.

La réponse de lady Lundie ne se fit pas attendre.

– J'ai pu partir de Londres de meilleure heure que je ne l'avais supposé. Ne quittez pas votre cigare et ne vous dérangez pas. Je n'ai pas l'intention d'entrer.

Ce vif échange de questions et de réponses continua. Pas un mot ne se perdait dans la tranquillité de ce lieu désert.

Arnold dit :

– Avez-vous vu Blanche ?

– Blanche s'apprête à sortir avec moi. Nous voulons nous promener ensemble. J'ai beaucoup de choses à lui dire avant que nous ne sortions, j'ai également à vous parler.

– S'agit-il de quelque chose de sérieux ?

– De très sérieux

– Relativement à moi ?

– Relativement à vous. Je sais où vous êtes allé pendant la fête de jour à Windygates. Vous êtes allé à Craig Fernie.

– Grand Dieu ! comment avez-vous découvert cela ?

– Je sais que vous y alliez pour rejoindre miss Silvester. Je sais ce que l'on dit de vous et d'elle… Vous êtes mari et femme.

– Chut !… Ne parlez pas si haut… Quelqu'un peut vous entendre !

– Qu'importe ! Je suis la seule personne que vous n'ayez pas mise dans le secret. Vous le savez tous ici.

– Il n'en est rien… Blanche ne le sait pas.

– Comment ! Ni vous ni sir Patrick n'avez dit à Blanche la situation dans laquelle vous êtes en ce moment ?

– Pas encore. Sir Patrick m'a laissé ce triste soin. Je n'ai pu encore prendre sur moi de le faire. Ne dites rien, je vous en supplie ! Je ne sais comment Blanche pourra interpréter ce silence. Son amie est attendue à Londres demain. Quand sir Patrick les aura réunies, elle pourra lui expliquer tout cela mieux que moi. C'est mon sentiment, et sir Patrick l'approuve. Arrêtez ; vous ne partez pas déjà ?

– Blanche viendrait à ma recherche si je tardais plus longtemps.

– Un mot encore. J'ai besoin de savoir…

– Plus tard, dans la journée.

Sa Seigneurie reparut à l'angle du mur.

Les premiers mots furent dits à voix basse.

– Êtes-vous satisfaite maintenant, Blanche ?

– Vous reste-t-il encore assez de pitié, pour m'emmener de cette maison ?

– Ma chère enfant, pour quelle autre raison ai-je consulté l'*Indicateur des chemins de fer* dans l'antichambre ?

48

L'explosion

L'esprit d'Arnold était bien loin d'être tranquille quand il se retrouva seul dans le fumoir.

Il perdit d'abord quelque temps à essayer de deviner la source où lady Lundie avait puisé ses renseignements ; puis il mit son chapeau et prit la direction qui conduisait au lieu favori de la promenade de Blanche à Ham Farm.

Sans se méfier absolument de la discrétion de Sa Seigneurie, l'idée lui vint qu'il ferait bien de rejoindre sa femme et sa belle-mère. En participant à leur entretien, il pouvait du moins empêcher que la conversation ne prît un tour confidentiel trop périlleux pour lui.

Il avait beau chercher les deux dames, elles n'avaient pas pris la direction qu'il supposait. Il revint donc au fumoir et s'efforça d'attendre les événements aussi patiemment qu'il le pourrait.

Ses pensées revenant sur lady Lundie, sa mémoire lui rappela un court entretien provoqué, la veille, par l'annonce de la visite de Sa Seigneurie à Ham Farm.

Sir Patrick avait exprimé la conviction que ce voyage de sa belle-sœur dans le Sud cachait un but inavouable.

– Je ne suis pas du tout sûr, Arnold, d'avoir agi sagement en laissant sa lettre sans réponse, et je suis fortement disposé à penser que le plus sûr parti est de la mettre dans le secret quand elle arrivera demain. Nous ne pouvons rien contre la position dans laquelle nous sommes placés. Il était impossible, sans mettre votre femme dans notre confidence, d'empêcher Blanche d'écrire cette malencontreuse lettre à sa belle-mère ; si nous l'avions fait, nous ne pouvions empêcher qu'elle fût prévenue, par une autre voie, de votre retour en Angleterre. Le doute que je conçois maintenant sur les conséquences de ma discrétion me tourmente, et pourtant, il aurait mieux valu la laisser dans l'ignorance et l'exclure de vos affaires, jusqu'à ce que j'eusse remis tout en ordre. Mais elle peut, par quelque malheureux accident, découvrir elle-même la vérité. Dans ce cas, je me méfie de l'influence qu'elle pourrait exercer sur l'esprit de Blanche.

Telles étaient les paroles de sir Patrick. Et qu'était-il arrivé le lendemain du jour où il les avait dites ?

Lady Lundie avait découvert la vérité, et elle était en ce moment seule quelque part avec Blanche.

Arnold reprit son chapeau et se remit à la recherche des deux dames dans une autre direction. Cette seconde expédition n'obtint pas plus de succès que la première. Il ne vit point les dames et n'apprit rien de lady Lundie et de Blanche.

La montre d'Arnold l'avertit qu'il n'était pas loin de l'heure à laquelle on pouvait attendre le retour de sir Patrick. Selon toutes les probabilités, et pendant qu'il les cherchait, les dames avaient dû revenir à la maison par un autre chemin.

Il parcourut toutes les pièces du rez-de-chaussée l'une après l'autre. Personne.

Il monta à l'étage supérieur et frappa à la porte de Blanche. Pas de réponse.

Il ouvrit la porte. La chambre était vide. Mais sur le

seuil, il vit un objet de nature à attirer son attention : c'était un billet, gisant sur le tapis.

Il le ramassa ; ce billet lui était adressé ; il était de l'écriture de sa femme.

Il l'ouvrit.

Le billet commençait dans la forme ordinaire en pareilles circonstances et était ainsi conçu :

Je connais l'abominable secret que vous et mon oncle m'avez caché. Je connais votre infamie, son infamie à elle, et la position dans laquelle, grâce à elle et à vous, je me trouve placée. Les reproches seraient inutiles, adressés à un homme comme vous. Je vous écris ces lignes pour vous dire que je me suis mise sous la protection de ma belle-mère à Londres. Il est superflu d'essayer de m'y suivre. D'autres seront chargés de découvrir si la cérémonie de mariage célébrée entre nous nous lie l'un à l'autre. Quant à moi, j'en sais assez. Je pars pour ne jamais revenir et résolue à ne jamais vous permettre de me revoir.

Blanche.

Il descendit l'escalier comme un fou, n'ayant qu'une idée dans l'esprit : suivre sa femme.

Arnold rencontra sir Patrick debout près d'une table dans l'antichambre, sur laquelle étaient déposées les lettres et les cartes par les visiteurs, et tenant une de ces lettres ouvertes à la main.

À l'instant il devina ce qui s'était passé, il saisit Arnold par le bras et l'arrêta sur le seuil.

– Vous êtes un homme, dit-il avec fermeté. Supportez ce coup en homme.

La tête d'Arnold tomba sur l'épaule de son vieil ami et il fondit en larmes.

Sir Patrick laissa cette irrésistible explosion de chagrin suivre son cours. Dans ces moments le silence est un bienfait. Il ne dit rien. La lettre qu'il venait de lire, et qui était de lady Lundie – ce qui est à peu près inutile à dire – lui tomba des mains sans qu'il s'en aperçût.

Arnold releva la tête et essuya ses larmes.

– Je suis honteux de moi-même, laissez-moi partir.

– Vous avez tort, mon pauvre garçon, doublement tort ! reprit sir Patrick. Il n'y a pas de honte à verser des larmes comme celles-ci. Mais rien ne peut vous obliger à me quitter.

– Je dois et je veux la voir !

– Lisez ceci, dit sir Patrick en désignant la lettre qui traînait sur le plancher. Voir votre femme ? Votre femme est avec celle qui a écrit ces lignes, lisez-les.

Arnold les lut :

Cher sir Patrick,

Si vous m'aviez honorée de votre confiance, j'aurais été heureuse de vous consulter, avant d'intervenir, pour tirer Blanche de la position dans laquelle Mr Brinkworth l'a placée. Dans l'état des choses, l'enfant de votre défunt frère est sous ma protection dans ma maison de Londres. Si vous tentez d'exercer votre autorité, il vous faudra employer la force, car je ne me soumettrai point. Si Mr Brinkworth essaie d'exercer son autorité, à son tour, il devra établir ses droits, si cela lui est possible, devant une cour de justice.

Très sincèrement à vous.

Julia Lundie.

La résolution d'Arnold n'était pas de nature à être ébranlée, même par les difficultés.

– Que m'importe ! s'écria-t-il avec chaleur. Je veux voir ma femme ! Je veux me justifier de l'horrible soupçon qu'elle a sur moi ! Vous m'avez montré cette lettre, lisez la sienne !

La raison toujours nette de sir Patrick vit ce qu'avait écrit Blanche sous un jour moins sombre.

– Rendez-vous votre femme responsable des termes de cette lettre ? demanda-t-il. Je vois sa belle-mère dans chaque ligne. Vous descendez à quelque chose d'indigne de vous si vous vous défendez sérieusement contre ces attaques-là. Vous ne le sentez donc pas ? Vous persistez dans votre manière de voir? Écrivez, alors. Vous ne pouvez arriver jusqu'à elle. Votre lettre le peut. Quand vous quitterez cette maison, vous ne la quitterez qu'avec moi. Je vous ai cédé en vous permettant d'écrire. J'insiste pour que vous me cédiez à votre tour. Venez dans la bibliothèque! Je réponds de tout remettre dans l'ordre, entre vous et Blanche, si vous laissez vos intérêts entre mes mains. Avez-vous confiance en moi, oui ou non?

Arnold céda. Ils se rendirent dans la bibliothèque ensemble. Sir Patrick montra le bureau.

– Soulagez votre esprit et votre cœur, et que je trouve en vous un homme raisonnable quand je reviendrai.

Quand il revint à la bibliothèque, la lettre était écrite et l'esprit d'Arnold était soulagé, pour le moment du moins.

– Je porterai moi-même votre lettre à Blanche, dit sir Patrick, par le train qui part pour Londres dans une demi-heure.

– Me permettrez-vous de partir avec vous?

– Non, pas aujourd'hui. Je serai de retour ce soir pour dîner. Vous saurez ce qui sera arrivé et vous m'accompagnerez demain à Londres, si je trouve nécessaire d'y rester plus longtemps. D'ici là, après le choc que vous avez reçu, vous ferez bien de rester tranquille ici. Soyez satisfait par l'assurance que je vous donne que Blanche aura votre lettre. J'imposerai mon autorité jusque-là sur sa belle-mère, si elle résiste, et cela sans scrupule. Mon respect pour les femmes ne dure qu'aussi longtemps qu'elles le méritent… et il ne s'étend pas à lady Lundie. Tous les avantages qu'un homme peut prendre contre une femme, je suis prêt à les prendre contre ma belle-sœur.

Sur cet adieu caractéristique, il serra la main d'Arnold et partit pour la gare.

À 7 heures, le dîner était sur la table. À 7 heures, sir Patrick descendit habillé avec son soin habituel, aussi calme que si rien n'était arrivé.

– Elle a votre lettre, murmura-t-il en prenant le bras d'Arnold pour le mener dans la salle à manger.

– A-t-elle dit quelque chose?

– Pas un mot.

– Quel air a-t-elle ?

– L'air qu'elle doit avoir, l'air d'une personne qui est affligée de ses actes.

Le dîner commença. Nécessairement, le sujet de l'expédition de sir Patrick fut abandonné pendant que les domestiques étaient présents, mais il fut régulièrement repris dans les intervalles du service. Il recommença quand le potage eut été emporté.

– J'avoue que j'avais espéré voir Blanche revenir avec vous, dit-il assez tristement.

– Bon ! répliqua sir Patrick, vous oubliez donc l'obstination native des femmes. Blanche commence à sentir qu'elle a eu tort. Quelle conséquence nécessaire en tirer ? C'est que naturellement elle persistera à rester dans son tort. Laissez-la à elle-même, et attendez que votre lettre produise son effet. Les difficultés sérieuses qui se dressent sur notre chemin ne viendront pas de Blanche. Contentez-vous de savoir cela.

Le poisson fit son entrée, et Arnold dut garder le silence jusqu'au moment favorable.

– Quelles sont ces difficultés ? demanda-t-il.

– Écoutez. La première que je rencontre est que je ne puis faire acte d'autorité comme tuteur si je prétends que ma nièce est une femme mariée. La seconde, c'est que vous ne pouvez exercer votre autorité, comme mari, jusqu'à ce que vous ayez prouvé que vous et miss Silvester n'êtes pas mari et femme. Lady Lundie savait parfaitement qu'elle nous placerait dans cette position quand elle a enlevé Blanche de cette maison. Elle a fait subir un interrogatoire à Mrs Inchbare, elle a écrit à votre intendant pour avoir la date de votre arrivée à votre domaine. Elle a tout fait, tout calculé, tout prévu, excepté mon excellent caractère. La seule erreur qu'elle ait commise, c'est de penser qu'elle en aurait raison. Non, mon cher enfant, votre atout, c'est mon caractère. Je tiens le jeu, Arnold, je tiens le jeu !

Le service suivant arriva et la conversation fut encore une fois coupée court. Sir Patrick dégusta son mouton et entra dans les détails d'un intéressant récit sur l'histoire d'un certain bourgogne, rapporté de France par lui-même.

Arnold rouvrit résolument la discussion dès que le mouton eut été enlevé.

– Pour l'amour du ciel, sir Patrick, prenez en considération mon anxiété, et dites-moi ce que vous vous proposez de faire !

– Je me propose de vous emmener à Londres, demain, à la condition que vous me promettiez, sur votre parole d'honneur, de ne pas essayer de voir votre femme avant samedi prochain.

– Mais alors je la verrai ?

– Si vous me faites la promesse que je vous demande.

– Je vous la fais... je vous la fais !...

Les domestiques reparurent. Sir Patrick entra dans un grand développement sur le mérite des perdreaux, comme oiseaux comestibles.

– Par eux-mêmes, quand ils sont rôtis et appréciés selon leurs mérites, ce sont des oiseaux surfaits. Nous sommes fous de les chasser, nous sommes fous de les manger quand nous les avons tués. À proprement parler, la perdrix est un prétexte à sauce et à truffes, rien de plus.

Les perdreaux furent enlevés. Arnold vit poindre une nouvelle occasion et la saisit.

– Qu'y a-t-il à faire demain à Londres ?

– Demain, répondit sir Patrick, est un jour mémorable dans notre calendrier. Demain est mardi, le jour où je dois voir miss Silvester.

Arnold posa sur la table le verre qu'il allait porter à ses lèvres.

– Après ce qui est arrivé, j'ai peine à supporter ce nom. Miss Silvester m'a séparé de ma femme.

– Miss Silvester peut racheter tout cela, Arnold, en vous réunissant de nouveau.

– Elle a été ma perte.

– Elle peut devenir votre salut.

Le fromage apparut. Sir Patrick revint aux dissertations culinaires.

– Connaissez-vous la recette pour cuire une olive, Arnold ?

– Non.

– La nouvelle génération ne sait rien, si ce n'est manier l'aviron, tenir un fusil de chasse, jouer au cricket et lancer des paris. Quand elle aura perdu ses muscles et son argent, c'est-à-dire quand elle aura vieilli, que sera la nouvelle génération ?... Peu importe ; je ne vivrai pas assez pour le voir. M'écoutez-vous, Arnold ?

– Oui, monsieur.

– Comment cuire une olive ?... Mettez une olive dans une alouette, mettez l'alouette dans une caille, mettez la caille dans un pluvier, mettez le pluvier dans une perdrix, mettez la perdrix dans un faisan, mettez le faisan dans une dinde. Bien. Faites d'abord rôtir partiellement, puis cuire à l'étuvée jusqu'à ce que la cuisson soit parvenue à l'olive. Alors ouvrez la fenêtre, jetez la dinde, puis le faisan, puis la perdrix, puis le pluvier, puis la caille, puis l'alouette, et *mangez l'olive*. C'est un plat cher, mais le régal vaut le sacrifice qu'il exige. La quintessence de la saveur des six oiseaux s'est alors concentrée dans l'olive. Grande idée ! Goûtez un autre verre de bourgogne blanc, Arnold.

Enfin les domestiques les laissèrent seuls, après avoir mis sur la table le dessert et les vins.

– Il était temps que cette contrainte cessât... je n'aurais pas pu la supporter plus longtemps, dit Arnold. Ajoutez à toutes vos bontés celle de me dire ce qui s'est passé chez lady Lundie.

La soirée était froide. Un brillant feu de bois brûlait dans l'âtre. Sir Patrick transporta sa chaise près du feu.

– Voilà exactement ce qui s'est passé, dit-il. J'ai commencé par trouver de la compagnie chez lady Lundie... Deux personnes qui m'étaient complètement étrangères... Le capitaine Newenden et sa nièce. Lady Lundie m'a offert de me recevoir dans une autre pièce. Les deux étrangers ont offert de se retirer. J'ai décliné les deux propositions. Premier échec pour Sa Seigneurie, Arnold. Elle avait imaginé que nous aurions peur d'affronter l'opinion publique. Je lui ai prouvé, dès le départ, que nous n'avions pas cette crainte. « J'accepte toujours ce que les Français appellent les faits accomplis, dis-je. Vous avez provoqué la crise, lady Lundie… soit. J'ai un mot à dire à ma nièce, en votre présence si vous le trouvez bon, et j'ai un autre mot à vous dire après, sans avoir la prétention de déranger vos hôtes. » Les hôtes se rassirent, tous deux dévorés par une curiosité bien naturelle. Sa Seigneurie pouvait-elle décemment me refuser un entretien avec ma nièce, en présence de deux témoins ? Impossible. J'ai vu Blanche en présence de lady Lundie dans la partie la plus reculée du salon. Je lui ai remis votre lettre, je lui ai dit quelques bonnes paroles de votre part ; j'ai vu qu'elle était triste, quoique ne voulant pas le paraître, et cela me suffit.

» Nous sommes revenus près des hôtes. Je n'avais pas prononcé cinq paroles sur notre manière d'envisager la question, quand je m'aperçus, à mon grand étonnement et à ma grande joie, que le capitaine était là pour la même raison qui m'avait mené moi-même chez lady Lundie, c'est-à-dire à cause de nos rapports avec miss Silvester. Mon objectif, dans l'intérêt de ma nièce, était de nier votre mariage avec Anne. Son objectif, dans l'intérêt de sa nièce à lui, était de l'affirmer. À l'indicible horreur des deux dames, nous tombâmes d'accord sur-le-champ, de la manière la plus amicale, pour nous en rapporter à la justice. « Charmé d'avoir le plaisir de vous rencontrer, capitaine Newenden… – Charmé d'avoir l'honneur de vous rencontrer, sir Patrick. Je pense que nous pouvons régler cela en dix minutes. – C'est ma pensée parfaitement exprimée. Établissez votre position, capitaine. – Avec le plus grand plaisir. Ici est ma nièce, Mrs Glenarm, liée par un engagement à épouser Mr Geoffrey Delamayn. Tout allait bien ; mais voilà qu'il survient un obstacle sous forme de cette demoiselle Silvester. Voilà qui est exposé clairement. – Admirablement exposé, capitaine. Au grand dommage de la marine royale, vous auriez dû vous faire homme de loi. Continuez, je vous prie. – Vous êtes trop bon, sir Patrick. Je me résume.

Mr Delamayn prétend que la personne en question n'a pas de droits sur lui, et il appuie son dire sur l'assertion que vous savez, qu'elle est déjà mariée à Mr Arnold Brinkworth. Lady Lundie et ma nièce assurent, d'après des témoignages qui les satisfont, que cette assertion est conforme à la vérité. Ces témoignages ne me satisfont pas. J'espère, sir Patrick, que je ne vous fais pas l'effet d'un homme excessivement entêté ? – Mon cher monsieur, vous me donnez la plus haute opinion de votre capacité par votre appréciation des témoignages humains. Puis-je vous demander maintenant quel parti vous comptez prendre ? – C'est précisément ce que j'allais vous faire connaître, sir Patrick. Voici mon intention : je refuse de sanctionner l'engagement de ma nièce avec Mr Delamayn… jusqu'à ce que Mr Delamayn ait prouvé son dire par un appel aux déclarations des témoins du mariage de cette dame. Il invoque deux témoignages ; mais il refuse d'agir personnellement dans cette affaire, pour la raison qu'il est en cours d'entraînement pour la course à pied. J'admets la valeur de l'obstacle, et je consens à rappeler moi-même les deux témoins à Londres. Par le courrier de ce jour, j'ai écrit à mes hommes de loi à Perth de les rechercher, de traiter avec eux, aux frais de Mr Delamayn, des conditions à leur offrir comme indemnité de la perte de temps, et de les envoyer ici à la fin de la semaine. La course est pour jeudi prochain. Mr Delamayn sera libre après cela de s'occuper de cette affaire et d'établir son assertion par la production de ces témoins. Que dites-vous, sir Patrick, de samedi prochain, ici, avec la permission de lady Lundie ? »

» Voilà en substance ce qu'a dit le capitaine Newenden. Il est aussi âgé que moi, et il est habillé de manière à ne paraître que 30 ans. Très agréable homme après tout. J'ai fermé la bouche à ma belle-sœur en acceptant la proposition sans un moment d'hésitation. Mrs Glenarm et lady Lundie se regardaient dans un muet étonnement. Il s'agissait d'un différend à propos duquel deux femmes se seraient querellées à mort, et il se trouvait là deux hommes qui arrangeaient tout de la façon la plus amicale.

J'aurais voulu que vous vissiez le visage de lady Lundie quand je me déclarai grandement redevable au capitaine pour avoir rendu complètement inutile tout entretien prolongé avec Sa Seigneurie. « Grâce au capitaine, lui dis-je du ton le plus cordial, nous n'avons absolument rien à discuter. Je vais pouvoir prendre le premier train et tranquilliser tout à fait l'esprit d'Arnold Brinkworth. » Pour revenir aux choses sérieuses, je me suis engagé à vous produire, en face de tous, y compris votre femme, samedi prochain. J'ai fait bonne figure ; mais je suis obligé de vous dire, entre nous, qu'il n'est pas du tout aisé de prévoir, dans la position où nous sommes, quel sera le résultat de l'enquête de samedi. Tout dépend de l'issue de mon entretien de demain avec miss Silvester. Je n'exagère pas, Arnold, en disant que votre destinée est entre ses mains.

– Je voudrais que mes yeux ne se fussent jamais arrêtés sur elle…

– Mettez la selle sur le bon cheval, répliqua sir Patrick, et dites que vous voudriez n'avoir jamais vu Geoffrey Delamayn.

Arnold baissa la tête.

La langue acérée de sir Patrick avait encore l'avantage sur lui.

DOUZIÈME SCÈNE

Drury Lane

49

La lettre et la loi

Nous sommes dans l'humide passage de Drury Lane, dans un bien sombre logis.

Depuis la pièce d'entrée jusqu'au fond de la maison, des piles de vieille musique sont entassées sur les planches dans la poussière ; des masques et des armes de théâtre, des portraits de chanteurs et de danseurs sont accrochés à la muraille ; une boîte à violon vide est jetée dans un coin, en face d'un buste brisé de Rossini ; une gravure sans cadre représentant le *Jugement de la reine Caroline* sert de devant de cheminée ; les chaises sont de vieux sièges en chêne sculpté ; la table est un excellent spécimen de la triste fabrication moderne ; un mince morceau de droguet sert de tapis ; un épais dépôt de crasse et de suie couvre le plafond.

Ce logis de Drury Lane était celui d'une agence musicale et théâtrale de l'ordre le plus humble.

À une heure assez avancée de l'après-midi du jour de la Saint-Michel, deux personnes étaient assises dans la première pièce : Anne Silvester et sir Patrick Lundie.

Les préliminaires de leur entretien, y compris le récit de ce qui s'était passé à Perth et à Swanhaven Lodge, et l'exposé des circonstances relatives à la séparation d'Arnold et de Blanche étaient arrivés à leur fin.

C'était à sir Patrick à mettre un autre sujet sur le tapis.

Il regarda sa compagne et hésita.

– Vous sentez-vous assez forte pour continuer? demanda-t-il. Si vous préférez vous reposer un peu… je vous en prie, dites-le.

– Je vous remercie, sir Patrick. Je suis plus que prête, je suis impatiente de continuer. Les mots sont insuffisants pour exprimer l'ardeur anxieuse que j'ai de vous être utile. Je me repose entièrement sur votre expérience pour m'en montrer le moyen.

– Je ne puis faire cela, miss Silvester, qu'en vous demandant, sans cérémonie, tous les renseignements dont j'ai besoin. Aviez-vous, en faisant le voyage de Londres, quelque but que vous ne m'ayez pas encore révélé? La question ne doit pas vous embarrasser, je ne parle ici que comme représentant d'Arnold Brinkworth, et de ce que son intérêt me commande de connaître.

– J'avais un but, sir Patrick, que je n'ai pas encore pu réussir à atteindre.

– Puis-je vous demander lequel?

– Celui de voir Geoffrey Delamayn.

Sir Patrick fit un mouvement de surprise.

– Vous avez essayé de le voir!… quand?…

– Ce matin.

– Mais vous n'êtes arrivée à Londres qu'hier soir.

– C'est vrai, et encore après plusieurs temps d'arrêt dans mon voyage. J'ai été obligée de me reposer à Édimbourg, puis encore à York, et j'avais grand-peur de donner à Mrs Glenarm le temps d'arriver avant moi.

– Peur? répéta sir Patrick. J'avais cru comprendre que vous n'aviez nulle intention sérieuse de disputer ce drôle à Mrs Glenarm. Quel motif a pu vous porter à rechercher sa présence?

– Le même motif qui m'a conduite à Swanhaven Lodge.

– Comment!… L'idée qu'il dépendait de Mr Delamayn de faire rentrer les choses dans l'ordre? Vous croyez pouvoir l'y amener en consentant à le délier de ses engagements, du moins en ce qui concerne vos droits?

– Soyez indulgent pour ma folie, sir Patrick, employez envers moi toute votre patience. Je suis toujours seule maintenant et j'ai pris l'habitude de beaucoup réfléchir… J'ai réfléchi sur la position dans laquelle mes infortunes ont placé Mr Brinkworth. J'ai été opiniâtre, déraisonnablement opiniâtre, dans la croyance que je pouvais réussir auprès de Geoffrey Delamayn, après avoir échoué auprès de Mrs Glenarm. J'y persiste encore. S'il avait pu m'entendre, ma folie, en allant à Fulham, aurait peut-être trouvé son excuse.

Elle soupira amèrement et n'ajouta rien.

Sir Patrick lui prit la main.

– Votre folie a son excuse, dit-il avec bonté, votre motif est au-dessus de tout reproche. Laissez-moi ajouter pour tranquilliser votre esprit, que lors même que Geoffrey Delamayn aurait consenti à vous entendre et aurait accepté vos conditions, le résultat eût encore été le même. Vous avez tort de supposer qu'il n'aurait qu'à parler pour tout arranger. Il n'y peut plus rien maintenant. Le mal a été fait à l'instant même où Arnold Brinkworth est entré à l'auberge de Craig Fernie pour y passer ces heures fatales avec vous.

– Oh ! Sir Patrick, si j'avais su cela avant de me rendre à Fulham ce matin !…

Elle frissonna en disant ces mots. Quelque chose en elle s'associait au souvenir de cette visite à Geoffrey. C'était une impression dont le souvenir agita subitement ses nerfs.

Quelle était cette impression ?

Sir Patrick résolut d'obtenir une réponse à sa question avant de pousser plus avant la poursuite du principal objet de cet entretien.

– Vous m'avez dit vos raisons pour aller à Fulham, mais vous ne m'avez pas dit encore ce qui vous y était arrivé.

Anne hésitait.

– Est-il nécessaire de vous troubler l'esprit de tout cela ? demanda-t-elle avec une évidente répugnance à aborder ce sujet.

– C'est absolument nécessaire, répondit sir Patrick, du moment que Delamayn s'y trouve mêlé.

Anne fit donc appel à sa résolution et aborda son récit dans ces termes :

– La personne qui s'occupe de mon affaire ici me fit connaître l'adresse qu'elle avait été chargée de découvrir, murmura-t-elle. J'eus quelque difficulté à trouver la maison. C'est à peine plus qu'une chaumière presque perdue dans un grand jardin entouré de hauts murs. Je vis un équipage attendant à la porte. Le cocher promenait ses chevaux. Il me désigna la porte. Une grande porte de bois munie d'un guichet. Je sonnai. Une servante ouvrit le guichet et me regarda. Elle refusa de me laisser entrer. Sa maîtresse lui avait donné l'ordre de tenir la porte close à tout étranger, surtout quand ces étrangers étaient des femmes. Je parvins à lui glisser quelques pièces de monnaie par le guichet, et je demandai à parler à sa maîtresse. Après avoir attendu quelque temps, j'aperçus un autre visage à travers les barreaux, et il me sembla le reconnaître. J'avais probablement les nerfs en mouvement, je tressaillis et dis : « Il me semble que nous nous connaissons. » Je ne reçus pas de réponse. La porte s'ouvrit tout à coup. Et qui pensez-vous que je vis devant moi ?

– Est-ce quelqu'un qui me soit connu ?

– Oui.

– Un homme ou une femme ?

– C'était Hester Dethridge.

– Hester Dethridge !

– Oui, vêtue comme de coutume… avec son air habituel, et son ardoise pendant à son côté.

– C'est étonnant !… Où l'ai-je vue la dernière fois ?… À la station de Windygates… c'est bien cela… elle allait à Londres après avoir quitté le service de ma belle-sœur. Aurait-elle accepté une autre place sans me l'avoir fait savoir ?

– Elle vit à Fulham.

– Elle est en service ?

– Non, elle est maîtresse dans sa propre maison.

– Quoi ! Hester Dethridge possède une maison à elle ?

Bien ! bien ! Pourquoi ne ferait-elle pas son chemin dans le monde comme une autre ? Vous a-t-elle laissée entrer ?

– Elle est restée pendant quelque temps à me regarder avec son air étrange. Les domestiques de Windygates disaient toujours qu'elle avait l'esprit dérangé et vous serez obligé de confesser vous-même, sir Patrick, quand vous saurez ce qui est arrivé, qu'ils ne se trompaient pas. J'ai parlé la première. « Ne vous souvenez-vous pas de moi ? » lui dis-je. Elle prit son ardoise et écrivit : *« Je me souviens de vous quand vous étiez évanouie à Windygates. »* J'ignorais entièrement qu'elle eût été présente quand j'avais perdu connaissance dans la bibliothèque. Je ne sais si c'est ce souvenir qui me fit tressaillir, ou si c'est l'effroyable regard de ces yeux morts attachés sur moi… Je n'en sais rien et je ne pus rien ajouter pendant un moment… Elle écrivit alors sur son ardoise la plus étrange question, formulée en ces termes : *« J'ai dit, en ce temps-là : "c'est la faute d'un homme." Avais-je raison ? »* Si la question avait été posée dans la forme ordinaire, et par tout autre, je l'aurais trouvée trop insolente… Comprenez-vous, sir Patrick, que j'y aie répondu ? Je ne le comprends pas moi-même à présent… et pourtant je répondis. Elle m'y contraignit par la fixité de son regard et je dis oui.

– Tout cela se passa-t-il à la porte ?

– À la porte.

– Puis elle vous laissa entrer ?

– Oui. Elle me saisit par le bras, assez rudement, me tira de l'autre côté de cette porte et la ferma. J'avais les nerfs brisés, mon courage s'était évanoui. Je frissonnai lorsqu'elle me toucha, mais elle laissa retomber mon bras. J'étais là comme un enfant, attendant ce qu'il lui plairait de dire ou de faire. Elle posa ses deux mains sur ses hanches et me regarda longtemps, poussa une sorte de cri inarticulé, non pas comme si elle était en colère, plutôt comme si elle était satisfaite, presque heureuse, dirais-je, s'il s'agissait de tout autre que d'Hester Dethridge ! Comprenez-vous à présent ?

– Pas encore. Permettez que je rende la chose plus

claire en vous posant une nouvelle question. Vous a-t-elle montré quelque attachement, quand vous étiez toutes deux à Windygates ?

– Pas le moindre. Elle paraissait incapable d'attachement pour moi, comme pour toute autre personne.

– A-t-elle écrit d'autres questions sur son ardoise ?

– Oui. Une autre question au-dessus de la première. Son esprit était encore occupé de mon évanouissement et de L'HOMME qui l'avait causé. Elle écrivit : *« Dites-moi comment il vous a traitée. Est-ce un coup qui vous a jetée par terre ? »* Beaucoup de gens auraient ri de cette question. Elle me fit peur. Je lui dis Non. Elle secoua la tête comme si elle ne me croyait pas, et reprit son ardoise : *« Nous n'aimons pas à l'avouer, quand ils ont levé la main sur nous et qu'ils nous ont battues, n'est-ce pas ? »* Je lui répondis : « Vous êtes dans l'erreur. » Elle continua obstinément à écrire : *« Qui est l'homme ? »* Je retrouvai assez d'empire sur moi-même pour refuser cette fois de répondre. Elle ouvrit la porte et m'invita du geste à sortir. Je la suppliai, par signes, d'attendre encore un peu. Elle se remit, avec son air impénétrable, à écrire sur son ardoise, et toujours au sujet de *l'homme*. Cette fois la question était plus nette encore. Elle avait probablement interprété à sa façon ma présence dans cette maison. Elle écrivit : *« Est-ce l'homme qui demeure ici ? »* Je vis que la porte se refermerait sur moi si je ne répondais pas. Ma seule chance était d'avouer qu'elle avait deviné juste. Je dis : « Oui… j'ai besoin de le voir. » Elle me prit le bras, aussi rudement que la première fois, et me fit entrer dans la maison.

– Je commence à comprendre. Je me rappelle avoir entendu dire par mon frère qu'elle avait été brutalement maltraitée par son mari. Je conçois l'association de toutes ces idées, dans son cerveau confus. Songez que son dernier souvenir de vous est celui d'une femme évanouie à Windygates.

– Oui.

– Elle avait deviné juste, en supposant que c'était un homme qui, d'une manière ou d'une autre, était la cause de l'état dans lequel elle vous avait trouvée. Mais cet évanouissement, dû à un choc moral, elle ne le comprend pas. Elle se reporte à son expérience personnelle et ne peut l'attribuer qu'à ces brutalités physiques exercées par l'HOMME. Elle voit en vous un reflet de ses propres souffrances et de sa propre histoire. Tout cela est curieux pour un observateur de l'humaine nature. Tous ces sentiments dans cette pauvre tête expliquent qu'elle ait manqué aux instructions données par elle-même à sa servante et qu'elle vous ait laissée pénétrer dans la maison. Qu'est-il arrivé ensuite ?

– Elle m'a conduite dans une chambre, que je suppose être la sienne. Par signe, elle m'a offert du thé. Cette offre était bien faite de la plus étrange façon ! Pas la moindre apparence de bonté. Après ce que vous venez de me dire, je crois concevoir jusqu'à un certain point ce qui se passait dans son esprit. Elle sentait une sorte de plaisir à voir une femme qu'elle supposait aussi malheureuse qu'elle l'avait été autrefois elle-même ; je refusai de prendre quoi que ce soit et j'essayai d'en revenir à l'objet qui m'avait amenée dans la maison, mais elle ne prit point garde à ce que je lui disais… Elle me fit faire le tour de la chambre, me conduisit à la fenêtre et me montra le jardin. « Ma chambre et mon jardin », voilà ce qu'elle avait voulu dire. Il y avait quatre hommes dans ce jardin, et, parmi eux, Geoffrey Delamayn. Je fis une nouvelle tentative pour lui dire que j'avais besoin de parler à Geoffrey ; mais elle avait une autre idée dans l'esprit. Après m'avoir invitée à quitter la croisée, elle me conduisit près de la cheminée et me montra une feuille de papier écrite, placée sous un verre et accrochée au mur. Elle semblait éprouver une sorte d'orgueil à posséder ce manuscrit encadré. Quoi qu'il en soit, elle insista pour que j'en prisse lecture. C'était l'extrait d'un testament.

– Le testament en vertu duquel elle avait hérité de la maison ?…

– Oui, le testament de son frère. Il disait qu'il regrettait sur son lit de mort d'être resté un étranger pour sa sœur, depuis le temps où elle s'était mariée contre son désir et contre son avis. Comme preuve de son désir sincère de se réconcilier avec elle, avant de mourir et en compensation des souffrances qu'elle avait dû endurer de la part de son défunt mari, il lui laissait un revenu de 200 livres sterling par an, ainsi que l'usufruit de la maison et du jardin, sa vie durant. Telle est, autant que je puis me la rappeler, la substance de ce testament.

– Il fait honneur à son frère et à elle-même. Si je fais la part de son étrange caractère, je comprends qu'elle aime à le montrer. Ce qui m'étonne, c'est qu'elle prenne des locataires, ayant un revenu suffisant pour vivre.

– C'est précisément la première question que je lui fis moi-même. J'étais obligée de prendre des précautions, et de commencer par lui parler de ses locataires, et leur présence dans le jardin, où je pouvais les voir, me servait d'excuse. Les pièces à louer dans la maison ont été, à ce que j'ai cru comprendre, arrêtées par une personne agissant pour le compte de Geoffrey Delamayn ; son entraîneur, je présume. Il avait beaucoup surpris Hester Dethridge en ne s'occupant pas de la maison et en ne montrant d'intérêt que pour le jardin.

– C'est parfaitement compréhensible, miss Silvester. Le jardin que vous avez décrit était juste ce qu'il lui fallait pour les exercices de son patron : un grand espace bien défendu contre les curieux par les hautes murailles qui l'entourent. Après ?

– Après, j'arrivai donc à demander à Hester pourquoi elle avait consenti à louer sa maison. Quand je lui adressai cette question, son air devint plus dur que jamais. Elle me répondit sur son ardoise par ces tristes paroles : « Je n'ai pas un ami au monde ; je n'ose pas vivre seule. » C'est sa raison. C'est affreux, n'est-ce pas, sir Patrick ?

– Affreux, en effet ! Et comment finit toute cette scène ? Êtes-vous enfin entrée dans le jardin ?

– Oui. Hester sembla tout à coup changer d'idée et m'ouvrit elle-même la porte. En passant devant la fenêtre de la pièce où je l'avais laissée, je me retournai. Elle avait pris place à une table, près de la fenêtre, comme pour guetter ce qui allait m'arriver. Ses yeux, rencontrant les miens, me troublèrent davantage. Je suis presque portée à croire maintenant, quelque horrible que soit cette idée, qu'elle s'attendait à me voir traitée comme elle l'avait été autrefois. Je me sentis soulagée, quoique sachant bien que j'allais au-devant d'un risque sérieux, de ne plus voir cette femme. Comme je m'approchais des hommes qui étaient dans le jardin, j'entendis deux d'entre eux qui causaient vivement avec Geoffrey. Le quatrième, plus âgé, se tenait à l'écart à une petite distance. Je me tins hors de vue autant que possible, attendant que la conversation fût finie. Il m'était impossible de ne pas l'entendre. Les deux hommes s'efforçaient de décider Geoffrey à parler au vieux gentleman qu'ils désignaient comme un fameux médecin. Ils revinrent à la charge déclarer que l'opinion de ce docteur valait la peine d'être consultée.

Sir Patrick l'interrompit.

– Son nom? demanda-t-il.

– Ils l'appelaient Mr Speedwell.

– C'est lui! C'est plus intéressant que vous ne pouvez le supposer. J'ai entendu moi-même Mr Speedwell avertir Mr Delamayn qu'il était en mauvaise santé, lorsque nous étions tous deux en visite à Windygates, le mois dernier. Mr Delamayn a-t-il fait ce que les deux hommes désiraient qu'il fît? A-t-il parlé à ce médecin?

Non, il s'y est refusé obstinément… Il se rappelait ce dont vous vous souvenez vous-même. Il s'est écrié : « Moi! voir l'homme qui m'a dit que j'étais perdu; non, certes! » Après avoir confirmé cette déclaration par un juron, il s'est éloigné. Malheureusement, il a pris la direction dans laquelle je me trouvais et m'a aperçue. Cette vue l'a mis à l'instant en furie. Oh! je ne puis répéter le langage dont il s'est servi! c'est assez de l'avoir entendu. Je crois, sir Patrick, que sans les deux hommes qui s'élancèrent sur lui et l'ont retenu, Hester Dethridge aurait vu ce qu'elle s'attendait à voir. Le changement qui s'était opéré en lui était si effrayant, même pour moi qui croyais le connaître dans ses accès de colère, que je tremble encore, rien qu'en y pensant. L'un des deux hommes qui l'avaient retenu s'est montré presque aussi brutal à sa façon. Il m'a déclaré dans le langage le plus grossier que, si Mr Delamayn avait un autre accès de ce genre, il perdrait la course, et que c'est moi qui en serais la cause. Sans Mr Speedwell, je ne sais ce que je serais devenue. Il s'avança vers moi : « Ce n'est pas ici votre place ni la mienne », dit-il, et il m'a offert son bras pour revenir vers la maison. Hester Dethridge s'est trouvée sur notre passage dans l'allée, elle leva la main pour m'arrêter. Mais Mr Speedwell lui demanda ce qu'elle voulait. Alors, elle me regarda, puis regarda du côté du jardin et fit le simulacre de donner un coup de poing. Pour la première fois depuis que je la connaissais, je crus la voir sourire ; Mr Speedwell me conduisit hors de la maison. « Ils sont bien appareillés dans ce logis, dit-il. La femme est un être sauvage aussi bien que les hommes. » L'équipage que j'avais vu attendant à la porte était celui du docteur. Il le fit avancer et m'y offrit poliment une place. Je lui répondis que je n'abuserais pas de sa bonté en me faisant conduire plus loin que la station du chemin de fer. Nous parlions encore, Hester Dethridge nous avait suivis jusqu'à la porte. Elle répéta le même mouvement avec son poing fermé en regardant du côté du jardin, puis elle me regarda et hocha la tête, comme pour me dire : « Il recommencera ! » Il n'y a pas d'expression pour rendre combien je fus encore soulagée quand elle disparut. J'espère bien ne jamais la revoir !

– Avez-vous su comment Mr Speedwell se trouvait dans cette maison… Y était-il venu de lui-même ou y avait-il été appelé ?

– Il y avait été appelé. Je me suis aventurée à lui parler des personnes que j'avais vues dans le jardin. Mr Speedwell m'expliqua tout ce que je ne pouvais comprendre, avec la plus grande bonté. Un de ces hommes du jardin était l'entraîneur, l'autre un médecin que l'entraîneur avait coutume de consulter. Il paraît que le vrai motif du départ de Geoffrey Delamayn d'Écosse a été l'inquiétude de l'entraîneur, qui désirait se rapprocher de Londres pour être à portée des conseils de la science. Le docteur, consulté, avoua qu'il ne comprenait point les symptômes du mal qu'il était appelé à combattre. Il est allé lui-même chercher le grand médecin qu'il avait amené à Fulham ce matin. Mr Speedwell s'est abstenu de mentionner qu'il avait déjà prédit à Geoffrey son mauvais sort, à Windygates. Il s'est contenté de me dire : « J'ai eu l'occasion de voir Mr Delamayn dans le monde, et le cas avait assez d'intérêt pour moi pour me décider à lui rendre la visite dont vous avez vu le résultat. »

– A-t-il dit quelque chose de plus au sujet de la santé de Delamayn ?

– Il m'a dit qu'il avait questionné le docteur pendant le trajet de Londres à Fulham, et que quelques-uns des symptômes observés chez le malade indiquaient un sérieux désordre. Quels sont ces symptômes ? Il ne s'en est pas expliqué ; Mr Speedwell n'a parlé que de changements fâcheux que pouvait comprendre une femme. Geoffrey est parfois morne et insouciant au point que rien ne peut le réveiller. Dans un autre moment, il est pris d'accès de colère terrible, sans cause apparente. L'entraîneur avait trouvé impossible, en Écosse, de le mettre à un régime convenable, et le docteur n'avait donné son approbation au choix de la maison de Fulham qu'après s'être assuré, non seulement que le jardin était dans de bonnes conditions, mais aussi qu'on pouvait avoir une entière confiance en Hester Dethridge comme cuisinière. Avec son aide, ils ont mis Geoffrey à un régime tout nouveau ; mais encore avaient-ils trouvé à ce projet un obstacle inattendu. Quand l'entraîneur a conduit Geoffrey à ce nouveau logement, il s'est souvenu d'avoir vu Hester Dethridge à Windygates ; il avait gardé contre elle les plus fortes préventions. En la revoyant à Fulham, il a paru même terrifié.

– Terrifié ?… Pourquoi ?…

– Personne ne le sait. L'entraîneur et le docteur n'ont pu l'empêcher de quitter la maison qu'en le menaçant de renoncer à leur tâche, et de cesser de le préparer pour la course s'il ne prenait pas à l'instant assez d'empire sur lui-même pour se comporter comme un homme et non comme un enfant. Depuis ce temps, il s'est réconcilié peu à peu avec son nouveau logis, en partie grâce à l'attention qu'a mise Hester à ne pas se trouver sur son chemin, et aussi grâce à l'appréciation qu'il a faite lui-même du nouveau régime que la science culinaire d'Hester lui rend agréable. Mr Speedwell m'a dit d'autres paroles encore que j'ai oubliées. Je ne puis que répéter que la conclusion à laquelle il est arrivé, et j'avoue que venant d'un homme qui a son autorité, cette opinion me semble surprenante : « Si Geoffrey Delamayn, dit-il, se présente à la course de jeudi prochain, il ne le fera qu'au risque de sa vie. »

– Au risque de mourir sur place ?...

– Oui.

Le visage de sir Patrick devint pensif ; il attendit quelque temps avant de reprendre la parole :

– Nous n'avons pas perdu notre temps en nous appesantissant sur ce qui était arrivé lors de votre visite à Fulham. La mort possible de cet homme me fournit matière à de sérieuses réflexions. Il est désirable, dans l'intérêt de ma nièce et de son mari, que je réfléchisse aux résultats qu'un événement fatal survenant à la course ferait naître au cours de l'enquête. Elle aura lieu samedi. Je crois qu'en ceci vous pouvez m'aider.

– Dites-moi comment, sir Patrick.

– Je puis compter sur votre présence à la séance de samedi ?

– Certainement.

– Vous comprenez bien qu'il faut considérer Blanche comme une personne qui vous est étrangère, pour le moment, comme une amie et une sœur qui a cessé, sous l'influence surtout de lady Lundie, d'éprouver pour vous les sentiments d'une amie et d'une sœur.

– J'étais préparée, sir Patrick, à apprendre que Blanche m'avait mal jugée. Quand j'écrivis ma lettre à Mr Arnold Brinkworth, je l'avertis, aussi délicatement que cela me fut possible, que la jalousie de sa femme pouvait être éveillée trop aisément. Comptez que j'aurai de l'empire sur moi-même, quelque dure que puisse être pour moi cette contrainte. Rien de ce que pourra dire ou faire Blanche n'altérera le souvenir reconnaissant du passé. Tant que je vivrai, je l'aimerai. Que cette assurance calme votre inquiétude. Dites-moi comment je puis servir des intérêts que j'ai aussi à cœur que vous-même.

– Vous pouvez les servir, miss Silvester, en m'apprenant dans quelle position vous étiez vis-à-vis de Mr Delamayn à l'époque où vous vous êtes rendue à l'auberge de Craig Fernie.

– Adressez-moi toutes les questions que vous jugerez convenables, sir Patrick.

– C'est bien votre désir ?

– C'est mon désir.

– Je commencerai par revenir sur quelque chose que vous m'avez déjà dit. Delamayn vous avait promis le mariage ?

– De la manière la plus formelle, et maintes et maintes fois.

– Verbalement ?

– Oui.

– Par écrit ?

– Oui.

– Voyez-vous où je veux en venir ?

– Difficilement encore.

– Vous avez mentionné, au début de notre entretien, une lettre que vous avez retirée des mains de Bishopriggs à Perth. J'ai su par Arnold Brinkworth que la feuille de papier volée contenait deux lettres. L'une écrite par vous à Delamayn, l'autre écrite par Delamayn à vous. La substance de cette dernière, Arnold se la rappelait. Votre lettre, il ne l'avait pas lue. Il est de la plus grande importance, miss Silvester, de me montrer cette correspondance avant que je ne vous quitte aujourd'hui.

Anne ne répondit pas. Elle était assise les mains jointes sur ses genoux. Ses yeux se détournèrent pour la première fois avec embarras du visage de sir Patrick.

– Ne suffirait-il pas, demanda-t-elle après un long intervalle, que je vous fasse connaître la substance de ma lettre sans vous la montrer ?

– Cela ne suffirait pas, répliqua nettement sir Patrick. Je vous ai donné à entendre qu'il serait convenable que je visse cette lettre, dès que vous l'avez mentionnée. J'ai remarqué que vous aviez, à dessein, évité de paraître me comprendre. Il m'en coûte de vous mettre, à cette occasion, à une pénible épreuve. Mais vous voulez m'aider à sortir de cette crise, et je vous en indique le moyen.

Anne se leva de sa chaise et répondit en remettant la lettre entre les mains de sir Patrick.

– Rappelez-vous ce qu'il a fait depuis que j'ai écrit cela, dit-elle, et faites un effort pour m'excuser si je vous avoue que j'ai honte de vous la montrer à présent.

Sur ces mots, elle alla vers la croisée près de laquelle elle resta debout, la main sur son cœur, regardant sans le voir le vaste horizon des toits et des cheminées de Londres, pendant que sir Patrick ouvrait la lettre.

Voici ce qu'elle contenait :

I. – Anne Silvester à Geoffrey Delamayn.

Windygates, 12 août 1868.

Geoffrey Delamayn,

J'ai attendu, avec l'espoir que vous auriez la pensée de vous échapper de la résidence de votre frère pour venir me voir, et j'ai attendu en vain. Votre conduite envers moi est de la cruauté. Je ne la supporterai pas plus longtemps. Réfléchissez, dans votre propre intérêt, réfléchissez avant de pousser au désespoir la malheureuse femme qui a eu confiance en vous. Vous m'avez promis le mariage, sur ce qu'il y a de plus sacré. Je réclame l'accomplissement de votre promesse. Je ne demande rien de moins que d'être ce que vous avez juré que je serais, ce que j'ai attendu d'être pendant tout ce temps si pénible à passer, ce que je suis enfin devant le ciel, votre femme légitime. Lady Lundie donne une fête de jour, ici le 14. Je sais que vous avez reçu une invitation. Je compte que vous l'accepterez. Si je ne vous vois pas, je ne réponds pas de ce qui peut arriver. Je suis décidée à ne pas endurer cette incertitude plus longtemps. Oh! Geoffrey, rappelez-vous le passé, soyez équitable, soyez juste.

Votre femme qui vous aime,
Anne Silvester.

II. – Geoffrey Delamayn à Anne Silvester.

Chère Anne,

Appelé à l'instant à Londres, près de mon père. Mauvaises nouvelles reçues par le télégraphe. Restez où vous êtes, je vous écrirai. Fiez-vous au porteur de ce mot. Sur mon âme je tiendrai ma promesse.

Votre mari qui vous aime,
Geoffrey Delamayn.

Windygates, 14 août, 4 heures après-midi. Pas un instant à moi. Le train part à 4 heures et demie.

Sir Patrick lut la correspondance, avec une extrême attention, jusqu'à la fin.

Aux dernières lignes de la seconde lettre, il fit ce qu'il n'avait pas fait depuis vingt ans. Il se mit sur pieds d'un bond et traversa la pièce, sans le secours de sa canne à pomme d'ivoire.

Anne tressaillit et détourna son regard de la rue pour le reporter sur lui, muette de surprise.

Il était sous l'influence d'une forte émotion. Son visage, sa voix, ses manières, tout le montrait bien.

– Depuis combien de temps étiez-vous en Écosse quand vous avez écrit cela?

Il agitait la lettre en posant cette question, et il s'adressa si vivement à la jeune femme qu'il bégayait en prononçant les premiers mots.

– Y étiez-vous depuis plus de trois semaines? ajouta-t-il, plongeant ses yeux vifs dans ceux de miss Silvester.

– Oui.

– Êtes-vous bien sûre de cela?

– J'en suis certaine.

– Des personnes pourront témoigner vous avoir vue?

– Certainement.

Il retourna la feuille de papier et montra la lettre de Geoffrey écrite au crayon sur la quatrième page.

– Et lui, depuis combien de temps était-il en Écosse quand il a écrit ceci ? Depuis plus de trois semaines aussi ?

Anne réfléchit un moment.

– Pour l'amour de Dieu, apportez le plus grand soin à votre réponse, dit sir Patrick. Vous ne savez pas quelle importance elle peut avoir… Si votre mémoire n'est pas bien claire, dites-le.

– Ma mémoire était un peu confuse d'abord, elle est claire à présent. Il était à la résidence de son frère dans le comté de Perth trois semaines avant d'écrire cela. Et avant d'arriver à Swanhaven Lodge, il avait passé trois ou quatre jours dans la vallée d'Esk.

– En êtes-vous bien sûre ?

– Parfaitement sûre.

– Connaissez-vous quelqu'un qui l'ait vu dans la ville d'Esk ?

– Je connais une personne qui lui a porté une lettre de moi.

– Une personne qu'on pourrait facilement retrouver ?

– Très facilement.

Sir Patrick déposa la lettre, et en proie à une irrésistible agitation, il lui saisit les deux mains.

– Écoutez-moi. Toute la conspiration contre Arnold et contre vous tombe par terre, devant cette correspondance. Quand vous et lui vous vous êtes retrouvés à l'auberge…

Il s'arrêta et la regarda.

Les mains d'Anne commençaient à trembler dans les siennes.

– Quand vous et Arnold Brinkworth vous vous êtes trouvés à l'auberge, reprit-il, la loi d'Écosse avait fait de vous une femme mariée. Au jour et à l'heure où Geoffrey Delamayn a écrit ces lignes sur le dos de la lettre que vous lui aviez adressée, vous étiez sa femme.

Il s'arrêta et la regarda encore.

Sans un mot de réponse, sans un mouvement de la tête ou du corps, elle lui rendit son regard.

La stupéfaction de l'horreur était peinte sur son visage, le froid mortel de la peur lui glaçait les mains.

En silence également, sir Patrick recula d'un pas, frappé par l'expression de douleur empreinte sur son visage.

Mariée à un misérable qui n'avait pas hésité à calomnier la femme qu'il avait perdue et qu'il abandonnait sans appui dans le monde !... Mariée au traître qui n'avait pas hésité à trahir la confiance d'Arnold et à désoler sa maison !... Mariée à un butor qui l'aurait battue ce matin, si ses amis ne l'avaient retenu !...

Et sir Patrick n'avait jamais pensé à cela !

Absorbé par une seule idée, l'avenir de Blanche, il n'avait jamais songé au malheureux sort de la pauvre Anne, jusqu'au moment où ce visage frappé d'horreur l'avait regardé et lui avait dit, dans sa muette éloquence : Pensez à mon avenir aussi !

Il revint à elle et reprit sa main glacée.

– Pardonnez-moi, dit-il, d'avoir d'abord pensé à Blanche.

Le nom de Blanche sembla réveiller Anne.

La vie revint sur son visage, l'éclat de sa tendresse recommença à briller dans ses yeux.

Il vit qu'il pouvait se risquer à parler plus clairement encore ; il continua.

– Je vois l'effroyable sacrifice comme vous le voyez vous-même. Je me demande si j'ai le droit, si Blanche a le droit...

Elle l'arrêta par une faible pression de la main.

– Oui, dit-elle avec douceur, tout sera bien, si le bonheur de Blanche en dépend.

Treizième scène

Fulham

50

La course à pied

Un étranger solitaire, errant dans les environs de Londres, se dirigeait vers Fulham, le jour de la course à pied.

Peu à peu il se trouva entraîné par le courant de la foule.

Tous ces enthousiastes étaient enrubannés aux couleurs rivales : le lilas et le jaune.

L'étranger suivait le flot des piétons sur les bas-côtés ; une file ininterrompue de voitures roulait sur la chaussée.

On s'arrêtait devant une grille ; on payait le droit d'admission entre les mains d'un préposé à cet effet. La foule alors se répandait dans un grand espace de terrain, semblable à un jardin inculte.

Arrivé là, le visiteur étranger ouvrit des yeux étonnés devant la scène étrange qui se révélait à sa vue. Il observa des milliers d'hommes assemblés, appartenant pour la plupart aux classes moyennes et aux classes supérieures de la société. Ils étaient massés autour d'un vaste enclos, placés dans des tribunes en amphithéâtre construites en bois, ou perchés sur le dessus des voitures.

De cette réunion d'hommes s'élevait un rugissement passionné, comme il n'en avait jamais entendu sortir d'aucune foule en ce pays.

Du milieu de ces cris, une question s'élevait : « Qui parie pour… ? » Cela se terminait par deux noms anglais revenant alternativement et tout à fait inintelligibles pour des oreilles exotiques.

L'étranger s'adressa à un policier de service et lui dit :

– S'il vous plaît, monsieur, qu'est-ce que tout cela ?

Le policier lui répondit :

– C'est la lutte du Nord contre le Sud.

L'étranger était renseigné, mais point satisfait. Il montra l'assemblée immense d'un geste, et reprit :

– Pourquoi ?

Le policier refusa de perdre son temps et ses paroles pour un homme qui pouvait poser une telle question. Il leva un gros index rouge, terminé par un large ongle blanc, et montra gravement une affiche collée derrière lui sur le mur.

L'étranger se dirigea vers l'affiche.

Après l'avoir lue avec soin du haut en bas, il consulta un simple particulier fort poli qui se trouvait près de lui et qui lui parut beaucoup plus communicatif que le policier.

De cet entretien résulta l'explication suivante.

La couleur du Nord est le lilas, la couleur du Sud est le jaune. Le Nord présente quatorze champions lilas, le Sud treize champions jaunes. La rencontre entre le lilas et le jaune est une solennité. Cette solennité est due à l'indomptable passion nationale pour l'endurcissement des bras et des jambes, passion qui se manifeste chez les premiers par l'exercice qui consiste à lancer des marteaux de forgeron et des balles de cricket, et chez les seconds par la course et le saut. Il s'agit de faire de ces exercices le sujet d'une rivalité publique. De là, on arrive physiquement, à un excessif développement des muscles acheté au prix d'un effort excessif du cœur et des poumons ; et moralement, à la gloire du lutteur, aux applaudissements du public, confirmés le lendemain par les articles des journaux. Toute personne qui voudrait voir, soit un mal physique dans ces beaux combats pour les lutteurs, soit un danger moral résultant de ces exhibitions publiques étranges, sous prétexte qu'elles nuisent au développement des influences civilisatrices qui font les peuples vraiment grands, ne pourrait être qu'une personne sans biceps. L'Angleterre musculaire se développe et se soucie peu de ces vains dénigrements…

Après ces explications, l'étranger se mêla à la foule et regarda plus attentivement le spectacle qui s'offrait à ses yeux.

Il avait déjà rencontré ces mêmes gens au théâtre. Il y avait remarqué leurs manières et leurs habitudes avec curiosité et surprise.

Quand le rideau était baissé, ils ne songeaient guère à ce qu'ils venaient de voir ; c'est à peine s'ils trouvaient le courage de causer entre eux nonchalamment pendant les entractes.

Quand le rideau était levé, si la pièce mettait en jeu les grandes et nobles passions humaines, ils trouvaient cela fatigant, ils s'en moquaient comme de quelque chose d'absurde.

L'opinion publique des compatriotes de Shakespeare est bien loin du grand tragique ; ils ne connaissent que deux devoirs pour l'auteur dramatique, le devoir de les amuser, et surtout de les amuser tout de suite.

Les deux grands mérites d'un directeur de théâtre en Angleterre, à en juger par les rares applaudissements de ses habitués d'un esprit cultivé, consistent à dépenser beaucoup d'argent en décors et à engager des masses de femmes effrontées, exhibant leurs gorges et leurs jambes.

Non seulement au théâtre, mais dans tous les autres lieux de réunion, on peut remarquer la même langueur ; on demande en vain un effort intelligent aux cerveaux anglais. Les spectateurs affichent un stupide mépris quand l'auteur en appelle aux sentiments les plus doux du cœur anglais.

Que le ciel les préserve de prendre plaisir à autre chose qu'aux farces et au scandale ! Que le ciel les préserve de respecter autre chose que le rang et l'argent !

Telles sont les aspirations ordinaires des dames et des gentlemen du Royaume-Uni. Mais ici tout est changé ! Ici se manifestent les plus violentes émotions, le plus sérieux intérêt, le plus chaleureux enthousiasme. Ici l'on voit ces gentlemen superbes qui ne trouvent pas même la force de parler au théâtre, et qui maintenant poussent des cris furieux et se livrent à des battements de mains frénétiques. Ici se voient les belles dames qui bâillent derrière leurs éventails, à la seule idée d'être appelées à penser ou à éprouver une émotion, et qui maintenant agitent leurs mouchoirs en proie à un honnête délire, et rougissant de plaisir sous leur fard et leur poudre.

Et tout cela pourquoi ?

Tout cela pour des gens qui courent et qui sautent. Tout cela pour des gens qui lancent des marteaux de forgeron ou des balles de cricket !

L'étranger examinait tout cela.

Citoyen d'un pays civilisé, il s'efforçait de comprendre... mais il y eut une pause dans le spectacle.

On enlevait les barrières. Les commissaires firent leur inspection autour de l'arène. Un grand silence s'établit dans toute l'assemblée.

Quelque chose de grave, de considérable, allait évidemment se passer.

Tout à coup le silence fut interrompu par de bruyantes acclamations parties du sein de la foule parquée en dehors de l'enceinte.

On se regardait, on se disait : « Voici l'un des deux arrivé ! »

Puis ce fut un second tonnerre d'applaudissements. On se livrait à des gestes furieux, on secouait la tête d'un air de soulagement :

Ils étaient arrivés tous les deux !

Alors le silence s'installa de nouveau, et tous les yeux se dirigèrent vers un point particulier du terrain, occupé par un petit pavillon en planches dont les rideaux étaient tirés sur les fenêtres ouvertes et la porte fermée.

L'étranger s'intéressait à l'anxiété de la foule qui l'entourait. Il sentait sa sympathie éveillée, sans savoir pourquoi. Il se croyait au moment de comprendre le peuple anglais !

Qu'était-ce donc !

Un grand orateur allait-il s'adresser à l'assemblée? Était-ce quelque glorieux anniversaire qu'on allait célébrer? Quelque service religieux qu'on allait accomplir?

Il chercha encore autour de lui quelqu'un à qui il pourrait s'adresser pour être renseigné.

Deux gentlemen qui tranchaient d'une façon bien favorable, par leur raffinement de manières, avec la plupart des spectateurs présents, s'avançaient lentement à travers la foule et se trouvaient à ses côtés. Il leur demanda respectueusement quelle solennité nationale se préparait.

Ils lui répondirent que deux jeunes hommes très forts allaient faire un certain nombre de fois le tour de la partie enclose du terrain, dans le but de décider lequel courait le plus vite des deux.

L'étranger leva les mains et les yeux au ciel. Ô Providence! qui aurait soupçonné que la diversité infinie de la Création comprît des êtres comme ceux-là!

Après cette exclamation, il tourna le dos à la course et quitta la place. Sur sa route, pour sortir du champ de course, il eut besoin de son mouchoir et ne le trouva plus. Il songea à l'instant à sa bourse; sa bourse aussi était absente. Quand il fut de retour dans son pays et qu'on lui adressa d'intelligentes questions sur l'Angleterre, il n'avait qu'une réponse à donner : « Toute cette nation est un mystère pour moi. De tous les Anglais, je ne comprends que les voleurs anglais. »

Pendant ce temps, les deux gentlemen qui se frayaient un chemin à travers la foule atteignirent la porte pratiquée dans la barrière qui entourait la piste. Après avoir présenté un ordre écrit au policier commis à la garde de la porte, ils furent immédiatement admis dans l'enceinte sacrée. Les spectateurs, serrés les uns contre les autres, les regardant avec un mélange d'envie et de curiosité, se demandaient : qui sont-ils? Étaient-ce les juges de la course qui se préparait? Ou des reporters de journaux? Ou des commissaires de police?

Rien de tout cela. Ce n'était que Mr Speedwell, le chirurgien, et sir Patrick Lundie.

Les deux gentlemen gagnèrent le milieu de l'enceinte et regardèrent autour d'eux.

Le gazon sur lequel ils s'étaient arrêtés était bordé par un large sentier plat, couvert de cendre passée au crible fin et de sable, entouré par la palissade et par la ligne des spectateurs rangés derrière.

Au-dessus s'élevaient d'un côté les amphithéâtres avec leurs étages de bancs garnis de spectateurs, et de l'autre la longue file des équipages avec des spectateurs encore à l'intérieur des voitures, sur les voitures, jusque sur les chevaux.

Le soleil sur son déclin resplendissait brillamment, la lumière et l'ombre se répandaient par grandes masses, les couleurs variées du paysage se fondaient ensemble dans une douce harmonie.

C'était une scène splendide et ravissante.

Sir Patrick détourna ses regards de la foule pour les porter sur son ami le docteur.

– Existe-t-il parmi tout ce monde, demanda-t-il, une seule personne qui soit venue voir cette course, poussée par cette même curiosité pleine de doute qui nous a amenés ?

Mr Speedwell secoua la tête.

– Ce que peuvent coûter ces courses à ceux qui s'y engagent, nul ne le sait ou n'en a souci.

Sir Patrick reprit :

– Je désirerais presque n'être pas venu… si ce misérable…

Le chirurgien l'interrompit.

– Ne vous appesantissez pas inutilement, sir Patrick, sur ce triste sujet. L'opinion que je me suis formée ne repose jusqu'à présent sur rien de certain. C'est une supposition hasardée. Les apparences peuvent m'avoir trompé. Il peut y avoir dans la constitution de Mr Delamayn des réserves de forces vitales que je n'ai pas soupçonnées. Je suis ici pour m'instruire… non pour voir ma prédiction s'accomplir. Je sais que sa santé est ruinée ; je crois qu'il prend un gros risque en prenant part à cette course, mais ne soyez pas trop sûr d'avance de l'événement… l'événement peut me donner tort.

Sir Patrick laissa tomber la conversation pour le moment. Il n'était pas dans son état d'esprit ordinaire.

Depuis que son entrevue avec Anne lui avait démontré qu'elle était la femme légitime de Geoffrey, une conviction inévitable s'était imposée à lui ; il se disait que la seule chance possible d'avenir pour elle serait la mort de cet homme.

Tout horrible qu'elle fût pour lui, cette idée s'était emparée de son esprit et le poursuivait où qu'il allât, quoi qu'il fît, et malgré tous ses efforts pour changer le cours de ses pensées.

Il considéra le sentier couvert de cendre sur lequel la course devait avoir lieu ; il sentit que cette piste avait pour lui un secret intérêt que sa conscience lui reprochait de ressentir. Il essaya de reprendre la conversation avec son ami et de l'amener sur d'autres sujets. L'effort qu'il fit fut inutile.

En dépit de lui-même, il revenait toujours au sujet fatal ; l'heure de la lutte était proche.

– Combien de fois doivent-ils courir autour de cet enclos ? demanda-t-il.

Mr Speedwell se tourna vers un gentleman qui s'approchait d'eux en ce moment.

– Voici quelqu'un qui vient à nous et qui pourra nous le dire, répondit-il.

– Vous le connaissez ?

– C'est un de mes malades.

– Qui est-il ?

– Après les deux coureurs, c'est le personnage le plus important qui soit ici. C'est l'autorité suprême… l'arbitre souverain de la course.

La personne ainsi décrite était un homme de taille moyenne, ridé, grisonnant avant l'âge, ayant en lui quelque chose de militaire, la parole brève, les manières brusques.

– La piste mesure 400 mètres, dit-il, quand le chirurgien lui eut répété la question de sir Patrick ; en termes plus clairs et pour ne pas vous renvoyer à votre arithmétique, chaque tour est d'un quart de mile ; chaque tour s'appelle un *lap*. Les coureurs doivent fournir seize *laps* pour arriver au terme. Et pour vous éviter encore des calculs, ils doivent courir la distance de quatre miles, c'est la plus longue distance d'usage dans les courses de ce genre.

– Les coureurs professionnels n'excèdent-ils pas cette limite ?

– Considérablement, en certaines occasions.

– Les gens de cette profession ont-ils une longue existence ?

– Bien loin de là. C'est une rare exception quand ils arrivent à la vieillesse.

Mr Speedwell regarda sir Patrick.

Sir Patrick posa une question à l'arbitre.

– Vous venez de nous dire que les deux jeunes gens qui entrent en lice aujourd'hui doivent fournir la course la plus longue qu'ils aient tentée jusqu'à présent. Ceux qui s'entendent à ces sortes de choses croient-ils généralement que tous deux soient de taille à supporter l'effort qui leur est demandé ?

– Vous pouvez en juger par vous-même ; voici l'un des champions.

Il montrait le pavillon.

Au même moment s'élevèrent parmi la foule des spectateurs de puissants battements de mains.

Fleetwood, champion du Nord, portant les couleurs lilas, descendait les marches du pavillon et s'avançait dans l'arène. Jeune, souple, élégant, exprimant l'agilité et la force dans chaque mouvement de ses membres, avec un joyeux sourire sur son jeune et résolu visage, le champion du Nord conquit le cœur des femmes à première vue. Le murmure de leurs conversations animées se fit entendre de tous côtés.

Les hommes étaient plus calmes, surtout ceux qui s'y entendaient. C'était une sérieuse question pour ces gens experts de savoir si Fleetwood n'était pas trop *fin*. Superbement préparé, le fait était admis, mais peut-être un peu trop *entraîné* pour fournir une course de quatre miles.

Le champion du Nord s'avançait toujours, suivi dans l'enceinte par ses amis, ses parrains et son entraîneur. Ce dernier portait un petit bidon d'étain à la main.

– De l'eau froide, expliqua l'arbitre. S'il paraît épuisé, son entraîneur le ranimera en lui jetant un peu de cette eau au passage.

Une nouvelle explosion d'applaudissements éclata tout autour de l'arène.

Delamayn, champion du Sud, décoré des couleurs jaunes, se présentait à son tour au public.

L'immense bourdonnement des voix devint de plus en plus fort à mesure qu'il avançait au centre de la pelouse. La surprise causée par le contraste extraordinaire qui existait entre les deux hommes était l'émotion dominante du moment.

Geoffrey avait une tête de plus que son adversaire.

Les femmes, qui avaient été charmées par l'allure aisée et le sourire confiant de Fleetwood, se montrèrent toutes plus ou moins péniblement impressionnées par la force morne et stupide de l'homme du Sud quand il passa devant elles à pas lents, la tête inclinée sur sa poitrine, les sourcils froncés, sourd aux applaudissements qui l'accueillaient, indifférent aux yeux qui le regardaient, ne parlant à personne, concentré et prenant son temps.

Il excitait le plus profond intérêt parmi les connaisseurs. Ils lui reconnaissaient le fameux pouvoir de résistance qui devait supporter la fatigue du dernier demi-mile de la course, alors que l'agile et léger Fleetwood sentirait les jambes lui manquer.

Cependant, des bruits vagues avaient circulé au-dehors : on ne disait point, on donnait à entendre que l'entraînement de Delamayn ne s'était pas bien passé ; maintenant que tous les yeux pouvaient le juger, son aspect suggérait des critiques.

Elles étaient juste l'opposé des critiques faites contre son concurrent.

Delamayn était-il suffisamment entraîné ? Néanmoins, la force solide de l'homme, la lenteur souple de ses mouvements, semblables à ceux de la panthère, et par-dessus tout sa grande réputation dans le monde des muscles et du sport, avaient leur prestige.

Les paris qui, dans leurs capricieuses fluctuations, s'étaient décidés tout d'abord en sa faveur, continuaient d'être pour lui. « Fleetwood pour les courtes distances si vous voulez, disait-on ; mais Delamayn pour une course de quatre miles. »

– Pensez-vous qu'il nous voie ? demanda sir Patrick au chirurgien.

– Il ne voit personne.

– Pouvez-vous juger, à cette distance, les conditions dans lesquelles il se trouve ?

– Il a le double de la force musculaire de son concurrent ; son buste et ses membres sont magnifiques. Il est inutile de m'en demander davantage. Nous sommes trop loin pour bien voir son visage.

Les conversations parmi les spectateurs commencèrent à tomber, et le silence se fit.

Une à une, les différentes personnes qui avaient des fonctions dans la course se réunirent sur la pelouse.

L'entraîneur Perry était parmi elles, son bidon d'eau froide à la main et en conversation sérieuse avec son patron, lui donnant ses derniers conseils avant le départ.

Le médecin de l'entraîneur les quitta pour rendre ses devoirs respectueux à son illustre confrère.

– Comment a-t-il été depuis ma visite à Fulham ? demanda Mr Speedwell.

– Admirablement, monsieur ! Il était dans un de ses mauvais jours quand vous l'avez vu. Il a fait des merveilles dans les dernières quarante-huit heures.

– Gagnera-t-il la course ?

Secrètement, le docteur avait fait ce que Perry avait fait ; il avait parié pour l'adversaire de Delamayn. Publiquement, il continuait à rester fidèle à ses couleurs. Il jeta un regard de mépris sur Fleetwood et répondit sans la moindre hésitation :

– Oui !…

Il y eut un soudain mouvement dans l'enceinte. Les

coureurs allaient prendre place pour le départ. Le moment de la course était venu.

Épaule contre épaule, les deux hommes attendaient chacun touchant la marque avec son pied.

Un coup de pistolet donna le signal.

À l'instant où le coup retentit, tous deux partirent.

Fleetwood avait pris la tête, Delamayn le suivait à deux ou trois mètres. Dans cet ordre, ils accomplirent le premier tour… le deuxième… et le troisième… tous deux réservant leurs forces, tous deux suivis avec un immense intérêt par tous ceux qui étaient présents.

Les entraîneurs avec leurs bidons couraient en avant et en arrière sur le gazon, rencontrant leurs hommes à certains points et les surveillant d'un œil avide.

Les officiels se tenaient debout, formant un groupe et suivant les coureurs avec la plus grande attention.

Le médecin de l'entraîneur, qui était resté près de son illustre confrère, fournissait les explications nécessaires à Mr Speedwell et à son ami.

– Rien de sérieux pendant le premier mile, monsieur, excepté le style des deux hommes.

– Vous voulez dire qu'ils ne font pas encore réellement tout ce qu'ils peuvent ?

– Non… Ils prennent leur respiration et tâtent leurs jambes… Joli coureur que ce Fleetwood, si vous l'avez remarqué, monsieur ? Il lance ses jambes un peu plus en avant et il ne lève pas ses talons aussi haut que notre homme… Mais regardez, quand ils vont passer, lequel garde la ligne la plus droite. C'est là où Delamayn a l'avantage sur lui. Il est plus ferme, plus fort, son pas est plus franc, et vous le verrez quand ils seront au milieu du parcours.

Ainsi, pendant les trois premiers tours, le docteur disserta sur le contraste des styles, en des termes généreusement adaptés à la petite compréhension de personnes étrangères au langage particulier des adeptes des courses.

Au quatrième tour, celui qui complétait le premier mile, un premier changement survint dans la position respective des coureurs.

Delamayn prit soudainement la tête. Fleetwood sourit quand il passa devant lui. Delamayn tint la tête jusqu'au milieu du cinquième tour quand Fleetwood, sur un signe de son entraîneur, se mit à forcer sa foulée.

En un instant et avec une grande légèreté, il dépassa son adversaire et garda la tête jusqu'à la fin du sixième tour.

Au commencement du septième tour, Delamayn força sa foulée. Pendant un moment ils restèrent exactement sur la même ligne. Alors Delamayn disputa le terrain pouce à pouce et reconquit la tête.

La première explosion d'applaudissements partit dans le camp du Sud, quand Delamayn battit Fleetwood avec sa propre tactique et le dépassa au moment critique où la course est près de son milieu.

– Delamayn a l'air de devoir gagner ! murmura sir Patrick.

Le médecin de l'entraîneur s'oublia : emporté par l'intérêt qui gagnait tout le monde autour de lui, il laissa échapper la vérité.

– Attendez un peu, Fleetwood a pour instructions de se laisser dépasser, Fleetwood attend.

– La ruse, voyez-vous, sir Patrick, est un des éléments du noble sport, dit tranquillement Mr Speedwell.

Au bout du septième tour, Fleetwood prouva que le docteur était dans le vrai.

Il dépassa Delamayn comme une flèche.

À la fin du huitième tour, il le précédait de deux mètres.

La moitié de la course était achevée.

Dix minutes et 33 secondes.

Vers la fin du neuvième tour, Delamayn reprit l'avantage. Il garda la tête jusqu'au commencement du onzième tour.

En cet instant, Fleetwood agita une main en l'air avec un geste de triomphe, et d'un nouveau bond vola en avant en hurlant : « Hourra pour le Nord ! »

Le cri fut répété par les spectateurs.

À mesure que la fatigue commençait à se montrer

chez les champions, l'émotion grandissait parmi la foule.

Au douzième tour, Fleetwood était en avant de six mètres.

Des cris s'élevèrent parmi les adhérents du Nord, auxquels répondirent les cris de défi des adhérents du Sud.

Au tour suivant, Delamayn s'appliqua résolument à diminuer la distance entre lui et son antagoniste.

Au commencement du quatorzième tour, ils couraient côte à côte.

Au bout d'un instant, Delamayn avait de nouveau repris la tête au milieu des acclamations universelles.

Mais aussitôt Fleetwood se rapprochait, le dépassait encore, il est vrai pour se retrouver en arrière un instant après, puis il reprenait la tête et était encore dépassé.

L'émotion de l'immense assistance avait atteint son apogée pendant que les coureurs, haletants, le visage cramoisi, la poitrine oppressée, se dépassaient alternativement l'un et l'autre. Les jurons se mêlaient maintenant aux acclamations. Les femmes pâlissaient, les hommes serraient les dents quand l'avant-dernier tour commença.

Au début, Delamayn avait encore de l'avance; mais avant que six mètres eussent été franchis, Fleetwood révéla la tactique qui avait dirigé sa course et électrisa toute l'assemblée, déployant pour la première fois toute sa rapidité et toute sa vigueur.

Chacun pouvait voir à présent que Delamayn n'avait tenu la tête que par la tolérance de Fleetwood, qu'il avait été habilement amené à déployer tous ses moyens, et qu'alors seulement son adversaire produisait des efforts sérieux pour lui enlever décidément l'avance.

Il fit pourtant un nouveau prodige, avec une résolution désespérée qui éleva l'enthousiasme public jusqu'à la frénésie.

Pendant que les voix tonnaient, que les chapeaux et les mouchoirs s'agitaient, au moment suprême qui allait décider de la course et où le résultat était encore douteux, Mr Speedwell saisit le bras de sir Patrick.

– Préparez-vous, murmura-t-il, tout est fini.

Comme ces mots sortaient de ses lèvres, Delamayn dévia de la ligne droite.

Son entraîneur lui jeta de l'eau… il se ranima… fit encore un pas ou deux, puis dévia encore, chancela, porta la main à sa bouche en poussant un cri de rage, grinça des dents comme une bête féroce et tomba sans connaissance sur la piste…

Un tumulte effroyable s'ensuivit; cris d'alarme se mêlant aux cris de triomphe poussés par les parieurs de Fleetwood, au moment où leur homme acheva d'un pas léger de gagner la course qui ne lui était plus disputée.

Non seulement l'enceinte réservée, mais la piste même furent envahies par la foule.

Au milieu de cette cohue, on transportait l'homme évanoui sur le gazon et on le remettait aux soins de Mr Speedwell et du médecin de son entraîneur.

Au moment terrible où Mr Speedwell posait la main sur son cœur, Fleetwood bondissait par le passage que ses amis et les policemen avaient ouvert de force à travers la foule, afin qu'il pût accomplir le seizième et dernier tour.

L'homme battu s'était-il évanoui sous l'impression de sa défaite, ou sa défaite l'avait-elle tué?

Chacun attendait les yeux rivés sur la main du médecin. Celui-ci releva la tête et demanda de l'eau pour la lui jeter au visage et du brandy pour l'insinuer entre ses lèvres.

Delamayn revint à la vie… Il avait survécu à la course.

Les derniers cris qui saluaient la victoire de Fleetwood retentissaient encore lorsqu'on enleva son concurrent pour le porter dans le pavillon.

Sir Patrick, admis à la demande de Mr Speedwell, fut le seul étranger auquel il fut permis d'en franchir la porte.

Au moment où il en gravissait les marches, quelqu'un lui toucha le bras; c'était le capitaine Newenden.

– Les docteurs répondent-ils de sa vie? demanda le capitaine. Je ne puis obtenir de ma nièce qu'elle s'éloigne sans avoir satisfaction sur ce point.

Mr Speedwell entendit la question et y répondit brièvement du haut des marches du pavillon :

– Pour le moment, oui.

Le capitaine remercia et disparut.

Ils entrèrent dans le pavillon.

Les mesures nécessaires furent prises sous la direction des docteurs.

L'athlète vaincu était là, gisant. Extérieurement, c'était une masse inerte, formidable à voir même après sa chute. Intérieurement, c'était une créature plus faible, en tout ce qui constitue la puissance vitale, que la mouche qui bourdonne contre les vitres.

Graduellement la vie reparaissait en lui comme une lumière encore vacillante.

Le soleil se couchait, et les ombres du soir commençaient à tomber.

Mr Speedwell invita du geste Perry à le suivre dans un coin libre de la pièce.

– Dans une demi-heure, dans moins de temps peut-être, il sera assez bien pour être ramené chez lui. Où sont ses parents ? Il a un frère, n'est-ce pas ?…

– Son frère est en Écosse, monsieur.

– Son père ?

Perry se gratta la tête.

– D'après ce que j'ai pu entendre dire, son père et lui ne sont pas en bons termes.

Mr Speedwell s'adressa à sir Patrick :

– Connaissez-vous quelque chose de ses affaires de famille ?

– Très peu. Je crois que cet homme vous a dit la vérité.

– Sa mère est-elle vivante ?

– Oui.

– Je lui écrirai. En attendant, quelqu'un doit le ramener chez lui. Il a un grand nombre d'amis ici, où sont-ils ?

Il regardait par la fenêtre tout en parlant.

Une grande affluence s'était rassemblée près du pavillon, attendant les nouvelles.

Mr Speedwell dépêcha Perry à la recherche de ceux des amis de son patron qu'il pourrait connaître de vue.

Perry se gratta l'oreille une seconde fois.

– Qu'attendez-vous ? demanda le médecin aigrement. Vous connaissez ses amis, n'est-ce pas ?

– Je ne crois pas les trouver près d'ici.

– Pourquoi cela ?

– Ils ont parié de grosses sommes sur lui, monsieur, et ils ont perdu.

Sourd à cette incontestable raison de l'absence des amis, Mr Speedwell insista pour envoyer Perry à leur recherche parmi les personnes qui composaient la foule.

L'entraîneur revint en disant :

– Vous avez raison, monsieur. Il y a dehors quelques personnes qui demandent à le voir.

– Laissez-en entrer une ou deux.

Trois entrèrent, regardèrent le malade, prononcèrent quelques mots de pitié en argot et dirent à Mr Speedwell :

– Nous désirions le voir. Qu'est-ce qu'il a ?

– Sa santé est ruinée.

– Les suites d'un mauvais entraînement ?

– Les suites des exercices de sport athlétique.

– Oh ! merci ; bonsoir.

La réponse de Mr Speedwell les mit en fuite comme un troupeau de moutons devant un loup. Le docteur n'avait pas eu même le temps de leur demander qui voulait le ramener.

– Je me charge d'avoir soin de lui, monsieur, dit Perry. Vous pouvez avoir confiance en moi.

– Je l'accompagnerai aussi, dit le docteur à l'entraîneur, et je veillerai à ce qu'il soit bien installé pour la nuit.

Les deux seuls hommes qui avaient couvert leurs paris en pariant en secret pour l'adversaire de Geoffrey Delamayn furent aussi les deux seuls qui s'offraient à le secourir.

Ils revinrent auprès du sofa sur lequel il était étendu.

Ses yeux, injectés de sang, erraient, péniblement, dans le vague autour de lui ; ils s'arrêtèrent sur le docteur et se détournèrent encore. Ils se dirigèrent sur Mr Speedwell ; là ils s'arrêtèrent.

Le chirurgien se pencha vers lui et dit :

– Qu'y a-t-il ?

Il répondit d'une voix éteinte, la respiration encore bien difficile et ne prononçant qu'un mot à la fois :

– Suis-je… en… danger… de… mort ?…

– J'espère que non.

– En… êtes-vous… sûr ?…

– Non.

Il regarda de nouveau autour de lui. Cette fois ses yeux s'arrêtèrent sur l'entraîneur.

Perry s'avança.

– Que puis-je faire pour vous, monsieur ?

La réponse fut lente et difficile :

– La poche… de mon… paletot…

– Celle-ci ?

– Non.

– Celle-là ?

– Oui… le livre…

L'entraîneur fouilla dans la poche et en tira le livre de paris.

– Qu'y a-t-il à faire avec ceci, monsieur ?

– Je… veux… lire…

L'entraîneur tint le livre devant lui, l'ouvrit aux deux dernières pages où il y avait quelque chose d'écrit.

Delamayn laissa rouler sa tête avec impatience d'un côté et de l'autre sur le coussin du sofa.

Il était clair qu'il n'était pas encore suffisamment remis pour pouvoir lire ce qu'il avait écrit.

– Dois-je lire pour vous, monsieur ?

– Oui !…

L'entraîneur lut trois engagements l'un après l'autre sans résultat ; tous trois avaient été honnêtement remplis. Au quatrième, l'homme couché dit :

– Arrêtez !…

C'était le seul de ces engagements qui dépendît encore d'un événement futur. Il relatait la gageure faite à Windygates, quand Geoffrey, défiant l'opinion du chirurgien, avait parié qu'il prendrait part aux courses en canot de l'Université au printemps prochain : pari qu'il avait forcé Arnold de tenir contre lui.

– Eh bien, monsieur, que faut-il faire à ce sujet?

Geoffrey réunit ses forces et répondit en prononçant un mot après l'autre :

– Écrivez… frère… Julius… paie… Arnold… a… gagné…

Sa main levée, qui accentuait chaque parole, retomba inerte à son côté. Il ferma les yeux et tomba dans un lourd sommeil.

Rendons-lui la justice qui lui est due. Tout misérable qu'il fût, rendons-lui cette justice.

Le terrible moment où la vie semblait si près de lui échapper le trouva fidèle à la seule foi demeurée vivante parmi les hommes de son espèce et de son temps : la foi au livre de paris.

Sir Patrick et Mr Speedwell quittèrent ensemble le terrain de course, après que Geoffrey eut été emporté hors du pavillon.

Ils rencontrèrent Arnold Brinkworth à la grille.

Arnold avait cherché la solitude au milieu de la foule. Sa séparation avec Blanche avait changé toutes ses habitudes. Il n'avait demandé que deux faveurs durant l'intervalle de temps qui devait s'écouler avant qu'il revît sa femme : la liberté d'agir à sa guise et d'être laissé seul.

Soulagé de l'oppression qui lui avait fait garder le silence pendant les diverses phases de la course, sir Patrick adressa une question au docteur pendant le trajet de retour, question qui n'avait pas cessé d'occuper son esprit depuis le moment où Geoffrey avait perdu la partie.

– Je m'explique difficilement l'anxiété que vous avez montrée au sujet de Mr Delamayn, quand vous avez reconnu qu'il n'avait que succombé à la fatigue. Craigniez-vous plus qu'un simple évanouissement?

– Il est inutile de le cacher maintenant, répondit Mr Speedwell. Il a échappé de très près à une attaque de paralysie.

– Est-ce là ce que vous craigniez quand vous lui avez parlé à Windygates?

– C'est ce que j'avais lu sur son visage quand j'ai cru

devoir lui donner un avertissement. J'avais raison jusque-là. Je me suis trompé pourtant sur un point, c'est sur la réserve de vitalité qui était encore en lui quand il est tombé sur le champ de course. Je croyais fermement le trouver mort.

– C'est une paralysie héréditaire. La dernière maladie de son père était une maladie de ce genre.

Mr Speedwell sourit.

– Paralysie héréditaire, répéta-t-il. Mais l'homme est naturellement un phénomène de santé et de force pendant la première partie de sa vie. La paralysie héréditaire aurait pu atteindre celui-ci dans trente ans. Le canotage et les courses, pendant ces quatre dernières années, sont les seules causes de ce qui lui est arrivé aujourd'hui.

Sir Patrick se risqua à suggérer une pensée au docteur :

– Avec l'autorité de votre nom, qui force l'attention, vous devriez rendre cette opinion publique… comme un avertissement pour les autres.

– Ce serait complètement inutile. Delamayn est loin d'être le premier qui ait succombé dans une course à pied, sous le cruel effort imposé aux organes vitaux. Le public a un heureux talent pour oublier ces accidents. Il est satisfait quand il peut invoquer celui des concurrents survivants qui se trouvent avoir traversé la même épreuve, et tout le monde trouve cette réponse concluante.

L'avenir d'Anne occupait toujours l'esprit de sir Patrick. Sa première question porta sur les chances de rétablissement que pouvait avoir Geoffrey pour l'avenir.

– Il ne se rétablira jamais, confia Mr Speedwell. La paralysie est suspendue sur lui. Combien de temps vivra-t-il, cela m'est impossible à dire. Cela dépend beaucoup de lui. Dans sa condition, toute nouvelle imprudence, toute violente émotion peut le tuer sur le coup.

– S'il n'arrive pas d'accident, dit sir Patrick, reviendra-t-il suffisamment à lui pour quitter le lit et sortir ?

– Certainement.

– Il a, à ma connaissance, un rendez-vous pour samedi prochain. Est-il probable qu'il pourra être présent ?

– Tout à fait probable.

Sir Patrick n'ajouta rien de plus.

Il avait encore devant lui le visage d'Anne au moment mémorable où il lui avait dit qu'elle était la femme de Geoffrey.

QUATORZIÈME SCÈNE

Portland place

51

Un mariage écossais

C'était le samedi 3 octobre, jour où le prétendu mariage d'Arnold avec Anne Silvester devait être prouvé.

Un peu avant 2 heures de l'après-midi, Blanche et sa belle-mère entrèrent dans le salon de la maison que lady Lundie avait à Londres, dans Portland Place.

Depuis la veille au soir, le temps s'était gâté ; la pluie avait commencé à tomber dès le matin.

Les fenêtres de ce salon s'ouvraient sur Portland Place, qui, pendant la mauvaise saison, offrait un aspect des plus tristes.

Les affreuses maisons qui faisaient face à celle de Sa Seigneurie étaient toutes closes. Plusieurs pouces de boue couvraient le pavé, de légères particules de suie volant dans l'air se mêlaient à la pluie et augmentaient l'obscurité du brouillard.

Le bruit des passants et celui des voitures qui se succédaient à de rares intervalles laissaient place à de longs silences qu'aucun son ne venait interrompre. Les joueurs d'orgues eux-mêmes étaient muets, les chiens errants à l'aventure étaient trop mouillés pour avoir le courage d'aboyer.

Mais, hélas ! si dans le salon on tournait le dos aux

fenêtres, la tristesse qui régnait au-dehors était plus qu'égalée par celle du dedans.

La maison avait été fermée pour la saison, et il n'avait pas été jugé nécessaire, pendant la courte visite qu'on devait y faire, de rien changer à l'état des choses.

Des housses de couleur sombre enveloppaient les meubles ; les grands lustres pendaient invisibles dans d'énorme enveloppes de baudruche ; les pendules silencieuses hivernaient sous les voiles qui les couvraient depuis deux mois ; les tables poussées dans les coins, et qui, en d'autres temps, étaient couvertes de luxueux ornements, n'offraient aux regards, à cette heure, que des plumes, de l'encre, du papier.

Ces apprêts disaient bien l'objet de la réunion qui allait avoir lieu tout à l'heure.

La maison sentait le renfermé ; il y régnait un silence profond. Une mélancolique femme de chambre errait comme une ombre à l'étage supérieur ; un mélancolique valet chargé d'introduire les visiteurs était tristement assis dans les solitudes de l'antichambre.

Pas un mot échangé dans le salon, entre lady Lundie et Blanche ; toutes deux attendaient, absorbées dans leurs pensées, l'apparition des personnes intéressées dans l'enquête…

Leur situation en ce moment était comme la parodie de celle de deux dames qui donnent une soirée et qui attendent les invités. Cette idée leur était peut-être venue à l'une ou à l'autre. Si elle leur était venue, elles n'avaient peut-être pas voulu s'y arrêter. Qui n'aurait pas fait comme elles? Il y a dans la vie des occasions où nous aurions d'excellentes raisons pour rire quand nos yeux sont pleins de larmes, mais les enfants seuls ont alors la hardiesse de céder à l'envie de rire. C'est ainsi que, dans l'existence humaine, la parodie de ce qui est sérieux se mêle à la sérieuse réalité, à ce point qu'il n'y a que le respect de nous-mêmes qui nous fasse garder notre gravité dans les plus importantes circonstances de notre vie.

Les deux dames attendaient donc l'épreuve qui se préparait, avec toute la gravité que comportait l'événement.

La silencieuse femme de chambre allait et venait toujours sans bruit ; le silencieux valet attendait immobile.

Au-dehors, la rue était un désert. À l'intérieur, la maison était une tombe.

L'horloge de l'église sonna l'heure attendue… 2 heures. Au même instant, la première des personnes intéressées dans l'enquête arriva.

Lady Lundie guettait, avec un maintien composé, l'instant où la porte du salon allait s'ouvrir.

Blanche tressaillit et trembla. Était-ce Arnold ? était-ce Anne ?

La porte s'ouvrit, et Blanche se remit à l'instant.

Le premier arrivant n'était que l'avocat, appelé à prendre part à l'enquête, dans l'intérêt de lady Lundie. C'était un de ces hommes appartenant à la nombreuse classe des personnes médiocres qui jouent un rôle dans la pratique de la loi. Ces personnes sont probablement destinées, dans un état de science plus avancé, à être remplacées par des machines.

L'homme de loi se rendit utile en changeant l'arrangement des tables et des chaises, de manière à établir une séparation entre les parties adverses. Il pria d'ailleurs lady Lundie de se bien mettre dans l'esprit qu'il ne connaissait rien à la loi écossaise et qu'il n'était là qu'en qualité d'ami.

Cela fait et dit, il s'assit et regarda curieusement tomber la pluie, comme si c'était un phénomène de la nature, qu'il n'eût pas encore eu l'occasion d'observer.

Un autre coup de marteau annonça l'arrivée d'un visiteur d'un ordre bien différent.

Le mélancolique valet annonça :

– Le capitaine Newenden !

Pour une occasion si solennelle, le capitaine, jetant un défi au temps, avait essayé de remonter d'un pas de plus le fleuve de la vie. Il était peint, rembourré, coiffé et habillé de manière à donner l'idée – abstraite – d'un jeune homme de 25 ans jouissant d'une robuste santé. Un peu de raideur dans la région des reins, un certain défaut de fermeté dans les paupières et dans le menton n'empêchaient point l'illusion. C'était la figure même des 25 ans. Le capitaine en avait 70 bien comptés. Une fleur à sa boutonnière, une petite canne flexible à la main, vif, rosé, souriant, parfumé, il égaya ce morne salon. On eût dit une visite du matin faite par un jeune désœuvré.

Le bon capitaine parut un peu surpris de voir Blanche présente au conflit. Lady Lundie crut se devoir à elle-même d'en donner l'explication.

– Ma belle-fille est ici en révolte ouverte contre mes prières et mes avis, dit-elle. Des *personnes* se présenteront et, dans mon opinion, il est peu convenable qu'elle les voie. Des révélations peuvent avoir lieu, qu'une jeune femme ne devrait pas entendre. Elle insiste, capitaine Newenden, ajouta-t-elle, je suis obligée de me soumettre.

Le capitaine leva les épaules et montra ses belles dents qu'il avait achetées si cher.

Blanche était trop profondément intéressée dans l'épreuve qui se préparait pour songer à se défendre ; elle eut l'air de n'avoir même pas entendu ce que sa belle-mère avait dit d'elle.

L'avocat demeurait absorbé dans la contemplation de la pluie qui tombait.

Lady Lundie s'enquit de Mrs Glenarm.

Le capitaine décrivit l'anxiété de sa nièce par un geste. C'était quelque chose de si fort qu'il ne put l'indiquer qu'en secouant les boucles parfumées de sa perruque et en agitant sa petite canne en l'air.

Mrs Delamayn devait rester auprès d'elle jusqu'au retour de son oncle, avec les nouvelles.

Et où était Julius ? Retenu en Écosse pour son élection. Et lord et lady Holchester ? Lord et lady Holchester ne savaient rien de ce qui se passait.

Troisième coup de marteau frappé à la grande porte.

Blanche pâlit de nouveau. Était-ce Arnold ? était-ce Anne ?

Le domestique annonça :

– Mr Delamayn… Mr Moy…

Geoffrey entra lentement le premier et salua les deux dames en silence.

L'avocat de Londres, s'arrachant pour un moment à la contemplation de la pluie, désigna les places destinées au nouvel arrivant et au conseil qu'il avait amené.

Geoffrey s'assit, sans même jeter un coup d'œil autour de lui. Les coudes appuyés sur ses genoux, il suivait avec le bout de sa canne de chêne les dessins du tapis. Une stupide indifférence se peignait sur son front bas et ses lèvres entrouvertes et pendantes. Sa défaite à la course et les circonstances qui l'avaient accompagnée semblaient l'avoir rendu plus morne et plus lourd que de coutume, et voilà tout.

Le capitaine, qui s'avançait pour lui parler, s'arrêta à mi-chemin, hésita et prit le parti de s'adresser à Mr Moy.

Le conseil de Geoffrey, un Écossais du bon type, franc, vif et sociable, répondit cordialement à cette avance. Il répondit, à la demande que lui faisait le capitaine, que les témoins, Mrs Inchbare et Bishopriggs, attendaient dans la loge du concierge.

Avait-on éprouvé des difficultés à trouver ces témoins ? Aucune. Mrs Inchbare, comme de raison, était à son auberge ; et, chose surprenante, Bishopriggs et la maîtresse de l'auberge s'étaient entendus, et Bishopriggs avait repris chez elle son ancien poste de premier garçon.

Le capitaine et Mr Moy continuèrent la conversation commencée à ce sujet, avec une aisance et un entrain parfaits. Leurs voix seules se firent entendre durant l'intervalle qui s'écoula jusqu'à un quatrième coup frappé au-dehors.

Il ne pouvait plus y avoir de doute désormais sur les personnes qui allaient entrer.

Lady Lundie prit avec fermeté la main de sa belle-fille dans la sienne. Elle n'était pas sûre du premier mouvement de la pauvre Blanche.

Pour la première fois de sa vie, Blanche laissa volontairement sa main sous l'étreinte de celle de sa belle-mère.

Sir Patrick entra le premier, tenant Anne Silvester à son bras. Arnold Brinkworth les suivait.

Tous deux, sir Patrick et Anne, saluèrent en silence les personnes assemblées.

Lady Lundie rendit cérémonieusement le salut de son beau-frère et eut grand soin de ne point paraître remarquer la présence d'Anne.

Blanche ne leva pas la tête.

Arnold s'avança vers elle les mains tendues. Lady Lundie se leva et l'invita du geste à retourner sur ses pas.

– Pas encore, Mr Brinkworth ! dit-elle de l'air le plus tranquillement inflexible.

Arnold s'arrêta sans prêter la moindre attention à elle, les yeux fixés sur sa femme.

Alors les yeux de Blanche se levèrent, et des larmes les remplirent à l'instant.

Le visage brun d'Arnold se couvrit d'une mortelle pâleur et il fit un violent effort pour rester maître de lui.

– Je ne veux pas vous affliger, dit-il avec douceur.

Et il retourna à la table devant laquelle sir Patrick et Anne avaient pris place, et qui était séparée des autres tables.

Sir Patrick lui serra la main en silence.

La seule personne qui sembla ne prendre aucune part aux événements qui suivirent l'entrée dans le salon de sir Patrick et de ceux qui l'accompagnaient fut Geoffrey. Au lieu de tracer des dessins sur le tapis, il y battit une marche ; mais il resta assis, la tête inclinée sur la poitrine et ses bras musculeux appuyés sur les genoux.

Sir Patrick rompit le silence. Il adressa la parole à sa belle-sœur :

– Lady Lundie, toutes les personnes que vous vous attendiez à voir aujourd'hui sont-elles présentes ?

Lady Lundie saisit cette occasion de lancer le premier jet du venin qu'elle tenait en réserve.

– Toutes celles que j'attendais sont ici, répondit-elle. Il y en a même que je n'attendais pas, ajouta-t-elle en regardant Anne.

Son regard ne lui fut pas rendu ; Anne ne le vit même pas. Du moment où Anne avait pris place à côté de sir Patrick, ses yeux s'étaient arrêtés sur Blanche. Ils ne changèrent pas de direction ; ils ne perdirent pas un instant leur expression de tendre tristesse quand la femme qui la haïssait prit la parole.

Tout ce qu'il y avait de beau et de loyal dans cette noble nature semblait trouver son unique et suffisant encouragement en Blanche. En revoyant la sœur, jamais oubliée, des anciens jours, son visage pâli et fatigué brilla d'une expression d'amitié ardente. Tous les hommes présents dans le salon, sauf Geoffrey, la regardaient, et chacun d'eux, Geoffrey toujours excepté, éprouvait de la sympathie pour elle.

Sir Patrick adressa une seconde question à sa belle-sœur :

– Y a-t-il ici quelqu'un qui représente les intérêts de Mr Geoffrey Delamayn ? demanda-t-il.

Lady Lundie renvoya d'un geste sir Patrick à Geoffrey lui-même.

Sans relever la tête, Geoffrey leva sa grosse main brune et désigna Mr Moy assis à côté de lui.

Mr Moy, tenant en Écosse un rang équivalant à celui qu'occupent en Angleterre les avocats, se leva et salua sir Patrick avec la courtoisie due à un homme qui avait occupé en son temps un rang éminent dans le barreau écossais.

– Je représente Mr Delamayn, dit-il. Je me félicite, sir Patrick, d'avoir affaire à votre habileté et à votre expérience dans la conduite de l'enquête présente.

Sir Patrick répondit au salut aussi bien qu'au compliment.

– C'est moi qui aurai quelque chose à apprendre de vous, répondit-il. J'ai eu le temps, Mr Moy, d'oublier ce que je savais.

Lady Lundie promena son regard de l'un à l'autre, avec une impatience qu'elle ne cherchait pas à dissimuler, pendant cet échange de politesses entre les hommes de loi.

– Permettez-moi, messieurs, de vous rappeler l'anxiété que nous ressentons, dit-elle, et de vous demander quand vous comptez commencer.

Sir Patrick invita du regard Mr Moy.

Mr Moy invita du regard sir Patrick.

C'était plus qu'une simple politesse, c'était un combat, cette fois. Qui parlerait le premier?

Mr Moy restant modestement inébranlable, sir Patrick finit par ouvrir le débat :

– Je suis ici pour agir dans l'intérêt de mon ami, Mr Arnold Brinkworth. Je demande à vous le présenter, Mr Moy, comme le mari de ma nièce… à laquelle il a été légalement marié le 7 septembre dernier, à l'église Sainte-Marguerite, paroisse de Hawley, Kent. J'ai une copie du certificat de mariage; si vous désirez l'examiner…

Mr Moy se refusa modestement à cet examen.

– Tout à fait inutile, sir Patrick. J'admets qu'une cérémonie de mariage a eu lieu à la date indiquée entre les personnes que vous avez nommées, mais je soutiens que ce n'était pas un mariage valide. Je dis, dans l'intérêt de mon client, Mr Geoffrey Delamayn, ici présent, que Mr Arnold Brinkworth a été marié à une date antérieure au 7 septembre dernier, c'est-à-dire le 14 août de cette même année, dans un endroit appelé Craig Fernie, à une dame nommée Anne Silvester, actuellement vivante et présente ici à ce que je viens d'apprendre à l'instant.

Sir Patrick lui présenta Anne.

– Madame est la personne en question, Mr Moy.

Mr Moy salua et fit une proposition.

– Pour éviter toute formalité inutile, sir Patrick, acceptons-nous les questions d'identité comme établies de part et d'autre?

Sir Patrick en tomba d'accord avec son savant ami.

Lady Lundie ouvrit et ferma son éventail avec une visible impatience.

L'avocat de Londres sentait son intérêt s'éveiller.

Le capitaine Newenden prit son mouchoir et s'en servit comme d'un écran pour bâiller à cœur joie par-derrière.

– Vous alléguez un mariage antérieur, dit sir Patrick. C'est à vous à commencer.

Mr Moy jeta d'abord un regard autour de lui sur toutes les personnes assemblées.

– L'objet de notre réunion ici, dit-il, est, si je ne me trompe, d'une double nature. En premier lieu, il y a une personne qui a un intérêt particulier dans l'issue de cette enquête…

Il jeta un regard au capitaine. Le capitaine devint tout à coup attentif.

– … Et qui prétend que l'assertion de mon client, relative au mariage de Mr Brinkworth, est prouvée. En second lieu, nous sommes tous également désireux, quelles que soient les différences d'opinion qui existent entre nous, de faire de cette enquête sans formes légales, si la chose est possible, un moyen d'éviter la publicité pénible qui résulterait d'un appel devant une cour de justice.

À ces mots, le venin accumulé en lady Lundie s'échappa en un second jet, sous le couvert d'une protestation adressée à Mr Moy :

– Permettez-moi de vous dire, monsieur, dans l'intérêt de ma belle-fille, que nous n'avons rien à redouter de la plus large publicité. Nous consentons à être présentes à ce que vous appelez une enquête sans formes, en réservant nos droits de porter l'affaire hors des quatre murs de cette pièce. Je ne fais pas ici d'allusion aux chances qu'a Mr Brinkworth de se laver d'un odieux soupçon qui ne pèse que sur lui et sur une autre personne présente. Cela est une question à examiner plus tard. L'objet immédiat que nous avons devant les yeux, autant qu'une simple femme peut le comprendre, est d'établir les droits de ma belle-fille à sommer Mr Brinkworth, en sa qualité d'épouse, de justifier sa conduite. Si le résultat ne nous donne pas satisfaction sur ce point particulier, nous n'hésiterons pas à nous adresser à une cour de justice !

Elle se renversa sur le dossier de sa chaise, rouvrit son éventail et regarda autour d'elle de l'air d'une femme qui prend la société à témoin qu'elle a accompli son devoir.

Une expression douloureuse se montra sur le visage de Blanche, tandis que sa belle-mère parlait.

Lady Lundie lui prit la main pour la seconde fois.

Blanche résolument la retira.

Sir Patrick remarqua cet incident avec un intérêt particulier.

Mais avant que Mr Moy pût répondre, Arnold concentra l'attention générale sur lui en intervenant dans le débat.

Blanche le regarda. Une vive coloration parut sur son visage et s'éteignit presque aussitôt.

Sir Patrick nota ce changement de couleur et observa sa nièce plus attentivement que jamais.

La lettre d'Arnold à sa femme, avec l'aide du temps, avait visiblement ébranlé l'influence de lady Lundie sur Blanche.

– Après ce qu'a dit lady Lundie en présence de ma femme, dit Arnold avec sa droiture juvénile, je pense qu'il doit m'être permis de répondre un mot à mon tour. J'éprouve le besoin d'expliquer pourquoi je suis allé à Craig Fernie, et je mets au défi Mr Geoffrey Delamayn de me démentir, s'il l'ose.

Sa voix s'éleva en prononçant ces derniers mots, et ses yeux étincelèrent pendant que son regard se dirigeait sur Geoffrey.

Mr Moy en appela à son savant ami :

– Sauf le respect que je dois, sir Patrick, à la supériorité de votre jugement, la proposition de ce jeune gentleman me semble un peu hors du débat.

– Pardonnez-moi, répondit sir Patrick, vous avez vous-même représenté le débat qui nous occupe comme une enquête sans formes légales. Donc toute proposition informe, mais utile, sauf ma déférence à votre meilleur avis, Mr Moy, n'est point hors de propos dans les circonstances où nous nous trouvons ?

L'inépuisable modestie de Mr Moy le fit céder sans combat : cette réponse avait eu pour effet de l'étonner au début de l'investigation.

Un homme de l'expérience de sir Patrick ne devrait-il pas savoir que la pure et simple assertion faite par Arnold de son innocence ne pouvait produire qu'un retard inutile dans la marche de l'enquête. Et pourtant sir Patrick semblait approuver ce retard. Attendait-il la production de quelque circonstance accidentelle qui pût rendre meilleure une cause qu'il savait mauvaise ?

Ayant obtenu la permission de parler, Arnold parla.

Cet accent de vérité qui ne trompe point se trahit dans chacun des mots qu'il prononça. Il fit un exposé très net des événements depuis le moment où Geoffrey avait réclamé son assistance jusqu'à celui où il s'était trouvé à la porte de l'auberge de Craig Fernie.

Là, sir Patrick intervint et lui ferma la bouche.

Mais Arnold demanda la permission d'appeler Geoffrey à confirmer son récit.

Sir Patrick étonna de nouveau Mr Moy en sanctionnant cette autre irrégularité.

Arnold s'adressa donc à Geoffrey :

– Niez-vous que ce que j'ai dit soit la vérité ?

Mr Moy remplit son devoir envers son client.

– Vous n'êtes pas obligé de répondre, dit-il.

Geoffrey souleva lentement sa tête pesante et affronta le regard de l'homme qu'il avait trahi.

– Je nie chacun des mots que vous venez de dire, répliqua-t-il d'un air de défi grossier.

– Eh bien ! ne voilà-t-il pas assez d'assertions et de dénégations, cette fois, sir Patrick ? demanda Mr Moy, toujours avec la même politesse.

Sir Patrick contraignit Arnold, non sans peine, à demeurer maître de lui, mais le baronnet porta l'étonnement de Mr Moy à son comble.

Pour des raisons toutes personnelles, il se détermina brusquement à fortifier l'impression favorable que la déclaration d'Arnold avait visiblement faite sur sa femme.

– Je dois encore réclamer votre indulgence, Mr Moy, dit-il. Non, ce n'est pas encore assez d'assertions et de dénégations.

Mr Moy se renversa sur le dossier de son siège avec un air d'étonnement et de résignation. Ou l'intelligence de son confrère lui faisait défaut, ou son confrère avait en vue quelque but caché.

Mr Moy commençait à penser que le mot de l'énigme

se trouvait dans la dernière de ces deux possibilités : au lieu de se compromettre dans de nouvelles protestations, il attendit donc et observa.

Sir Patrick passa imperturbablement d'une irrégularité à une autre :

– Je demande, Mr Moy, à revenir sur le prétendu mariage du 14 août à Craig Fernie. Arnold Brinkworth, répondez en présence des personnes ici assemblées. Dans tout ce que vous avez dit et dans tout ce que vous avez fait à l'auberge de Craig Fernie, n'avez-vous pas été uniquement influencé par le désir de rendre la position de miss Silvester aussi peu pénible que possible et par l'intention d'accomplir les instructions qui vous avaient été données par Mr Geoffrey Delamayn ? Est-ce là toute la vérité ?

– C'est toute la vérité, sir Patrick.

– Le jour où vous vous êtes rendu à Craig Fernie, ne vous étiez-vous pas, quelques heures auparavant, adressé à moi pour obtenir mon assentiment à votre mariage avec ma nièce ?

– Je vous ai, en effet, demandé votre assentiment, ce jour-là, sir Patrick, et vous me l'avez donné.

– Depuis le moment où vous êtes entré dans l'auberge, jusqu'à celui où vous l'avez quittée, avez-vous été entièrement innocent de la plus légère intention d'épouser miss Silvester ?

– La pensée d'épouser miss Silvester ne m'est jamais venue.

– Et cela, vous le déclarez sur votre parole d'honneur de gentleman ?

– Sur ma parole d'honneur de gentleman.

Sir Patrick se tourna vers Anne.

– Étiez-vous obligée, miss Silvester, de vous présenter en qualité de femme mariée, à l'auberge de Craig Fernie, le 14 août dernier ?

– J'arrivai seule à l'auberge, sir Patrick. L'hôtesse refusa, dans les termes les plus nets, de me recevoir dans sa maison, si je ne justifiais pas d'abord de ma qualité de femme mariée.

– Lequel des deux gentlemen ici présents attendiez-vous à l'auberge ? Était-ce Mr Arnold Brinkworth ou Mr Geoffrey Delamayn ?

– Mr Delamayn.

– Quand Mr Arnold Brinkworth arriva, au lieu de Mr Delamayn, quand il eut dit ce qui était nécessaire pour satisfaire les scrupules de l'hôtesse, avez-vous compris tout de suite qu'il agissait dans votre intérêt, par bonté seulement, et pour remplir les instructions de Mr Geoffrey Delamayn ?

– Je l'ai très bien compris et me suis opposée aussi fermement que possible à ce que Mr Brinkworth se mît dans une fausse position à cause de moi.

– Votre résistance venait-elle de la connaissance que vous aviez de la loi écossaise en matière de mariage et de la situation dans laquelle les dispositions particulières de cette loi pourraient placer Mr Brinkworth ?

– Je n'avais aucune connaissance de la loi écossaise. J'avais un vague pressentiment, une vague crainte de la tromperie pratiquée par Mr Brinkworth vis-à-vis des gens de l'auberge. J'avais peur que cela ne pût prêter à une fausse interprétation sur moi, de la part d'une personne que j'aimais tendrement.

– Cette personne est ma nièce ?

– Oui.

– Connaissant son attachement pour ma nièce, vous avez supplié, en son nom, Mr Brinkworth de vous laisser vous tirer d'embarras vous-même.

– Oui.

– Mais lui est un gentleman. Il avait donné sa promesse de prêter aide et protection à une dame, en l'absence de son ami : il s'est refusé à vous laisser aviser seule à vos embarras.

– Malheureusement, il s'y est refusé.

– Depuis le premier jusqu'au dernier moment, vous avez donc été complètement innocente de la plus légère intention d'épouser Mr Brinkworth ?

– Je vous réponds, sir Patrick, ce qu'a répondu Mr Brinkworth. Jamais une telle pensée ne m'est venue.

– Et cela, vous le déclarez sur votre foi de chrétienne ?

– Sur ma foi de chrétienne.

Sir Patrick regarda Blanche. Elle se tenait le visage caché dans ses mains.

Sa belle-mère l'invitait en vain à rester maîtresse d'elle-même.

Dans le moment de silence qui suivit, Mr Moy intervint encore, toujours dans l'intérêt de son client :

– Je renonce au droit que j'aurais, sir Patrick, de poser à mon tour quelques questions. Je désire seulement vous rappeler et rappeler aux personnes ici présentes que tout ce que nous avons entendu jusqu'ici n'est que simples assertions proférées par deux personnes intéressées à se tirer d'une position qui les compromet fatalement toutes deux. Ce mariage qu'elles nient, j'attends en ce moment la permission de le prouver, non pas par des assertions, mais par la production de témoins compétents.

Après un court entretien avec son conseil, lady Lundie se joignit à Mr Moy, mais dans des termes plus énergiques.

– Sachez, sir Patrick, avant d'aller plus loin, dit-elle, que je ferai retirer ma belle-fille s'il est fait une nouvelle tentative pour jeter le désordre dans ses sentiments et égarer son jugement. Les mots me manquent pour exprimer ce que me fait éprouver la manière cruelle et indigne dont cette enquête est conduite.

L'avocat anglais reprit la parole pour témoigner de l'approbation qu'il donnait à la manière de voir de sa cliente :

– Comme conseil de Sa Seigneurie, je me joins à la protestation que vous venez d'entendre.

Le capitaine Newenden lui-même se mêla à ce concert :

– Écoutez ! écoutez ! dit-il quand l'homme de loi eut parlé. C'est parfaitement juste ; je dois dire que c'est parfaitement juste.

Inaccessible, en apparence, à tout sentiment de ses torts, sir Patrick s'adressa à Mr Moy comme si de rien n'était.

– Désirez-vous produire vos témoins immédiatement ?

Je ne m'y oppose pas le moins du monde, s'il est bien entendu qu'il me sera permis de reprendre ensuite ce débat au point où il aura été interrompu.

Mr Moy réfléchit : l'adversaire, il n'y avait pas à en douter cette fois, avait quelque machine en réserve ; il n'avait pas encore montré son jeu.

Il était donc beaucoup plus important en ce moment de l'amener à se découvrir que d'insister sur des droits et des privilèges de pure forme. Rien ne pouvait ébranler la position qu'occupait Mr Moy. Plus longtemps les irrégularités de sir Patrick retardaient la marche de l'enquête, plus l'évidence des simples faits s'imposerait d'une façon irrésistible par la force du contraste, quand ils sortiraient de la bouche même des témoins qui attendaient en bas.

Mr Moy se résolut à attendre son moment.

– Sous la réserve de mon droit de présenter des objections, sir Patrick, répondit-il, je vous prie de continuer.

À la surprise générale, sir Patrick s'adressa directement à Blanche, et répétant les paroles de lady Lundie avec un calme parfait de ton et de manières :

– Vous me connaissez assez, ma chère, pour être convaincue que je suis incapable de jeter volontairement le désordre dans vos sentiments et d'égarer votre jugement. J'ai une question à vous adresser à laquelle vous pouvez répondre ou ne pas répondre, à votre volonté.

Avant qu'il pût formuler cette question, un différend éclata entre lady Lundie et son conseil.

L'homme de loi décida, non sans difficulté, Sa Seigneurie à garder le silence ; mais, lui aussi, il demanda à réserver ses droits d'objections en ce qui concernait les intérêts de sa cliente.

Sir Patrick y consentit par signe et posa sa question à Blanche.

– Vous avez entendu ce qui a été dit par Arnold Brinkworth et par miss Silvester, continua-t-il. L'époux qui vous aime et l'amie, la sœur qui vous aime, ont fait l'un et l'autre une déclaration solennelle. Rappelez l'expérience passée que vous avez du caractère de tous les deux.

Rappelez-vous leurs paroles… Et maintenant dites-moi : croyez vous qu'ils aient parlé contre la vérité ?

Blanche répondit à l'instant :

– Je crois, mon oncle, qu'ils ont dit la vérité.

Les deux hommes de loi réservèrent leurs objections. Lady Lundie fit une autre tentative pour parler et fut encore arrêtée, mais cette fois par Mr Moy, en même temps que par son conseiller légal.

Sir Patrick continua :

– Conservez-vous un doute sur l'entière convenance de la conduite de votre mari et de la conduite de votre amie, maintenant que vous les avez vus et entendus tous les deux.

Blanche répondit encore avec la même netteté :

– Je les prie de me pardonner. Je crois que j'ai été grandement injuste envers eux.

Elle arrêta son regard sur son mari d'abord, puis sur Anne.

Arnold essaya de se lever de son siège ; sir Patrick le retint d'une voix ferme.

– Attendez, murmura-t-il, vous ne savez pas ce qui va se passer.

Puis il se tourna vers Anne, mais le regard de Blanche avait été au cœur de la pauvre femme.

Anne s'était détournée brusquement, et les larmes coulaient entre ses mains faibles et amaigries, qui s'efforçaient de les cacher.

Acte fut donné des objections de forme soulevées par les hommes de loi.

Sir Patrick alors s'adressa de nouveau à sa nièce :

– Vous ajoutez foi à ce qu'a dit Arnold Brinkworth. Vous croyez à ce qu'a dit miss Silvester. Vous savez qu'ils n'avaient même pas la pensée du mariage, durant leur entrevue à l'auberge. Vous savez, quoi qu'il puisse arriver dans l'avenir, que ni l'un ni l'autre ne consentiront jamais à reconnaître qu'ils aient été ou pu être mari et femme. Cela vous suffit-il ? Voulez-vous, avant que cette enquête continue, prendre la main de votre époux, revenir vous mettre sous sa protection et vous en rapporter à moi pour le reste, en vous contentant de l'assurance que je vous donne que les événements qui se sont produits, même d'après la loi écossaise, ne sauraient prouver cette chose monstrueuse d'un mariage contracté à Craig Fernie ?

Lady Lundie se leva.

Les deux hommes de loi se levèrent.

Arnold demeura sur sa chaise, frappé de surprise.

Geoffrey lui-même, stupidement indifférent à tout ce qui s'était passé jusqu'alors, redressa brusquement la tête.

Au milieu de la stupéfaction générale, Blanche, sur la décision de laquelle reposait le cours futur de l'enquête, répondit en ces termes :

– J'espère que vous ne me croirez pas ingrate, mon oncle. Je suis sûre qu'Arnold ne m'a sciemment fait aucune injure; mais je ne veux pas retourner à lui avant d'être d'abord certaine que je suis sa femme.

Lady Lundie embrassa sa belle-fille, avec une soudaine explosion d'affection.

– Ma chère enfant ! s'écria Sa Seigneurie, avec véhémence, bien agi, ma chère et noble enfant !

La tête de sir Patrick s'abaissa sur sa poitrine.

– Oh, Blanche !... Blanche !... murmura-t-il.

Arnold seul l'entendit qui ajoutait à mi-voix :

– Si vous saviez seulement à quoi vous me contraignez !

Mr Moy plaça son mot sur la manière dont Blanche avait tranché la question :

– C'est avec le plus grand respect que je viens exprimer mon approbation sur le parti pris par cette jeune dame. Il est difficile d'imaginer un compromis plus dangereux que celui que nous venons d'entendre suggérer. Avec toute ma déférence pour sir Patrick, son opinion sur l'impossibilité de prouver le mariage de Craig Fernie reste toujours à confirmer comme étant la bonne. Mon opinion professionnelle est opposée à la sienne. L'opinion d'un autre homme de loi écossais, résidant à Glasgow, est, à ma connaissance, également contraire. Si la jeune dame n'avait pas agi avec une sagesse et un courage qui lui font honneur, elle aurait pu voir arriver le jour où sa réputation eût été perdue, et ses enfants déclarés illégitimes. Qui peut dire qu'il ne surviendra pas dans l'avenir des circonstances qui forceront Mr Brinkworth ou miss Silvester à revendiquer ce mariage qu'ils répudient aujourd'hui ? Qui peut dire que des parents intéressés, des questions de propriété mises en jeu ne fourniront pas, dans un certain nombre d'années, des motifs pour attaquer la validité du prétendu mariage contracté dans le comté de Kent ? Je déclare que j'envie à sir Patrick l'immense confiance en lui-même qui lui donne la hardiesse d'agir d'après son opinion personnelle sur un point de droit qui attend encore une décision.

Il se rassit au milieu d'un murmure d'approbation et jeta un regard furtif sur son adversaire battu.

Si cela ne l'irrite pas au point de le forcer à montrer son jeu, pensait-il, rien ne l'y décidera.

Sir Patrick releva lentement la tête. Il n'y avait pas d'irritation, il n'y avait que de la douleur sur son visage quand il reprit la parole :

– Je ne me propose pas de discuter la question avec vous, Mr Moy, dit-il avec douceur. Ma conduite doit nécessairement paraître étrange et même blâmable, non pas à vos yeux seulement, mais aux yeux d'autres personnes. Mon jeune ami, ici présent, vous dira (son regard se dirigea vers Arnold) que j'ai partagé la manière de voir que vous venez d'exprimer sur les dangers de l'avenir et que je viens d'agir en contradiction directe avec l'avis que j'avais donné moi-même à une époque fort peu éloignée. Excusez-moi, s'il vous plaît, de ne pas entrer, pour le moment du moins, dans les motifs qui ont modifié mon sentiment. Ma situation fait peser sur moi une responsabilité sans précédent et me met dans un indescriptible embarras. Je fais appel à de bonnes raisons que je tiens cachées pour me servir d'excuse, et j'ai encore recours à votre indulgence pour une dernière irrégularité dont je vais me rendre coupable au cours de l'enquête que nous poursuivons ici.

Lady Lundie, seule, résista à la simple et touchante dignité avec laquelle ces paroles avaient été prononcées.

– Assez d'irrégularités comme cela ! dit-elle sévèrement. Une fois pour toutes, je m'oppose à toute irrégularité nouvelle.

Sir Patrick attendit la réplique de Mr Moy.

L'homme de loi écossais et l'homme de loi anglais se regardèrent l'un et l'autre et se comprirent.

Mr Moy prit la parole pour tous les deux :

– Nous n'avons pas la prétention de vous restreindre, sir Patrick, dit le prudent Écossais ; dans d'autres limites que celles qu'un gentleman tel que vous s'impose toujours à lui-même, sauf toutefois notre droit d'objection. Nous réitérons nos réserves.

– Vous opposez-vous à ce que je m'adresse à votre client ? demanda sir Patrick.

– Mr Geoffrey Delamayn ?

– Oui.

Tous les yeux se tournèrent vers Geoffrey.

Il était assis, à demi assoupi, à ce qu'il semblait ; ses lourdes mains reposaient négligemment sur ses genoux, son menton était appuyé sur la poignée crochue de son bâton.

Regardant du côté d'Anne lorsque sir Patrick prononça le nom de Geoffrey, Mr Moy remarqua un changement dans la jeune femme.

Elle retira ses mains de son visage et se tourna vivement vers son conseiller légal. Était-elle dans le secret du but caché vers lequel le baronnet tendait visiblement depuis le commencement de l'enquête ?

Mr Moy se décida à mettre ce doute à l'épreuve. Il invita du geste sir Patrick à continuer.

Sir Patrick s'adressa donc directement à Geoffrey :

– Vous êtes sérieusement intéressé dans cette enquête, et vous n'y avez encore pris aucune part. Voulez-vous regarder cette dame.

Geoffrey ne bougea pas.

– Je l'ai assez vue, dit-il brutalement.

– Vous pouvez rougir de la regarder, reprit sir Patrick fort tranquillement, mais vous auriez pu exprimer cette honte en meilleurs termes. Reportez-vous par le souvenir au 14 août. Niez-vous d'avoir à cette date promis d'épouser secrètement miss Silvester à l'auberge de Craig Fernie ?

– Je m'oppose à cette question, dit Mr Moy, mon client n'est en aucune façon dans l'obligation d'y répondre.

Le mauvais caractère de Geoffrey s'irrita de l'intervention de son conseil.

– Je puis répondre, si cela me plaît ! s'écria-t-il insolemment.

Il regarda un moment sir Patrick, sans bouger son menton, toujours appuyé sur sa canne. Puis son regard se baissa vers le tapis.

– Je le nie, dit-il.

– Vous niez avoir promis le mariage à miss Silvester ?

– Oui.

– Je vous demandais tout à l'heure de la regarder…

– Et je vous ai répondu que je l'avais bien assez vue déjà.

– Regardez-moi donc, alors. En ma présence et en présence des autres personnes assemblées ici, niez-vous devoir à cette dame, en vertu de l'engagement solennel pris par vous, la réparation du mariage ?

Geoffrey leva tout à coup la tête. Ses yeux, après s'être un instant arrêtés sur sir Patrick, se tournèrent peu à peu, brillèrent d'un feu sombre et se figèrent avec le hideux éclat des yeux du tigre sur le visage d'Anne.

– Je sais ce que je lui dois ! lança-t-il.

La haine implacable de son regard allait de pair avec la férocité vindicative de son accent, lorsqu'il prononça ces paroles.

Il était horrible à voir, il était horrible à entendre.

Mr Moy lui dit à voix basse :

– Restez maître de vous, ou j'abandonne votre cause.

Sans répondre, sans écouter même, il leva l'une de ses mains et la regarda d'un air absorbé.

Il marmotta quelque parole.

Il avait l'air aussi de compter quelque chose à voix basse en avançant successivement le pouce, l'index et le majeur.

Ses yeux se fixèrent de nouveau sur Anne avec la même haine féroce dans le regard, et s'adressant directement à Anne avec le même accent de cruauté vindicative :

– Sans vous, je serais marié à Mrs Glenarm… sans vous, mon père et moi, nous serions bons amis; sans vous, j'aurais gagné la course… je sais ce que je vous dois.

Ses mains se fermèrent, il serra les poings à la dérobée, sa tête s'inclina de nouveau sur sa large poitrine, et il ne dit plus rien.

Pas une âme ne bougea, pas une bouche ne parla. La même horreur commune les rendait tous muets.

Les yeux d'Anne se tournèrent de nouveau vers Blanche. Son courage la soutint, même en ce terrible moment.

Sir Patrick se leva. La forte émotion qu'il avait contenue alors se montrait enfin sur son visage.

– Venez dans la pièce voisine, dit-il à Anne. Il faut que je vous parle à l'instant.

Sans remarquer l'étonnement qu'il causait, sans prêter la plus légère attention aux remontrances qui lui étaient adressées par sa belle-sœur et par l'homme de loi écossais, il prit Anne par le bras, il ouvrit la porte à deux battants qui se trouvait à l'une des extrémités du salon, et cette porte se referma sur lui et sur la jeune femme.

Lady Lundie en appela à son conseiller légal.

Blanche s'était levée; elle avança de quelques pas et s'arrêta, la poitrine oppressée par l'inquiétude et les yeux fixés sur la porte.

Arnold s'élança pour parler à sa femme.

Le capitaine s'approcha de Mr Moy.

– Qu'est-ce que tout cela signifie? demanda-t-il.

Mr Moy répondit, en proie lui-même à une vive agitation :

– Cela signifie que j'ai été mal renseigné. Sir Patrick a quelque preuve en sa possession qui compromet sérieusement les affaires de Mr Delamayn. Il a reculé devant la nécessité de la produire, jusqu'à présent. Il s'y voit contraint…

» Comment se fait-il, reprit l'homme de loi en se tournant vers son client, que vous m'ayez laissé dans les ténèbres ?

– Je ne sais pas ce que vous voulez dire, répondit Geoffrey sans relever la tête.

Lady Lundie fit signe à Blanche de lui laisser la place et s'avança, elle aussi, vers la porte à deux battants.

Mr Moy l'arrêta.

– Je conseille à Votre Seigneurie d'avoir de la patience ; son intervention est inutile ici.

– N'ai-je pas le droit, monsieur, d'intervenir en tout ce qui se passe dans ma propre maison ?

– Ou je me trompe complètement, ou ce qui se poursuit dans votre maison touche à sa fin. Vous agiriez contre vos intérêts en intervenant. Attendez la fin.

Lady Lundie céda et retourna à sa place. Tous attendaient en silence que la porte se rouvrît.

Sir Patrick et Anne Silvester étaient seuls dans la pièce voisine.

Sir Patrick prit dans la poche de côté de son habit la feuille de papier qui contenait la lettre d'Anne et la réponse de Geoffrey…

Sa main tremblait, sa voix était mal assurée.

– J'ai fait tout ce que j'ai pu, j'ai tout tenté pour n'avoir pas à produire cela.

– Je sens avec reconnaissance toute votre bonté, sir Patrick. Il faut montrer cette pièce.

Le calme de la femme présentait en ce moment un étrange et touchant contraste avec l'émotion de l'homme. Il n'y avait pas une contraction sur son visage, rien de mal assuré dans sa voix quand elle lui répondit.

Il lui prit la main. Deux fois il essaya de parler, deux fois son émotion l'en rendit incapable.

Il lui tendit la lettre en silence.

Elle la repoussa, se demandant quelle était son intention.

– Reprenez-la, dit-il, je ne puis la produire. Je ne l'ose pas ! Après ce que mes yeux ont vu, après ce que mes oreilles ont entendu, dans le salon à côté, aussi vrai que

Dieu m'entend, je n'ose vous demander de vous déclarer la femme de Geoffrey Delamayn !

Elle lui répondit par un mot :

– Blanche !

Il secoua la tête avec impatience.

– Non… pas même dans l'intérêt de Blanche ! S'il y a un risque, que ce soit un risque que je sois prêt à courir. Je maintiens mon opinion. Je crois que ma manière de voir est la bonne. Appelons-en à la loi. Je me charge de défendre la cause et de la gagner.

– Êtes-vous sûr de la gagner, sir Patrick ?

Au lieu de répondre, il lui présenta la lettre avec insistance.

– Détruisez-la, murmura-t-il, et comptez sur mon silence.

Elle prit la lettre.

– Détruisez-la, répéta-t-il, on peut ouvrir la porte, on peut venir à tout moment et la voir entre vos mains.

– J'ai quelque chose à vous demander, sir Patrick, avant de la détruire. Blanche refuse de revenir près de son mari, si elle n'y revient pas avec l'assurance certaine d'être bien réellement sa femme. Si je produis cette lettre, elle peut revenir aujourd'hui même. Si je me déclare la femme de Geoffrey Delamayn, je lave Arnold, et pour toujours, de tout soupçon de s'être marié avec moi. Pouvez-vous arriver à ce résultat aussi certainement et aussi efficacement par un autre moyen ? Répondez-moi en homme d'honneur parlant à une femme qui a en lui une confiance absolue.

Elle le regarda bien en face. Ses yeux s'abaissèrent devant les siens, il ne répliqua pas.

– J'ai ma réponse, dit-elle.

Sur ces mots elle passa devant lui et posa sa main sur le bouton de la porte. Il l'arrêta. Les larmes lui vinrent aux yeux pendant qu'il la ramenait doucement à l'intérieur de la pièce.

– Pourquoi attendrions-nous ? demanda-t-elle.

– Attendez… je vous le demande comme une faveur personnelle.

Elle s'assit avec calme sur le siège le plus proche et, appuyant sa tête sur sa main, elle resta là toute pensive.

Il se pencha sur elle et la réveilla avec impatience, presque avec colère. La ferme résolution qui se lisait sur son visage l'épouvantait, l'exaspérait, lorsqu'il songeait à l'homme qui était là dans la pièce voisine.

– Prenez le temps de réfléchir, s'écria-t-il, ne vous laissez pas aller à un premier mouvement ! N'agissez pas sous l'empire d'une fausse excitation. Rien ne vous oblige à ce terrible sacrifice de vous-même.

– Excitation !… Sacrifice !…

Elle sourit tristement en répétant ces mots.

– Savez-vous, sir Patrick, à quoi je pensais depuis un moment, reprit-elle : uniquement à l'ancien temps quand j'étais une petite fille. J'ai vu le triste côté de la vie plus tôt que les autres enfants. Ma mère, elle aussi, a été abandonnée. Les dures lois du mariage, en ce pays, ont été moins dures pour moi que pour elle. Elle mourut le cœur brisé. Mais une amie l'assista à ses derniers moments et promit d'être une mère pour son enfant. Je ne puis me rappeler un seul jour de malheur pendant tout le temps où j'ai vécu avec cette noble femme et sa fille, jusqu'au jour où nous nous sommes séparées. Elle partit avec son mari ; sa fille et moi nous restâmes en Angleterre. C'est à moi qu'elle adressa ses dernières paroles. Son cœur succombait sous la crainte d'une mort prochaine. « J'ai promis à votre mère que vous seriez comme ma propre fille et j'ai tranquillisé son esprit. Tranquillisez mon esprit, aujourd'hui avant que je parte, Anne, me dit-elle, quoi qu'il puisse arriver dans l'avenir, promettez-moi d'être toujours une sœur pour Blanche. » Où est l'excitation, sir Patrick, dans de vieux souvenirs comme ceux-ci ? Comment peut-il y avoir sacrifice dans ce que je viens de faire pour la fille de la première lady Lundie ?

Elle se leva et lui tendit sa main.

Sir Patrick la prit et la porta en silence à ses lèvres.

– Allons ! dit-elle, ne prolongeons pas cet entretien.

Il détourna la tête ; ce n'était pas le moment de lui laisser voir qu'elle lui avait ôté toute son énergie.

Elle l'attendit, la main posée sur le bouton de la porte.

Il rappela son courage; il essaya d'envisager la situation avec calme.

Elle ouvrit la porte et le précéda au salon.

Pas un mot ne fut prononcé par les personnes présentes lorsque tous deux reprirent leurs places. Le bruit d'une voiture qui passait dans la rue se fit entendre au milieu de ce silence. Une fenêtre fermée violemment dans les étages inférieurs de la maison fit tressaillir tout le monde.

La douce voix d'Anne rompit ce silence :

– Dois-je prendre la parole moi-même, sir Patrick, ou consentez-vous, comme je vous en prie, à parler pour moi?

– Vous persistez à invoquer la lettre que vous avez entre les mains?

– J'y suis résolue.

– Rien ne peut-il vous décider à demander le renvoi de la clôture de cette enquête, en ce qui vous concerne, à 24 heures?

– Vous ou moi, sir Patrick, nous devons dire tout ce qu'il y a à dire et faire tout ce qu'il y a à faire avant de quitter cette pièce.

– Donnez-moi la lettre.

Elle la lui remit.

Mr Moy murmura à l'oreille de son client :

– Savez-vous de quoi il s'agit?

Geoffrey secoua la tête.

– Ne vous rappelez-vous réellement rien?

Geoffrey répondit insolemment par un seul mot :

– Rien!

Sir Patrick s'adressa aux personnes assemblées :

– J'ai à vous demander pardon d'être sorti brusquement de ce salon et d'avoir obligé miss Silvester à sortir avec moi. Toutes les personnes présentes, à l'exception de cet homme (il montra Geoffrey) me comprendront, je le crois, et me pardonneront, si je suis forcé de donner à présent sur ma conduite les explications les plus claires et les plus circonstanciées. J'adresserai d'abord ces explications à ma nièce.

Blanche tressaillit.

– À moi ? s'écria-t-elle.

– À vous ! répondit sir Patrick.

Blanche se tourna vers Arnold, épouvantée par le vague sentiment que quelque chose de sérieux allait se passer.

La lettre qu'elle avait reçue de son mari après son départ de Ham Farm avait nécessairement mentionné les relations entre Geoffrey et Anne, que Blanche ignorait entièrement auparavant.

Ce qui se préparait se rapportait à ces relations. Il y avait sans doute encore quelque révélation à venir, que la lettre d'Arnold ne l'avait pas préparée à entendre.

Sir Patrick reprit la parole :

– Il y a un instant, dit-il à Blanche, je vous proposais de revenir vous mettre sous la protection de votre mari et de me laisser le soin de terminer cette affaire. Vous avez refusé jusqu'à ce que vous ayez l'assurance d'être bien sa femme. Grâce à un sacrifice à vos intérêts et à votre bonheur, de la part de miss Silvester – sacrifice, je vous le dis franchement, que je me suis efforcé d'empêcher –, je suis en mesure de prouver qu'Arnold Brinkworth était libre de tout engagement matrimonial quand il vous a épousée, dans ma résidence du comté de Kent.

L'expérience de Mr Moy lui avait fait prévoir ce qui allait arriver. Il indiqua la lettre que sir Patrick tenait entre ses mains.

– Invoquez-vous une promesse de mariage ?

Sir Patrick répondit en posant lui-même une autre question :

– Vous rappelez-vous la fameuse décision du tribunal de Doctor's Common, qui établit le mariage du capitaine Dalrymple et de miss Gordon ?

Mr Moy avait sa réponse toute prête.

– Je vous comprends, sir Patrick, dit-il.

Après un moment de silence, c'est à Anne qu'il s'adressa :

– Et du plus profond de mon cœur, je vous respecte, madame.

Cela, l'homme de loi sut le dire avec un accent de sincérité qui porta à son plus haut degré l'intérêt des autres personnes présentes.

Lady Lundie et le capitaine Newenden chuchotèrent, en proie à la plus vive anxiété. Arnold pâlit. Blanche fondit en larmes.

Sir Patrick se tourna de nouveau vers sa nièce.

– Il y a peu de temps, dit-il, j'eus l'occasion de vous parler de la scandaleuse incertitude des lois sur le mariage en Écosse. Sans cette incertitude, dont il n'y a d'exemple dans aucune contrée de l'Europe civilisée, Arnold ne se serait jamais trouvé dans la situation où il est placé aujourd'hui… Retenez bien cela dans votre esprit. Ce fâcheux état de la législation est non seulement la cause du mal déjà fait, mais la cause d'un malheur plus sérieux qui est encore à venir.

Mr Moy prit une note.

Sir Patrick continua :

– Toute vague et imprévoyante que soit la loi écossaise, il s'y trouve néanmoins un cas dans lequel son action a été confirmée et réglée par les cours anglaises. Une promesse écrite de mariage échangée entre un homme et une femme, en Écosse, marie cet homme et cette femme de par la loi d'Écosse. Une cour de justice anglaise, ayant à juger la cause que je viens de rappeler à Mr Moy, a décidé qu'il en devait être ainsi, et cette décision a été depuis confirmée par l'autorité suprême de la Chambre des lords. Donc, quand deux personnes, vivant en Écosse, se sont promis le mariage par écrit, il n'y a plus un doute à avoir. Elles sont certainement mari et femme.

Il cessa de regarder sa nièce pour en appeler à Mr Moy.

– Suis-je dans le vrai ?

– Complètement, sir Patrick, quant aux faits. J'avoue néanmoins que la manière dont vous les commentez me surprend. J'ai la plus haute opinion de notre loi écossaise sur le mariage. Un homme qui a trahi une femme, étant lié par une promesse de mariage, est forcé, par cette loi, dans l'intérêt de la moralité publique, de la reconnaître comme sa femme.

– Les personnes ici présentes, Mr Moy, sont au moment de voir le mérite moral de la loi écossaise, approuvée par l'Angleterre ; et qui va fonctionner pratiquement devant leurs yeux. Elles jugeront par elles-mêmes de la moralité, écossaise ou anglaise, d'une loi qui force d'abord une femme abandonnée à revenir à l'homme indigne qui l'a trahie, et puis qui, vertueusement, la laisse en supporter les conséquences.

Sur cette réponse, il se tourna vers Anne et montra la lettre qu'elle tenait tout ouverte entre ses mains.

– Pour la dernière fois, insistez-vous pour que j'invoque ce billet ?

Elle se leva et inclina la tête gravement.

– J'ai le triste devoir, dit sir Patrick, de déclarer, au nom de cette dame, et en vertu de promesses de mariage échangées entre les parties qu'elle affirme être maintenant, et avoir été dans l'après-midi du 14 août dernier, la femme de Mr Geoffrey Delamayn.

Un cri d'horreur de la part de Blanche, un murmure de malaise de la part des autres personnes, suivirent cette déclaration.

Puis il y eut un silence.

Alors Geoffrey se leva lentement et fixa ses yeux sur celle qui lui réclamait le titre d'épouse.

Les spectateurs de cette scène terrible se tournèrent d'un commun accord vers la femme sacrifiée.

Le regard que Geoffrey lui avait lancé, les paroles qu'il lui avait dites, étaient encore présents à leur esprit.

Elle était debout, attendant près de sir Patrick ; le doux regard de ses yeux bleus était tristement et tendrement posé sur le visage de Blanche.

La vue d'un tel courage et d'une telle résignation devait les faire douter tous de la réalité de ce qui était arrivé. Tous ils ramenèrent leurs regards sur l'homme, pour bien se convaincre de la vérité. La victoire remportée sur lui par la loi et la morale était complète.

Il ne dit pas un mot. En dépit de son caractère furieux

par nature, il semblait alors parfaitement et effroyablement calme. Seulement une promesse de vengeance impitoyable était écrite sur son beau visage ; il tenait les yeux fixés sur la femme exécrée qu'il avait perdue, sur la femme exécrée qui s'imposait à lui de par la force de la loi.

Son conseil s'approcha de la table devant laquelle sir Patrick était assis.

Sir Patrick lui remit la funeste feuille de papier.

Il lut les deux lettres qui y étaient écrites avec la plus grande attention.

Un certain temps, qui parut durer des heures, s'écoula jusqu'au moment où il releva la tête après cette lecture.

– Pouvez-vous prouver l'authenticité des écritures ? demanda-t-il, et prouver la résidence ?

Sir Patrick prit un autre morceau de papier qu'il avait tout prêt sous la main.

– Voici les noms des personnes qui peuvent certifier les écritures et prouver la résidence, répondit-il. L'un des deux témoins que vous avez en bas, et dont autrement le témoignage est inutile, pourra dire l'heure à laquelle Mr Brinkworth est arrivé à l'auberge et prouver que la dame qu'il y est venu demander était à ce moment Mrs Geoffrey Delamayn. La mention qui est mise au dos de la lettre, et qui se réfère également à la question de temps, est de l'écriture de ce même témoin, auquel je vous renvoie, et que vous pourrez interroger quand il vous plaira.

– Je vérifierai les références que vous indiquez, sir Patrick, comme question de forme. En attendant, et pour ne pas imposer inutilement des délais vexatoires, je suis obligé de dire que je ne puis résister à l'évidence de ces preuves.

Après s'être exprimé en ces termes, il s'adressa, avec respect et une sympathie marquée, directement à Anne :

– Sur la foi des promesses de mariage échangées avec vous, en Écosse, vous réclamez Mr Geoffrey Delamayn comme votre mari ?

Elle répéta d'une voix ferme :

– Je réclame Mr Geoffrey Delamayn comme mon mari.

Mr Moy se tourna vers son client.

Geoffrey rompit enfin le silence :

– Est-ce arrangé ? demanda-t-il.

– C'est arrangé.

Il continua, les yeux toujours fixés sur Anne :

– La loi d'Écosse l'a-t-elle faite ma femme ?

– La loi d'Écosse l'a faite votre femme.

– La loi dit-elle qu'elle doit aller où va son mari ?

– Oui.

Il sourit et fit signe à Anne de traverser le salon et de venir auprès de lui.

Elle obéit.

À ce moment, sir Patrick lui saisit la main et lui murmura ces mots à l'oreille :

– Comptez sur moi !

Elle lui pressa doucement la main pour lui faire voir qu'elle l'avait compris et s'avança vers Geoffrey.

Mais Blanche se précipita entre eux et jeta ses bras autour du cou d'Anne. Un torrent de larmes la rendit incapable de parler.

Anne détacha doucement les bras qui l'entouraient et doucement releva la tête de la pauvre Blanche, qui reposait sans force sur sa poitrine.

– De plus heureux jours viendront, mon amour, lui dit-elle. Ne pensez pas à moi.

Elle l'embrassa, la regarda, l'embrassa encore et la remit entre les bras de son mari.

Arnold se rappela les mots qu'elle lui avait dits à Craig Fernie lorsqu'ils s'étaient quittés en se souhaitant l'un et l'autre une bonne nuit. « Vous n'avez pas obligé une ingrate, un jour peut venir où je vous le prouverai. »

La reconnaissance et l'admiration luttaient en lui. Laquelle des deux s'exprimerait la première ?

Il resta muet.

Anne inclina gracieusement la tête pour lui faire entendre, à lui aussi, qu'elle l'avait compris. Puis elle continua d'avancer et s'arrêta devant Geoffrey.

– Me voici, lui dit-elle, que désirez-vous que je fasse ?

Un hideux sourire desserra les grosses lèvres de Geoffrey ; il lui offrit son bras.

– Mrs Delamayn, rentrons à la maison.

L'image de la maison solitaire, isolée entre ses hautes murailles, le visage sinistre de la muette avec ses yeux fixes et hagards, toute la scène qu'elle avait décrite elle-même deux jours auparavant à sir Patrick s'offrit en ce moment sous les atroces couleurs de la réalité à l'esprit du baronnet.

– Non ! s'écria-t-il, emporté par la généreuse impulsion du moment ; non ! cela ne sera pas !

Geoffrey resta debout, impénétrable, attendant, offrant son bras. Pâle et résolue, Anne releva sa noble tête, rappela son courage qui lui avait fait défaut un moment, et prit le bras de son mari…

Il la conduisit vers la porte.

– Ne laissez pas Blanche se tourmenter à mon sujet, dit-elle à Arnold en passant près de lui.

Ils passèrent ensuite près de sir Patrick.

Une fois encore la sympathie du baronnet pour elle brava toute autre considération. Il se leva brusquement pour barrer le passage à Geoffrey.

Geoffrey s'arrêta et le regarda pour la première fois.

– La loi dit qu'elle doit suivre son mari. La loi vous défend de séparer le mari et la femme, sir Patrick.

C'était vrai, absolument et indiscutablement vrai. La loi sanctionnait son sacrifice, sans lui donner plus de garantie qu'elle n'en avait assumé en sanctionnant, avant le sien, le sacrifice de sa mère.

Au nom de la morale, que le mari la prenne ! Dans l'intérêt de la vertu, qu'elle se tire de là comme elle pourra.

Et le mari ouvrit la porte.

Mr Moy posa sa main sur le bras de sir Patrick.

Lady Lundie, le capitaine Newenden et l'homme de loi de Londres quittèrent leurs sièges, mus par le même intérêt, ressentant, pour un moment, la même anxiété.

Arnold les suivit, soutenant sa femme.

Anne jeta un regard en arrière sur eux tous. Puis elle et son mari franchirent le seuil. Ils descendirent ensemble l'escalier. On entendit la porte de la maison s'ouvrir et se refermer.

Ils étaient partis.

Cela se faisait dans l'intérêt de la morale ; dans l'intérêt de la vertu ; cela se produisait dans un siècle de progrès et sous les lois du gouvernement le plus parfait qui soit au monde.

QUINZIÈME SCÈNE

Holchester House

52

La dernière chance

– Sa Seigneurie est dangereusement malade, monsieur. Lady Holchester ne peut recevoir aucun visiteur.

– Soyez assez bon pour porter cette carte à lady Holchester. Il est absolument nécessaire que votre maîtresse soit instruite, dans l'intérêt du plus jeune de ses fils, de quelque chose que je ne puis communiquer qu'à Sa Seigneurie elle-même.

Les deux personnes entre lesquelles s'échangeait cet entretien étaient le premier valet de chambre de lord Holchester et sir Patrick Lundie.

Une demi-heure à peine s'était passée depuis la clôture de l'enquête qui venait d'avoir lieu à Portland Place.

Le domestique hésitait encore, tenant la carte entre ses mains.

– Je m'expose à perdre ma place si je vous obéis.

– Vous vous exposerez bien plus encore à la perdre si vous ne le faites pas, répliqua sir Patrick. Je vous avertis qu'il s'agit d'une question sérieuse.

Le ton sur lequel furent prononcées ces dernières paroles produisit son effet. Le domestique monta s'acquitter de son message.

Sir Patrick attendit dans l'antichambre.

Mais cette attente était plus que sir Patrick ne pouvait supporter en ce moment.

Le bonheur d'Anne était sacrifié. Garantir sa sécurité personnelle, que sir Patrick croyait sérieusement en péril, était le seul service qu'il fût désormais possible de lui rendre. Sa position, comme un obstacle, tant qu'elle vivait, entre Geoffrey et Mrs Glenarm, constituait un mal sans remède ; mais il était encore possible d'empêcher qu'elle ne devînt la cause innocente de la ruine de Geoffrey en créant un empêchement à une réconciliation entre le père et le fils.

Résolu à tout tenter dans l'intérêt d'Anne, sir Patrick avait laissé Arnold et Blanche se rendre dans sa résidence de Londres ; il n'avait même pas voulu prendre le temps de dire un mot d'adieu aux personnes qui avaient pris part à l'enquête.

Sa vie peut dépendre de ce que je vais faire pour elle à Holchester House ! se disait-il.

C'est avec cette conviction qu'il avait quitté Portland Place ; c'est avec cette conviction qu'il avait envoyé son message à lady Holchester et qu'il en attendait maintenant la réponse.

Le domestique reparut au haut de l'escalier, sir Patrick se précipita à sa rencontre.

– Sa Seigneurie vous recevra pendant quelques minutes.

La porte d'un salon du premier étage s'ouvrit, et sir Patrick se trouva en présence de la mère de Geoffrey.

Il n'eut que le temps d'observer qu'elle offrait les restes d'une rare beauté et qu'elle recevait son visiteur avec grâce et courtoisie ; elle montrait, au moins, de la considération pour la position de ce visiteur, devant laquelle la sienne s'abaissait un peu.

– Vous avez quelque chose à me dire, sir Patrick, au sujet de mon second fils. Je suis dans une grande affliction. Si vous m'apportez de mauvaises nouvelles, je ferai de mon mieux pour les supporter. Puis-je assez compter sur votre bonté pour espérer que vous ne me laisserez pas dans l'incertitude ?

– Il me serait plus facile de rendre mon importune visite moins pénible pour Votre Seigneurie, répondit sir Patrick, s'il m'était permis de lui poser une question. Avez-vous entendu parler d'un obstacle au mariage de Mr Geoffrey Delamayn avec Mrs Glenarm ?

Cette allusion détournée à Anne produisit un changement marqué dans les manières de lady Holchester.

– J'ai entendu parler de l'obstacle auquel vous faites allusion. Mrs Glenarm est une amie intime pour moi, elle m'a informée qu'une personne nommée Silvester, une impudente aventurière…

– J'en demande pardon à Votre Seigneurie… vous êtes d'une injustice cruelle envers la plus noble femme qu'il m'ait été donné de rencontrer.

– Je ne puis, sir Patrick, entrer dans les raisons que vous pouvez avoir pour l'admirer. Sa conduite envers mon fils a été, je le répète, celle d'une impudente aventurière !

Ces paroles démontrèrent à sir Patrick qu'il était complètement inutile d'essayer de combattre les préventions de Milady contre Anne. Il se décida donc à révéler à l'instant la vérité.

– Je vous supplie de ne rien dire de plus, répondit-il. Votre Seigneurie parle en ce moment de la femme de son fils.

– Mon fils, marié à miss Silvester ?

– Oui.

Une pâleur mortelle envahit son visage. Elle parut un instant accablée sous ce choc. Mais cette faiblesse maternelle ne fut que momentanée. L'indignation de la grande dame y avait fait place, avant que sir Patrick eût pu reprendre la parole.

Elle se leva pour mettre fin à l'entretien.

– Je présume, dit-elle, que le but de votre visite ici a été rempli ?

Sir Patrick se leva de son côté, résolu à accomplir jusqu'au bout le devoir qui l'avait amené.

– Je suis obligé d'abuser de l'attention de Votre Seigneurie quelques minutes encore, répondit-il. Les circonstances qui accompagnent le mariage de Mr Geoffrey Delamayn sont d'une importance peu commune. Je vous demande la permission, dans l'intérêt de sa famille, de les exposer très brièvement, telles qu'elles sont.

En quelques phrases très claires, il raconta ce qui était arrivé dans l'après-midi à Portland Place.

Lady Holchester écoutait avec la plus froide attention. À en juger par les apparences, elle ne ressentait aucune émotion quelconque.

– Vous attendez-vous, demanda-t-elle, à me voir épouser les intérêts d'une personne qui a empêché le mariage de mon fils avec une dame de son choix et du mien ?

– Mr Geoffrey Delamayn a malheureusement déjà cette première raison de ressentiment contre sa femme, qui se trouve innocemment avoir nui à ses intérêts. Je prie Votre Seigneurie de considérer s'il est désirable qu'elle se trouve vis-à-vis de lui dans une position doublement périlleuse, en devenant une cause de rupture entre son père et lui.

Il avait exprimé sa pensée avec de scrupuleuses précautions ; mais lady Holchester comprit ce qu'il s'était abstenu de dire.

Jusque-là elle était restée debout, elle se rassit alors. Le baronnet avait enfin produit une impression visible sur elle.

– Dans l'état critique de la santé de lord Holchester, répondit-elle, je me refuse à prendre la responsabilité de lui apprendre ce que vous venez de me dire. Mon influence s'est constamment exercée en faveur de mon fils, tant que mon intervention a pu produire de bons résultats. Cette intervention serait maintenant inutile. Lord Holchester a modifié son testament ce matin. Je n'étais pas présente et je n'ai pas encore été informée de ce qui a été écrit. Dans le cas même où je le saurais…

– Votre Seigneurie refuserait naturellement de communiquer ces renseignements à un étranger.

– Certainement. D'un autre côté, après ce que vous m'avez dit, je ne me sens pas autorisée à prendre seule une décision en cette matière. L'un des exécuteurs testamentaires de mon mari est en ce moment ici. Il ne peut y avoir aucun inconvénient à ce que vous le voyiez, si vous le désirez. Je vous laisse libre de lui dire, de ma part, que je lui abandonne entièrement le droit de décider ce qu'il convient de faire.

– J'accepte avec joie la proposition de Votre Seigneurie.

Lady Holchester tira le cordon de sonnette qui était près d'elle.

– Conduisez sir Patrick à Mr Marchwood, dit-elle au domestique.

Sir Patrick tressaillit. Ce nom lui était familier, comme celui d'un ami.

– Mr Marchwood, de Hurlbeck ? demanda-t-il.

– Lui-même.

Sur cette brève réponse, lady Holchester prit congé de son visiteur.

En suivant le domestique à l'autre bout du corridor, sir Patrick fut introduit dans une petite pièce, antichambre de la chambre à coucher où gisait lord Holchester.

La porte de communication était fermée.

Un gentleman était assis et écrivait devant une table près de la fenêtre. Il se leva et tendit les mains, quand le domestique annonça sir Patrick.

C'était Mr Marchwood.

Après les premières explications données, sir Patrick en revint patiemment à l'objet de sa visite à Holchester House.

La première fois qu'il mentionna le nom d'Anne, il observa qu'à partir de ce moment Mr Marchwood parut prendre un intérêt tout particulier à ce qu'il disait.

– Se trouverait-il que vous connaissiez cette dame ? demanda-t-il.

– Je sais seulement qu'elle est la cause d'un singulier incident qui s'est produit ce matin dans cette chambre.

Il montra en parlant la chambre à coucher de lord Holchester.

– Êtes-vous libre de révéler la nature de cet incident ?

– Je le puis difficilement, même à un vieil ami comme vous, à moins que ce ne soit un devoir pour moi de parler… Continuez, je vous prie, ce que vous me disiez. Vous étiez sur le point de m'apprendre le motif qui vous avait amené ici.

Sans plus de préambule sir Patrick lui apprit la nouvelle du mariage de Geoffrey avec Anne.

– Mariés ! s'écria Mr Marchwood. Êtes-vous certain de ce que vous avancez ?

– J'ai été l'un des témoins du mariage.

– Grand Dieu ! Et l'homme de loi de lord Holchester a quitté la maison…

– Puis-je le remplacer ?… Vous ai-je, par quelque hasard, rendu possible de me dire ce qui est arrivé ce matin dans cette chambre ?…

– Possible ! vous ne me laissez pas d'autre solution. Les médecins sont d'accord pour craindre une apoplexie. Sa Seigneurie peut mourir d'un moment à l'autre. En l'absence de l'homme de loi, je dois prendre tout sur moi. Voici les faits : il y a un codicille du testament de lord Holchester qui n'est pas encore signé.

– Relatif à son second fils ?

– Relatif à Geoffrey Delamayn, et lui accordant, s'il est exécuté, une libérale provision, sa vie durant.

– Quel est l'obstacle à ce qu'il soit exécuté ?

– La dame dont vous venez de mentionner le nom.

– Anne Silvester ?

– Anne Silvester, maintenant Mrs Geoffrey Delamayn. Je ne puis expliquer les choses que fort imparfaitement. Il y a de pénibles circonstances qui s'associent dans la mémoire de lord Holchester avec le nom de cette dame ou de quelque membre de sa famille. Ce que nous avons pu comprendre, c'est qu'il a fait quelque chose, dans sa carrière professionnelle, qui était strictement dans les limites de son devoir, mais qui apparemment a eu de tristes résultats. Il y a quelques jours, il a malheureusement entendu parler, soit par Mrs Glenarm, soit par Julius Delamayn, de l'apparition de miss Silvester à Swanhaven Lodge. Pas un mot ne lui échappa sur le moment. Ce n'est que ce matin, à l'occasion du codicille relatif à Geoffrey, qu'il nous a révélé ses sentiments réels. À notre grand étonnement, il a refusé de signer le codicille. « Trouvez Anne Silvester », telle fut la seule réponse que nous pûmes tirer de lui, « et amenez-la près de moi. Vous dites tous que mon fils est innocent de toute injure envers elle. Je suis au lit de mort. J'ai de sérieuses raisons personnelles pour vouloir m'éclairer. Je dois à la mémoire d'une personne morte de m'assurer par moi-même de la vérité. Si Anne Silvester le disculpe de tous les torts, je pourvoirai à l'avenir de Geoffrey. Pas autrement. » Nous lui avons fait observer qu'il pouvait mourir avant que nous n'eussions trouvé Anne Silvester. Notre intervention n'eut qu'un résultat : le malade exprima le désir que l'homme de loi ajoutât un nouveau codicille à son testament, qui fut rédigé à l'instant même. Il charge les exécuteurs testamentaires de s'enquérir des relations qui ont existé ou qui existent actuellement entre Anne Silvester et le plus jeune de ses fils. Si nous avons des motifs pour conclure que Geoffrey a eu de graves torts envers elle, nous avons ordre de lui payer un legs, à la condition pourtant qu'à ce moment elle ne soit pas mariée.

– Et son mariage invalide le legs ! s'écria sir Patrick.

– Oui. Le codicille, revêtu de toutes les formes exécutoires, est maintenant sans valeur, et un autre codicille reste encore à signer pour le moment où l'homme de loi produira miss Silvester. Il a quitté la maison pour se rendre à Fulham, auprès de Geoffrey, seul moyen que nous ayons de trouver cette dame. Plusieurs heures se sont passées ; il n'est pas revenu.

– Il est inutile de l'attendre. Pendant que l'homme de loi était en route pour Fulham, le fils de lord Holchester se rendait à Portland Place. Cela est encore plus sérieux que vous ne le supposez. Dites-moi ce que, dans des circonstances moins pressantes, je n'aurais pas le droit de vous demander… En dehors du codicille non signé, quelle part est faite à Geoffrey Delamayn dans le testament ?

– Il n'y est même pas mentionné.

– Avez-vous le testament ?

Mr Marchwood ouvrit un tiroir et l'en tira.

Sir Patrick se leva à l'instant.

– N'attendons pas l'homme de loi ! Il s'agit ici d'une question de vie ou de mort. Lady Holchester est cruellement irritée du mariage de son fils. Elle parle et agit comme une amie de Mrs Glenarm. Pensez-vous que lord Holchester partagerait ces sentiments s'il savait ce qui se passe ?

– Cela dépend entièrement des circonstances.

– Supposez qu'il apprenne, de moi, que son fils a eu des torts graves envers miss Silvester. Supposez que je lui dise cela, que son fils a réparé ses torts en l'épousant…

– Après les sentiments qu'il a fait voir ce matin, je crois qu'il signerait le codicille.

– Alors, pour l'amour du ciel, laissez-moi le voir !

– Il faut que je parle au docteur.

– Faites-le à l'instant.

Le testament à la main, Mr Marchwood avança vers la porte de la chambre à coucher.

Elle s'ouvrit de l'intérieur avant qu'il l'eût atteinte.

Le docteur apparut sur le seuil ; il arrêta, d'un geste de la main, Mr Marchwood, prêt à parler.

– Allez près de lady Holchester, dit-il. Tout est fini.

– Mort ?

– Mort.

DERNIÈRE SCÈNE

Salt Patch

53

Le lieu

Vers les premiers temps du présent siècle, l'opinion générale des voisins d'un certain Reuben Limbrick était qu'il était en voie de constituer une jolie petite fortune dans le commerce du sel.

Sa maison, dans le comté de Strafford, bâtie par lui sur un lopin de terre lui appartenant, était connue sous un nom approprié à la profession de son propriétaire : Salt Patch[1].

Sans être avare, notre homme vivait de la manière la plus modeste, voyait fort peu de monde, plaçait habilement son argent et persistait à rester garçon.

Vers 1840, il sentit les premières atteintes de la maladie chronique qui devait mettre un terme à sa vie.

Après avoir essayé tous les médecins de la localité avec un pauvre succès, le hasard lui en fit rencontrer un qui vivait dans les faubourgs de l'ouest de Londres et qui comprit parfaitement son mal.

Après plusieurs voyages successifs pour consulter ce docteur extraordinaire, Reuben Limbrick se décida à se retirer des affaires et à aller s'établir à proximité de la demeure de son médecin.

1. Bloc de sel.

Ayant trouvé un terrain à vendre dans le voisinage de Fulham, il l'acheta et y fit bâtir un cottage. Singulièrement jaloux de se défendre contre les intrus et de mettre sa manière de vivre et ses habitudes à l'abri des curieux, il entoura sa demeure de hautes murailles qui lui coûtèrent une grosse somme d'argent et la firent considérer, avec quelque raison, comme un objet assez triste et assez hideux par les gens du voisinage.

Quand sa nouvelle résidence fut complètement édifiée, il lui donna le même nom que portait sa maison dans le comté de Strafford, heureuse demeure où il avait gagné sa fortune et où il avait passé la meilleure période de sa vie.

Les quelques personnes avec lesquelles il était en relation, ne comprenant pas bien les questions de sentiment, lui firent observer qu'il n'y avait aucune mine de sel dans le voisinage.

Reuben Limbrick répondit :

– Tant pis pour le voisinage.

Et il persista à appeler sa propriété : Salt Patch.

La maison était si petite qu'elle semblait perdue dans le grand jardin qui l'entourait. Elle était composée d'un rez-de-chaussée, d'un étage, et rien de plus.

Au rez-de-chaussée, deux pièces de chaque côté du vestibule. À droite, en entrant par la porte sur le devant, une cuisine avec ses dépendances. La pièce contiguë à la cuisine donnait sur le jardin ; au temps de Reuben Limbrick, on l'avait appelée « le bureau » ; elle contenait une petite collection de livres et un large approvisionnement d'engins de pêche. À gauche, il y avait deux pièces aussi : un salon et une salle à manger, communiquant par une porte à deux battants.

À l'étage supérieur, cinq chambres à coucher, deux sur l'un des côtés du couloir, d'une surface correspondant à celle de la salle à manger et du salon d'en bas, mais sans communication entre elles ; sur l'autre côté, trois chambres, dont la plus grande sur le devant et les deux plus petites à l'arrière de la maison.

Toutes ces pièces étaient garnies de meubles robustes.

L'argent n'avait pas été épargné. Tout était de bonne qualité en haut comme en bas, mais tout était laid à faire peur. La situation de Salt Patch était isolée. Des terrains cultivés par des maraîchers la séparaient des autres maisons. Grâce à ses hautes murailles, l'habitation suggérait à tout le monde l'idée d'un hospice ou d'une prison.

Les parents de Reuben Limbrick, qui venaient à l'occasion résider chez lui, s'y sentaient mal à l'aise et éprouvaient beaucoup de joie à retourner chez eux. Ils se seraient bien gardés de prolonger leur séjour.

Reuben Limbrick n'était pas un homme hospitalier ni même sociable. Il attachait peu de prix aux sympathies humaines quand il était malade, et supportait les félicitations avec impatience dans les moments de bonne santé.

– Je n'ai de goût pour rien que pour la pêche, avait-il coutume de dire. La compagnie de mon chien me suffit, et je suis complètement heureux quand je suis exempt de souffrances.

Sur son lit de mort, il partagea assez équitablement son bien entre ses parents.

La seule partie de son testament qui souleva une critique défavorable fut une clause conférant un legs à une de ses sœurs, veuve alors, qui était devenue une étrangère pour sa famille en se mariant dans une condition au-dessous de la sienne.

Toute la famille s'accordait à considérer cette malheureuse personne comme ne méritant pas qu'on s'occupât d'elle et qu'on lui fît sa part.

Son nom était Hester Dethridge.

Les torts d'Hester furent bien aggravés aux yeux des membres de sa famille, quand on découvrit qu'elle possédait la jouissance viagère de Salt Patch et une pension de 200 livres par an.

Ne recevant la visite d'aucun des membres survivants de sa famille, vivant seule au monde, Hester Dethridge se décida, malgré la suffisante aisance que lui donnait son petit revenu, à louer des logements chez elle.

L'explication de cette conduite, elle l'avait écrite sur

son ardoise, en réponse à Anne qui l'interrogeait : « *Je n'ai pas un ami au monde. Je n'ose pas vivre seule.* »

Dans cette triste situation et poussée par ce douloureux motif, Hester avait donc mis sa maison entre les mains d'un agent de location.

La première personne que lui envoya l'agent fut Perry, l'entraîneur ; le premier locataire d'Hester Dethridge fut Geoffrey Delamayn.

Les chambres qu'elle se réserva étaient la cuisine, la pièce contiguë qui avait été le bureau de son frère, et les deux chambres à l'arrière de la maison à l'étage supérieur, l'une pour elle, l'autre pour sa servante.

Tout le reste de l'habitation était à louer.

C'était plus qu'il n'en fallait à l'entraîneur, mais Hester Dethridge se refusa à ne louer qu'une partie des pièces en dehors de celles qu'elle se réservait : il fallait prendre le tout et accepter ses conditions. Perry n'avait d'autre choix que de perdre l'avenue du jardin comme terrain d'entraînement ou de se soumettre aux caprices d'Hester.

N'étant que deux, les locataires avaient le choix entre trois chambres à coucher.

Geoffrey s'était établi dans celle qui s'ouvrait à l'arrière de la maison ayant vue sur le jardin.

Perry choisit celle du devant, de l'autre côté du couloir, près des deux petites chambres occupées par Hester et par sa servante.

Par cet arrangement, la chambre à coucher sur le devant, de l'autre côté du couloir et près de celle occupée par Geoffrey, restait libre pour le moment ; on l'avait appelée la chambre d'amis.

Quant au rez-de-chaussée, l'athlète et son entraîneur prenaient leurs repas dans la salle à manger et délaissaient le salon comme un luxe inutile.

La course à pied passée, rien ne retenait plus Perry dans la maison. Sa chambre à coucher devint une seconde chambre d'amis, car le temps pour lequel avait été prise la location n'était pas encore expiré.

Au lendemain de la course, Geoffrey avait le choix entre perdre son argent ou rester seul dans la maison avec deux chambres à coucher inutiles et un salon pour recevoir ses visiteurs, qui arrivaient chez lui la pipe à la bouche, et pour lesquels l'idéal de l'hospitalité était un pot de bière dans le jardin.

Pour se servir de son expression, il était tout désorienté, une indolente répugnance à tout changement s'était emparée de lui. Il s'était décidé à rester au cottage jusqu'au moment où son mariage avec Mrs Glenarm, qu'il regardait alors comme certain, l'obligerait à changer ses habitudes une fois pour toutes.

C'était de Fulham qu'il était parti pour se rendre à l'enquête à Portland Place ; c'est à Fulham qu'il revint quand il emmena chez lui la femme qui lui avait été imposée.

Telle était la position du locataire, et tels étaient les arrangements intérieurs du cottage lors de la mémorable soirée où Anne Silvester y fit son entrée comme *femme de Geoffrey.*

54

La nuit

En quittant la maison de lady Lundie, Geoffrey appela le premier fiacre vide qui passa. Il ouvrit la portière et fit signe à Anne d'entrer dans la voiture ; elle lui obéit machinalement. Il s'assit sur le siège en face d'elle et donna l'ordre au cocher de les mener à Fulham.

Le fiacre partit ; le mari et la femme gardaient le plus absolu silence.

Anne appuya la tête en arrière, vaincue par la fatigue, et ferma les yeux. Elle se sentait brisée ; l'effort qui l'avait soutenue jusqu'à la fin de l'enquête avait été trop grand. Elle n'avait même plus la faculté de penser. Elle n'éprouvait rien, ne craignait rien.

À demi évanouie, à demi endormie, elle avait perdu toute conscience de sa terrible position avant les cinq premières minutes du trajet de Londres à Fulham.

Assis en face d'elle et absorbé dans ses pensées, Geoffrey se réveilla tout à coup. Une idée avait pris naissance dans son cerveau paresseux.

Il mit la tête hors du fiacre et dit au conducteur de revenir sur ses pas et de se rendre à un hôtel près du chemin de fer de la grande ligne du Nord.

En reprenant sa place, il jeta un regard significatif sur Anne.

Elle n'avait ni bougé ni ouvert les yeux.

Il l'observa très attentivement.

Était-elle réellement malade ? Le temps était-il proche où il serait délivré d'elle ? Il se fit cette question en épiant le visage de la jeune femme.

Peu à peu ce honteux espoir s'éteignit et fit place à un plus honteux soupçon. Si cette lassitude était feinte ?… si elle cherchait à le tromper, attendant la première occasion favorable pour lui échapper ?…

Il mit de nouveau sa tête hors de la portière et donna au cocher un ordre contraire.

Le fiacre dévia de sa route et s'arrêta devant un café de Holborn, tenu sous un nom d'emprunt par Perry, l'entraîneur.

Geoffrey écrivit un mot au crayon et l'envoya par le cocher.

Après une attente de quelques minutes, un jeune garçon arriva et porta la main à son chapeau. Geoffrey lui parla à voix basse. Le jeune garçon s'assit sur le siège, à côté du cocher. Le fiacre reprit la route de l'hôtel, indiqué d'abord au cocher.

Arrivé là, Geoffrey posta le jeune garçon à la portière du fiacre, en lui montrant Anne, reposant toujours dans un coin de la voiture, les yeux fermés, immobile, trop fatiguée pour relever la tête, trop épuisée pour remarquer ce qui se passait autour d'elle.

– Si elle tente de sortir, arrêtez-la, dit-il, et envoyez me chercher.

Sur ces mots, il entra et demanda Mr Moy.

Mr Moy était dans sa chambre ; il revenait de Portland Place. Il se leva et salua froidement Geoffrey.

– Quelle affaire vous amène auprès de moi ? demanda-t-il.

– Il m'est venu une idée et j'éprouve le besoin de vous la communiquer à l'instant.

– Je dois vous prier de consulter quelqu'un d'autre. Veuillez me considérer désormais comme complètement étranger à la direction de vos affaires.

Geoffrey le regarda d'un air de surprise hébétée.

– Voulez-vous dire que vous allez me laisser dans le guêpier ? demanda-t-il.

– Je veux dire que je ne ferai point un pas de plus dans la conduite de vos affaires. Quant à l'avenir, j'ai cessé d'être votre conseiller légal ; quant au passé, je compléterai avec soin les formalités qu'il reste à accomplir. Mrs Inchbare et Mr Bishopriggs vont venir ici, à 6 heures du soir, sur rendez-vous convenu, pour recevoir l'argent qui leur est dû. Je partirai moi-même pour l'Écosse par l'express du soir. Les personnes indiquées par sir Patrick, au sujet de la promesse de mariage, sont toutes en Écosse. Je prendrai leur témoignage sur la vérification des écritures et sur la question de résidence dans le Nord et je vous enverrai un procès-verbal écrit en due forme. Cela fait, j'aurai rempli mon devoir. Je me refuse à vous donner aucun conseil désormais.

Après avoir réfléchi un moment, Geoffrey posa une dernière question :

– Vous avez dit que Bishopriggs et la propriétaire de l'auberge seraient ici à 6 heures ?

– Oui.

– Où peut-on les trouver auparavant ?

Mr Moy écrivit quelques lignes sur un morceau de papier et le remit à Geoffrey.

– À leur logis. Voici l'adresse.

Geoffrey prit l'adresse et sortit.

L'homme de loi et le client se séparèrent sans un mot de plus de part et d'autre.

Revenu à son fiacre, Geoffrey trouva le jeune garçon à son poste.

– Il n'est rien arrivé ?

– La dame n'a pas bougé, monsieur, depuis que vous l'avez quittée.

– Perry est-il au café ?

– Non, pas pour le moment, monsieur.

– J'ai besoin d'un homme de loi. Savez-vous quel est l'homme de loi de Perry ?

– Oui, monsieur.

– Montez sur le siège et donnez au cocher les indications nécessaires pour qu'il nous y conduise.

Le fiacre se remit en marche en suivant Euston Road et s'arrêta devant une maison dans une rue qui donnait sur cette voie et portait la plaque de cuivre professionnelle.

Le jeune garçon descendit et vint à la portière.

– C'est ici, monsieur.

– Frappez à la porte et voyez si l'homme de loi est chez lui.

L'homme de loi était à son étude.

Geoffrey entra dans la maison, laissant son émissaire au guet.

Le jeune garçon remarqua que la dame bougea cette fois. Elle frissonna, ouvrit les yeux un moment, regarda par la portière, soupira, et se remit dans le coin de la voiture.

Après une absence de plus d'une demi-heure, Geoffrey revint. Son entrevue avec l'homme de loi de Perry paraissait avoir soulagé son esprit d'un grand poids.

Il donna de nouveau au cocher l'ordre de le conduire à Fulham, ouvrit la portière pour remonter dans le fiacre, puis tout à coup, semblant se rappeler quelque chose et invitant le jeune garçon à redescendre du siège, il lui donna l'ordre de prendre place à l'intérieur de la voiture et monta lui-même à côté du cocher.

Lorsque le fiacre se remit en marche, il regarda Anne par-dessus son épaule, à travers la glace qui fermait le devant de la voiture.

Cela vaut bien la peine d'essayer, se dit-il à lui même, c'est le moyen de m'acquitter envers elle et d'en être débarrassé.

Ils arrivèrent au cottage.

Peut-être le repos avait-il rendu quelques forces à Anne. Peut-être la vue de ce lieu avait-elle, à la fin, réveillé en elle l'instinct de conservation.

À la grande surprise de Geoffrey, elle descendit du fiacre sans assistance.

Il ouvrit la porte, elle recula et le regarda pour la première fois.

Il lui montrait cette porte.

– Entrez ! dit-il.

– En quelle qualité ? demanda-t-elle sans faire un pas.

Geoffrey renvoya le fiacre et se fit précéder du jeune garçon à l'intérieur de la maison pour y attendre ses ordres.

– En la qualité qui me conviendra, répondit-il.

– Rien ne me décidera, s'écria-t-elle d'un ton ferme, à vivre avec vous comme votre femme ! Vous pouvez me tuer, mais vous ne me forcerez jamais à cela.

Il avança d'un pas, ouvrit les lèvres et retint ce qu'il allait dire… Il attendit un instant, comme s'il ruminait quelque idée dans son esprit.

Quand il parla, ce fut avec un calme et une réserve marqués, de l'air d'un homme répétant des paroles préparées à l'avance :

– J'ai quelque chose à vous dire en présence de témoins. Je ne demande pas, je ne désire pas vous voir seul à seule dans le cottage.

Le changement qu'elle remarquait en lui la fit tressaillir.

Son calme subit, la convenance et le choix de ses expressions éprouvèrent le courage de la pauvre femme bien plus que la violence brutale qu'elle avait soufferte un moment auparavant.

Il attendit sa décision en continuant à lui montrer la porte.

Elle trembla un peu, raffermit son courage et entra.

Le jeune garçon qui montait la garde dans le jardin les suivit.

Geoffrey ouvrit le salon sur le côte gauche du couloir : elle y pénétra.

La servante apparut ; Geoffrey lui dit :

– Allez chercher Mrs Dethridge et revenez avec elle.

Puis il entra lui-même dans le salon.

Sur son ordre, le jeune garçon le suivit encore, et la porte resta grande ouverte.

Hester Dethridge sortit de la cuisine avec sa servante.

À la vue d'Anne, un faible et passager changement s'opéra sur son visage immobile ; une sombre lueur s'alluma dans ses yeux ; elle salua lentement de la tête, et des sons inarticulés, exprimant comme un vague sentiment de joie ou de soulagement, s'échappèrent de ses lèvres.

Geoffrey reprit la parole, toujours avec ce même sentiment de calme et de réserve, avec cet air de répéter des paroles préparées à l'avance. Montrant Anne :

– Cette dame est ma femme. En présence de vous trois que je prends à témoins, je lui déclare que je ne lui ai pas pardonné. Je l'ai amenée ici, n'ayant pas d'autre lieu sûr où je puisse la conduire, pour attendre l'issue du procès entrepris pour la défense de mon honneur et de ma réputation. Tout le temps qu'elle demeurera ici, elle vivra séparée de moi, dans une chambre particulière. S'il m'est nécessaire de communiquer avec elle, ce sera seulement en présence d'une tierce personne. Me comprenez-vous bien tous ?

Hester Dethridge inclina la tête, les deux autres répondirent oui et se disposèrent à sortir.

Sur un signe de Geoffrey, la servante et le jeune garçon restèrent pour attendre ce qu'elle allait dire.

– Je ne sais rien dans ma conduite, fit-elle en s'adressant à Geoffrey, qui vous autorise à dire devant ces gens que vous ne m'avez pas pardonné. Ces paroles sont une insulte. J'ignore également ce que vous voulez dire quand vous parlez de défendre votre réputation. Tout ce que je comprends, c'est que nous devons vivre séparés dans cette maison et que je dois avoir une chambre à moi. Je suis reconnaissante, quels que soient les motifs qui vous guident, de l'arrangement que vous proposez. Dites à l'une de ces deux femmes de me montrer ma chambre.

Geoffrey se tourna vers Hester Dethridge.

– Conduisez-la en haut, dit-il, et laissez-la choisir la chambre qui lui conviendra. Donnez-lui ce dont elle aura besoin pour ses repas. Redescendez avec l'adresse du lieu où l'on peut prendre son bagage. Le garçon ira et reviendra par le chemin de fer et rapportera ses effets. C'est tout. Allez.

Hester sortit, Anne monta l'escalier à sa suite.

Arrivée dans le couloir du premier étage, Hester s'arrêta. Le même feu sombre reparut dans ses yeux, elle écrivit sur son ardoise et la tendit à Anne, après y avoir écrit ces mots :

Je savais que vous reviendriez. Tout n'est pas encore fini entre vous et lui.

Anne ne répondit rien.

Hester se remit à écrire, et un vague sourire erra sur ses lèvres décolorées.

Je sais quelque chose des mauvais maris, le vôtre est un des plus mauvais qui aient jamais chaussé des souliers. Il vous le prouvera.

Anne fit un effort pour l'arrêter.

– Ne voyez-vous pas combien je suis fatiguée ? lui dit-elle avec douceur.

Hester Dethridge laissa retomber son ardoise, regarda Anne avec une attention, exempte d'ailleurs de toute pitié, et inclina la tête comme pour dire : « Je le vois maintenant » ; puis elle la conduisit dans une des chambres inoccupées.

C'était la chambre sur le devant, au-dessus du salon.

Le premier coup d'œil fit voir à Anne qu'elle était d'une propreté scrupuleuse et garnie de meubles solides, mais sans goût.

Le hideux papier qui tapissait les murs, le hideux tapis qui couvrait le plancher étaient l'un et l'autre de la meilleure qualité. Le lit, grand et pesant, en acajou massif, avec ses rideaux pendant d'un anneau fixé au plafond et les sculptures grossières qui en décoraient la tête et les pieds, avait été exécuté sur des dessins français par des ouvriers anglais.

La chose la plus remarquable dans la chambre était le

soin extraordinaire donné à la défense de la porte. Outre la serrure et la clef, elle était garnie à l'intérieur de deux forts verrous, l'un en haut, l'autre en bas.

Un des nombreux côtés excentriques du caractère de Reuben Limbrick avait été de vivre dans une crainte perpétuelle des voleurs qui pouvaient faire irruption la nuit dans sa maison.

Toutes les portes extérieures, tous les volets des fenêtres étaient garnis de fortes plaques de fer et mis en communication, par un mécanisme d'invention nouvelle, avec des sonnettes d'alarme.

Comme couronnement du tout, sur le toit du cottage, était un petit beffroi contenant une cloche assez forte pour être entendue à la station de police de Fulham.

Du temps de Reuben Limbrick, la corde de la cloche était dans sa chambre à coucher ; elle pendait maintenant contre le mur, dans le couloir conduisant à l'extérieur de la maison.

En se promenant autour d'elle, les yeux d'Anne s'arrêtèrent sur la cloison qui séparait cette pièce de la chambre voisine.

Aucune porte. Contre le mur, il n'y avait qu'un lavabo et deux chaises.

– Qui couche dans la chambre voisine ? s'enquit Anne.

Hester indiqua du doigt la direction du salon où elles avaient laissé Geoffrey. C'était lui qui couchait dans la chambre voisine.

Anne revint dans le corridor.

– Montrez-moi la seconde chambre, dit-elle.

La seconde chambre était également sur le devant de la maison.

Le papier et le tapis étaient plus laids encore. Autre lit en acajou avec baldaquin supportant les rideaux. Prévenant cette fois la question d'Anne, Hester montra la chambre voisine à l'arrière de la maison et se désigna elle-même.

Anne se décida à l'instant à choisir la seconde chambre ; c'était la plus éloignée de Geoffrey.

Hester attendit qu'elle eût écrit l'adresse du lieu où

l'on trouverait son bagage, à la demeure de l'agent musical ; puis après avoir demandé et reçu les instructions nécessaires pour le repas du soir, elle quitta la chambre.

Laissée seule, Anne ferma la porte et se mit au lit.

Encore trop lasse pour exercer son esprit, encore incapable de se rendre compte du danger de sa position, elle ouvrit un médaillon qui pendait à son cou, embrassa le portrait de sa mère et celui de Blanche qui en occupaient les deux faces, et tomba dans un lourd sommeil sans rêves.

Pendant ce temps, Geoffrey donnait ses derniers ordres au jeune garçon à la porte extérieure du cottage.

– Quand vous serez allé chercher le bagage, vous irez chez l'homme de loi. S'il peut venir ce soir, vous lui montrerez le chemin ; s'il ne peut pas venir, vous m'apporterez une lettre de lui. Ne commettez pas de maladresse ou il vous en cuira. Partez et ne manquez pas le train.

Le jeune garçon partit en courant.

Geoffrey resta sur le pas de la porte, le regardant s'éloigner et repassant dans sa tête tous les événements du jour.

Tout va bien jusqu'ici, se dit-il à lui-même. Je ne suis pas resté seul avec elle dans le fiacre. Je lui ai dit devant témoins que je ne lui avais pas pardonné et pourquoi je la retenais dans ma maison. Je lui ai donné une chambre pour elle. Et si je dois la voir, je la verrai en présence d'Hester Dethridge comme témoin. Mon rôle accompli, que l'homme de la loi remplisse le sien.

Il alla se promener dans le jardin, derrière la maison, et alluma sa pipe.

Après un certain temps, comme la nuit venait, il vit briller de la lumière dans le salon d'Hester, au rez-de-chaussée ; il s'approcha de la fenêtre.

Hester et la servante étaient à leur ouvrage.

– Eh bien ! demanda-t-il, quelles nouvelles de la femme là-haut ?

L'ardoise d'Hester, aidée par la langue de la servante, lui apprit tout ce qu'il y avait à apprendre.

Elles lui avaient monté à sa chambre du thé et une

omelette, et elles avaient été obligées de l'éveiller. Elle avait mangé un peu d'omelette et bu le thé avidement. Elle s'était ensuite recouchée, ne dormait pas, mais paraissait accablée.

Elle n'a rien dit. Elle avait l'air complètement épuisée. Nous lui avons laissé de la lumière et nous l'avons quittée.

Telle fut la conclusion du rapport.

Après avoir écouté, sans faire d'observations, Geoffrey bourra une seconde pipe et reprit sa promenade.

Le temps passa... Il commençait à faire frais dans le jardin. Le vent soufflait bruyamment sur les terrains ouverts qui entouraient le cottage. Les étoiles avaient cessé de briller...

Geoffrey ne voyait au-dessus de sa tête que l'immense voile de la nuit.

La pluie commença à tomber plus fort.

Geoffrey rentra dans la maison.

Un journal du soir était sur la table de la salle à manger. Les bougies étaient allumées. Il s'assit et essaya de lire.

Non, il n'y avait rien dans les journaux dont il se souciât; inutile de lire. Rester assis devenait inutile aussi. Il se leva, vint sur le seuil de la porte extérieure de la maison et regarda des deux côtés de la route.

Une seule créature vivante lui apparut à la clarté du bec de gaz qui surmontait la porte. Cette créature, qui approchait de plus en plus, se trouva être le facteur de la poste, accomplissant sa dernière distribution. Il tenait une lettre à la main.

– L'Honorable Geoffrey Delamayn?

– C'est moi.

Il prit la lettre et rentra dans la salle à manger.

En examinant l'adresse à la lumière des bougies, il reconnut l'écriture de Mrs Glenarm.

Pour me féliciter de mon mariage! se dit-il amèrement.

Il ouvrit la lettre.

Les félicitations de Mrs Glenarm étaient exprimées en ces termes :

Mon Geoffrey adoré,

J'ai tout appris. Mon bien-aimé ! vous êtes sacrifié à la plus vile créature qui foule la terre, et je vous ai perdu. Comment se fait-il que je vive encore après avoir appris cela ? Comment puis-je penser et écrire, la tête en feu et le cœur brisé ? Oh ! mon ange ! j'ai un but qui me soutient ; il est pur, il est digne de nous deux ! Je vis, Geoffrey, pour me vouer à l'adorable idée que je garde de vous, mon héros, mon premier et dernier amour. Je n'épouserai jamais un autre homme. Je vivrai et je mourrai… j'en fais à genoux le vœu solennel… Je vivrai et je mourrai en vous restant fidèle. Je suis votre femme spirituelle, *mon bien-aimé Geoffrey ! Elle ne pourra se dresser entre nous, elle ne pourra vous voler l'inaltérable fidélité de mon cœur, l'inaltérable dévouement de mon âme. Je suis votre femme spirituelle. Oh ! je puis me donner le luxe innocent d'écrire ces mots. Répondez-moi, mon bien-aimé, et dites-moi que vous éprouvez les mêmes sentiments. Faites-en le serment, idole de mon cœur, comme je l'ai fait moi-même. Inaltérable fidélité !… Éternel dévouement… Jamais, jamais, je ne serai la femme d'un autre homme. Jamais, jamais je ne pardonnerai à la femme qui s'est mise entre nous deux. À vous pour toujours et uniquement à vous. À vous avec la passion sans tache qui brûle sur l'autel du cœur ; à vous, à vous, à vous.*

E. G.

Cette explosion de niaiseries passionnées, simplement ridicule en elle-même, produisit un sérieux effet sur Geoffrey ; elle associait la satisfaction directe de ses intérêts aux joies de sa vengeance. Dix mille livres de revenu qu'on lui réservait, et pour l'empêcher de s'en saisir, rien que la femme qui l'avait pris au piège, qui s'était enchaînée à lui pour la vie.

Il mit la lettre dans sa poche.

Attendons jusqu'à l'arrivée de l'homme de loi, se dit-il. C'est la meilleure voie pour sortir de là.

Il regarda avec impatience sa montre. Comme il la remettait dans sa poche, le bruit de la sonnette retentit.

Était-ce le jeune garçon qui rapportait le bagage ? Oui.

Avec ce bagage, la réponse de l'homme de loi ? Non… Mieux que cela, l'homme de loi lui-même.

– Entrez, dit Geoffrey, qui était allé jusqu'à la porte au-devant de son visiteur.

L'homme de loi entra dans la salle à manger.

Les lumières firent voir un gros compagnon ayant de grosses lèvres et des yeux brillants. Il y avait du sang nègre dans sa face jaune ; à son air et à ses manières, il était facile de reconnaître un homme habituellement mêlé aux plus sales affaires de la profession.

– J'ai une petite maison dans le voisinage, dit-il, et j'ai pensé que je ferais mieux de me rendre moi-même auprès de vous, Mr Delamayn, en rentrant chez moi.

– Avez-vous vu les témoins ?

– Je les ai interrogés tous les deux, monsieur. D'abord Mrs Inchbare et Mr Bishopriggs ensemble, puis Mrs Inchbare et Mr Bishopriggs séparément.

– Eh bien ?

– Eh bien ! monsieur, le résultat est défavorable. J'ai le regret de vous l'annoncer.

– Que voulez-vous dire ?

– Ni l'un ni l'autre ne peut fournir le témoignage dont nous avons besoin. J'en ai acquis la certitude.

– La certitude de quoi ? Vous avez commis quelque infernale bévue. Vous ne comprenez pas l'affaire.

L'homme de loi mulâtre sourit : la brutalité grossière de son client semblait l'amuser.

– Vous croyez ? Dites-moi donc un peu où je me suis trompé. Voici l'exposé succinct de l'affaire. Le 14 août dernier, votre femme était à une auberge, en Écosse. Un gentleman, nommé Arnold Brinkworth, est venu l'y rejoindre. Il s'est présenté comme son mari et il est resté avec elle, jusqu'au lendemain matin. Avec ces événements comme point de départ, l'objet que vous avez en vue est de faire prononcer un divorce. Vous faites de Mr Arnold le complice d'un adultère, et vous en appelez au témoignage du garçon et de la patronne de l'auberge. Pas d'erreur jusqu'ici, n'est-ce pas ?

– Pas d'erreur.

Du même coup, déshonorer lâchement Anne aux yeux du monde et reconquérir sa liberté.

Tel était clairement et nettement exposé le plan que Geoffrey avait conçu quand il avait donné l'ordre au cocher de tourner le dos à Fulham pour aller consulter Mr Moy.

– Assez sur l'exposé de l'affaire, reprit le mulâtre. Passons maintenant à ce que j'ai fait après avoir reçu vos instructions. J'ai interrogé les témoins et j'ai eu un entretien fort peu agréable avec Mr Moy. Le résultat de ces deux opérations se résume en ceci. Première découverte : en prenant la qualité de mari, Mr Brinkworth agissait d'après vos instructions, qui se retournent contre vous. Seconde découverte : pas la plus légère inconvenance de conduite, pas la plus innocente familiarité n'a été remarquée par l'un ou l'autre des témoins, tandis que la dame et le gentleman étaient ensemble dans l'auberge. Il n'y a absolument aucune preuve à produire contre eux, si ce n'est qu'ils sont restés ensemble dans deux chambres. Comment alléguer une intention coupable, quand on ne peut trouver l'apparence d'un acte coupable. Vous ne pouvez pas plus faire admettre cela par une cour de justice que vous ne pouvez sauter par-dessus le toit de cette maison.

Il regardait son client bien en face, s'attendant à une réplique violente.

Son client lui causa un agréable désappointement. Une impression inexplicable semblait s'être produite sur cet homme brutal et têtu.

Il se leva tranquillement, le calme extérieur le plus parfait se montrait sur son visage et dans ses manières quand il reprit la parole :

– Abandonnez-vous le procès ?

– Dans l'état présent des choses, Mr Delamayn, il n'y a pas de procès possible.

– Et pas d'espoir d'obtenir le divorce ?

– Attendez un moment. Votre femme et Mr Brinkworth se sont-ils rencontrés quelque part depuis qu'ils se sont trouvés ensemble à l'auberge ?

– Nulle part.

– Quant à l'avenir, naturellement, je ne puis rien dire ; quant au présent, il n'y a pas espoir d'obtenir le divorce.

– Merci, et bonne nuit.

– Bonne nuit, Mr Delamayn.

Lié à elle pour la vie ! et la loi était impuissante à trancher ce lien.

Il réfléchit jusqu'à ce qu'il se fût bien fixé cette terrible réalité dans l'esprit ; puis il prit la lettre de Mrs Glenarm et la relut attentivement.

Rien ne pourrait ébranler le dévouement de cette femme pour lui. Rien ne pouvait la conduire à épouser un autre homme. C'était écrit là de sa propre main. Elle se vouait à lui. Elle attendait, avec la fortune dont elle disposait, pour être sa femme.

Son père, autant qu'il en savait, car il était sans nouvelles de Holchester House, était prêt à accepter Mrs Glenarm comme belle-fille et à allouer au mari de Mrs Glenarm un revenu personnel.

De tous les côtés, les plus belles perspectives qu'un homme puisse désirer, et rien sur sa route, rien qu'une femme qui l'avait pris au piège… la femme qui était là-haut, qui le tenait pour la vie.

Il retourna au jardin, malgré l'obscurité de la nuit. Les deux jardins, l'un sur le devant et l'autre à l'arrière de la maison, communiquaient. Il se promena autour du cottage, tantôt passant sous le rayon de lumière projeté d'une fenêtre, tantôt disparaissant dans l'ombre.

Le vent du soir rafraîchissait sa tête nue.

Il marchait d'un pas rapide ; quand il s'arrêta enfin, il se trouvait sur le devant du cottage. Il leva lentement la tête, regarda la faible lueur qui sortait de la chambre d'Anne.

Comment ?… se dit-il à lui-même. C'est là la question, comment ?…

Il rentra dans la maison et sonna. La servante qui répondit à son coup de sonnette tressaillit et recula à sa vue. Ses brillantes couleurs étaient parties. De larges gouttes de sueur perlaient sur son front.

– Êtes-vous malade, monsieur? dit la fille.

Il lui répondit tout en ponctuant ses paroles d'un juron, et lui commanda de retenir sa langue et de lui apporter le brandy.

Quand elle entra pour la seconde fois, il était debout, lui tournant le dos et regardant les ombres de la nuit. Il ne fit pas un mouvement quand elle déposa la bouteille sur la table.

Elle l'entendit grommeler comme s'il se parlait à lui-même.

La difficulté qui occupait son esprit en secret pendant qu'il se tenait sous la fenêtre d'Anne le préoccupait encore. Comment? c'était le problème à résoudre. Comment?...

Il prit la bouteille de brandy et lui demanda conseil.

55

Le matin

Quand les inutiles regrets se font-ils le plus douloureusement sentir? Quand l'avenir incertain est-il assombri par les nuages les plus épais? Quand la vie paraît-elle avoir le moins de prix et quand l'idée de la mort revient-elle le plus souvent?

C'est aux terribles heures du matin, lorsque le soleil se lève dans tout son éclat et lorsque les oiseaux gazouillent au milieu du tranquille silence régnant à l'aube du jour qui vient de naître.

Anne s'éveilla dans ce lit étranger et regarda, à la clarté du matin, la chambre étrangère.

La pluie avait cessé de tomber pendant la nuit. Le soleil régnait en maître dans un beau ciel d'automne.

Elle se leva et ouvrit la fenêtre. L'air frais et embaumé du matin remplit la chambre. De près comme de loin, le même aspect de tranquillité brillant s'offrait à sa vue.

Elle se mit à la croisée et regarda au-dehors. Sa lucidité d'esprit lui était revenue, elle pouvait penser et sentir, elle pouvait envisager sous toutes ses faces la question qui s'imposait à son esprit maintenant.

Comment cela finirait-il? Lui restait-il un espoir?... Que pouvait-elle faire?... Est-ce qu'une femme mariée peut rien faire pour elle-même? Elle peut rendre sa misère publique, pourvu que sa misère soit d'une certaine sorte, et elle peut, abandonnée à elle-même, en demander compte à la société. Rien de plus.

Avait-elle un espoir dans les efforts d'autrui? Blanche pouvait lui écrire, elle pouvait même venir la voir, si son mari le lui permettait; c'était tout.

Sir Patrick lui avait pressé la main en se séparant d'elle et lui avait dit de compter sur lui. Il était le plus ferme et le plus sûr de tous ses amis. Mais que pouvait-il? Il y avait des outrages que son mari avait le droit de lui infliger au nom même du mariage, et dont la seule idée lui glaçait le sang dans les veines. Sir Patrick pouvait-il la protéger contre ces outrages? La loi et la société armaient son mari des droits conjugaux. La loi et la société n'avaient qu'une réponse à apporter, si Anne en appelait à elles : « Vous êtes sa femme. »

Pas d'espoir en elle-même. Pas d'espoir en ses amis. Nulle part une espérance sur cette terre. Rien à faire, si ce n'est attendre la fin en ayant foi dans la miséricorde divine, et en espérant la justice dans un monde meilleur.

Elle prit dans sa malle un petit livre de prières et de méditations portant les traces d'un long usage, qui avait autrefois appartenu à sa mère.

Elle s'assit à la fenêtre et se mit à lire. De temps en temps elle relevait la tête et réfléchissait. Le parallèle entre la position de sa mère et la sienne était maintenant complet.

Toutes deux mariées à des maris qui les haïssaient, à des maris que de vils intérêts poussaient vers des alliances avec d'autres femmes, à des maris qui n'avaient qu'un désir, qu'un but : être débarrassés d'elle.

Des routes bien différentes avaient conduit la mère et la fille à la même destinée! Le parallèle devait-il se continuer jusqu'à la fin?

Dois-je mourir? se demandait Anne en songeant aux derniers moment de sa mère; dois-je mourir entre les bras de Blanche?

Le temps avait marché sans qu'elle en eût conscience. Les bruits du matin dans la maison avaient échappé à son oreille. Elle fut rappelée à elle-même, au milieu de ses pensées sur les événements passés et présents, par la voix de la servante, se faisant entendre de l'autre côté de la porte.

– Monsieur vous demande en bas, madame.

Elle se leva à l'instant et déposa le petit livre.

– Est-ce là tout le message dont vous êtes chargée? demanda-t-elle.

– Oui, madame.

Elle suivit la fille au rez-de-chaussée, se rappelant les étranges paroles que lui avait dites Geoffrey, en présence des domestiques, la veille au soir.

Allait-elle en connaître le sens?

Quelle que soit l'épreuve qui m'attend, pensa-t-elle, fasse le ciel que je la supporte comme l'aurait supportée ma mère!

La servante ouvrit la porte de la salle à manger. Le déjeuner était sur la table. Geoffrey était à la fenêtre. Hester attendait près de la porte.

Geoffrey vint au-devant d'Anne avec des manières gracieuses qu'elle ne lui avait jamais vues, le sourire aux lèvres, et il lui tendit la main.

Elle était préparée à tout, mais pas à cela.

Elle resta muette devant lui.

Hester regardait Geoffrey et ses yeux ne se détachèrent plus de lui tant qu'Anne resta dans la salle à manger.

Geoffrey rompit le silence; sa voix n'était pas sa voix habituelle; il y avait dans ses façons une réserve qu'elle n'avait jamais remarquée.

– Ne voulez-vous pas donner une poignée de main à votre mari, dit-il, quand votre mari vous le demande?

Machinalement elle mit sa main dans la sienne.

Il la laissa retomber à l'instant en tressaillant.

– Dieu ! qu'elle est froide ! s'écria-t-il.

Sa main à lui était brûlante et agitée d'un tremblement nerveux.

Il lui montra une chaise au bout de la table.

– Voulez-vous prendre le thé ? demanda-t-il.

Elle lui avait donné la main machinalement, machinalement elle avança d'un pas, puis s'arrêta :

– Aimeriez-vous mieux déjeuner chez vous ? dit-il.

– Si vous le permettez, répondit-elle d'une voix faible.

– Attendez un moment. J'ai quelque chose à vous dire avant que vous ne vous retiriez.

Elle attendit.

Il l'observait, consultant sa mémoire avant de parler :

– J'ai eu la nuit pour réfléchir. La nuit m'a rendu un homme nouveau. Je vous demande pardon pour ce qui est arrivé hier. Je n'étais pas moi-même. J'ai dit des absurdités. Je vous en prie, oubliez-les et pardonnez-les-moi. Je veux tourner un nouveau feuillet et faire amende honorable pour ma conduite passée. Je ferai tous mes efforts pour être un bon mari. En présence de Mrs Dethridge, je vous demande de me donner une occasion de le prouver. Je ne veux pas forcer vos inclinations. Nous sommes mariés… quel avantage avons-nous à le regretter ? Demeurez ici, comme vous le disiez hier, aux conditions que vous fixerez vous-même. Devant Mrs Dethridge, je répète que mon désir est d'arranger tout cela. Je ne vous retiens plus. Je vous prie d'y réfléchir. Adieu.

Il dit ces paroles extraordinaires, comme un enfant récitant une leçon difficile, les yeux fixés à terre, ses doigts distraitement occupés à boutonner et à déboutonner son gilet.

Anne sortit.

Dans le corridor, elle fut obligée de s'arrêter et de s'appuyer contre le mur : cette politesse contre la nature de Geoffrey était horrible. Son prétendu repentir la glaçait de terreur. Il ne lui avait jamais fait sentir dans ses plus violentes colères, lorsqu'il usait des mots les plus grossiers, une horreur semblable à celle qu'elle éprouvait pour lui en ce moment.

Hester sortit à son tour en refermant la porte derrière elle. Elle regarda Anne attentivement, puis se mit à écrire sur son ardoise qu'elle lui tendit :

Le croyez-vous ?

Anne repoussa l'ardoise et monta l'escalier en courant.

Elle ferma sa porte et tomba sur une chaise.

Il complote quelque chose contre moi, se dit-elle. Qu'est-ce donc ?…

Un sentiment de peur, entièrement nouveau en elle, la fit reculer devant la recherche de la réponse à une telle question. Cette défaillance la fit presque se trouver mal ; elle alla respirer l'air à la fenêtre ouverte.

Au même moment, la sonnette de la porte de la rue vint retentir.

Devenue soupçonneuse à propos de tout, elle éprouva de la répugnance à se laisser voir, tira le rideau et en souleva les plis.

On introduisit en bas un domestique en livrée ; il avait une lettre à la main et dit à la fille en passant sous la fenêtre d'Anne :

– Je viens de la part de lady Holchester. Il faut que je voie Mr Delamayn à l'instant.

Ils entrèrent, et un assez long intervalle de temps se passa.

Le valet de pied reparut et quitta la maison.

Quelques moments encore s'écoulèrent, puis on frappa un coup à la porte.

Anne hésita.

On frappa de nouveau.

Le murmure inarticulé d'Hester se fit entendre audehors.

Anne ouvrit.

Hester entra, apportant le déjeuner. Elle montra une lettre sur le plateau.

Cette lettre était de Geoffrey, adressée à Anne, et contenait ces mots :

Mon père est mort hier. Écrivez vos ordres pour votre deuil. Le jeune garçon les prendra. Vous n'aurez pas la peine d'aller à Londres. La couturière viendra s'entendre avec vous.

Anne laissa tomber la lettre sur ses genoux sans relever la tête.

Au même moment l'ardoise d'Hester passa entre ses yeux et le papier ; elle y avait tracé ces mots :

Sa mère doit venir aujourd'hui. Un télégramme a été envoyé à son frère en Écosse. Il était ivre la nuit dernière. Il boit encore. Je sais ce que cela signifie. Tenez-vous sur vos gardes, madame, tenez-vous sur vos gardes !

Anne lui fit signe de se retirer.

Hester obéit, laissant la porte tout contre, mais sans la fermer derrière elle.

La sonnette de la rue retentit de nouveau.

Une seconde fois Anne regarda par la fenêtre. Ce n'était que le jeune garçon venant prendre ses instructions pour la journée. Il était suivi dans le jardin par le postier apportant des lettres.

Une minute après, la voix de Geoffrey retentit dans le corridor, on entendit son pas lourd montant l'escalier. Anne s'élança dans la chambre pour pousser les verrous.

Geoffrey était là avant qu'elle ait pu fermer la porte.

– Une lettre pour vous, dit-il en se tenant scrupuleusement en dehors de la chambre. Je ne désire pas violenter vos inclinations ; je vous prie seulement de me dire de qui est cette lettre.

Ses manières gardaient toujours la même réserve, mais la méfiance qu'il avait de lui-même se trahissait dans ses yeux quand elle le regarda.

– De Blanche, répondit-elle.

Il glissa doucement son pied entre la porte et le chambranle et attendit qu'elle eût ouvert et lu la lettre.

– Puis-je la voir ? demanda-t-il.

Et il avança la main par l'entrebâillement.

L'énergie d'Anne qui l'aurait portée naguère à résister était morte. Elle tendit la lettre ouverte.

Cette lettre était courte. Sauf quelques brèves expressions de tendresse, Blanche semblait s'être étudiée à exposer brièvement le motif qui l'avait engagée à écrire.

Blanche se proposait de visiter Anne dans l'après-midi, accompagnée de son oncle ; elle lui en donnait avis par avance, pour être sûre de la trouver chez elle. C'était tout.

La lettre avait évidemment été écrite après conseil pris de sir Patrick.

Geoffrey la lui rendit après un moment de réflexion.

– Mon père est mort hier, dit-il, ma femme ne doit pas recevoir de visites avant qu'il ait été enterré. Encore une fois, je n'ai pas le désir de contraindre vos inclinations. Seulement, je ne permettrai à personne de venir ici en visite avant les funérailles, si ce n'est aux membres de ma famille. Envoyez votre réponse. Le jeune garçon la portera en se rendant à Londres.

Sur ces mots, il la quitta.

Un appel aux convenances dans la bouche de Geoffrey Delamayn ne pouvait avoir que deux significations : ou c'était une brutale dérision, ou il avait parlé avec un but caché.

Allait-il s'emparer de la mort de son père comme d'un prétexte pour isoler sa femme de toute communication avec le monde ? Avait-il des raisons qu'il n'avait pas encore révélées pour craindre ce qui pourrait résulter d'une entrevue de sa femme avec ses amis ?

Une heure s'écoula.

Hester Dethridge reparut. Le jeune garçon attendait les ordres d'Anne pour son deuil et son billet pour Mrs Brinkworth.

Anne écrivit ses ordres et le billet.

Une fois encore l'horrible ardoise se glissa quand elle eut terminé, entre ses yeux et le papier, avec ces lignes d'avertissement sans pitié :

Il a fermé la porte extérieure. Si l'on ouvre, il faut aller lui demander la clef. Il a écrit à une femme. Le nom que j'ai vu sur l'adresse est Mrs Glenarm. Il a redemandé du brandy, comme mon mari. Prenez garde à vous.

Ainsi, Anne était seule entre ces hautes murailles. Il était défendu à ses amis de la voir. Elle subissait un emprisonnement solitaire, avec un mari pour geôlier.

En moins d'une journée, il en était venu là. Qu'est-ce qui allait suivre?

Elle revint machinalement à la fenêtre. La vue du monde extérieur, le passage accidentel d'une voiture la soutenaient encore.

Le jeune garçon traversa le jardin; il partait pour accomplir les commissions à Londres.

Geoffrey alla lui ouvrir la porte et le rappela au moment où il en franchissait le seuil.

– N'oubliez pas les livres!

Les livres?... quels livres?... qui demandait des livres?...

Le moindre événement éveillait maintenant les soupçons d'Anne. Pendant plusieurs heures ces livres assiégèrent son esprit.

Il ferma la porte et revint sur ses pas; devant la fenêtre d'Anne, il s'arrêta et l'appela.

Elle se montra.

– Quand vous aurez besoin d'air et d'exercice, dit-il, le jardin à l'arrière de la maison est à votre disposition.

Là-dessus il mit la clef de la porte extérieure dans sa poche et rentra dans la maison.

Après quelque hésitation, Anne se décida à le prendre au mot. Dans l'état d'inquiétude où elle était, rester entre les quatre murs d'une chambre, lui devenait insupportable. Si quelque piège se cachait sous l'aimable proposition de Geoffrey, elle éprouvait moins de répugnance à l'affronter hardiment qu'à rester seule, réfléchissant dans le vide aux dangers qu'elle devait craindre.

Elle mit donc son chapeau et descendit dans le jardin.

Rien d'extraordinaire n'arriva.

Où qu'elle allât, il ne se montrait nulle part. Elle se promenait, montant et descendant dans la partie du jardin la plus éloignée de la salle à manger.

Pour une femme, s'échapper de ce lieu était tout simplement impossible. Outre la hauteur des murs, leur chaperon était hérissé d'une masse serrée de verres cassés. Une petite porte basse au bout du mur, probablement réservée à l'usage du jardinier, était garnie d'une forte serrure dont la clef avait été retirée. Il n'y avait pas une maison dans le voisinage. Des terrains cultivés par les maraîchers entouraient le jardin de tous côtés.

Au XIXe siècle et dans le voisinage immédiat d'une grande métropole, Anne était aussi isolée de tout contact avec le reste de l'humanité que si elle eût été enfermée dans son tombeau.

Après un laps de temps d'une demi-heure, le silence fut rompu par un bruit de voiture sur la route et le tintement de la sonnette.

Anne se rapprocha du cottage à l'arrière de l'habitation, décidée à profiter d'une chance de parler au visiteur, quel qu'il pût être.

Elle entendit des voix dans la salle à manger, dont la fenêtre était ouverte : la voix de Geoffrey, puis celle d'une femme. Quelle était cette femme ? Ce n'était pas Mrs Glenarm, bien certainement ?

Après un certain temps, la visiteuse éleva la voix.

– Où est-elle ?… Je désire la voir.

Anne s'avança et se trouva en face d'une dame qui lui était complètement inconnue.

– Êtes-vous la femme de mon fils ? demanda la dame.

– Je suis la prisonnière de votre fils, répondit Anne.

Le pâle visage de lady Holchester pâlit encore.

Il était clair que la réponse d'Anne avait confirmé un doute conçu dans son esprit, et qui lui avait été inspiré par les paroles de Geoffrey.

– Que voulez-vous dire ? fit-elle à voix basse.

Les pas de Geoffrey traversant la salle à manger se firent entendre ; il n'y avait pas le temps d'entrer dans des explications.

Anne reprit :

– Dites à mes amis ce que je vous ai dit.

Geoffrey apparut à la porte de la salle à manger.

– Nommez-moi un de vos amis, dit lady Holchester.

– Sir Patrick Lundie.

Geoffrey entendit la réponse.

– Que dites-vous de sir Patrick Lundie ? demanda-t-il.

– Je désire voir sir Patrick, dit sa mère, et votre femme peut m'indiquer où je puis le trouver.

Anne comprit à l'instant que lady Holchester voulait se mettre en communication avec sir Patrick. Elle donna son adresse à Londres.

Lady Holchester fit un mouvement pour quitter le cottage. Son fils l'arrêta.

– Laissez-moi bien préciser les choses, avant que vous partiez, ma mère, dit-il.

Et il continua en s'adressant à Anne :

– Ne pensez-vous pas que nous avons grande chance de vivre bien ensemble ? Rendez témoignage à la vérité, le voulez-vous ? Que vous ai-je dit au moment du déjeuner ? Ne vous ai-je pas dit que je m'efforcerais d'être pour vous un bon mari ? N'ai-je pas dit, en présence de Mrs Dethridge, que je désirais mettre fin à tout désaccord entre nous ?

Il attendit qu'Anne eût répondu affirmativement, et, se tournant vers sa mère, il ajouta :

– Eh bien ! que pensez-vous maintenant ?

Lady Holchester refusa d'avouer ce qu'elle pensait.

– Vous me verrez, ou vous recevrez de mes nouvelles ce soir, dit-elle à Anne.

Geoffrey essaya de répéter sa question restée sans réponse. Sa mère le regarda. Les yeux du fils à l'instant s'abaissèrent.

Lady Holchester fit gravement un salut de la tête à Anne. Son fils la suivit en silence jusqu'à la porte extérieure.

Anne remonta à sa chambre, soutenue par la première sensation de soulagement qu'elle eût éprouvée depuis le matin.

Sa mère est alarmée, se dit-elle. Il y aura du changement ici.

Un changement devait survenir, en effet, avec la tombée de la nuit.

56

La proposition

Vers le coucher du soleil, l'équipage de lady Holchester s'arrêta à la porte du cottage.

Trois personnes occupaient la voiture : lady Holchester, son fils aîné – maintenant lord Holchester –, et sir Patrick Lundie.

– Voulez-vous attendre dans la voiture, sir Patrick, dit Julius, ou voulez-vous entrer?

– J'attendrai. Si je puis être de la moindre utilité pour elle, envoyez-moi prévenir à l'instant. Dans tous les cas, n'oubliez pas de stipuler ce que j'ai suggéré. C'est le seul moyen certain de mettre à l'épreuve les sentiments réels de votre frère.

Le domestique avait sonné sans le moindre résultat; il sonna de nouveau.

Lady Holchester adressa une question à sir Patrick :

– Si j'ai l'occasion de parler en particulier à la femme de mon fils, avez-vous quelque chose à lui faire dire?

Sir Patrick présenta un billet.

– Puis-je prier Votre Seigneurie d'avoir la bonté de lui remettre ceci?

La porte venait d'être ouverte par la servante au moment où lady Holchester prenait le billet.

– Souvenez-vous de ce que j'ai dit, répéta sir Patrick. Si je puis être de la moindre utilité pour elle… ne pensez pas à ma position vis-à-vis de Mr Delamayn. Envoyez-moi chercher à l'instant.

Julius et sa mère furent conduits dans le salon.

La servante annonça que son maître était monté à sa chambre pour se coucher et qu'il allait descendre immédiatement.

La mère et le fils étaient tous deux trop inquiets pour parler. Julius marchait avec agitation dans la salle. Quelques livres attirèrent son attention. Sur une table, dans un coin du salon, quatre volumes graisseux étaient posés, une bande de papier sortait des feuillets de l'un des volumes et portait ces mots : *Avec les respects de Mr Perry.*

Julius ouvrit le volume.

C'était le compte rendu des procès criminels en Angleterre, sous ce titre : *Calendrier de Newgate.*

Julius montra le volume à sa mère.

– Le goût de Geoffrey en littérature, dit-il.

Lady Holchester lui fit signe de remettre le livre à sa place.

– Vous avez déjà vu la femme de Geoffrey, n'est-ce pas ? demanda-t-elle.

Il n'y avait plus de mépris dans son air et son langage quand elle faisait allusion à Anne ; l'impression produite sur elle par la visite du matin au cottage associait la femme de Geoffrey à des anxiétés de famille d'un ordre trop sérieux.

Anne pouvait être, pour une amie de Mrs Glenarm, une femme qu'on n'aimait pas ; ce n'était plus maintenant une femme qu'on méprisait.

– Je l'ai vue quand elle est venue à Swanhaven Lodge, dit Julius. Je suis d'accord avec sir Patrick pour la considérer comme une personne fort intéressante.

– Que vous a dit sir Patrick relativement à Geoffrey, cet après-midi, pendant que j'étais absente ?

– Uniquement ce qu'il vous avait dit à vous-même. Il considère leur position l'un vis-à-vis de l'autre comme déplorable. Il pense que des raisons sérieuses réclament notre intervention.

– L'opinion de sir Patrick va plus loin que cela, Julius.

– Il ne l'a pas avoué.

– Comment pourrait-il l'avouer vis-à-vis de nous ?

La porte s'ouvrit ; Geoffrey entra dans le salon.

Julius le regarda attentivement lorsqu'ils se serrèrent la main.

Ses yeux étaient injectés de sang, sa face fortement colorée ; sa parole était difficile. Il avait l'air d'un homme ivre ; il l'était.

– Eh bien ! dit-il à sa mère. Qu'est-ce qui vous ramène ?

– Julius a une proposition à vous faire, répondit lady Holchester. Je l'approuve et je suis venue avec lui.

Geoffrey se tourna vers son frère.

– Quel besoin un homme riche comme vous peut-il avoir d'un pauvre diable comme moi ? demanda-t-il.

– J'ai besoin de me montrer juste avec vous, Geoffrey, si vous voulez m'aider et faire la moitié du chemin. Notre mère vous a donné connaissance du testament.

– Je ne suis pas porté pour un demi-penny sur ce testament. Je m'y attendais. Continuez.

– Vous êtes dans l'erreur : vous y êtes porté. Une libérale provision vous est allouée, dans un codicille. Malheureusement notre père est mort sans le signer. Inutile de dire que je me considère, malgré tout, comme obligé par ce codicille. Je suis prêt à faire pour vous ce que notre père voulait faire. Et je ne vous demande, en retour, qu'une concession.

– Que peut-elle bien être ?

– Vous vivez ici d'une façon très malheureuse avec votre femme, Geoffrey.

– Qui dit cela ?... Pour ma part, je ne le dis pas.

Julius posa doucement la main sur le bras de son frère.

– Ne jouez pas avec un sujet aussi sérieux, dit-il. Votre mariage est dans toute la force du terme un malheur... non seulement pour vous, mais pour votre femme. Il est impossible que vous viviez ensemble... Je suis venu pour vous demander de consentir à une séparation. Consentez-y, et la provision qui vous est allouée sur le codicille non signé vous est acquise. Que répondez-vous ?

– Je dis non ! répondit-il.

Lady Holchester intervint pour la première fois :

– L'offre généreuse de votre frère mérite une meilleure réponse.

– La réponse, répéta Geoffrey, est non !

Il s'assit entre eux, ses poings fermés reposant sur ses genoux, inaccessible à tout ce que l'un et l'autre pouvaient lui dire.

– Dans votre situation, Geoffrey, dit Julius, un refus est tout simplement de la folie. Je ne l'accepte pas.

– Faites comme vous voudrez, ma résolution est prise. Je ne me laisserai pas enlever ma femme. Elle restera ici.

Le ton brutal sur lequel fut donnée cette réponse souleva l'indignation de lady Holchester :

– Prenez garde. Vous ne vous conduisez pas seulement avec la plus grossière ingratitude avec votre frère, vous introduisez un soupçon dans l'esprit de votre mère. Vous avez un motif que vous nous cachez.

Il se tourna vers sa mère avec un air de férocité qui fit bondir Julius et le mit sur ses pieds à l'instant; presque aussitôt le regard de Geoffrey s'abaissa vers le sol, et le démon qui le possédait se calma de nouveau.

– Allons! répéta-t-il sans relever la tête et la parole plus difficile que jamais, je suis prêt à afficher mon motif par toute la ville de Londres, si cela vous convient : je suis fou d'elle.

Son regard se releva sur ces mots.

Lady Holchester détourna la tête, reculant d'horreur.

Si violent fut le choc qu'elle reçut que les préventions si profondément implantées dans son esprit par Mrs Glenarm en furent ébranlées.

– Pauvre créature!... dit-elle.

Il vit une offense dans ces deux mots.

– Je ne veux pas, se récria-t-il, que ma femme soit un objet de pitié pour qui que ce soit!

Puis il se précipita vers le corridor et dit à haute voix :

– Anne! descendez!

Une douce voix répondit, des pas légers se firent entendre dans l'escalier.

Julius s'avança, lui prit la main et la tint avec bonté dans la sienne.

– Nous avons une petite discussion de famille, dit-il en essayant de la rassurer. Geoffrey s'échauffe et s'emporte comme d'habitude.

Geoffrey s'adressa d'un ton ferme à sa mère :

– Regardez-la; meurt-elle de faim? Est-elle en haillons? Est-elle couverte de meurtrissures?

Il se tourna vers Anne.

– Ils viennent ici pour me proposer une séparation. Tous deux croient que je vous hais; je ne vous hais pas; je suis un bon chrétien. Je vous dois d'avoir été exclu du testament de mon père; je vous le pardonne... Je vous dois d'avoir perdu la chance d'épouser une femme possédant dix mille livres de revenu; je vous le pardonne... Je ne suis pas un homme qui fait les choses à demi. J'ai dit que je m'efforcerais d'être envers vous un bon mari; j'ai dit que je désirais que tout désaccord cessât entre nous. Eh bien! je tiens ma parole, et quelle en est la récompense? Je suis insulté... Ma mère vient ici, mon frère vient ici, et ils m'offrent de l'argent pour que je me sépare de vous. Maudit soit l'argent! Je ne veux être entretenu par personne, je veux gagner ma vie. Honte sur les gens qui interviennent entre le mari et la femme! Honte! voilà ce que je dis. Honte! honte!

Anne promena ses regards de son mari à la mère de son mari, comme pour demander une explication.

– Avez-vous proposé une séparation entre nous? demanda-t-elle.

– Oui; dans des termes tout à l'avantage de mon fils, en arrangeant les choses de façon à tenir tout le compte possible de la considération qui vous est due. Existerait-il quelques objections de votre côté?

– Oh! Lady Holchester!... Est-il nécessaire de me le demander?.... Qu'a-t-il dit?...

– Il a refusé.

– Refusé?

– Oui, dit Geoffrey. Je ne reviens pas sur ma parole. Je m'en tiens à ce que j'ai dit ce matin. Tous mes efforts tendent à me montrer bon mari. Mon désir est de mettre fin à tout différend.

Il s'arrêta, puis ajouta comme dernière raison :

– Je suis fou de vous.

Leurs yeux se rencontrèrent au moment où il disait cela.

Julius sentit la main d'Anne frémir et serrer la sienne. La faible étreinte de ses petits doigts glacés, l'expression de terreur peinte sur son doux visage quand il se détourna lentement, tout semblait dire : « Ne me laissez pas sans amis cette nuit ! »

– Quand vous resteriez ici jusqu'au jugement dernier, dit Geoffrey, vous ne tireriez rien d'autre de moi. Vous avez ma réponse.

Sur ce, il s'assit d'un air maussade, attendant et montrant ostensiblement qu'il attendait que sa mère et son frère prissent congé de lui.

La position était sérieuse. Essayer de discuter avec un tel homme, et ce soir-là, était inutile. Inviter sir Patrick à intervenir ne pouvait que provoquer chez Geoffrey une nouvelle explosion de violence.

D'un autre côté, abandonner la pauvre femme, après ce qui s'était passé, sans un nouvel effort pour la protéger, c'eût été un acte d'inhumanité, rien de moins.

Julius prit, pour tourner la difficulté, le seul parti digne d'un homme compatissant et honorable comme il était.

– Nous en resterons là pour ce soir, Geoffrey. Mais je n'en suis pas moins résolu, en dépit de tout ce que vous avez dit, à reprendre l'entretien demain. Vous m'épargneriez la fatigue d'un voyage à Londres ce soir et d'un nouveau déplacement pour revenir demain, si vous me permettiez de passer la nuit chez vous. Pouvez-vous me donner un lit ?

Un regard qu'Anne jeta sur lui le remercia bien mieux que n'auraient pu le faire des paroles.

– Vous donner un lit ? répéta Geoffrey.

Il se contint ; il était sur le point de refuser.

Sa mère l'observait ; sa femme l'observait ; quant à sa femme, elle savait qu'il y avait en haut une chambre à coucher libre.

– Très bien ! reprit-il sur un ton plus doux et les yeux dirigés vers sa mère. Il y a une chambre libre là-haut. Prenez-la, si cela vous plaît. Vous ne trouverez rien de changé dans ma résolution demain… mais c'est votre idée. Restez ici si la fantaisie vous en prend. Je n'y mets pas d'opposition. Cela m'importe peu. Consentez-vous à confier Sa Seigneurie à mon hospitalité? ajouta-t-il en s'adressant à sa mère. Je pourrais avoir quelque dessein que je vous cache, vous savez!

Sans attendre une réponse, il se tourna vers Anne.

– Allez dire à la vieille muette de mettre des draps au lit. Apprenez-lui qu'un lord, en chair et en os, honore la maison de sa présence, qu'elle envoie chercher quelque chose de diablement bon pour le souper!

Il partit d'un bruyant éclat de rire forcé.

Lady Holchester se leva au moment où Anne allait quitter le salon.

– Je ne serai plus ici quand vous reviendrez, dit-elle, laissez-moi vous souhaiter une bonne nuit.

Elle lui donna une poignée de main et lui glissa en même temps le billet de sir Patrick, sans qu'on la vît.

Anne sortit.

Sans dire un mot de plus à son second fils, lady Holchester fit signe à Julius de lui offrir le bras.

– Vous avez agi noblement envers votre frère, lui dit-elle. Mon seul soutien et mon seul espoir sont en vous, Julius.

Ils gagnèrent ensemble la porte de la rue, Geoffrey les suivant la clef à la main.

– Ne soyez pas trop inquiète, murmura Julius à sa mère. Je veillerai à ce qu'il ne boive pas ce soir, et je vous rendrai, demain, un meilleur compte de lui. Expliquez tout à sir Patrick, pendant le trajet de votre retour à Londres.

Il conduisit lady Holchester à sa voiture et rentra, laissant à Geoffrey le soin de refermer la porte.

Les deux frères revinrent en silence au cottage. Julius avait dissimulé devant sa mère, mais il était sérieusement inquiet. Naturellement enclin à l'optimisme, il ne pouvait pourtant trouver une interprétation favorable à tout ce qu'avait dit et fait Geoffrey ce soir-là.

La conviction qu'il jouait un rôle arrêté d'avance et cela dans quelque but abominable connu de lui seul s'était profondément enracinée dans l'esprit de Julius.

Il avait l'expérience de son frère et il savait que les

considérations pécuniaires n'occupaient pas le dernier rang dans l'esprit de Geoffrey.

Ils rentrèrent dans le salon.

– Que voulez-vous boire ? dit Geoffrey.

– Rien.

– Ne me tiendrez-vous pas compagnie en prenant avec moi un peu de brandy et d'eau ?

– Non. Vous avez déjà pris assez de brandy.

Après s'être un instant regardé dans la glace, Geoffrey tomba tout à coup d'accord avec Julius.

– J'en ai l'air, convint-il. J'aurai bientôt mis ordre à cela.

Il disparut et revint avec une serviette mouillée nouée autour de la tête.

– Que voulez-vous faire pendant que les femmes préparent votre lit ? dit-il. Ici, liberté entière. Il m'a pris la fantaisie de cultiver mon esprit ; il faut que j'entre dans la voie des réformes maintenant que je suis un homme marié. Faites ce qu'il vous plaira, je vais lire.

Il alla à la petite table, apporta les trois volumes du *Calendrier de Newgate* et en offrit un à son frère.

Julius le lui rendit.

– Vous ne cultiverez pas votre esprit, dit-il, avec des livres comme ceux-ci. De mauvaises actions, racontées dans un mauvais anglais, ne peuvent faire qu'une mauvaise lecture.

– Cela me suffira. Je ne sais pas distinguer le bon anglais de l'autre.

Sur cet aveu plein de franchise, auquel la majorité de ses camarades d'école et de collège aurait pu souscrire, sans la moindre injustice pour l'état présent de l'éducation en Angleterre, Geoffrey approcha une chaise de la table et ouvrit un des volumes de ces annales du crime.

Le journal du soir était déposé sur le sofa.

Julius le prit et s'assit en face de son frère. Il remarqua avec quelque surprise que Geoffrey paraissait avoir un objet spécial en consultant cet ouvrage. Au lieu de commencer à la première page, il feuilletait le livre et y cornait certaines pages.

Si Julius avait pu regarder par-dessus l'épaule de son frère, il aurait vu que Geoffrey sautait les *petits crimes* et marquait, pour les lire, exclusivement les cas de meurtres.

57

Apparition

La soirée s'était passée. Il était près de minuit quand Anne entendit la voix de la servante de l'autre côté de la porte de sa chambre à coucher, lui demandant la permission de lui parler un moment.

– Qu'y a-t-il ?

– Le gentleman qui est en bas désire vous voir, madame.

– Voulez-vous parler du frère de Mr Delamayn ?

– Oui.

– Où est Mr Delamayn ?

– Dehors, dans le jardin, madame.

Anne descendit et trouva Julius seul au salon.

– Je suis désolé de vous déranger, dit-il. Je crains que Geoffrey ne soit malade. La propriétaire est couchée, à ce que l'on m'a dit, et je ne sais où chercher l'assistance d'un médecin. En connaissez-vous un dans le voisinage ?

Anne, comme Julius, était complètement étrangère dans le quartier. Elle suggéra de s'adresser à la servante.

Cette fille connaissait un médecin résidant à dix minutes de marche du cottage. Elle pouvait parfaitement donner toutes les indications nécessaires pour le trouver, mais elle avait peur de sortir seule, la nuit, dans ce quartier solitaire.

– Est-il sérieusement malade ? demanda Anne.

– Il est dans un tel état d'irritabilité nerveuse qu'il ne peut rester un seul moment à la même place. Cet état a commencé pendant qu'il était ici à lire. Je l'ai persuadé d'aller se mettre au lit. Il n'a pu y rester un instant, il est redescendu brûlant de fièvre et plus agité que jamais. Il est dehors, dans le jardin, malgré tout ce que j'ai pu faire pour l'en empêcher, essayant, comme il le dit, de « fournir sa course ». Cela me paraît sérieux, venez et jugez-en par vous-même.

Il conduisit Anne dans la pièce voisine, et, ouvrant le volet de la fenêtre, il l'invita à regarder dans le jardin.

Les nuages s'étaient dissipés, la nuit était belle.

Le brillant clair de lune montra Geoffrey n'ayant gardé de ses vêtements que son pantalon et sa chemise et courant autour du jardin. Il paraissait se croire encore à la course à pied de Fulham. Par moments et tout en rasant la terre, il poussait des hourras pour le Sud.

Bientôt le ralentissement de son pas, le bruit de sa respiration de plus en plus difficile, lorsqu'il passait devant la fenêtre, les avertit que les forces allaient lui manquer. L'épuisement, s'il ne survenait rien de plus grave, allait le forcer à rentrer dans la maison.

Dans l'état présent de son cerveau, qui aurait pu dire ce qu'il y avait à craindre sans l'assistance d'un médecin?

– Je vais aller chercher le docteur, dit Julius, si vous ne voyez pas d'inconvénient à ce que je vous quitte.

Il était impossible pour Anne de faire passer ses appréhensions personnelles avant la nécessité évidente d'appeler du secours.

Ils trouvèrent la clef dans la poche de l'habit de Geoffrey déposé dans sa chambre à coucher.

Anne conduisit Julius jusqu'à la porte.

– Comment vous remercier, dit-elle avec une vive reconnaissance. Qu'aurais-je fait sans vous?

– Il n'y a pas un moment à perdre, répondit-il.

Et il la laissa.

Elle referma la porte et revint au cottage.

La servante l'attendait à la porte et proposa d'aller éveiller Hester Dethridge.

– Nous ne savons pas ce que le maître peut faire pendant que son frère est absent, dit la fille, et pas un de nous n'est de trop, quand nous ne sommes que des femmes dans la maison.

– Vous avez parfaitement raison, dit Anne. Éveillez votre maîtresse.

Après avoir monté à l'étage supérieur, elles regardèrent par la fenêtre qui était au bout du couloir.

Geoffrey continuait sa course circulaire, mais très lentement ; son pas était à présent celui de la promenade.

Anne rentra dans la chambre et attendit près de la porte, prête à la fermer et à tirer les verrous s'il survenait quelque chose de nature à l'alarmer.

Comme je suis changée ! pensa-t-elle. Tout m'effraie, maintenant.

La réflexion était naturelle, mais elle n'était pas juste. Ce n'était pas elle qui était changée, c'était la tournure des événements.

Sa position durant l'enquête chez lady Lundie n'avait mis à l'épreuve que son courage moral. Elle avait alors consommé un de ces nobles sacrifices de soi-même que les forces cachées dans la nature de la femme sont essentiellement capables de réaliser.

Sa position au cottage mettait au contraire à l'épreuve son courage physique. Elle devait se montrer supérieure maintenant au sentiment du danger matériel, alors que ce danger la menaçait dans l'ombre. Là, la nature de la femme succombait sous l'effort trop violent qui lui était demandé ; elle avait puisé son courage dans la force de son amour. C'est du courage d'un homme dont elle aurait eu besoin maintenant.

La porte d'Hester Dethridge s'ouvrit ; Hester vint droit à sa chambre.

La couleur ordinairement terreuse de son visage laissait voir alors une légère rougeur, son immobilité de morte s'était animée d'un souffle de vie. Ses yeux, fixes comme toujours, s'éclairaient d'une lumière intérieure. Ses cheveux gris, toujours si soigneusement arrangés, étaient en désordre sous son bonnet. Ses mouvements étaient plus vifs que d'habitude. Quelque chose avait réveillé la vitalité latente existant chez cette femme, agissait sur son esprit et se manifestait extérieurement sur son visage.

Les domestiques de Windygates connaissaient ces signes ; ils les avertissaient qu'Hester Dethridge n'était pas dans son état habituel.

Anne lui demanda si elle avait appris ce qui était arrivé.

Elle inclina la tête.

– J'espère que vous ne regretterez pas d'avoir été dérangée ?

Elle écrivit sur son ardoise :

Je suis contente d'avoir été dérangée. Je faisais de mauvais rêves. Il est bon pour moi d'être réveillée quand le sommeil me reporte au temps de ma vie passée. Qu'avez-vous ? Vous avez peur ?

– Oui.

Hester écrivit encore et montra le jardin d'une main tandis qu'elle avançait son ardoise de l'autre.

Peur de lui ?

– Terriblement peur.

Elle se remit à écrire pour la troisième fois et présenta son ardoise avec un sourire sinistre.

Je suis passée par là. Je connais tout cela. Vous n'êtes encore qu'au commencement. Il fera venir des rides sur votre visage, il fera blanchir vos cheveux. Un temps viendra où vous désirerez être morte et enterrée. Regardez-moi !

Comme elle lisait ces derniers mots, elle entendit la porte du jardin s'ouvrir et se fermer. Elle prit Hester par le bras et écouta.

Le bruit des pas de Geoffrey trébuchant dans le couloir annonça qu'il s'approchait de l'escalier. Il se parlait à lui-même, toujours possédé par l'idée qu'il était à la course à pied.

– Cinq contre quatre pour Delamayn… Delamayn gagne. Trois hourras pour le Sud, un hourra encore… Diable de course longue !… La nuit déjà… Perry !… où est Perry ?

Il avançait, battant les deux murs du couloir. L'escalier craquait sous ses pas.

Hester Dethridge se dégagea de l'étreinte d'Anne, avança, sa chandelle à la main, ouvrit la porte de la chambre à coucher de Geoffrey, et debout, ferme comme un roc, elle attendit.

Geoffrey releva la tête au moment de mettre le pied sur la marche et aperçut ce visage qui le regardait.

À l'instant il s'arrêta.

– Fantôme !... sorcière !... démon !... ôtez-vous de ma vue !...

Il montra le poing avec fureur, poussa un juron, puis tourna le dos et alla s'enfermer dans le salon.

La même panique que dans le jardin potager de Windygates s'emparait de lui une seconde fois sous l'influence du regard de la cuisinière muette.

Il avait peur... peur d'Hester Dethridge.

La sonnette extérieure retentit ; Julius était de retour avec le docteur.

Anne donna la clef à la fille pour les introduire.

Hester écrivit sur son ardoise, aussi calme que si rien n'était arrivé :

On me retrouvera dans la cuisine, si on a besoin de moi. Je ne retournerai pas dans ma chambre. Ma chambre est pleine de mauvais rêves.

Elle descendit l'escalier.

Anne resta sur le palier du premier étage, regardant dans le couloir du bas.

– Votre frère est dans le salon, dit-elle à Julius. La propriétaire est dans la cuisine, à votre disposition, si vous avez besoin d'elle.

Elle rentra dans sa chambre et attendit les événements.

Après un court intervalle, la porte du salon s'ouvrit et les voix des hommes se firent entendre dans le corridor.

On paraissait avoir quelque difficulté à décider Geoffrey à monter l'escalier ; il persistait à soutenir qu'Hester Dethridge l'attendait en haut des marches.

On arriva pourtant à le convaincre que la route était libre. Anne entendit monter l'escalier et ferma la porte de sa chambre.

Un autre et plus long intervalle se passa avant que la porte ne se rouvrît.

Le docteur se retirait, il disait un dernier mot à Julius dans le corridor.

– Allez le voir de temps en temps pendant la nuit, et donnez-lui une autre dose de la potion calmante, s'il s'éveille. Il n'y a rien à craindre de l'agitation et de la fièvre, ce ne sont que les manifestations extérieures de quelque mal sérieux qui se dissimule. Envoyez chercher le médecin qui l'a soigné dans ces derniers temps. La connaissance des antécédents du malade est importante en pareil cas.

Comme Julius revenait après avoir reconduit le docteur, Anne alla au-devant de lui dans la salle d'entrée. Elle fut à l'instant frappée par l'air de fatigue qui se montrait sur son visage, fatigue qui se trahissait dans tous ses mouvements.

– Vous avez besoin de repos, dit-elle. Je vous en prie, allez dans votre chambre ; j'ai entendu ce que le docteur vous a dit. Laissez à la propriétaire et à moi le soin de veiller.

Julius avoua qu'il avait voyagé toute la nuit précédente, en venant d'Écosse. Mais il ne voulait pas se dégager de la responsabilité de veiller sur son frère.

– Vous n'êtes pas assez forte, j'en suis sûr, pour prendre ma place, dit-il avec bonté, et Geoffrey a une horreur déraisonnable pour la propriétaire. Il ne faut pas qu'il soit exposé à la voir encore dans son état d'esprit. Je vais monter à ma chambre et me jeter tout habillé sur le lit ; si vous entendez quelque chose, vous n'aurez qu'à m'appeler.

Une heure se passa.

Anne vint à la porte de Geoffrey et écouta.

Il s'agitait dans son lit et se parlait à lui-même.

Elle gagna la porte de la chambre voisine que Julius avait laissée entrouverte.

La fatigue l'avait vaincu ; elle entendit la calme respiration d'un homme profondément endormi.

Anne s'éloigna, bien résolue à ne pas troubler son sommeil. Arrivée sur le palier, elle hésita, ne sachant que faire. Sa répugnance à entrer seule dans la chambre de Geoffrey était insurmontable. Mais quelle autre pouvait y aller ? La servante était partie se mettre au lit. La raison que Julius avait donnée pour ne pas employer l'assistance d'Hester était également indiscutable.

Elle écouta de nouveau à la porte. Aucun bruit perceptible. Ne ferait-elle pas bien d'entrer et de s'assurer qu'il s'était rendormi ?

Elle hésita de nouveau, elle hésitait encore, quand Hester apparut, sortant de la cuisine.

Elle rejoignit Anne en haut de l'escalier, la regarda et écrivit une ligne sur son ardoise.

Vous avez peur d'entrer ? Laissez-moi ce soin.

Le silence régnant dans la chambre donnait à penser que Geoffrey était endormi. Si Hester entrait, il n'en pourrait résulter aucun mal maintenant.

Anne accepta la proposition.

– Si vous trouvez quelque chose de mal, dit-elle, ne dérangez pas son frère. Venez à moi d'abord.

Après cette précaution, elle se retira. Il était alors près de 2 heures du matin. Comme Julius, elle succombait à la fatigue.

Après avoir attendu quelque temps sans rien entendre, elle s'étendit sur le sofa. S'il survenait quelque chose, un coup frappé à sa porte l'éveillerait à l'instant.

Pendant ce temps, Hester avait ouvert la porte de Geoffrey et était entrée. Les mouvements et les murmures qu'Anne avait entendus n'étaient après tout que l'agitation de la fièvre et des rêves.

La potion composée par le médecin, sans effet pendant quelque temps, exerçait enfin toute son influence calmante sur le cerveau de Geoffrey. Il dormait d'un profond et tranquille sommeil.

Hester, debout près de la porte, le regardait.

Elle allait se retirer quand elle s'arrêta, et quand ses yeux se fixèrent tout à coup sur l'un des coins de la chambre.

Le même changement sinistre qui s'était opéré en elle une fois déjà, en présence de Geoffrey dans le jardin potager de Windygates, se produisit de nouveau.

Ses lèvres serrées s'entrouvrirent, ses yeux se dilatèrent lentement et suivirent graduellement un objet qui glissait le long du mur et qui s'arrêtait au lit, au-dessus du visage du dormeur.

Les regards d'Hester se fixèrent, immobiles et brillants d'un feu sombre, sur cet objet horrible.

Geoffrey soupira dans son sommeil.

Le bruit produit par ce soupir, quelque léger qu'il fût, rompit le charme qui la tenait enchaînée.

Hester leva lentement ses mains ridées et les agita au-dessus de sa tête, puis elle se précipita dans le corridor, courut à sa chambre et tomba à genoux au pied de son lit.

Alors, au milieu de la nuit, une chose étrange se produisit. Alors, dans le silence et l'obscurité, un hideux secret se révéla.

Dans le sanctuaire de sa chambre, pendant que tout dormait dans la maison, la muette jeta de côté le mystérieux et terrible déguisement sous lequel elle s'isolait volontairement de ses semblables pendant le jour.

Hester Dethridge parla. Elle parla à voix basse, articulant péniblement les mots… elle fit entendre une sorte de litanie de sa composition, elle pria… Elle invoqua la miséricorde de Dieu pour sa délivrance, sa délivrance du démon qui la possédait… Elle supplia Dieu de la rendre aveugle, d'envoyer la mort la frapper, afin de ne plus jamais voir cet horrible objet…

Des sanglots convulsifs ébranlaient tout le corps de cette femme que rien d'humain ne pouvait émouvoir.

Des larmes abondantes inondèrent ses joues terreuses. La prière passionnée continuait à tomber de ses lèvres.

Tout à coup elle se dressa sur ses pieds en criant :

– De la lumière !… de la lumière !

L'objet horrible était derrière elle dans la chambre. L'objet horrible la regardait par la porte, demeurée ouverte…

Elle trouva la boîte d'allumettes et alluma une bougie sur la table. Elle alluma deux autres bougies qui n'étaient là que comme ornement sur la tablette de la cheminée, puis regarda tout autour de sa petite chambre, ainsi brillamment éclairée.

– Ah ! s'écriait-elle en essuyant la sueur froide qui couvrait son visage. Des bougies pour les autres... Pour moi la lumière de Dieu... Rien !... on ne voit plus rien !

Prenant une des lumières dans sa main, elle traversa le couloir, la tête baissée, tourna le dos à la porte de Geoffrey, la ferma vivement et sans bruit, en tendant ses mains derrière elle, et revint dans sa chambre.

Elle prit un encrier et une plume sur la cheminée. Après avoir réfléchi un moment, elle boucha avec une serviette le trou de la serrure et étendit un grand châle sur toute la porte, de manière que ceux qui pourraient s'éveiller ou passer devant sa chambre n'y vissent pas de lumière.

Cela fait, elle entrouvrit le haut du corsage de sa robe, et, glissant ses doigts dans une poche secrète cachée à l'intérieur de son corset, en tira un cahier composé de plusieurs feuilles de papier très mince soigneusement reliées ensemble. Tout le cahier, moins la dernière feuille, était couvert d'une écriture serrée ; c'était la sienne. En tête de la première page était cette mention :

MA CONFESSION
pour être mise dans mon cercueil
et enterrée avec moi.

Elle retourna le manuscrit pour arriver à la dernière page qui était blanche.

Quelques lignes seulement, écrites en haut, portaient la date du jour où lady Lundie l'avait renvoyée de son service à Windygates ; elles étaient ainsi conçues :

Je l'ai revu aujourd'hui, pour la première fois depuis deux mois, dans le potager, derrière le jeune gentleman dont le nom est Delamayn. Résistez au démon et il s'enfuira. J'ai résisté, par la prière, par la méditation dans la solitude, par la lecture de bons livres. J'ai quitté ma place. J'ai perdu de vue ce jeune gentleman. Pourquoi se tenait-il derrière lui ? pourquoi le montrait-il ? Seigneur, ayez pitié de moi ! Christ, ayez pitié de moi !

Sous ces lignes elle ajouta, en ayant soin de mentionner la date :

Je l'ai revu cette nuit. Je remarque un effrayant changement. Il m'est apparu deux fois derrière la même personne. Cela n'était jamais arrivé auparavant. Cette nuit, dans sa chambre à coucher, entre la tête du lit et le mur, je l'ai revu encore derrière le jeune Mr Delamayn, la tête juste au-dessus de son visage et du doigt montrant sa gorge. Deux fois derrière le même homme ! Jamais je ne l'avais vu deux fois, jusqu'à présent, derrière la même personne. Si je le vois une troisième fois derrière lui !... Seigneur, délivrez-moi ! Christ, délivrez-moi ! Je n'ose y penser. Il quittera mon cottage demain. J'aurais bien fait de rompre le marché quand l'étranger a loué pour son ami et que cet ami s'est trouvé être Mr Delamayn. Je ne me plaisais pas ici, même alors. Maintenant, après l'avertissement de cette nuit, mon parti est pris. Il s'en ira. Je lui rendrai son argent, si cela lui convient, mais il s'en ira.

NOTE : *J'ai subi la sensation cette fois et tout le temps j'ai éprouvé une terreur affreuse. J'ai résisté, comme auparavant par la prière. Je vais maintenant descendre pour méditer dans la solitude, pour me fortifier par la lecture de bons livres. Seigneur miséricordieux, prenez en pitié une pauvre pécheresse !*

La mention ainsi terminée, elle remit le manuscrit dans la poche secrète de son corset.

Elle descendit dans la petite chambre qui avait vue sur le jardin, la chambre qui avait été autrefois le cabinet de son frère.

Là, elle alluma une lampe et prit quelques livres sur les tablettes d'une petite étagère attachée au mur. Ces livres étaient la Bible, un volume de sermons méthodistes et une collection de la *Vie des saints méthodistes.*

Après les avoir rangés auprès d'elle dans un ordre dont elle avait l'habitude, elle s'assit, tenant la Bible sur ses genoux, pour veiller pendant le reste de la nuit.

58

La clarté de la lune sur le plancher

Qu'était-il arrivé pendant ces heures de ténèbres ?

Telle fut la première pensée d'Anne, quand les rayons du soleil pénétrèrent par sa fenêtre et l'éveillèrent le matin.

Elle s'informa auprès de la servante.

La fille ne pouvait parler que pour elle. Rien n'était venu la déranger, depuis qu'elle s'était mise au lit. Son maître, à ce qu'elle croyait, était tranquille dans sa chambre. Mrs Dethridge était à son ouvrage.

Anne descendit à la cuisine.

Hester vaquait en effet à ses occupations habituelles ; elle préparait le déjeuner.

Les légers signes d'animation qu'Anne avait remarqués la veille sur son visage avaient disparu ; ses yeux avaient repris leur regard fixe et morne, et une sorte de torpeur particulière se remarquait dans tous ses mouvements.

Anne lui demanda s'il était arrivé quelque chose pendant la nuit ; elle secoua lentement la tête et fit de la main un signe qui signifiait : « Rien ».

En quittant la cuisine, Anne vit Julius dans le jardin, sur le devant de la maison ; elle sortit et alla le rejoindre.

– J'ai à vous remercier des quelques heures de repos que j'ai pu prendre grâce à vous, dit-il. Il était 5 heures du matin quand je me suis éveillé. J'espère que vous n'avez pas eu à regretter de m'avoir laissé dormir. Je suis allé dans la chambre de Geoffrey. Je l'ai trouvé s'agitant dans son lit, et je lui ai donné une seconde dose de la potion. La fièvre a disparu. Il semble plus faible et plus pâle, mais sous tous les autres rapports, il est redevenu lui-même. Nous reparlerons tout à l'heure de sa santé. J'ai quelque chose à vous dire d'abord, au sujet des changements qui peuvent se produire dans votre existence ici.

– A-t-il consenti à la séparation ?

– Non. Il est aussi opiniâtre que jamais sur ce sujet. Je

lui ai présenté la question sous toutes les faces. Il refuse définitivement une provision qui pourrait faire de lui un homme indépendant durant toute sa vie.

– Est-ce la provision qu'il aurait eue, lord Holchester, si…

– S'il avait épousé Mrs Glenarm?… Non. Il m'est impossible, à cause de mes devoirs envers ma mère et de ce que je dois à la position dans laquelle la mort de mon père m'a placé, de lui offrir une fortune égale à celle de Mrs Glenarm. Néanmoins, c'est un beau revenu, et qu'il est fou de refuser. Je persisterai à le presser à ce sujet. Il faut qu'il accepte, et il acceptera.

Anne ne sentit aucun espoir revivre en elle par ces paroles. Elle aborda un autre sujet :

– Vous avez quelque chose à me dire. Vous avez parlé d'un changement…

– C'est vrai. La propriétaire de cette maison est une étrange personne. Elle a signifié à Geoffrey de quitter ce logement.

– Quitter ce logement?… répéta Anne avec surprise.

– Oui. Dans une lettre qu'elle m'a remise tout ouverte dès que j'ai été levé ce matin. Il m'a été impossible de tirer d'elle aucune explication. La pauvre muette s'est contentée d'écrire sur son ardoise : *« Je lui rendrai son argent, s'il le désire, mais il partira ! »* À ma grande surprise, car cette femme lui inspire la plus grande aversion, Geoffrey refuse de s'en aller avant l'expiration du terme de sa location. J'ai rétabli la paix entre eux pour aujourd'hui. Mrs Dethridge, après la plus grande résistance, a consenti à lui accorder encore une journée. C'est là qu'en sont les choses pour le moment.

– Quel peut être le motif de cette femme?

– Il est inutile de le rechercher. Son esprit a évidemment perdu son équilibre. Cependant, il est sûr que Geoffrey ne peut pas vous garder ici plus longtemps. Ce changement prochain aura pour résultat de vous faire quitter cette triste demeure, ce qui sera toujours quelque chose de gagné, et il est possible que le changement de lieu et de vie exerce sur lui une salutaire influence. Sa conduite autrement serait incompréhensible, et ne peut être d'ailleurs que le résultat d'une irritation nerveuse dont l'assistance du médecin pourra triompher. Je n'essaierai pas de vous dissimuler ou de me cacher à moi-même que votre position est déplorable. Mais avant de désespérer de l'avenir, cherchons au moins s'il n'est pas possible de trouver une explication à la conduite de mon frère, dans l'état présent de sa santé. J'ai réfléchi à ce que m'a dit le docteur. Mais prenons d'abord l'avis d'un plus habile médecin. Qu'en pensez-vous?

– Je n'ose pas vous dire ce que je pense, lord Holchester. J'essaierai… ce sera un bien faible retour pour toutes vos bontés… j'essaierai de voir ma position avec vos yeux et non avec les miens. Le meilleur avis que vous puissiez obtenir, au point de vue médical, est celui de Mr Speedwell. C'est lui qui, le premier, a reconnu que votre frère était en mauvaise santé.

– C'est précisément l'homme qu'il nous faut. Je l'enverrai ici aujourd'hui ou demain. Y a-t-il autre chose que je puisse faire pour vous? Je verrai sir Patrick dès mon arrivée à Londres. Avez-vous quelque message pour lui?

Anne hésita.

En la regardant attentivement, Julius remarqua qu'elle avait changé de couleur quand il avait mentionné le nom de sir Patrick.

– Voulez-vous lui dire que je le remercie de la lettre que lady Holchester a été assez bonne pour me remettre hier, répondit-elle, et voulez-vous le prier de ne pas s'exposer pour moi à…

Elle hésita et finit sa phrase, les yeux fixés vers la terre.

– … À ce qui pourrait arriver s'il venait ici et s'il insistait pour me voir?

– Se proposerait-il de faire cela?

Elle hésita encore, et la légère contraction nerveuse qui se manifestait souvent au coin de sa bouche fut alors plus marquée que de coutume.

– Il m'écrit que son inquiétude est insoutenable et qu'il est résolu à me voir, répondit-elle avec douceur.

– Il est probable qu'il s'en tiendra à sa résolution, dit Julius. Quand je l'ai vu hier, sir Patrick a parlé de vous dans les termes d'une admiration bien vive.

Il s'arrêta, des larmes brillaient dans les yeux d'Anne, une de ses mains pressait nerveusement un objet caché dans le corsage de sa robe ; la lettre de sir Patrick, peut-être.

– Je le remercie de tout mon cœur, dit-elle d'une voix émue ; mais il vaut mieux qu'il ne vienne pas ici.

– Voudriez-vous lui écrire ?

– Je crois que je préférerais que vous lui transmissiez mon message.

Julius comprit que ce sujet ne devait pas être poussé plus loin.

La lettre de sir Patrick avait produit sur la jeune femme une impression que, dans sa délicatesse, elle semblait ne pas vouloir avouer même à elle-même.

Ils retournèrent au cottage.

Une surprise les y attendait sur le seuil. Hester Dethridge, habillée, son chapeau sur la tête, à cette heure de la matinée, se disposait à sortir.

– Allez-vous déjà au marché ? demanda Anne.

Hester secoua la tête.

– Quand reviendrez-vous ?

Elle écrivit sur son ardoise :

Pas avant la nuit.

Sans plus d'explication, elle abaissa son voile sur son visage et se dirigea vers la porte.

La clef se trouvait dans la salle à manger où Julius l'avait déposée après avoir reconduit le docteur.

Hester la tenait à la main. Elle ouvrit la porte et la ferma derrière elle, en laissant cette clef dans la serrure.

Au bruit de la porte qui se refermait, Geoffrey apparut dans le corridor.

– Où est la clef ? demanda-t-il ; qui est sorti ?...

Son frère répondit à ses questions. Geoffrey regarda alternativement Julius et Anne d'un air soupçonneux.

– Que va-t-elle faire dehors, à cette heure ? dit-il. A-t-elle quitté la maison pour éviter ma présence ?

Julius pensa que cela était possible.

Geoffrey alla fermer la porte et revint avec la clef dans sa poche.

– Je suis obligé de veiller sur cette porte, le voisinage fourmille de mendiants et de vagabonds. Si vous avez à sortir, ajouta-t-il en se tournant vers Anne, je suis à votre service comme tout bon mari doit l'être.

Après un déjeuner pris à la hâte, Julius se disposa à partir.

– Je n'accepte pas votre refus, dit-il à son frère devant Anne. Vous me reverrez.

Geoffrey persista obstinément encore.

– Quand vous viendriez ici tous les jours de votre vie, s'écria-t-il, ma résolution sera toujours la même !

La porte se referma sur Julius.

Anne retourna à la solitude de sa chambre.

Geoffrey entra dans le salon, plaça le *Calendrier de Newgate* sur la table devant lui et reprit la lecture qu'il n'avait pu continuer la veille au soir.

Des heures passèrent tandis qu'il s'absorbait dans les causes criminelles ; il avait dévoré une bonne moitié de cette horrible chronique et son attention ne faiblissait point. Cependant, il alluma une pipe et s'en alla dans le jardin réfléchir sur ce qu'il avait lu.

Quelques différences qui existassent entre les diverses atrocités dont il venait de se repaître, elles avaient un point de ressemblance qu'il n'avait pas prévu et qui se rencontrait dans toutes les causes…

Tôt ou tard le cadavre du mort était découvert, apportant toujours son muet témoignage contre le crime, portant les traces du poison ou de la violence.

Il allait et venait lentement, réfléchissant sur ce problème et, comme la veille, il regardait les fenêtres d'Anne et se disait : comment ?…

Cette question, il se l'était posée depuis le moment où l'homme de loi avait anéanti son espérance d'obtenir le divorce.

Cette question restait toujours présente à son esprit. Il n'y trouvait pas de réponse dans sa cervelle, il n'y trouvait pas de réponse dans le livre qu'il avait consulté. Tout aurait tourné en sa faveur s'il avait pu seulement trouver la solution de ce « comment »?

Il tenait sa femme à sa merci, dans un lieu fermé de tous côtés aux regards curieux, et il avait bien formé la résolution de rester au cottage, même après l'insulte que la propriétaire lui avait faite en lui notifiant de la quitter.

Tout avait été préparé, tout avait été sacrifié à l'accomplissement de son but. Mais comment?... Comment atteindre ce but?... Le problème demeurait toujours aussi insoluble que le premier jour où il se l'était posé.

Quelle autre possibilité avait-il? Accepter la proposition que Julius lui avait faite? En d'autres termes, renoncer à sa vengeance sur Anne et abandonner le splendide avenir que lui offrait le dévouement de Mrs Glenarm.

Jamais!

Il retournerait à ses livres. Il n'était pas encore arrivé à la fin de sa lecture, et la plus légère indication dans les pages qui lui restaient à étudier pouvait le mettre sur une bonne piste.

Le moyen de se débarrasser d'Anne sans éveiller les soupçons d'une créature vivante dans la maison ou dehors, voilà ce qu'il pouvait encore trouver.

Un homme de son rang peut-il raisonner d'une façon aussi brutale? Bien certainement la pensée de ce qu'il était sur le point de faire devait le troubler et le troublait. Mais réfléchissez un moment et regardez son passé. Avait-il éprouvé des remords quand il avait comploté de trahir Arnold, dans le jardin de Windygates? Il n'avait pas en lui le sentiment du remords. Ce qu'il était devenu n'était que la conséquence naturelle de ce qu'il avait toujours été. Une tentation plus sérieuse allait le pousser à commettre un plus grand crime.

Comment y eût-il résisté? Son habileté à manier l'aviron, sa vitesse à la course, son admirable force de résistance à tous les exercices du corps, lui pouvaient-elles être de quelque secours pour remporter une victoire, purement morale, sur son égoïsme et sur sa cruauté? Non.

La négligence qu'il avait toujours eue de lui-même sous le rapport moral et intellectuel, tacitement encouragée par les gâteries du public, le laissait à la merci de ses pires instincts, de tout ce qu'il y a de plus vil et de plus dangereux dans l'homme à l'état de nature.

Quant à ses camarades, ils ne commettaient généralement aucun mal sortant de la ligne commune, parce qu'ils n'avaient pas rencontré devant eux une situation sortant de la ligne commune.

Pour lui, le cas était tout différent. Il se trouvait aux prises avec une tentation extraordinaire. Comment était-il préparé à s'en défendre ? Il se trouvait littéralement et exactement dans la condition où son éducation l'avait laissé. Contre une tentation, petite ou grande, c'était un homme désarmé.

Geoffrey rentra au cottage.

La servante l'arrêta dans le corridor pour lui demander à quelle heure il désirait dîner. Au lieu de répondre, il s'enquit avec colère de Mrs Dethridge.

Mrs Dethridge n'était pas encore revenue. L'après-midi était fort avancé et elle était sortie de grand matin : cela n'était encore jamais arrivé. De vagues soupçons sur elle, tous plus monstrueux les uns que les autres, commencèrent à prendre naissance dans l'esprit de Geoffrey.

Julius lui avait dit que, sous l'influence de la boisson et de la fièvre, il avait eu du délire pendant une partie de la nuit. Avait-il laissé échapper quelques paroles imprudentes ? Hester les avait-elle entendues ? Fallait-il chercher là l'explication de sa longue absence et du congé qu'elle lui avait notifié ?

Il résolut, sans lui laisser voir qu'il la soupçonnait, d'éclaircir ce doute aussitôt qu'elle serait de retour.

La nuit vint.

Il était plus de 9 heures quand la sonnette de la porte extérieure se fit entendre.

La servante vint pour demander la clef.

Geoffrey se leva et voulut aller ouvrir lui-même. Il changea d'idée avant d'avoir quitté la chambre. En supposant que ce soit Hester qui attendait qu'on l'introduisît, s'il allait lui-même lui ouvrir la porte quand la servante était là pour le faire, il s'exposait à éveiller ses soupçons.

Il donna la clef à la fille et se tint hors de vue.

Morte de fatigue ! se dit la servante en voyant sa maîtresse à la clarté du bec de gaz qui surmontait la porte extérieure.

Morte de fatigue ! se dit Geoffrey en observant Hester quand elle passa devant lui dans le corridor, se rendant à l'étage supérieur pour quitter son chapeau et son châle.

Morte de fatigue ! se dit Anne en la rencontrant dans le corridor du premier étage, et en recevant de ses mains une lettre de l'écriture de Blanche, que lui avait remise le facteur, et qu'elle avait trouvée à la porte du cottage.

Après avoir remis la lettre à Anne, Hester se retira dans sa chambre.

Geoffrey ferma la porte du salon, dans lequel les bougies étaient allumées, et passa dans la salle à manger, où il n'y avait pas de lumière.

Ayant eu soin de laisser la porte tout contre, il attendit, comptant saisir Hester au passage, quand elle se rendrait à la cuisine pour le souper.

Hester, avec un air de fatigue extrême, ferma la porte, alluma les chandelles et mit l'encre et une plume sur la table. Cela fait, elle fut obligée de s'asseoir pendant quelques minutes pour retrouver des forces et reprendre sa respiration.

Après un moment, elle put enfin dégrafer le haut de son corsage, prendre dans la poche secrète de son corset le manuscrit portant cette mention : *« MA CONFESSION »*.

Elle écrivit sur la dernière page une nouvelle note, à la suite de celle qu'elle avait écrite la nuit précédente :

Ce matin je lui ai notifié d'avoir à quitter ma maison, et je lui ai offert de lui rendre son argent s'il le désirait. Il a refusé de partir. Il partira demain… ou je mets le feu à la maison. Toute la journée, je l'ai évité en restant absente. Pas de repos pour soulager mon esprit, pas de sommeil pour fermer mes yeux. Je porte humblement ma croix, aussi longtemps que mes forces me le permettront.

Après ces mots, la plume lui tomba des doigts. Sa tête s'inclina sur sa poitrine.

Elle se réveilla en sursaut. Le sommeil était l'ennemi qu'elle redoutait : le sommeil amenait les rêves.

Elle ouvrit les volets de la fenêtre et regarda au-dehors.

La douce clarté de la lune se répandait dans le jardin. Les transparentes profondeurs du ciel avaient quelque chose de si calme, de si beau à voir.

Quoi?... la clarté disparaît déjà?... les nuages?... l'obscurité?... Non!

Elle avait encore failli s'endormir.

Elle fit un effort pour se réveiller.

La lune resplendissait sur le jardin d'une clarté aussi brillante que jamais.

Que les rêves dussent venir ou non, elle ne pouvait lutter plus longtemps contre la fatigue qui l'accablait.

Elle ferma les volets, se mit au lit et mit sa confession à sa place accoutumée, sous son oreiller. Elle regarda autour de la chambre et frissonna. Chaque coin de la pièce évoquait les terribles souvenirs de la nuit passée. Les tortures de ses rêves ou la terreur de l'apparition veillant près de son lit, voilà ce qui l'attendait. Et pas de remède! Pas de bienfaisante sauvegarde sous laquelle elle pût se résigner tranquillement à dormir!

Une idée lui traversa l'esprit. Le bon livre... la Bible. Si elle dormait avec la Bible sous son oreiller, il y avait un espoir en l'influence de ce livre divin, l'espoir de dormir en paix.

Elle n'avait pas besoin de remettre son corset et sa robe qu'elle avait quittés. Son châle la couvrirait suffisamment. Il était également inutile de prendre de la lumière. Les volets n'étaient pas fermés au rez-de-chaussée à cette heure de la soirée. S'ils l'étaient, elle pouvait parfaitement atteindre sa bible dans le parloir sur la tablette où elle était placée, même dans l'obscurité.

Elle reprit la confession sous l'oreiller, ne pouvant se décider à la laisser une minute dans sa chambre, pendant qu'elle en était dehors.

Tenant le manuscrit fermé et caché dans sa main, elle descendit doucement l'escalier. Ses genoux tremblaient sous elle, elle était obligée de s'appuyer sur la rampe de la main qu'elle avait de libre.

Geoffrey l'observait de la salle à manger et la regardait descendre l'escalier.

Il attendit pour voir ce qu'elle ferait, avant de se montrer et de lui parler.

Au lieu d'aller dans la cuisine, elle s'arrêta court et entra dans le parloir.

Autre circonstance suspecte ! Qu'allait-elle faire dans le parloir, sans lumière, et à cette heure ?

Elle alla droit à l'étagère.

Sa silhouette était parfaitement visible à la clarté de la lune qui éclairait la pièce. Elle chancela et porta la main à sa tête. Un étourdissement, sans doute produit par l'excès de la fatigue, venait de la saisir.

Elle revint à elle et prit le livre sur la tablette. Alors elle s'appuya contre le mur, trop fatiguée pour remonter l'escalier avant d'avoir pris un peu de repos.

Son fauteuil était près d'elle. Elle pensa qu'elle se reposerait mieux, pendant une minute ou deux, en s'asseyant qu'en restant appuyée à ce mur. Elle s'assit donc lourdement et plaça le livre sur ses genoux. Un de ses bras pendait au-dessus du bras du fauteuil ; la main était fermée et tenait son manuscrit…

Sa tête roula sur sa poitrine. Elle était endormie, profondément endormie. Les muscles de sa main fermée qui pendait au-dessus du bras du fauteuil se détendirent. Quelque chose en tomba et resta par terre.

Le plancher était éclairé par la lune.

Geoffrey ôta ses lourds souliers et entra sans bruit dans la pièce. Il ramassa l'objet blanc qui gisait sur le plancher.

Il vit que c'étaient plusieurs feuilles de papier très fin soigneusement reliées ensemble et couvertes d'écriture. De l'écriture ? Et tant qu'elle était restée éveillée elle avait gardé cet écrit caché dans sa main ! Avait-il dit quelque chose de compromettant pendant que la fièvre lui troublait le cerveau, la nuit précédente ? Avait-elle mis par écrit ce qu'il avait dit pour produire ce document contre lui ?

Il avait la méfiance d'une conscience coupable, et ce doute se transforma en probabilité dans son esprit.

Il quitta le parloir sans bruit, comme il y était entré, et alla chercher la lumière dans le salon, résolu à examiner le manuscrit qu'il avait dérobé.

Après l'avoir replié avec soin sur la table, il tourna le premier feuillet et lut ce qui suit.

59

Le manuscrit

MA CONFESSION
pour être mise dans mon cercueil
et enterrée avec moi.

I

Ceci est l'histoire de ma vie de femme mariée. Ici est consignée la vérité inconnue à tous et confessée à mon Créateur.

Au grand jour de la Résurrection, nous reprendrons nos corps.

Quand je serai appelée devant le divin tribunal, je me présenterai ceci à la main.

Juge équitable et miséricordieux, tu sais ce que j'ai souffert… ma confiance est en toi !

II

Je suis l'aînée d'une nombreuse famille, issue de parents pieux. Nous appartenions à la congrégation des premiers méthodistes.

Toutes mes sœurs se marièrent avant moi. Pendant quelques années, je restai seule à la maison.

Bientôt la santé de ma mère faiblit, et c'est moi qui conduisis la maison à sa place.

Notre pasteur spirituel, le bon Mr Bapchild, dînait souvent avec nous le dimanche, après le service divin : il approuvait ma manière d'administrer la maison et louait spécialement mes talents en cuisine, ce qui n'était pas agréable à ma mère, jalouse de me voir occuper sa place.

Ainsi commença mon malheur dans la maison paternelle. Le caractère de ma mère devint plus difficile à mesure que sa santé devenait plus mauvaise.

Mon père était souvent en voyage pour ses affaires. J'avais tous les ennuis à supporter.

Vers cette époque, je commençai à penser que je ferais mieux de me marier, comme l'avaient fait mes sœurs, et de recevoir à dîner le bon Mr Bapchild, après les services du dimanche, dans une maison à moi.

Dans ces dispositions d'esprit, je fis la connaissance d'un jeune homme qui suivait le service divin à notre chapelle. Son nom était Joel Dethridge. Il avait une belle voix. Quand il chantait les hymnes, il les suivait sur le même livre que moi. De son état, il était colleur de papier.

Nous eûmes de nombreuses conversations sérieuses ensemble. Je me promenais avec lui les dimanches. Il était de dix bonnes années plus jeune que moi, et, simple journalier, sa condition dans le monde était au-dessous de la mienne.

Ma mère découvrit notre affection. Elle le dit à mon père à son retour à la maison. Elle le dit également à mes sœurs et à mes frères.

Tous se réunirent pour déclarer que les choses ne devaient pas aller plus loin entre moi et Joel Dethridge.

J'eus un temps bien dur à passer.

Mr Bapchild lui-même exprima sa grande affliction au sujet des événements. Il fit allusion à moi dans un sermon sans me nommer, mais je compris très bien ce qu'il voulait dire.

Peut-être aurais-je cédé s'ils n'avaient pas fait une

enquête parmi les ennemis de Joel. Ils colportèrent de mauvaises histoires sur lui. Ce procédé, après que nous avions chanté sur le même livre, fait des promenades ensemble, et que nous nous étions trouvés d'accord sur la question religieuse, était plus que nous n'en pouvions supporter.

J'étais d'âge à me conduire moi-même. J'épousai Joel Dethridge.

III

Tous mes parents me tournèrent le dos; aucun d'eux n'assista à mon mariage. Mon frère Reuben, en particulier, qui menait tous les autres, déclara que toutes relations étaient rompues avec moi à partir de ce jour.

Mr Bapchild en fut fort ému : il versa des larmes et dit qu'il prierait pour moi.

Je fus mariée à Londres par un pasteur qui m'était étranger, et nous nous établîmes dans cette ville avec un bel avenir devant nous. J'avais une petite fortune personnelle : ma part de l'argent laissé pour moi et pour mes sœurs par notre tante Hester, dont je porte le nom. Cette part consistait en une somme de 300 livres. Près de 100 livres furent employées à l'acquisition du mobilier et de la petite maison dans laquelle nous allions vivre. Le reste, je le remis à mon mari pour le déposer à la banque jusqu'au moment où il en aurait besoin pour s'établir à son compte.

Pendant trois mois, plus ou moins, tout alla assez bien, sauf sur un point. Mon mari ne faisait aucune démarche pour s'établir et entrer dans les affaires.

Une ou deux fois il se fâcha parce que je lui disais que nous avions tort de dépenser l'argent déposé à la banque et dont nous pourrions avoir besoin plus tard au lieu de chercher à en gagner d'autre.

Le bon Mr Bapchild, se trouvant en ce moment à Londres, resta un dimanche et vint dîner avec nous dans l'intervalle des services.

Il avait essayé de faire la paix avec mes parents, mais il n'avait pas réussi.

Sur ma demande, il parla à mon mari de la nécessité de faire quelque chose ; mon mari prit mal ses avis. Pour la première fois, je le vis s'emporter sérieusement.

Le bon Mr Bapchild ne dit plus rien. Il paraissait alarmé de ce qui était arrivé et nous quitta de bonne heure.

Peu de temps après, mon mari sortit.

Je tins le thé prêt pour lui ; il ne revint pas. Je préparai son souper, il ne revint pas davantage.

Il était plus de minuit quand je le revis.

Je fus surprise de l'état dans lequel il se trouvait en rentrant à la maison : il n'avait ni la même voix ni le même visage. Il semblait ne pas me connaître ; il divaguait et il tomba comme une masse inerte sur le lit.

Je courus chercher un médecin. Le docteur le souleva pour l'exposer à la lumière, le regarda, flaira son haleine et le reposa dans le lit.

– Qu'a-t-il, monsieur ? dis-je.

– Ne le savez-vous pas ?

– Non, monsieur.

– Quelle sorte de femme êtes-vous, pour ne pas reconnaître un homme ivre ?

Sur ces mots, il partit et me laissa près du lit, toute tremblante de la tête aux pieds.

Voici comment je découvris, pour la première fois, que j'étais la femme d'un ivrogne.

IV

J'ai omis de dire quelque chose sur la famille de mon mari.

Dans le temps où nous nous promenions ensemble, il m'apprit qu'il était orphelin, qu'il avait un oncle et une tante au Canada et un frère établi en Écosse.

Avant que nous fussions mariés, il me communiqua une lettre de son frère. Celui-ci exprimait son chagrin de ne pouvoir venir en Angleterre pour assister à notre mariage et nous souhaiter joie, bonheur, et santé.

Le bon Mr Bapchild, auquel j'écrivis en secret ce qui

était arrivé, me répondit pour me conseiller d'attendre un peu et de voir ce que ferait mon mari par la suite.

Je n'eus pas à attendre longtemps. Il était pris de boisson le lendemain et le jour suivant.

En apprenant cela, Mr Bapchild me demanda de lui envoyer la lettre du frère de mon mari.

Il me rappela quelques-unes des histoires racontées sur mon mari et auxquelles j'avais refusé de croire avant mon mariage, et ajouta qu'il serait peut-être bon de prendre des informations.

En voici le résultat.

Le frère de mon mari était à cette époque placé secrètement et sur sa demande entre les mains d'un médecin qui s'était chargé de le faire rompre avec ses habitudes d'ivrognerie.

La passion des liqueurs fortes, écrivait le docteur, *est dans la famille. Ils restent sobres pendant des mois, ne prennent rien de plus fort que du thé. Puis l'accès s'empare d'eux et ils boivent, boivent comme des fous et deviennent de malheureux abandonnés.*

Voilà le mari que je m'étais donné. J'avais offensé mes parents, je me les étais aliénés pour lui. Triste perspective pour une femme !

Avant une année, l'argent déposé à la banque était dissipé et mon mari était sans emploi.

Il trouvait facilement de l'ouvrage, étant ouvrier de premier ordre quand il était sobre, mais il se faisait congédier dès que sa passion pour la boisson le reprenait.

J'étais désespérée de quitter notre petite maison si bien tenue et de vendre mon joli mobilier, et je lui proposai de chercher de l'emploi, pendant le jour, comme cuisinière et de laisser aller les choses pendant qu'il cherchait à retrouver de l'ouvrage.

Il était sobre et repentant à ce moment-là, il accepta ma proposition : bien plus, il prit l'engagement de devenir un nouvel homme.

Tout alla donc assez bien pendant quelque temps. Nous n'avions à penser qu'à nous. Je n'avais pas d'enfant et peu de chance d'en avoir jamais. Différente de beaucoup de femmes, je regardais cela comme une chance. Dans ma situation, dès que je la connus, devenir mère n'eût été qu'une aggravation de ma cruelle destinée.

Le genre d'emploi que je cherchais ne pouvait se trouver en un jour.

Le bon Mr Bapchild me donna un certificat, et notre propriétaire, un digne homme appartenant, j'ai le regret de le dire, à l'Église romaine, parla pour moi à l'intendant d'un club.

Néanmoins, il fallut du temps pour persuader les gens que j'étais une aussi parfaite cuisinière que je le prétendais.

Près d'une quinzaine avait passé avant que j'eusse rien obtenu.

Enfin j'étais placée.

Je revenais à la maison, joyeuse, autant que la joie a jamais été dans ma nature, pour annoncer ce qui était arrivé.

Je trouvai des commissionnaires en train d'emporter le mobilier que j'avais payé de mon argent, pour le vendre aux enchère publiques. Je leur demandai comment ils osaient y toucher sans ma permission.

Ils me répondirent, assez poliment, je l'avoue, qu'ils agissaient d'après les ordres de mon mari, et continuèrent sous mes yeux à charger leur charrette.

Je montai au premier étage et je trouvai mon mari sur le palier. Il était encore pris de boisson.

Inutile de dire ce qui se passa entre nous.

Je mentionnerai seulement que ce fut la première fois qu'il leva la main sur moi et me frappa.

V

Douée d'une nature énergique, j'étais résolue à ne pas souffrir pareille chose. Je courus aussitôt au bureau de police.

Mon argent avait non seulement payé le mobilier, mais il avait subvenu aux charges de la maison et servi à payer les impôts demandés par la reine et par le Parlement.

Je me rendis donc auprès du magistrat pour voir ce que la reine et le Parlement, en retour de l'acquittement de ces impôts, pourraient faire pour moi.

– Le mobilier était-il en votre nom ? dit-il quand je lui eus exposé ce qui était arrivé.

Je ne compris pas ce qu'il voulait dire.

Il se tourna vers une personne qui était assise auprès de lui.

– C'est un cas cruel, fit-il. Les pauvres gens de cette condition ne savent même pas ce que c'est que les stipulations d'un contrat de mariage et, le sauraient-ils, combien peu seraient en état de payer les honoraires de l'homme de loi !

Sur ces mots, il se retourna vers moi.

– Votre cas est un cas ordinaire, dit-il. Dans l'état présent de la législation, je ne puis rien pour vous.

Il m'était impossible de croire pareille chose, ordinaire ou non, et je lui soumis de nouveau mon affaire.

– J'ai acheté le mobilier de mes deniers, monsieur, dis-je. Il est à moi, je l'ai acquis honnêtement ; je puis le prouver par des factures acquittées. On me l'enlève de force, pour le vendre contre ma volonté. Ne me dites pas que c'est la loi. Nous sommes en pays chrétien. Cela ne peut pas être.

– Ma bonne créature, vous êtes mariée. La loi ne permet pas à une femme mariée de dire que rien lui appartient, si elle n'a pas, avec l'aide d'un homme de loi, passé un contrat à cet effet avec son mari, avant de l'épouser. Vous n'avez pas établi de contrat. Votre mari a le droit de vendre le mobilier si cela lui convient. J'en suis affligé pour vous, mais je ne puis le lui défendre.

J'étais opiniâtre dans mes idées.

– Veuillez me répondre à ceci, monsieur ! m'écriai-je. Il m'a été dit par des gens plus savants que moi que nous devions acquitter les impôts pour soutenir la reine et le Parlement, et qu'en retour la reine et le Parlement faisaient des lois pour nous protéger. J'ai payé mes impôts. Pourquoi n'existe-t-il pas de loi qui me protège ?

– Je ne puis pas entrer dans cet ordre d'idées, répondit-il. Je dois appliquer la loi telle que je la trouve et vous devez la subir. Je vois une marque sur ce côté de votre visage : votre mari vous aurait-il battue? S'il vous a frappée, appelez-le ici. Je puis le punir pour ce fait.

– Comment vous pouvez le punir? dis-je.

– Je puis le condamner à une amende, ou l'envoyer en prison.

– L'amende, il peut la payer avec le produit de la vente de mes meubles; quant à la prison, pendant qu'il sera renfermé, que deviendrai-je avec mon argent dissipé par lui et dépouillée de tout ce que je possédais? Lorsqu'il sortira de prison, que deviendrai-je encore avec un mari que j'aurai fait punir et qui saura que c'est moi qui ai obtenu cette punition? Le mal est assez grand tel qu'il est. Il n'y a pas que mon visage qui soit meurtri. Je vous souhaite le bonjour.

VI

Quand je rentrai, le mobilier était enlevé et mon mari parti. Il n'y avait personne que le propriétaire dans la maison vide. Il me dit tout ce qu'il pouvait me dire, il fut assez bon pour moi.

Dès qu'il fut parti, je fis ma malle, je montai dans une voiture lorsque la nuit fut venue, et je trouvai un logement pour y reposer ma tête.

S'il y eut jamais une créature isolée et malheureuse dans le monde, j'étais cette créature ce soir-là.

Il n'y avait pour moi qu'une chance de gagner mon pain : aller occuper l'emploi qui m'avait été offert au club, sous les ordres d'un chef cuisinier.

Il ne me restait qu'un espoir… l'espoir de ne plus revoir mon mari.

J'allai à mon ouvrage et je réussis. Je gagnai le premier trimestre de mes gages. Mais il n'est pas bon pour une femme de se voir dans la position où j'étais : seule et sans amis, dépouillée de tout ce que j'avais mis mon orgueil à acquérir, et n'ayant plus d'intérêt dans la vie.

Je suivais régulièrement les offices à la chapelle, mais

je pense que mon cœur commençait à s'endurcir et que mon esprit s'absorbait trop dans ses pensées.

Un changement était proche.

Deux ou trois jours après que j'eus reçu mes premiers gages, mon mari me découvrit.

L'argent du mobilier était dépensé. Il fit un esclandre au club. Je ne pus le faire tenir tranquille qu'en lui donnant tout l'argent qui ne m'était pas absolument nécessaire pour vivre.

L'affaire vint à la connaissance des commissaires : ils me dirent que si pareille chose se renouvelait, ils seraient forcés de me congédier.

Au bout d'une quinzaine le fait se renouvela.

Tous les commissaires me dirent qu'ils en étaient désolés pour moi, mais je perdis ma place.

Mon mari revint avec moi dans mon logement.

Le lendemain matin, je le surpris me volant ma bourse avec les quelques shillings qu'elle renfermait, dans ma malle dont il avait fracturé la serrure.

Nous nous querellâmes; il me battit encore, et cette fois me laissa étendue à terre.

Je retournai à la cour de police, et je racontai mon histoire à un autre magistrat; cette fois, ma seule demande était qu'on me protégeât contre le retour de mon mari.

– Je ne veux pas être à charge aux autres, dis je, je ne demande que ce qui est juste. Je ne me plains même pas d'avoir été cruellement maltraitée. Tout ce que je demande, c'est qu'on me laisse les moyens de gagner honnêtement ma vie.

La réponse que je reçus se résume en ceci.

La loi pouvait me protéger pourvu que j'eusse de l'argent à dépenser pour obtenir d'une plus haute cour une séparation.

Après avoir permis à mon mari de me voler tout ce que je possédais, la loi me répondait quand je venais à elle dans ma détresse, en me tendant la main pour être payée.

Je ne possédais au monde que 3 shillings et 6 pence, et la perspective, si je gagnais davantage, de voir arriver mon mari avec la permission de la loi pour me le prendre.

Il ne me restait qu'une chance, c'était de gagner du temps et de tâcher de lui échapper.

Je gagnai un mois de liberté en l'accusant de m'avoir battue.

Le magistrat, qui se trouvait être jeune et nouveau dans les affaires, l'envoya en prison au lieu de le condamner à l'amende.

Cela me laissa le temps d'obtenir un certificat au club et une lettre de recommandation du bon Mr Bapchild.

Grâce à ces pièces, j'obtins une place dans une famille, cette fois en province. Je me trouvai alors dans un poste tranquille. J'étais chez de braves et dignes gens qui avaient compassion de mon malheur et me traitaient avec une grande indulgence.

Au milieu de tous mes tourments, je dois dire que j'ai toujours eu l'occasion de reconnaître une chose. J'ai observé que les gens heureux sont le plus souvent disposés à éprouver de la compassion pour le malheur des autres. J'ai observé également qu'ils voient assez clairement ce qu'il y a de dur, de cruel et d'injuste dans le gouvernement du pays auquel ils fournissent les moyens de marcher.

Mais demandez-leur de ne pas rester tranquillement assis à murmurer contre les abus, demandez-leur de se lever et d'y mettre ordre et vous trouverez un troupeau de moutons.

Plus de six mois se passèrent, et j'économisai un peu d'argent.

Un soir, comme nous allions gagner nos lits, la sonnette de la rue retentit bruyamment.

Le valet de pied alla ouvrir : j'entendis la voix de mon mari dans le vestibule. Il avait retrouvé ma trace, grâce à l'aide d'un homme de police qu'il connaissait, et venait réclamer ses droits.

Je lui offris le peu d'argent que je possédais s'il consentait à me laisser où j'étais.

Mon bon maître alla lui parler.

Tout fut inutile ; il ne voulut rien entendre.

Si c'eût été lui qui m'eût quittée, on aurait pu faire

quelque chose pour me protéger, à ce que je compris. Mais il tenait à sa femme. Tant que je pouvais gagner un denier, il tenait à moi.

Liée à lui, je n'avais pas le droit de le quitter, j'étais obligée de le suivre… aucun moyen de lui échapper.

Je dis adieu à mes maîtres ; j'ai toujours gardé le souvenir de leurs bontés.

Mon mari me ramena à Londres.

Tant que l'argent dura, la boisson alla bon train ; quand il fut dépensé, je fus battue.

Point de remède, point de remède !

Je pouvais pourtant chercher à lui échapper de nouveau. J'aurais pu le renvoyer en prison. Quel avantage en résulterait-il pour moi ? Au bout de quelques semaines, il sortirait sobre, repentant, promettant de s'amender ; puis l'accès le reprendrait, et il redeviendrait fou furieux.

Mon cœur s'endurcit sous l'influence de cette situation désespérée, et de noires pensées m'assiégèrent, surtout la nuit.

Vers ce temps, je commençai à me dire qu'il n'y avait d'espoir de délivrance que dans la mort.

Sa mort ou la mienne.

Une ou deux fois j'allai me promener, la nuit, sur les ponts et je regardai la rivière. Non ! je n'étais pas femme à choisir ce moyen pour mettre un terme à ma misère.

La fièvre brûle votre sang… votre tête est en feu… vous sortez pour en finir avec la vie.

Les tourments n'ont jamais produit cet effet sur moi. Sous leur influence, je deviens froide… mon sang ne s'allume pas… c'est mauvais… mais on est ce qu'on est. L'Éthiopien peut-il changer la couleur de sa peau ou le léopard faire disparaître les taches de sa robe ?

Je lui échappai encore et je trouvai une bonne place.

Peu importe de dire où et comment – c'est toujours la morne histoire –, mieux vaut arriver à la fin.

Néanmoins, il y avait un changement cette fois ; je n'étais pas dans une famille. J'avais aussi la permission d'apprendre à cuisiner à de jeunes femmes, dans mes instants de loisir.

Grâce à cela, et mon mari ayant mis longtemps à me découvrir, j'étais arrivée à me mettre en bonne position.

Quand mon ouvrage était fini et la nuit venue, j'allais reposer dans un logement à moi. Il ne se composait que d'une chambre. Je le garnis de meubles m'appartenant. Le loyer était de moitié inférieur à celui que m'aurait coûté une chambre meublée. Et puis, au milieu de tous mes chagrins, j'ai toujours aimé que tout fût propre autour de moi, propre, bien en ordre, et de bonne qualité.

Eh bien ! est-il nécessaire de dire comment cela finit ?

J'étais en course, cette fois, le hasard me fit le rencontrer dans la rue.

Il était en haillons et mourant de faim. Mais que lui importait à présent ? Il n'avait qu'à puiser dans ma poche et y prendre ce dont il avait besoin. Il n'y a pas de bornes à ce que peut faire un mari en Angleterre, tant qu'il tient à sa femme.

Dans cette occasion, il eut assez de finesse pour comprendre qu'il agirait contre son intérêt en me faisant perdre ma place.

Pendant un certain temps, les choses allèrent assez paisiblement. Je prétendis que le travail était plus rude que de coutume ; et il me donna la permission de coucher au lieu où j'étais employée.

Cela ne dura pas longtemps ; l'accès le reprit. Il vint chez mes maîtres et fit un scandale.

Des gens honnêtes ne pouvaient supporter cela : je perdis encore ma place.

Une autre femme serait devenue folle. Je crois qu'il s'en fallait de l'épaisseur d'un cheveu que je perdisse la raison.

Quand je le regardais le soir, plongé dans le sommeil de l'ivresse, je pensai à Jahel et à Sisara, voir le Livre des Juges, chapitre IV, versets 17-21, il dit : « *Elle prit un clou de la tente, et, un marteau à la main, elle s'approcha doucement de lui, lui appliqua le clou sur la tempe et le cloua par terre, car il était profondément endormi et accablé de fatigue. Ainsi, il mourut. Elle accomplit cet acte pour délivrer son pays de Sisara.* »

S'il y avait eu un marteau et un clou dans la chambre, je crois que j'aurais été Jahel, avec cette différence que j'eusse fait cela pour me délivrer moi-même.

Avec le jour cette idée passa. Je sortis et j'allai consulter un homme de loi.

Beaucoup de personnes à ma place en auraient eu assez de la loi ; mais je suis de ceux qui vident la coupe jusqu'à la lie.

Ce que je dis à cet homme se résume à ceci.

– Je viens prendre vos conseils au sujet d'un fou. Les fous, à ce que j'ai entendu dire, sont des gens qui ont perdu tout contrôle sur eux-mêmes. Quelquefois cela les conduit à se nourrir d'illusions, d'autres fois à commettre des actions nuisibles à autrui et à eux-mêmes. Mon mari a perdu tout contrôle sur lui-même par sa passion pour les liqueurs fortes. Je requiers qu'on l'empêche de boire, comme on prend contre d'autres des mesures pour les empêcher d'attenter à leur vie ou à la vie du prochain. Il y a des asiles pour les fous, par tout le pays, à la disposition du public, à de certaines conditions. Si je remplis ces conditions, la loi peut-elle me délivrer du malheur d'être mariée à un fou dont la folie est de boire ?

– Non, me dit l'homme de loi. La loi anglaise se refuse à considérer un incorrigible ivrogne comme étant dans des conditions à subir aucune peine. La loi anglaise laisse les maris et les femmes se débattre contre leur misère comme ils peuvent.

Je payai des honoraires à l'homme de loi et je le quittai.

C'était la dernière chance.

Elle était contre moi.

VII

La pensée qui une fois déjà s'était présentée à mon esprit revint de nouveau l'assiéger et ne me quitta plus. Il n'y avait de délivrance que dans la mort.

Sa mort ou la mienne. Cette pensée me poursuivait nuit et jour, dans la chapelle.

Je relus l'histoire de Jahel et de Sisara si souvent que ma bible s'ouvrait d'elle-même à cette place.

Les lois de mon pays, qui auraient dû me protéger, comme toute honnête femme, me laissaient sans appui. En l'absence de protection, je n'avais pas d'amis à qui ouvrir mon cœur. J'étais renfermée en moi-même, et j'étais mariée à cet homme!...

Considérez-moi comme une faible créature humaine et dites-moi : n'était-ce pas une épreuve trop rude pour les forces humaines?

J'écrivis au bon Mr Bapchild. Sans entrer dans aucun débat, je me contentai de lui dire que j'étais en proie à la tentation, et le priai de venir à mon aide.

Il était retenu au lit par la maladie; il ne put que m'écrire une lettre pleine de bons conseils.

Pour profiter de bons conseils, il faut à une créature humaine la perspective d'une récompense à ses efforts. La religion elle-même est obligée de nous présenter cette récompense et de nous dire : « Soyez bons et vous irez au ciel. »

Je n'avais pas de perspective semblable : je fus reconnaissante envers ce bon Mr Bapchild, et rien de plus. Jadis un mot de mon pasteur m'aurait remise dans la bonne voie, mais j'étais endurcie.

Si les premiers mauvais traitements que j'aurais à endurer de Joel Dethridge ne me trouvaient pas changée, je sentais que je me délivrerais de lui, de mes propres mains.

Sous l'empire de cette crainte, je m'humiliai devant mes parents, pour la première fois.

J'écrivis pour demander leur pardon, pour avouer qu'ils avaient eu raison dans leur opinion sur mon mari, et pour les prier de me rendre leur amitié et de me permettre de les aller voir de temps en temps.

Ma pensée était que cela adoucirait mon cœur de revoir l'ancienne maison et de parler de l'ancien temps à ceux dont les visages étaient toujours présents à mon souvenir.

Je suis presque honteuse de l'avouer : si j'avais eu quelque chose à donner, je l'aurais abandonné volontiers pour me retrouver dans la cuisine de ma mère, à préparer le dîner du dimanche pour toute la famille.

Mais cela ne devait pas être.

Peu de temps avant la réception de ma lettre, ma mère mourut. Tous rejetèrent la faute de cette mort sur moi. Elle était souffrante depuis des années et avait été abandonnée par les médecins, dès les premières atteintes de la maladie, mais ils ne me déclarèrent pas moins la cause de sa mort.

L'une de mes sœurs m'écrivit, en aussi peu de mots qu'il en fallait pour m'exprimer l'opinion de toute la famille. Mon père ne répondit pas à ma lettre.

VIII

Magistrats et hommes de loi, parents et amis m'abandonnaient.

Résignation aux injustices, patience, espoir, honnête labeur, j'avais tout essayé et tout essayé en vain. De quelque côté que je me tournasse, tout horizon se fermait devant moi.

À cette époque, mon mari avait trouvé un peu d'ouvrage. Mais il rentra un soir à la maison dans de mauvaises dispositions, et je lui donnai un avertissement.

– Ne me mettez pas à une trop rude épreuve, Joel, dans votre propre intérêt.

Je ne lui dis que cela.

Il était dans un jour de sobriété, et, pour la première fois, un mot de moi parut faire de l'effet sur lui. Il me regarda fixement pendant une minute ou deux, puis il alla s'asseoir dans un coin et se tint en repos.

C'était un mardi.

Le samedi il reçut sa paye et se remit à boire.

Ce qui se passa en moi, je ne puis le décrire. Tout ce que je me rappelle, c'est qu'après un court moment, je me décidai à quitter la maison. Je connaissais les endroits où je devais trouver mon mari. Le démon me poussait à aller à sa recherche.

La propriétaire essaya de m'arrêter. C'était une

femme plus grande et plus forte que moi; mais je me débarrassai d'elle comme d'un enfant.

En y repensant, je crois qu'elle n'était pas dans des conditions à faire usage de sa force; ma vue l'avait terrifiée.

Je trouvai Joel. Je lui dis… je lui dis tout ce qu'une femme, mise hors d'elle par la fureur, pouvait dire.

Est-il nécessaire de dire comment cela finit?

Il me frappa et me laissa à terre privée de sentiment.

Après cela, il y a une lacune dans ma mémoire. La première chose que je me rappelle, c'est que je revins à moi au bout de plusieurs jours seulement.

Trois de mes dents étaient brisées, mais ce n'était pas ce qu'il y avait de pis.

Ma tête avait frappé contre quelque meuble en tombant, et un nerf, ont-ils dit, avait été lésé de façon à affecter en moi la faculté de la parole.

Je ne puis pas dire que j'étais complètement muette, mais tout à coup, parler devint un travail pour moi. Un mot un peu long me paraissait un obstacle aussi sérieux que si j'avais été un enfant.

On me conduisit à l'hôpital. Les messieurs du corps médical vinrent entourer mon lit.

J'étais pour eux un sujet d'intérêt aussi puissant qu'un roman pour d'autres. Le point en question était de savoir si je finirais par devenir muette.

On me prescrivit pour régime une bonne nourriture et l'on me recommanda de me tenir l'esprit en repos.

Quant au régime, c'était un point difficile à décider. Avoir une bonne nourriture dépendait pour moi de la possibilité de gagner de l'argent pour me la procurer.

Quant à mon esprit, pas de difficulté; si mon mari revenait avec moi, mon esprit était fixé; mon idée arrêtée était de le tuer.

C'est horrible!… je sais que c'est horrible!…

Personne autre n'aurait fini aussi misérablement. Toutes les femmes, éprouvées comme je l'étais, auraient triomphé de cette épreuve.

IX

J'ai dit que les gens avec lesquels je me suis trouvée en relation, à l'exception de mon mari et de mes parents, avaient presque toujours été bons pour moi.

Le propriétaire de la maison dans laquelle je m'étais établie après mon mariage apprit ma triste position. Il me donna la garde d'une maison inoccupée qu'il possédait et m'alloua une petite somme par semaine pour me charger de ce soin.

Quelques-uns des meubles du premier étage, n'étant pas utiles au dernier locataire, avaient été laissés dans le logement, et moyennant un faible prix, le nouveau locataire pouvait s'en accommoder.

Deux des chambres de domestiques dans le haut de la maison et contiguës l'une à l'autre étaient donc garnies. De cette façon, j'avais un toit pour abriter ma tête, le choix entre deux lits pour me coucher, et de l'argent pour acheter ma nourriture.

Tout allait bien encore, mais il était trop tard.

Si cette maison pouvait parler, quelles funèbres histoires elle raconterait sur moi !

Les docteurs m'avaient dit de m'exercer à la parole. Étant seule, excepté quand le propriétaire arrivait à l'improviste, ou que la servante de la maison voisine me disait : « Beau temps, n'est-ce pas ? » ou d'autres banalités semblables, j'achetai un journal et je m'exerçai à lire à haute voix.

Un jour je tombai sur un article relatif aux femmes des maris ivrognes. C'était un rapport, à ce sujet, rédigé par un coroner de Londres qui avait été chargé de faire des enquêtes sur des maris morts dans la plus basse classe et qui avait ses raisons pour soupçonner leurs femmes.

L'examen du corps ne prouvait rien, la déclaration des témoins pas davantage ; mais il pensait néanmoins que dans certains cas la femme, ne pouvant endurer plus longtemps sa misère, avait pris une serviette mouillée et attendu que son mari accablé par la boisson tombât dans un profond sommeil, pour mettre cette serviette sur son visage et sur sa bouche et en finir avec lui, sans que personne pût l'accuser.

Je laissai tomber le journal, et je m'absorbai dans mes pensées. Mon esprit était en ce moment dans des dispositions prophétiques.

Je me disais : je ne suis pas tombée sur cet article pour rien. Je suis sûre maintenant que je ne tarderai pas à revoir mon mari.

C'était juste après mon dîner.

Il était 2 heures.

Le même soir, au moment où je venais de souffler ma chandelle et de me mettre au lit, j'entendis un coup de marteau frappé à la porte de la rue. Avant d'avoir rallumé ma chandelle, je me dis : c'est lui.

Je m'habillai à la hâte, j'allumai une lampe, je descendis l'escalier, je criai à travers la porte :

– Qui est là ?

Et sa voix me répondit :

– Ouvrez-moi.

Je m'assis sur une chaise dans le couloir, je tremblais de tout mon corps comme une personne frappée de paralysie, non par peur de lui, mais parce que mon esprit était, je le répète, dans un état prophétique.

Je savais que *j'en viendrais là*, quoi que je pusse faire pour m'en défendre. Mon esprit me disait que *l'heure était arrivée*.

Je restai assise, tremblante sur ma chaise dans le couloir d'un côté de la porte, et lui de l'autre.

Il frappa et refrappa encore.

Je savais qu'il était inutile de résister et pourtant je résistais. Je résolus de ne le laisser entrer que lorsque j'y serais forcée. Je résolus de le laisser répandre l'alarme dans le voisinage pour éprouver si le voisinage interviendrait entre nous.

Je montai à l'étage et j'attendis à la fenêtre ouverte.

Le policier arriva, les voisins sortirent ; ils étaient tous d'avis qu'on le conduisît au poste.

Le policier lui mit la main au collet.

Il n'eut qu'un mot à dire, il n'eut qu'à me montrer à la

fenêtre et à dire à tous que j'étais sa femme. Les voisins rentrèrent chez eux, le policier le lâcha. C'était moi qui étais dans mon tort, ce n'était pas lui.

Je fus obligée de laisser entrer mon mari. Je descendis donc l'escalier et je lui ouvris la porte.

Rien ne se passa entre nous cette nuit-là.

J'ouvris la porte de la chambre à coucher contiguë à la mienne et rentrai chez moi, où je m'enfermai.

Il était épuisé de fatigue, après avoir couru les rues tout le jour, sans un penny dans sa poche. Un lit pour s'y étendre était tout ce dont il avait besoin pour cette nuit-là.

Le lendemain matin, j'essayai encore de tourner le dos au chemin que j'étais condamnée à suivre, sachant d'avance que tous mes efforts seraient vains.

Je lui offris les trois quarts de ce que je gagnais, qui lui seraient payés régulièrement chaque semaine, au bureau du propriétaire, s'il voulait vivre loin de moi et s'interdire la maison que j'habitais.

Il me rit au nez. Comme mari il pouvait tout prendre.

Quant à quitter la maison, il y trouvait un logement gratuit tant que je restais chargée de garder cette maison. Le propriétaire ne pouvait pas séparer le mari de la femme.

Je n'en dis pas davantage.

Plus tard, dans la journée, le propriétaire vint. Il m'assura que si nous pouvions nous arranger pour vivre en paix ensemble, il n'avait ni le droit ni le désir d'intervenir. Si nous faisions du scandale, alors il serait bien obligé de chercher une autre femme pour veiller sur la maison.

Où aller?… où trouver un autre travail?

Si j'avais mis mon chapeau, si j'étais sortie, mon mari serait sorti avec moi, et tous les gens honnêtes lui auraient frappé sur l'épaule et lui auraient dit : « Très bien! vous êtes un brave homme! »

Ainsi, il était par sa libre volonté et avec l'approbation des autres dans la même maison que moi.

Je ne fis aucune observation ni à lui ni au propriétaire. Rien ne m'émouvait plus.

Je savais ce qui allait arriver et j'attendis la fin.

Il y avait pourtant en moi quelque changement visible, quoique je n'en eusse pas conscience, qui surprit d'abord mon mari et l'inquiéta.

Quand la nuit suivante arriva, je l'entendis fermer doucement la porte de sa chambre.

Cela m'importait peu, quand le temps serait venu, dix mille serrures n'empêcheraient pas ce qui devait arriver.

Le jour suivant, qui était celui du paiement de ma semaine, me rapprocha du dénouement fatal.

Recevant l'argent, il pouvait boire.

Cette fois, il y mit une certaine malice ; il commença bien à boire, mais par degrés.

Le propriétaire, désirant, comme un honnête homme qu'il était, maintenir la paix entre nous, avait donné à mon mari quelques petits travaux à faire, sous forme de réparations de peu d'importance, dans différentes parties de la maison.

– Vous devez cela, lui dit-il, à mon désir d'être utile à votre pauvre femme. Je vous viens en aide, par intérêt pour elle. Montrez-vous digne d'être aidé, si vous le pouvez.

Joel répondit, comme de coutume, qu'il allait entrer dans une nouvelle voie.

Trop tard... Il n'était plus temps... Il était condamné...

Et moi aussi j'étais condamnée. Peu importait ce qu'il pouvait dire maintenant. Peu importait qu'il fermât à clef la porte de sa chambre comme il l'avait fait le soir précédent.

Le lendemain était un dimanche.

Rien n'arriva.

J'allai à la chapelle : pure habitude ; il n'en résultait rien de bon pour moi.

Il but encore, mais toujours avec ménagement. Je savais par expérience que c'était là le signe qu'un long et violent accès était proche.

Le lundi commencèrent les petits travaux de réparation dans la maison.

Il était juste assez sobre pour faire son travail et juste

assez ivre pour prendre un méchant plaisir à persécuter sa femme.

Il sortit et alla chercher ce dont il avait besoin; puis il rentra et m'appela.

– Un habile ouvrier comme moi, dit-il, a besoin d'un manœuvre sous ses ordres. Il y a des choses qu'il n'est pas de la condition d'un bon ouvrier de faire lui-même. Je ne vais pas appeler un homme ou un enfant pour avoir à les payer. Je veux que cette assistance ne me coûte rien, et c'est vous que j'entends employer comme manœuvre.

À moitié ivre, à moitié à jeun, il continuait de parler ainsi en disposant les outils dont il avait besoin. Quand tout fut prêt, il se redressa et me donna ses ordres.

J'obéis de mon mieux.

Quoi qu'il dît, quoi qu'il fît, je savais qu'il marchait vers la mort aussi droit qu'un homme puisse le faire.

Il y avait des rats et des souris par toute la maison; il aurait fallu une réparation générale; il aurait dû commencer par le plancher de la cuisine.

Mais son *arrêt étant prononcé,* il commença par les pièces vides du rez-de-chaussée.

Ces pièces étaient séparées par une cloison en lattes et en plâtre. Les rats l'avaient endommagée.

En un certain endroit, ils l'avaient même percée et ils avaient dévoré le papier

L'ordre du propriétaire était de ménager ce papier, attendu qu'il en avait de pareil pour faire les raccords. Mon mari commença donc à un endroit où le papier était intact.

Sous sa direction, je préparai un mélange à l'aide duquel il le détacha par longues bandes sans l'endommager. Par-dessous se trouvaient le plâtre et les lattes rongés par les rats.

Quoique colleur de papier de son état, il savait manier le plâtre quand cela lui convenait.

Je vis comment il coupait ces lattes détériorées et enlevait ce plâtre; je lui passai les lattes neuves, et je vis comment il les posait.

J'ai une effroyable raison pour ne rien ajouter.

Dans tout ce que mon mari me fit faire ce jour-là, il me montrait, en aveugle, la manière de le tuer, sans qu'une âme vivante pût avoir de soupçon sur moi.

Nous finîmes la réparation du mur avec la chute du jour.

Je pris ma tasse de thé, et lui, sa bouteille de gin.

Je le laissai buvant sans ménagement, et j'allai préparer mes chambres pour la nuit.

La place qu'occupait son lit, et que je n'avais jamais remarquée antérieurement, appela, pour ainsi dire de force, mon attention ce soir-là.

La tête était appuyée contre le mur qui séparait sa chambre de la mienne.

Mes yeux se portèrent sur ce mur.

Je me demandai de quoi il était fait, et je frappai avec les jointures de mes doigts. Le bruit m'apprit qu'il n'y avait qu'une cloison sous le papier…, le même genre de cloison que celle que nous avions réparée au rez-de-chaussée.

Je me rappelai l'avertissement que m'avait donné mon mari pendant que nous faisions cette partie du travail ; il m'avait dit, voilà ses propres paroles :

– Prenez garde que vos mains ne s'ouvrent pas un passage dans la chambre voisine !

Voilà ce qu'il m'avait dit dans le hall du rez-de-chaussée. Dans sa chambre ces paroles me revinrent à l'esprit, tandis que mes yeux restaient fixés sur la clef qu'il avait mise en dedans pour s'enfermer pendant la nuit, jusqu'au moment où un jet de lumière m'éclaira sur la portée de tout ceci.

Je regardai le mur, la tête du lit, et mes deux mains, et je me remis à trembler.

Les heures avaient passé comme des minutes.

J'avais perdu toute conscience du temps.

Quand mon mari monta après ses libations, il me trouva dans sa chambre.

X

Je passe volontairement sur le reste ; j'arrive au lendemain matin.

Jamais d'autres yeux que les miens ne verront ces lignes, mais il y a des choses qu'une femme ne peut pas écrire, même pour elle seule.

J'avais souffert toutes les indignités de la part de mon mari… au moment où, pour la première fois, je vis le moyen de lui ôter la vie.

Il sortit vers midi, pour aller faire sa tournée dans les tavernes. Mon parti était pris de me délivrer de lui pour tout de bon, quand il rentrerait à la nuit.

Les objets dont nous nous étions servis le jour précédent étaient dans le hall du rez-de-chaussée.

J'étais seule dans la maison, libre de mettre en pratique les leçons que j'avais reçues. Je me trouvai une habile écolière ! Avant que le gaz ne fût allumé dans les rues, tout était préparé dans ma chambre et dans la sienne.

Je ne me rappelle pas avoir éprouvé une crainte ou un doute, pendant ces heures. Je m'assis pour prendre mon maigre souper, et mon appétit ne fut ni meilleur ni pire que de coutume. Le seul changement que je remarquais en moi était un désir ardent d'avoir quelqu'un pour me tenir compagnie. N'ayant pas d'amis à inviter, j'allai sur la porte de la rue, et je me mis à regarder les passants.

Un chien perdu, rôdant par là, vint à moi. Habituellement j'ai horreur des chiens et de toutes les bêtes. J'appelai celui-là, je le fis entrer, et je lui donnai à souper.

On lui avait appris, je le suppose, à s'asseoir sur son arrière-train et à demander ainsi sa nourriture en agitant ses pattes de devant.

Dans tous les cas, c'est ainsi qu'il s'y prit avec moi.

Je me mis à rire. Cela me semble impossible quand j'y réfléchis maintenant ; mais ce n'en est pas moins vrai. Je me mis à rire aux larmes à la vue de cette petite bête sur son derrière, avec ses oreilles dressées, sa tête de côté, et l'eau lui venant à la gueule à la vue de la nourriture !

Étais-je dans mon bon sens?… je l'ignore.

Quand le chien eut obtenu tout ce qu'il pouvait avoir, il se mit à gémir pour reprendre ses courses vagabondes. En ouvrant la porte pour le mettre dehors, je vis mon mari qui traversait la rue pour rentrer.

– Restez dehors, lui dis-je, cette nuit surtout, restez dehors!

Il était trop ivre pour prêter attention à mes paroles. Il passa devant moi et monta l'escalier en trébuchant.

Je le suivis et j'écoutai. Je l'entendis ouvrir sa porte, la tirer sur lui avec bruit et la fermer à clef.

J'attendis un moment et je montai quelques marches de plus.

Je l'entendis se jeter lourdement sur son lit.

Une minute après, il était profondément endormi et ronflait.

Tout était arrivé comme il fallait que tout arrivât.

En deux minutes, sans faire quoi que ce soit qui dût appeler le soupçon sur moi… Je pouvais me débarrasser de lui.

J'allai dans ma chambre. Je pris le torchon que j'avais préparé.

J'étais au moment d'agir.

Quelque chose me monta à la tête. L'horreur me saisit, l'idée me vint de sortir de la maison.

Je mis mon chapeau, et je glissai dans ma poche la clef de la porte de la rue. Il n'était que 9 heures et demie, peut-être 10 heures moins le quart. Je n'avais qu'une idée nette dans la tête, celle de m'enfuir et de ne plus revoir ni la maison, ni mon mari.

Je montai la rue, puis je revins sur mes pas. Je la descendis et je revins encore. J'essayai une troisième fois. J'allais de côté et d'autre à l'aventure, et je revenais toujours à mon point de départ. J'étais enchaînée à cette maison fatale! Je ne pouvais m'en éloigner. Se fût-il agi même de sauver ma vie, je n'aurais pas pu m'en éloigner!

Une joyeuse compagnie de jeunes gens et de jeunes femmes passa devant moi. Ils allaient en grande hâte.

– Pressons le pas, dit un des jeunes gens, le théâtre est

tout près d'ici, et nous arriverons juste à temps pour la farce.

Je tournai sur moi-même et je les suivis.

Ayant été pieusement élevée, je n'étais jamais allée au théâtre de ma vie. L'idée me vint que je m'arracherais à mon idée fixe, si je voyais quelque chose d'inconnu, qui pourrait faire naître de nouvelles pensées dans mon esprit.

Ils entrèrent au parterre… J'y entrai après eux.

La farce était commencée.

Des hommes et des femmes vinrent sur le théâtre, s'y promenèrent, parlèrent et sortirent.

Bientôt tous ceux qui étaient au parterre autour de moi se mirent à rire et à battre des mains. Le bruit qu'ils faisaient m'irritait.

Je ne saurais décrire l'état dans lequel j'étais alors. Mes yeux, mes oreilles ne pouvaient me servir à voir et à entendre ce que les autres voyaient et entendaient. Il y avait en moi quelque chose qui se mettait entre mes yeux et ce qui se passait sur le théâtre.

La pièce semblait assez gaie à la surface, mais le danger et la mort étaient au fond de cette joie. Les acteurs parlaient et riaient pour tromper les gens, avec la pensée du meurtre sans cesse présente à leurs esprits.

Personne ne s'en apercevait, et ma langue demeurait enchaînée quand j'essayais de le dire.

Je me levai et je m'enfuis.

Dès que je fus dehors, mes pas se tournèrent d'eux-mêmes vers la maison.

J'appelai un fiacre et je dis au cocher de me conduire où il voudrait pour la valeur d'un shilling.

Il me descendit je ne sais où.

De l'autre côté de la rue, je vis une inscription en lettres de feu au-dessus d'une porte. Le cocher m'informa que c'était une salle de danse. La danse était aussi inconnue pour moi que la comédie.

Il me restait un shilling, je le donnai pour payer mon entrée et éprouver l'effet que la vue de ces danses ferait sur moi.

La lumière descendait du plafond, comme si tout eût

été en feu. Le fracas de la musique était effroyable. Des hommes et des femmes dans les bras les uns des autres passaient et repassaient comme un tourbillon. Tout à coup la grande lumière qui descendait du plafond devint rouge comme du sang.

L'homme qui se tenait debout devant les musiciens, agitant son bâton, ressemblait à Satan, tel que je l'avais vu dans une gravure de notre Bible de famille. Les hommes et les femmes qui tourbillonnaient avaient le visage pâle comme des morts et le corps enveloppé de linceul.

Je poussai un cri de terreur, et quelques personnes me prirent par le bras et me mirent dehors.

L'obscurité me fit du bien… c'était bon comme une main froide se posant sur une tête brûlante…

Je me mis à marcher sans savoir où j'allais, et j'espérais avoir perdu mon chemin… j'espérais être à plusieurs miles de ma maison quand le jour viendrait à poindre.

Bientôt je me sentis trop fatiguée pour continuer ma route, et je m'assis sur le pas d'une porte pour me reposer.

Je dormis un peu… puis je m'éveillai…

Quand je me trouvai sur pied pour me remettre en route, mon regard se tourna vers cette porte.

Le numéro était le même que le nôtre…

Je regardai encore…

Et grand Dieu ! c'était sur les marches de ma maison que je m'étais reposée ! Cette porte était la mienne.

Tous mes doutes, tous mes combats cessèrent.

Il n'y avait pas à se tromper sur ce retour perpétuel à la maison que je voulais fuir. J'avais beau résister, il fallait que cela fût !

J'ouvris… je montai… Je l'entendis, *lui*, dormant de son lourd sommeil. Je m'assis sur mon lit et j'ôtai mon chapeau, l'esprit parfaitement tranquille, parce que je savais qu'il fallait que cela fût.

Je mouillai le torchon… je préparai tout… je fis un tour dans la chambre…

Le jour commençait à poindre… Les moineaux gazouillaient dans les arbres du square voisin.

J'entrouvris le volet, la faible lueur du jour naissant me dit comme si elle avait parlé : « Fais cela maintenant, avant que je ne brille ! »

J'écoutai…

Le silence avait aussi pour moi un langage : « Fais cela maintenant, tout le monde dort. »

J'attendis jusqu'à ce que l'horloge de l'église sonnât l'heure.

Au premier coup… sans toucher la serrure de sa porte, sans mettre le pied dans *sa* chambre… je posai le torchon mouillé sur son visage…

Avant que le dernier coup eût retenti… il avait cessé de se débattre…

Quand le bourdonnement de la cloche au milieu du silence du matin se fut éteint… il était immobile et mort…

XI

Le reste de cette histoire se compte dans mon esprit par quatre jours :

Mercredi – jeudi – vendredi – samedi.

Après cela, tout s'efface, et la nouvelle année arrive avec une physionomie nouvelle.

C'est le commencement d'une nouvelle vie.

Parlons d'abord de l'ancienne.

Qu'est-ce que je ressentis dans l'horrible tranquillité du matin, quand j'eus fait *cela* ? Je ne puis me le rappeler, et je ne pourrais le dire si je le savais.

Je puis écrire l'histoire des quatre jours et c'est tout.

Mercredi

Je donnai l'alarme vers midi.

Pendant les heures précédentes, j'avais mis tout en ordre de manière à ce que rien ne pût être vu.

Je n'eus qu'à appeler au secours.

Les voisins arrivèrent, puis la police ; ils frappèrent vainement à la porte ; alors ils l'enfoncèrent et le trouvèrent mort dans son lit.

L'ombre d'un soupçon ne vint à l'esprit de personne. Il n'y avait pas à craindre que la justice humaine me découvrît. Ma seule crainte était la crainte d'un Dieu vengeur.

J'eus un court moment de sommeil cette nuit, pendant lequel je refis en rêve ce que j'avais fait en réalité.

Pendant un temps, mon esprit fut poursuivi par l'idée de tout avouer à la police et de me constituer prisonnière. Si je n'avais pas appartenu à une famille respectable, je l'aurais fait. Mais depuis une longue succession de générations, il n'y avait pas une tache sur notre nom. C'eût été donner la mort à mon père et déshonorer tous les miens que d'avouer mon crime et de porter ma tête sur l'échafaud.

Je priai Dieu de me guider, et vers le matin j'eus une révélation. Je reçus l'ordre, dans une vision, d'ouvrir la Bible et de jurer sur le saint livre de séparer, à partir de ce jour, ma personne criminelle de mes semblables innocents, de vivre au milieu d'eux d'une vie isolée et silencieuse, de ne faire usage de la parole que pour la prière seulement, dans la solitude de ma chambre et quand nul ne pouvait m'entendre.

Seule, le matin, j'eus cette vision et je fis ce serment.

Nulle oreille humaine ne m'a entendue parler depuis. Nulle oreille humaine ne m'entendra, jusqu'à ma mort.

JEUDI

Les voisins vinrent me parler comme d'habitude; ils me trouvèrent muette.

Ce qui m'était arrivé dans le temps passé, quand ma tête avait été blessée et quand la faculté de la parole avait été affectée en moi, rendit mon mutisme plus probable.

On me reconduisit à l'hôpital. Les médecins furent divisés d'opinion. Les uns dirent que le choc récent que je venais de recevoir pouvait avoir produit le mal. D'autres dirent : « Elle a recouvré la parole après l'accident il n'y a pas eu de nouvelles lésions cette fois; cette femme feint le mutisme pour quelque raison à elle. » Je les laissai discuter tant qu'ils voulurent.

Toutes les paroles humaines n'étaient plus rien pour moi. Je m'étais séparée de mes semblables. J'avais commencé ma vie isolée et silencieuse. La pensée du châtiment suspendu sur ma tête ne me sortait pas de l'esprit ; mais le jugement d'une Providence vengeresse, voilà ce que j'attendais.

VENDREDI

On mena l'enquête.

Il était connu depuis de longues années comme un incorrigible ivrogne. On l'avait vu revenir tous les soirs à la maison en état d'ivresse. Il avait été trouvé enfermé à clef dans sa chambre et les verrous des volets également tirés. Il n'y avait pas eu de feu dans son grenier. Rien n'y était dérangé. Aucune possibilité humaine d'y pénétrer.

Le médecin déclara qu'il était mort d'une congestion aux poumons, et le jury prononça son verdict en conséquence.

XII

SAMEDI

Jour marqué pour toujours sur mon calendrier, comme celui où la justice céleste descendit sur moi.

Vers 3 heures de l'après-midi, au grand jour, sous un ciel sans nuage, au milieu d'une centaine d'innocentes créatures humaines, moi, Hester Dethridge, je vis, pour la première fois, l'apparition qui est destinée à me poursuivre tout le reste de ma vie.

J'avais passé une nuit terrible. Je sentais ce que j'avais senti le soir où j'étais allée au théâtre.

Je sortis pour essayer les effets du grand air, du soleil, et de la fraîche verdure des arbres et du gazon.

L'endroit le plus proche où je pouvais trouver tout cela était Regent's Park.

Je m'avançai dans l'une des tranquilles allées du parc qui sont interdites aux chevaux et aux voitures, et où les vieillards peuvent se réchauffer au soleil et les enfants se livrer à leurs jeux.

Je m'assis pour me reposer sur un banc.

Parmi des enfants se trouvait un beau petit garçon qui s'amusait avec un nouveau jouet, un cheval attelé à une charrette.

Pendant que je le regardais occupé à enlever des bandes de gazon et à les charger dans sa charrette, un frisson glacé parcourut tout mon corps.

Quelque chose devait être caché près de moi, qui allait sortir de sa cachette.

Il y avait un gros arbre ; il était là, derrière cet arbre.

Le fantôme sortit de sa cachette, environné d'ombre, au milieu du plus brillant soleil. Ce ne fut d'abord que la forme vague d'une femme. Bientôt elle devint plus distincte, et s'éclaira d'une lumière intérieure, elle devint plus brillante.

J'avais devant moi la vision de *moi-même.* C'étaient mes traits répétés, comme si j'avais été debout devant une glace. C'était le double de moi-même, regardant avec mes yeux.

Je vis ce fantôme s'avancer sur la pelouse, se pencher sur ce beau petit garçon. Je le vis se relever et écouter, comme je m'étais relevée et comme j'avais écouté à l'aube du jour, quand j'attendais que l'horloge sonnât l'heure.

Quand l'heure sonna, le fantôme me montra le petit garçon avec ma main, et il me dit avec ma voix : « Tue-le !... »

Un temps se passa. Je ne saurais dire si ce fut une minute ou une heure. Le ciel et la terre disparurent devant moi. Je ne vis plus que le double de moi-même ; me montrant toujours du doigt. Je ne sentis rien que le désir de tuer l'enfant.

Puis le ciel et la terre reparurent à ma vue. Je vis des gens qui m'environnaient, me regardant avec surprise et se demandant si j'étais en possession de ma raison.

De force, je me dressai sur mes pieds... de force, je détournai mon regard de l'enfant... de force, je m'arrachai à la vue de l'apparition et je me retrouvai dans les rues.

Je ne puis décrire la fureur de la tentation. Je me disais que c'est comme si je m'arrachais la vie que de m'arracher à l'envie de tuer cet enfant.

Ce qui s'est produit à cette occasion s'est toujours reproduit depuis.

Pas d'autre remède que dans cet effort plein de torture… pas d'autre soulagement à l'agonie que je ressens que la solitude et la prière.

La prévision d'un châtiment prochain m'avait poursuivie, et ce châtiment était venu. J'avais attendu le jugement de la Providence vengeresse, et l'arrêt avait été prononcé. Je pouvais dire maintenant avec le pieux David : *« Ta colère terrible est sur moi. Je succombe aux terreurs que tu m'inspires. »*

Arrivé à cet endroit du récit, Geoffrey releva la tête pour la première fois.

Un bruit au-dehors de la chambre l'avait dérangé. Ce bruit venait-il du corridor ?

Il écouta… Il y eut un intervalle de silence.

Il ramena son regard sur le manuscrit, tournant les feuillets l'un après l'autre pour voir ce qui lui restait à lire.

Après avoir relaté les circonstances dans lesquelles elle avait recommencé son service domestique, Hester n'avait plus repris son récit.

Les feuilles qui restaient étaient remplies par une sorte de journal.

Les courtes mentions inscrites se rapportaient toutes aux différentes occasions où Hester Dethridge avait revu la terrible apparition d'elle-même, lui désignant tantôt une personne, tantôt une autre, et où chaque fois elle avait résisté à la frénésie homicide naissant des hideuses créations de son cerveau détraqué.

Dans l'effort que lui coûtait cette résistance gisait le secret de son opiniâtre détermination à insister pour être affranchie à certains moments de tout travail, et à imposer cette condition à tous les maîtres qui l'employaient, d'avoir une chambre à elle pour y reposer la nuit.

Après avoir compté les pages qui restaient, Geoffrey revint à l'endroit où il s'était interrompu afin de continuer sa lecture jusqu'à la fin.

Comme ses yeux se portaient vers la première ligne, le bruit dans le couloir, qui avait cessé pendant un moment, vint de nouveau le déranger.

Cette fois, il n'y avait pas de doute à avoir sur la nature de ce bruit : il entendit des pas précipités ; il entendit le cri affreux que poussa Hester Dethridge, qui s'était éveillée sur sa chaise dans le parloir et venait de découvrir que la confession n'était plus dans ses mains.

Geoffrey mit le manuscrit dans la poche intérieure de son habit. Cette fois, sa lecture avait été de quelque utilité pour lui. Il n'avait pas besoin d'aller plus loin, il n'avait plus besoin de revenir au *Calendrier de Newgate.* Le problème était résolu.

Lorsqu'il se leva, son morne visage s'éclaira lentement d'un terrible sourire.

Tant que la confession de la femme était dans sa poche, cette femme elle-même était en sa puissance.

Si elle veut que je la lui rende, se dit-il, il faudra qu'elle en passe par mes conditions.

Cette résolution prise, il ouvrit la porte et se trouva face à face avec Hester Dethridge dans le corridor.

60

Les signes de la fin

La servante apparut le lendemain matin dans la chambre d'Anne, apportant le déjeuner sur un plateau ; elle ferma la porte d'un grand air de mystère et annonça que d'étranges choses se passaient dans la maison.

– Qu'avez-vous entendu cette nuit, madame, demanda-t-elle, en bas du couloir ?

– J'ai cru entendre un murmure de voix, répondit Anne.

Débarrassé de la confusion qui s'y rencontrait, le récit de la fille était assez menaçant.

Elle avait été surprise par l'apparition soudaine de sa maîtresse dans le couloir. Hester regardait autour d'elle d'un air égaré, comme une femme qui a perdu la raison. Presque au même moment, Monsieur avait ouvert la porte du salon. Il avait pris Mrs Dethridge par le bras, l'avait entraînée dans la chambre et avait refermé la porte. Tous deux étaient restés enfermés ensemble pendant une demi-heure, puis Mrs Dethridge était sortie, pâle comme la mort, remontant l'escalier en proie à la plus grande terreur. Un peu plus tard, la servante étant au lit, mais non endormie, elle avait vu de la lumière sous sa porte, dans l'étroit passage qui séparait la chambre à coucher d'Anne de celle d'Hester et par lequel celle-ci gagnait sa petite chambre. Elle était descendue de son lit, elle avait regardé par le trou de la serrure et avait vu son maître et Mrs Dethridge, ensemble dans le passage, occupés à examiner le mur. Mrs Dethridge secouait la tête et lui disait à voix basse, la main posée sur le mur : « Cela ne peut se faire ici. » Mrs Dethridge avait encore secoué la tête. Il avait réfléchi un moment et murmuré : « L'autre chambre conviendrait, n'est-ce pas ? » Et Mrs Dethridge avait approuvé d'un signe ; puis ils s'étaient séparés.

Telle était l'histoire de la nuit.

De bonne heure, dans la matinée, de plus étranges choses encore étaient survenues. Le maître était sorti tenant à la main un grand paquet cacheté, couvert d'un grand nombre de timbres ; il portait lui-même sa lettre à la poste, au lieu de l'envoyer comme d'habitude par la servante. Quand il fut revenu, Mrs Dethridge était sortie à son tour. Peu après, un ouvrier avait apporté une botte de lattes, du ciment et du plâtre de Paris qu'il avait déposés avec soin dans un coin de la buanderie. Enfin, et chose plus remarquable encore dans la série des événements de ette matinée, la servante avait reçu la permission de parir, le jour même, pour aller voir ses parents en province ;

cependant, lorsqu'elle était entrée au service de Mrs Dethridge, on lui avait dit qu'elle ne pouvait espérer obtenir un congé avant les fêtes de Noël.

Le sens de tout cela n'était pas aisé à découvrir.

Il s'agissait peut-être de réparations ou de travaux à exécuter dans la maison. Mais en quoi ces travaux pouvaient-ils concerner Geoffrey, qui avait alors reçu congé, et pourquoi Hester Dethridge avait-elle manifesté une si violente agitation ?

Anne renvoya la servante avec une petite gratification et quelques bonnes paroles.

Dans d'autres circonstances, les événements incompréhensibles qui se passaient dans la maison l'auraient sérieusement inquiétée ; mais son esprit avait alors de plus pressants motifs d'alarme.

La seconde lettre de Blanche, qui lui avait été remise la veille au soir par Hester Dethridge, l'informait que sir Patrick persistait dans sa résolution et qu'il fallait s'attendre, quoi qu'il pût arriver, à les voir se présenter au cottage.

Anne ouvrit la lettre, la relut une seconde fois.

Les passages qui se rapportaient à sir Patrick étaient ainsi conçus :

Vous ne pouvez, ma chérie, avoir l'idée de l'intérêt que vous avez inspiré à mon oncle. Quoi qu'il n'ait pas à se reprocher d'être la cause malheureuse de votre sacrifice, il est aussi tourmenté et aussi inquiet à votre sujet que je le suis moi-même. Nous ne parlons que de vous. Il me disait hier soir que votre égale n'existe pas au monde. Et cela vient d'un homme qui a l'œil bien vif pour découvrir les défauts des femmes et la langue bien acérée quand il parle d'elles ! Je me suis engagée à garder le secret, mais je dois encore vous dire autre chose, entre nous. L'avis qu'il a reçu de lord Holchester et qui lui apprend que votre mari se refuse à une séparation met mon oncle presque hors de lui. S'il ne survient point de changement favorable dans votre existence, d'ici à quelques jours, sir Patrick trouvera quelque moyen à lui, légal ou non, pour vous arracher à la terrible position dans laquelle vous êtes placée, et Arnold, avec ma pleine approbation, fera tout pour l'y aider. Nous avons cru comprendre que vous êtes gardée prisonnière. Sir Patrick s'est déjà assuré un poste d'observation près de vous. Lui et Arnold ont fait hier au soir une ronde autour du cottage et examiné la porte du jardin à l'arrière de la maison, assistés par un serrurier. Vous en apprendrez sans doute plus long de sir Patrick lui-même. Je vous en prie, ayez l'air de ne rien savoir, quand vous le verrez. Je ne suis pas dans sa confidence, mais dans celle d'Arnold, ce qui est du pareil au même. Vous nous verrez demain. J'entends parler de mon oncle et de moi, en dépit de la brute qui vous retient sous clef. Arnold ne nous accompagnera pas ; il ne répondrait pas, il l'avoue lui-même, de contenir son indignation. Courage, chère amie ! Il y a deux personnes au monde pour lesquelles vous êtes on ne peut plus précieuse et qui ne veulent pas que vous soyez sacrifiée. Je suis l'une de ces personnes, et, pour l'amour du ciel, gardez-moi le secret ! Sir Patrick est l'autre.

Absorbée dans cette lettre et dans le conflit de sentiments opposés qu'elle éveillait dans son cœur, les couleurs lui montant au visage quand ses pensées se portaient sur elle-même, et s'effaçant quand elle se rappelait la visite attendue, Anne fut rappelée au sentiment de la réalité présente par la réapparition de la servante chargée d'un message. Mr Speedwell était dans la maison, et il attendait en bas avec le désir de la voir.

Anne trouva le médecin seul dans le salon. Il s'excusa de la déranger à une heure aussi matinale.

– Il m'a été impossible de venir à Fulham hier, dit-il, et il ne m'était possible de satisfaire au désir de lord Holchester qu'en me rendant ici avant l'heure où je reçois mes malades chez moi. J'ai vu Mr Delamayn, et je lui ai demandé la permission de vous dire un mot au sujet de sa santé.

Anne regarda par la fenêtre et vit Geoffrey fumant sa pipe, non comme d'habitude dans le jardin à l'arrière de la maison, mais devant le cottage, de façon à avoir l'œil fixé sur la porte extérieure.

– Est-il malade ? demanda-t-elle.

– Il est sérieusement malade, répondit Mr Speedwell. Sans cela je ne vous aurais pas dérangée. C'est un devoir de ma profession de vous avertir, comme sa femme, qu'il est en danger. Il peut, à tout moment, être frappé d'une attaque d'apoplexie. La seule chance pour lui, et elle est bien faible, je suis forcé de le dire, est de changer son genre de vie sans perdre de temps.

– Sous un certain rapport, il sera obligé de la changer. Il a reçu de la propriétaire avis de quitter cette maison.

Mr Speedwell parut surpris.

– Vous apprendrez probablement que le congé a été retiré, dit-il. Mr Delamayn m'a déclaré, quand je lui parlais d'un changement d'air, qu'il était résolu, pour des raisons à lui, à rester ici.

Autre chose incompréhensible à ajouter à la série d'événements incompréhensibles qui se passaient dans la maison ! Hester Dethridge, de toutes les femmes la plus immuable dans ses résolutions, avait changé d'idée.

– Passons, dit le médecin. Il y a deux mesures préventives que je me sens obligé de vous suggérer. Mr Delamayn est évidemment, quoiqu'il se refuse à le reconnaître, en proie à une anxiété mentale. Il faut, pour qu'il ait chance de vivre, que son esprit en soit exempt. Est-il en votre pouvoir de l'en délivrer ?

– Il n'est même pas en mon pouvoir, Mr Speedwell, de vous dire quelle est cette anxiété.

Le médecin inclina la tête et continua :

– Le second avis que j'ai à vous donner est de l'empêcher de boire des spiritueux. Il reconnaît avoir fait des excès de cette nature, l'avant-dernière soirée. Dans son état de santé, la boisson, c'est littéralement la mort. S'il revient à la bouteille d'eau-de-vie – pardonnez-moi de vous le dire tout net, c'est une matière trop sérieuse pour être traitée légèrement –, s'il revient à la bouteille d'eau-de-vie, dans mon opinion, il n'y a pas à lui garantir cinq minutes d'existence. Pouvez-vous l'empêcher de boire ?

Anne répondit tristement, mais avec franchise :

– Je n'ai pas d'influence sur lui… Les termes dans lesquels nous vivons ici…

Mr Speedwell l'arrêta.

– Je comprends. Je verrai son frère en retournant chez moi.

Il regarda Anne, un moment.

– Vous n'êtes pas bien vous-même, reprit-il. Puis-je quelque chose pour votre service ?

– Tant que je vivrai de ma vie présente, Mr Speedwell, toute votre science elle-même ne pourrait rien pour moi.

Le docteur prit congé d'elle.

Anne remonta vivement l'escalier, avant que Geoffrey eût pu rentrer au cottage.

Voir l'homme auquel elle devait sa vie perdue… rencontrer le regard de haine que ses yeux lui lançaient furtivement, au moment où un arrêt de mort venait d'être prononcé sur lui…, c'était une épreuve devant laquelle les nobles instincts de sa nature reculaient avec horreur.

Heure par heure, la matinée se passa, et il ne tenta pas de se mettre en communication avec elle.

Hester Dethridge ne se montra point.

La servante monta pour lui dire adieu et partit pour profiter de son congé.

Peu de temps après, Anne entendit du bruit de l'autre côté du corridor. C'étaient des coups de marteau, puis le bruit d'un meuble lourd qu'on changeait de place. Les réparations mystérieuses étaient apparemment commencées dans la chambre libre.

Anne alla vers la fenêtre.

L'heure approchait où l'on pouvait espérer que sir Patrick et Blanche feraient une tentative pour la voir.

Pour la troisième fois elle relut la lettre.

Cette lecture lui suggéra cette fois une idée nouvelle.

Les mesures prises en secret par sir Patrick n'indiqueraient-elles pas l'alarme aussi bien que la sympathie ? Ne la croyait-il pas dans une position où la loi était impuissante à la protéger ?

Cela ne semblait que trop possible.

À supposer qu'elle fût libre de consulter un magistrat et de lui avouer, si des paroles pouvaient les exprimer, les vagues pressentiments de danger qui assiégeaient son esprit, quelle preuve pourrait-elle donner pour convaincre un étranger ?

Les preuves étaient toutes en faveur de son mari. Des témoins pourraient attester les paroles conciliatrices qu'il avait dites en leur présence. Le témoignage de sa mère et de son frère montrerait qu'il avait préféré sacrifier ses intérêts pécuniaires plutôt que de consentir à se séparer d'elle. Elle ne pourrait présenter qui que ce soit ayant la plus légère excuse pour intervenir entre un mari et sa femme.

Sir Patrick ne comprenait-il pas cela ?

Et ce que lui disait Blanche sur la tentative qu'il méditait avec Arnold lui montrait bien qu'en désespoir de cause ils voulaient se substituer à la loi.

Plus elle y pensait et plus cela lui semblait probable.

Elle était encore plongée dans cet ordre de pensées quand la sonnette extérieure vint à retentir.

Le bruit dans la chambre libre s'arrêta soudain.

Anne regarda au-dehors.

Elle vit une voiture.

Sir Patrick et Blanche arrivaient.

Après un certain temps, Hester Dethridge apparut dans le jardin et alla au guichet de la porte.

Anne entendit la voix claire et résolue de sir Patrick :

– Soyez assez bonne pour donner ma carte à Mr Delamayn. Dites-lui que je lui apporte un message de Holchester House et que je ne puis m'en acquitter que dans une entrevue personnelle avec lui.

Hester Dethridge retourna au cottage.

Un long intervalle s'écoula ; puis Geoffrey lui-même parut dans le jardin, la clef à la main.

Le cœur d'Anne battit violemment dans sa poitrine, quand elle le vit ouvrir la porte ; elle se demanda ce qui allait arriver.

À son inexprimable étonnement, Geoffrey introduisit

sir Patrick sans la moindre hésitation et, bien plus, il invita Blanche elle-même à descendre de voiture et à entrer.

– Que ce qui est passé est passé, l'entendit-elle dire à sir Patrick. Je ne demande qu'à agir comme il convient. S'il est convenable que des visiteurs se présentent aussitôt après la mort de mon père, entrez et soyez les bienvenus. J'ai cru d'abord que c'était mal. Je suis peu versé dans ces sortes de choses et je m'en rapporte à vous.

– Vous devez recevoir un visiteur qui vous apporte un message de votre mère et de votre frère, répondit le baronnet gravement.

– Et il ne doit pas être moins bien accueilli, ajouta Blanche, quand il est accompagné de la plus ancienne et de la meilleure amie de votre femme.

Geoffrey promena son regard de l'un à l'autre, avec la plus passive soumission.

– Je ne suis pas très versé dans ces sortes de choses, répéta-t-il. Je l'ai déjà dit, je m'en rapporte à vous.

Ils étaient arrivés alors sous la fenêtre d'Anne.

Elle se montra.

Sir Patrick ôta son chapeau.

Blanche lui envoya un baiser du bout de ses doigts avec un cri de joie et essaya d'entrer dans le cottage.

Mais Geoffrey l'arrêta et cria à sa femme de descendre.

– Non, non ! dit Blanche. Laissez-moi monter à sa chambre.

Elle essaya une seconde fois de prendre l'escalier.

Pour la seconde fois, Geoffrey l'arrêta.

– Ne vous dérangez pas, dit-il, elle descend.

Anne les rejoignit dans le jardin, sur le devant de la maison.

Blanche se précipita dans ses bras et la dévora de baisers. Sir Patrick lui prit la main en silence.

Pour la première fois depuis qu'elle le connaissait, ce beau vieillard si résolu, si plein de confiance en lui-même, semblait hésiter et ne savoir que dire et que faire.

Ses yeux fixés sur elle avec une muette sympathie semblaient lui dire clairement : « En présence de votre mari, je n'ose pas me risquer à parler. »

Geoffrey rompit le silence.

– Voulez-vous entrer au salon ? demanda-t-il en regardant avec attention sa femme et Blanche.

La voix de Geoffrey parut réveiller sir Patrick.

Il releva la tête et redevint lui-même.

– Pourquoi nous enfermer par ce beau temps ? Si nous faisions un tour dans le jardin ?

Blanche serra la main d'Anne d'une façon significative. La proposition était évidemment faite à dessein.

Ils tournèrent donc le coin du cottage et gagnèrent le grand jardin à l'arrière de la maison.

Les deux dames marchaient ensemble en se donnant le bras. Sir Patrick et Geoffrey les suivaient.

Peu à peu Blanche hâta le pas.

– J'ai mes instructions, murmura-t-elle à Anne. Gagnons du terrain de manière à ne pas être entendues.

C'était plus facile à dire qu'à faire : Geoffrey se maintenait tout près d'elles.

– Prenez ma pauvre jambe boiteuse en considération, Mr Delamayn, dit sir Patrick. Pas si vite !

Sir Patrick joua ce jeu avec un heureux à-propos.

Quand Anne eut ralenti son pas, il s'adressa à Geoffrey, en s'arrêtant à dessein au milieu de l'allée :

– Laissez-moi, fit-il, m'acquitter du message dont on m'a chargé à Holchester House.

Les deux dames continuaient à marcher lentement.

Geoffrey était placé dans l'alternative de rester avec sir Patrick et de les laisser s'en aller seules, ou de les suivre en plantant là sir Patrick.

Résolument il suivit les dames.

Le baronnet le rappela :

– Je vous ai dit que je désirais vous parler, lança-t-il aigrement.

Forcé dans ses retranchements, Geoffrey ne dissimula plus sa résolution de ne pas laisser à Blanche l'occasion d'une conversation particulière avec Anne.

Il l'appela et lui enjoignit de s'arrêter.

– Je n'ai pas de secrets pour ma femme, dit-il, et j'ai le droit d'attendre que ma femme n'ait pas de secrets pour moi. Dites ce que vous avez à me dire. Elle peut l'entendre.

Les yeux de sir Patrick brillèrent d'indignation.

Le baronnet se contint et regarda quelques instants sa nièce d'un air significatif avant de parler à Geoffrey :

– Comme il vous plaira, répliqua-t-il. Votre frère m'a chargé de vous dire que les devoirs de la nouvelle position dans laquelle il est placé occupent tout son temps et l'empêcheront, pendant quelques jours, de revenir à Fulham, comme il se l'était proposé. Lady Holchester, entendant dire que je vous verrais probablement, m'a chargé d'un autre message. Elle n'est pas assez bien pour sortir, et elle désire vous voir demain à Holchester House, accompagné, selon son désir formel, de Mrs Delamayn.

Tandis qu'il s'acquittait de ces deux messages, la voix du baronnet s'était élevée à un diapason plus haut que d'habitude.

Blanche, avertie par un coup d'œil de se conformer aux instructions qu'il lui avait données, baissa la voix et dit à Anne :

– Il ne consentira pas à une séparation tant qu'il vous tiendra ici. Sans doute il essaie d'obtenir de meilleures conditions. Quittez-le et il se soumettra. Mettez une lumière à votre fenêtre si vous pouvez descendre au jardin cette nuit. Si cela ne vous est pas possible, choisissez une autre nuit. Allez à la porte de sortie, à l'arrière du jardin. Sir Patrick et Arnold se chargent du reste.

Elle glissa ces paroles dans l'oreille de son amie, en agitant son ombrelle de côté et d'autre, de l'air d'une femme qui débite les phrases les plus indifférentes…

Tout cela avec cette dextérité que les femmes manquent rarement de montrer quand elles sont appelées à mettre en pratique quelque ruse où leurs intérêts sont engagés.

Quelque habilement que le tour eût été joué, la méfiance de Geoffrey s'en éveilla ; mais Blanche était arrivée à sa dernière phrase avant qu'il eût pu détourner son attention de ce que disait l'oncle pour écouter ce que disait la nièce.

Un homme plus vif en eût entendu davantage ; Geoffrey ne saisit distinctement que la première moitié de la dernière phrase où il était question de sir Patrick et d'Arnold.

– Que dites-vous, demanda-t-il, au sujet de sir Patrick et d'Arnold ?

– Rien d'intéressant pour vous, répondit vivement Blanche. Je le répéterai si cela vous est agréable. Je parlais à Anne de ma belle-mère, lady Lundie. Après ce qui est arrivé ce fameux jour à Portland House, elle a prié sir Patrick et Arnold de se considérer comme des étrangers pour elle. Voilà tout.

– Ha !... dit Geoffrey en la regardant bien en face.

– Demandez à mon oncle si vous ne croyez pas que je vous ai transmis fidèlement ses paroles. Elle nous a notifié notre congé avec ses plus belles manières et dans les termes que je vous ai fait connaître. N'est-il pas vrai, sir Patrick ?

C'était parfaitement vrai.

La présence d'esprit de Blanche lui avait suggéré, au sujet de sir Patrick et d'Arnold, quelque chose qui était réellement arrivé.

Réduit au silence d'un côté, en dépit de lui-même, Geoffrey se voyait pressé, de l'autre, de répondre au message de sa mère.

– Je dois emporter votre réponse à lady Holchester, dit sir Patrick, que lui dirai-je ?

Geoffrey le regarda fixement sans rien dire.

Sir Patrick se répéta, en appuyant sur ce qui concernait Anne.

Cette affectation irrita Geoffrey.

– Vous et ma mère avez combiné ce message entre vous pour m'éprouver ! s'écria-t-il. Peste soit de ces menées souterraines, voilà ce que je dis !

– J'attends votre réponse, insista sir Patrick, ayant l'air de n'avoir pas entendu ces insolentes paroles.

Geoffrey regarda Anne et recouvra à l'instant son sang-froid.

– Par amour pour ma mère, j'irai la voir demain, et je lui mènerai ma femme avec le plus grand plaisir… entendez-vous cela… avec le plus grand plaisir.

Il s'arrêta pour observer l'effet de sa réponse.

Sir Patrick attendit imperturbablement qu'il continuât, s'il avait encore quelque chose à dire.

– Je regrette de m'être laissé emporter, tout à l'heure. Je suis fort mal traité et ma méfiance n'est pas sans cause. Je vous prie de témoigner, continua-t-il en élevant la voix, pendant que ses yeux allaient avec inquiétude de sir Patrick à Anne, que je traite ma femme avec les égards qui lui sont dus. Son amie vient la voir, et elle est libre de recevoir son amie. Ma mère aussi désire la voir, et je promets de la lui conduire, à 2 heures demain. En quoi suis-je à blâmer? Vous me regardez et vous ne dites rien. En quoi suis-je à blâmer?

– Pour un homme que sa conscience justifie, Mr Delamayn, l'opinion des autres est de peu d'importance. Le but de ma visite ici est rempli.

Comme il se retournait pour dire adieu à Anne, l'inquiétude qu'il éprouvait en la quittant se manifesta. Les couleurs disparurent de son visage, sa main trembla quand il serra tendrement la main de la jeune femme.

– Je vous verrai demain à Holchester House, lui dit-il, tout en offrant son bras à Blanche.

Il prit congé de Geoffrey sans le regarder, sans voir la main que celui-ci lui présentait.

Une minute après, le baronnet et Blanche étaient partis.

Anne attendit au rez-de-chaussée du cottage pendant que Geoffrey fermait la porte à clef. Elle n'avait plus le désir de paraître l'éviter, après la réponse qu'il avait faite au message de sa mère.

Il revint lentement jusqu'au milieu du jardin qui s'étendait devant la maison; il regarda vers le couloir d'entrée au milieu duquel se tenait Anne, passa devant la porte et tourna l'angle du cottage pour gagner le jardin à l'arrière. L'explication de cette attitude n'était pas difficile à tirer pour elle; c'était Geoffrey qui l'évitait.

Avait-il menti à sir Patrick? Quand le lendemain serait venu, trouverait-il des raisons pour refuser de la conduire à Holchester House?

Elle monta chez elle.

Au même moment, Hester Dethridge ouvrit la porte de sa chambre pour sortir.

À la vue d'Anne, elle la referma.

Cette fois encore il n'y avait pas à s'y tromper. Hester Dethridge aussi avait des raisons pour éviter Anne.

Qu'est-ce que tout cela voulait dire? Que pouvait-il y avoir de commun entre Hester et Geoffrey?

Pas moyen d'approfondir cette question.

Les pensées d'Anne revinrent à la communication qui lui avait été faite secrètement par Blanche.

Il n'est pas dans la nature de la femme de rester insensible à un dévouement comme celui dont témoignait la conduite de sir Patrick.

Quelque terrible que fût devenue sa position, au milieu de ces incertitudes toujours croissantes, de ces inquiétudes sans fin, toute son angoisse céda, un moment, aux sentiments d'orgueil et de reconnaissance qui réchauffaient son cœur, quand elle pensa aux sacrifices qu'on faisait pour elle, aux périls auxquels on s'exposait pour la servir.

Abréger cette période d'incertitude lui semblait un devoir envers sir Patrick comme envers elle-même. Pourquoi, dans sa situation, attendre ce qu'amènerait le jour suivant, si l'occasion favorable s'offrait?

Elle résolut de placer le signal à sa fenêtre cette nuit même.

Vers le soir, elle entendit de nouveau des bruits qui indiquaient des réparations s'exécutant dans la maison. Cette fois ils étaient plus faibles et partaient, à ce qu'elle s'imagina, non pas de la chambre libre, comme le matin, mais de la chambre contiguë occupée par Geoffrey.

Le dîner fut servi plus tard que de coutume. Hester Dethridge ne parut avec son plateau qu'à la brune.

Anne lui parla et ne reçut qu'une réponse par signes. Résolue à voir en face le visage de cette femme, elle lui adressa une question qui exigeait une réponse écrite sur l'ardoise, en disant à Hester de demeurer un moment pendant qu'elle allait à la cheminée pour allumer sa bougie.

Quand elle revint, la lumière à la main, Hester était partie.

La nuit vint.

Elle sonna pour qu'on remportât le plateau.

Un pas étranger de l'autre côté de sa porte la fit tressaillir ; elle demanda :

– Qui est là ?

La voix du jeune garçon que Geoffrey employait à faire ses commissions lui répondit.

– Qu'avez-vous à faire ici ? dit-elle à travers la porte.

– Mr Delamayn m'envoie, madame ; il désire vous parler à l'instant.

Anne trouva Geoffrey dans la salle à manger.

Le motif qui lui faisait éprouver le désir de parler à la jeune femme était assez futile en apparence. Il lui demanda comment elle désirait se rendre à Holchester House le lendemain. En chemin de fer, ou en voiture ?

– Si vous préférez le dernier moyen, dit-il, l'enfant est venu prendre mon ordre et il dira au loueur d'envoyer une voiture.

– Le chemin de fer me conviendra parfaitement, répondit Anne.

Au lieu d'accepter sa réponse et d'abandonner ce sujet, il l'invita à réfléchir.

Il y avait dans ses yeux une expression d'embarras, quand il lui demanda de ne pas se préoccuper de l'économie et de ne pas songer à la dépense, quand il s'agissait de ses aises. Il paraissait avoir quelque raison pour empêcher qu'elle ne quittât la salle à manger.

– Asseyez-vous une minute, et songez-y bien avant de vous décider, dit-il.

L'ayant ainsi forcée à prendre un siège, il mit sa tête à la porte et dit au jeune garçon de monter et de voir s'il n'avait pas laissé sa pipe dans la chambre.

– Je désire que vous fassiez le voyage confortablement, comme il convient à une lady, répéta-t-il d'un air de contrainte plus marqué encore.

Avant qu'Anne eût pu répondre, la voix de l'enfant leur arriva de l'étage supérieur, criant :

– Au feu!... au feu!...

Geoffrey monta précipitamment l'escalier; Anne le suivit.

Le jeune garçon les rencontra au haut des marches et montra du doigt la porte ouverte de la chambre d'Anne.

Elle était absolument sûre d'avoir laissé sa chandelle allumée, à une certaine distance des rideaux de son lit. Pourtant ces rideaux étaient en flammes.

Il y avait un réservoir d'eau au cottage, à l'étage.

Les pots et les brocs des chambres à coucher qui étaient ordinairement à leurs places de meilleure heure étaient au réservoir.

Un seau vide était près d'eux.

Après avoir donné au jeune garçon l'ordre de lui apporter de l'eau à tout prix, Geoffrey arracha les rideaux en flammes et les amoncela sur le lit et sur le sofa qui était tout proche.

Se servant alternativement du seau et du broc à mesure que l'enfant les lui apportait, il satura d'eau le lit et le sofa. Tout fut fini en une minute.

Le cottage était sauvé; mais la literie était perdue, et la chambre devenait inhabitable pour la nuit tout au moins, et probablement pour plusieurs jours.

Geoffrey reposa le seau vide, et se tournant vers Anne, il montra le couloir.

– Vous n'éprouverez pas une grande gêne de cet accident; vous n'aurez qu'à vous établir dans la chambre libre.

Avec l'assistance de l'enfant, il transporta les malles d'Anne, ainsi qu'une commode qui n'avait souffert aucun dommage.

Cela fait, il lui recommanda d'être plus prudente et de prendre garde à la bougie, à l'avenir.

Il descendit sans attendre sa réponse.

L'enfant l'avait suivi et fut congédié pour la nuit.

Au milieu de la confusion produite par l'extinction du feu, la conduite d'Hester Dethridge attira l'attention d'Anne.

Elle était sortie de chez elle quand l'alarme avait été donnée ; elle avait regardé les rideaux en flammes et s'était reculée dans un coin, avec une impassibilité stupide. Elle était restée là, en apparence indifférente à la destruction du logis.

Le feu éteint, elle était demeurée dans ce même coin, pendant qu'on transportait la commode, sans même regarder les traces que le feu avait laissées au plafond et la literie brûlée.

Seulement, elle ferma la porte, mit la clef dans sa poche et rentra dans sa chambre.

Jusqu'alors Anne n'avait pas partagé la conviction de tout le monde, qui considérait Hester comme ayant perdu l'esprit.

Après ce qu'elle venait de voir, elle se rangea pourtant à l'opinion générale.

Elle avait eu l'idée de poser certaines questions à Hester quand elles restèrent seules ensemble, sur les causes réelles du feu. Après réflexion, elle se décida à ne rien dire, pour ce soir du moins.

Elle traversa le couloir et entra dans la chambre libre, la même qu'elle avait refusé d'occuper à son arrivée au cottage, et où elle était obligée de coucher cette nuit-là.

Elle fut immédiatement frappée par un changement dans la disposition du mobilier. Le lit avait été déplacé : la tête appuyée, quand elle l'avait vu la dernière fois, contre le mur de côté du cottage, était placée maintenant contre le mur qui séparait cette chambre de celle de Geoffrey.

Cet arrangement avait été évidemment conclu dans un but quelconque.

L'anneau fixé au plafond qui supportait le rideau avait été aussi changé de place et fixé conformément à cette nouvelle disposition.

Les chaises et la toilette primitivement adossées à la

cloison étaient maintenant reportées à l'espace vacant, contre le mur du cottage.

Pour le reste, aucun autre changement n'était visible.

Dans la situation d'Anne, tout événement qui n'était pas immédiatement intelligible à première vue était suspect.

Existait-il un motif à ce changement dans la position du lit? Un simple doute lui était venu d'abord; il se changea en soupçon. On avait dû s'arranger pour la forcer à coucher dans cette chambre. La question que la servante avait entendu adresser à Hester par Geoffrey, le soir précédent, se rapportait-elle à des desseins cachés? Le feu, qui avait pris d'une façon si inexplicable, avait-il été mis exprès pour l'obliger à sortir de chez elle?

Elle se laissa tomber sur le siège le plus proche, défaillante d'horreur.

Après un moment, elle reprit pourtant assez d'empire sur elle-même pour comprendre la nécessité d'éclaircir ses soupçons.

Il était possible que son imagination excitée lui créât des sujets d'alarme qui ne reposaient que sur de folles visions.

Elle sortit et alla frapper à la porte de la chambre d'Hester Dethridge.

– J'ai besoin de vous parler, dit-elle.

Hester sortit; Anne désigna sa nouvelle chambre et ouvrit la marche; Hester la suivit.

– Pourquoi avez-vous changé le lit de place? demanda-t-elle. Pourquoi l'avez-vous déplacé de ce mur contre celui-ci.

Hester demeura impassible à cette question, comme elle l'était restée devant l'incendie.

Elle écrivit sa réponse.

Dans les autres occasions, Hester regardait bien en face les personnes auxquelles elle présentait son ardoise.

Pour la première fois elle la tendait à Anne, les yeux fixés sur le plancher.

Elle n'y avait écrit qu'une seule ligne, qui n'était pas une réponse directe :

J'avais l'intention de faire ce changement depuis longtemps.

– Je vous demande pourquoi vous l'avez fait ce soir!

Hester écrivit quatre mots sur son ardoise :

Le mur est humide.

Anne regarda le mur; il n'y avait pas trace d'humidité sur le papier. Elle passa la main sur le papier et l'explora; il était sec.

– Ce n'est pas là votre véritable raison, dit-elle.

Hester ne bougea pas.

– Il n'y a pas d'humidité.

Hester montra de nouveau avec persistance les derniers mots qu'elle avait tracés sur son ardoise, toujours sans relever la tête; elle attendit un moment qu'Anne les eût relus et sortit de la chambre.

Il était parfaitement inutile de la rappeler.

Le premier mouvement d'Anne, quand elle se retrouva seule, fut de s'enfermer.

Non seulement elle tourna la clef dans la serrure, mais elle tira les verrous en haut et en bas. Les gâches de cette serrure et des deux verrous étaient solidement fixées.

La trahison qui se tramait, quelle qu'elle pût être, n'avait point compté sur la faiblesse de cette porte.

Anne fit le tour de la chambre, examinant l'âtre, les volets des fenêtres, l'intérieur de l'armoire aux robes, le dessous du lit.

Rien ne se révéla qui put justifier les soupçons ou les craintes de la personne la plus timide.

Ces assurances quelque favorables qu'elles fussent, n'arrivèrent pas à la convaincre. Le pressentiment de quelque trahison cachée l'oppressait plus fort à mesure que la nuit s'avançait.

Elle s'assit et essaya de découvrir un indice, en repassant dans son esprit les récents événements de la journée.

Ses efforts furent inutiles; rien de défini, rien de tangible; bien plus, ils amenèrent un nouveau doute. Elle se demanda si les motifs allégués par sir Patrick pour venir à son secours, et que Blanche lui avait révélés, étaient bien ceux qui faisaient agir Geoffrey.

Croyaient-ils sérieusement que sa conduite n'avait pas pour mobile quelque chose de pire qu'un vil intérêt d'argent ? Le baronnet n'avait-il réellement en vue, en tentant de la mettre hors de l'atteinte de son mari, que de forcer Geoffrey à consentir à la séparation, aux conditions proposées par Julius ? Était-ce là le seul but qu'il poursuivait, ou était-il secrètement convaincu, connaissant la position d'Anne comme il la connaissait, qu'elle courait un danger personnel au cottage, et lui avait-il caché cette conviction dans la crainte d'augmenter les appréhensions qu'elle pouvait concevoir pour sa sécurité personnelle ?

Elle regarda de nouveau tout autour de cette chambre inconnue, au milieu du silence de la nuit ; elle sentit que cette dernière interprétation était la plus probable des deux.

Le bruit des portes et des fenêtres qu'on fermait monta jusqu'à elle du rez-de-chaussée.

Que fallait-il faire ?

Impossible de donner le signal convenu avec sir Patrick et Arnold.

La fenêtre à laquelle ils s'attendaient à voir de la lumière était celle de la chambre où le feu s'était déclaré. Hester Dethridge l'avait fermée et en avait mis la clef dans sa poche.

Il était également inutile d'attendre que le policier passât et d'appeler au secours. Quand bien même elle se déciderait à faire cet aveu public de la méfiance qu'elle éprouvait sous le toit de son mari, quand bien même le secours arriverait, quelles raisons valables pourrait-elle alléguer pour avoir donné l'alarme ? Elle ne trouverait pas l'ombre d'une raison pouvant justifier un appel à la protection de la loi.

Comme dernière ressource, poussée par le vague soupçon que lui inspirait le déplacement du lit, elle essaya de le changer de place elle-même.

L'emploi de toutes ses forces ne réussit pas à le faire bouger de l'épaisseur d'un cheveu.

Elle n'avait donc plus d'autre possibilité que de se fier à la solidité de la serrure et des verrous, et de veiller toute la nuit, sûre que de leur côté sir Patrick et Arnold veillaient dans le voisinage de la maison.

Elle prit son ouvrage et ses livres et retourna à sa chaise, en la plaçant près de la table au milieu de la chambre.

Les derniers bruits indiquant la vie et le mouvement s'éteignirent.

Puis le silence de la nuit s'établit autour d'elle.

61

Les moyens

L'aube d'un jour nouveau arriva; le soleil se levait, la maison s'éveilla.

À l'intérieur comme à l'extérieur de la chambre nouvellement occupée par Anne, rien n'était arrivé.

À l'heure fixée pour quitter le cottage et partir pour Holchester House, Hester et Geoffrey étaient seuls dans la chambre où Anne avait passé la nuit.

– Elle est habillée et m'attend dans le jardin sur le devant de la maison, dit Geoffrey. Vous avez désiré me voir seul, de quoi s'agit-il?

Hester montra le lit.

– Vous avez besoin que le lit soit éloigné du mur?

Hester approuva de la tête.

Ils éloignèrent le lit de la cloison de quelques pieds.

Après un temps de silence, Geoffrey reprit la parole :

– Il faut que cela soit fait cette nuit. Ses amis peuvent intervenir. Votre servante reviendrait. Il faut que tout soit fini cette nuit.

Hester inclina lentement la tête.

– Combien de temps dois-je vous laisser seule à la maison?

Elle montra trois doigts de sa main.

– Voulez-vous dire qu'il vous faut trois heures?

Elle inclina la tête.

– Tout sera-t-il fait dans ce temps?

Elle fit un nouveau signe affirmatif.

Jusqu'alors elle n'avait pas un seul instant levé les yeux sur lui. Sa façon de l'écouter quand il parlait, ses moindres mouvements, tout en elle exprimait la même soumission passive et la même horreur.

Il avait jusqu'à présent supporté cela en silence ; au moment de quitter la chambre, la contrainte qu'il s'imposait lui échappa.

– Pourquoi diable ne me regardez-vous pas ? demanda-t-il.

Elle laissa passer cette question sans le moindre signe qu'elle l'eût entendue.

Il la répéta avec colère.

Elle écrivit sur son ardoise et la lui tendit, toujours sans lever les yeux sur son visage.

– Mais je n'ignore pas que vous pouvez parler. Je sais tout. De quelle nécessité est-il de faire la bête avec moi ?

Elle persista à tenir son ardoise devant lui. Il y lut ces mots :

Je suis toujours muette et aveugle pour vous. Souffrez qu'il en soit ainsi.

– Que je souffre qu'il en soit ainsi ! répéta-t-il. Il est bien tard pour montrer des scrupules, après ce que vous avez fait. Voulez-vous, oui ou non, rentrer en possession de votre confession ?

À cette allusion, elle releva la tête ; ses joues livides se colorèrent légèrement.

Le seul intérêt qui restait à cette femme dans la vie était celui de recouvrer le manuscrit dérobé. Un appel à cet intérêt était le seul auquel son intelligence engourdie pût répondre.

– Rappelez-vous notre marché, continua Geoffrey. Je me le rappellerai, moi, pour ce qui me concerne. Vous savez en quoi il consiste. J'ai lu votre confession, mais je n'y ai pas trouvé tout ce dont j'avais besoin… Vous êtes muette, vous ne pouvez me le dire. Il faut que vous fassiez à ce mur ce que vous avez fait à celui de l'autre maison. Vous ne courez aucun risque. Pas une âme ne peut vous voir. La maison vous appartient. Quand je reviendrai, que je trouve ce mur comme était l'autre mur, à l'aube du jour, quand vous attendiez, *le torchon mouillé à la main, que l'horloge sonnât le premier coup de l'heure.* Que je trouve cela, et demain votre confession vous sera rendue.

L'énergie, éteinte chez cette femme, se réveilla.

Elle saisit son ardoise, écrivit dessus rapidement et la tint avec ses deux mains devant les yeux de Geoffrey : il y lut ces mots :

Je ne veux pas attendre ; je veux l'avoir ce soir.

– Pensez-vous que j'aie gardé votre confession sur moi ? Je ne l'ai même pas gardée à la maison.

Elle chancela et leva les yeux sur lui pour la première fois.

– Ne vous alarmez pas, poursuivit-il ; elle est dans un paquet scellé portant mon cachet et confié à la garde de mes banquiers. Je l'ai mise moi-même à la poste. Ne vous attachez pas à une bagatelle, Mrs Dethridge. Si je l'avais gardé sous clef dans la maison, vous auriez forcé la serrure derrière mon dos. Si je l'avais conservée sur moi, j'aurais pu avoir, moi aussi, le torchon mouillé sur la face à l'aube du jour ! Mes banquiers vous rendront la confession comme ils l'ont reçue de moi, sur un ordre signé de ma main. Faites ce que vous avez dit, et vous aurez l'ordre ce soir.

Elle passa son tablier sur son visage et poussa un long soupir de soulagement.

Geoffrey se dirigea vers la porte.

– Je serai de retour à 6 heures du soir. Trouverai-je tout prêt ?

Elle inclina la tête.

Sa première condition acceptée, il passa à la seconde.

– Quand le moment opportun s'offrira, reprit-il, je monterai à ma chambre. Je tirerai d'abord la sonnette de la salle à manger. Vous monterez avant moi quand vous l'entendrez et vous me montrerez ce que vous avez fait pendant que vous étiez seule à la maison.

Elle émit encore un murmure d'assentiment.

Au même moment la porte de l'allée s'ouvrit et se referma.

Geoffrey descendit à l'instant.

Il était possible qu'Anne eût oublié quelque chose, et il était nécessaire de l'empêcher de remonter à sa chambre.

Ils se rencontrèrent dans l'allée.

– Vous êtes lasse d'attendre au jardin ? demanda-t-il aussitôt.

Elle montra la salle à manger.

– Le postier m'a remis une lettre pour vous à travers le guichet de la porte, répondit-elle ; je l'ai mise ici sur la table.

Il entra.

L'écriture de l'adresse était celle de Mrs Glenarm.

Il la mit dans sa poche sans la lire et revint près d'Anne.

– Dépêchez-vous, nous allons manquer le train.

Ils partirent pour leur visite à Holchester House.

62

La fin

Quelques minutes avant 6 heures, ce soir-là, l'équipage de lord Holchester ramena Geoffrey et Anne au cottage.

Geoffrey empêcha le domestique de sonner ; il avait pris la clef sur lui en partant.

Après avoir fait entrer Anne et refermé la porte, il passa devant elle pour aller appeler Hester à la fenêtre de la cuisine.

– Apportez de l'eau fraîche dans le salon et remplissez les vases à fleurs de la cheminée ; plus tôt vous mettrez vos fleurs dans l'eau, ajouta-t-il en se tournant vers sa femme, plus longtemps elles dureront.

Il montrait en parlant un bouquet qu'Anne tenait à la main et que Julius avait préparé pour elle dans la serre d'Holchester House.

La laissant arranger les fleurs dans les vases, il monta

au premier étage. Après un moment d'attente il fut rejoint par Hester Dethridge.

– C'est fait? demanda-t-il à voix basse.

Hester fit un signe affirmatif.

Geoffrey ôta ses bottes et se dirigea vers la chambre d'amis.

Là, sans bruit, ils replacèrent le lit contre la cloison et sortirent de la chambre.

Quand Anne y entra, quelques minutes après, il était impossible d'y voir le plus léger changement, depuis qu'elle l'avait quittée vers le milieu du jour.

Elle ôta son chapeau et son mantelet et s'assit pour se reposer.

Toute la marche des événements, depuis le soir précédent, avait tendu vers la même fin et avait exercé la même influence trompeuse sur son esprit.

Elle croyait, à cette heure, s'être défiée des apparences sans la moindre raison; elle avait permis à des soupçons purement imaginaires de l'alarmer sans sujet. Dans la ferme croyance qu'elle était en danger, elle avait veillé toute la nuit, et rien n'était arrivé. Dans la pensée que Geoffrey avait fait une promesse sans intention de la tenir, elle avait attendu pour voir quelle excuse il donnerait pour la retenir à la maison; quand l'heure de la visite était arrivée, elle l'avait trouvé prêt à remplir son engagement.

À Holchester House, il n'avait pas essayé de porter atteinte à son entière liberté d'action et de parole.

Résolue à prévenir sir Patrick qu'elle avait changé de chambre, elle avait raconté l'histoire de l'incendie, et tout ce qui s'était ensuivi dans les plus grands détails, et Geoffrey ne l'avait pas arrêtée une seule fois du commencement à la fin de son récit.

Elle avait parlé confidentiellement à Blanche et n'avait pas été interrompue.

En se promenant autour de la serre, elle était restée en arrière pour remercier sir Patrick et lui demander si son jugement sur la conduite de Geoffrey était bien celui que Blanche lui avait donné à entendre.

Ils avaient causé ensemble pendant plus de dix minutes. Sir Patrick l'assurait que Blanche lui avait transmis fidèlement son opinion. Il avait même déclaré que, dans sa conviction, la voie aventureuse qu'il proposait était la bonne et qu'Anne ferait bien, avec son assistance, de prendre sur elle l'initiative de la séparation.

– Tant qu'il vous tient sous le même toit que lui, avait dit sir Patrick ; tant qu'il pourra spéculer sur notre désir ardent de vous soustraire à l'oppression que vous subissez en vivant avec lui, il tiendra à son rôle de mari repentant, pour obtenir de meilleures conditions. Mettez le signal à votre fenêtre et tentez l'aventure cette nuit. Rendez-vous à la porte du jardin, et je réponds de vous mettre en sûreté et à l'abri de ses atteintes, jusqu'à ce qu'il se soit soumis à la séparation et qu'il ait signé l'acte qui la consacrera.

C'est en ces termes qu'il avait pressé Anne d'agir avec promptitude.

Il avait reçu d'elle en retour la promesse de se laisser guider par ses avis.

Elle était rentrée au salon, et Geoffrey n'avait fait aucune observation sur son absence.

Elle était revenue seule avec lui à Fulham, dans l'équipage de son frère, et il ne lui avait adressé aucune question.

Quelles conséquences devait-elle tirer de tout cela ? Pouvait-elle lire dans la pensée de sir Patrick et croire qu'il avait à dessein atténué ses inquiétudes pour ne pas augmenter ses propres craintes et paralyser son énergie ? Non. Elle ne pouvait que se rendre aux fausses apparences qui lui cachaient la vérité… Elle ne pouvait qu'accepter les choses sous le point de vue que lui présentait sir Patrick et croire, d'après le témoignage de ses propres observations, qu'il était dans le vrai.

Vers la nuit, Anne commença à sentir l'épuisement, résultat inévitable d'une précédente nuit passée sans sommeil.

Elle sonna et demanda du thé.

Hester répondit à son coup de sonnette.

Au lieu de faire son signe habituel d'assentiment, elle réfléchit un moment et écrivit sur son ardoise les mots suivants :

J'ai tout l'ouvrage à faire maintenant que la fille est partie. Si vous consentiez à prendre votre thé au salon, cela m'éviterait d'avoir encore à monter.

Anne y consentit à l'instant.

– Êtes-vous malade ? demanda-t-elle en remarquant, à la faible clarté du jour près de laisser place à la nuit, quelque chose d'altéré dans les manières d'Hester.

Sans relever les yeux, Hester secoua la tête.

– Est-il arrivé quelque chose qui vous ait contrariée ?

Le signe négatif fut répété.

– Vous aurais-je offensée ?

Hester avança soudain d'un pas, regarda Anne, s'arrêta en émettant un gémissement, puis elle sortit vivement de la chambre.

Anne pensa que par inadvertance elle avait dit ou fait quelque chose de nature à offenser Hester. Elle résolut de revenir sur ce sujet, à la première occasion favorable.

En attendant, elle descendit au rez-de-chaussée.

La porte de la salle à manger, toute grande ouverte, lui montra Geoffrey assis à la table, écrivant une lettre, avec la fatale bouteille de brandy près de lui.

Après ce que Mr Speedwell lui avait dit, Anne jugea qu'il était de son devoir d'intervenir :

– Pardonnez-moi de vous interrompre. Je pense que vous avez oublié ce que vous a dit Mr Speedwell.

Elle montrait la bouteille.

Geoffrey la regarda, reporta ses regards sur sa lettre et secoua la tête avec impatience.

Elle fit une seconde tentative de remontrance, mais sans effet. Il se contenta de dire « Très bien ! » en élevant la voix moins haut que de coutume.

Il était inutile de revenir une troisième fois à la charge ; Anne passa dans le salon.

La lettre qui occupait Geoffrey était une réponse à Mrs Glenarm, qui lui avait écrit pour lui annoncer qu'elle quittait Londres.

Il en était arrivé aux deux phrases qui devaient terminer sa lettre quand Anne vint lui parler.

Elles étaient ainsi conçues :

Je puis avoir, avant peu, à vous donner des nouvelles auxquelles vous ne vous attendez pas. Restez où vous êtes jusqu'à demain, et attendez-vous à recevoir une communication de moi.

Après avoir fermé et cacheté sa lettre, il vida un grand verre de brandy et d'eau, et attendit, regardant du côté de la porte ouverte.

Quand Hester traversa le couloir avec le plateau contenant le thé et entra dans le salon, il donna le signal convenu entre eux. Il tira la sonnette.

Hester ressortit en fermant la porte du salon derrière elle.

– Est-elle tranquillement installée à prendre son thé? demanda-t-il en retirant ses lourdes bottes et en mettant les pantoufles qu'il avait près de lui.

Hester inclina la tête.

Il allait monter l'escalier.

– Montez la première, murmura-t-il. Pas de sottises et pas de bruit!

Elle obéit. Il la suivit lentement. Quoiqu'il n'eût bu qu'un seul verre de brandy et d'eau, son pied était déjà incertain.

Une main contre le mur, l'autre appuyée sur la rampe de l'escalier, il arriva en haut des marches, s'arrêta, écouta un moment, puis rejoignit Hester dans sa chambre et en ferma doucement la porte.

– Eh bien? dit-il.

Hester était immobile au milieu de la chambre, n'ayant pas l'air d'une femme vivante, mais plutôt d'une machine, attendant qu'on la mît en mouvement.

Considérant comme inutile de lui parler, il la toucha, ce qui fit éprouver à la fausse muette une étrange sensation de répulsion, et il montra du doigt le mur de séparation.

Cet attouchement l'éveilla. À pas lents, l'air gêné, marchant comme une personne en état de somnambulisme, elle s'avança vers le mur et s'agenouilla près de la boiserie qui en garnissait la partie inférieure ; elle enleva deux petits clous et souleva une longue bande de papier. Puis elle monta sur une chaise, retourna la bande de papier et la fixa dans l'autre sens, avec les deux clous qu'elle avait gardés.

Aux faibles lueurs du crépuscule, Geoffrey regarda le mur. Un espace vide s'offrit à sa vue. À trois pieds environ du plancher, les lattes avaient été enlevées et le plâtre avait été retiré morceau par morceau, de manière à former une ouverture assez large pour que les bras d'un homme pussent y passer. Le papier seul qui couvrait l'autre face empêchait le regard de pénétrer dans la chambre contiguë.

Hester descendit et fit un signe pour demander de la lumière.

Geoffrey prit une allumette dans la boîte.

La même incertitude qui s'était manifestée dans sa marche parut se montrer alors dans le mouvement de ses mains.

Il frotta l'allumette trop fort sur le papier sablé et la brisa. Il essaya une autre allumette, et cette fois trop doucement pour que la flamme jaillît.

Hester lui prit la boîte des mains. Après avoir allumé une bougie, elle la porta vers le bas du mur, à la hauteur du bord de la boiserie.

Deux petits crochets étaient fixés dans le plancher, près de la partie de ce mur d'où le papier avait été détaché ; deux longueurs de fine et forte corde étaient enroulées deux fois à l'entour ; l'une des deux extrémités des cordes, excédant d'une certaine longueur l'endroit où elles étaient fixées aux crochets, était soigneusement roulée sur elle-même contre le bord de la boiserie ; l'autre bout, bien tendu, disparaissait dans deux petits trous à la hauteur d'un pied du plancher.

Après avoir d'abord déroulé les cordes, Hester se leva et tint la lumière de manière à éclairer la cavité.

Deux autres petites cordes lâches se voyaient là, reposant sur la surface inégale qui marquait la partie inférieure de la cavité.

En levant en l'air ces deux cordes, Hester souleva le papier de l'autre chambre.

Les deux cordes inférieures, qui servaient à tendre le papier sur le mur, glissaient dans leurs trous et permettaient au papier de se mouvoir librement.

À mesure qu'il se levait, Geoffrey vit des petits fragments de corde de coton légèrement attachés au dos du papier, de façon à éviter le bruit qu'il ferait en glissant contre le mur.

Le papier s'éleva lentement jusqu'à ce que la cavité fût mise à découvert.

Hester recula pour laisser le passage à Geoffrey et lui permettre de voir au travers du trou.

Il vit la chambre d'Anne ; il passa le bras par la fente et écarta un peu les légers rideaux qui flottaient au-dessus de son lit. L'oreiller sur lequel elle devait reposer sa tête pour dormir était à la portée de ses mains !

L'habileté de ces dispositions criminelles le fit frissonner, ses nerfs en furent ébranlés. Il recula.

La terreur avait saisi le coupable ; il regarda autour de la chambre.

Une petite gourde de brandy était près de lui sur la table. Il la porta à ses lèvres, la vida d'un trait et se retrouva maître de lui.

Il fit signe à Hester d'approcher.

– Avant d'aller plus loin, il y a une chose que j'ai besoin de savoir, dit-il. Comment tout cela peut-il être remis en état ? Si la chambre était examinée, ces cordes seraient découvertes.

Hester ouvrit une armoire et en tira une fiole dont elle ôta le bouchon.

C'était une sorte de mixture ressemblant à de la glu.

Partie par signes, partie avec le secours de son ardoise, elle fit comprendre comment la mixture pouvait être appliquée sur la face interne de la bande de papier détachée de la pièce voisine et le papier retendu de nouveau jusqu'au bas du mur; comment alors les cordes ayant servi à obtenir ce résultat pourraient être enlevées sans danger, et comment le même procédé pourrait être employé dans la chambre de Geoffrey, après que l'ouverture aurait été bouchée à l'aide des matériaux déposés dans la buanderie.

Dans tous les cas, le collage du papier cacherait tout, et l'inspection du mur ne révélerait rien.

Satisfait sur ce point, Geoffrey montra les serviettes de sa table de toilette.

– Prenez une de ces serviettes, et apprenez-moi comment vous avez fait.

Comme il disait ces mots, la voix d'Anne se fit entendre en bas, appelant Mrs Dethridge.

Il était impossible de dire ce qui pouvait arriver.

Anne pouvait monter à sa chambre et tout découvrir.

Geoffrey montra le mur.

– Remettez tout en état à l'instant, dit-il.

Ce fut bientôt fait.

Hester fit redescendre les deux bandes de papier à leurs places, tendit la bande de papier de la chambre d'Anne en tirant les deux cordes inférieures, et alors retira les clous qui retenaient en l'air la bande de papier du côté de Geoffrey.

En une minute le mur avait repris son aspect accoutumé.

Ils se glissèrent dehors, et du haut de l'escalier regardèrent au-dessous dans le couloir.

Après avoir appelé inutilement une seconde fois, Anne parut. Elle alla à la cuisine, revint, la bouilloire à la main, et referma la porte du salon derrière elle.

Hester attendit impassible les nouvelles instructions.

Mais Geoffrey n'avait plus rien à lui demander.

La hideuse représentation du crime que Geoffrey avait exigée d'elle n'était pas nécessaire. Tous les moyens étaient préparés, et la manière de les mettre en œuvre était évidente.

Il ne manquait qu'une occasion favorable et la résolution d'en profiter pour arriver au but.

Geoffrey fit signe à Hester de descendre.

– Retournez à la cuisine avant qu'elle ne sorte de nouveau. Je me tiendrai dans le jardin. Quand elle montera à sa chambre pour la nuit, montrez-vous à la porte à l'arrière de la maison ; je saurai ce que cela signifie.

Hester mit le pied sur la première marche, s'arrêta, se retourna, regarda le long des deux murs du couloir d'un bout à l'autre, frissonna, secoua la tête et descendit lentement l'escalier.

– Que regardez-vous ? murmura-t-il derrière elle.

Elle ne répondit ni ne se retourna ; elle continua son chemin.

Il attendit une minute, puis il la suivit.

Avant d'aller au jardin, il entra dans la salle à manger.

La lune s'était levée et les volets des fenêtres n'étaient pas fermés.

Il lui fut facile de trouver la bouteille de brandy et la carafe d'eau sur la table.

Il se versa du brandy qu'il mélangea avec de l'eau et vida encore son verre.

– Ma tête est toute drôle, disait-il.

Il passa son mouchoir sur son visage.

– Quelle chaleur infernale il fait ce soir ! murmurait-il.

Il alla vers la porte ; elle était ouverte et parfaitement visible, et malgré cela il ne la trouva pas.

Deux fois il alla se heurter contre les deux côtés du mur. Enfin, après une troisième tentative, il sortit et arriva au jardin.

Une étrange sensation se produisait en lui pendant qu'il allait et venait. Il n'avait pas assez bu pour être ivre. Son esprit toujours un peu lourd était dans son état habituel, mais son corps ne pouvait aller droit.

La nuit avançait, 10 heures avaient sonné à l'église de Putney.

Anne se montra, sortant du salon et montant à sa chambre un flambeau à la main.

– Éteignez les lumières, dit-elle à Hester, à la porte de la cuisine. Je monte à ma chambre.

Elle entra dans cette chambre.

Le sentiment d'une fatigue invincible, après une nuit sans sommeil, l'accablait plus que jamais.

Elle ferma sa porte à clef; mais elle négligea cette fois de fermer les verrous.

La crainte du danger n'assiégeait plus son esprit; elle avait d'ailleurs une raison pour ne pas faire usage des verrous : si elle les tirait, elle ne pourrait sortir sans bruit de sa chambre pendant la nuit.

Elle dégrafa sa robe, releva ses cheveux sur ses tempes et se mit à aller et venir dans sa chambre en réfléchissant.

Les habitudes de Geoffrey étaient irrégulières; Hester se couchait rarement de bonne heure. Deux heures au moins, probablement trois, se passeraient avant qu'il fût prudent de se mettre en communication avec sir Patrick au moyen du signal convenu…

Les forces lui manquaient rapidement : si elle persistait pendant trois heures à se refuser le repos dont elle avait besoin, elle s'exposait à ce que son énergie lui fît défaut par épuisement, quand le moment d'agir serait arrivé et qu'il faudrait faire un effort pour la fuite.

Elle succombait à l'envie de dormir et il fallait y céder. Elle ne craignait pas de manquer à s'éveiller quand le temps serait venu. Elle allait s'endormir en gardant présente à l'esprit la nécessité de se réveiller à une heure donnée; elle était sûre de se réveiller instinctivement à l'heure dite.

Elle mit donc sa lumière allumée sur un meuble et s'étendit sur son lit. En moins de cinq minutes, elle était plongée dans un profond sommeil.

L'horloge sonna 11 heures moins le quart.

Hester se montra à la porte de derrière la maison ouvrant sur le jardin.

Geoffrey traversa la pelouse et la rejoignit.

La lumière de la lampe qui éclairait le couloir donnait en plein sur son visage, elle recula à sa vue.

– Qu'arrive-t-il? demanda-t-il.

Elle secoua la tête et montra par la porte ouverte de la salle à manger la bouteille de brandy qui était sur la table.

– Je suis aussi à jeun que vous, vieille sotte. Je me sens mal à l'aise, mais ce n'est pas cela.

Hester le regarda encore.

Il disait vrai.

Quelque mal assurée que fût sa marche, sa parole n'était pas la parole, ses yeux n'étaient pas les yeux d'un homme ivre.

– Est-elle montée à sa chambre pour la nuit? demanda-t-il.

Hester fit un signe affirmatif.

Geoffrey monta l'escalier en trébuchant; il s'arrêta en haut des marches et fit signe à Hester de le rejoindre.

Il alla dans sa chambre, et, après l'avoir invitée par signe à le suivre, il referma la porte.

Il regarda le mur de séparation sans s'en approcher.

Hester attendit derrière lui.

– Est-elle endormie? demanda-t-il.

Hester s'approcha du mur, écouta et fit une réponse affirmative.

Il s'assit.

– Ma tête est toute drôle! dit-il. Donnez-moi un verre d'eau.

Il but une gorgée et versa le reste de l'eau sur sa tête.

Hester se dirigeait vers la porte.

Il l'arrêta.

– Je ne puis dénouer les cordes, dit-il; je ne puis lever le papier. C'est à vous de le faire.

Elle fit un signe énergique de refus et ouvrit résolument la porte pour sortir.

– Voulez-vous récupérer votre confession? demanda-t-il.

Elle referma cette porte, passant immédiatement à une soumission passive, et marcha vers la cloison.

Elle releva les deux bandes de papier de chaque côté du mur, montra l'ouverture libre et se recula jusqu'à l'autre bout de la chambre.

À son tour il se leva de sa chaise et s'avança d'un pas mal assuré vers le pied de son lit.

Il s'y appuya, attendit un moment, et pendant ce

temps d'arrêt il eut la conscience d'un changement dans les étranges sensations qu'il éprouvait.

Une sorte de souffle d'air froid passa sur le côté droit de sa tête. Il redevint ferme sur ses jambes, il put calculer les distances, il put passer ses mains par l'ouverture et écarter les rideaux du lit d'Anne.

Il put regarder sa femme endormie.

Elle était faiblement éclairée par la lumière restée allumée à l'autre bout de la chambre.

Son air de lassitude maladive avait disparu de son visage.

Tout ce que ce beau visage avait de plus pur et de plus doux, au temps passé, semblait y être revenu, grâce au profond sommeil qui tenait ses sens enchaînés.

Elle était redevenue jeune à cette faible clarté ; elle était belle, dans son calme repos.

Ce cher visage, complètement à découvert, était à la merci de l'homme qui la regardait dormir, de l'homme qui la regardait avec l'impitoyable résolution de lui ôter la vie.

Après l'avoir examinée un instant, il se retira.

– Elle ressemble plus à un enfant qu'à une femme, cette nuit, murmura-t-il entre ses dents.

Il regarda dans la chambre du côté d'Hester. La bougie allumée qu'elle avait apportée brûlait trop vivement.

– Soufflez la lumière, murmura t-il.

Elle ne bougea pas.

Il répéta son ordre.

Elle demeurait toujours immobile et sourde à sa voix. Elle regardait fixement vers un des coins de la chambre.

Il se retourna vers l'ouverture pratiquée dans le mur. Il considéra, une fois encore, le tranquille visage qui reposait sur l'oreiller. Il s'efforça de réveiller en lui le sentiment de la vengeance.

Sans vous, se disait-il à lui-même, j'aurais gagné la course… Sans vous, je me serais réconcilié avec mon père… Sans vous, j'aurais épousé Mrs Glenarm…

Il revint au milieu de la chambre sous l'empire de ses sentiments haineux. Il prit une serviette, réfléchit un moment et la rejeta.

Une nouvelle idée lui était venue.

En deux pas, il fut au bord de son lit.

Il saisit l'un des oreillers et regarda soudain Hester.

– Ce n'est plus un homme abruti par l'ivresse, cette fois, lui dit-il, c'est une femme qui va lutter pour défendre sa vie. L'oreiller est plus sûr que la serviette.

Elle continuait à ne pas lui répondre, à ne pas le regarder.

Il fit de nouveau un pas vers le mur et s'arrêta à mi-chemin pour lancer un coup d'œil en arrière par-dessus son épaule.

Hester bougeait enfin.

Bien qu'ils fussent seuls dans la chambre, elle semblait suivre une troisième personne marchant le long du mur et partant du coin de la pièce. Ses lèvres s'entrouvraient d'horreur, ses yeux se dilataient. Pas à pas elle s'approcha de Geoffrey, toujours suivant quelque vision qui s'approchait aussi.

Il se demanda si la terreur du forfait qu'elle allait commettre ne la rendait pas vraiment folle… si elle n'allait pas crier et réveiller Anne ?

Il se précipita vers l'ouverture du mur pour saisir la chance pendant qu'elle lui était offerte.

Il assura l'oreiller entre ses mains. Il se baissa pour le faire passer par l'ouverture. Il l'appuya sur le visage d'Anne endormie.

Au même moment il sentit les mains d'Hester se poser sur lui. Cet attouchement lui fit passer un frisson glacé par tout le corps.

Il se recula et se trouva face à elle.

Les yeux d'Hester regardaient fixement au-dessus de son épaule, quelque chose qui était derrière lui ; ils regardaient comme ils avaient regardé dans le jardin de Windygates. Mais ce regard sinistre se fixa sur les yeux de Geoffrey.

Pour la troisième fois elle avait vu l'apparition derrière lui.

La frénésie homicide s'était emparée d'elle.

Elle se jeta à sa gorge comme une bête fauve.

La faible femme attaqua l'athlète.

Il lâcha l'oreiller et leva son terrible poing pour se débarrasser d'elle, comme il se serait débarrassé d'un insecte.

Au moment où il levait le bras, une effroyable contorsion s'opéra sur son visage.

Comme sous l'action d'une main invisible, sa paupière s'abaissa du côté droit, sa bouche se tordit, son bras glissa sans force et il tomba.

Hester se précipita sur lui, posa le genou sur sa large poitrine et lui serra la gorge avec ses doigts.

Le bruit de la chute éveilla Anne à l'instant.

Elle leva la tête, aperçut l'ouverture dans le mur, au-dessus de son chevet, et la lumière dans la chambre voisine.

Frappée de terreur, elle sauta au bas du lit, recula, attendit, écouta, regarda.

Elle ne vit rien que la lumière brillant dans la chambre voisine. Elle n'entendit rien que le bruit rauque d'un râle qui allait s'éteindre.

Ce bruit cessa.

Il se fit un intervalle de silence.

Alors la tête d'Hester se montra par le trou du mur, les yeux éclairés du feu de la folie. Anne se précipita vers la fenêtre, l'ouvrit et cria :

– Au secours !

La voix de sir Patrick lui répondit du dehors.

– À moi, pour l'amour du ciel ! cria-t-elle.

Elle s'enfuit de la chambre, descendit rapidement l'escalier. Un moment après, elle était dans le jardin sur le devant de la maison.

Elle courut à la porte, elle entendit une voix étrangère de l'autre côté.

Sir Patrick l'appela pour lui donner du courage.

– Le policier est avec nous, lui dit-il, il a fait sa ronde autour du jardin, pendant la nuit, et il a une clef.

Comme il parlait, la porte s'ouvrit.

Elle vit sir Patrick, Arnold et le policier.

Elle se précipita en chancelant vers eux.

– Là-haut !… dit-elle.

Et elle perdit connaissance.

Sir Patrick la retint dans ses bras, il la plaça sur un banc dans le jardin et lui donna ses soins pendant qu'Arnold et le policier s'empressaient de courir au cottage.

– Où aller d'abord ? demanda Arnold.

– À la chambre d'où la dame a appelé, dit le policier.

Ils montèrent au premier étage et entrèrent dans la chambre d'Anne.

L'ouverture dans le mur leur apparut à l'instant.

Ils regardèrent par cette ouverture.

Le corps inanimé de Geoffrey gisait à terre.

Hester Dethridge était agenouillée près de lui et priait.

ÉPILOGUE

Une visite matinale

Les journaux avaient annoncé le retour de lord et de lady Holchester à leur résidence de Londres, après une absence de plus de six mois passés sur le continent.

On était au plus beau moment de la saison.

Tout le long du jour, aux heures consacrées, les portes de Holchester House s'ouvraient pour recevoir les visiteurs.

Le plus grand nombre déposaient des cartes et se retiraient.

Certains privilégiés descendaient de voiture et entraient dans la maison.

Parmi ces derniers, arrivant de meilleure heure que de coutume, est une personne de distinction, bien décidée à voir le maître ou la maîtresse du logis et à n'accepter aucun refus. Pendant que cette personne parlemente avec le premier valet de chambre, lord Holchester, passant d'une pièce dans une autre, vient à traverser l'extrémité du vestibule.

Cette dame s'élance aussitôt vers lui en s'écriant :

– Cher lord Holchester !

Julius se retourne et voit lady Lundie.

Il est bien pris, il s'y résigne de la meilleure grâce du monde ; cependant, tout en ouvrant la porte du salon le plus voisin pour y introduire Sa Seigneurie, il jette un regard furtif sur sa montre et se dit : comment me débarrasser d'elle avant que les *autres* arrivent ?

Milady s'installe sur un sofa au milieu d'un tourbillon

de soie et de dentelles et devient, dans son genre majestueux, tout à fait charmante.

Elle s'enquiert de la façon la plus affectueuse de lady Holchester, de la douairière Holchester et de Julius lui-même.

Où sont-ils allés?… Qu'ont-ils vu?…

Le temps leur a-t-il permis de se remettre du choc de ce terrible événement auquel elle n'ose pas faire une allusion plus directe?

Julius répond d'un air un peu distrait. Il s'informe poliment des actions de lady Lundie.

Lady Lundie a peu de chose à dire sur elle-même. Elle n'est en ville que depuis quelques semaines. Sa vie est une vie de réclusion.

– Je ne connais, dit-elle, que le cercle de mes modestes devoirs à Windygates, lord Holchester. Mon esprit en est accidentellement soulagé par la société des quelques amis dont les vues sont en harmonie avec les miennes, et mon existence se passe ainsi sans être, je l'espère, complètement inutile. Je n'ai pas de nouvelles. Je ne vois rien. Cependant hier, il m'est arrivé de voir la plus triste chose.

Elle s'arrête là. Julius observe qu'elle attend d'être invitée à s'expliquer et il s'exécute.

Lady Lundie hésite.

– Ces nouvelles se lient, dit-elle, à ce pénible événement que j'ai déjà mentionné.

Elle avoue qu'elle ne pouvait se trouver à Londres sans considérer comme un devoir d'aller prendre des informations à l'asile dans lequel Hester Dethridge est enfermée pour la vie.

Elle annonce que non seulement elle a pris des informations, mais qu'elle a été assez malheureuse pour voir cette femme, pour lui parler et la trouver inconsciente de sa fatale position, incapable du moindre effort de mémoire, résignée à l'existence qu'elle mène et destinée probablement, selon l'opinion des médecins, à vivre ainsi des années.

Après avoir exposé ces tristes faits, Sa Seigneurie va

se livrer à des observations appropriées – ce en quoi elle excelle – quand la porte s'ouvre, et lady Holchester, à la recherche de son mari, entre dans le salon.

Nouvelles démonstrations d'intérêt de la part de lady Lundie, civilement, mais non cordialement, accueillies par lady Holchester.

La femme de Julius, comme Julius lui même, semble avoir désagréablement conscience de la marche du temps ; comme Julius, elle se demande combien de temps lady Lundie va prolonger sa visite.

Lady Lundie ne paraît avoir aucune intention de quitter le sofa ; elle est évidemment venue chez lord Holchester pour dire quelque chose, qu'elle n'a pas dit encore.

Va-t-elle parler ? Oui.

Elle va, par un détour, y arriver tout à l'heure ; mais elle a d'autres questions, d'une nature affectueuse, à adresser à ses amis.

Peut-elle se permettre de revenir sur le voyage de lord et lady Holchester ?

Ils sont allés à Rome.

Peuvent-ils confirmer la choquante nouvelle qui lui est parvenue de l'apostasie de Mrs Glenarm ?

Lady Holchester peut lui confirmer cette nouvelle.

Mrs Glenarm a renoncé au monde et a cherché un refuge dans le sein de la Sainte Église catholique. Lady Holchester l'a vue dans son couvent à Rome, traversant la période de son noviciat et paraissant résolue à prendre le voile.

Lady Lundie, comme une bonne protestante, lève les mains en l'air avec horreur et déclare ce sujet trop pénible pour s'y appesantir.

Pour changer de conversation, elle va droit à son but :

– Lady Holchester, dans le cours de vos voyages sur le continent, auriez-vous eu l'occasion de rencontrer ou d'entendre parler de Mrs Arnold Brinkworth ? J'ai cessé, comme vous le savez, d'entretenir aucune relation avec mes parents. La conduite qu'ils ont tenue, à l'époque de notre épreuve familiale, la sympathie qu'ils ont ressentie pour une personne que je ne puis encore prendre sur moi de désigner plus particulièrement, nous a rendus étrangers les uns aux autres. Je puis être affligée, chère lady Holchester, mais je ne sais pas ce que c'est que la méchanceté ! Et je ressentirai toujours un intérêt maternel en apprenant des nouvelles de Blanche. Il m'a été dit qu'elle voyageait avec son mari, pendant que vous et lord Holchester vous étiez vous-mêmes en voyage. Les avez-vous rencontrés ?

Julius et sa femme se regardent.

Lord Holchester reste muet ; c'est lady Holchester qui se charge de répondre.

– Nous avons vu Mr et Mrs Arnold Brinkworth à Florence et ensuite à Naples, dit lady Holchester. Ils sont de retour en Angleterre depuis une semaine, dans l'attente d'un heureux événement qui accroîtra votre cercle de famille. Ils sont actuellement à Londres, et je puis même vous dire que je les attends aujourd'hui pour le lunch.

Après avoir fait cette déclaration catégorique, lady Holchester regarde lady Lundie.

Si cela ne doit pas hâter son départ, rien n'y fera, pensa-t-elle.

Complètement inutile ! Lady Lundie reste ferme sur son terrain. N'ayant eu absolument aucunes nouvelles de ses parents depuis six mois, elle brûle de la curiosité d'en apprendre davantage.

Il y a un nom qu'elle n'a pas prononcé encore. Elle fait un certain effort sur elle-même et s'y décide enfin.

– Et sir Patrick ? dit-elle, cédant à une douce mélancolie qui donne à penser que le sentiment des injures passées cède au sentiment chrétien qui veut qu'on pardonne Je ne sais que ce qui m'est rapporté. L'avez-vous rencontré aussi, soit à Naples, soit à Florence ?

Julius et sa femme se regardent encore.

L'horloge de l'antichambre sonne.

Julius frémit.

Lady Holchester commence à perdre patience.

Il s'établit un silence embarrassant.

Quelqu'un doit parler.

C'est lady Holchester qui prend la parole.

– Sir Patrick est parti en voyage avec sa nièce et son mari, et sir Patrick est revenu avec eux.

– En bonne santé ? demanda Sa Seigneurie.

– Plus jeune que jamais ! réplique lady Holchester.

Lady Lundie sourit d'un air railleur.

Lady Holchester remarque ce sourire et décide que la pitié qu'elle ressentait envers cette femme était une pitié mal placée ; elle annonce, au grand effroi de son mari, qu'elle a des nouvelles de sir Patrick, qui probablement surprendront fort sa belle-sœur.

Lady Lundie est impatiente d'apprendre quelle est la nature de ces nouvelles.

– Ce n'est pas un secret ! continue lady Holchester, bien que cela ne soit connu que de quelques amis intimes. Sir Patrick a apporté un grand changement dans sa vie.

Le charmant sourire de lady Lundie disparaît à l'instant.

– Sir Patrick est non seulement un homme habile et très agréable, reprend lady Holchester avec un peu de malice, il est aussi dans toutes ses habitudes et sa manière d'être, comme vous le savez parfaitement, beaucoup plus jeune que son âge et possède encore beaucoup de qualités qui manquent rarement d'être appréciées par les femmes.

Lady Lundie bondit sur ses pieds.

– Vous n'avez pas l'intention de dire, lady Holchester, que sir Patrick s'est marié ?

– Si fait.

Sa Seigneurie se laisse retomber sur le sofa, sans force, absolument sans force contre le double coup qui la frappe.

Elle perdait non seulement le premier rang féminin dans la famille, mais n'ayant à peine que la quarantaine, elle se trouvait socialement vieillie par le titre de lady douairière Lundie ; elle y était pourtant condamnée pour le reste de sa vie.

– À son âge !… s'écrie-t-elle, aussitôt qu'elle peut parler.

– Pardonnez-moi de vous rappeler, répond lady Holchester, qu'un grand nombre d'hommes se marient à l'âge de sir Patrick. Pour ce qui le concerne, on ne fait que lui rendre la justice qui lui est due en disant que les motifs qui l'ont guidé le mettent à l'abri du ridicule ou du blâme. Son mariage est une bonne action dans la plus haute expression du mot. Il lui fait honneur aussi bien qu'à la dame qui partage à présent sa position et porte son nom.

– Une jeune fille ? insinue lady Lundie.

– Non, une femme qui a été éprouvée d'une façon peu commune et qui a supporté noblement sa rude destinée… Une femme qui mérite bien la vie calme et heureuse que son mari lui a donnée.

– Puis-je vous demander qui est cette jeune femme ?

Avant que cette question eût reçu une réponse, un coup de marteau frappé à la porte extérieure annonça des visites. Pour la troisième fois Julius et sa femme se regardèrent, et cette fois Julius intervint :

– Ma femme vous a déjà dit, lady Lundie, que nous attendions Mr et Mrs Brinkworth pour le lunch. Sir Patrick et la nouvelle lady Lundie les accompagnent. Si je me trompe en supposant qu'il pourrait ne pas vous être tout à fait agréable de les rencontrer, pardonnez-moi. Si je ne me suis pas trompé, je laisserai lady Holchester recevoir nos amis, et j'aurai l'honneur de vous conduire dans une autre pièce.

Il fait un pas vers la porte d'un salon intérieur.

Il offre son bras à lady Lundie.

Sa Seigneurie reste immobile, décidée à voir la femme qui l'avait supplantée.

Un moment après, la porte d'entrée s'ouvre et le valet de pied annonce :

– Sir Patrick et lady Lundie, Mr et Mrs Brinkworth.

Lady Lundie regarde la femme qui a pris sa place à la tête de la famille, et voit : Anne Silvester.

APPENDICE

NOTE A

Je n'ai pas le désir d'accumuler dans les dernières pages de cet ouvrage d'inutiles extraits des relations de journaux que chacun peut consulter. Mais les désordres survenus à la Commémoration d'Oxford, en 1869, et le sac de la bibliothèque de Christ Church, qui a eu lieu à la même université en 1870, présentent une si remarquable relation entre la cause et la conséquence, qu'un exposé succinct des événements qui se sont passés dans ces deux occasions peut être considéré comme offrant un épisode de l'histoire de l'Angleterre de notre temps.

Pour les lecteurs français, il peut être nécessaire d'expliquer que la Commémoration d'Oxford est une réunion annuelle de dignitaires de l'Université, d'étudiants et d'invités; l'objet de la réunion est de conférer les degrés honorifiques et de donner lecture des compositions en vers et en prose. Qu'on nous permette de rappeler à ce sujet à nos lecteurs, tant anglais qu'étrangers, que ces scènes de désordre, se produisant dans la galerie des étudiants, sont devenues un usage toléré depuis des années. La destruction des œuvres d'art dans la bibliothèque de Christ Church, qui est survenue quelques mois après, apparaîtra sous son véritable jour si on la considère comme le résultat nécessaire d'un mauvais système d'administration de l'Université, heureusement sans parallèle dans tout le monde civilisé.

Manières et coutumes des jeunes gentlemen anglais

Premier spécimen

Rapport abrégé sur les troubles arrivés à la fête de la Commémoration d'Oxford, en 1869. Le Times *du 10 juin 1869.*

« L'orage préluda par quelques cris provoqués par les chapeaux que quelques étrangers, tout récemment entrés, avaient gardés sur leurs têtes, mais ces murmures furent bientôt étouffés par les vociférations furieuses soulevées par un malheureux jeune homme qui, sans réflexion, avait orné son cou d'une cravate de couleur voyante. Des cris de : "À bas le nœud vert!" s'élevèrent et furent répétés pendant près de trois quarts d'heure. Le jeune homme en question fut invité à se retirer, ses voisins furent interpellés avec injonction de le mettre à la porte. On le pria de changer le nœud de sa cravate ou de l'ôter. Tout, pendant près d'une heure, sembla devoir être inutile, mais il fallut céder finalement à l'importunité; le délinquant, au milieu de tonnerres d'applaudissements, quitta la salle, et la jeunesse académique put donner son attention à d'autres sujets.

» Le vice-chancelier ouvrit la séance assez tranquillement; mais le discours prononcé par l'orateur public fut le signal de nouveaux troubles. L'orateur fut assailli par un feu roulant de questions et d'observations, plus spirituelles que flatteuses, et fort peu de son discours arriva à d'autres oreilles que les siennes. Quand il se rassit, le vice-chancelier se leva, et après avoir à grand-peine obtenu le silence, annonça que si de nouvelles interruptions survenaient, la séance serait immédiatement close. La lecture des compositions commença alors, mais il ne fut pas possible d'en entendre grand-chose; le *Newdigate* seulement fut écouté avec un peu d'attention et moins interrompu que d'habitude.

» La série des lectures touchait à sa fin, quand l'attention fut malheureusement attirée par un chapeau blanc tenu, quoique non porté, par un gentleman dans l'auditoire. L'étudiant d'Oxford est affligé d'une maladie qu'à défaut d'un meilleur nom nous pouvons appeler *pileo-albophobia.* À la vue d'un chapeau de cette malencontreuse couleur, il écume et crie, et il n'est plus maître de ses actions.

» Le solennel avertissement donné par le vice-chancelier, avertissement qui, bien entendu, implique tout au moins la probabilité de l'abolition de la fête de la Commémoration, pour l'avenir, et dont chacun devrait pouvoir apprécier les terribles conséquences, reste sans effet. Tout est inutile. Quand elle a devant les yeux l'odieux chapeau blanc, la multitude furieuse des étudiants ne peut que s'exalter jusqu'au délire et pousser des cris, et le vice-chancelier, incapable d'obtenir l'attention, se lève de son siège et sort de la salle, accompagné par tous les docteurs. »

SECOND SPÉCIMEN

Amusements des étudiants à *leurs heures de loisir. Éléments concernant un feu de joie à l'Université, tirés de la bibliothèque. Observations sur ce qui s'est passé à Christ Church, Oxford. Le* Times *du 18 mai 1870.*

« … Le plus brutal et le plus stupide acte de vandalisme qui pouvait déshonorer notre siècle a été commis par les membres du grand établissement de Christ Church, jeunes gens appartenant aux plus hautes classes de la société, élevés au milieu de tous les raffinements de la civilisation et recevant la plus coûteuse éducation que l'Angleterre puisse offrir.

« Dans la soirée du mardi de la semaine dernière, la bibliothèque de Christ Church fut envahie, et plusieurs bustes et une statue de marbre représentant une Vénus, œuvres d'art d'un grand prix, furent emportés par des étudiants. Dans le cours de la soirée, un bûcher, composé de fagots et de paillassons, fut élevé, les sculptures furent placées sur ce bûcher, on y mit le feu, et les œuvres d'art furent complètement détruites.

» Il n'y a pas eu de rapports officiels sur ces méfaits et leurs auteurs, mais naturellement les faits sont fort connus dans le cercle des étudiants. Deux groupes de jeunes gens prirent part, dit-on, à cette triste affaire. Les uns enlevèrent les sculptures de la bibliothèque et les placèrent dans Peckwater – l'une des cours de l'établissement – avec l'intention de faire une plaisanterie ; les autres les trouvèrent dans Peckwater, les renversèrent, firent un feu de joie et les détruisirent.

» … La pensée suggérée nécessairement par ces événements, c'est qu'il y a absence de discipline quand les frasques des étudiants sont poussées jusque-là. On n'arrive pas tout d'un coup à ces excès dans le mal, et des actes pareils ne se produiraient pas si des délits moins sérieux n'avaient pas été tolérés antérieurement. S'il en est ainsi, nous ne pouvons que penser qu'il est du devoir des autorités d'intimer aux étudiants que de pareils abus seront sérieusement punis à l'avenir. Ce sont simplement de stupides traditions qui se transmettent d'une année à l'autre.

» Des choses pires encore se passaient dans l'armée il y a quelques années ; un nouveau venu impopulaire, par exemple, était soumis dans sa propriété et dans sa personne à des persécutions véritablement incroyables. L'indignation publique, provoquée par un cas particulier, força l'administration de la guerre à agir, et la destruction des effets mobiliers et autres excès de ce genre cessèrent à l'instant. La même fermeté produirait le même effet à l'Université.

» Il est nécessaire d'ajouter que les personnes impliquées dans ces désordres ont reçu la punition que les autorités de l'Université avaient le pouvoir de leur infliger. Que feront ces autorités, après cet avertissement, pour améliorer la discipline et répandre les bienfaits de la civilisation parmi les étudiants ? Voilà ce qu'il faudra voir.

Note B

Autorité consultée sur l'état des lois du mariage en Irlande et en Écosse

Certains lecteurs sont disposés à douter de la réalité des faits quand ils les rencontrent dans une œuvre d'imagination. Les personnes dans ces dispositions d'esprit peuvent être utilement renvoyées au livre qui a suggéré la première idée d'écrire ce roman. Ce livre est le *Rapport des commissaires royaux sur les lois du mariage,* publié par l'imprimeur de la Reine, en 1868.

Ce que dit sir Patrick sur les mariages écossais est emprunté à cette haute autorité. Ce que dit l'homme de loi, dans le prologue, sur les mariages écossais, est aussi puisé à la même source. Comme moyen de donner satisfaction à mes lecteurs, autant qu'il dépend de moi, je joins un extrait de la liste des emprunts que j'ai faits au *Rapport de la Commission du mariage*, que toutes les personnes qui en éprouveront le désir pourront consulter.

Mariages irlandais (dans le prologue). — Voir le rapport, pages XII, XIII et XIV.

Mariages irréguliers en Écosse. Exposé de la loi par lord Deas. Rapport, page XVI. Mariage de jeunes enfants. Interrogatoire de Mr Muirhead par lord Chelmsford (question 689). Échange de consentement, établi par induction. Interrogatoire de Mr Muirhead par le Lord Justice Clerk (question 654). Mariage où il n'y a jamais eu échange de consentement. Observations de lord Deas. Rapport, page XIX. Contradiction d'opinion entre les autorités. Rapport, pages XIX et XX. Conditions légales pour la vente des chevaux et des chiens. Pas de conditions légales pour les mariages entre hommes et femmes. Remarques de Mr Seeton. Rapport, page XXX. Conclusions des commissaires. En dépit des arguments soutenus devant eux, pour qu'on n'intervienne pas dans les mariages irréguliers en Écosse, les commissaires déclarent que leur opinion est que de tels mariages ne devaient pas continuer à exister. Rapport, page XXXIV.

Au sujet des arguments auxquels il est fait allusion plus haut, et qui sont en faveur du maintien du fâcheux état de choses actuel, je trouve qu'ils s'appuient principalement sur ce que : l'Angleterre ne doit pas intervenir dans la législation d'Écosse !

Sur ce que : les mariages irréguliers ne coûtent rien !!

Sur ce que : ils diminuent en nombre et qu'il y a lieu d'espérer qu'avec le temps ils disparaîtront d'eux-mêmes !!!

Sur ce que : ils agissent, en certains cas, comme un piège moral pour attraper les libertins !!!!

Tel est le point de vue élevé duquel l'institution du mariage est regardée par des hommes très pieux et très savants d'Écosse. Un règlement légal pour la vente de votre femme quand vous avez assez d'elle, ou de votre mari, quand vous ne pouvez vivre avec lui plus longtemps, paraît être, pour ces jurisconsultes du nord de l'Angleterre, tout ce qui est nécessaire pour rendre l'état de mariage pratiquement complet. Il est juste d'ajouter que, sur les témoignages oraux ou écrits produits devant les commissaires touchant les mariages irréguliers en Écosse, la moitié au moins envisage la question au point de vue chrétien et civilisé et adhère aux conclusions déjà citées du rapport : que de tels mariages doivent être abolis.

Retrouvez les auteurs victoriens dans la collection Labyrinthes *

Wilkie Collins

La Dame en blanc

Dans la fournaise de l'été, en ce milieu du XIXe siècle, William Hartright, jeune professeur de dessin émérite, s'apprête à quitter Londres pour enseigner l'aquarelle à deux jeunes filles de l'aristocratie, dans le Cumberland.

Il laisse derrière lui la vie trépidante de la ville et ses étranges incidents, comme cette rencontre en pleine nuit avec une jeune femme terrorisée, toute de blanc vêtue, semblant fuir un invisible danger…

Mais la campagne anglaise, malgré ses charmes bucoliques, n'apaise pas le jeune William autant qu'il le souhaiterait. La demeure de Limmeridge recèle en effet de bien lourds secrets, et lorsque resurgit la mystérieuse Dame en blanc, il est bien difficile d'affirmer qu'il ne s'agit pas d'un présage funeste…

Labyrinthes n° 94

* Pour connaître la liste des titres disponibles, adressez-vous à votre libraire.

Le Secret

En cette nuit d'été du 23 août 1829, sur la côte déchiquetée des Cornouailles, la résidence d'été des Treverton n'est que silence et ténèbres.

En effet, le manoir tout entier est suspendu aux battements de cœur de la maîtresse de maison, qui ne tarde pas à rendre son dernier souffle, laissant derrière elle un époux accablé, une fille en pleurs, mais aussi un certain nombre de questions.

Que contient donc cette mystérieuse lettre, confiée par Mrs Treverton à sa femme de chambre avant de mourir ? Quel terrible secret Sarah Leeson préfère-t-elle, avant de disparaître, dissimuler dans la demeure familiale, s'opposant ainsi à la dernière volonté de la défunte ?

Un secret en tout cas suffisamment destructeur pour que, des années plus tard, la domestique sorte de son silence afin d'empêcher Rosamond Treverton de retourner sur les lieux de son enfance, au risque d'y perdre son âme…

Labyrinthes n° 97

La Femme rêvée

Si, le jour de votre anniversaire, une femme tentait de vous assassiner avant de disparaître, l'épouseriez-vous le jour où elle réapparaît dans votre vie ?

Que peut faire une jeune fille lorsque, seule pour la nuit dans un cottage éloigné de tout, et en possession d'un portefeuille bourré de billets, elle se retrouve face à deux brigands mal intentionnés ?

Partager la chambre d'un mort, voilà le risque d'une réservation trop tardive ! Mais qui était cet inconnu ? Comment est-il arrivé dans cet hôtel ?

Peut-on échapper à son destin lorsqu'on est le dernier héritier d'une famille de fous menacée par une vieille prophétie ?

Labyrinthes n° 99

Le Journal d'Anne Rodway et autres nouvelles

Mistress Norcross, jeune veuve, épouse James Smith, et tout semble aller pour le mieux lorsque l'arrivée d'une lettre anonyme vient bouleverser ce tableau idyllique…

Rarement on avait vu une plus heureuse union que celle du recteur de Pendilly et d'Emily, son épouse dévouée. Mais que cache cette femme apparemment au-dessus de tout soupçon ?

Anne Rodway s'est prise d'affection pour la jeune Mary Mallinson, qui se sent condamnée à une fin proche. Sinistre pressentiment : deux policiers la ramènent morte, tenant dans sa main un morceau de cravate…

N'est-il pas étrange que l'oncle George ait disparu la même semaine que sa nièce ? Et comment expliquer que depuis ce jour, Charley, son neveu, n'a plus eu le droit de prononcer son nom ?

Labyrinthes n° 102

La Robe noire

Le héros de ce roman méconnu, paru en 1881, est un jésuite, le père Benwell, créature en vérité diabolique. Il mériterait bien de figurer aux côtés du

Comte Fosco de *La Dame en blanc* dans la sombre galerie des personnages importants immortalisés par le grand romancier victorien. Avec la complicité d'un jeune abbé, Benwell va détourner le trop confiant Lewis Romayne des sentiments qui le portent naturellement vers la jolie Stella Eyrecourt et ce dans ce but hautement machiavélique… Il faudra toute l'obstination de la mère de Stella pour repousser l'influence du redoutable ecclésiastique.

Labyrinthes n° 106

La Pierre de lune

« La Pierre de Lune se vengera ! »

Mais que veut dire le Brahmane mourant qui lance cet anathème sur la famille Verinder ? Vous le saurez en pénétrant dans le monde à tiroirs de ce roman dont l'héroïne, Rachel, une intrépide jeune fille de 18 ans, partage la vedette avec le Sergent Cuff, un policier de Scotland Yard aux manies surprenantes… et un diamant baptisé Pierre de Lune.

Une enquête dans le plus pur style Collins, que vous vivrez aussi en compagnie du très étrange Gabriel Betteredge et de la non moins excentrique Miss Clack.

Labyrinthes n° 115

Mary Elizabeth Braddon

Henry Dunbar

Henry Dunbar est une sombre et trépidante étude en criminalité orchestrée autour de la personnalité d'un richissime banquier revenu à Londres après un long exil indien. Il retrouve son associé, Joseph Wilmot, avec lequel il partage un lourd secret. Quelque temps plus tard, Wilmot est retrouvé assassiné à Winchester. La propre fille du mort, Margaret, qui soupçonne Dunbar d'être l'assassin, décide de mener elle-même l'enquête. Elle est alors sur le point de se fiancer à Clement Austin, caissier de la banque Dunbar. Mais, coup de théâtre : Margaret renonce à ses accusations et à ses fiançailles ! Que s'est-il passé ? Un policier de Scotland Yard, mandé par Austin, se rend à Winchester et fait une incroyable découverte : la victime n'était pas Joseph Wilmot, mais Henry Dunbar…

Labyrinthes n° 110

Les Oiseaux de proie

Les « oiseaux de proie » : Philip et George Sheldon, et le capitaine Horatio Paget…

Le premier, un dentiste de province venu s'établir à Londres où il a pensé pouvoir faire fortune, épouse la femme de son meilleur ami, décédé fort opportunément sous son toit. Grâce à l'héritage coquet que reçoit Georgy, Philip se lance dans les affaires.

Dix ans plus tard, la fille du premier lit de Georgy, Charlotte, invite son amie Diana, fille du capitaine Paget, homme peu recommandable, à venir s'installer chez elle pour veiller sur sa mère. Charlotte tombe alors amoureuse de l'associé de Paget, Valentin Hawkhurst.

Une longue enquête sur une affaire d'héritage, menée par George Sheldon et Valentin – et dans l'ombre par Philip et Horatio – révèle l'incroyable : Charlotte doit hériter d'une fortune considérable. S'engage alors une lutte féroce entre les deux frères Sheldon, au grand désarroi de Valentin qui ignore la vraie nature de l'ex-dentiste…

Une tragi-comédie de mœurs qui se conclura dans *L'Héritage de Charlotte*.

Labyrinthes n° 111

L'Héritage de Charlotte

Lorsque Charlotte, fille de la veuve Georgy Halliday, s'est trouvée promise à un brillant héritage, les oiseaux de proie n'ont pas manqué de lui faire sa cour. Philip, son beau-père, cherche par tous les moyens à l'empêcher de se marier. Quant à Horatio Paget, homme d'affaires peu recommandable, il n'a de cesse de retrouver l'autre héritier de la fortune des

Halliday, un Français qui se nommerait Gustave Lenoble, pour le marier à sa propre fille.

Heureusement, autour de la jeune héritière se pressent aussi de véritables amis. Et quand les malfaisants rapaces projettent d'empoisonner lentement la jeune fille, certains n'hésitent pas à tenter le tout pour le tout pour la sauver. Quitte à y laisser leur vie.

S'engage alors entre les différentes forces une lutte sournoise qui ne trouvera un terme que par la force des armes, et le prix du sang…

Labyrinthes n° 117

IMPRIMÉ EN FRANCE PAR BRODARD ET TAUPIN
La Flèche (Sarthe).
Imp. : 25124 – Edit. : 49873 - 07/2004
ISBN : 2- 7024 - 9735 - 7
Édition : 03